Rosslyn Elliott

DAS GLÜCK, VON DEM ICH TRÄUME

Rosslyn Elliott

Das Glück, von dem ich träume

francke

Über die Autorin:
Rosslyn Elliott studierte Literatur- und Theaterwissenschaften an der Yale University. Zusammen mit ihrem Mann und ihrer Tochter lebt sie im Süden der USA.

Bibliografische Information Der Deutschen Bibliothek
Die Deutsche Bibliothek verzeichnet diese Publikation in der Deutschen Nationalbibliografie; detaillierte bibliografische Daten sind im Internet über http://dnb.ddb.de abrufbar.

ISBN 978-3-86827-559-9

Originally published in English under the title
Fairer than Morning
by Thomas Nelson, Inc., Nashville, Tennessee 37214, USA

Deutsch von Sabine Weißenborn
Umschlagbilder: © shutterstock.com / Aleshyn_Andrei
© iStockphoto.com / Lisa-Blue
Umschlaggestaltung: Verlag der Francke-Buchhandlung GmbH / Christian Heinritz
Satz: Verlag der Francke-Buchhandlung GmbH
Printed in Czech Republic

www.francke-buch.de

1. Kapitel

Rushville, Ohio
15. Juli 1823

Ein Heiratsantrag sollte eigentlich keinen Panikanfall auslösen. So viel wusste sie.

Eli kniete vor ihr am Flussufer. Seine Wangenknochen waren genauso weiß wie sein Stehkragen. Hinter ihm glitzerte das Wasser, das in kleinen Wellen beständig gegen das Ufer schwappte. Wenn sie sich doch nur im Wasser auflösen und von der Strömung durch das enge Tal in Richtung Meer davontreiben lassen könnte!

Sie umklammerte die Falten ihres Satinkleides und versuchte sich auf Elis Worte zu konzentrieren. Doch die Antwort, die sie ihm geben wollte, verlor sich im Gestrüpp ihrer Gedanken.

Die Nachmittagssonne tauchte seine blonden Haare in ein goldenes Licht. „Muss ich um eine Antwort betteln? Dann werde ich das tun.“ Er lächelte. „Du weißt, dass ich für jede Situation den richtigen Vers finde. ‚Ist es dein Wunsch, den Schlummer abzuwehren von meinen schweren Lidern jede Nacht? Willst du die Ruh’ mir durch den Schatten stören, der ganz dir gleicht, mein Aug’ zum Narren macht?‘“

Die Stille wurde immer länger, sein Lächeln schwächer.

„Nein.“ Dieses eine Wort war alles, was Ann zustande brachte. Es durchschnitt die Luft zwischen ihnen wie ein scharfes Schwert.

Ungläubig starrte er sie an. „Du nimmst meinen Antrag nicht an?“

„Ich kann nicht.“

Mit Fragezeichen in den Augen und leicht geöffnetem Mund ließ er ihre Hand fallen. Nach einer Weile schloss er den Mund wieder und schluckte hörbar. „Aber warum?“ Schmerz breitete sich auf seinem Gesicht aus.

„Wir sind noch zu jung.“ Sogar in ihren Ohren klangen die Worte hölzern und falsch.

„Du hast selbst gesagt, dass auch die Jugend schon zu wahrer Liebe fähig ist. Und ich bin immerhin neunzehn." Eli stand langsam auf und knöpfte seinen maßgeschneiderten Mantel zu.

„Aber ich bin erst fünfzehn." Wieder gelang es Ann nicht, wirklich überzeugend zu klingen.

Sie hatte nicht damit gerechnet, dass er ihr so bald einen Antrag machen würde. Irgendwie war sie immer davon ausgegangen, dass es noch Jahre dauern würde, bis es so weit war. Vermutlich hätte sie ihm niemals erzählen dürfen, wie sehr sie die Geschichte von Romeo und Julia mochte und wie romantisch sie die Hochzeit dieses jungen Liebespaares fand. Das war vor einer Woche gewesen, als sie hier, nahezu an derselben Stelle, neben Eli am Flussufer gesessen und das Stück mit ihm zusammen gelesen hatte.

„Erzähl mir nicht, dass das der einzige Grund ist!" Wie immer, wenn er ärgerlich wurde, sah er aus wie ein blonder Racheengel. „Was steckt noch dahinter? Liegt es daran, dass ich nicht zuerst mit deinem Vater gesprochen habe?"

„Du hättest ihn vorher fragen sollen, allerdings hätte er dir seinen Segen bestimmt nicht gegeben. Vor meinem achtzehnten Geburtstag wird mir mein Vater nicht erlauben zu heiraten."

„Achtzehn? Erst in drei Jahren?" Seine blauen Augen leuchteten so hell wie das Innere einer Flamme. „Dann musst du seine Meinung ändern. Ich kann nicht warten." Er fasste sie an den Ellenbogen und zog sie an sich. Schlagartig erwachten all ihre Sinne zum Leben. Nur mit Mühe gelang es ihr, sich aus seinem Griff zu befreien. Dann schüttelte sie den Kopf.

Er runzelte die Stirn und schaute zur Seite, als könnte er ihren Anblick nicht länger ertragen. „Ich finde es sehr kaltherzig von dir, dass du mich einfach so zurückweist, ohne auch nur zu versuchen, deinen Vater zu überreden."

„Ich glaube nicht, dass er seine Meinung ändern würde. Das hat er mir sehr deutlich gesagt."

„Dann hättest du vielleicht auch deutlicher sein sollen." Sein leichter Sarkasmus traf sie wie der Stich einer Biene. Dann senkte er den Blick. „Du würdest nicht so schnell aufgeben, wenn es dir wirklich wichtig wäre. Du hast mir etwas vorgemacht, Ann."

Eli machte auf dem Absatz kehrt und ging mit schnellen Schritten am Flussufer entlang, wobei das weiße Futter seines langen Mantels immer wieder aufleuchtete. Bevor sie ihn zurückrufen konnte, war er auch schon hinter dem nächsten Hügel verschwunden.

Erstarrt sah Ann hinter ihm her. Sie war sich so sicher, dass Eli der Mann war, den der Herr als Ehepartner für sie vorgesehen hatte. Aber das, was bisher ferne Zukunftsmusik gewesen war, war allzu plötzlich über sie hereingebrochen – und jetzt war alles verloren.

Wie benommen sammelte sie die Geschichts- und Rhetorikbücher ein, die neben ihr ins Gras gefallen waren. Sie musste die Meinung ihres Vaters ändern, so wie Eli es gesagt hatte. Wenn ihr das nicht gelänge, würde sie alles verlieren.

Ann drückte die Bücher wie einen Schutzschild an ihre Brust und machte sich auf den langen Weg nach Hause.

Vor dem Bauernhaus hockten ihre beiden Schwestern in bunten Kleidern im Gras. Mabel deutete mit ihrem dicken kleinen Zeigefinger auf ein Insekt auf dem Boden. Susan strich sich ungeduldig eine hellbraune Haarsträhne aus dem Gesicht und starrte angestrengt auf das Tier.

„Habt ihr Vater gesehen?“, fragte Ann.

Ihre weichen Gesichter drehten sich zu ihr um.

„Er ist in der Werkstatt.“ Mabels Stimme war schrill und laut und klang manchmal immer noch wie die eines Kleinkindes. Sobald sie ihre Frage beantwortet hatte, drehte ihre Schwester sich wieder um und suchte mit den Augen erneut das Gras ab.

„Er hat gesagt, dass er eine Predigt schreibt und dass wir ihn nicht stören sollen“, fügte Susan altklug hinzu. Sie war acht Jahre alt und benahm sich manchmal, als wäre sie erwachsen und müsste sich um alles kümmern.

Ohne ein weiteres Wort ging Ann zur Scheune, in der nicht nur die Pferde standen, sondern auch die Sattlerwerkstatt ihres Vaters untergebracht war. Wie die meisten Wanderprediger verdiente er sein Geld nicht mit seinem Dienst, deshalb schrieb er seine Predigten auf derselben Werkbank, auf der er auch seine Sättel fertigte.

Als die Holztür hinter Ann ins Schloss fiel, sah er auf.

„Ann!“ Seinem glattrasierten Gesicht waren die Anstrengungen der letzten Jahre deutlich anzusehen, doch für seine vierzig Jahre war er immer noch voller Energie und Begeisterung und durch die harte Arbeit auf der Farm und die vielen Stunden bei Wind und Wetter auf dem Pferderücken war seine Gesundheit robust. „Habe ich Susan nicht aufgetragen dir zu sagen, dass ich schreibe?“ Es lag kein Vorwurf in seiner Stimme. Er war immer sehr liebevoll mit ihnen umgegangen, besonders seitdem ihre Mutter gestorben war.

„Sie hat es mir gesagt. Aber ich muss trotzdem mit dir sprechen.“

„Du bist ja ganz durcheinander.“ Er legte die Feder beiseite und drehte sich auf seinem Stuhl um. „Möchtest du dich setzen?“

„Nein, vielen Dank.“ Sie faltete die Hände, drückte sie gegen ihren weiten Rock, damit sie nicht zitterten, und holte tief Luft. „Eli Bowen hat mir heute einen Heiratsantrag gemacht.“

„Ohne mich um meinen Segen zu bitten?“ Auf der Stirn ihres Vaters bildete sich eine kleine Falte. „Und was hast du ihm gesagt?“

„Dass ich ihn nicht heiraten kann, bevor ich achtzehn bin. Dass du es mir verboten hast.“

„Das ist richtig. Und ich habe gute Gründe, darauf zu bestehen, dass du so lange wartest.“ Eindringlich schaute er sie an.

Schließlich brach es aus ihr heraus: „Welche Gründe? Ich bin jung, aber er ist schon neunzehn. Er wird es einmal weit bringen. Er möchte Medizin studieren.“

„Ich habe keinen Zweifel daran, dass Mr Bowen ein feiner junger Mann ist.“ Die Stimme ihres Vaters war ruhig. „Aber ich glaube nicht, dass deine Mutter dir erlaubt hätte, so jung zu heiraten.“

„Dora Sumner hat letztes Jahr geheiratet. Da war sie erst sechzehn.“ Ann lief durch den Raum und blickte abwechselnd auf den Boden und die Wände – nur ihren Vater sah sie nicht an. Er durfte nicht ablehnen, er durfte es einfach nicht. Oh, er verstand gar nichts.

„Ich bin nicht Doras Vater.“ Seine Antwort war deutlich, unmissverständlich. Er wandte sich seiner Werkbank zu und schlug leise seine Bibel zu. Als er sie wieder ansah, wurden seine Gesichtszüge weich. „Als sie so alt war wie du, hätte deine Mutter beinahe einen anderen Mann geheiratet. Später hat sie mir erzählt, dass das ein Riesenfehler gewesen wäre. Sie war froh, dass sie gewartet hatte, bis sie achtzehn war.“ Seine Augen wanderten zu dem kleinen Porträt ihrer Mutter, das in einem ovalen Elfenbeinrahmen auf seiner Werkbank stand. „Sie hat immer gesagt, dass sie erst zu dem Zeitpunkt, als wir uns kennenlernten, wusste, was sie wollte, und dass sie nicht mehr ganz so dumm und leichtgläubig war."

„Ich bin weder dumm noch leichtgläubig. Ich weiß, was ich fühle. Und es wäre kein Riesenfehler." Ihre Stimme wurde immer leiser, weil sich ihre Kehle zusammenzog.

„Es tut mir wirklich leid, Ann. Ich muss tun, was ich für richtig halte." Er klang sachlich und traurig.

Oder ist es einfach nur bequemer so? Wer soll sich schließlich um meine Schwestern kümmern, wenn ich weggehe?

Aber dieser Gedanke wurde ihrem Vater nicht gerecht. Ann hatte nie erlebt, dass er selbstsüchtig gehandelt hätte.

„Aber wie soll er auf mich warten? Er ist viel älter als ich. Er will bestimmt bald heiraten und nicht noch drei Jahre warten." Sie versuchte gar nicht erst, das Zittern in ihrer Stimme zu unterdrücken.

Ihr Vater schwieg, dann beugte er sich vor und redete genauso ruhig und tröstend mit ihr, wie er es mit einer trauernden Witwe tat. „Dann verdient er dich nicht."

„Nein, du verstehst das einfach nicht. Und du bist grausam."

Er stand auf und ging zum anderen Ende der Scheune.

Verzweifelt vergrub Ann die Hände in ihrem Rock, dann wirbelte sie herum und rannte zur Tür hinaus in Richtung Haus.

Sie würde nicht in Tränen ausbrechen. Sie würde ganz ruhig bleiben. Ruckartig blieb sie stehen und ging langsam und schweigend an ihren Schwestern vorbei, damit die beiden sich keine Sorgen machten.

Ihr Schlafzimmer am Ende des dunklen Flurs schien sie anzuziehen wie ein Magnet.

Doch Ann warf sich nicht auf ihr Bett, so wie sie es im ersten Jahr nach dem Tod ihrer Mutter getan hatte. Stattdessen ging sie zu ihrem Schreibtisch, öffnete die Klappe und fischte ihr Tagebuch heraus. Ihre Röcke wölbten sich, als sie sich auf den Stuhl fallen ließ und fieberhaft zu schreiben begann. Nach einer Weile starrte sie wie hypnotisiert auf die gleichmäßigen Schwünge ihrer Handschrift. Sie konnte nicht mehr weiterschreiben. Langsam hob sie die Schreibfeder vom Papier und starrte die Eichenholzwand an.

Was ist, wenn er nicht auf mich wartet?

So etwas durfte sie gar nicht erst denken. Eli würde seine gute Laune wiederfinden und alles verstehen. Wie oft hatte er ihr gesagt, dass sie die richtige Frau für ihn war, dass er niemals ein anderes Mädchen finden würde, das er so bewunderte und das sich für die gleichen Dinge begeisterte wie er!

Außerdem betete sie nun schon seit Jahren, dass sie eines Tages einen Mann finden würde, der die gleichen Interessen hatte wie sie und ein weiches Herz – und Gott hatte ihre Gebete beantwortet. Eli liebte die Poesie und die Kunst, aber er war trotzdem ein richtiger Mann, der gerne ritt und jagte. Und natürlich war er mit seinem aristokratischen Gesicht der Traum eines jeden Mädchens. Kein anderer junger Mann in Rushville war mit ihm vergleichbar.

Sie nahm die Feder wieder in die Hand und schrieb zuerst ihren eigenen Namen unten auf die Seite.

Ann Miller

Dann schrieb sie seinen Namen. Und dann kombinierte sie seinen Namen mit ihrem.

Ann Bowen

Ann Bowen

Ann Bowen

Sie lächelte, schob das Tagebuch zur Seite und legte den Kopf auf ihren Arm, um von weißen Brautkleidern und Pfirsichblüten zu träumen.

Kapitel 2

PENNSYLVANIA
18. Juli 1823

Wenn ein junger Mann seine Freiheit schon für fünf ganze Jahre aufgeben musste, dann war dies sicherlich die beste Art, es zu tun. Will zog die schweren Fenstervorhänge zur Seite und beugte sich vor, um aus dem Kutschenfenster zu schauen.

„Noch nicht, Junge", sagte Meister Good.

Was für eine freundliche Stimme sein zukünftiger Meister doch hatte. Sie war so weich wie geöltes Leder und passte gut zu dem Mann mit dem ruhigen Gesicht und den klaren Augen. Meister Goods Haare waren ungewöhnlich dunkel für einen Mann in mittleren Jahren, seine hellblauen Augen wirkten unter der Krempe seines eleganten schwarzen Hutes alterslos. Jetzt hob er die Hand und deutete durch das Fenster. „Siehst du den Berg dort?"

„Ja, Sir." Die Kutsche fuhr an einem großen Hügel vorbei, der ihnen die Sicht versperrte. Alles, was Will sehen konnte, war Gras, das schnell am Fenster vorbeiflog. Die kniehohen Halme auf dem Hügel waren vorwiegend grün, aber hier und da kündigten trockene Strohhalme an, dass es bald kälter werden würde.

„Du wirst die Stadt erst sehen können, wenn wir an dem Berg vorbeigefahren sind." Meister Good hob seine lederne Tasche auf seinen Schoß. Mit einer schnellen Bewegung öffnete er die Schnalle, zog einige Blätter Papier heraus und hielt sie in Wills Richtung. „Hier, Junge."

Will ließ den Vorhang los und wischte sich die Hände an den Hosenbeinen ab, bevor er die Papiere in die Hand nahm.

Sein Meister lehnte sich auf der ledernen Sitzbank zurück. „Wir halten bald an, um den Vertrag zu unterschreiben. Mein Nachbar wird die Unterschrift bezeugen. Am besten liest du dir alles jetzt schon einmal durch, damit es nachher schneller geht."

Will war dankbar, dass sein Vater ihm das Lesen beigebracht hatte. Er wäre bestimmt stolz auf ihn, wenn er sehen könnte, dass Will sich selbst eine so gute Position verschafft hatte.

Bei dem Gedanken an seinen Vater stiegen ihm die Tränen in die Augen, aber Will kämpfte dagegen an und gewann. Es war jetzt schon sechs Jahre her, dass er seine Eltern verloren hatte. Aus dem zehnjährigen Jungen, der damals ein ganzes Jahr lang jede Nacht geweint hatte, war inzwischen fast ein junger Mann geworden. Und so würde er sich nun auch benehmen, besonders vor seinem zukünftigen Meister.

In einer Hand hielt Will die Papiere, mit der anderen drückte er seinen dünnen Lederbeutel und vergewisserte sich, dass die gefalteten Briefe immer noch darin waren. Diese Briefe und der kleine silberne Anhänger waren alles, was ihm von seinem Vater und seiner Mutter geblieben war.

Er starrte auf die Papiere, die Meister Good ihm gegeben hatte. Die Buchstaben waren mit einer dicken Feder und vielen Schnörkeln geschrieben worden und hoben sich schwarz und deutlich von dem schönen weißen Papier ab.

County of Allegheny
Zu bezeugen
Mr Jacob Good verspricht heute – in der Gegenwart eines Zeugen –, William Hanby für die Dauer von fünf Jahren als Lehrling aufzunehmen, damit er die Sattlerkunst erlernt und zusätzlich verschiedene Pflichten übernimmt, um das Handwerk seines Meisters zu unterstützen. Während dieser ganzen Zeit wird der besagte Lehrling seinem Meister unterstehen und wird nicht für Geld bei einer anderen Person arbeiten; er wird den Befehlen seines Meisters gehorchen und fleißig seine Arbeit ausführen. Für die Dauer seiner Lehrzeit tritt der Lehrling alle Rechte über seine Person und seinen Aufenthaltsort an seinen Meister ab; sein Meister versorgt ihn dafür mit Unterkunft und Verpflegung. Bei dem erfolgreichen Abschluss der Lehrzeit wird sein Meister ihn mit dem nötigen Werkzeug für seinen Beruf, einem neuen Mantel und einem Paar neuen Schuhen ausstatten.
Unterschrieben, mit Datum versehen und bezeugt

„Wie du siehst, hat alles seine Richtigkeit", sagte Meister Good. Er rückte seinen Hut zurecht und streckte die Hand nach den Papieren aus.

„Ja, Sir. Vielen Dank, Sir." Vorsichtig reichte Will ihm den Vertrag.

Der Kutscher oben auf dem Bock pfiff den Pferden aufmunternd zu und ließ die Peitsche knallen. Ein Ruck ging durch die Kutsche, sodass Will mit der Schulter gegen den hölzernen Türrahmen links neben sich krachte. Er rieb sich die schmerzende Schulter, beugte sich wieder zum Fenster und zog den Vorhang beiseite.

Die Stadt Pittsburgh! Jetzt war die Kutsche oben auf dem Berg. Unten im Tal flossen drei Flüsse zusammen und überall dazwischen standen dunkle Gebäude. Rauch waberte über der Stadt wie dicker schwarzer Nebel. Ein unangenehmer Geruch hing in der Luft, als würde Müll verbrannt. *Das macht nichts. Es ist ganz natürlich, dass es bei der vielen Industrie und dem Wohlstand in der Stadt auch viel Rauch gibt.* Nichts konnte Wills Begeisterung schmälern.

Er kannte nur das Leben auf der Farm. Als er sieben Jahre alt gewesen war, waren seine Eltern und seine beiden Schwestern an Schwindsucht erkrankt. Zuerst hatten sie nur husten müssen, dann waren das Fieber und die Schmerzen am ganzen Körper über sie hereingebrochen. Auf Anraten des Arztes hatte sein Vater Will und seinen noch gesunden Bruder Johnny als Farmhelfer auf zwei verschiedenen Farmen untergebracht, damit sie sich nicht auch noch ansteckten. Im Laufe der nächsten zwei Jahre hatte ein Brief nach dem anderen Will darüber informiert, dass zuerst seine Schwestern und dann auch sein Vater und seine Mutter als Folge der Schwindsucht eine Blutvergiftung bekommen hatten, die kein Arzt heilen konnte.

Auf der Quäker-Farm hatte Will hart arbeiten müssen, doch der Farmer war immer gerecht und ehrlich gewesen. Will wollte allerdings mehr von der Welt sehen als Scheunen und Pferde – er wollte Schiffe betrachten, Bücher lesen und mit Menschen reden, die weit gereist waren. Nachdem seine Ausbildungszeit auf der Farm im letzten Monat zu Ende gegangen war, hatte es für ihn deshalb kein Halten gegeben. Will freute sich unbändig über die Möglichkeit, in Pittsburgh eine neue Lehrstelle anzutreten. Er konnte es kaum abwarten, diese neue, viel größere Welt zu erkunden, die jetzt vor ihm lag.

Am Fuß des Berges tauchte die Kutsche in ein Labyrinth aus Straßen mit eng aneinanderstehenden Häusern ein. Zuerst sah Will ein zweistöckiges Warenhaus, dann eine Werkstatt für Kutschen. Daneben stand ein Backsteinhaus, auf dessen Seitenwand mit großen weißen Buchstaben *Waffen und Munition* geschrieben worden war. Auf der Straße waren überall Fußgänger. Die Kutsche fuhr an Arztpraxen mit vergoldeten Schildern und an Anwaltsbüros vorbei.

„Meister Good, schauen Sie nur. Da ist noch eine Sattlerei." Will deutete auf ein Schild mit einem Sattel und zwei gekreuzten Peitschen.

„Ja, ich habe viele Möchtegern-Rivalen." Sein Meister schien sich für die vielen Schilder und Gebäude gar nicht zu interessieren, sondern griff stattdessen nach der Zeitung, die neben ihm auf der Bank lag, und studierte die Anzeigen. Draußen vor dem Fenster veränderte sich die Umgebung. Die Menschen wurden weniger, anstatt ihrer bestimmten gehobene Residenzen mit großen Gärten das Bild.

Die Kutsche wurde langsamer und blieb schließlich mit einem Ruck stehen, als der Kutscher brüllte: „Whoa! Stopp!" Mit einem Satz sprang er vom Kutschbock und öffnete die Tür. Sein Hut und Bart waren über und über mit Staub bedeckt.

Wills neuer Meister beugte sich vor, um aus der Kutsche zu steigen, dann war Will an der Reihe. Vorsichtig legte er sich seinen Lederbeutel über die Schulter. Er würde ihn nicht aus den Augen lassen, bis er einen sicheren Ort für seine wertvollen Briefe und den Anhänger gefunden hatte.

Während Will aus der Kutsche kletterte, ging sein Meister bereits auf ein zweistöckiges weißes Haus zu, das elegant zwischen grünen Rasenflächen lag. Noch nie zuvor hatte Will ein so großes Haus gesehen und er bemühte sich, nicht einfach nur dazustehen und es anzustarren.

Er beschleunigte seine Schritte, um seinen Meister einzuholen, der schon den Messingklopfer an der blauen Doppeltür betätigte. Nach kurzer Zeit öffnete sich die Tür und eine junge Frau in einem grauen Kleid mit weißer Schürze, deren Haar in einem Netz steckte, erschien.

„Guten Tag, Mary“, begrüßte sie Meister Good. „Ich muss den Doktor sprechen, wenn es möglich ist.“

Die junge Frau nickte und bat sie herein. Dann verschwand sie im hinteren Teil des Hauses.

Die Eingangshalle hatte eine hohe Decke, einen Marmorboden und ein Treppenhaus mit einem kunstvoll geschnitzten Geländer. Am Fuß der Treppe hing ein Gemälde, auf dem in dunklen Farben ein Tal zu sehen war, dessen melancholische Stimmung nur durch ein paar Sonnenstrahlen durchbrochen wurde, die durch die dunklen Wolken fielen.

„Guten Tag, Jacob“, erklang plötzlich eine Stimme. Sie kam von einem Mann, der die Eingangshalle von der gegenüberliegenden Seite betrat. Er trug einen schwarzen Gehrock; seine Haare waren weiß und seine Schultern so gerade wie bei einem Soldaten. Als er durch den Raum auf sie zukam, um Wills neuen Meister zu begrüßen, warf er Will einen Blick zu. Will wünschte sich, sein eigener Mantel und seine Hose würden nicht so schäbig und ausgefranst aussehen.

„Dr. Loftin.“ Meister Good schüttelte kurz die ausgestreckte Hand des Doktors und nahm Will dann bei den Schultern. „Das ist mein neuer Lehrling, William Hanby.“

Der Doktor nickte Will zu.

„Er beginnt heute seine Lehrzeit. Wir brauchen einen Zeugen für den Lehrvertrag.“ Meister Good ging zu einem kleinen Mahagonitisch, der an der Wand stand, stellte seine Aktentasche darauf und holte die Papiere heraus. „Wären Sie so freundlich, die Unterschriften zu bezeugen?“

Der Doktor zögerte. Seine warmen, grünen Augen waren von Fältchen umrahmt; sein Blick ruhte auf Will. „William.“ Er nahm seinen Blick nicht von Will, selbst als er die Hand ausstreckte, um die Papiere entgegenzunehmen. „Bist du dir der vollen Bedeutung dieses Vertrags bewusst?“

„Ja, Sir.“

Der Gesichtsausdruck des Doktors wurde noch ernster. „Dir ist bewusst, dass du hiermit für die nächsten fünf Jahre unwiderruflich an deinen Meister gebunden bist? Das verstehst du?“

„Ja, Sir. Ich bin Meister Good sehr dankbar für die Möglichkeit, die er mir bietet.“

Der Doktor las die Papiere. Schließlich runzelte er besorgt die Stirn und sagte: „Also gut. Das letzte Mal habe ich vor zwanzig Jahren einen Lehrvertrag bezeugt und das war für einen erwachsenen Mann, nicht für einen Jungen. Aber wenn du dir so sicher bist, William, dann brauchen wir wohl jetzt Feder und Tinte."

Es dauerte nur einen Augenblick, dann hatte das Hausmädchen beides geholt. Meister Good unterschrieb den Vertrag zuerst mit „Jacob Good" in einer Schrift, die aussah wie eine Insektenspur. Will kritzelte seinen Namen darunter und als Letzter unterschrieb der Doktor mit „Dr. med. Robert Loftin".

„Nun, das war's", sagte der Doktor. „Und ich bete, dass Gott über diese Lehrzeit wacht." Er fügte Letzteres so leise hinzu, als spräche er mit sich selbst.

„Ich bin mir sicher, dass er das tun wird", erwiderte Meister Good und schüttelte dem Doktor zum Abschied die Hand.

Meister Goods Haus lag nur ein paar Schritte neben dem des Doktors. Will folgte seinem neuen Meister einen schmalen Fußweg entlang, der sie an den Tierpferchen des Doktors vorbeiführte. Eine schöne weiße Sau und ihre Ferkel schmatzten neben ihrem Trog. Sein kleiner Bruder Johnny liebte es, die Ferkel zu füttern und ihr Quieken zu hören. Will hoffte, dass es seinem Bruder gut ging, so ganz allein in Beallsville.

Ein zweistöckiges Haus tauchte vor ihnen auf, nicht so groß wie das des Doktors, aber gut gebaut und mit weiß gestrichenen Holzlatten verblendet. Meister Good musste sehr fleißig sein und gute Arbeit leisten, dass er sich so ein Haus zusammen mit einer großen Scheune und eingezäuntem Land leisten konnte. Der Meister ging ohne Umschweife auf die Eingangstür zu und betrat das Haus. Will rannte hinter ihm her und konnte die Tür gerade noch mit dem Ellenbogen aufhalten, bevor sie wieder zuschlug.

Sie befanden sich in einem düsteren, sehr großen Raum. Links neben ihnen standen steife Stühle mit hohen Lehnen vor einem Kamin. Rechts von ihnen war die Küche mit einem großen Herd und einem Steinfußboden. Töpfe und Pfannen hingen von dem riesigen Mittelbalken unter der Küchendecke. Es roch modrig und feucht, als wäre das Haus uralt und müsste dringend gelüftet werden.

„Jane!“ Der unerwartet scharfe und laute Ruf seines Meisters ließ Will zusammenzucken.

Über ihnen fiel etwas auf den Boden. Füße liefen eilig die Treppe hinunter und neben ihnen erschien eine spindeldürre Frau mittleren Alters mit mausgrauen Haaren, die zu einem festen Knoten am Hinterkopf zusammengebunden waren. Sie blieb vor ihnen stehen wie ein Tier, das jederzeit fliehen konnte. „Jacob“, sagte sie. „Willkommen.“

Der Meister fegte an ihr vorbei in die Küche. „Komm hierher, Junge“, rief er über die Schulter. Will rannte hinter ihm her zum Herd.

„Jane, wo ist Tom?“ Ohne die Antwort abzuwarten, brüllte Meister Good: „Tom! Tom Reece!“

Die Küchentür ging auf und ein Haufen Gliedmaßen fiel in die Küche, der sich schnell zu einem dünnen Jungen mit dunklen Haaren und einem dreckigen Gesicht sortierte. Er schien jünger zu sein als Will – vielleicht ein oder zwei Jahre. Seine Wangenknochen stachen hervor und seine Ellenbogen waren so dünn, dass sie aussahen, als würden sie bei der kleinsten Berührung einfach zerbrechen.

„Tom, das ist dein neuer Mitlehrling, Will Hanby. Erkläre ihm unsere Regeln.“

„Ja, Sir“, erwiderte Tom leise.

Good nahm seinen Hut ab. Sofort kam die dürre Frau auf ihn zu und nahm ihm den Hut ab, dann zog sie sich wieder an die Wand zurück. „Nun?“ Good schaute Tom durchdringend an.

Tom sprach mit schneller, monotoner Stimme, als hätte er die Worte auswendig gelernt. „In diesem Haus, Meister Good, sind Sie das Oberhaupt und Ihr Wort ist Gesetz. Ihre Autorität beinhaltet Mistress Good“ – der Junge sah die verschreckte Frau an der Wand an – „und sie hat Ihre Autorität auch über mich.“

Als ihr Name fiel, zog Jane Good schnell die Schultern hoch. Mit kreidebleichem Gesicht umklammerte sie den Hut ihres Mannes.

„Will, von Tom wirst du lernen, was hier von dir erwartet wird.“ Meister Goods Stimme klang gepresst. „Du wirst Holz sammeln, die Wäsche machen, Leder für mich vorbereiten und auch sonst alles tun, was ich von dir verlange. Du wirst mir immer sofort gehorchen und meine Zeit nicht mit Trödeln, Faulheit oder langem Schlafen verschwenden. Ich erwarte, dass du bereits aufgestanden bist und das Feuer geschürt hast, wenn ich morgens nach unten komme. Du wirst zusammen mit Tom auf dem Heuboden schlafen, da wir keine zwei Lehrlinge hier mit uns im Haus haben können."

Der Heuboden. Da werden wir im Winter erfrieren. Will versuchte gleichmütig zu wirken, aber ein kalter Schauer nach dem anderen jagte über seinen Rücken.

„In deinem eigenen Interesse werde ich dich Disziplin lehren." Meister Good ging am Herd vorbei und griff nach einem dünnen Rohrstock, der in der Ecke stand. „Du bist sicher mit mir einer Meinung, dass es die Pflicht des Meisters ist, seinem Lehrling alle wichtigen Dinge beizubringen, damit er es in der Welt zu etwas bringt." Er schlug mit dem Stock ein paarmal auf seine Hand und stellte ihn dann wieder an seinen Platz. „Tom, zeig Will, wo das schmutzige Geschirr steht und wie wir es an der Pumpe spülen."

Tom huschte zu einer Kiste und öffnete mit erkennbar zitternden Händen den Holzdeckel. Dann holte er einen kleinen Stapel Schüsseln heraus, stellte sie auf seinen angewinkelten Arm und schloss den Deckel mit der anderen Hand. Als er sich zur Küchentür umdrehte, bewegte sich der Schüsselstapel, sodass die oberste Schüssel ins Rutschen kam. Toms Hand war den Bruchteil einer Sekunde zu langsam und die Schüssel fiel laut klirrend auf den Boden, wo sie in tausend Stücke zersprang. Der ganze Küchenboden war übersät von Scherben.

Atemlose Stille folgte. Jane Goods weißes Gesicht gefror zu einer Maske. Tom blinzelte und versteckte seine Augen hinter einer schwarzen Haarsträhne, die ihm ins Gesicht fiel. Mit seinen Armen umklammerte er die restlichen Schüsseln.

„Du ungeschickter Junge", sagte Meister Good. „Stell die anderen Schüsseln auf den Tisch, damit du nicht noch eine fallen lässt."

Tom tat wie befohlen. Dabei ließ er Meister Good keine Sekunde aus den Augen. Langsam beugte sich dieser vor, um ein paar Scherben aufzuheben. Dann richtete er sich wieder auf, ging zu Tom, der immer noch neben dem Tisch stand, und legte die Scherben vorsichtig neben die anderen Schüsseln. Ohne Vorwarnung holte er mit dem Arm aus und schlug Tim mit voller Wucht gegen die Schläfe. Der Junge verlor das Gleichgewicht, krachte gegen die Wand und fiel auf den Boden.

„Eigentlich würde ich dich jetzt bitten, dass du den Rest des Durcheinanders beseitigst, Tom", sagte Meister Good langsam. „Aber ich glaube, dass diese scharfen Teile vielleicht zu gefährlich sind für einen so ungeschickten Jungen wie dich."

Tränen malten weiße Linien auf das schmutzige Gesicht des Jungen.

Betroffen mischte sich Will ein. „Meister, ich bin mir sicher, dass es nur ein Missgeschick war."

Ein eisiges Licht blitzte tief in Meister Goods Augen auf. „Oh, du hinterfragst also die Art, wie ich diesen Jungen diszipliniere? Ich sehe schon, dass wir beide uns einmal lange unterhalten müssen."

Sofort stellten sich Wills Nackenhaare auf.

„Und jetzt raus mit dir in die Scheune, Tom, und wasch dich ordentlich", wandte sich Good mit einem verächtlichen Grinsen wieder an Tom. „Und zeig ihm die Pumpe, wie ich dir gesagt habe. Du, Junge." Er deutete auf Will. „Nimm die Schüsseln."

Mit Mühe kämpfte Tom sich wieder auf die Füße und stolperte zur Tür.

Alles in Will sträubte sich, jetzt auf Meister Good zuzugehen, aber er musste an ihm vorbei, um die Schüsseln zu holen.

Will trat an den Tisch. Als er die Hände nach den Schüsseln ausstreckte, packte ihn sein Meister an den Schultern und griff mit der Hand nach seinem Lederbeutel. „Was ist hier drin, Junge? Ich muss sichergehen, dass du nichts Unanständiges mit ins Haus bringst."

Bei der Berührung drehte sich Will der Magen um, aber er wagte es nicht, sich zu bewegen.

Meister Good riss ihm den Lederbeutel von den Schultern und leerte ihn auf den Boden. „Unterwäsche? Und was ist das?" Mit einem Griff schnappte er sich das kleine Ledertäschchen, zog an den verknoteten Bändern und holte die Briefe von Wills Mutter heraus.

Mit gerunzelter Stirn las er ein paar Zeilen. „Wertlos. Sentimental. Du wirst lernen müssen, Gefühle zu vermeiden, wenn du es zu etwas bringen willst. Wir fangen gleich damit an und werfen diese Briefe in den Müll." Er reichte Mistress Good die Briefe und sie zerknüllte sie zwischen ihren Händen.

Diese Geste verschlug Will den Atem, deshalb schaffte er es auch nicht zu protestieren.

Meister Good zog den Anhänger mit dem Porträt von Wills Vater aus dem Lederbeutel und betrachtete es. „Hübsch, aber genauso wertlos. Mistress Good kann es behalten oder verkaufen – wie sie will.“ Sein Meister ließ den Anhänger wieder in den Lederbeutel fallen. Dann warf er den Lederbeutel in Richtung seiner Frau. Er traf sie an der Brust und fiel vor ihre Füße, doch sie hob ihn schnell auf und lief zur Treppe.

„Nun, mein Junge.“ Seine Stimme klang erstaunlicherweise noch freundlicher als vorher. „Geh mit Tom. Er wird dir auch etwas über die anderen Lektionen erzählen – die, die du bestimmt lieber vermeiden willst.“

Kapitel 3

Rushville
Weihnachten 1823

Hoffentlich würde sie Eli heute nicht über den Weg laufen. Ann senkte den Kopf, damit die anderen Menschen im Geschäft nicht sehen konnten, dass sie betete.

Rushville war eine kleine Stadt und normalerweise war nie mehr als ein Kunde im Laden. Aber heute war der Samstag vor Weihnachten, deshalb standen einige Damen vor den Regalen oder zwischen den Säcken und Fässern an der Kasse an.

Ann umklammerte ihre bestickte Handtasche. Sie verfügte über ausreichend Nadelgeld, um Geschenke für ihren Vater und ihre Schwestern zu kaufen. So etwas Extravagantes wie eigenes Geld war immerhin ein Vorteil einer Familie, die nur aus vier Personen bestand. Aber Ann hätte nur zu gerne auf alles, was sie besaß, verzichtet, wenn dafür ihre Mutter noch am Leben wäre. Dieses Weihnachten war das siebte ohne sie.

Ann ließ ihre Schwestern, die mit großen Augen durch den Laden wanderten und immer wieder vor Puppen oder Bilderbüchern stehen blieben, keine Sekunde aus den Augen

„Ann, darf ich Süßigkeiten kaufen?“ Mit einem engelsgleichen Gesicht sah Susan ihre ältere Schwester bittend an. Sie lächelte und riss ihre blauen Augen dabei weit auf – sie hatten dieselbe Farbe wie die ihrer Mutter.

„Nein, Susan. In drei Tagen ist Weihnachten. Dann bekommst du ganz viele Süßigkeiten.“

Susan runzelte die Stirn und schmollte, bis selbst die Schleife in ihren hellbraunen Haaren zu verwelken schien. Als Ann sich dennoch nicht erweichen ließ, schlenderte sie zu den Süßigkeiten und versuchte Mabel zur Seite zu drängen, die dort wie gebannt auf die Bonbons und Zuckerstangen starrte. Es war faszinierend, welch ein verzücktes Lächeln Süßigkeiten auf ein Kindergesicht malen konnten.

„Susan, Mabel, es sind zu viele Leute hier im Laden. Ihr müsst draußen warten."

„Aber ich will noch nicht. Es gibt noch so viel zu sehen!", sagte Susan über die Schulter, völlig versunken in den Anblick einer blonden Puppe, die auf einem Fass saß.

„Ihr habt mich gehört", entgegnete Ann.

Mrs Sumner, die hinter der Theke stand, sah Ann an und lächelte. Susan und Mabel waren wahrscheinlich nicht die ersten kleinen Mädchen, die heute aus dem Geschäft geschickt wurden, weil es im Laden „zu voll" war.

Susan seufzte, nahm Mabel an der Hand und zog sie mit sich nach draußen.

Durch das Schaufenster beobachtete Ann, wie ihre Schwestern vor dem Laden auf ihre Freundin Hattie Anderson trafen und sie freudig begrüßten. Die drei Mädchen hockten sich hin, um Kieselsteine aus der gefrorenen Straße zu kratzen. Wenigstens würden ihre Handschuhe bei der Kälte sauber bleiben.

Plötzlich wurde Anns Blick auf die Mädchen versperrt, weil vor dem Schaufenster ein junger Mann mit seiner Freundin stehen blieb. Die beiden sahen aus wie ein glückliches Ehepaar in Sonntagskleidern. Ann verschlug es den Atem.

Es war Eli. Er schlenderte zur Tür des Ladens, schlank und schön und so elegant wie immer. Ann hatte stets vermutet, dass sich irgendwo in seinem Stammbaum ein Graf versteckte. Phoebe Vanderlick hielt seinen Arm und ging neben ihm. Er lächelte und zog seinen Hut, als hätte er persönlich diese höfliche Geste nur für Phoebe erfunden. Das schwarzhaarige Mädchen klopfte ihm sanft auf den Arm.

Ann wollte wegrennen, aber es gab nur eine Tür. Die Glocke ertönte, als das Pärchen den Laden betrat. Eli führte Phoebe an den anderen Kunden vorbei, wobei er diese fröhlich um Verzeihung bat.

Dann fiel sein Blick auf Ann. Sein ganzer Körper versteifte sich und sein Lächeln erlosch. Eine sanfte Röte überzog sein Gesicht. Phoebes funkelnde dunkle Augen verloren ihre Wärme. Ann bemühte sich, völlig gleichgültig auszusehen.

„Guten Morgen", beendete Mrs Sumner das betretene Schweigen mit ihrer lauten, fröhlichen Stimme. Mit schnellen Schritten ging sie auf Mrs Anderson zu, die vor dem Regal mit den Gewürzen stand. „Brauchst du heute ein paar Eier, Rebecca?"

Ann konnte sich immer noch nicht rühren, sie war wie festgefroren – und sie konnte ihre Augen einfach nicht von dem Pärchen abwenden.

Phoebe strich sich eine Locke aus dem Gesicht, stellte sich noch dichter neben Eli und drückte seinen Arm noch etwas fester. „Eli, ich glaube, ich habe meine Einkaufsliste zu Hause vergessen. Würde es dir sehr viel ausmachen, wenn wir zurückgingen und sie holten?"

„Aber natürlich nicht", sagte er erleichtert über diese Entschuldigung. Sie drehten sich um wie zwei gut erzogene Kutschpferde und flohen aus dem Laden.

Während Mrs Sumner Mrs Anderson bediente, wich die Röte aus Anns Gesicht und ihre Atmung beruhigte sich wieder. Wie konnte Eli Phoebe nur so anlächeln und sie so nah an sich ziehen, obwohl er noch vor ein paar Monaten Ann hatte ewige Treue schwören wollen?

Doch niemand sonst wusste von seinem Antrag und niemand würde es je erfahren.

Mrs Anderson nahm ihre Pakete und nickte Ann beim Gehen freundlich zu.

„Wie kann ich dir helfen, Ann?", fragte Mrs Sumner.

Ann räusperte sich, damit sie trotz des Kloßes in ihrem Hals sprechen konnte. „Mrs Sumner, ist etwas für uns gekommen? Aus Pittsburgh?"

„Lass mich nachdenken ... Miller, Miller ..." Mrs Sumner strich nachdenklich über einen Mehlfleck auf ihrem dunkelblauen Kleid. „Oh ja, das große Fass. Wie konnte ich das nur vergessen?" Sie deutete in eine Ecke, in der ein großes Holzfass stand. „Das kommt aus Pittsburgh, da bin ich mir sicher. Aber wie willst du es nach Hause transportieren?" Sie kippte das Fass ein wenig, um zu sehen, wie schwer es war.

„Ich bin mit der Kutsche gekommen."

Mrs Sumner wischte sich die Hände an ihrer Schürze ab. Aufgrund ihrer vielen Sommersprossen sah sie eigentlich immer fröhlich aus, aber jetzt wirkte ihr Gesicht ernst. „Du machst deinem Vater alle Ehre, junge Dame. Ich kenne nicht viele andere Mädchen, die ihren Haushalt so gut führen und sich auch noch um zwei kleine Mädchen kümmern."

Ja, aber dafür können andere Mädchen den Mann ihres Herzens heiraten. Ann unterdrückte ihren Schmerz und antwortete freundlich: „Vielen Dank."

„George", rief Mrs Sumner durch den Vorhang, der hinter der Theke hing. „Könntest du Ann Miller mit dem Fass helfen?"

Mr Sumner trat durch den Vorhang und steckte sich dabei seine Brille in die Hemdtasche. Doch dann überlegte er es sich anders und gab die Brille seiner Frau. Er war ein kräftiger, etwas rundlicher Mann, der Ann nur kurz zunickte, bevor er das schwere Fass hochhob.

Schnell lief Ann zur Tür und hielt sie ihm auf. Die Kutsche ihres Vaters und die rotbraune Stute standen nur ein paar Meter die Straße hinunter. Sie hatte sie an einen Pfosten gebunden. Mr Sumner hob das Fass noch etwas höher und lief dann mit der schweren Last auf den Armen auf die Kutsche zu. Susan und Mabel hüpften hinter ihm her.

Während er das Fass auflud, ging Ann zurück in den Laden, um ein paar Spielsachen und Süßigkeiten für die Mädchen zu kaufen. Für ihren Vater kaufte sie ein schwarzes Büchlein mit leeren Seiten. Er brauchte immer etwas, um die Ideen für seine Predigten aufzuschreiben, die ihm während der Arbeit an seinen schönen Sätteln kamen.

Als alle Päckchen gepackt und vor den neugierigen Augen versteckt waren, bezahlte Ann ihre Schätze. „Vielen, vielen Dank, Mrs Sumner. Gott segne Sie an Weihnachten."

„Dich und deine Familie auch." Mrs Sumner reichte Ann die restlichen Pakete und berührte sie zum Abschied leicht an der Schulter.

Draußen scheuchte Ann die Mädchen hinten auf die Kutsche und kletterte auf den Kutschbock. Als sie sich umschaute, um sicherzugehen, dass das Fass gut festgemacht war, fiel ihr Blick auf das Etikett.

Das Wort *Zucker* war durchgestrichen und stattdessen stand dort jetzt die Adresse in schwarzen, wackeligen Buchstaben, die sich um die Astlöcher des Holzfasses zu schlängeln schienen: *Von dem Sattler Jacob Good aus Pittsburgh an den Sattler Samuel Miller in Rushville, Ohio.*

Ann wusste nicht warum, aber irgendetwas beunruhigte sie an der spinnenartigen Handschrift. Eine ganze Weile konnte sie die Augen nicht davon abwenden.

„Worauf warten wir noch?“ Susan rieb sich die Hände.

„Uns ist kalt.“ Hinten in der Kutsche zitterte Mabel theatralisch. Dann kicherten beide.

Ann nahm die Zügel auf und schnalzte der Stute aufmunternd zu. Sie musste ihre Schwestern nach Hause bringen.

Die Temperatur sank immer weiter und der Atem der Mädchen kam in weißen Wolken aus ihren Mündern. Susan und Mabel waren die ganze Heimfahrt über damit beschäftigt zu vergleichen, wer die größte Atemwolke blasen konnte. Die Bäume hoben sich kahl und schwarz von dem grauen Winterhimmel ab. Nicht ein Vogel oder ein anderes Tier ließ sich auf dem Weg nach Hause blicken.

Das Geplapper der Mädchen prallte an Anns aufgewühlten Gedanken ab wie Regen von einem Blechdach. Sie verlor sich in Erinnerungen an Eli, an den Tag, an dem er ihr Shakespeares Sonett gezeigt und ihre Wange gestreichelt hatte, als sie sich über das Buch beugte. „Lass mich von keinen Hindernissen hören, die treuer Seelen Ehebund bedräun!“ An sein Versprechen, dass er in nur zwei Jahren genug Geld gespart haben würde, um an die Universität zu gehen oder einen medizinischen Beruf zu ergreifen, wenn der Freund seines Vaters in Cincinnati ihn als Assistent nehmen würde. An den Moment, als er sie fragte, ob sie seine Frau werden wollte.

Ann hielt mit der Kutsche vor der Eingangstür des leeren Farmhauses. „Ihr zwei, geht ins Haus und schürt das Feuer. Dann wärmt euch etwas auf.“

Susan und Mabel sprangen aus der Kutsche und rannten durch die Haustür. Wie sie es gelernt hatten, zogen sie die dunkle Tür sofort hinter sich zu.

Bevor Ann ins Haus gehen konnte, musste sie sich um die Stute, Bayberry, kümmern. Sie hatte die Stute selbst großgezogen und auch jetzt, wo Bayberry mit vier Jahren ein ausgewachsenes Pferd war, kümmerte sich Ann noch ausgiebig um sie. Nichts tröstete Ann mehr, als mit der Hand langsam über die zarten Nüstern der Stute zu streicheln oder in ihre ruhigen dunklen Augen zu schauen.

Ann führte das Pferd in seine Box. Mit den Fäustlingen war es schwierig, das Geschirr zu öffnen, aber sie war fest entschlossen, die Handschuhe erst im Haus auszuziehen. Selbst mit ihnen waren ihre Finger vor Kälte völlig taub.

Nachdem sie das Geschirr an seinen Haken gehängt hatte, legte sie Bayberry den Arm um den Hals, vergrub das Gesicht in ihrer schwarzen Mähne und schloss die Augen. Das Bild von Phoebe so dicht neben Eli wollte einfach nicht verschwinden. Anns Kehle brannte. Sie atmete tief ein, dankbar für die kalte Luft, die in ihrer Lunge schmerzte und sie von der Trauer ihres Herzens ablenkte. Eli hatte sie so schnell vergessen. Warum konnte er nicht auf sie warten?

Irgendeinen Segen musste sie in seiner Treulosigkeit finden, sonst würde sie in Tränen ausbrechen.

Wenigstens konnte sie so bei ihren Schwestern auf der Farm bleiben. So ganz ohne jede mütterliche Fürsorge konnte sie sie nicht einfach zurücklassen. Sonst müssten sie sich allein durch die schwierige Zeit des Erwachsenwerdens kämpfen, so wie Ann das hatte tun müssen.

Vor mehr als sechs Jahren war im Schlafzimmer ihrer Eltern das Leben langsam aus ihrer Mutter gewichen, während Ann die neugeborene Mabel in ihren Armen hielt. Ihr Vater war erst zwei Tage später von seinem Dienst zurückgekommen. Wie eine Maschine hatte Ann, so gut sie konnte, das Blut aus dem Holzboden geschrubbt und die Bettlaken verbrannt, die nie wieder weiß werden würden. Zwei lange Tage hatte sie in dem Haus verbracht, in dem der kalte, steife Körper ihrer Mutter mit seinen schrecklich starrenden Augen lag. Ann hatte nicht gewusst, dass man die Augen gleich schließen musste; als sie es dann versucht hatte, war es zu spät gewesen.

Immer noch kroch eine beschämende Angst in ihr hoch, wenn ihr Vater die Farm verließ, eine Panik, dass etwas Schreckliches passieren könnte – wie an dem Tag, an dem sie ihre Mutter verloren hatte und niemand da gewesen war, um ihr zu helfen.

Niemand wusste, was Ann gesehen hatte, nicht einmal ihr Vater. Die furchtbaren Erinnerungen vergrub sie unter Bayberrys Mähne. Durch die Wärme der Stute auf ihrer Wange kam sie langsam aus der kalten Erinnerung an Tod und Leid zurück in die Gegenwart.

Das Fass aus Pittsburgh. Sie sollte es besser ins Haus bringen.

Sorgfältig schloss sie die Boxentür hinter sich, verließ die Scheune und ging zur Kutsche im Hof. Sie öffnete das hintere Brett und zog an dem Fass. Dabei achtete sie darauf, dass ihre Füße nicht im Weg waren, als das Fass mit einem dumpfen Schlag auf den Boden fiel. Sie wusste, was in dem Fass war; selbst ein Fall aus größerer Höhe konnte dem Inhalt nichts anhaben.

Energisch zerrte sie das Fass hinter sich her über die Türschwelle. Die Wärme im Haus ließ ihre kalte Nase und die Ohren kribbeln. Mittlerweile war Susan eine Expertin darin, das Feuer zu schüren. In ein paar Jahren würde sie Ann sicher eine noch größere Hilfe sein.

Neugierig rannten die Mädchen zu ihr, um zu sehen, was in dem Fass war. Doch der Deckel war festgekeilt und bewegte sich keinen Zentimeter.

„Mabel, bringst du mit bitte den Schürhaken? Nein, du sollst nicht hüpfen", sagte Ann, als Mabel auf und ab hüpfte und ihre Locken auf den Latz ihrer schneeweißen Schürze fielen. „Es ist gefährlich, mit einem Schürhaken in der Hand zu hüpfen, und im Haus gehört es sich sowieso nicht."

Mabel zwang sich zu schnellen Schritten auf Zehenspitzen, wedelte aber immer noch wild mit dem Schürhaken in der Luft herum, sodass Ann ihn packen musste, damit Mabel sie nicht aus Versehen damit traf.

Entschlossen stemmte Ann den Deckel auf. Eine wunderschöne rotbraune Kuhhaut, gegerbt und geölt, lag zusammengerollt in dem Fass. Ihr Vater würde sie in zwei Tagen herausholen und untersuchen, wenn er von seinem Predigtdienst zurückkam. Ihr Vater war Sattlermeister und nur er konnte beurteilen, ob das Leder gut genug war. Der Kunde hatte es den ganzen Weg von Pittsburgh hierhergeschickt, damit es als Damensattel wieder zurückgeschickt wurde.

Ihre Schwestern rannten in ihr Schlafzimmer, um Verstecken zu spielen. Der Anblick von einem neuen Stück Leder war ihnen zu langweilig, denn für sie sah es aus wie jedes andere Stück Leder, das in der Scheune hing. Ann hob den Deckel vom Boden und legte ihn zurück auf das Fass.

Doch da erregte etwas auf dem Fassboden ihre Aufmerksamkeit, fast verdeckt von dem zusammengerollten Lederstück. War das nur

Müll oder ein Blatt Papier? Neugierig kippte sie das Fass zur Seite und griff mit der Hand zwischen das Leder. Ihr Arm war gerade lang genug, um an das zerknüllte Papier auf dem Fassboden zu kommen und es herauszuziehen. Sie glättete alle sechs Blätter und legte sie auf den Boden neben dem Ofen.

Als das Licht des Feuers auf die Seiten fiel, beugte sie sich über die erste und las: *Mein lieber Will.*

Ein Brief. Es gehörte sich nicht, die Briefe anderer Leute zu lesen, aber wie sollte sie sie zurückgeben, wenn sie nicht wusste, wer sie verloren hatte? Sie würde nur so viel lesen, um das herauszubekommen.

> *30. Juli 1817*
> *Mein lieber Will,*
> *ich wünschte, ich könnte an diesem besonderen Tag bei dir sein, deinem zehnten Geburtstag. Ich liebe die Erinnerung an den Tag, an dem Gott dich auf diese Welt gebracht und uns mit unserem ersten Sohn gesegnet hat. An jenem Morgen, als du deine Augen aufgeschlagen und mich angesehen hast – welch unaussprechliche Freude und Liebe habe ich da empfunden! Die Jahre, seit du, dein Bruder und deine Schwestern geboren wurden, waren die glücklichsten Jahre meines Lebens, besonders in diesem letzten Jahr meiner Krankheit. Ich hoffe nur, dass du weißt, wie viel Freude du mir gemacht hast und immer noch machst, und dass du das für immer in deinem Herzen behältst.*
> *Dein Vater sagt, dass wir vielleicht im Herbst nach Hause können. Wir vermissen dich schrecklich, aber wir dürfen nicht die Gefahr unterschätzen, dass wir dich und Johnny mit der Schwindsucht anstecken könnten. Sei ein guter Junge und vertraue auf Gott, dass er uns durch diese Zeit bringt.*
> *Deine dich liebende Mutter*

Der vertraute Schmerz über den Verlust ihrer Mutter verschärfte sich. Wie sehr sehnte Ann sich nach einem solchen Brief von ihrer eigenen Mutter. Doch solange ihre Mutter gelebt hatte, waren sie und ihre Mutter nie getrennt gewesen, deshalb mussten sie sich auch nie Briefe schreiben.

Sicher waren das keine Briefe, die man einfach wegwarf. Aber warum lagen sie dann auf dem Boden eines Fasses? Sie musste diese Briefe unbedingt demjenigen wiedergeben, der sie verloren hatte – wahrscheinlich jemand in Pittsburgh. Vielleicht konnte sie ihren Vater fragen, aber der würde sicher sagen, dass sie das nichts anging. Oder der Gedanke an eine kranke Mutter würde eine seiner melancholischen Stimmungen auslösen, die manchmal Wochen andauerten.

Bekümmert sammelte Ann die Briefe ein und faltete sie zusammen. Sie musste darüber nachdenken. Zunächst einmal würde sie die Briefe an einem sicheren Ort verwahren, wo sie niemand finden konnte, bis sie eine Entscheidung getroffen hatte.

Kapitel 4

RUSHVILLE
22. Februar 1826

Ann tauchte ihre Feder in die Tinte und begann zu schreiben:

> *Mein geliebter Eli!*
> *Nun ist es schon länger als zwei Jahre her, dass du mich gefragt hast, ob ich deine Frau werden will. Du hast einmal gesagt, dass niemand die Hochzeit von zwei verwandten Seelen verhindern sollte, und doch hast du genau das ohne auch nur einen Blick zurück getan. Wie konntest du dich nur so von mir abwenden, als würdest du dir auf dem Pferdemarkt einfach ein neues Pferd kaufen?*
> *Du bist jetzt viel mit Phoebe Vanderlick zusammen. Teilt sie deine Liebe für das geschriebene Wort? Ich habe nie ein solches Interesse bei ihr wahrgenommen, denn in der Schule hat sie nie darüber gesprochen – sie hat immer nur von Haarbändern, Spielen und Partys geredet.*

Ihre Hand zitterte, als sie diese Worte schrieb, und ein hässlicher Tintenfleck breitete sich auf der Seite ihres Tagebuches aus. Sie versuchte zu lesen, was sie bisher geschrieben hatte, doch das kalte Licht, das durch ihr Schlafzimmerfenster fiel, erreichte ihren Schreibtisch nicht. Wenn sie Eli doch nur schreiben könnte, was ihr wirklich auf dem Herzen lag – ihre leidenschaftliche Überzeugung, dass Gott sie dazu auserwählt hatte, seine Frau zu werden, dass es für sie beide keinen anderen Ehepartner geben könnte. Aber sie wusste nicht, wie er darauf reagieren würde. So blieben ihre Worte gefangen auf den Seiten ihres Tagebuchs.

„Ann! Wo bist du?“, rief ihr Vater aus der Küche.

Sie klappte das kleine Buch zu und kümmerte sich nicht darum, dass dadurch wahrscheinlich die Tinte verschmierte. Dann kniete sie sich neben ihr Bett und schob das Buch unter das lose Fußbodenbrett. Dort bewahrte sie ihr Tagebuch auf – zusammen mit den zerknitterten Briefen der Mutter des Jungen, Will, die sie immer und immer wieder gelesen hatte, bis sie fast zu Briefen ihrer eigenen Mutter geworden waren.

„Bist du fertig?", fragte ihr Vater aus dem Flur. Er trat in ihre Zimmertür, das Grau in seinen Haaren schien so gar nicht zu seinem glattrasierten Gesicht und seiner kraftvollen Statur zu passen. Er presste die Lippen zusammen. „Du bist noch nicht umgezogen!"

„Nein, Vater. Ich möchte nicht zu dem Tanz gehen."

„Du kannst dich hier nicht verstecken, als wärst du im Kloster. Du bist achtzehn Jahre alt. Es ist Zeit, dass du mehr unter junge Leute gehst und junge Männer triffst." Dabei vermied er es, ihr in die Augen zu schauen.

„Ich möchte mich aber nicht mit jungen Männern treffen."

„Das hätte deine Mutter nicht gewollt." Er schüttelte den Kopf. „Sie hätte nicht gewollt, dass du dein Leben hier mit mir auf der Farm verbringst. Ich bin an allem schuld; ich habe dich nicht so großgezogen, wie sie es getan hätte ..." Er brach ab. Vielleicht dachte er an die Verlobung, die er ihr untersagt hatte. Ein dunkler Schatten huschte über sein Gesicht, seine Brauen zogen sich zusammen und kündigten die kommende schwermütige Stimmung an.

Ann seufzte. „Also gut, dann gehe ich eben." Der Abend würde schrecklich werden, weil Eli und Phoebe sicher auch kommen würden. Doch noch schlimmer war es, zu beobachten, wie ihr Vater in die Schatten seiner Trauer um ihre Mutter eintauchte. Wenn er das in der Gegenwart ihrer Schwestern tat, war Ann immer gezwungen, eine künstliche Fröhlichkeit an den Tag zu legen, damit nicht alle auf der Farm in tiefste Trauer verfielen. Lieber würde sie zwei Stunden Unterhaltung und Tanz aushalten, als zwei Wochen lang eine falsche Fröhlichkeit vorzuspielen.

„Und zieh das gute, neue Kleid an, das ich dir aus Pittsburgh mitgebracht habe", sagte er. „Deine alten Kleider passen dir nicht mehr so gut, seitdem du erwachsen geworden bist." Verlegen schaute er zur Seite. „Viel zu selten stellst du deine Schönheit richtig heraus. Wenn deine Mutter noch hier wäre, würde sie darauf bestehen, dass du deine Haare wie die anderen Mädchen hochsteckst. Du bist ein sehr hübsches Mädchen, wenn du dir vornimmst, dich richtig zurechtzumachen und schöne Kleider anzuziehen."

Das ist jetzt doch egal. „Ja, Vater." Sie schaffte es nicht, die Ungeduld in ihrer Stimme zu unterdrücken. Sofort zog er sich aus dem Türrahmen zurück.

Es tat ihr leid, wenn sie mit ihm so kurz angebunden war. Er hatte nur getan, was er für das Beste gehalten hatte, als Eli ihr den Antrag gemacht hatte. Und er hatte ein gutes Herz. Trotzdem tat ihr sein Versuch, sie mit einem anderen jungen Mann zu verkuppeln, sehr weh. Schlecht gelaunt ging sie zu ihrem Kleiderschrank und zog die Tür mit einem Ruck auf.

Das dunkelrote Satinkleid füllte mit seinen großzügigen Falten fast die Hälfte ihres Kleiderschranks aus. Mit einem schnellen Griff zog Ann das hübsche Kleid heraus und warf es achtlos aufs Bett. Dann streifte sie sich ihr Alltagskleid ab, zog die Schnüre an ihrem Mieder etwas enger und schlüpfte in das neue Kleid. Der hohe Kragen mit den Rüschen auf den Schultern war sehr hübsch und angemessen für eine Achtzehnjährige. Das Kleid lag eng um ihre Taille geschmiegt und ergoss sich dann weit über ihre Unterröcke. Wie ihr Vater schon sagte – so peinlich für sie beide –, war ihre Figur sehr viel fraulicher geworden. Der Satin auf ihrer Haut gab ihr das Gefühl, besonders hübsch zu sein, aber es gab niemanden, für den sie sich hübsch machen wollte. Das Kleid würde ihr nur noch mehr ungewollte Tanzaufforderungen von James Murdoch und David Crawford bescheren, die beide nette junge Männer waren, sich aber für nichts interessierten, was nicht direkt mit ihrer Farm zu tun hatte.

Als sie fertig war und ihre kastanienbraunen Haare zu einer etwas moderneren Frisur hochgesteckt hatte, ging sie zu ihrem Vater in die Küche. Er hob seinen Blick von dem Predigtband, der offen auf dem Tisch vor ihm lag, und betrachtete sie anerkennend.

„Wunderschön, mein Kind." Er stand auf und nahm sie etwas unbeholfen in den Arm. „Der Abend mit den anderen jungen Leuten wird sicher sehr schön. Du wirst schon sehen."

Mabel kam durch die Tür in die Küche gestürmt – völlig verdreckt von einem Schmutzabenteuer hinter der Scheune. Ihre Lippen waren blau; der Wind blies Ende Februar immer noch kalt, obwohl kein Schnee mehr lag.

„Du bist eine Prinzessin!“ Sie klatschte in die Hände und hüpfte auf und ab, sodass wieder Farbe in ihr Gesicht kam.

„Ich gehe nur zum Tanz, meine Süße“, sagte Ann. „Du musst jetzt reinkommen. Es ist zu kalt draußen. Lauf und hol Susan.“ Sie drehte sich um, um ihr Cape vom Haken zu nehmen, und wickelte es sich um die Schultern und Arme. Es passte nicht wirklich zu ihrem Kleid, aber hier siegte die Not über die Mode. Es war immer noch sehr kalt. Niemals würde sie ihren Vater darum bitten, sein Geld für einen guten Mantel zu verschwenden, der schon beim ersten Ausmisten im Stall oder beim Schweinefüttern ruiniert wäre.

Mabel drehte eine ihrer blonden Locken um den Finger. „Ich möchte auch zu dem Tanz. Darf ich mitkommen?“

„Wenn du älter bist“, sagte Ann. „Es würde dir jetzt noch nicht gefallen.“

„Oh.“ Mabel griff nach einer Blechtasse auf dem Regal an der Wand. „Ich muss draußen noch etwas machen.“ Bevor Ann etwas sagen konnte, war sie verschwunden.

Anns Vater ging zur Tür und hielt sie ihr auf. Als sie an ihm vorbeiging, achtete sie darauf, dass ihr Kleid den Türrahmen nicht berührte.

Auf der anderen Seite des Hofes diskutierten die beiden Mädchen lebhaft, während Mabel mit der Blechtasse in der Hand wild gestikulierte. Susan, die einen Kopf größer war als ihre Schwester, gab Mabel halbverständliche Anweisungen über die Wasserpumpe und einen Matschhaufen.

„Ihr Mädchen! Geht sofort ins Haus“, rief Ann. „Solange wir weg sind, dürft ihr nicht nach draußen. Es muss noch gefegt werden – und Susan, bitte kümmere dich um das Feuer.“

Mit hängenden Schultern gehorchten die beiden Mädchen. Ann musste über ihre verzweifelten Mienen lächeln. Sie freute sich darüber, dass sie immer noch so gerne miteinander spielten. Susan war jetzt ungefähr genauso alt wie Ann damals, als ihre Mutter starb. Danach war Ann nie wieder so sorglos gewesen.

Normalerweise brauchte sie keine Hilfe, um auf den Kutschbock zu klettern, aber diesmal musste ihr Vater sie wegen ihres weit ausladenden Rocks praktisch am Ellenbogen hochheben. Als sie sicher auf der Bank saß, kletterte er neben sie, nahm die Zügel und schnalzte Bayberry zu. Die Kutsche ruckte und rollte aus dem Hof. Dabei erschranken ein paar Hühner im Hühnerhaus so sehr, dass sie wild zu gackern anfingen. Es war grau und düster. Die Bäume im Wald standen da wie Bettler, die ihre nackten Arme nach Almosen ausstreckten.

Ihr Vater drehte sich zu ihr um. „Ich muss nächste Woche wieder nach Pittsburgh."

Erneut stieg die vertraute Angst in Ann auf. „Warum?"

„Mrs O'Hara möchte, dass ich einen neuen Damensattel für sie mache und persönlich überprüfe, dass er auch passt, wenn ich schon einmal dort bin."

„Ich kann mir gar nicht vorstellen, wie viel Geld diese Familie hat, dass sie dir immer diese Reisen bezahlen kann."

„Nun, für den Erben des größten Vermögens in Pittsburgh sind solche Dinge nicht wirklich wichtig."

„Aber ich wäre hier allein! Was ist, wenn dir etwas passiert, während du weg bist?"

Er seufzte. „Wir können diesen Kampf nicht schon wieder kämpfen. Ich muss weg. Allein das Geld für *einen* Sattel der O'Haras lässt unsere Farm ein Jahr lang überleben. Wir müssen Gott vertrauen, dass er uns alle beschützt, wenn wir getrennt sind."

Sie versuchte ja, Gott zu vertrauen, und sie fand abends oft Trost in den Psalmen, wenn ihr Vater nicht zu Hause war. Doch Gott hatte das Leben ihrer Mutter nicht beschützt und Ann hatte immer noch Angst.

Ihren Vater musste sie allerdings mit anderen Argumenten überzeugen. „Warum kaufen die O'Haras jeden Sattel ausgerechnet bei dir? Warum beauftragen sie nicht den Mann, der dir das Leder schickt?"

„Das weiß ich nicht. Vielleicht deshalb, weil es schon immer so war, dass er das Leder besorgt hat und ich die Sättel gemacht habe. Auch als ich noch in Pittsburgh gewohnt habe."

„Aber warum ist das so wichtig? Es gibt doch bestimmt viele Sattler in Pittsburgh, die einen guten Sattel machen könnten."

„Ich weiß es nicht. Sentimentalität, nehme ich an. Als ich hierhergezogen bin, hat mir Mrs O'Hara zuerst keine Aufträge mehr gegeben. Erst wieder nach dem Tod ihres Mannes."

„Bitte", sagte Ann, „lass mich diesmal mitkommen."

Ihr Vater hob die Augenbrauen. „Und was machen wir mit den Mädchen?“

„Die könnten doch auch mitkommen.“

„Das wird aber anstrengend“, erwiderte ihr Vater. „Glaubst du wirklich, dass wir so kleine Mädchen auf eine mehrtägige Reise mit der Kutsche und einem Dampfboot mitnehmen können?“

„Ich übernehme die Verantwortung und werde sie beschäftigen.“

„Und wer soll sich dann um die Farm kümmern?“

Ann dachte kurz nach. „James Murdoch. Er hat genug Brüder – sein Vater kann ihn bestimmt entbehren. Wir könnten ihn von deinem Verdienst bezahlen; bestimmt würde er sich über das Geld freuen. Eigentlich muss er sich ja nur um die Tiere kümmern. Bis es endlich taut, gibt es sonst nicht viel zu tun.“

Ihr Vater schwieg und starrte lange vor sich auf Bayberrys Flanken. Als er Ann wieder ansah, hatte er seine Augenbrauen nicht mehr nachdenklich nach oben gezogen. „Also gut. Vielleicht dieses eine Mal. Aber nur unter einer Bedingung.“

„Und die wäre?“

„Du musst dein Bestes geben, dich zu amüsieren und alle netten jungen Männer, die wir treffen, freundlich zu behandeln, und dich mit ihnen unterhalten. Ich nehme die hohen Kosten für diese Reise auf mich, weil ich hoffe, dass du dich auf die Gesellschaft einer großen Stadt einlassen wirst.“

„Ich werde es versuchen.“ Mehr konnte sie nicht tun. Selbst eine so große Stadt mit all ihren Vorzügen konnte ihr bestimmt keinen besseren Mann bieten als Eli.

Doch bei dem Gedanken an diese Reise durchströmte Ann eine freudige Erwartung und sie schlüpfte mit ihrer Hand unter den Arm ihres Vaters. „Vielen Dank, Vater.“

Er lächelte.

Sie konnte es kaum glauben. Schon bald würde sie die Stadt mit ihren großen Gebäuden, unzähligen Läden und überall Dampfbooten auf den Flüssen zu sehen bekommen – all die Dinge, von denen ihr Vater ihr bisher nur erzählt hatte. Ihre Stimmung wurde immer besser, je länger sie die holprigen Wege entlangfuhren. Eine Reise nach Pittsburgh war genug, um ihre Gedanken wenigstens für eine Weile von ihrem Liebeskummer abzulenken.

So lange jedenfalls, bis Eli die Scheune der Murdochs betrat, wo die Tanzpaare sich bereits zum Rhythmus eines Countryliedes bewegten. Ann saß still auf einem der Stühle, die an den Wänden der Scheune aufgestellt waren. Ihr weinrotes Kleid lag in ausladenden Falten und berührte den Boden. Um ihren Vater zufriedenzustellen, hatte sie bereits einmal mit James Murdoch getanzt, den zweiten Tanz aber dankend abgelehnt. Ihre Hände umfingen ein Glas mit warmem Apfelsaft, während sie die Tanzpaare beobachtete.

Eli und Phoebe verharrten eine Weile in der offenen Tür und strahlten dabei in der kühlen Nachmittagssonne vor Erwartung. Sanft legte Eli seine Hand auf Phoebes Schulter und Ann musste sich sehr zusammenreißen, um sich nichts anmerken zu lassen. Das hätte *ihre* Schulter sein sollen.

Ihre Blicke trafen sich und sie betrachteten einander lange. Freute er sich, sie zu sehen? Phoebe schien bemerkt zu haben, dass sie sich anschauten, denn sie zupfte kokett an Elis Ärmel, ohne Ann eines Blickes zu würdigen. Er grinste sie an und sie gingen zu dem freien Platz in der Mitte der Scheune, wo die anderen Paare fröhlich tanzten. Phoebe war das Zentrum der Aufmerksamkeit, denn sie tanzte so lebhaft und ausgelassen, dass die anderen von dieser Freude angesteckt wurden. Ihre schwarzen Haare flogen durch die Luft und sie lachte immer wieder laut, während sie an Elis Seite nicht einen falschen Tanzschritt machte. Gott hatte Phoebe zum Tanzen geschaffen.

Offensichtlich war das bei Ann nicht der Fall; jedenfalls hatte sie am Tanzen nicht so viel Freude wie Phoebe. Ann hatte immer das Gefühl, dass sie sich anders als ihre Freundinnen so steif wie eine Hofdame aus dem letzten Jahrhundert bewegte. Vielleicht wären ihre Füße leichter und schneller, wenn sie mit Eli tanzte.

Der Bogen des Geigers strich virtuos über die Saiten seines Instruments – dieser Tanz war gleich vorbei und ein neuer schloss sich direkt an. David Crawford kam von dem Tisch mit den Getränken auf sie zu und hielt ihr seine Hand hin. „Tanzt du mit mir?“ Er setzte ein schiefes Lächeln auf und dabei hingen ihm seine braunen Haare in die Augen. „Der Tanzfläche fehlt deine Grazie, Ann.“

Ich würde lieber vor Freude tanzen als mit Grazie. Ann stellte ihr Glas ab, stand auf und nahm seine Hand. „Vielen Dank, David."

Sie gingen an den Rand der Tanzfläche, um auf den Beginn des neuen Tanzes zu warten. Der Geiger stimmte etwas Langsameres an. Eine Quadrille. Ann liebte diesen Tanz. Er wurde schon seit einigen Jahren überall auf dem Kontinent getanzt, jedenfalls hatte das ihr Lehrer aus Wales immer behauptet, als er ihnen diesen Tanz nach der Schule beigebracht hatte. Nicht alle Eltern erlaubten ihren Kindern zu tanzen; deshalb hätte er sich nie getraut, während der Schulstunden zu tanzen. Trotzdem hatten fast alle jungen Leute aus Rushville diesen Tanz gelernt. Es waren nur die strengen Eltern, die ihren Kindern selbst diese einfache Freude verboten, vor allem hier draußen, wo es für die jungen Leute kaum eine andere Form der Unterhaltung gab.

Ann zählte acht Tanzpaare in der Scheune. Sie und David standen gegenüber von Eli und Phoebe, aber zu ihrer Verzweiflung verließen einige der Tanzpaare die Tanzfläche, als die ersten Töne der Quadrille erklangen. Nur vier Paare blieben übrig und das bedeutete, dass sie und David mit Eli und Phoebe tanzen würden. Schlimmer noch: Sie standen sich diagonal gegenüber und das hieß, dass sie gleich zu Beginn miteinander tanzen würden. Es war schon zu spät, um die Tanzfläche zu verlassen, ohne eine Szene zu machen. Eli hielt Phoebe im Arm, aber seine Gesten waren zu übertrieben, um natürlich zu wirken. Wahrscheinlich hatte auch er gerade bemerkt, dass sie bei der Quadrille miteinander tanzen würden.

Als Ann und Phoebe vortraten und ihre Arme miteinander verschränkten, wie es die erste Figur erforderte, wirkten Phoebes Augen wie eine dunkle Wand. Ihr Arm war steif und auf ihrem Gesicht lag ein künstliches Lächeln. Ann war sehr erleichtert, als diese seltsame, steife Figur endlich vorbei war. Doch was dann folgte, war noch schrecklicher: Sie musste ihre Hand auf Elis Schulter legen, während er seine Hand um ihre Taille legte, dort, wo ihr Kleid am engsten anlag. Sie gingen umeinander herum. Nach ein paar Sekunden traute sie sich, ihn anzuschauen.

„Du siehst wunderschön aus." Er sprach leise – kaum hörbar. Geschockt schlug sie die Augen nieder und ließ ihn los. Glücklicherweise war es genau der richtige Moment im Tanz, an dem sie wieder an die Seite ihres Tanzpartners gehen musste. Sie war sich nicht sicher, ob sie ihre Fassung bewahren konnte, deshalb starrte sie wie gebannt auf die beiden anderen Paare, die jetzt in der Mitte tanzten. Als sie sich trennten, gaben sie den Blick auf Eli frei, der auf der anderen Seite stand. Immer noch sah er sie an. Sie spürte, wie zuerst ihr Hals und dann ihre Wangen rot und heiß wurden.

Als der Tanz zu Ende war, tat sie so, als sei ihr warm geworden. Sie bat David darum, mit ihr ein paar Schritte durch die kühle Abendluft zu gehen. Doch als sie allein zu dem Tisch mit den Mänteln ging, um ihr Cape zu holen, stand plötzlich Eli neben ihr. Sein Gesicht verriet nichts von dem, was in seinem Inneren vor sich ging; er beobachtete allerdings jeden ihrer Schritte, als sie auf den Tisch zukam.

„Willst du schon gehen?“, fragte er – wieder kaum hörbar.

„Nein, noch nicht. Aber bald.“

„Ich wünschte, wir könnten uns an einen Tisch setzen und ein bisschen reden.“

„Aber du bist doch mit Phoebe hier.“

„Das bedeutet aber doch nicht, dass ich mit anderen Mädchen nicht mehr reden darf.“

„Oh, du meinst, dass wir uns alle drei zusammensetzen und reden?“ Sie hörte die Ironie in ihrer eigenen Stimme.

Er zuckte zusammen. „Nein. Vielleicht ein anderes Mal, hoffe ich.“

„Ich fahre nächste Woche nach Pittsburgh. Ich werde einige Zeit fort sein.“

Zwischen seinen Augenbrauen erschien die Falte, die sie so liebte. „Warum?“

„Mein Vater hat einen sehr wichtigen Auftrag für einen Sattel dort. Wenn du mich jetzt bitte entschuldigen würdest ...“

Es brachte ihr eine gewisse Genugtuung, ihn dort am Tisch einfach stehen zu lassen, während sie ihr Cape holte und zu David zurückging. Dieser wartete schon ungeduldig auf sie, als hätte er Angst gehabt, sie würde nicht wiederkommen.

Während ihres kleinen Spaziergangs schwieg sie und überließ David das Reden. Er erzählte ihr von seinen Pferden. Vielleicht lag es doch an dem neuen Kleid. Wenn sie jetzt allerdings nach Pittsburgh fuhr, war Eli wahrscheinlich bei ihrer Rückkehr schon mit Phoebe verlobt. Der Gedanke dämpfte ihre Freude, doch was konnte sie schon tun? Er hatte nicht auf sie gewartet. Seine Worte heute Abend waren bestimmt nur eine vorübergehende Sentimentalität. Die Reise mit ihrem Vater würde sie nicht für diesen Hauch einer Chance aufgeben.

Kapitel 5

PITTSBURGH
24. Februar 1826

Der Staub zermahlener Knochen hing noch in seiner Kleidung – lange nachdem er den Hügel verlassen hatte. Das war bestimmt der Grund, warum Meister Good ihn hier von Anfang an jede Woche hingeschickt hatte. Der Meister wollte ihn daran erinnern, dass alles noch viel schlimmer sein könnte.

Der Hügel lag eine halbe Meile nordwestlich außerhalb der Stadt, wo an windigen Tagen der Rauch der Eisengießereien am Fluss hinzog. Will kletterte eine wackelige Holztreppe hoch und wickelte die ausgefransten Enden seines Mantels noch enger um sich. Die Knöpfe hatten schon vor Monaten ihren langen Dienst aufgegeben. Er konnte kaum sagen, was schlimmer war: seine Hände der eisigen Luft auszusetzen oder sie in den Taschen zu vergraben und den Mantel offen flattern zu lassen und an der Brust zu frieren. Heute entschied er sich, seinen Mantel mit seinen steif gefrorenen Händen zuzuhalten.

Er erreichte die Tür des Armenhauses. Es dauerte eine Weile, bis er seine kalte Hand zu einer Faust geballt hatte, um mit ihr gegen die dunkelbraune Holztür zu klopfen.

„Werg!“, rief er. Das Werg, das er mitbrachte – geteertes Seil von den Docks – bedeutete Arbeit für die Menschen im Armenhaus, die das Seil mit den Händen aufdrehen mussten.

Die Tür wurde einen Spalt breit geöffnet und eine alte Frau mit einem Gesicht wie ein runzeliger Apfel, einer uralten Haube und einem gebeugten Rücken schaute heraus. „Biste der Werg-Junge?“

„Ja, Ma'am. Ich kann den Handkarren nicht den Berg hinaufziehen. Die kräftigeren Männer müssen mir helfen.“ Bisher hatte er diese Frau bei seinen Besuchen im Armenhaus noch nie getroffen, aber das war nicht ungewöhnlich. Die Bewohner kamen und gingen, manchmal auf ihren eigenen Füßen, manchmal mussten sie getragen werden. Es war Will nicht erlaubt, das Gelände zu betreten, ohne vorher mit dem alten Kauz zu sprechen, der ihm die Tür aufmachte. Und das war nicht immer der Gleiche.

„Geh ums Haus und sag's ihnen selbst", erwiderte die Frau und schlug ihm die Tür vor der Nase zu.

Er stolperte um das hässliche, rechteckige Gebäude herum und zählte seine Schritte. Wenigstens war es im Arbeitsschuppen etwas wärmer, obwohl die mit Holzplanken verkleideten Seitenwände des Gebäudes dünn und durchlässig wirkten. Er trat durch den dunklen Eingang und schob eine Tür auf – eigentlich war es mehr eine Art Pforte mit einfachen Scharnieren und dünnen Holzbrettern.

„Mach die Tür zu!", brüllte eine heisere Stimme.

„Mach sie endlich zu, du Dummkopf!"

„Es ist schon kalt genug hier drin!"

Will warf die Tür hinter sich zu und stand einen Augenblick still, bis seine Augen sich an die Dunkelheit gewöhnt hatten. Der Gestank war unerträglich. Langsam konnte er die Umrisse von ungefähr einem Dutzend Männer und Jungen erkennen. Sie alle beugten sich dicht nebeneinander über einen langen Steintrog. Einige hatten ihre Eisenstangen sinken lassen, um den Fremden zu begaffen.

„Nicht aufhören, ihr Faulpelze!" Der Mann mit der heiseren Stimme war der Vorsteher des Armenhauses, der korpulente Mr Fogarty.

Sofort schlugen die Männer wieder mit ihren Eisenstangen gegen den Steintrog. Die weißen Knochen in dem Trog hüpften, knackten und wurden schließlich durch die vielen Schläge zu Puder gemahlen. Selbst hier neben der Pforte konnte Will die Stücke verrotteten Pferde- und Hundefleisches erkennen, die immer noch an einigen der Knochen klebten und den schrecklichen Gestank verursachten. Ein Kohlenfeuer kokelte in einem notdürftigen Ofen vor sich hin, der zwischen zwei Steintrögen stand. Sein ranziger Rauch verdickte die eklige Luft im Raum noch mehr.

„Werg-Junge, das biste doch?", sagte Mr Fogarty und rieb sich die Enden seines Schnurrbarts. Dabei zog er geräuschvoll die Nase hoch. „Ich nehme an, dass die Männer mit runterkommen sollen, um es zu holen."

„Ja, Sir." Will atmete durch den Mund, um sich nicht zu übergeben. Seine erfrorenen Finger kribbelten schmerzhaft – ein sicheres

Zeichen dafür, dass sie langsam auftauten. „Es ist in dem Handkarren unten am Hügel."

Fogarty musterte Will misstrauisch. „Du bringst eine Ladung Werg zu den Frauen ins Vorderhaus, hörst du?" Der Vorsteher deutete auf einen Mann. „Du da! Und du am ersten Trog! Holt das geteerte Seil, das der da gebracht hat. Er kann euch zeigen, wo es ist."

Die Männer schauten hoch – ihre Gesichter waren grau und müde. Mit einem lauten Knall fielen ihre Eisenstangen in den Trog, als sie sich mühsam aufrappelten. Verstohlen hob einer der Männer ein Stück Fleisch vom Boden auf, steckte es sich in den Mund und verzog beim Kauen das Gesicht zu einer Grimasse. Will hielt sich den Mund zu und stolperte zur Pforte.

Schnell trat er an die frische Luft und ins Helle. Ohne sich umzudrehen, lief er noch ein paar Schritte weiter in der Hoffnung, dass der Gestank nachlassen würde. Hinter ihm schlurften die Männer wie Geister über das tote Gras, immer noch gebeugt von den Stunden am Steintrog. Einer hatte ein Holzbein, bei einem anderen hing der Ärmel zerrissen und leer an seiner Seite.

Irgendwie schafften sie es alle den Berg hinunter. Selbst die bittere Kälte war besser als der schreckliche Anblick im Armenhaus. Die verkrüppelten Männer und drei Jungen – ungefähr in Wills Alter – schulterten das aufgerollte, geteerte Seil. Sie sprachen kein Wort, sondern drehten sich einfach um und schlurften den Hügel wieder hinauf. Will nahm sich die Reste des Seils, die noch im Karren lagen, und kletterte zum zweiten und hoffentlich letzten Mal für heute die steilen Stufen zum Armenhaus hoch. Er wurde langsam müde; sein Atem ging schneller und seine Beine spürten die Anstrengung des Aufstiegs bei jeder Stufe.

Natürlich würde er für diese Auslieferung keinen Penny bekommen. Das bekam er hier nie. Meister Good bekam für seine wohltätige Großzügigkeit, dass er das Werg von den Docks abholen und es dem Armenhaus bringen ließ, eine Auszeichnung, während Will nur Frostbeulen bekam.

Als er wieder an die Tür des Hauptgebäudes klopfte, öffnete ihm dieselbe alte Frau wie beim ersten Mal. Sie machte die Tür etwas weiter auf und winkte ihn mit ihrem dünnen Arm herein.

In dem langen Flur brannte nur eine Kerze in einem Wandhalter, deren fahles Licht den Weg erhellen sollte. Die alte Frau führte ihn bis zum anderen Ende des Flurs in einen großen Raum.

Fünf oder sechs Frauen saßen an einem Tisch und arbeiteten schon an dem Werg. Das orange Licht des Feuers erleuchtete eine Hälfte des Gesichts von jeder der Frauen, die andere Hälfte lag im Schatten. Ihre Bewegungen waren langsam und ihre Wangen von Bitterkeit und Schmerz gezeichnet.

„Bring es hierher", sagte die alte Frau und deutete auf einen großen Korb neben dem Feuer, der noch halb voll mit Werg war. Will ging zu dem Korb und ließ seine Ladung hineinfallen. Dann drehte er sich um und wollte schon gehen, als sein Blick auf ein Mädchen fiel, das am Ende des Tisches saß. Es war ungefähr so alt wie er. Selbst in dem unheimlichen Dämmerlicht konnte er erkennen, dass sie schrecklich dünn war und durchaus nicht hässlich, aber ihr Gesicht war vom Leid gezeichnet. Durch ein paar blonde Haarsträhnen, die sich aus ihrer schmutzigen Haube gelöst hatten, schaute sie Will von unten an.

„Guten Tag", sagte er.

Statt zu antworten, nickte sie nur leicht.

Die alte Frau kicherte. „Jetzt mach unseren Mädchen keine schönen Augen, junger Mann."

Will zögerte. Dieses Mädchen gehörte nicht an diesen grausamen Ort, aber er wusste auch nicht, wie er ihr helfen konnte. Er sprach etwas lauter, um der alten Frau zu antworten. „Ich bringe doch nur Material zum Arbeiten, Ma'am." Dann beugte er sich über den Korb mit dem Werg, fischte ein Stück Seil heraus und brachte es dem Mädchen.

Sie griff nach dem Stück Seil mit Fingern, die von der Arbeit eingerissen und mit Blasen übersät waren. Tiefes Mitleid stieg in Will auf und er suchte nach den richtigen Worten. „Gott segne dich und bringe dich hier bald weg."

Für einen Moment hielten sie beide das Seil in der Hand und es schien Will, als stünde er auf einem Schiffsdeck und sähe zu, wie ein Mensch im Wasser von den Wellen hin und her getrieben wurde. Er hielt das Seil fest, obwohl sie sanft am anderen Ende zog, und wünschte sich, er könnte sie einfach mitnehmen. Aber wohin sollte er sie bringen?

„Hör auf zu trödeln!“ Die Stimme der alten Frau war barsch. Sofort ließ Will das Seil los und ging. Er schaute sich nicht mehr um aus Angst, er könnte etwas Dummes tun.

Als Will endlich in der Küchentür von Meister Goods Haus stand, beugte sich Jane Good gerade über ein Stück aufgespießtes Fleisch, das sie mit einer Kurbel über dem Feuer drehte. Sie sah nicht auf.

„Ich brauche Wasser“, sagte sie kurz angebunden.

Will biss sich auf die Lippe, drehte sich um und holte den Eimer von der Veranda. Er spürte gar nicht, wie ihm der Henkel des Eimers in die Handfläche schnitt. In seinem jämmerlichen Zustand merkte er nur, dass er beide Hände brauchte, um seine Last zu tragen. Hastig stolperte er durch den Hof, stellte den Eimer unter die Pumpe und bediente den Hebel. Je schneller er fertig war, desto eher konnte er wieder in die warme Küche. Ihm graute vor dem Schmerz, der immer kam, wenn seine Finger wieder auftauten, aber er musste sie bald wieder aufwärmen. Er hatte von anderen Jungen gehört, die durch den Frost einzelne Finger verloren hatten.

Das Scheunentor ging auf und Tom kam mit dunklen Ringen unter den Augen heraus. Sein Mantel war genauso dünn wie der von Will und um seinen Hals hatte er nur einen alten Lumpen als Schutz vor dem Wind gebunden. „Gehst du wieder rein?“, fragte Tom, als er so dicht bei Will stand, dass niemand aus dem Haus oder der Scheune sie hören konnte.

„Nur noch das Wasser“, antwortete Will. Nach zwei Jahren zusammen bei Meister Good reichten ihnen wenige Worte, um sich zu verständigen.

Tom schaute auf Wills Hände. „Geh schon rein. Ich mache das für dich.“

„Das ist es nicht wert.“ Will nahm den vollen Eimer und wandte sich zum Haus. Sie wussten beide, dass Mrs Good es dem Meister erzählen würde, wenn statt Will Tom mit dem Eimer in die Küche käme.

Zurück in der Küche stellte Will den Eimer vorsichtig auf den

Herd und zog sich an den Küchentisch zurück. Tom folgte direkt hinter ihm und ließ sich erschöpft neben Will auf die Küchenbank sinken. Die Jungen aßen immer hier, während die Goods ihr Essen an dem richtigen Esstisch um die Ecke am Ende des großen Raumes einnahmen.

Die Eingangstür ging auf und wieder zu. Dann hörten sie schwere Stiefel in der Eingangshalle. Der Meister. Er tauchte in dem großen Raum auf und ließ seinen Blick kreisen.

„Lümmelt ihr einfach nur am Tisch herum, Jungs? Gibt es nicht genug Arbeit zu tun?"

Will verabscheute das Wort *Jungs*, jedenfalls wenn der Meister es benutzte. Schließlich war er schon achtzehn und Tom sechzehn – alt genug für mehr Respekt. Aber genau deshalb nannte Meister Good sie natürlich immer noch so.

„Will ist gerade vom Armenhaus zurückgekommen und Tom aus der Scheune", erklärte Mrs Good. „Sie müssen sich ein paar Minuten aufwärmen, bevor sie sich nachher um die Schweine kümmern."

So war die Herrin des Hauses. Keine Freundlichkeit, nur rücksichtslose Sachlichkeit.

Mit gerunzelter Stirn zog Meister Good seinen Mantel aus. Jane war sofort neben ihm, um ihn abzunehmen, dann verschwand sie in der Eingangshalle. Der Meister ging immer direkt am Mantelhaken vorbei und erwartete trotzdem, dass seine Frau ihm den Mantel abnahm und ihn für ihn aufhängte.

„Das Abendessen ist fertig", verkündete Jane, als sie wieder an den Herd trat. Ihre langen, dünnen Arme bewegten sich wie Windmühlenflügel, als sie den Braten vom Feuer holte, eine große Gabel von der Wand nahm und das Fleisch auf einen Teller schob.

Will versuchte nicht daran zu denken, wie das gebratene Fleisch wohl schmecken würde, denn allein das Aroma zog seinen leeren Magen schon schmerzlich zusammen. Er und Tom würden kein Stück von dem Fleisch essen. Ein Topf mit wässriger Brühe hing an einem Haken über dem Feuer. Normalerweise kochte Mrs Good die ungenießbaren Teile der Kuh für die Lehrlinge, warf noch ein paar alte Kartoffeln mit hinein und nannte es Eintopf.

„Ich habe Neuigkeiten", sagte Meister Good zu seiner Frau. „Der Sattler aus Rushville kommt in die Stadt." Er warf ihr einen bedeutungsvollen Blick zu. „Er wird bei Doktor Loftin wohnen, während er seinen Auftrag hier erfüllt.“

„Wirklich?“, fragte Jane. „Ich kann nicht verstehen, warum Mrs O’Hara darauf besteht, dass dieser Mann die Arbeit macht, wenn sie stattdessen dir den Auftrag geben könnte. Du bist ihm doch haushoch überlegen.“

„Es ist eine Beleidigung“, sagte der Meister schroff.

Jane schöpfte etwas von dem Eintopf in zwei Schüsseln und schob sie vor die beiden Jungen am Tisch. Nie durften sie sich selbst nehmen – sie sagte, sie würden sich sonst mehr auftun, als ihnen zustand.

Nun wandte sich der Meister an Will. „Während der andere Sattler hier ist, habe ich eine Aufgabe für dich.“ Er knackte mit den Fingerknöcheln. „Du musst dir jede winzige Kleinigkeit seiner Arbeit merken – wie er das Leder bearbeitet und schneidet. Außerdem musst du versuchen, seinen Stil zu lernen. Ich bin fest entschlossen, alle künftigen Aufträge der O’Haras zu bekommen. Appelliere an sein Herz, damit er dich bemitleidet und nichts vor dir verbirgt.“

Will schwieg. Es war zwar schlimm, immer zu frieren und hungrig zu sein, aber noch schlimmer war es, jedem Befehl seines Meisters gehorchen zu müssen.

„Was war das? Ich habe deine Antwort nicht gehört. Schau mich an.“ Der Meister sprach ruhig, aber er machte einen Schritt auf die Ecke zu, in der der Stock stand.

„Ja, Sir.“ In diesem Moment wusste Will nicht, wen er mehr hasste – seinen Meister oder sich selbst.

Kapitel 6

CINCINNATI
1. März 1826

Sie wurden verfolgt, davon war Ann fest überzeugt. Den Mann mit dem tief in die Stirn gezogenen Biberfellhut hatte sie doch schon drei- oder viermal auf ihrem Weg zu den Docks in Cincinnati gesehen. Jedes Mal, wenn sie sich zu ihm umgedreht hatte, war er hinter irgendeinem Gebäude oder in einem offenen Eingang verschwunden. Er wäre ihr in der Menschenmenge noch nicht einmal aufgefallen, wenn er sich nicht so komisch verhalten hätte.

Doch sofort ermahnte sie sich. Wer würde sie schon den ganzen Weg von Rushville nach Cincinnati verfolgen? Kein Mensch hatte ein Interesse an ihrer kleinen Familie und hier auf diesem überfüllten Kai bei dem Fahrkartenbüro der Dampfboote würde man auch nicht nach ihnen suchen. Wer wusste schon, dass sie hier waren?

Als ihr Vater mit dem Angestellten alles geklärt hatte, drehte er sich mit den Fahrkarten in der Hand zu seinen Töchtern um. Plötzlich ertönte ein lauter Schrei vom Rand des Kais.

„Das Boot kommt! Alle Passagiere zum Dock!" Ein Mann mit einem Schnurrbart und in roter Uniform hielt seinen Kopf hoch und brüllte mit größter Zufriedenheit seine Befehle.

Das Dampfboot tauchte auf, von einem der Decks erklang fröhliche Klaviermusik. Dampf trat aus den Ausweichventilen; Zentimeter für Zentimeter glitt das Boot auf das Dock zu. Aus den beiden Schornsteinen quoll schwarzer Rauch und eine eiserne Glocke ertönte von der Brücke.

„Stopp! Stopp! Steuerbord rückwärts! Backbord rückwärts!"

Die Schaufelräder hielten an und drehten sich dann langsam rückwärts. Vom Bug und Heck des Bootes aus warfen zwei Matrosen den wartenden Dockarbeitern jeweils schwere Seile zu.

Noch nie zuvor hatte Ann ein Boot mit drei Decks gesehen. Das unterste Deck wimmelte nur so von rauen Männern, die geschäftig hin und her rannten, die Ladung losbanden, Holz schleppten und sich Befehle zuriefen. Unter der geschützten Veranda des mittleren Decks drängten sich an dem kunstvoll geschnitzten Geländer modisch gekleidete Kabinenpassagiere. Ein paar junge Damen in Pelzmänteln winkten Ann und ihren Schwestern fröhlich zu.

Mabel zupfte ihren Vater am Ärmel, ohne die Augen von dem Dampfboot *Emissary* zu nehmen. „Schau, schau nur, Vater!"

„Können wir jetzt an Bord gehen?", fragte Susan ungeduldig.

„Ein bisschen warten müsst ihr noch", erwiderte er. „Sie müssen zuerst die Ladung an Land bringen." Er lächelte, sein neuer Zylinder stach zwischen den anderen Hüten auf dem Dock deutlich hervor. Weiter drüben konnte man die flachen Wollmützen der Arbeiter sehen. Unter den Passagieren, die sich die teureren Kabinen leisten konnten, tauchte ab und zu ein schöner, eleganter Damenhut auf. Doch auch einige Zylinder ragten stolz neben den feineren Damenhüten heraus; die meisten Zylinder fanden sich allerdings hinter einer Gruppe von Damen. Ihre Besitzer rauchten entweder Pfeife, stampften mit den Füßen oder nickten einander zu, während sie erwartungsvoll das Boot betrachteten.

„Ich sollte besser einen Hafenarbeiter rufen", sagte ihr Vater und hob einen Arm in die Luft. Auf der anderen Seite des Kais marschierte eine lange Reihe von Männern wie Soldaten immer hin und her, sie trugen Kisten, Ballen und Gepäck. Zehn Meter entfernt ließ ein Mann seine Kiste mit einem dumpfen Schlag auf das Dock fallen. Er bemerkte Anns Vater, hob ebenfalls den Arm und bahnte sich einen Weg durch die Menge und den lebhaften Verkehr des Hafens.

„Guten Tag, Sir", sagte er. „Soll ich Ihre Sachen auf die *Emissary* bringen, Sir?"

„Ja, bitte." Ihr Vater griff in seine Westentasche und fischte eine Münze heraus.

Der Mann nahm die Münze und steckte sie in die Tasche. „Gleich wird man den Landungssteg herunterlassen."

Noch während er redete, senkte sich der Landungssteg. Sobald er befestigt war, strömten Arbeiter vom Schiff – einige trugen Frachtkisten, andere trieben sich gegenseitig zur Eile an, wieder andere trugen nur kleine Kisten und verschwanden schon bald in den überfüllten Straßen der Stadt. Sechs oder sieben Passagiere aus der gehobenen Klasse kamen gemessenen Schrittes die vordere Treppe des Schiffs herunter, dicht gefolgt vom Personal, das ihr Gepäck trug. Als die Kabinenpassagiere von Bord gingen, nickten und lächelten sie den herumstehenden Passagieren zu, die nur darauf warteten, an Bord gehen zu können.

„Das ist wirklich ein schnelles und zuverlässiges Schiff", verkündete einer der Gentlemen, als er sich an den Hut tippte, um die wartenden Damen zu grüßen. Erst danach verließ er den Landungssteg und stand wieder auf festem Boden.

„Wunderschön", sagte eine der Damen, die von Bord ging, zu Ann, als würde sie ihr ein Geheimnis verraten. „Sie werden es sicher genießen."

Ein bärtiger Mann in einem blauen Mantel mit Messingknöpfen trat an das verschnörkelte Geländer und legte eine Hand auf den oberen Handlauf. „Willkommen, meine Damen", sagte er zu der kleinen Gruppe von Frauen direkt vor dem Landungssteg. „Ich bin Kapitän Pruitt. Wenn Sie mir bitte folgen würden. Ich werde Sie zu Ihren Kabinen geleiten."

Als die Damen ihre Röcke rafften, um dem Kapitän zu folgen, warf Ann ihrem Vater einen fragenden Blick zu. „Wir reisen getrennt?"

„Ja", erwiderte er. „Ich gehe zu den Männerkabinen im Bug. Die Damenkabinen sind im Heck direkt neben dem Damensalon. Aber wir treffen uns an Deck und bei den Mahlzeiten." Er übergab ihr drei Fahrkarten.

„Also gut", sagte sie. „Mädchen, ihr kommt mit mir. Passt auf, hier ist eine Stufe."

Langsam ging Ann den Steg hinauf. Bei jedem Schritt klapperten ihre Stiefel auf dem Holz. Als sie sich umdrehte, um sicherzustellen, dass ihre Schwestern ihr folgten, ließ sie ihren Blick kurz über den Kai wandern. Dort sah sie ihn wieder – den Mann mit dem Biberfellhut. Mit gesenktem Kopf stand er bei den anderen Passagieren, sodass sie sein Gesicht nicht sehen konnte. Ein kalter Schauer lief ihr über den Rücken.

Natürlich würde auch er mit dem Schiff weiterreisen. Das wäre auch die einfachste Erklärung dafür, warum er ihnen die ganze Zeit über gefolgt war. Sie war wirklich sehr kindisch und wenn sie nicht aufpasste, würde sie gleich neben den Landungssteg treten und in das aufgewirbelte Wasser des Ohioflusses fallen.

Kapitän Pruitt führte die Damen die Treppe am Bug des Schiffes hinauf, dann die Veranda entlang bis zum anderen Ende des mittleren Decks. Mit stolzgeschwellter Brust öffnete er die schwere, weiße Tür. „Der Damensalon."

Die Damen strömten hinein. Ann und ihre Schwestern waren die Letzten, die den Salon betraten. Die Wände waren überall mit golden lackierten Schnitzereien verziert. Elegante, gepolsterte Stühle, die unsichtbar am Boden angeschraubt waren, versprachen eine bequeme Reise. Zusammen mit den anderen Damen bewunderte Ann jede Kleinigkeit. Taktvoll deutete der Kapitän auf die Kabinentüren und verneigte sich, bevor er den Salon wieder verließ.

„Aber welche ist unsere?", fragte eine junge Dame ungefähr in Anns Alter. Sie trug ein Seidenkleid unter ihrem dunklen Fellcape und hatte eine sanfte, volle Stimme.

„Ich denke, wir müssen das mit unseren neuen Freundinnen hier absprechen", sagte eine ältere Frau mit dem gleichen Akzent. Sie streckte Ann die Hand hin, die immer noch in einem Handschuh steckte. „Ich hoffe, Sie verzeihen mir meine ungehobelten Manieren, aber es sieht so aus, als müssten wir uns einander selbst vorstellen. Ich bin Mrs Philip Holmes aus Nashville und das ist meine Tochter, Miss Amelia Holmes." Beide Damen waren sehr lebendig und fröhlich, ihr ausgeprägtes Kinn wurde von riesigen Hüten umrahmt.

„Sehr erfreut, Sie kennenzulernen." Ann ergriff die Hand der Frau und bemühte sich um den richtigen Tonfall und die richtigen Worte. „Ich bin Miss Ann Miller und das sind meine Schwestern, Miss Susan und Miss Mabel." Als Mrs Holmes erstaunt die Augenbrauen hob, fügte Ann noch schnell hinzu: „Wir reisen mit unserem Vater, Mr Samuel Miller aus Rushville."

Mrs Holmes lächelte und drückte Anns Hand leicht, bevor sie sie wieder losließ. „Was für eine nette Familie."

Mrs Holmes drehte sich um, um die anderen beiden Damen zu begrüßen, die neben ihnen standen. Sie trugen maßgeschneiderte Reisekleider, die von gutem Geschmack zeugten, doch nur ihre Hüte mit roten und blauen Federn verrieten ihren Wohlstand. Die ältere Frau in dem dunkelblauen Kleid ergriff Mrs Holmes ausgestreckte Hand mit offensichtlicher Zurückhaltung, aber durchaus nicht ablehnend. „Ich bin Mrs Lewis Burbridge aus Pittsburgh und das ist meine Enkelin, Miss Louisa Burbridge."

Louisa Burbridge hatte blondes Haar und wirkte sehr schüchtern. Nur für einen Moment sah sie Ann mit ihren auffallend schönen, grauen Augen an, bevor sie ihren Blick wieder senkte. Ann tat die junge Frau leid, deshalb wandte sie sich gleich an sie. „Wir wollen nach Pittsburgh. Ich freue mich, dass wir Mitreisende haben, die uns etwas über die Stadt erzählen können."

„Wir fahren auch bis nach Pittsburgh", sagte Amelia Holmes. „Papa sucht dort nach einem entflohenen Sklaven, da haben wir uns gedacht, dass wir uns den Norden anschauen, während er den Jäger spielt." Sie kicherte.

Der Blick, den Mrs Holmes ihrer Tochter darauf zuwarf, durchbohrte diese fast. „Amelia! Das ist doch wohl kaum ein Thema, das wir hier besprechen sollten."

Sofort schwieg die junge Frau. Keiner der anderen sagte ein Wort. Louisa Burbridge war errötet und Mrs Burbridge nestelte an den Riemen ihrer Handtasche herum. Vielleicht waren sie Gegner der Sklaverei. Auch die Millers lehnten die Sklaverei ab.

Mrs Holmes wandte sich mit fröhlicher Stimme an Ann, als hätte Amelia nichts gesagt. „Miss Miller, was führt Sie nach Pittsburgh?"

Ann wusste nicht, ob sie verraten sollte, dass ihr Vater Sattler war. Irgendetwas sagte ihr, dass die Familien Burbridge und Holmes normalerweise nicht mit Handwerkern verkehrten – selbst wenn es sich dabei um einen Meister auf seinem Gebiet handelte. Es würde eine lange Reise werden, wenn die Damen entschieden, dass die Millers nicht vornehm genug für sie waren. Aber sie musste trotzdem ehrlich sein. „Mein Vater hat geschäftlich mit der Familie O'Hara zu tun", antwortete sie deshalb. „Er hat von Mrs O'Hara den Auftrag bekommen, einen Sattel für sie zu fertigen."

Mrs Holmes erwiderte nichts, aber fast unmerklich hob sie ihr Kinn und nahm eine deutlich ablehnende Haltung ein. Dann wandte sie sich von Ann ab und sagte zu Mrs Burbridge: „Für März ist es ziemlich trocken, meinen Sie nicht auch? Dieses Jahr hatten wir fast keinen Schnee."

Das Wetter. Kaum ein anderes Thema hätte deutlicher ausdrücken können, was Mrs Holmes von den Millers hielt. Ann spürte, wie ihr die Röte ins Gesicht stieg. Über Mrs Holmes' Schulter beobachtete Amelia Ann mit einem gelangweilten Lächeln.

„Mrs Burbridge", fuhr Mrs Holmes freundlich fort, „ich glaube, ich kenne die Burbridges aus Pittsburgh. Gab es nicht einen Burbridge, der sich in unserem Ringen um Unabhängigkeit wacker geschlagen hat und zu großen Ehren gekommen ist? In Yorktown, wenn ich mich recht erinnere?"

„Ja, das stimmt. Das war der Vater meines Mannes." Mrs Burbridge lächelte. „Ich bin ja so froh, dass sich noch jemand an unsere Helden erinnert. Colonel Burbridge ist jetzt schon seit zwanzig Jahren tot, aber wir vermissen ihn immer noch sehr."

Ann fühlte sich etwas verloren mit ihren Schwestern an der Hand, während Mrs Holmes ihr den Rücken zukehrte und weiter über ihre Liebe zur Geschichte der Revolution sprach und über die Rolle, die ihr eigener Vater beim Sieg am Königsberg gespielt hatte.

Louisa Burbridge ging um die Holmes-Frauen herum und zog ihren schweren, grünen Rock zur Seite, damit sie sie im Vorbeigehen nicht aus Versehen berührte. „Ihr Vater muss ja ein Meister seines Handwerks sein", sagte sie zu Ann. „Die O'Haras sind eine wohlhabende, vornehme Familie. Es tat uns so leid, als Captain O'Hara verstorben ist. Er hat viel für unsere Stadt getan. Werden Sie bei ihnen wohnen?"

Louisa stand jetzt mit dem Rücken zu den Holmes' und veränderte dadurch ihre offensichtliche Ablehnung in eine schlichte Trennung in zwei Unterhaltungen. Anns Vater hatte ihr gesagt, dass Dampfschiffe normalerweise schwimmende Inseln für gesellschaftliche Demokratie waren, und vielleicht stimmte das auch. Oder vielleicht war Louisa einfach nur etwas toleranter als die anderen.

„Nein, wir werden nicht bei den O'Haras wohnen." Anns Erleichterung über Louisas Verhalten führte dazu, dass die Worte förmlich aus ihr heraussprudelten. Doch dann riss sie sich zusammen und sprach etwas ruhiger weiter. „Wir werden bei Dr. Robert Loftin wohnen, einem Freund der O'Haras. Er ist der Nachbar eines anderen Sattlers, der meinem Vater bei der Arbeit helfen wird." Plötzlich fiel ihr auf, dass die Hafenarbeiter immer noch unschlüssig mit dem Gepäck vor den Frauenkabinen standen. Sie wandte sich an Louisa. „Wie ich sehe, würden die Männer unser Gepäck gerne irgendwo hinstellen."

„Vielleicht sollten wir also gleich entscheiden, wer in welcher Kabine wohnt." Louisa trat zu den anderen Damen und wiederholte ihren Vorschlag. Alle stimmten ihr zu.

Jede Familie suchte sich eine der Kabinen aus und gab dann den Hafenarbeitern Anweisung, welches Gepäckstück in welche Kabine gehörte. Ann suchte nach einer weiteren Münze in ihrer Tasche, um sich bei dem Mann für seine Geduld zu bedanken. Dabei beobachtete sie, dass Louisa Burbridge dasselbe tat. Nur die Holmes' redeten zu laut miteinander, um es zu bemerken.

Ann ließ Susan und Mabel allein in der Kabine zurück und machte sich auf die Suche nach ihrem Vater. Die beiden Mädchen nutzten die Zeit, um auf den ziemlich harten Betten herumzuhüpfen. Offensichtlich hatte ihr Vater die gleiche Idee gehabt, denn er kam ihr schon auf der Veranda entgegen.

„Wir sind wirklich sehr gut untergebracht, Vater. Unsere Kabine haben wir schon gesehen und auch die anderen Damen haben wir bereits kennengelernt."

„Gut." Offensichtlich war er etwas abgelenkt, denn er schaute an ihr vorbei über das Geländer auf das untere Deck. Als sie seinem Blick folgte, konnte sie nichts Ungewöhnliches entdecken.

„Was beobachtest du denn da unten?"

„Nur die Männer auf Deck." Er richtete seinen Blick wieder auf sie. „Sie sind etwas rau, aber das war ja auch zu erwarten. Es sind fast alles Hafenarbeiter." Suchend schaute er in die Richtung der Damenkabinen. „Wo sind die Mädchen?"

„In der Kabine", antwortete sie. „Ich würde sie nirgendwo sonst alleine lassen. Sie wissen, dass sie nicht ohne mich auf dem Schiff herumlaufen dürfen."

„Natürlich." Er bot ihr seinen Arm an. „Komm, ich zeige dir meine Kabine, damit du mich findest, falls du mich brauchst." Sie nahm seinen Arm und gemeinsam spazierten sie in Richtung Bug.

Mit schnellen Schritten verließen die letzten Arbeiter die Veranda, als immer mehr Gentlemen aus ihren Kabinen ins Freie traten, um das Ablegen des Dampfschiffes zu verfolgen. Zwei Männer mit

Zylinder und weiten Mänteln waren so in ihr Gespräch vertieft, dass sie fast mit Ann und ihrem Vater zusammenstießen.

„Ich bitte um Entschuldigung", sagte der jüngere Mann zu Ann und streckte sofort eine Hand aus, um sie zu stützen. Seine grauen Augen kamen ihr bekannt vor.

„Nicht der Rede wert." Ihr Vater lächelte. „Mr Allan Burbridge, das ist meine Tochter, Miss Miller."

„Es ist mir ein Vergnügen, Ihre Bekanntschaft zu machen." Der junge Mann nahm seinen Hut ab und verbeugte sich mit militärischer Präzision.

„Mr Burbridge, ich glaube, Ihre Familie habe ich bereits kennengelernt." Ann erwiderte sein Lächeln.

„Tatsächlich? Dann haben Sie bestimmt auch die schöne Begleitung dieses Herrn hier getroffen." Er deutete auf den kleinen, älteren Herrn neben sich, der höflich seinen Hut zog, unter dem dickes, leicht ergrautes Haar zum Vorschein kam. „Mr Miller, Miss Miller, das ist Mr Philip Holmes."

„Ich freue mich, Sie kennenzulernen." Bei seinen Worten hakte der ältere Mann seinen Daumen mit einer betonten Geste in seine Westentasche.

Ihr Vater gab Mr Holmes die Hand. „Mr Burbridge und ich teilen uns eine Kabine – diese dort drüben, das *Connecticut-Zimmer.*" Er deutete auf eine Kabinentür, die ein paar Meter von ihnen entfernt lag. An der Tür hing ein Schild mit dem Staatennamen.

Diese Worte freuten und beunruhigten Ann gleichermaßen. Sie hoffte, es würde Allen Burbridge nicht so viel ausmachen, dass ihr Vater nachts schnarchte.

Mr Holmes machte ein seltsam abstoßendes Geräusch in seiner Kehle, als würde er mit aller Kraft die Luft aus seiner Lunge pressen. Dadurch entstand eine Art rasselndes Tröten. „Sollen wir zu den anderen Damen gehen?" Sein Südstaatenakzent klang sehr nasal. „Ich bin sicher, dass sie das Ablegen des Schiffes auch gerne beobachten möchten."

Nach diesem Tröten war Ann über die Tatsache, dass ihr Vater nachts schnarchte, nicht mehr so beunruhigt.

„Das ist eine wunderbare Idee", sagte Allan Burbridge. Als Anns Vater nickte, schlenderten sie zusammen zum Heck. Das Deck unter ihren Füßen wirkte solide. Hier im Schutz des Hafens waren die Wellen nur kleine Kurven im Wasser.

Ann machte einen kurzen Umweg, um ihre Schwestern aus der Kabine zu holen. Doch noch bevor sich die Männer am Heck des Schiffes zu den Frauen gesellt hatten, hatte Ann sie schon wieder eingeholt. Als man sich gegenseitig vorgestellt hatte, überhäuften die beiden Damen Holmes Allan Burbridge mit vielen Komplimenten, nahmen aber kaum Notiz von Anns Vater. Sie konnte nur hoffen, dass ihr Vater das nicht bemerkte, aber selbst ein Mann konnte nicht übersehen, wie einseitig die Unterhaltung verlief. Nach einer Weile beendeten Allan und Louisa das Gespräch mit den Holmes', um mit Ann und ihrem Vater zu reden.

„Miss Millers Vater ist ein Meistersattler", erklärte Louisa ihrem Bruder und nickte Ann auf ihre nette, etwas schüchterne Art zu. „Ist das nicht interessant?"

„Ich habe mir so etwas schon gedacht, als er mir sagte, dass er einen Auftrag von den O'Haras habe", erwiderte Allan. „Aber natürlich war er viel zu bescheiden, um ins Detail zu gehen."

„Ich glaube, wir legen gleich ab." Ann wollte unbedingt das Thema wechseln. Das Verhalten von Mrs und Miss Holmes würde durch die ständige Erinnerung an den Beruf ihres Vaters nicht besser werden, egal wie freundlich die Burbridges waren.

Der Kai neben ihnen wimmelte von Menschen, aber die Hafenarbeiter hatten das Schiff inzwischen verlassen. Jetzt waren nur noch die Passagiere und die Mannschaft an Bord. Der Dampf pfiff durch die Ventile; wieder ertönte die Glocke. Louisa und Ann standen wie zwei Freundinnen schweigend nebeneinander, während Allan laut mit Mabel und Susan redete. Immer wieder deutete er auf Teile des Schiffes und erklärte ihnen so, dass sie es auch verstehen konnten, wie sie funktionierten. Ann mochte die kleinen Fältchen um seine Augen, als er über ein paar altkluge Worte von Mabel lachte.

„Ann, sie lösen die Seile!" Aufgeregt deutete Susan nach unten.

Zwei Männer lösten die Schiffstaue. In großen Schlingen wickelten sie sie um ihre Hände und sprangen dann sicher und geübt über den Spalt zwischen Schiff und Kai. Ein Blick auf Mabels angespannte Haltung sagte Ann, dass ihre Schwester diesen Sprung auch gerne versuchen würde. Sie war in solchen Sachen immer sehr geschickt und mutig, genau wie Ann. Auf der ganzen Farm gab es keinen Baum, den Mabel nicht schon hochgeklettert war. Ann musste unbedingt darauf achten, dass ihre kleine Schwester hier auf dem Schiff nichts Dummes anstellte. Glücklicherweise war Susan sehr viel vorsichtiger und damenhafter und würde nichts tun, um ihr neues erwachsenes Getue zu gefährden – jetzt, da sie schon elf Jahre alt war.

Das Deck zitterte unter ihren Füßen. Die großen Schaufelräder setzten sich in Bewegung und wirbelten das Wasser auf. Langsam schob sich das Boot vom Kai weg. Die Menschen am Ufer jubelten und winkten den Passagieren an Bord zum Abschied zu. Im eisigen Wind auf dem Fluss zogen die Damen ihre Pelze etwas enger um sich und die Männer steckten die Hände in die Taschen ihrer Mäntel.

Unter ihnen auf dem Maschinendeck trugen die Männer immer noch Arme voller Holz zum Bug des Schiffes. Die Männer, die kein Holz trugen, saßen auf Kisten oder Warenpaletten. Bei mindestens zwei dieser Grüppchen sah Ann Spielkarten und Würfel. Einige Flüche drangen bis zu ihnen herauf; sie wurde rot und warf Allan Burbridge einen kurzen Blick zu. Eigentlich müsste auch er das Fluchen gehört haben, aber er schien nicht darauf zu achten und konzentrierte sich nur auf das, was Susan gerade sagte. Das war sehr freundlich von ihm.

Ein Mann stand etwas abseits von den Spielern mit dem Rücken zu Ann. Sofort erkannte sie seinen Biberfellhut.

Mit gerunzelter Stirn starrte ihr Vater den gleichen Mann an.

Doch als er ihren fragenden Blick sah, schaute er schnell weg und tat so, als suche er in seiner Brusttasche nach seiner Uhr.

Vielleicht hatte sie doch allen Grund, sich Sorgen zu machen.

Kapitel 7

Die Schiffszeiten wurden immer pünktlich eingehalten, aber kleine Mädchen verspäteten sich gern. Mit ihren Schwestern an der Hand rannte Ann fast zum Speisesaal. Beide Mädchen waren noch ganz außer Atem, weil sie sich für das Abendessen in so großer Eile hatten umziehen müssen. Schon vor zehn Minuten hatte die schwarze Eisenglocke zum Essen gerufen. Ann hatte Angst, dass jetzt schon die ganze Gesellschaft auf sie wartete.

Als sie durch die Tür des Speisesaals trat, sah Ann zu ihrem großen Leidwesen, dass bereits alle Kabinenpassagiere hinter ihren Stühlen standen. Eine unangenehme Stille hing im Raum, während sie die Mädchen zu den Stühlen am Ende des langen Tisches führte, wo ihr Vater auf sie wartete. Sein Gesicht war ausdruckslos, aber sie konnte erkennen, dass er ungehalten war. Die Mädchen stellten sich hinter die beiden Stühle neben ihm. Ann hielt den Kopf gesenkt und ging auf die andere Seite des Tisches, wo sie sich neben Allan Burbridge stellte.

Am liebsten hätte sie sich bei den anderen Passagieren entschuldigt, aber sie wusste nicht, ob dies gegen die Etikette auf dem Schiff verstieß. Der Kapitän stand schweigend am Kopfende des Tisches. Eine ganze Reihe zugedeckter Schüsseln mit Speisen wurde hereingetragen. Sie waren nur ungefähr dreißig Kabinenpassagiere, aber mindestens ebenso viele Schüsseln und Platten wurden aufgetragen.

„Würde sich die Gesellschaft bitte setzen“, sagte der Kapitän.

Die Stühle kratzten über den Boden. Allan Burbridge flüsterte: „Guten Abend“ und schob ihr den schweren Eichenstuhl zurecht. Sie nahm so elegant wie möglich Platz; dass ihr ein Mann beim Hinsetzten behilflich war, war sie nicht gewohnt. Rushville war nicht gerade bekannt für gesellschaftliche Dinnerpartys und förmliche Manieren. Doch auf der anderen Seite des Tisches machte ihr Vater eine gute Figur, als er Louisa den Stuhl zurechtschob. Schon nach wenigen Minuten war der ganze Saal von leiser, summender Unterhaltung erfüllt.

Allan beugte sich zu ihr hinüber und sagte leise: „Ich bin so froh, dass wir hier an Bord während der Mahlzeiten miteinander reden dürfen."

„Heißt das, dass man das auf manchen Schiffen nicht darf?"

„Ich bin schon auf vielen Schiffen gefahren, auf denen der Kapitän darauf bestand, bei Tisch zu schweigen."

„Aber warum denn?"

„Übertriebener Anstand."

Ann lächelte und dank seines trockenen Humors beruhigten sich ihre angespannten Nerven langsam. Er hob den Deckel von der Platte, die vor ihnen auf dem Tisch stand, und stocherte mit der Gabel in dem Essen herum. „Möchten Sie etwas von diesem Hühnchen? Ich nehme an, dass es vor dreißig Minuten noch nicht so ausgesehen hat, aber seitdem hat es eine schöne Aspikhülle bekommen."

Sie untersuchte das Hühnchen. Die anderen Passagiere waren alle so in ihre Unterhaltungen vertieft, dass sie ihm eine ehrliche Antwort zuflüstern konnte. „Es sieht sehr nach Gelatine aus." Dabei lächelte sie ihn an.

„Auf diesen Dampfschiffen servieren sie eine gute Auswahl an Speisen, aber nicht eine davon ist wirklich heiß, wenn sie auf den Tisch kommt." Er schnitt eine Scheibe von dem Hühnchenfleisch ab und legte es ihr auf den Teller.

„Nun, ich kann mir vorstellen, dass das die schwerste Herausforderung ist, wenn man die Größe der Küche auf einem Schiff bedenkt. Wir dürfen nicht zu wählerisch sein." Von der Fröhlichkeit in ihrer Antwort war sie selbst überrascht. Sie konnte sich nicht daran erinnern, wann sie sich das letzte Mal so leicht und frei gefühlt hatte.

„Das ist wahr." Er nahm sich selbst auch ein Stück Huhn und deckte das Fleisch wieder zu. „Ich bewundere Ihre innere Stärke. Sie ist sehr erfrischend." Seine Worte waren eher beiläufig, aber sein Blick ruhte so lange auf ihr, dass es ihr die Sprache verschlug.

Allans Großmutter unterbrach das nun einsetzende Schweigen. Sie saß auf der anderen Seite des Tisches neben Louisa und fragte: „Allan, willst du dich etwa den ganzen Abend allein mit der hübschen Miss Miller unterhalten oder dürfen wir auch mit ihr reden?"

„Ihr dürft nur dann mit ihr reden, wenn ich esse und nicht reden kann." Dabei grinste er und hob einen anderen Deckel hoch.

Auch Amelia Holmes mischte sich in das Gespräch ein. Sie saß links von Allan und wandte sich jetzt an Mrs Burbridge. „Ich würde so gerne etwas über Ihre Stadt erfahren. Sie müssen sie wirklich gut kennen."

„Ja." Amelias Mutter strahlte auf der anderen Seite des Tisches. „Natürlich – ich habe eine Idee! Es wäre wundervoll, wenn Ihr Sohn uns einen Tag lang die Stadt zeigen könnte. Aber ich nehme nicht an, dass Sie dafür die Zeit haben, Mr Burbridge?"

Allan schwieg. Vielleicht musste er auch nur einen Bissen herunterschlucken, denn kurze Zeit später antwortete er sehr freundlich: „Doch, natürlich habe ich das. Es wäre mir sogar eine große Ehre."

„Oh, das ist aber nett von Ihnen!" Amelia klang so zufrieden, als käme der Vorschlag von ihm selbst.

Mrs Holmes pflichtete ihrer Tochter bei und fügte dann ohne Pause hinzu: „Mrs Burbridge, würden Sie uns über die Zeit in Fort Pitt während des Krieges erzählen? Es muss so aufregend gewesen sein, die Truppen immer wieder kommen und gehen zu sehen."

Doch als das Gespräch auf den Krieg kam, antwortete Mrs Burbridge nicht mit der gleichen Begeisterung. „Ich bin in Boston aufgewachsen, Mrs Holmes, und erst nach meiner Hochzeit nach Pittsburgh gezogen." Die alte Dame wandte sich wieder an Ann. „Verraten Sie mir, welche Bücher Sie gerade lesen?"

Ann war es genauso wenig gewohnt, mit fremden Menschen über ihre Lieblingsbücher zu reden, wie von einem gut aussehenden jungen Mann den Stuhl zurechtgerückt zu bekommen. Aber immerhin war sie eine begeisterte Leserin in den wenigen stillen Momenten, die es auf einer Farm gab, und sie wusste auch, was die Burbridges ebenso wie sie gern lasen. „Besonders gefallen hat mir *Die Ansiedler.*"

„Oh ja!" Das faltige Gesicht von Mrs Burbridge schien zum Leben zu erwachen. Ihre Stimme war voller Begeisterung. „Cooper ist einer meiner Lieblingsautoren. Ist es nicht wundervoll, dass die Engländer ihn auch mögen? Es ist an der Zeit, dass ein Amerikaner über unser Leben hier schreibt, wie es wirklich ist."

„Ja, genau." Anns Vater beugte sich vor. Sein Interesse an dem

Thema war ihm förmlich ins Gesicht geschrieben. „Und er beschreibt die Schönheiten unseres Landes so treffend. Die Engländer haben auch Charles Brockden Brown gelesen, aber ich muss sagen, dass er nicht das Beste dargestellt hat, was unser Land zu bieten hat."

„Da stimme ich Ihnen von ganzem Herzen zu, Mr Miller", sagte Mrs Burbridge und beobachtete Louisa, die Tee in die Porzellantassen goss.

„Wer ist Charles Brockden Brown?" Ann hoffte, dadurch nicht ihre Unwissenheit zu verraten.

„Der Autor eines schrecklichen Romans. Es ist sehr gut, dass Sie noch nie von ihm gehört haben." Mrs Burbridge presste ihre Lippen aufeinander.

Anns Vater nickte. Er hatte eine klare Vorstellung davon, was gute und weniger gute Literatur ausmachte. Um genau zu sein, hatte er eine klare Meinung zu sehr vielen Themen. Ann konnte nur hoffen, dass er heute Abend keines davon ansprach.

„Mrs Burbridge, ich frage mich, ob Sie schon von William Ellery Channing in Boston gehört haben." Er gestikulierte mit seiner Gabel über dem Teller. Diese Unterhaltung war genau nach seinem Geschmack.

Da er gerne über kontroverse Themen diskutierte, war es ein Glück, dass er die Religion und nicht die Sklaverei gewählt hatte. Die Holmes' waren damit beschäftigt, mit dem Kapitän am anderen Ende des Tisches zu plaudern, doch Ann wollte trotzdem nicht, dass ihr Vater beim Essen eine Diskussion anfing.

Mrs Burbridges Augen leuchteten. „Doch, Mr Miller, ich habe einiges über Channing gehört. Und mir gefällt überhaupt nichts davon."

Ann meinte, ein leises Stöhnen von Allan zu hören, aber es war so leise, dass sie sich nicht sicher war. Mrs Burbridge und Anns Vater stürzten sich in eine lebhafte Diskussion über die Gefahren des Unitarismus, während die arme Louisa schweigend zwischen ihnen saß.

Allan wandte sich wieder an Ann und murmelte: „Ihr Vater ist auf dem besten Wege, das Herz meiner Großmutter zu erobern."

„Nun, um ehrlich zu sein, das ist umgekehrt auch der Fall. Normalerweise ist er sehr vernünftig, aber Unitarismus ist sein Steckenpferd." Ann musste über das zerknirschte Gesicht von Allan lächeln.

„Der einzige Vorteil, der aus dieser Unterhaltung resultieren wird", sagte er, als wollte er sie trösten, „ist, dass sie ihn – und damit auch Sie –, sobald wir in Pittsburgh sind, zu uns nach Hause einladen wird, damit sie weiter über Channing diskutieren können. Aber ich verspreche Ihnen, dass ich für Sie und Ihre Schwestern etwas Besseres vorbereiten werde. Pittsburgh ist zwar nicht Philadelphia, aber wir haben trotzdem auch etwas zu bieten."

Ann wusste nicht, wie sie darauf antworten sollte – sie hielt es nicht für angemessen, über einen Besuch zu sprechen, wenn es noch keine förmliche Einladung gab –, aber während sie noch zögerte, hörte sie, wie Mrs Burbridge ihren Vater einlud, sie in Pittsburgh zu besuchen, genau wie Allan es vorausgesagt hatte. Sie musste kichern und versuchte es hinter einer Serviette zu verbergen. Auch Allan musste schmunzeln und nahm einen Schluck Wein zu sich, damit es nicht zu sehr auffiel. Einen Moment lang schaute Anns Vater sie forschend an, doch dann akzeptierte er Mrs Burbridges Einladung.

„Auch meine Eltern würden sich freuen, Sie kennenzulernen, wenn sie in der Stadt wären", sagte Allan. „Sie sind genauso wie ich große Bewunderer von Einfachheit und Aufrichtigkeit."

Bei seinen Worten leuchteten seine Augen, sodass Ann nicht sagen konnte, ob er nur mit ihr flirtete oder es sein Ernst war. Trotzdem schoss ihr das Blut in die Wangen.

„Allerdings sind sie gerade in New York, damit mein Vater noch mehr Geld verdienen und meine Mutter es ausgeben kann." Seine Stimme verriet die Zuneigung zu seinen Eltern und nahm seinen Worten die Härte. „Und was ist mit Ihrer Mutter?", fragte er. „Wollte sie im Winter nicht verreisen?"

„Sie ist vor neun Jahren gestorben", erwiderte Ann.

„Oh ..." Er starrte auf seinen Teller. „Das tut mir sehr leid."

Seit dem Tod ihrer Mutter hatte Ann noch nicht oft junge Männer getroffen, aber jedes Mal verlief die Unterhaltung gleich. Wenn das Thema auf die Mütter kam und sie ihnen sagte, dass ihre Mutter tot war, wussten sie nicht, was sie sagen sollten. Dadurch wurde alles noch schlimmer.

„Sagen Sie mir", fuhr sie mit gezwungener Fröhlichkeit fort. „Haben Sie auch vor, sich einen großen Namen zu machen? Jeder junge Mann scheint momentan davon zu träumen."

„Das weiß ich noch nicht", erwiderte er lächelnd. „Wahrscheinlich werde ich zunächst meinen Vater bei seinen Geschäften unterstützen. Wenn er nicht da ist, kümmere ich mich in der Firma um die täglichen Dinge. Aber ich würde gerne etwas erfinden – vielleicht. Etwas so Wunderbares wie ein Dampfschiff."

„Es ist wirklich etwas Besonderes."

„Ihre Schwestern sind ganz begeistert davon. Sie sind zwei wirklich reizende Mädchen."

„Vielen Dank." Sosehr sie sich auch bemühte – die Leichtigkeit ihrer Unterhaltung von vorhin konnte sie nicht wieder zurückholen.

Als der Kapitän den Passagieren für ihre Gesellschaft dankte und seinen Stuhl zurückschob, erhoben sich alle und verließen den Speisesaal.

„Lasst uns die Sterne beobachten", sagte Mabel.

Sie und Susan hatten sich während des Essens vorbildlich verhalten – still und höflich. Dafür sollten sie belohnt werden. Ein kleiner Spaziergang auf Deck unter den Sternen würde ihnen nicht schaden.

„Ich würde gerne mit dir gehen, Mabel", sagte Ann. „Aber ich habe meinen Umhang in der Kabine gelassen."

„Sie könnten ihn doch holen, während ich mit den Mädchen zur Promenade gehe." Allan bot Susan und Mabel seine Hand an. „Louisa, möchtest du nicht auch mitgehen?"

Seine Schwester willigte ein und auch die Holmes' äußerten ihre Begeisterung für einen nächtlichen Spaziergang auf Deck. Alle drei Familien machten sich also gemeinsam auf den Weg nach oben. Nur Mrs Burbridge wollte sich der Kälte nicht aussetzen und auch Anns Vater wollte schon zu Bett gehen, weil er sehr müde war.

Während die Männer den Damen und Mädchen in die Mäntel halfen, lief Ann die Veranda entlang, um ihren Umhang aus der Kabine zu holen. Die Luft war klar und frostig und Ann schlang die Arme um ihren Körper, um warm zu bleiben – doch ohne Erfolg.

Im Licht der Kabinenlampe entdeckte sie ihren Umhang, der auf der Decke eines der Betten lag. Sie war dankbar, dass ihr Vater darauf bestanden hatte, ihr in Cincinnati ein etwas eleganteres Cape zu kaufen. In ihrem alten Wollumhang, den sie auf der Farm trug, hätte sie sich nur noch mehr wie eine Außenseiterin gefühlt – egal wie praktisch der Wollumhang bei ihrer Arbeit zu Hause war.

Als sie nach dem Pelzcape griff und es sich über die Schultern warf, fiel ihr das dazu passende Pelztäschchen vor die Füße.

Schnell hob sie es auf und zog die Bänder auf. In dem Täschchen waren die Briefe, die sie zwei Jahre lang aufbewahrt hatte. Immer noch hoffte sie, den Besitzer der Briefe zu finden, und jetzt war sie immerhin schon auf dem Weg nach Pittsburgh, wo die Briefe herkamen. Schließlich waren sie aus dem Fass gefallen, das Jacob Good ihrem Vater geschickt hatte, und jetzt würden sie bei Mr Goods Nachbarn wohnen. Wenn sie den Jungen jemals ausfindig machen wollte, dann war jetzt ihre Chance.

Vorsichtig zog sie einen der Briefe heraus und faltete ihn auseinander. Es war der letzte Brief – der, den sie am meisten liebte.

24. Oktober 1817
Mein geliebter Will,
ich weiß nicht, ob ich dieses Jahr Weihnachten mit dir feiern kann. Der Arzt sagt mir, dass es mir viel schlechter geht, und dein Vater ist immer noch viel zu krank, um zu sprechen. Doch ich habe die Hoffnung noch nicht aufgegeben, dass Gott uns immer noch mit einer vollkommenen Genesung segnen kann.
Sollte es dennoch länger dauern, bis wir uns wiedersehen, würde ich dir gerne ein paar Gedanken schreiben, die mir in der letzten Zeit nicht mehr aus dem Sinn gehen.
Der erste Gedanke ist, dass ich dich und deinen Bruder von Herzen liebe, und ich bete, dass du dich immer an diese Liebe erinnerst, ganz egal, wo das Leben dich hinführen wird.
Außerdem bete ich dafür, dass du ein starker und mutiger Junge wirst und immer das Richtige tust, auch wenn es schwierig ist. Pass auf deinen Bruder auf. Ich weiß, dass ihr auf verschiedenen Farmen leben müsst, aber bitte versuche, ihn so oft wie möglich zu besuchen. Er ist noch zu klein, um sich zu erinnern, deshalb musst du ihm helfen.
Und schließlich – sei wegen unserer Krankheit nicht böse auf Gott.

Gott geht seine eigenen Wege mit uns und sein Wille geht über unseren Verstand. Wir trauern immer noch um deine Schwestern und es ist uns schwer ums Herz. Aber sie sind jetzt von allem Leiden erlöst, so wie wir es alle eines Tages sein werden. Das ist die Verheißung, auf die ich vertraue und auf die du auch vertrauen musst.
Es gibt noch so viele Dinge, die ich dir gerne schreiben würde, aber ich werde in letzter Zeit so schnell müde. Sobald ich genügend Kraft habe, schreibe ich dir wieder.
Deine dich liebende Mutter

Nachdem sie erst vor wenigen Augenblicken Allan vom Tod ihrer Mutter erzählt hatte, traf Ann der Brief wieder so tief wie beim ersten Lesen. Diesen Jungen wollte sie unbedingt treffen. Sie würde ihn verstehen und er sie auch. Dann konnte sie ihm erzählen, wie sie die Briefe gefunden und versteckt hatte, damit sie sie ihm zurückgeben konnte. Dieses Gespräch wäre weder unangenehm noch peinlich. Schließlich hatte er in diesem schrecklichen Jahr 1817 den gleichen Verlust erlebt wie sie.

Das Deck war völlig dunkel und wie leergefegt, als Ann aus ihrer Kabine trat. Vorsichtig machte sie sich auf den Weg zur Treppe, die zur oberen Veranda führte. Auf dem Maschinendeck unter ihr ertönten laute Rufe und Pfiffe von den Spielern. Das Brummen des Kessels drang durch das Deck, das unter ihren Füßen vibrierte.

Sie hielt sich dicht am Geländer, da der dunkle Nachthimmel mit seinen unzähligen, glitzernden Lichtern sie zu sich zu winken schien. Es war eine wunderschöne Nacht, um die Sterne zu beobachten.

Plötzlich hörte sie einen dumpfen Schlag vom unteren Deck. Dort standen sich zwei Männer in dem dämmrigen Licht dicht gegenüber. Ihre Umrisse konnte sie kaum erkennen.

Der erste Mann drückte den zweiten heftig gegen die Wand des Maschinenraums und zischte ihm etwas ins Ohr. Mit einer schnellen Bewegung befreite sich der zweite Mann und antwortete mit einem ärgerlichen Flüstern. Dann ging er schnell in Richtung Bug.

Als er dicht an der einzigen Wandlampe vorbeiging, schoss ihr der Schreck in alle Glieder. Das war ja ihr Vater. Einen Augenblick später verschwand der erste Mann in die entgegengesetzte Richtung in der Dunkelheit. Für einen kurzen Moment fiel das Mondlicht auf seinen Biberfellhut.

Kapitel 8

Will stand zwischen den Griffen des Handkarrens und zog ihn wie ein Lasttier. Dabei stemmte er sich mit den Füßen immer wieder kräftig gegen die gefrorenen Rillen auf dem Weg. Doch es half nichts, der Karren bewegte sich nicht. Er wusste nicht, ob er schwächer oder die Last schwerer geworden war, seit er sie gestern vom Hafen geholt hatte. Zwei Wochen waren vergangen, seit er das letzte Mal das Werg zum Armenhaus hatte bringen müssen, doch der März war in diesem Jahr genauso kalt wie der Februar und brachte keine Besserung.

Tom stand im Garten und beobachtete ihn skeptisch. „Du solltest mich mal versuchen lassen."

„Sei kein Dummkopf. Du bist doch nur halb so groß wie ich."

Tom richtete sich zu seiner vollen Größe auf und straffte seine dünnen Schultern. „Dann schiebe ich eben von hinten." Er trat hinter den Karren und drückte seine Schulter dagegen. „Auf die Plätze, fertig ..."

Will zog mit aller Kraft und diesmal folgte ihm der Karren, sodass Tom stolperte.

„Du darfst auf keinen Fall anhalten!", sagte Tom keuchend, als er Will eingeholt hatte.

„Das ist leichter gesagt als getan." Wills Atem kam in kleinen Wölkchen.

„Am besten gehe ich mit dir, damit ich dir helfen kann, wenn du dich festfährst."

„Es ist viel zu weit für dich ohne einen richtigen Mantel und Handschuhe", erwiderte Will. „In diesem Lumpen halte selbst ich die Kälte kaum aus. Außerdem verprügelt dich der Meister, wenn du dich nicht um die Schweine kümmerst."

Tom blieb zurück und Will konnte sich zum Abschied nicht einmal umdrehen, weil er sonst seinen Schwung verloren hätte. Er marschierte einfach weiter. Es schien ewig zu dauern, bis er am Garten der Goods und an Dr. Loftins stattlichem Haus vorbeigelaufen war. Seine Gedanken wurden vage und verloren sich schließlich im

Nichts. Er brauchte seine ganze Konzentration, um immer wieder einen Fuß vor den anderen zu setzen.

Als ein Rattern und Klingeln seine Aufmerksamkeit erregte, blickte er nach vorn. Wenige Sekunden später kam eine Kutsche mit blauen Leisten und Polstern um die Ecke – sie gehörte Dr. Loftin. Die beiden grauen Pferde, die die Kutsche zogen, kamen schnell auf ihn zugetrabt. Will wich an den Straßenrand aus, denn auf der Straße gab es kaum genug Platz für die beiden Gefährte, selbst wenn die Kutsche auswich.

Als die Kutsche nur noch wenige Meter entfernt war, erkannte er überrascht, dass Dr. Loftin selbst als Postillion auf einem der beiden grauen Pferde saß. Normalerweise saß ein anderer Mann für den Arzt dort im Sattel.

„Oh, guten Tag, Will!“, rief der Doktor. Er lenkte seine Pferde an den Rand und hielt an.

„Guten Tag, Dr. Loftin“, erwiderte Will. Jetzt musste er aus Respekt für den Doktor den Handkarren anhalten. Hoffentlich war die Straße hier glatt genug, dass er ihn gleich wieder von der Stelle bewegen konnte. Er berührte seine Hutkrempe und nickte mit dem Kopf.

„Wo willst du denn hin an diesem eisigen Tag?“ Der durchdringende Blick des Arztes glitt über Wills erbärmlich dünnen und verschlissenen Mantel und seine wunden, nackten Hände.

Wäre es Will wärmer gewesen, wäre ihm wahrscheinlich das Blut ins Gesicht geschossen, aber dafür war es zu kalt und er war viel zu müde. „Ich bringe Meister Goods Spende zum Armenhaus.“

„Werg“, sagte der Arzt trocken. „Wie freundlich von ihm.“

Will spürte, wie sich einer seiner Mundwinkel zu einem Grinsen verzog. Schnell senkte er den Kopf, damit Dr. Loftin es nicht sah.

„Ich sehe, du hast deine Handschuhe vergessen“, fuhr der Arzt fort. „Nimm meine. Ich bin ja gleich zu Hause.“

„Oh nein, Sir. Das kann ich nicht annehmen.“

„Natürlich kannst du das. Hier, bitte.“ Der Arzt zog sich die Handschuhe aus und gab sie Will. Als Will an die Kutsche trat und die Hand nach den Handschuhen ausstreckte, bewegte sich der Vorhang der Kutsche und ein Paar blauer Augen schauten ihn an.

„Susan!“, hörte er das Flüstern eines Mädchens. Hinter dem

Mädchen saß eine junge Frau mit einer dunklen Pelzkapuze auf dem Kopf. Ihre Wangen waren rosa, ob aus Verlegenheit oder wegen der Wärme in der Kutsche, das konnte er nicht sagen. Der Vorhang schloss sich wieder, das kindliche Kichern und das ärgerliche Zischen drangen allerdings trotzdem zu Will hinaus.

Seine Freude über die Handschuhe war zu groß, als dass es ihn gekümmert hätte, was sie wohl von ihm hielten. Später würde es ihm sicher etwas ausmachen, das wusste er. „Vielen Dank, Doktor", sagte er leise und versuchte, sich mit seinen steifen Fingern die Handschuhe überzustreifen.

„Meine Passagiere sind Mr Samuel Miller und seine Töchter", erklärte der Arzt mit leicht entschuldigendem Ton, als wollte er das Kichern erklären. „Du wirst sie sicher bald treffen, da Mr Miller mit deinem Meister zusammenarbeiten wird."

„Sehr gut, Sir. Und nochmals vielen Dank."

Der Arzt nickte und schnalzte mit der Zunge, worauf sich die Kutsche wieder in Richtung Haus in Bewegung setzte.

Die Handschuhe waren aus Leder und mit Fell gefüttert. Will konnte es kaum fassen, wie warm und unglaublich weich sie waren. Schnell bewegte er die Finger und ballte sie zu einer Faust. Dann tastete er wieder nach den Griffen des Handkarrens und zog ihn hinter sich her. Es kam ihm wie ein Segen von Gott persönlich vor, wie die Handschuhe seine Finger schützten. Im Gesicht fror er zwar immer noch, aber dieses Geschenk würde trotzdem den üblichen Schmerz auf seinem Weg ins Armenhaus mildern.

Als er weitertrottete, erinnerte er sich an seine letzte Begegnung mit dem Arzt, in der Nähe des Schweinepferchs, der direkt an der Grenze zwischen den beiden Grundstücken lag. Der Doktor hatte ihm eine Orange gegeben, einfach so, als würde er für halb verhungerte junge Männer immer etwas in der Tasche haben. Will hatte sie in dem Sack mit Schweinefutter versteckt und zurück in die Scheune geschmuggelt, wo er und Tom sie geschält und Stück für Stück gegessen hatten. Will hatte Tom davon abhalten müssen, auch noch die Schale zu essen. Von der bitteren Schale wurde einem übel und dadurch verschwand der süße Geschmack im Mund. Er wusste, wovon er sprach.

Will hatte die Orangenschalen hinter der Scheune vergraben, damit Meister Good nicht sah, dass der Doktor ihnen Essen gegeben hatte. Die Launen seines Meisters waren unvorhersehbar. Auch jetzt würde er ein besonders gutes Versteck für die Handschuhe finden müssen. Aber vielleicht hatte Dr. Loftin ihm die Handschuhe auch nur ausleihen und nicht schenken wollen. Will würde sie ihm zurückgeben, sobald er nach Hause kam.

Der Fuß des Berges lag direkt vor ihm. Wie ging es wohl dem blonden Mädchen, das er bei seinem letzten Besuch im Armenhaus getroffen hatte? War sie immer noch da? Er hoffte fast, er würde sie nicht treffen, weil er sowieso nichts für sie tun konnte. Nicht einmal Tom oder sich selbst konnte er helfen. Wenn er selbst hungern und frieren musste, konnte er sich wohl kaum als Retter der Notleidenden aufspielen. Aus irgendeinem Grund hatte Gott es so gefügt, dass das Mädchen, Will und Tom hier in dieser unbarmherzigen Welt von den Launen anderer abhängig waren. Er wusste nicht, warum das so war. Immer versuchte er, ein guter Mensch zu sein, wie es sich seine Mutter von ihm gewünscht hatte, aber nach dem Gesetz gehörte er noch anderthalb Jahre lang mit Körper und Seele seinem Meister. Wenn er diesen Vertrag vorzeitig brechen sollte, hätte der Meister das Recht, ihn zu verfolgen und wieder einzufangen. Und selbst wenn ihm die Flucht gelänge, gäbe es keinen Menschen, der Tom vor der vollen Härte von Meister Goods Brutalität schützen würde.

Allein der Gedanke an seinen Meister ließ ihm die Galle hochkommen. Erst vor ein paar Tagen hatte der Meister ihn für etwas geschlagen, was er einen „unverschämten Blick“ nannte. Vielleicht war er sogar unverschämt – jedenfalls hoffte Will das. Er wusste einfach nicht, wie er sich im Haus der Goods in jeder Situation zusammenreißen konnte. Schließlich war er mit seinen achtzehn Jahren kein kleiner Junge mehr, sondern ein junger Mann.

Als er den Karren am Fuß der Treppe zum Stehen brachte und die Stufen hinaufstieg, verhärtete sich der Ärger in seinem Magen zu kalter Entschlossenheit. Er würde diesem Mädchen helfen, obwohl er noch nicht wusste, wie. Er war es endgültig leid, nichts für sich oder Tom tun zu können. Beide waren sie gefangen durch den Vertrag, den sie unterschrieben hatten. Wenn er schon nicht für seine eigenen nicht existierenden Rechte eintreten konnte, konnte er vielleicht etwas für dieses junge Mädchen tun, das nach dem Gesetz an niemanden gebunden war.

Als er vor der Tür des Armenhauses stand, dämpften die Handschuhe sein Klopfen. Keine Antwort. Er klopfte noch einmal, diesmal heftiger. Vielleicht hörten sie ihn nicht.

Doch dann ging die Tür auf und zu seiner Überraschung erschien nicht die alte Frau vom letzten Mal, sondern dasselbe Mädchen, an das er gerade gedacht hatte. Sie schien ebenso überrascht zu sein. Ihre Augen wurden von ihrer Haube überschattet und ihre blonden Haare fielen ihr in Locken über die Schultern. „Möchtest du etwas abgeben?", fragte sie.

„Ja", antwortete er. Das war die Gelegenheit, um mit ihr allein zu sprechen. „Wie heißt du?"

„Emmie. Emmie Flynn."

„Ich heiße Will Hanby." Sie starrten sich einen Augenblick an. Die leichten Schatten der Erschöpfung unter ihren Augen unterstrichen noch ihre zerbrechliche Schönheit. Wie die welke Zartheit einer Blume bei Frost.

„Wo ist die alte Frau?", fragte Will aus Angst, dass die Alte jeden Augenblick am Ende des Flurs auftauchen könnte.

„Gestorben", erwiderte Emmie. „Gestern."

Will konnte nicht sagen, dass es ihm leidtat. Ohne die scharfe Zunge der alten Frau, die ihn nur immer hatte loswerden wollen, fiel ihm vielleicht etwas ein, wie er dem Mädchen helfen konnte.

„Aber die neue Aufseherin für die Frauen wird bald kommen", fuhr Emmie fort.

Er kam etwas näher und senkte die Stimme. „Warum bist du hier? Kann ich dir irgendwie helfen?"

Ihr Gesicht war ausdruckslos. Mit dem Handrücken strich sie sich eine Locke aus dem Gesicht. „Nein, es gibt nichts, was du tun könntest." Mit diesen Worten drehte sie sich abrupt um.

„Warte." Er lehnte seine Hand gegen die Eingangstür aus Angst, dass sie sie zumachen könnte. „Ich kenne einen Mann, der die Eigentümer der Glasfabrik kennt. Könntest du da arbeiten?" Er hatte keine Ahnung, ob Dr. Loftin sich überreden ließe, mit Mrs O'Hara über so etwas zu sprechen, aber es war seine einzige Hoffnung.

Sie sah ihn über die Schulter an. „Aber wo soll ich dann wohnen?"

„In der Nähe der Fabriken gibt es viele Häuser, in denen man Zimmer mieten kann. Alles wäre besser als ... hier."

Mit geöffneten Lippen drehte sie sich wieder ihm zu, als wollte sie etwas sagen. Aber sie schwieg nur und musterte sein Gesicht. „In Ordnung", flüsterte sie schließlich und zog sich in den Flur zurück.

Als Will vom Armenhaus zurückkam, stellte er den Handkarren neben dem Schweinepferch ab und ging zu Dr. Loftins Haus. Die hell gestrichene Hintertür in der weißen Backsteinwand war schlicht und diskret; hier würde er niemanden stören, wenn er die geborgten Handschuhe einfach dem Hausmädchen zurückgab.

Doch zum zweiten Mal an diesem Tag öffnete sich eine Tür und eine Person, die er nicht erwartete hatte, erschien im Türrahmen. Es war nicht Mary in ihrer Uniform. Stattdessen stand eine brünette junge Frau in einem roten Kleid auf Dr. Loftins Türschwelle. „Es tut mir leid", sagte sie mit freundlicher, klarer Stimme. „Ich hätte die Tür nicht an Dr. Loftins Stelle öffnen dürfen. Aber ich bin gerade vorbeigekommen, als Sie geklopft haben. Möchten Sie mit ihm sprechen?"

„Ja." Er war sich schmerzhaft bewusst, dass seine Hosen voller Dreck waren. Außerdem hingen ihm seine Haare, die Jane Good mit einer stumpfen Schere bearbeitet hatte, wild ins Gesicht. Verglichen mit diesem eleganten Mädchen in ihrem schönen Kleid sah er aus wie ein rauer, dreckiger Wilder.

In diesem Augenblick trat das Stubenmädchen hinter die junge Dame. „Miss Miller, machen Sie sich keine Umstände. Ich hole den Doktor", sagte sie und war so schnell wieder weg, wie sie gekommen war.

Miss Miller. Das war also die älteste Tochter des Sattlers. Sie standen sich etwas unschlüssig gegenüber und musterten sich verstohlen. Ihm fielen sofort ihre Augen auf. Sie waren dunkelbraun und umrahmt von langen, schwarzen Wimpern. Sie wirkten traurig und so, als würden sie viele Geheimnisse verbergen.

„Sie arbeiten für den Sattler?", fragte sie schließlich.

„Ich bin sein Lehrling. Einer von ihnen."

„Dann werden Sie und mein Vater vielleicht zusammenarbeiten."

„Mein Meister hat es mir so aufgetragen", erwiderte Will mit dem bitteren Geschmack des Selbsthasses auf der Zunge.

Sie wich einen Schritt zurück. Was konnte er anderes von ihr erwarten? Hier stand sie einem übel riechenden jungen Mann gegenüber, der seine Tage mit Schweinefraß und seine Nächte in der Scheune bei den Tieren verbrachte.

Jetzt kam der Doktor an die Tür und trat mit einem höflichen „Miss Miller" zwischen sie und Will. Sie zog sich in den Flur zurück; Will wartete, bis ihre elegante Erscheinung und das zarte Glänzen ihres Rockes ganz verschwunden waren.

„Ja?", fragte Dr. Loftin.

„Ihre Handschuhe, Doktor", sagte Will und hielt sie ihm hin. „Vielen Dank."

„Oh nein, ich möchte gerne, dass du sie behältst." Er sah Will fragend an. „Brauchst du sie denn nicht?"

„Sir – Doktor – ich könnte ein solches Paar Handschuhe niemals behalten", erklärte Will und suchte nach einer passenden Entschuldigung. „Sie sind viel zu schade für meine Arbeit."

Der Doktor schwieg. „Bist du dir sicher?", fragte er.

„Ja, Sir."

„Aber ich glaube, dass du sie wenigstens auf deinem Weg zum Armenhaus gut gebrauchen kannst", entgegnete der Doktor. „Behalte sie. Ich habe noch mehr Handschuhe."

Will nickte und klemmte sie sich unter den Arm. „Doktor ..." Er wusste nicht genau, wie er es anfangen sollte, doch dann platzte er einfach heraus. „Es gibt jemanden im Armenhaus, dem ich gerne helfen würde. Ich hatte gehofft, dass Sie vielleicht mit einem möglichen Arbeitgeber sprechen könnten. Damit sie eine ordentliche Stelle findet ... vielleicht in einer Fabrik."

Dr. Loftin verschränkte die Arme und hob eine Hand, um sich nachdenklich über seinen weißen, kurz geschnittenen Bart zu streichen. „Ich bitte meine Freunde selten um diese Art von Gefallen."

Wills Hoffnung schwand.

„Wie alt ist die Frau?"

„Sie ist noch ein junges Mädchen, ungefähr so alt wie ich, Doktor."

„Und du bist offensichtlich der Meinung, dass sie eine gute Arbeiterin ist, keine Trinkerin oder eine unmoralische Frau?“

„Tief in meinem Herzen glaube ich, dass sie ein gutes Mädchen ist, Sir. Und ich weiß, dass sie hart arbeitet, ihre Hände waren voller Blasen.“ Dann hatte er noch einen Gedanken und fügte schnell hinzu: „Wenn sie ein leichtes Mädchen wäre, würde sie doch sicher nicht im Armenhaus leben. Es gibt hier in der Stadt so viele Möglichkeiten für diese Sorte Frauen.“ Will konnte nicht glauben, dass er das wirklich laut gesagt hatte. Verlegen kratzte er mit seiner abgewetzten Schuhspitze auf dem Fußboden herum.

„Das stimmt.“ Der Arzt lächelte ein wenig. „Ich schaue einmal, was ich tun kann.“

„Vielen Dank, Sir!“ Am liebsten hätte er dem Doktor die Hand geschüttelt, doch er kannte seine Grenzen. Stattdessen presste er seinen Arm steif an seinen Körper.

„Ich freue mich darüber, dass du jemandem in Not helfen möchtest. Ich weiß, dass Gott deine Barmherzigkeit segnen wird.“ Der Doktor räusperte sich. „Dir noch einen guten Tag.“

Beschämt wandte sich Will zum Gehen. Wenn der Doktor von seinem tiefen Hass auf seinen Meister wüsste, würde er ihn nicht für so barmherzig halten.

„Und, Will ...“

Er sah den Arzt noch einmal an.

„Würdest du deinem Meister bitte sagen, dass sich Mr Miller, der Sattler, gerne mit ihm treffen würde, wann immer es ihm passt? Vielleicht heute Nachmittag?“

„Ja, Doktor.“

„Vielen Dank.“

Will machte sich auf den Weg zum Haus der Goods. Hinter sich hörte er ein leises Klicken, als der Doktor die Tür zu dieser anderen Welt schloss, wo die Menschen freundlich miteinander redeten und einem Lehrling dankten – einer Welt voller Satin und Rosenwasser.

Als er das Grundstück von Dr. Loftin überquerte und direkt an dem großen Stall vorbeiging, sah er im Augenwinkel eine schnelle Bewegung. Er schaute am Stall vorbei und bemerkte, dass ihn jemand beobachtete. Aber der Mann sagte nichts, sondern verschwand schnell um die weiß gestrichene Ecke des Gebäudes. Seltsam. Dr. Loftins Stallburschen waren normalerweise entweder in Uniform oder Arbeitskleidung gekleidet, aber der Mann neben der Scheune trug einen langen Mantel und einen Hut. Vielleicht war es Mr Miller, der Sattler. Wenn er es war, konnte er nicht wirklich ein netter Mann sein – so durchdringend wie er Will angeschaut hatte, ohne ihn zu grüßen, und dann wie ein Geist einfach zu verschwinden.

Doch was spielte das für eine Rolle? Wenn Mr Miller abweisend oder seltsam war, wäre es vielleicht nicht so schrecklich, Meister Goods Befehl zu gehorchen und Mr Miller die Aufträge zu stehlen. Allein den Gedanken daran fand Will furchtbar, aber er hatte keine Wahl. Sein einziger Trost wäre dann, dass er keinen freundlichen und ehrlichen Mann bestohlen hatte.

Kapitel 9

„Ann, es ist eine Nachricht für uns gekommen!“ Susan kam ins Schlafzimmer gerannt. Ihr hellblaues Kleid flatterte hinter ihr her und unterstrich das Leuchten in ihren Augen. In den Händen hielt sie eine große, elfenbeinfarbene Karte, als handelte es sich dabei um einen Strauß Blumen. „Sie ist von den Burbridges.“

Ann ergriff die Karte mit einer Hand und hielt mit der anderen ihr Kleid, damit sie sich setzen konnte. Nicht, dass sie weiche Knie gehabt hätte. Allein der Gedanke brachte sie zum Lächeln. Sie mochte Allan Burbridge wirklich sehr gern und er sah auch gut aus. Doch er war nicht die Sorte Mann, dessen Worte eine tiefere Bedeutung hatten oder lange in der Erinnerung blieben. Mit seinen Komplimenten hatte er bestimmt schon viele attraktive Mädchen in Pittsburgh überhäuft und sie waren nicht annähernd vergleichbar mit den leidenschaftlichen und tiefsinnigen Worten von Eli. Allerdings war es nun auch schon mehr als zwei Jahre her, seit Eli ihr solche Worte zugeflüstert hatte ...

Sie konnte die Hoffnung einfach nicht aufgeben, dass Gott sie eines Tages zu Elis Frau machen würde. Zwischen ihnen beiden herrschte eine innere Verbundenheit und Seelenverwandtschaft, die sie bei keinem anderen Mann finden würde – da war sie sich sicher. In seiner Gegenwart fühlte sie sich wirklich lebendig. Seine Äußerungen über die Poesie oder andere intellektuelle Themen forderten sie immer wieder zu neuen, tiefsinnigeren Gedanken heraus. In ihrer Ehe würde ihnen niemals der Gesprächsstoff ausgehen. Und mehr konnte eine Frau von ihrem Ehemann nicht erwarten: wahre Liebe und eine einzigartige Verbindung des Geistes. Seine Worte am Tanzabend hatten in ihr die Hoffnung erneut aufflackern lassen. So schmerzhaft es gewesen war, Eli und Phoebe aus der Ferne zu beobachten, so war sie doch bereit, ihm zu vergeben. Schließlich war er ein attraktiver junger Mann. Da konnte es schon einmal vorkommen, dass er sein Herz vorübergehend an eine andere verlor.

„Ann, kannst du sie vorlesen?“ Susan schaute sie ungeduldig an.

Anns Blick glitt über die makellose Schrift. „An Mr Samuel Miller und die Miss Millers. Mrs Lewis Burbridge würde sich freuen, Sie am Mittwoch, den 8. März, um halb fünf zum Abendessen begrüßen zu dürfen."

„Morgen schon! Ich frage mich, in was für einem Haus sie wohl wohnen." Susan stellte sich neben Ann, um sich über Anns Schulter hinweg die Karte mit dem vergoldeten Rand besser ansehen zu können.

Plötzlich erschien Mabel in der Tür. „Was ist das?" Sofort kam sie ins Zimmer, um sich ebenfalls die Karte anzuschauen.

„Wir sind bei den Burbridges zum Abendessen eingeladen. Glaubst du, dass sie ein sehr großes Haus haben?", fragte Susan. „Eine Villa vielleicht?"

„Vielleicht haben sie Geschirr und Besteck aus Gold", sagte Mabel.

„Darüber sollten wir uns keine Gedanken machen", erwiderte Ann. „Das ist unhöflich. Ja, die Burbridges sind sehr reich, aber das Wichtigste ist, dass sie so freundlich sind, uns einzuladen."

„Und dass ihre Teller aus reinem Gold sind!" Mabel kicherte und kniff Susan in den Arm. Sofort schob Susan die Hand ihrer kleinen Schwester weg, als wäre sie eine lästige Fliege.

„Sei nicht so albern." Susan sprach in ihrer besten Erwachsenenstimme und nahm sich eine Zeitung von dem Marmortisch neben Anns Stuhl. „Hör lieber auf das, was Ann sagt. Du musst jetzt lernen, dich wie eine Dame zu benehmen." Sie rollte die Zeitung zusammen. „Du darfst uns nicht blamieren. Selbst dann nicht, wenn du aus den Gläsern aus Rubinen und Smaragden trinkst." Sie schlug Mabel mit der Zeitung auf den Kopf. Mabel schrie auf und griff nach der Zeitung. Ein heftiger Kampf begann, immer wieder unterbrochen vom Lachen der Mädchen.

„Kinder!", rief Ann dazwischen. „Ihr dürft überhaupt nicht mitkommen, wenn ihr euch weiterhin wie die wilden Tiere verhaltet." Mabel hatte es gerade geschafft, Susan die Zeitung aus der Hand zu reißen. Bei dieser schrecklichen Drohung blieben die beiden Mädchen wie erstarrt stehen und setzten sofort wieder ihre unschuldigsten Mienen auf. Vorsichtig legte Mabel die Zeitung zurück auf den Tisch und strich die Ecken glatt, die bei dem Kampf etwas gelitten hatten.

„Wir werden uns benehmen", sagte sie dann.

„Wie junge Damen", fügte Susan hinzu. Als hätten sie es vorher abgesprochen, drehten sie sich gemeinsam um und verließen das Zimmer wie elegante junge Damen. Doch sobald sie außer Sichtweite waren, hörte Ann lautes Geflüster und das Geräusch ihrer Schritte, als sie die Treppe hinunterrannten.

Man musste die beiden einfach von ganzem Herzen lieben – vor allem dann, wenn sie Unsinn machten. Doch die Erinnerung an das Lachen ihrer Schwestern, als sie heute diesen armen, jungen Mann mit seinem Handkarren auf der Straße getroffen hatten, ließ Ann wieder zusammenzucken. Sie kannte niemanden in Rushville, der so dünn war und solche Lumpen trug. Als er vorhin an die Tür gekommen war, hatte er verärgert gewirkt, als sie angedeutet hatte, dass er vielleicht mit ihrem Vater zusammenarbeiten würde. Vielleicht glaubte er, dass ihr Vater ihm nichts für seine Arbeit geben würde. Aber er machte ihr auch ein bisschen Angst. Er sah aus wie einer, der schon in viele Kämpfe verwickelt war – er bestand nur aus Sehnen und Knochen und schien wie ein Tier immer auf dem Sprung zu sein. Er könnte gut aussehen mit seinem energischen Kinn und seinen tief liegenden Augen, wenn er nur nicht so schrecklich dünn wäre und nicht so – nun ja, stinken würde. Als Kind eines Farmers rümpfte Ann normalerweise nicht die Nase über ein Tier oder harte Arbeit, aber wenn ein Mann mit Schweinen arbeitete, war es äußerst wichtig, dass er sich danach wusch und die Kleidung wechselte. Doch vielleicht hatte dieser junge Mann keine anderen Sachen zum Anziehen.

Die schweren Schritte eines Mannes kamen den Flur entlang. Dann erschien ihr Vater in der Tür.

„Komm herein, Vater." Das war ihre Chance. Seit der beängstigenden Szene auf dem Schiff war sie nicht mehr mit ihm allein gewesen.

„Die Mädchen haben mich darauf hingewiesen, dass wir eine Einladung bekommen haben." Er grinste sie an und verschränkte die Hände hinter dem Rücken. Er sah gut aus in Weste und Schlips. „Es scheint, als ob du Allan Burbridge sehr beeindruckt hast."

„Oder vielleicht ist es *Mrs* Burbridge, die sich gerne weiter mit dir unterhalten möchte", gab Ann zurück.

Er schmunzelte. „Ich glaube, wir müssen vorher noch einkaufen gehen. Wir können zwar nicht allzu viel ausgeben, aber wir müssen dich und die Mädchen angemessen ausstatten. Die Mädchen werden nett aussehen in ihren besten Kleidern, wenn du sie vorher gut lüftest und ausbürstest. Und der Doktor hat freundlicherweise angeboten, dir eins der Kleider seiner verstorbenen Frau zu borgen. Er sagt, dass die Größe ungefähr passen müsste. Aber ihr braucht alle drei Handschuhe für den Abend."

„Vater, du benimmst dich ja wie eine alte Jungfer, die versucht, ihre greisenhafte Kusine zu verheiraten." Ihre Worte waren leicht, ohne die Verbitterung der letzten Monate. Schließlich hatte sie jetzt wieder die Hoffnung, dass doch noch nicht alles verloren war.

Nach einer unsicheren Pause lächelte er. „Egal wie sehr du dich auch beschwerst – es wird dich freuen, dich für den Abend schön zu machen."

Jetzt war die Zeit, über das andere Thema zu sprechen, da sie immer noch allein waren. Ann atmete tief durch, stand auf und ging zur Zimmertür. Leise schloss sie die Tür, sodass sie nicht belauscht werden konnten, und drehte sich um. „Ich bin dankbar, dass du dir so viele Gedanken um mich machst, Vater, aber ich muss dich jetzt etwas ganz anderes fragen."

„Um was geht es?" Er verschränkte die Arme vor der Brust.

„Ein Vorfall auf dem Schiff hat mich sehr beunruhigt."

„Welcher Vorfall?" Sein Gesichtsausdruck war zurückhaltend.

Ann trat noch näher an ihn heran und sprach leise in der Hoffnung, dass er ihre ehrliche Liebe und Sorge hinter ihren Worten sehen konnte. „Ein Mann hat dich auf dem Maschinendeck des Schiffes belästigt. Ich habe es gesehen. Er hat dich gepackt und ihr habt miteinander gestritten."

Ihr Vater schwieg.

„Kennst du ihn?", fragte sie. „Warum hat er es gewagt, dich so zu behandeln?"

Er antwortete ihr immer noch nicht. Stattdessen runzelte er die Stirn und wandte den Kopf zur Seite.

„Warum hast du den Mann nicht dem Kapitän gemeldet?", fragte sie weiter. „Hat er etwas gegen dich in der Hand?"

Bei ihren letzten Worten wandte sich ihr Vater abrupt von ihr ab und ging zur Tür. Mit einem Ruck zog er sie auf und sah noch einmal zu Ann zurück. „Das geht dich gar nichts an." Er schob die Hände in die Hosentaschen, sein Gesicht zeigte deutlich sein Missfallen. „Sprich nie mehr mit mir über dieses Thema. Wir werden hier eine schöne Zeit verbringen, wenn du deinen Teil dazu beiträgst."

Mit energischen Schritten verließ er das Zimmer.

Ann war wie versteinert. Dann musste es wirklich etwas Ernstes sein, wenn er sich ihr gegenüber so hart verhielt und kein Wort darüber sagen wollte. Was hatte ihr Vater verbrochen, dass er ihr nicht die Wahrheit sagen konnte?

Kurze Zeit später kam Susan zurück. Sie trug bereits ihren Mantel. „Ann, Vater sagt, du sollst kommen. Der Doktor will mit uns zu dem anderen Sattler gehen."

Sofort ergriff Ann ihr Pelzcape und folgte ihrer Schwester die geschwungene Treppe hinunter in das große Marmorfoyer. Dort warteten Dr. Loftin und ihr Vater zusammen mit Mabel auf sie.

„Dann wollen wir einmal nach nebenan gehen und Mr Jacob Good besuchen", sagte der Doktor freundlich. Er öffnete die Eingangstür und hielt sie ihnen auf.

Ann nahm Susans und Mables Hand und gemeinsam gingen sie die Eingangsstufen hinunter. Auf der Straße lagen überall Kieselsteine und die Reste des letzten Schnees waren noch in den Spurrillen zu sehen.

Ihr Vater und der Doktor unterhielten sich ein paar Schritte hinter ihr, während sie die dreißig oder vierzig Meter zum Nachbarhaus gingen. Ihr Vater klang, als gäbe es nichts auf der Welt, das auf seinem Gewissen lasten könnte. Aber sie konnte sich sein Verhalten nicht anders erklären, als dass er etwas vor ihnen geheim hielt. Niemand würde sich so von einem Fremden auf einem Schiff behandeln lassen und dann den Grund dafür verheimlichen, es sei denn, er hatte etwas auf dem Gewissen. Doch sosehr Ann sich auch den Kopf zermarterte – es fiel ihr nichts ein, was er getan haben könnte.

Einen Teil seiner Zeit arbeitete er als Prediger; er war ein Mann mit einfachen Bedürfnissen, der Alkohol und Glücksspiel mied.

Aber konnte sie wirklich wissen, was ihr Vater während der Tage tat, an denen er nicht auf der Farm war? Noch nie war sie einem seiner Gemeindeglieder begegnet, denn sie lebten weit verstreut über den ganzen Süden Ohios. Woher wusste Ann, dass es sie wirklich gab? Vielleicht gab es nicht für jede seiner Reisen einen ehrenhaften Grund. Schließlich war er ein Mann, der keine Frau mehr hatte. Doch kaum hatte sie das gedacht, da verabscheute sie sich und verbot sich selbst, diesen Gedankengang weiter zu verfolgen. Über die Schulter warf sie ihrem Vater einen schnellen Blick zu. Er unterhielt sich angeregt mit dem Arzt. War es möglich, dass die vertrauten Konturen seines Gesichts sich eines Tages so veränderten, dass sie einen Menschen offenbarten, den sie gar nicht kannte?

An der Haustür der Goods klopfte der Doktor laut an. Die Tür öffnete sich und eine bleiche, spindeldürre Frau in einem ausgewaschenen Kleid und einer Schürze erschien.

„Mrs Good, ich habe Mr Samuel Miller und seine Familie mitgebracht, um sie Ihnen und Ihrem Mann vorzustellen."

„Das ist aber sehr nett von Ihnen, Dr. Loftin." Die süßliche Art, in der Mrs Good sprach, erinnerte Ann an zu stark gezuckerten Tee. Sie passte so gar nicht zu ihrem dünnen Gesicht. „Ich werde Mr Good sofort holen."

Einen Augenblick später kam der Mann, der ihr Ehemann sein musste, an die Tür und stieg die Stufen hinunter, um sie zu begrüßen. Er war kleiner als der Doktor und Anns Vater, stach jedoch durch seine erstaunlich dunklen Haare und hellen Augen hervor. Er hatte kräftige Schultern und war mit einem offensichtlich neuen schwarzen Mantel und Hosen sehr gut gekleidet. Eine goldene Uhrenkette hing aus seiner Westentasche.

Er schüttelte zuerst ihrem Vater die Hand und die beiden Männer murmelten ein paar Begrüßungsworte. Dann beugte er sich über ihre Hand. Ann wusste nicht warum, aber sie war erleichtert, dass er ihre Hand nicht küsste. Dieser Gedanke irritierte sie, da sie doch sogar Handschuhe trug.

Mr Good führte sie am Haus vorbei in den Garten zu seiner großen Scheune.

„Wir haben das vor ein paar Jahren anbauen lassen", erklärte er und deutete auf ein einstöckiges Gebäude, das direkt neben der hohen Scheune stand. „Um darin die Sattlerei unterzubringen."

„Sehr schön", sagte ihr Vater.

Mr Good führte die Besucher hinein. Ann war überrascht, dass es in der Sattlerei etwas wärmer war als draußen, doch dann erinnerte sie sich, dass ein Sattler sein Leder niemals einfrieren lassen würde, sonst wurde es steif. Ein kleiner Ofen aus Eisen stand mitten in dem Raum – es roch nach Kohle.

Die Wände waren mit Sätteln übersät – manche fast fertig, andere noch ganz am Anfang. Braune, schwarze und rote Sättel. Einer bestand erst aus einem Sattelbaum, an dem das Sitzpolster angenäht war. Auf dem Holzpferd neben dem Ofen lag ein Sattel auf seinem Vorderzwiesel, sein Hinterzwiesel gestützt von einem Holzpfahl, der aus der Arbeitsbank herausragte, um das Nähen und Klammern zu erleichtern.

Ihr Vater trat näher an den Sattel heran. „Das ist eine wirklich gute Naht, Meister Good." Er fuhr mit dem Finger langsam erst über die unsichtbare Naht am Hinterzwiesel, dann über die gleichmäßigen Stiche am Vorderzwiesel. Gute Nähte und gleichmäßige Stiche waren das Markenzeichen eines guten Handwerkers; so viel hatte Ann von ihrem Vater gelernt.

„Vielen Dank, Meister Miller", erwiderte der Sattler mit einem Hauch Selbstzufriedenheit in der Stimme.

Auch Dr. Loftin bewunderte den Sattel einen Moment. „Samuel", sagte er dann – er und Anns Vater nannten sich bereits beim Vornamen –, „ich bin sicher, dass Jacob deine Arbeit auch gerne sehen möchte. Vielleicht könnten wir einen der Lehrlinge nach nebenan schicken, um den Sattel zu holen, den du mitgebracht hast."

„Sie haben einen Sattel mitgebracht?" Erstaunt blickte Jacob Good seinen Besucher an. „Ich dachte, Sie würden den neuen Sattel für Mrs O'Hara vom Baum bis zu den letzten Nähten hier in meiner Werkstatt anfertigen."

„Das tue ich auch", erwiderte Anns Vater. „Der Sattel, den Doktor Loftin erwähnte, habe ich vor zwei Jahren aus dem schönen Lederstück gemacht, das Sie mir geschickt haben. Mrs O'Haras Stallbursche hat ihn vorbeigebracht als Modell für den neuen Sattel. Er ist für dasselbe Pferd, deshalb kann ich die Maße einfach übernehmen."

„Ich verstehe." Good drehte sich zu der Scheune um und erhob die Stimme. „Junge!"

Durch die Tür zur Scheune kam der Lehrling, dem Ann vorhin schon begegnet war, zusammen mit einer unsichtbaren Geruchswolke. Mit Schrecken sah sie, dass Mabel ihre Nase rümpfte.

„Junge, wir brauchen den Sattel von Mr Miller aus dem Haus des Doktors. Hol ihn und zwar schnell."

Es erschien ihr seltsam, dass Mr Good diesen jungen Mann „Junge" nannte, als wäre er noch ein Kind. Ann fiel der Kontrast auf zwischen der Kleidung des Lehrlings, so zerlumpt und abgetragen, dass sie keine richtige Farbe mehr hatte, und dem maßgeschneiderten Mantel des Meisters. Mit jeder Sekunde mochte sie den Sattler weniger.

Ohne ein Wort verschwand der Lehrling.

„Dann wird der neue Sattel sehr ähnlich werden?", fragte Mr Good ihren Vater.

„Es sind beides Damensättel, aber Mrs O'Hara wünscht, dass ich den Sattelknopf etwas niedriger mache, da es ihr im Alter immer schwerer fällt aufzusteigen."

Eine Weile diskutierten sie über die verschiedenen Gestaltungsmöglichkeiten für Damensättel, dann über Geschirre und die Vorzüge des rund gearbeiteten Leders im Vergleich zu den traditionellen flach genähten Stücken. Ann und die Mädchen standen schweigend dabei, während der Doktor geduldig zuhörte und ab und zu eine Frage zu einem unbekannten Wort stellte.

Der Lehrling kam zurück und trug den Sattel so vorsichtig über dem Arm, als wäre er aus Glas. Sein Kopf war gesenkt, denn seine ganze Aufmerksamkeit galt dem wunderschönen Blumenmuster, das in das rotbraune Leder auf der Seite eingearbeitet war. Ann lächelte still. Sie war überzeugt, dass es im ganzen Land niemanden gab, der mit Leder besser umgehen konnte als ihr Vater, obwohl er das Kompliment immer zurückwies. Offensichtlich schien Goods Lehrling die Qualität der Arbeit, die er über dem Arm trug, zu erkennen.

Meister Good nahm sie ebenfalls wahr, aber statt die Kunstfertigkeit wie sein Lehrling zu bewundern, wurden seine Gesichtszüge hart. „Sie haben diesen Sattel gemacht?"

„Ja", erwiderte ihr Vater und sie spürte sein Unbehagen hinter dieser einfachen Antwort. Jeder im Raum konnte sehen, dass Good nicht von kollegialem Respekt überwältigt war, sondern stattdessen eher feindselig reagierte.

„Bewundernswert", sagte Good ohne Wärme. „Leg den Sattel auf einen der Sattelböcke."

Der Lehrling gehorchte und legte den Sattel mit äußerster Sorgfalt ab. Dann wandte er sich zum Gehen.

„Warte", hielt ihn sein Meister zurück. Der junge Mann erstarrte mit noch immer abgewandtem Gesicht.

„Mr Miller, ich bin zu beschäftigt, um Ihnen bei der Arbeit zur Hand zu gehen", erklärte Good. „Aber dieser Junge wird Ihnen bei allem helfen, was Sie benötigen. Das beinhaltet auch alles Werkzeug, das Sie brauchen sollten."

„Das ist sehr großzügig von Ihnen, Mr Good", sagte ihr Vater. „Und, junger Mann, da wir zusammenarbeiten werden, würde ich gerne deinen Namen wissen."

Der Lehrling schwieg weiter, sah aber seinen Meister fragend an.

Good antwortete für ihn. „Das ist Will Hanby."

„Ich freue mich darüber, dass du mir helfen willst, Will", sagte Anns Vater zu Will. „Wenn deine Stiche nur halb so gut sind wie die deines Meisters, werde ich deine Hilfe in diesem Bereich gerne in Anspruch nehmen."

Will. Die Briefe ...

„Will ..." Ann bemerkte erschrocken, dass sie den Namen bei dieser überraschenden Erkenntnis laut ausgesprochen hatte. Hastig korrigierte sie sich. „Willst du uns bitte entschuldigen, Vater – und Sie, meine Herren? Es wird für die Mädchen zu kalt."

Was für eine traurige Entschuldigung. Sie war fast genauso beschämt über ihre Ausrede wie über den Fehler selbst. Mr Good, ihr Vater und der Lehrling starrten sie an. Das Blut schoss ihr unter ihren fragenden Blicken ins Gesicht; sie war sich sicher, dass sie feuerrot war.

„Natürlich müssen Sie sich wieder aufwärmen", sagte Good und öffnete die Tür. „Ich werde Sie und den Doktor nach draußen begleiten, während Mr Miller mit dem Jungen über alles Notwendige spricht."

Als sie an ihm vorbei aus der Sattlerei gingen, beobachtete der Lehrling Ann mit einem fragenden Blick. Offensichtlich wusste er nicht, dass ein langer Schmutzstreifen auf seinem kräftigen Kiefer prangte.

Sein Blick folgte ihr. Unbehaglich sah sie zur Seite, doch als sie noch einmal zurückschaute, blickte er sie immer noch mit dunklen, fragenden Augen an. Schnell verließ sie die Sattlerei.

Sie hatte die Briefe dieses jungen Mannes – die kostbaren Worte seiner Mutter. Sie musste bald eine Möglichkeit finden, mit ihm allein zu sein, damit sie ihm die Briefe zurückgeben konnte. Vielleicht würde er ärgerlich werden, wenn er herausfand, dass sie sie gelesen hatte. Doch die Briefe würden mit Sicherheit trotzdem ein Trost für ihn sein.

Sie glaubte nicht, dass sie jemals einen Menschen gesehen hatte, der so sehr Trost brauchte wie dieser junge Mann.

Kapitel 10

8. März 1826

Die Schweine waren wieder ausgerissen. Sogar in der Scheune hörte Will das unverwechselbare Schnauben und Quietschen, das nur von den Rufen von Mr Good und anderen im Garten unterbrochen wurde.

Er machte die Tür der Pferdebox zu und rannte nach draußen. Dr. Loftin versuchte seine weiße Sau durch sein Gartentor wieder in seinen Garten zu treiben, aber sie wollte ihre acht Ferkel nicht zurücklassen, die überall im Garten der Goods herumliefen. Mr Good schritt mit übertrieben falscher Freundlichkeit an seiner Grundstücksgrenze entlang – ein sicherer Vorbote der schlimmen Dinge, die später kommen würden, wenn der Doktor nicht mehr da war.

Die Hintertür von Dr. Loftins Haus flog auf und die beiden jüngeren Mädchen der Familie Miller rannten heraus. Ihre Gesichter strahlten vor Freude über die Schweinejagd.

„Wir helfen Ihnen, Doktor!“, schrie die Ältere der beiden, während die Jüngere lachend an ihr vorbeilief. Sie rannten hinter den kleinen Ferkeln her, die wie die Kreisel herumsprangen, sich hinter Fässern oder Werkzeug versteckten und sich ebenso zu freuen schienen wie die Mädchen.

„Das ist schon in Ordnung, Mädchen!“, rief Dr. Loftin, um bei dem ganzen Durcheinander überhaupt gehört zu werden. „Lasst die Ferkelchen erst einmal zur Ruhe kommen.“

Aber die Mittlere der drei Schwestern schien wild entschlossen, ein entflohenes Ferkelchen zu fangen, das nur etwa einen Meter von ihr entfernt stand. Und die jüngste Schwester hatte es tatsächlich geschafft, eines der Ferkel an den Hinterbeinen zu packen, und hielt es jetzt mit ganzer Kraft fest, obwohl es sich mit heftigen Tritten zu befreien versuchte.

Schnell lief Will zu dem kleinen Mädchen und schnappte sich das Ferkel, obwohl es sich immer noch heftig wehrte. Als er sich umdrehte, um es in den Garten des Doktors zurückzubringen, kam die älteste Tochter von Mr Miller gerade mit bestürztem Gesicht durch die Tür. Sie raffte ihre roten Röcke, um zu ihren Schwestern zu laufen. Dabei lösten sich ein paar Haarsträhnen, die der Wind ihr ins Gesicht blies. „Susan! Mabel!", rief sie.

Will verzog keine Miene, als er mit dem Ferkel auf dem Arm einen Schritt für sie zur Seite trat. Er setzte das Ferkel in den Schweineauslauf von Dr. Loftin, aus dem es nicht entfliehen konnte. Der Doktor ließ seine Schweine manchmal draußen herumlaufen, deshalb war es ihnen heute gelungen, durch den Zaun in das Nachbargrundstück einzudringen. Doch Will freute sich darüber, dass der Arzt die Tiere frei laufen ließ. Es war alles besser als der schreckliche Schweinestall, wo Mr Good seine Schweine hielt.

„Luu-cy!", rief der Doktor und schnalzte mit der Zunge. Die weiße Sau hob ihren Kopf und starrte ihn an. Ihr kleiner Schwanz wedelte wie der eines Hundes. Sie war ein sehr intelligentes Schwein und eine wertvolle Zuchtsau. Aber sie würde ihre Ferkel nicht im Stich lassen, noch nicht einmal für ihren Besitzer.

Mit aufgeblähten Röcken rannte Miss Miller durch den gefrorenen Garten auf ihre mittlere Schwester zu, die ihr Ferkel erwischt hatte und es jetzt mit ganzer Kraft auf den Boden drückte. „Lass es los!", sagte die hübsche junge Frau.

„Aber dann haut es wieder ab!"

Miss Miller zögerte einen Augenblick, dann kniete sie sich hin. Ihr Kleid lag in großen Falten um sie herum auf dem Boden. Energisch griff sie nach dem Ferkel.

„Miss Miller! Ihr Kleid!", rief Dr. Loftin und hob eine Hand, als wollte er sie aufhalten.

Doch sie ignorierte ihn, packte das Ferkel mit geübtem Griff an beiden Beinpaaren und hielt es verkehrt herum. So marschierte sie zu dem Doktor, der es ihr abnahm und sein Gesicht zu einer Grimasse verzog, als es sich ausgerechnet in diesem Moment unüberhörbar erleichterte.

Ein weiteres Ferkel stand in der Nähe der Scheune. Blitzschnell hob Will es auf und trug es zum Pferch. Wieder rief der Doktor nach seiner Sau und diesmal blickte die Sau zu den drei Ferkeln, die schon im Schweinepferch des Doktors herumliefen. Mit schnellen Schritten stapfte sie zurück durch das Gartentor in Richtung Schweinepferch. Und eins nach dem anderen wackelten die fünf übrigen Ferkel mit den Köpfen und folgten ihrer Mutter.

„Bitte entschuldigen Sie, Mr Good", sagte Dr. Loftin. „Wir werden das Loch finden und reparieren, bevor ich die Schweine wieder herauslasse."

„Dafür wäre ich Ihnen sehr verbunden, Doktor", erwiderte Mr Good mit einem bizarren Totenkopfgrinsen, sodass Will ihm am liebsten die Zähne eingeschlagen hätte. Er konnte es nicht ausstehen, dass sein Meister sich immer schrecklich über die Schweine des Arztes beschwerte, wenn er zu Hause war, aber vor dem Arzt stets lächelte und so tat, als sei alles in Ordnung. Will wusste, dass Mr Good neidisch auf die Schweine des Doktors war – auf ihre gute Abstammung und die produktive Zuchtsau. Die Leute kamen selbst von der anderen Seite des Flusses, um die Ferkel zu bewundern und mit dem Doktor über seine Schweine zu sprechen. Doch am meisten hasste Mr Good die „sanfte" Art, mit der der Arzt seine Schweine behandelte.

Will selbst mochte die Schweine des Doktors, und wenn er sich von seinem Meister und dessen Frau unbeobachtet wusste, ging er manchmal zum Zaun, um die Rücken der Ferkel zu kratzen. Die weißen Schweine waren viel freundlicher als die Schweine von Mr Good, die immer bösartig und unruhig in ihrem viel zu engen, dreckigen Stall herumwanderten.

Die Millers gingen zurück auf das Grundstück des Arztes. Dabei flüsterte die Jüngste der Mittleren zu: „Hast du gesehen, wie ich das Ferkel festgehalten habe?"

„Ja, aber es ist dir fast entwischt", erwiderte die andere. „Ich habe meins ganz allein festgehalten."

„Ich habe meins auch allein gehalten", gab die Jüngste beleidigt zurück.

„Mädchen! Pst!", mischte sich die Älteste ein. Durch die Anstrengung waren ihre Wangen immer noch gerötet und ihre Augen glänzten. „Es tut mir leid, wenn wir Ihnen Schwierigkeiten gemacht haben, Meister Good", sagte sie.

„Aber nicht doch, Miss", erwiderte er in seinem falschen, jovialen Ton, als wäre er der großherzigste Mann der Nachbarschaft.

„Aber jetzt sollten wir uns besser wieder an die Arbeit machen, oder, Jungs? Die Zeit bleibt schließlich nicht stehen."

„Ja, Sir." Will warf Miss Miller einen verstohlenen Blick zu. Sie betrachtete ihn voller Mitleid – das hielt er nicht aus. In der Werkstatt hatte er gesehen, wie das jüngste Mädchen über ihn die Nase gerümpft hatte. Die Schwestern glaubten, sie seien etwas Besseres. Wütend ging er in die Scheune zurück und warf das Tor hinter sich zu.

Die dunkle Einsamkeit in der Scheune war ihm sehr willkommen, aber nur einen Augenblick später wurde die Tür wieder aufgerissen. Meister Good war ihm gefolgt.

„Was ist los, Junge? Wirst du denn gar nicht wütend?" Seine Stimme war trügerisch ruhig.

Will bekam eine Gänsehaut und versuchte mit ganzer Kraft, den ärgerlichen Ausdruck aus seinem Gesicht auszulöschen und Unschuld vorzutäuschen. „Nein, Sir. Es tut mir leid, Sir." Er spürte, wie die Übelkeit in ihm aufstieg, aber er durfte sich keine Blöße geben, sonst würde ihn der Meister sofort verprügeln.

„Das freut mich zu hören." Good ging langsam zu dem Stall, den Will vorhin ausgemistet hatte. „Bist du hier immer noch nicht fertig?"

„Nein, Sir. Aber bald."

„Was hast du von Miller über seine Technik herausbekommen?"

„Ich habe ihm zugehört, Sir. Wir haben bisher nur ein paar Minuten miteinander geredet."

„Das muss besser werden. Du hast nur ein paar Wochen Zeit."

„Ja, Sir." Will wusste, dass er das eigentlich nicht sagen sollte, aber er sagte es trotzdem. „Sir, wahrscheinlich kann ich von ihm ein paar Polstertechniken abgucken, aber ich werde es bestimmt nicht schaffen, alle seine Handgriffe in dieser Zeit zu lernen."

Good presste die Lippen aufeinander und wurde blass vor Wut. Ein Eisklumpen wuchs in Wills Kehle. Good ging langsam an ihm vorbei. Dann wirbelte plötzlich die Welt um ihn herum und er fiel auf die Knie. Seine Augen gehorchten ihm nicht mehr. Halb bewusstlos rollte er sich auf dem Boden zusammen. Der Meister hatte ihn mit etwas geschlagen, aber er wusste nicht womit. Ein dumpfer Schmerz breitete sich auf einer Seite seines Kopfes aus. Aus Erfahrung wusste er, dass der Schmerz von Minute zu Minute schlimmer werden würde.

Wie aus weiter Ferne hörte er die Stimme seines Meisters. „Zweifel meine Worte nicht an, Junge. Miller hat selbst gesagt, dass deine Stiche an dem anderen Sattel sehr gut waren. Aber wenn du nicht lernen kannst, wie er das Leder bearbeitet und formt, dann musst du dir eben etwas ausdenken, was den Wert seiner Arbeit mindert. Vielleicht sind seine Steigbügelriemen zu schwach. Haben wir uns verstanden?"

Will stöhnte. Seine Augen gehorchten ihm immer noch nicht, obwohl sich die Scheune nicht mehr so schnell drehte.

Die Scheunentür klapperte, als Good sie hinter sich zuschlug. Vorsichtig berührte Will mit den Fingern seine Schläfe, an der sich eine große Beule bildete. Ein scharfer Stich sagte ihm, dass er dort auch eine Wunde hatte. Seine Finger waren rot und schmierig, als er sie so dicht vor die Augen hielt, dass er sie sehen konnte.

Er würde es überleben. Toms Kopf hatte schlimmer geblutet, als der Meister ihn vor zwei Wochen mit dem Schürhaken geschlagen hatte. Wie benommen sagte er sich, dass er das Blut vor dem Abendessen abwaschen musste, sonst würde er noch mehr Schläge bekommen.

Doch als die Scheune endlich aufhörte sich zu drehen, wurde der Schmerz immer schlimmer und breitete sich aus. Völlig bewegungslos lag er mit geschlossenen Augen auf der Seite und presste die Hände gegen den Kopf, als könnte er ihn auf diese Weise zusammenhalten.

Will dachte, dass er jetzt gerne sterben würde. Es gab nur Schmerz und keine Freude in diesem elenden, verlogenen Leben – schon seit Jahren gab es sie nicht mehr. Sein Bruder würde sich für ihn schämen, wenn er ihn jetzt sehen könnte. Genauso wie die Töchter von Mr Miller sich angewidert abgewandt hatten. Das war der Grund, warum er Johnny schon seit einem Jahr nicht mehr geschrieben hatte, sodass auch die Briefe seines Bruders immer seltener kamen. Will tat nichts, das etwas wert war – er hatte keine Zukunft ohne einen guten Ruf, mit dem er ein Geschäft anfangen konnte. Er besaß auch keine Ehre mehr, sondern hatte sich in einen kriechenden Schatten seiner selbst verwandelt, der bereitwillig alles tat, um zu überleben.

Ein Teil von ihm wollte den Meister umbringen, selbst wenn er dafür gehängt würde. Aber tief in sich spürte er auch Angst, seitdem der Meister ihn das erste Mal so schrecklich geschlagen hatte. Das war schon zwei Wochen, nachdem er in Pittsburgh angekommen war, passiert. Will hatte geschluchzt und den Meister um Gnade angefleht, seine Augen waren zugeschwollen, aus seiner Nase war das Blut getropft und seine Rippen und ein paar seiner Finger waren gebrochen. Es war nicht der Schmerz, sondern die Erniedrigung des Flehens, seine eigene Schwachheit – als hätte der Meister mit einer kalten Hand bis in Wills Seele gegriffen und sich um sie gelegt wie ein Schraubstock, sodass er nie wieder sein eigener Herr sein konnte. Die Erinnerung daran überwältigte ihn – sie zeigte ihm, wer er wirklich war. Der Meister hatte ihm sein wahres Ich gezeigt: ein rückgratloser Bettler und ein Sklave. Die Übelkeit stieg wie eine Welle in ihm auf und er wünschte sich, einfach nicht mehr da zu sein.

Will hörte, wie sich die Scheunentür öffnete und wieder schloss. Jetzt musste er aufstehen. Meister Good kannte keine Gnade.

Aber statt Mr Goods bösartigem Flüstern hörte er, wie jemand scharf einatmete. Leichte Schritte kamen auf ihn zu und kühle Finger strichen über seinen Kopf.

Einen Moment lang erinnerte er sich an seine Mutter und fiel in einen Traum, in dem sie noch einmal neben ihm saß. Fast konnte er ihr leises Summen hören und den Flieder draußen vor dem Fenster riechen, der im letzten Frühling geblüht hatte, als sie noch alle zusammen zu Hause wohnten. Damals hatte sie ihm Geschichten erzählt und ihn in ihren Armen in den Schlaf gesungen.

Aber der Geruch stimme nicht – es war kein Flieder, sondern der Duft von Rosen und warmer Haut.

„Können Sie die Augen öffnen?“, flüsterte eine sanfte Stimme.

Es kostete ihn viel Kraft, seine Augenlider aufzuschlagen. Es war Miss Miller, ihr hübsches Gesicht blass vor Schreck. Dann schloss er die Augen wieder.

„Hat Ihr Meister Ihnen das angetan?“ Ihre Stimme zitterte ein bisschen. Er spürte, wie sie ihn noch einmal sanft am Kopf berührte. Er konnte nicht antworten.

Er hörte ein Rascheln, als sich ihre Schritte von ihm entfernten und dann wiederkamen. Etwas Kühles berührte die Wunde an seinem Kopf. Vorsichtig wusch sie den Schnitt und drückte etwas Kaltes dagegen. Das Pochen wurde etwas besser. Er leckte sich über die ausgetrockneten Lippen, damit er sprechen konnte.

„Sie müssen gehen." Er behielt die Augen geschlossen. Auf keinen Fall wollte er die Abscheu in ihren Augen sehen, die sie beim Anblick seines blutigen, dreckigen Körpers empfinden musste. „Es wird nur schlimmer, wenn er Sie hier findet."

„Wie kann er so etwas tun?", fragte sie. Dann, nach einer Pause, sagte sie: „Ich habe etwas für Sie. Ich gebe es Ihnen, wenn es Ihnen besser geht. Vielleicht wird es Ihnen helfen."

„Gehen Sie", stöhnte er vor Angst, dass Meister Good jeden Augenblick zurückkommen könnte. Ein kleiner, warmer Tropfen fiel auf seine Wange. Eine Träne. Eine zarte Berührung strich sie wieder weg.

Dann raschelte es wieder leise, als Miss Miller ging. Einen Augenblick später hörte er, wie sich die Scheunentür schloss.

Er wusste, dass sie unrecht hatte und dass nichts ihm helfen konnte. Aber die Wärme ihrer Träne spürte er immer noch auf seiner Wange und sie rutschte langsam immer tiefer bis zu den finsteren, einsamen Orten in seiner Seele. Für einen Moment war der Duft des Frühlings wieder da.

Kapitel 11

Ann schlüpfte durch die Tür zurück in Dr. Loftins Haus und war dankbar, dass sie im Flur auf niemanden traf. Noch immer sah sie Wills blutüberströmtes, trauriges Gesicht deutlich vor sich; es brach ihr das Herz und ließ ihr die Tränen in die Augen steigen. Noch immer presste sie ihre Handtasche mit Wills Briefen gegen ihre Brust. Sie musste sie noch einen weiteren Tag behalten.

In der Hoffnung, ihr Zimmer unerkannt zu erreichen, eilte sie den Flur entlang in die Eingangshalle. Doch als sie am Wohnzimmer vorbeikam, hörte sie Dr. Loftins Stimme durch die offene Tür. „Miss Miller?"

Sie erstarrte mit verschränkten Armen. Schnell senkte sie ihren Kopf, um ihre Verzweiflung zu verbergen. Sie wollte dem Doktor nicht begegnen, aber sie durfte ihrem Gastgeber gegenüber auch nicht unhöflich sein.

„Ist etwas passiert?" Sie hörte das Rascheln einer Zeitung, dann kamen seine Schritte auf dem Marmorboden auf sie zu. Langsam hob sie den Kopf und sah, dass er neben ihr stand. Er blickte sie besorgt an und die Falten um seine Augen wurden tiefer.

„Meister Good ist …" Ein Schluchzen stieg in ihrer Kehle auf und schnürte ihr die Worte ab. Sie schlug sich die Hände vors Gesicht.

„Was ist los? Was ist passiert?" Die Stimme des Arztes klang sanft. Die tröstende Stärke seines Armes legte sich um ihre Schultern und hielt sie fest.

„Meister Good schlägt seinen Lehrling. Ich habe ihn gerade auf dem Boden in der Scheune gefunden. Er war kaum noch bei Bewusstsein." Dankbar nahm sie das Taschentuch, das er ihr anbot, wischte sich die Tränen aus den Augen und betupfte ihre Nase.

Der besorgte Ausdruck aus seinem Gesicht verschwand und stattdessen sah er sie überrascht an. Seine Lippen öffneten sich, als wollte er sie etwas fragen, doch dann schwieg er.

Ihre Wangen wurden warm – natürlich fragte sich der Doktor, was sie in der Scheune zu suchen hatte, aber er war zu sehr Gentleman, um zu fragen.

Sein Gesicht wurde sehr ernst und traurig. „Das habe ich mir die ganze Zeit schon gedacht. Aber Will hat nie etwas gesagt. Außerdem denke ich nicht, dass er angesichts der Bedingungen für seine Lehrlingszeit eine andere Wahl hat."

„Aber wir müssen doch etwas für ihn tun können!"

„Das glaube ich nicht. Es ist eine traurige Tatsache, dass manche Meister ihre Lehrlinge schlecht behandeln und prügeln. Das Gesetz verschließt davor schlichtweg die Augen und behandelt die Sache so, als würde ein Vater seinen Sohn verprügeln. Der Grund ist unwesentlich; Meister Good kann über den Grund sagen, was er will, und jeder Richter würde ihm glauben."

„Aber er könnte ihn umbringen."

„Ja, wahrscheinlich würde er dafür noch nicht einmal bestraft werden. Tote Lehrlinge können nicht mehr aussagen."

„Was ist mit dem anderen Lehrling, den ich gesehen habe? Könnte er nicht ein Zeuge sein?"

„Er würde dieselben Schwierigkeiten haben. Das Wort des Meisters hat mehr Gewicht. Und außerdem würde Tom dann zweifellos die schrecklichen Folgen seiner Aussage zu tragen haben."

Es gab also wirklich keinen Ausweg. Es sei denn ... „Könnten Sie nicht eingreifen, Doktor?"

„Daran habe ich auch schon gedacht. Aber so wie ich Meister Good einschätze, wird er seine Lehrlinge hinterher noch schlimmer behandeln als jetzt. Das fürchte ich zumindest. Ich habe mir stattdessen angewöhnt, kleine Dinge für sie zu tun, um ihr Elend etwas zu lindern. Außerdem bete ich immer wieder dafür, dass sie die letzten Jahre ihrer Lehrzeit überleben."

„Das kann ich nicht akzeptieren." Wieder spürte Ann das Schluchzen in der Kehle, doch sie putzte sich die Nase und atmete tief ein. „Es muss mir etwas einfallen, um ihnen zu helfen."

„Ich hoffe, Sie finden einen Weg." Dr. Loftin klopfte ihr sanft auf die Schulter. „Ich weiß, dass es unter diesen Umständen etwas schwierig ist, meine Liebe, aber wir sind heute zum Abendessen eingeladen. Wir können heute Abend sowieso nichts mehr für die Lehrlinge von Mr Good tun, deshalb sollten wir in der Zwischenzeit unseren Gastgebern gegenüber nicht unhöflich sein. Vielleicht fällt uns ja bis morgen etwas ein."

Sie hatte ganz vergessen, dass sie sich für das Abendessen bei den Burbridges umziehen musste.

„Vielleicht sollten Sie kurz bei Susan und Mabel vorbeischauen", fuhr der Doktor fort. „Ich schicke Mary nach oben, um Ihnen zu helfen. Sie wird Ihnen auch das Kleid meiner verstorbenen Frau bringen."

„Sie sind sehr nett, Doktor. Ich werde mich darum kümmern, dass die Mädchen rechtzeitig fertig sind." Ann zwang sich zu einem Lächeln, dann knüllte sie das zerknitterte Taschentuch in der Faust zusammen und machte ein paar Schritte auf die Treppe zu. „Haben Sie meinen Vater gesehen?"

„Ich denke, er zieht sich bereits um." Mit einer leichten Verneigung zog er sich wieder ins Wohnzimmer zurück und schloss leise die Tür hinter sich. Nachdenklich stieg sie die Treppe hinauf.

Das graubraune Wasser des Flusses plätscherte leise, als die Millers und Dr. Loftin in der Kutsche des Doktors über die Brücke fuhren. Alle Mädchen trugen ihre Capes und Pelzkappen; der Fußwärmer zu Anns Füßen half etwas gegen die Kälte in ihren Schuhen. Steif saß sie neben ihrem Vater. Der blaugrüne Satin ihres geborgten Kleides lag in weiten Falten um sie herum und reichte sogar noch bis zu Susans Knien. Dr. Loftin saß ihrem Vater gegenüber und die beiden Männer unterhielten sich über die Geschichte von Pittsburgh. Wenigstens musste sie sich nicht an der Unterhaltung beteiligen. Das Geheimnis ihres Vaters beunruhigte sie immer noch, wenn sie in seiner Nähe war. Ihre beiden kleinen Schwestern plauderten leise miteinander.

Als sie die Brücke verließen, senkte sich eine winterliche Schwere über den Nachmittag und kündigte die Dämmerung an. Auf der Pittsburgher Schiffswerft vor ihnen kletterten Hunderte von Männer wie die Ratten von einem Bootsskelett zum anderen. Das harte Klopfen der Hämmer hallte bis zu ihnen hinüber. Das Zischen der Öfen und das tiefe Brummen der Maschinen drang aus unzähligen Gebäuden am Ufer des Flusses, als würde die Stadt atmen und ihr unsichtbares Herz läge irgendwo im Boden unter ihnen. Kohlenberge türmten sich neben Hügeln aus weißem Sand; die Rohstoffe aus der Erde konnte man auf jeder verfügbaren Fläche sehen. Die Reihe der Glas- und Eisengießereien erstreckte sich ungebrochen bis zu dem Punkt, an dem die Stadt an den drei Flüssen aufhörte. Und überall hing der muffige Geruch des Rauches, der schwarz und schwer über der Stadt hing.

Die Kutsche bahnte sich einen Weg durch die Straßen. Ann war erstaunt über die vielen Fuhrwerke, Pferde und Fußgänger. Sie war dankbar dafür, dass ihr Kutscher so erfahren war und dass Dr. Loftin eine Kutsche besaß. Der Doktor selbst war ein sehr guter Amateurkutscher, der solche Fahrten sehr liebte und manchmal selber steuerte, aber sie fühlte sich trotzdem sicherer mit einem richtigen Kutscher auf dem Bock. Die schwer beladenen Fuhrwerke, die nach Westen fuhren, sahen gefährlich aus. Sie waren so riesig im Vergleich zu den anderen Gefährten auf der Straße. Wenn ein Kutscher die Zwischenräume falsch einschätzte und die Räder der Fuhrwerke sich verhakten, würde das Holz splittern. Doch ihr erfahrener Kutscher wusste, wie man sich auf Pittsburghs Straßen verhielt. Viel schwieriger war es, den Fußgängern auszuweichen. Manche von ihnen schienen dem gefährlichen Impuls zu folgen, so dicht wie möglich neben den Kutschen zu laufen.

Sie ließen den Fluss hinter sich. Die Fabrikgebäude verschwanden und die Gebäude der Anwälte, Schneider und Kleidermacher tauchten auf. Eine gelbe Backsteinkirche stand elegant zwischen alten Bäumen.

„Ann, ein Schloss!“ Mabel deutete auf eine andere Kirche. Sie war riesig – dunkelgrau mit Türmen und spitzen Dächern. Susan stand der Mund offen und auch Ann war beeindruckt. Noch nie hatte sie ein solches Gebäude außerhalb von Büchern gesehen.

Ihr Vater schaute aus dem Kutschenfenster. „Es ist eine Kirche, Mädchen. Die Dreieinigkeitskirche. Sie ist letztes Jahr fertiggestellt worden.“

Die Kutsche wurde langsamer, bog in eine enge Einfahrt ein und hielt an. Ann schob den Griff ihrer Pelzhandtasche über ihren Ellenbogen. In der Handtasche waren ein paar Kleinigkeiten für den Abend: ein kleiner Taschenspiegel, ein Kamm und ein Taschentuch. Aber da war noch etwas anderes in ihrer Tasche. Sie hatte Wills Briefe nicht im Haus des Arztes zurücklassen wollen. Das Knistern des Papiers, wenn sie die Tasche berührte, klang wie eine Verheißung für die Zukunft des unglücklichen Lehrlings und gab ihr Hoffnung, dass sie doch noch einen Weg finden würde, um ihm zu helfen.

Dr. Loftin öffnete die Tür und half Ann beim Aussteigen. Das Haus der Burbridges war sehr groß, so wie es zu erwarten gewesen war – ein zweistöckiges rotes Backsteinhaus mit dicken weißen Säulen. Hecken, die mehr als mannshoch waren, umgaben den riesigen Garten. Die Gärtner hatten die Hecken in schöne Formen geschnitten, sodass sie wie eine freundliche Umarmung um das Gras lagen. Im Garten standen noch mehr Büsche, die wie grüne Kegel aussahen.

„Formschnittgärtnerei", erklärte Dr. Loftin als Antwort auf die verwunderten Ausrufe der drei Mädchen. „In Europa nicht mehr unbedingt in Mode, aber schön anzusehen." Er drehte sich um, um Susan und Mabel aus der Kutsche zu helfen.

„Guten Abend", begrüßte sie eine fröhliche Stimme. Ein paar Meter neben der Kutsche kam Allan Burbridge die breite weiße Treppe vor seinem Haus herunter und beugte sich zur Begrüßung über Anns Hand. Als er sie anschaute, blitzten seine Augen. „Ich freue mich so, dass Sie kommen konnten, Miss Miller."

„Ihr Garten ist wunderschön", sagte Ann.

„Vielen Dank." Er deutete auf ein paar Zweige, die aus angehäuften Hügeln an der Hauswand herausragten. „Ich wünschte, Sie könnten die Rosen sehen, aber sie schlafen zurzeit und dürfen nicht geweckt werden."

Sie lächelte. „Wie Dornröschen."

„Sie haben Grimms Märchen gelesen?"

„Ja, die neue Ausgabe – das kleine Buch für Kinder."

Susan trat neben Ann und nahm ihre Hand. „Ich liebe Dornröschen."

„Sie war schön und freundlich, so wie du und deine Schwestern." Allan schaute zuerst Susan an, doch dann wanderte sein Blick zu Ann. Sie wurde rot.

Sie musste zugeben, dass Allan sowohl intelligent wie auch attraktiv war. Und es schadete ihm nicht, dass seine dicken, welligen Haare ordentlich geschnitten waren und seine breiten Schultern in einem eleganten schwarzen Mantel steckten. Doch es war ihm offensichtlich nicht ernst mit ihr. Er flirtete etwas zu übertrieben und beobachtete ihre Reaktionen nicht allzu genau. Ein echter Bewunderer würde jede Bewegung und jedes Wort seiner Angebeteten wahrnehmen. Ann lebte zwar auf dem Land, aber sie war keine Magd, die auf das zärtliche Flüstern des Hausherrn hörte. Ihr war gar nicht bewusst, dass sie über ihre Gedanken lächeln musste, bis Allan zurücklächelte.

„Sollen wir hineingehen?“, fragte er und bot ihr seinen Arm. Dr. Loftin nahm Susans Hand, damit sie nicht auf den glatten Stufen ausrutschte, und Anns Vater folgte den beiden mit Mabel an der Hand.

Ein Butler – ein richtiger Butler – stand an der Tür und nahm ihnen ihre Mäntel, Anns Handtasche und die lederne Aktentasche ihres Vaters ab, die er immer bei sich trug, wenn er geschäftlich unterwegs war. Der Butler verschwand durch eine Seitentür, wahrscheinlich in den Garderobenraum. Es fiel Ann schwer, ihren Blick nicht ständig durch die prächtige Eingangshalle schweifen zu lassen. Die in einem dunklen Goldton gehaltenen Wände und die hohe weiße Decke mit wunderschönem Stuck in Form von griechischen Weinblättern waren einfach bezaubernd und lenkten ihre Aufmerksamkeit immer wieder von ihren Begleitern ab. Durch eine breite Doppeltür konnte sie blaue und goldene Teppiche sehen und die dunklen, grazilen Formen der Möbel, die von Meisterhand gefertigt worden waren. Ein Kronleuchter tauchte alles in ein warmes Kerzenlicht.

Die Augen ihrer Schwestern waren so groß, dass sie ihnen beinahe aus dem Kopf fielen. Mabel ließ die Hand ihres Vaters los, rannte zu Susan und packte sie am Arm. Dann rammte sie ihr einen Ellenbogen in die Rippen, als wollte sie sagen: „Habe ich es dir nicht gesagt!“ Ann hob warnend die Augenbrauen. Ihre kleine Schwester verstand die Zurechtweisung und senkte den Kopf. Dann ging sie schnell zurück zu ihrem Vater und begnügte sich damit, alles um sie herum genau zu betrachten.

„Meine Familie wartet im Salon auf uns“, sagte Allan, als er Ann an seinem starken Arm weiterführte. Dann beugte er sich zu ihr und senkte die Stimme. „Ich muss Ihnen noch sagen, dass Sie heute

Abend nicht unsere einzigen Gäste sind, obwohl ich mir inständig wünsche, es wäre so.“ Sein Atem kitzelte sie am Ohr und ein angenehmer Schauer lief ihr über den Rücken. Eigentlich sollte er ihr nicht so nah sein, aber sie wusste nicht, wie sie ihm das höflich sagen konnte.

Doch sie musste nicht lange über die Bedeutung seiner Worte nachdenken, denn als sie durch die Doppeltür in den ovalen Salon traten, sah sie drei sehr gerade Rücken – zwei in Satinkleidern und einen in einem schwarzen Jackett. Die Familie Holmes.

Mrs Holmes und Amelia stürzten mit entzückten Ausrufen wie Raubvögel auf die Neuankömmlinge zu.

„Oh, Miss Miller, Mr Miller! Und die lieben Mädchen!“, sagte Mrs Holmes und schwebte in einer dichten Duftwolke auf sie zu. Magnoliënduft natürlich.

„Ann, wie wunderbar, dass Sie uns mit Ihrer Anwesenheit beglücken!“ Amelia ruckte mit dem Kinn vor wie mit einem Schnabel.

Ann war etwas überrascht von der Veränderung in ihrem Verhalten – ihre falsche Freundlichkeit war fast genauso schlimm wie ihre frühere Ablehnung, aber immerhin war es nicht so unangenehm. Vielleicht hatten die Holmes‘ erkannt, dass sie die Millers besser akzeptieren sollten, wenn es die Burbridges so offensichtlich taten.

Mr Holmes schüttelte Dr. Loftin die Hand. „Es ist schön, Sie wiederzusehen, Doktor.“ Als Mr Holmes ihrem Vater seine Hand hinstreckte, legte er die Nase in erstaunliche Falten und sein typisches, schnüffelndes Schnauben ertönte, bevor er sagte: „Und Sie auch, Mr Miller.“

Ann musste ein Kichern unterdrücken, als sie das erstaunte Gesicht ihres Vaters sah, doch er überwand sein Erstaunen schnell und schüttelte Mr Holmes die Hand. Sie warf ihren Schwestern einen kurzen Blick zu. Glücklicherweise lachten sie nicht – noch nicht. Susan und Mabel hatten Mr Holmes „die große Gans“ getauft, nannten ihn aber nur so, wenn sie allein waren. Ann bemerkte, dass Mabel ihre Hände sittsam vor ihrem Rock gefaltet hatte, aber ihre Ellenbogen bewegten sich wie ein Pendel immer vor und zurück. Susans Lippen zitterten. Ann legte ihre Arme um die Schultern ihrer Schwestern.

„Ich denke, wir sollten uns nach der Kutschfahrt etwas erfrischen“, sagte sie.

Louisa Burbridge, sanft und schüchtern in ihrem rosa Seidenkleid, kam ihr zu Hilfe. „Aber natürlich. Kommen Sie mit mir.“

Sie ließen ihren Vater und Dr. Loftin mit den anderen Gästen zurück, während Louisa sie in den hinteren Teil des Salons führte. Ann begleitete ihre Schwestern durch eine kleine Tür in das Badezimmer. Das Badezimmer war weiß getäfelt mit goldenen Verzierungen und darin stand ein großer Spiegel auf einem passenden weißen Ständer. Doch Ann hatte nicht viel Zeit, die Schönheit des Zimmers zu bewundern, da sie ihre Schwestern zurechtweisen musste. Sie verließen das Badezimmer einigermaßen vernünftig und Ann hoffte inständig, dass sie sich den Rest des Abends anständig benehmen würden.

Als sie wieder in den Salon kamen, begrüßte Mrs Burbridge Ann mit einer ausladenden, wenn auch etwas zitternden Geste. „Miss Miller, gerade wollten wir zum Abendessen schreiten. Würden Sie vielleicht ...?“

Doch gerade als sie Allan ein Zeichen gab und er sich auf den Weg zu ihr machte, flatterte Amelia zwischen sie und ergriff ihren Ellenbogen. „Das ist zu liebenswürdig von Ihnen, Mrs Burbridge“, sagte sie.

Allan lächelte Amelia an, wie es sich für einen Gentleman gehörte, aber der Blick, den er Ann über die Schulter seiner Begleiterin zuwarf, war sehr betrübt. Dr. Loftin trat neben sie und bot ihr seinen Arm mit einem amüsierten Lächeln, während Mr Miller Mrs Burbridge eskortierte. Gemeinsam gingen sie in das mit dunklem Samt ausgekleidete Esszimmer mit seinen schön gemusterten Tapeten und seinen sanft leuchtenden Kerzen.

Zuerst aßen sie eine cremige Krabbensuppe, dann Junghennen aus Cornwall und schließlich ein dampfendes, saftiges Spanferkel, das von einem der Diener am Tisch geschnitten wurde. Susan und Mabel benahmen sich wie Vorzeigekinder. Ann hätte sich nun eigentlich entspannen und den Abend genießen können, hätte sie nicht immer wieder Angst vor den Bemerkungen der Holmes‘ haben müssen.

„Sie tragen heute ein wunderbares Kleid“, sagte Mrs Holmes

zu Ann. Dann trank sie einen Schluck Wein und sah sie über den Rand ihres Weinglases an. „Ich erzähle Amelia schon seit Wochen, dass die Mode am Anfang unseres Jahrzehnts sehr viel attraktiver war als das, was Paris uns jetzt zu bieten hat. Und jetzt beweisen Sie es mir vor unser aller Augen." Sie seufzte. „Siehst du, Amelia? Die höhere Taille ist viel eleganter."

Anns Gesicht brannte, doch ihr fiel keine passende Antwort ein. Sie hatte wenig Erfahrungen mit anderen Frauen, vor allem mit Frauen wie diesen, die ein Glas voller Gift verkaufen konnten, als sei es ein Fläschchen Parfüm.

„Miss Miller sieht heute Abend wirklich bezaubernd aus", sagte Dr. Loftin.

„Darin stimme ich Ihnen zu, Doktor." Allan wandte sich Ann zu. „Doch so schön das Kleid auch sein mag, glaube ich doch, dass es nicht das Kleid ist, das uns so bezaubert. Es liegt vielmehr an der zeitlosen Schönheit derjenigen, die das Kleid trägt." Einer seiner Mundwinkel hob sich verdächtig. Dann erhob er sein Glas in Anns Richtung. „Einen Toast auf die klassische Schönheit!"

„Bravo!", sagte der Doktor. Er und Allan prosteten erst sich und dann den anderen zu. Mr Miller, Mrs Burbridge und selbst Mr Holmes hoben bereitwillig ihre Gläser, doch Amelia presste die Lippen fest aufeinander und sah aus, als hätte sie in eine Zitrone gebissen.

Ihre Mutter sah auch verärgert aus, versteckte ihren Ärger jedoch sogleich hinter einem übertriebenen Lächeln. „Und vielleicht auch einen Toast auf deine Tochter, Philip?"

Wieder trötete Mr Holmes laut durch die Nase. Obwohl Ann die Situation sehr unangenehm war, hätte sie beinahe laut gelacht. Mr Holmes blies seine Nebenhöhlen ordentlich durch und erhob das Glas noch einmal. „Auf eine strahlende Tochter, die all die weiblichen Tugenden besitzt, die ihre Mutter ihr beibringen konnte."

Jetzt, so glaubte Ann, würde Allan seine Fassung vollends verlieren, doch seine Schultern verkrampften sich nur einen Moment lang, bevor er schnell das Thema wechselte. „Mr Holmes, hatten Sie schon Erfolg bei Ihrem Vorhaben hier in der Stadt?"

„Mein entlaufener Sklave versteckt sich offensichtlich irgendwo hier in der Stadt, wie ich es vermutet habe." Mrs Holmes warf ihrem Mann einen missbilligenden Blick zu, aber er schien es gar nicht zu merken. „In einem Teil der Stadt, den man Arthursville nennt. Dieser Stadtteil wimmelt nur so von freien Schwarzen, die entlaufene Sklaven verstecken."

„Woher wissen Sie von seinem Versteck?", fragte Anns Vater freundlich.

„Oh, ich habe da so meine Methoden." Mr Holmes wedelte mit der Hand über seinem Glas, woraufhin ein schweigender Diener neben ihn trat und ihm neuen Wein eingoss. Mit großer Zufriedenheit beobachtete Mr Holmes, wie die rubinrote Flüssigkeit langsam sein Glas füllte.

„Und das war es Ihnen wirklich wert, den weiten Weg hierherzukommen?" Ihr Vater überraschte Ann mit seiner Hartnäckigkeit.

„Es geht hier ums Prinzip, verstehen Sie." Mr Holmes wollte sein Glas gerade zum Mund führen, stellte es aber jetzt mit Nachdruck wieder auf den Tisch, sodass der Wein im Glas zitterte.

Sah der Mann denn gar nicht, dass Mrs Burbridge die Stirn runzelte?

„Wenn meine anderen Sklaven einen weglaufen sehen, dann versuchen sie es womöglich auch selbst. Deshalb ist es von äußerster Wichtigkeit, die entlaufenen Sklaven wieder zurückzubringen und ein Beispiel an ihnen zu statuieren."

Ann versuchte einen Schauer zu unterdrücken und fragte sich, was er damit wohl meinte.

„Ich müsste es natürlich nicht selber tun", fuhr Mr Holmes fort. „Es gibt Männer, die gegen Bezahlung entlaufene Sklaven wieder zurückbringen. Aber ein Großgrundbesitzer, den ich gut kenne, vermutet, dass mein Sklave mit einer *seiner* Sklavinnen weggerannt ist. Daher fühle ich mich dafür verantwortlich, dass er sein gestohlenes Eigentum wiederbekommt." Er betupfte seine Lippen mit einem seidenen Taschentuch. „Und das Beste ist, dass wir auch noch eine kleine Wette laufen haben."

„Ach ja?" Dr. Loftins Gesicht war ausdruckslos.

„Ja", erwiderte Mr Holmes. „Er hat einen dieser Sklavenjäger losgeschickt, um seine entlaufene Sklavin zu finden, und ich bin gekommen, um die beiden selbst zu finden. Wenn ich sie zuerst finde, schuldet mein Freund mir seine beste Vollblutstute. Wenn sein Mann sie zuerst findet, schulde ich ihm genug Portwein für ein ganzes Jahr. Und das ist eine ganze Menge, das kann ich Ihnen versichern." Er lachte aus voller Kehle, dann trötete er wieder. „Würden Sie mich vielleicht für einen Moment entschuldigen." Er schob seinen Stuhl zurück und stand etwas schwankend auf.

Mrs Holmes murmelte etwas und stand ebenfalls auf, um ihrem Mann zu folgen. Ann war überzeugt, dass Mr Holmes sich jetzt ein paar deutliche Worte über die Vermischung von Wein und Politik von seiner Frau anhören musste.

Während die Holmes' durch die Tür ins Wohnzimmer gingen, sprach Mrs Burbridge in die entstandene Stille. „Erzählen Sie uns von Ihrem Gemeindedienst, Mr Miller. Sie haben bestimmt viele Geschichten zu erzählen, weil Sie doch so viel herumkommen."

Die Gesellschaft stürzte sich mit großer Erleichterung auf dieses neue Thema, und als Mr Holmes zurückkam, machte er keinerlei Anstalten, noch einmal auf seinen entlaufenen Sklaven zurückzukommen.

Der Rest des Abendessens verlief sehr viel angenehmer, nur ab und zu unterbrochen von einem giftigen Blick von Amelia. Allan war charmant und aufmerksam, und als er Ann am Ende in die Eingangshalle eskortierte, fragte er, ob er ihr bald die Sehenswürdigkeiten der Stadt zeigen dürfte. Sie nahm die Einladung gerne an und freute sich, dass die Damen Holmes zu weit hinter ihnen gingen, um die Worte zu verstehen.

„Dann sehe ich Sie noch diese Woche?", fragte er.

„Ja." Sie lächelte. „Ich habe keine anderen Verpflichtungen."

„Ich bin ein glücklicher Mann." Allan drückte ihre Hand und drehte sich dann um, um dem Butler hinter ihnen ihren Mantel abzunehmen.

„Ihre Tasche, Miss." Der Butler sprach mit einem leichten irischen Akzent. Er hielt ihre Pelztasche in der einen und die lederne Aktentasche in der anderen Hand. Sie nahm beide an sich und gab die Aktentasche an ihren Vater weiter.

„Vielen Dank, Ann", sagte er. Sie freute sich, dass ihm selbst diese kleine Geste auffiel. Doch sofort schüttelte sie dieses zärtliche Gefühl wieder ab, denn sie erinnerte sich an seine schroffe Reaktion in ihrem gestrigen Gespräch. Sie konnte ihm nicht vertrauen.

Die Kutsche fuhr los. Die Mädchen waren mittlerweile sehr

müde, deshalb war es auf dem Heimweg sehr still. Ann dachte über Allans Komplimente nach und musste unwillkürlich lächeln. Er war wirklich sehr unterhaltsam. Nachdenklich strich sie ihr Kleid glatt und legte ihre Tasche neben sich auf die Bank. Wills Briefe knisterten darin leise.

Die Briefe. Die Erinnerung an den Lehrling kam mit voller Wucht zurück, zusammen mit einer Welle von Schuldgefühlen. *Ich habe einen schönen Abend verbracht und gutes Essen gegessen, während er verletzt in einer eiskalten Scheune liegen muss.*

Sie musste ihm die Briefe so bald wie möglich geben. Aber sie durfte Mr Good unmöglich einen Grund für weitere Schläge geben. Sie musste warten, bis sich eine günstige Gelegenheit ergab.

Kapitel 12

Miss Miller war ihm die ganze Woche aus dem Weg gegangen. Davon war Will felsenfest überzeugt. Erst vor ein paar Tagen hatte er sie kurz gesehen, als sie an einem der oberen Fenster im Haus des Arztes stand und mit gedankenverlorenem Blick auf das Haus der Goods starrte. Doch als sie bemerkt hatte, dass er sie von unten beobachtete, war sie zusammengezuckt, einen Schritt zurückgetreten und hatte den Vorhang zugezogen. Seitdem hatte er sie nicht mehr gesehen.

Will stand neben Dr. Loftins Schweinepferch, in dem sich die Schweine über ihr Frühstück hermachten. Vielleicht würde sie nach draußen kommen und mit ihm reden, wenn er lange genug hier stehen blieb. Doch je länger er wartete, desto wahrscheinlicher wurde es, dass Mr Good ihn hier sah. Und es gab noch kein Zeichen von Miss Miller, nicht einmal eine leise Bewegung des Vorhangs.

Er schnalzte den Schweinen zu und genoss diesen ungewöhnlich friedlichen Moment. Lucy hob ihren Kopf und beschnüffelte mit ihrem nassen, mit Körnern übersäten Rüssel seine Hand. Dann wandte sie sich wieder ihrem Futter zu. Die kleinen Ferkel grunzten und quietschten, während sie sich gegenseitig von den besten Stellen am Futtertrog wegschubsten. Er streckte einen Arm durch den Zaun und streichelte eines der Ferkel über seinen warmen, rauen Rücken. Für einen Moment schaute ihn das Ferkel mit seinen glänzenden Knopfaugen an und wackelte mit seinem kleinen Ringelschwanz. Dann hüpfte es schnell zum anderen Ende des Trogs.

Die Hintertür von Dr. Loftins Haus ging auf. Doch zu Wills Enttäuschung war es nur Mr Miller, der mit einem Beutel über der Schulter über die Türschwelle trat. Grüßend hob der Sattler die Hand. „Guten Morgen“, rief er durch den Garten.

„Und Ihnen auch einen guten Morgen, Sir.“

„Hast du heute Morgen Zeit, um mir ein bisschen zur Hand zu gehen, junger Mann?“, fragte Mr Miller und kam über den Kiesweg auf ihn zu.

„Ja, Sir.“

Mr Good hatte ihm befohlen, alles stehen und liegen zu lassen, wenn Mr Miller seine Hilfe brauchte. In der letzten Woche hatte er jeden Tag für Mr Miller gearbeitet. Ihm machte diese Arbeit wesentlich mehr Spaß als seine anderen Aufgaben. Doch der arme Tom musste dafür zweimal so hart arbeiten, damit nichts liegen blieb. Immer wenn er den jüngeren Lehrling bei seinen verschiedenen Arbeiten hin und her laufen sah, nagten Schuldgefühle an ihm. Jetzt war Tom für alle Tiere und auch für alle anderen Dinge verantwortlich.

Mr Miller war bei Will angekommen. Gemeinsam gingen sie zu dem Arbeitsbereich in der Scheune von Mr Good.

Als sie dort ankamen und die Tür fest hinter ihnen verschlossen war, legte Mr Miller sein Werkzeug sorgfältig auf den Arbeitstisch. Will bewunderte die Kunstfertigkeit der großen Ahle; ihr scharfer Metallkopf saß fest und stabil in dem Holzgriff. Alle Werkzeuge von Mr Miller hatten durch die jahrelange gute Arbeit einen leichten Glanz bekommen – den Glanz einer Geschichte. Verglichen mit ihren grazilen Linien, ihrem alten Holz und Knochen sahen Meister Goods viel neueren Werkzeuge grob und grell aus – wie Kinderspielzeug.

Das Modell für den Sattel lag auf einem der Gestelle an der Wand. Mittlerweile waren der Sattelbaum und die Polsterung für den neuen Sattel fertig, sodass Mr Miller die Maße des alten Sattels nicht mehr brauchte. Gestern hatte Will die Steigbügelriemen und die Riemen für den Sattelgurt zurechtgeschnitten, doch die Sattelblätter wollte der Sattler selbst schneiden, damit sie die richtige Rundung bekamen. Jetzt lag ein weiches, glattes Lederstück über dem Sattelsitz, um festgenäht zu werden.

„Will, sei bitte so nett und fange schon einmal mit den Nähten an. Ich kümmere mich um die Prägung auf den Sattelblättern."

Will konnte kaum glauben, dass Mr Miller ihm eine so verantwortungsvolle Aufgabe übertrug. Eine seltsame Freude durchfuhr ihn. Doch er hatte auch ein bisschen Angst. Er wusste nicht, ob seine Hand bei seinen angespannten Nerven ruhig genug war. Die Nähte mussten unbedingt perfekt werden. Erleichtert stellte er fest, dass Mr Miller den Nähkanal schon vorgeschnitten hatte, sodass er die Nadel nur noch durchführen musste.

Er hob die beiden Nadeln und die Ahle hoch und setzte sich auf den Nähbock. Loch für Loch, ein Faden nach dem anderen, nähte er das weiche Leder in der gewünschten Lage fest. Ihm wurde etwas schwindelig und hin und wieder musste er sich daran erinnern, nicht bei jedem Stich den Atem anzuhalten.

Will machte eine Pause und streckte seinen Rücken, wobei seine Hände immer noch mit den Nadeln und der Ahle auf dem Sattel lagen. Ein paar Schritte entfernt stand Mr Miller am Arbeitstisch und war völlig versunken in seine Arbeit. Mit einer gebogenen Klinge bearbeitete er eins der Sattelblätter. Will bewunderte das Geschick, mit dem der Meistersattler sein Messer bewegte. Sein Handgelenk rotierte weich und gleichmäßig, die Klinge war immer senkrecht, während sie ein Muster in das feuchte Leder schnitt. Mr Miller schnitt mit erstaunlicher Geschwindigkeit eine wunderschöne Rosenblüte nach der anderen.

Anscheinend bemerkte er Wills faszinierten Blick aus den Augenwinkeln, denn er lächelte und begann eine neue Blüte. „Möchtest du zu mir kommen und zuschauen?“, fragte er, ohne aufzublicken.

Will war zerknirscht, weil er beim Herumsitzen erwischt worden war. So würde es Meister Good jedenfalls nennen. „Oh nein, Sir.“ Doch dann fiel ihm ein, dass sein Meister wahrscheinlich wollte, dass er sich die Arbeit von Mr Miller so genau wie möglich anschaute. „Oder vielleicht doch für einen Augenblick.“ Vorsichtig, damit sich die Fäden nicht verhedderten, legte er seine Nadeln auf den Sattelsitz. Dann stand er auf und schwang ein Bein über den Bock. Nach wenigen Schritten stand er neben Mr Miller, der immer noch über das Sattelblatt gebeugt arbeitete.

„Das sieht sehr gut aus, Mr Miller.“ Er sagte es mit großer Bewunderung und war immer noch völlig fasziniert vom Anblick des Messers, das so akkurate Blüten in das Leder schnitt.

„Vielen Dank, Will. Das ist das Ergebnis von vielen Jahren Lehrzeit unter einem anspruchsvollen Meister.“ Zum ersten Mal hob der Sattler sein Messer vom Leder, wandte den Kopf und sah Will direkt an. „Nicht so anspruchsvoll wie deiner vielleicht.“

Will wandte den Blick ab und schaute wieder auf das Sattelblatt. Miss Miller musste ihrem Vater erzählt haben, was passiert war. Es war demütigend und doch war ein Teil von ihm sehr erleichtert, dass jemand, irgendjemand, die wahre Natur seines Meisters erkannte.

Er würde nichts sagen. Mr Miller schien ein anständiger Mann zu sein, aber Will wusste nicht, ob er Meister Good nicht doch etwas erzählen würde.

Der Sattler legte sein Messer zur Seite. Nachdenklich strich er sich mit einer Hand übers Kinn, dann nahm er ein abgeschrägtes Stück Metall und den Holzhammer und ließ den Blick noch einmal langsam über das Rosenmuster gleiten auf der Suche nach selbst dem kleinsten Fehler. „Meine Frau mochte dieses Muster besonders gern."

„Mochte, Sir? Lebt sie denn nicht mehr?" Normalerweise würde Will sich niemals trauen, eine solche Frage zu stellen. Doch durch die gemeinsame Arbeit fühlte er sich in der Gegenwart des Sattlers, der so anders war als sein eigener Meister, sehr wohl. Doch vielleicht war er diesmal zu weit gegangen.

Aber Mr Miller wirkte nicht verärgert, nur ein bisschen traurig. „Sie ist bei der Geburt meiner Jüngsten, Mabel, gestorben."

„Das tut mir sehr leid, Sir."

„Mmm." Der Sattler legte das abgeschrägte Metallstück auf eine seiner schönen Rosen und schlug mit dem Hammer ein paar Mal sanft darauf. Eine zierliche Vertiefung entstand in dem Rosenmuster. Dadurch kamen die Rosen noch mehr zur Geltung. „Meine beiden jüngeren Töchter können sich nicht mehr an sie erinnern. Doch auf den Schultern meiner ältesten Tochter liegt seit dem Tod ihrer Mutter eine große Last. Ich fürchte, es hat sie sehr hart getroffen. Außerdem verliert sie ihre Jugend, weil sie ihre beiden jüngeren Schwestern großziehen muss."

Will wurde plötzlich schüchtern, als Mr Miller seine Tochter erwähnte, an die er in den letzten Tagen so oft hatte denken müssen. Er wollte nicht über sie sprechen. Doch während er Mr Miller bei der Arbeit zuschaute, schweiften seine Gedanken ab. Miss Miller hatte ihre Mutter vor Jahren verloren, genauso wie er. Aber er hatte seine Mutter allmählich verloren nach einer langen Wartezeit, die nur von Briefen unterbrochen wurde, die ihren immer schwächer werdenden Zustand verrieten. Miss Miller dagegen hatte ihre Mutter plötzlich verloren, an einem einzigen schrecklichen Tag.

Er fragte sich, ob sie ebenso häufig an ihre Mutter dachte wie er – ob sie sich auch noch an ihre zärtliche Umarmung erinnerte oder daran, wie sie die Augen zusammengekniffen hatte, wenn sie gelächelt hatte. Will versuchte sich vorzustellen, wie die Tochter des Sattlers damals gewesen sein musste – ein kleines Mädchen, das langsam begriff, dass ihre Mutter nie wieder zu ihr zurückkommen würde. Mit jedem Tag, der verging, starb wieder ein Teil ihres Herzens in der Trauer um das, was nie wieder sein würde. Doch Miss Miller hatte immer noch einen Vater.

Schnell wandte er sich von dem Sattler ab und ging mit einem dicken Kloß in der Kehle zurück zu seinem Nähbock.

Die Zeit verlor an Bedeutung, während Will sich voll auf seine Arbeit konzentrierte und immer wieder überprüfte, ob die Stiche richtig saßen. Er nähte vorsichtig, damit er den einen Faden nicht aus Versehen mit der anderen Nadel durchstach. Die Naht war fast fertig, als Dr. Loftin den Kopf durch die Tür des Schuppens steckte.

„Samuel, die Köchin hat etwas kaltes Fleisch und Käse vorbereitet, wenn du gerne etwas essen möchtest." Der Doktor lud Will mit einem Kopfnicken auch ein. „Möchtest du nicht mitessen, Will?"

„Das sollte ich besser nicht, Sir."

Der Doktor bestand nicht darauf. Wahrscheinlich wusste er, dass Will nur aus Angst vor seinem Meister abgelehnt hatte.

Mr Miller stand auf, streckte seine Arme und seinen Rücken, ging zur Tür und hielt sie für Dr. Loftin auf.

Doch der Arzt blieb, wo er war. „Ich folge dir gleich, Samuel. Ich muss noch etwas mit diesem jungen Mann besprechen."

Als Mr Miller verschwunden und die Tür wieder geschlossen war, sprach Dr. Loftin weiter. „Ich habe gute Neuigkeiten für dich. Mrs O'Hara hat zugestimmt, dass ihr Vorarbeiter dem Mädchen aus dem Armenhaus eine Stelle in der Glasfabrik gibt – auf der Pittsburgher Seite des Flusses."

Wills Herz machte einen Sprung. „Vielen Dank, Doktor! Sie werden es bestimmt nicht bereuen! Ich weiß, dass sie eine fleißige Arbeiterin ist."

Der Doktor lächelte. „Es gibt noch ein Hindernis, das aus dem Weg geräumt werden muss. Sie muss irgendwo wohnen. Und das überlasse ich dir. Geh zum Flussufer zu den billigen Mietshäusern und versuche, dort ein Zimmer für sie zu bekommen. Wenn möglich, in einem Haus, das einen nicht allzu schlechten Ruf hat."

„Ja, Sir." Will wurde rot. Schon in ihrem letzten Gespräch war von den Bordellen die Rede gewesen. In mehr als einem der heruntergekommenen Häuser am Flussufer wohnten Frauen, die dieser unsittlichen Tätigkeit nachgingen.

„Hier." Der Arzt reichte ihm einen kleinen Samtbeutel. „Ich bezahle ihre erste Wochenmiete selbst und sie kann mir das Geld zurückzahlen, wenn sie ihren ersten Lohn bekommt."

„Vielen Dank, Sir." Will wollte gerne seine Dankbarkeit ausdrücken, aber er fand nicht die richtigen Worte. Doch der Arzt schien seine Freude zu spüren, denn sein Gesicht spiegelte etwas von Wills Freude wider.

„Ich schicke dich mit einer Besorgung für die Millers über die Brücke. Ich bin sicher, dass dein Meister das erlauben wird. Und wenn alles arrangiert ist, wird mein Kutscher dich fahren, um sie zu holen."

Will nickte. Er war zuversichtlich, dass Mr Good allem zustimmen würde, was Will und Mr Miller näher zusammenbrachte.

Schon am Nachmittag hatte Will ein Zimmer gefunden. Unten bei den Docks, nur wenige Meter von der Stelle entfernt, wo er immer das Werg abholte. Es war ein altes, braunes Gebäude. An der Tür hing ein Schild mit krakeligen Buchstaben, auf dem stand, dass es hier freie Zimmer gab. Es war kein vollkommen anständiges Haus, aber die gab es hier fast gar nicht. Und die wenigen, die es gab, würden ein alleinstehendes Mädchen wie Emmie niemals akzeptieren. Wenigstens war dieses Haus hier einigermaßen sauber und stand nicht direkt neben einer Kneipe. In der Stadt war man nie weit von einer Schenke entfernt, aber eine Frau sollte besser nicht an einer vorbeigehen, wenn sie es vermeiden konnte. Betrunkene Männer waren gefährlich.

Auf den Docks gab es auch Betrunkene, aber Emmie würde ganz in der Nähe der Fabrik am Flussufer wohnen. Und da Will jede

Woche hierherkam, um das Werg abzuholen, konnte er sich jedes Mal davon überzeugen, dass ihr nichts passiert war.

Die zahnlose Frau, die ihm das Zimmer vermietete, grinste anzüglich, als er erklärte, dass er das Zimmer für eine „Freundin" mietete.

„Sie ist ein anständiges Mädchen", sagte er zu Emmies Verteidigung.

„Natürlich ist sie das." Die Vermieterin kicherte und kratzte sich mit einem wissenden Nicken den Hals. Ihre Haube war dreckig und alles an ihr roch nach Gin. Doch Bettler durften nicht wählerisch sein.

Die Frau nahm das Geld aus dem Samtbeutel. „Sie kann das Zimmer auf dem Dachboden haben", sagte sie. „Ab morgen."

Er lief die Stufen hinunter und zurück zur Brücke. Sein Mantel war immer noch zerschlissen, aber er spürte die Kälte kaum. Der Gedanke, dass er Emmie helfen konnte, wärmte ihn von innen. Er konnte es kaum abwarten, ihr Gesicht zu sehen, wenn er ihr sagte, dass er sie aus dem Armenhaus herausholen würde.

Doch das konnte noch ein paar Tage dauern. Bis dahin musste er in der Gegenwart von Meister Good sehr vorsichtig sein. Auf keinen Fall wollte Will riskieren, dass eine neue Tracht Prügel seinen Plan ruinierte.

Kapitel 13

Noch vor Sonnenaufgang schlüpfte Ann aus der Hintertür von Dr. Loftins Haus in die Dämmerung hinaus. Frierend zog sie sich ihren Mantel noch enger um die Schultern. Die eisigen Windstöße nahmen ihr fast den Atem. Vorsichtig stieg sie die Treppe hinunter und lief dann zur Scheune, die noch fest verschlossen war. Doch das war ihr egal. Sie wollte gar nicht in die Scheune.

Sie ging an der Seite der Scheune entlang und versuchte, immer im Schatten des Dachvorsprungs zu bleiben, damit niemand sie sehen konnte. Es gehörte sich nicht, dass man heimlich und ganz allein vor Sonnenaufgang auf dem Grundstück seines Gastgebers herumschlich wie ein Dieb. Wenn jemand sie entdeckte, bevor sie mit dem Lehrling sprechen konnte, wäre das eine Katastrophe. Doch sie versuchte jetzt schon seit mehreren Tagen erfolglos, ihm seine Briefe wiederzugeben. Sie hatte ihn nur wenige Male völlig allein gesehen. Es schien, als würde er immer entweder für ihren Vater oder für seinen Meister arbeiten. Und sie konnte auf keinen Fall auf Mr Goods Grundstück mit ihm sprechen, ohne Misstrauen zu erregen. Die Missbilligung ihres Vaters fürchtete sie nicht so sehr wie das brutale Temperament von Mr Good.

Mittlerweile war Ann an der Ecke der Scheune angekommen und blieb stehen. Zitternd lehnte sie sich gegen die ungehobelte Wand des Gebäudes und bemühte sich, ihre Nerven zu beruhigen. Von ihrem Fenster aus hatte sie beobachtet, dass der Lehrling jeden Morgen zur Pumpe kam, um Wasser zu holen. Die Pumpe war nur wenige Meter von der Ecke der Scheune entfernt, an der sie jetzt stand. Sie hoffte, dass er bald kommen würde. Ihr Herz schlug wild und ihr Mund war trocken. Hoffentlich würde sie niemand entdecken.

Sie musste sich beruhigen. Vielleicht dauerte es noch eine halbe Stunde, bis er endlich kam. Sie schloss die Augen und betete still, zuerst für ihn, dann für sich selbst. Aber ihre Gedanken waren so durcheinander, dass sie sich bei ihrem Schöpfer für ihre unzusammenhängenden Worte entschuldigen musste. Schließlich beendete sie ihr Gebet und machte die Augen wieder auf.

Die Küchentür der Goods ging auf. Mit einem Eimer in der Hand trat Will durch die Tür und schloss sie schnell wieder hinter sich. Sein Gesicht war wie versteinert, als könnte er die bittere Kälte in seinem zerschlissenen Mantel dadurch besser aushalten.

Sie konnte ihn nicht rufen. Vielleicht war Mrs Good schon wach und beobachtete ihn von der Küche aus. Stattdessen trat sie einen Schritt aus dem Schatten des Dachvorsprungs heraus und winkte. Doch er bemerkte sie nicht. Seine dunklen Haare hingen ihm ins Gesicht und er hatte die Lippen fest zusammengepresst, während er das Wasser pumpte. Sie winkte heftiger. Kein Glück. Sie kratzte ihren ganzen Mut zusammen, dann hüpfte sie auf und ab und winkte mit beiden Armen. Sie musste aussehen wie eine Verrückte. Aber vielleicht war das ihre einzige Chance.

Will drehte den Kopf. Dann richtete er sich abrupt auf und starrte sie an. Schnell ließ sie die Arme wieder sinken. Verstand er denn nicht, dass sie mit ihm reden wollte? Sie winkte ihn zu sich. Mit einem ängstlichen Blick in Richtung Haus kam er zu ihr. Sie wich hinter die Ecke der Scheune in den Schatten des Dachvorsprungs zurück und hoffte, dass er ihr folgte. Jetzt konnte sie keiner mehr durch die Fenster beobachten.

Er roch wieder intensiv nach Schweinestall, doch sie ignorierte den Gestank und trat nah an ihn heran. „Sind Ihr Meister oder seine Frau schon wach?“, flüsterte sie.

„Noch nicht. Aber bald.“ Er blickte wieder in Richtung Haus.

„Ich habe etwas für Sie.“ Sie griff in ihren Mantel und holte ihren Beutel aus der Manteltasche. „Ich weiß, dass wir nicht viel Zeit haben.“ Sie war so nervös, dass sie die Bänder mit ihren zitternden Fingern zuerst nicht entknoten konnte. „Hier.“ Schließlich drückte sie ihm die Tasche einfach in die Hand. „Machen Sie den Beutel auf.“

Er zupfte an den Bändern und löste langsam den Knoten.

Sie musste es ihm erklären, bevor er die Briefe sah. „Ich habe sie in einem Fass gefunden, das Ihr Meister meinem Vater vor mehr als zwei Jahren geschickt hat. Ich konnte sie einfach nicht wegwerfen.“

Der Lehrling zog die Briefe heraus und entfaltete sie.

Ann beobachtete sein dünnes, eingefallenes Gesicht, doch es blieb ausdruckslos. War er blass geworden? „Gehören diese Briefe Ihnen?“

Er nickte kurz, ohne sie anzuschauen. Sein Adamsapfel bewegte sich. Selbst bei dieser Eiseskälte trug er keinen Schal. Dann schaute er zur Seite und sie sah, wie seine Augenlider zuckten.

Er war also nicht böse auf sie, sondern kämpfte gegen die Tränen. Sein Anblick rühre sie so sehr, dass ihre eigene Trauer in ihr wieder aufbrach und sie fast überwältigte. Sie schluckte mehrmals, um die Tränen zu unterdrücken. „War es richtig, dass ich Ihnen die Briefe wiedergegeben habe?"

Er nickte erneut. Langsam faltete er die Briefe wieder zusammen und lehnte sich mit dem Kopf gegen die Scheunenwand. Einen Moment lang wurde sein Gesicht weich und offenbarte die Sehnsucht und Hoffnungslosigkeit in seinem Herzen. Dann durchzuckte ihn ein Schaudern und er holte tief Luft. Wie konnte sie ihm helfen? Tröstend legte sie ihm eine Hand auf den Arm.

Er beugte sich vor und ihre Blicke trafen sich. Noch nie hatte sie so eine Verbundenheit mit einem anderen Menschen gespürt wie in diesem Moment. Ihre tiefsten Gefühle lagen offen vor ihm. Das erschreckte sie, aber es lag auch ein gewisser Trost darin trotz des Schmerzes, sie endlich mit jemandem zu teilen. Doch lange hielt sie diese seltsame Verbundenheit nicht aus.

Sie hob die Hand und trat einen Schritt zurück. „Sie müssen die Briefe behalten."

„Das kann ich nicht. Wenn er sie wiederfindet, zerstört er sie." Die Anspannung in seinem Flüstern sagte ihr, was das für ihn bedeuten würde.

„Aber Sie müssen sie behalten." Sie grub die Nägel in ihre Handflächen. Es musste eine Lösung geben. „Soll ich sie beim Doktor hinterlegen?"

„Nein." Sein Gesicht war entschlossen.

„Ich bin sicher, dass er sie nicht lesen wird."

„Nein."

Die Dämmerung wurde langsam heller. Die Sonne würde gleich aufgehen. Jetzt mussten sie sich beeilen. „Wie wäre es, wenn ich die Briefe so lange behalte, bis Ihre Lehrzeit vorbei ist?"

„Das ist erst in mehr als einem Jahr." Das musste ihm in diesem Moment wie eine Ewigkeit vorkommen.

„Ich werde sie sicher verwahren", sagte sie. „Und Sie schreiben mir an die Adresse der Post in Rushville, Ohio, wenn Sie frei sind. Dann schicke ich Ihnen die Briefe, wohin Sie wollen."

Wieder trafen sich ihre Blicke. Was wollte er ihr sagen?

Ein kratzendes Geräusch aus der Küche im Haus der Goods ließ sie beide zusammenzucken. Mittlerweile war es ziemlich hell geworden.

Sie streckte die Hand aus und er gab ihr die Briefe und die Tasche zurück. „Gehen Sie jetzt", murmelte sie.

Mit einem Ruck drehte er sich um und ging zurück zur Pumpe. Vorsichtig schlich sie sich bis zur Ecke der Scheune, um ihn zu beobachten. Hatte Mrs Good sie gesehen? Selbst wenn ihr seine Abwesenheit aufgefallen war, konnte sie Ann hier drüben hinter der Scheune unmöglich bemerkt haben. Dieser Gedanke beruhigte sie etwas. Er konnte sich bestimmt irgendeine Arbeit ausdenken, die ihn kurz von der Pumpe weggeholt hatte.

Will schnappte sich den Eimer, als wäre nichts Außergewöhnliches geschehen, und schleppte ihn zurück zum Haus.

Mittlerweile war die Sonne am östlichen Horizont aufgegangen und tauchte die Welt in ein fahles Licht. Nur die Bäume hinter der Straße standen den Sonnenstrahlen noch im Weg.

Am Haus angekommen, öffnete Will die Küchentür und trat ein.

Eine dumpfe Stille lag über dem Haus der Goods, die nur ab und zu vom Klappern der Töpfe in der Küche unterbrochen wurde. Anscheinend hatte Mrs Good doch nichts bemerkt.

Schließlich drehte sich Ann um und lief zurück zum Haus des Doktors. Vorsichtig öffnete sie die Tür, um sicherzugehen, dass die Luft rein war. Sie konnte niemanden sehen. So leise, wie sie herausgeschlüpft war, schlich sie sich zurück ins Haus. In dem dunklen Flur hielt sie kurz inne und presste die Hand gegen die Wand. Endlich konnte sie wieder frei atmen.

Was sie gerade getan hatte, erschien ihr so sinnlos. Was hatte es dem Lehrling genützt, die Briefe seiner Mutter einen kurzen Moment lang in Händen zu halten, wenn er sie doch wieder zurückgeben und in sein Gefängnis zurückkehren musste? Sie konnte so wenig tun. Dieses ungerechte Gesetz band ihn unlösbar an seinen Meister bis zum Ende der Lehrzeit.

Sie musste wieder nach oben in ihr Zimmer und die Briefe ganz unten in ihrem Koffer verstecken. Ihre Gefühle waren so durcheinander, dass sie kaum klar denken konnte. Am liebsten würde sie die ganze Sache vergessen und wieder in das ordentliche, angenehme Leben eintauchen, das sie geführt hatte, bevor sie dem Lehrling begegnet war. Eigentlich wollte sie ihm die Briefe auch deshalb zurückgegeben, um selbst wieder ruhiger zu werden. Sie wollte nicht mehr, dass ihre Gedanken fast ununterbrochen um seine schreckliche Situation kreisten. Stattdessen hatte sie die Begegnung mit ihm nur noch mehr aufgewühlt. Vielleicht war es besser, wenn man andere nicht verstehen oder von ihnen verstanden werden wollte. Denn dadurch wurde der Schmerz nur noch schlimmer.

Sie wandte sich von der Tür ab und ging den Flur entlang. Schnell strich sie über ihren Rock und brachte die Falten wieder in Ordnung. Egal, was für ein Durcheinander in ihrem Inneren herrschte – ihre äußere Erscheinung würde das niemals offenbaren.

Kapitel 14

Hastig zog Anns Vater sie vom Rand der Straße weg, als ein Fuhrwerk ziemlich nahe an ihnen vorbeifuhr.

„Sei vorsichtig“, sagte er leise. „Hier in der Stadt musst du noch besser aufpassen. Außerdem musst du dich während meiner Abwesenheit auch um die Mädchen kümmern.“ Mit diesen Worten drehte er sich um und ging weiter die Straße entlang.

Sie runzelte die Stirn. Wie konnte er es wagen, sie daran zu erinnern, dass sie auf ihre Schwestern aufpassen musste? Schließlich war der seltsame Zwischenfall auf dem Dampfschiff noch gar nicht so lange her. Es war doch er und nicht sie, der hier in der Stadt heimlich Geschäften nachging, die alles andere als anständig zu sein schienen.

Doch sie riss sich zusammen und folgte ihm zu den Mädchen und Allan Burbridge, die vor einem Schaufenster mit Hüten und Handschuhen standen.

Eigentlich hatte Ann gar keine Lust einzukaufen, aber sie hatten schon vor ein paar Tagen vereinbart, dass Allan sie an diesem Morgen zu ein paar Läden in Pittsburgh begleitete. Während sie und die Mädchen einkauften, wollte ihr Vater etwas erledigen, das er nicht näher erklärte. Je weniger er preisgab, desto mehr war sie davon überzeugt, dass er in großen Schwierigkeiten steckte. Er verhielt sich wie ein Mann, der etwas zu verbergen hatte.

„Miss Miller, möchten Sie uns begleiten?“, rief Allan ihr zu. Er stand mit den Mädchen unter der grünen Markise des Handschuhladens.

Als sie näher kam, legte er zum Gruß die Finger an seinen Hutrand und machte eine leichte Verbeugung. Dann lächelte er so vertraut, als stünden sie beide allein auf der Straße. „Ich habe mir eine Überraschung für Sie ausgedacht“, sagte er. Dann zog er seinen Hut. „Ich werde mich also auf die Suche danach machen, während Sie sich bei den Handschuhen umschauen.“

„Das hört sich interessant an.“ Anns sorgenschweres Herz wurde ein bisschen leichter, als sie in seine fröhlichen Augen schaute.

„Das hoffe ich." Er grinste. „Mr Miller, haben Sie etwas zu erledigen?"

„Ja, das habe ich. Vielen Dank, dass Sie meine Töchter begleiten." Ihr Vater zog seine Uhr aus der Westentasche und schaute prüfend darauf. „Dann treffen wir uns in zwei Stunden wieder hier?"

„Ja, Sir." Die beiden Männer schüttelten sich die Hände und Anns Vater ging mit schnellen Schritten die belebte Straße hinunter. Dabei musste er immer wieder anderen Fußgängern ausweichen.

Allan öffnete die Ladentür und hielt sie für die Mädchen auf. Als Erste betraten Mabel und Susan den Raum. Als Ann durch die Tür ging, spürte sie eine leichte Berührung auf der Schulter. Überrascht sah sie Allan an. Er beugte sich vor, um leise mit ihr zu sprechen. Sie konnte die Wärme seines Körpers dicht neben sich spüren und seinen Duft nach Seife und Leder wahrnehmen – ein ganz anderer Geruch als der süße Duft ihrer kleinen Schwestern.

„Bleiben Sie so lange im Laden, bis ich zurückkomme", sagte er eindringlich. „Diese Stadt kann ein sehr unangenehmer Ort sein, selbst auf den zivilisiertesten Straßen und Plätzen."

Sie nickte und trat in die parfümierte Luft des Ladens. Ihre Schwestern standen schon vor den Glasvitrinen mit den Handschuhen und bewunderten die luxuriösen Stücke. Sie stürzten sich auf Ann und führten sie so begeistert im Laden herum, dass man meinen könnte, sie hätten die Handschuhe selbst entworfen.

Nachdem sie sich alle ein paar Handschuhe und ein Taschentuch ausgesucht hatten – natürlich aus der etwas billigeren Ware des Ladens, aber trotzdem sehr schön –, legte der Besitzer des Ladens, der amüsiert beobachtet hatte, wie sie ihre Wahl getroffen hatten, ihre Einkäufe zusammen und fing an sie einzupacken. Die Mädchen fanden immer neue Schätze in der Auslage, doch Ann hatte genug Handschuhe gesehen. Sie ließ ihren Blick durch das Schaufenster nach draußen schweifen und beobachtete das Treiben auf der Straße. So viele Menschen! Eine Frau eilte so schnell am Fenster vorbei, dass sie ihre Haube mit einer Hand festhalten musste, um sie nicht zu verlieren. Danach schlenderte langsam ein Arbeiter vorbei und spuckte auf die Straße, als hätte er nichts Besseres zu tun, als hier entlangzulaufen und Tabak zu kauen. Dann war da noch der Mann, der sich auf der anderen Seite gegen eine Hauswand lehnte ... und sie beobachtete.

Er! Der Mann mit dem Biberfellhut! Sofort traf Ann eine Entscheidung. „Bleibt hier, Mädchen. Ich bin gleich wieder da."

Die Ladenklingel ertönte, als sie die Tür aufriss und nach draußen stürmte. Sie ließ den Mann keine Sekunde aus den Augen. Als er sie kommen sah, zuckte er zusammen und ging auf der anderen Seite die Straße entlang.

Sie würde ihn dazu zwingen, ihr zu sagen, was er von ihrem Vater wollte. Bei der ersten Möglichkeit, die Straße zwischen den vielen Fuhrwerken zu überqueren, raffte sie ihre Röcke und rannte über die Straße hinter ihm her. Er verschwand um eine Ecke, aber sie merkte sich die Stelle und folgte ihm, so schnell sie konnte.

Ann stürmte um die Ecke in eine schmale Gasse. Hier war es düster, trotz des grauen Morgenlichts. Der Gestank von Müll wehte von nicht identifizierbaren Haufen neben den Hauswänden zu ihr hinüber. Manches roch nach menschlichen Exkrementen, aber sie hatte keine Zeit, das herauszufinden. Die Gasse vor ihr war leer. Der Mann war wahrscheinlich bis zum Ende der Gasse gerannt und dann um die nächste Ecke verschwunden. Sie rannte schneller. Die Hauswände verschwammen neben ihr, während sie wegen ihres engen Korsetts immer wieder nach Luft rang. Diesmal würde er nicht entkommen – jedenfalls nicht, wenn es nach ihr ging.

Sie rannte an einigen Winkeln und Seiteneingängen vorbei und schließlich auch an einer Eingangstür. Gleich hatte sie ihr Ziel erreicht!

Etwas rammte mit voller Wucht in Anns Magen und brachte sie zum Stehen. Sie krümmte sich. Alles um sie herum schien stillzustehen und der Schmerz schoss wie ein Pfeil durch ihren Körper. Ihre Lungen funktionierten nicht mehr. Sie konnte nicht mehr atmen. Ein eisernes Band lag wie ein Ring um ihre Taille und hob sie hoch. Eine raue Hand legte sich über ihren Mund. Halb ohnmächtig zwang sie sich dazu einzuatmen, doch sie spürte, wie ihr die Sinne schwanden. Ihr letzter Gedanke war, dass sie hier vielleicht sterben würde. Dann versagten ihr die Sinne.

Die Kutsche hielt am Fuß des Hügels. Will riss die Tür auf und sprang heraus, ohne das Trittbrett zu benutzen. „Ich bin gleich zurück", rief er dem Kutscher zu.

Das Armenhaus duckte sich am Ende der langen Holztreppe an den Hügel, doch diesmal stieg Will sie fröhlich hoch. Er war gekommen, um Emmie zu holen. Wenigstens eine gute Tat hatte er in seinem armseligen Leben zustande gebracht.

Als er an die Tür klopfte, öffnete eine neue Aufseherin die Tür. Sie war jünger als die alte, aber ihr Gesicht war hart wie Stein.

„Was willst du hier?"

„Ich bin hier, um Emmie Flynn zu holen. Sie hat eine Stelle in der Fabrik und ein Zimmer, wo sie wohnen kann."

Überrascht weiteten sich die kleinen Augen der Frau. „Das hört man hier nicht alle Tage. Nicht in diesem Haus." Sie drehte den Kopf und brüllte über die Schulter: „Emmie Flynn!"

Einen Augenblick später stand Emmie neben ihr. Wenn sie noch dünner würde, könnte man durch sie hindurchschauen. Ihre Haare hingen immer noch über ihre Schultern wie bei einem kleinen Mädchen. „Was ist los, Mrs Drew?" Dann erkannte sie Will und sah ihn fragend an.

„Du hast jetzt eine Stelle in der Glasfabrik, Emmie. Und ein Zimmer, wo du wohnen kannst."

Zum ersten Mal hoben sich Emmies Mundwinkel. Ihr Lächeln war wunderschön, aber zaghaft wie ein Wassertropfen, der an einem Grashalm hing und bei dem leisesten Windhauch fallen würde. Will wünschte sich, er könnte die Schönheit dieses Lächelns für alle Ewigkeit festhalten.

„Kommst du mit mir?", fragte er.

Sie nickte langsam. „Ich hole nur meine Sachen."

Will konnte kaum glauben, dass es nun endlich so weit war. Als er Emmie in die Kutsche half, spürte er, wie sie seine Hand kurz drückte. Sie konnte scheinbar auch nicht begreifen, was hier gerade geschah. Vorsichtig setzte sie sich auf die Kante der Bank und legte ihre abgenutzte Tasche neben sich. Sie saß sehr gerade und hatte die

Hände im Schoß gefaltet. Gedankenverloren schaute sie aus dem Fenster. Ihr dünner Körper bewegte sich mit dem Rhythmus der Kutsche auf der steinigen Straße. Will hatte Angst, dass sie von der Bank fallen könnte.

„Du kannst dich gerne bequemer hinsetzen", sagte er, so freundlich er konnte. „Es dauert noch ein paar Minuten, bis wir da sind."

Sie schob sich auf der Bank zurück und kurz darauf entspannten sich ihre verkrampften Schultern. Wieder schaute sie aus dem Fenster und beobachtete, was auf den Straßen vor sich ging. „Was ist das für ein Gebäude?", fragte sie.

Will konnte von seinem Platz aus nicht sehen, auf welches Gebäude sie deutete, deshalb setzte er sich neben sie. „Eine neue Whiskey-Brennerei", sagte er. „Sie ist letztes Jahr gebaut worden." Dabei durchzuckte ihn ein Gedanke. „Wie lange bist du im Armenhaus gewesen?"

„Drei Jahre."

Er versuchte sich vorzustellen, was sie in dieser Zeit durchgemacht haben musste, und schwieg. Die endlose Routine und die Schmerzen bei der Arbeit. Jeden Tag Blasen und aufgerissene Hände – tausend Tage lang.

„Und warum warst du da?", fragte er schließlich.

„Meine Mutter. Sie konnte uns nicht durch anständige Arbeit versorgen. Aber sie konnte es auch nicht ertragen, dass ich sie so sehe ... bei der anderen Arbeit."

Es dauerte einen Moment, doch dann verstand Will, was sie meinte. Seine Wangen brannten. „Was ist mit deinem Vater?"

„Ich kenne ihn nicht."

„Das tut mir leid." Ihm wurde das Herz schwer. Sanft nahm er eine ihrer Hände in seine, wie er es bei seinen Schwestern immer gemacht hatte, bevor sie krank wurden. „Jetzt wird alles besser."

„Das hoffe ich." Emmie schaute ihn lange an. Ihre Lippen zitterten und sie fing an zu weinen.

Da beugte er sich vor, langsam, ganz langsam. Er schloss die Augen und berührte mit dem Mund sanft ihre Lippen. Einen süßen Moment lang atmete er ihre Nähe ein. Sie war so zerbrechlich.

Was machte er da? Ihre Mutter hatte sie ins Armenhaus gesteckt, damit sie ihre Demütigung nicht mit ansehen musste. Und jetzt kam er und küsste sie. Es war einfach über ihn gekommen, aber jetzt zuckte er zurück und öffnete die Augen. Doch sie wirkte nicht ärgerlich, eher verletzlich und etwas misstrauisch.

„Es tut mir leid", sagte er und ließ ihre Hand los. „Ich will dich nicht in Schande bringen."

Zaghaft berührte sie seine Hand, die jetzt zwischen ihnen auf der Bank lag. „Es ist schon in Ordnung."

Er setzte sich wieder auf seinen alten Platz und stellte seine Beine ordentlich nebeneinander, um ihre nicht versehentlich zu berühren, und schwieg.

Ein paar Minuten später erreichten sie endlich das Mietshaus. Will sah, dass sie ihn beobachtete, und schämte sich noch mehr. Wahrscheinlich dachte sie, dass er sie aus einem bestimmten Grund aus dem Armenhaus geholt hatte. Doch das stimmte nicht.

Wieder sprang er mit einem Satz aus der Kutsche und hielt ihr seine Hand hin, um ihr beim Aussteigen zu helfen. „Vorsicht auf der Stufe!"

Dankbar nahm sie seine Hand.

Die zahnlose Frau grinste Emmie anzüglich an, als Will nach dem Schlüssel fragte. Aber sie hielt den Mund.

Es dauerte einen Moment, den Schlüssel in dem rostigen Schloss zu drehen, aber schließlich schaffte er es doch. Er hielt ihr die Tür auf und sie trat ein. Schnell schaute sie sich um, als suche sie nach etwas. In dem Zimmer standen ein schmales Bett mit einer dünnen Decke und eine Kommode, bei der die Griffe fehlten. In der Mitte des Zimmers lag ein alter Flickenteppich.

„In der Kommode sind eine Kerze und Streichhölzer", sagte Will. Vielleicht hatte sie in dem dunklen Zimmer danach gesucht. „Oberste Schublade."

Er hatte die Kerze selbst dort hineingelegt, denn an der obersten Schublade gab es noch einen Griff. Daher konnte man sie leicht aufziehen. Emmie holte die Kerze aus der Schublade und steckte sie in den rostigen Kerzenständer auf der Kommode. Vorsichtig zündete sie die Kerze an und ihre Flamme ließ die Schatten an den Wänden tanzen.

„Es ist nicht viel", sagte er entschuldigend. Er wünschte, er hätte ihr eine wärmere Decke besorgen können. Wahrscheinlich würde sie frieren. Er trat an die Kommode und kämpfte mit der zweiten Schublade. Schließlich schaffte er es, sie aufzuziehen. „Aber mein Freund, der Doktor, hat ein warmes Tuch und ein Paar Handschuhe für dich besorgt. Und auch Schuhe. Siehst du?“

„Alles viel besser als bisher“, sagte sie leise.

Erleichtert richtete er sich auf.

Sie faltete die Hände vor ihrem Rock und schaute auf den Boden. „Ich verdanke dir so viel“, flüsterte sie. „Warum hast du mir geholfen?“

„Weil du Hilfe brauchst. Du hast das Leben im Armenhaus nicht verdient. Das ist alles. Das schwöre ich.“ Dann wurde er rot. Hatte er zu viel gesagt?

Langsam hob sie den Kopf. Ihre Wangenknochen traten in ihrem dünnen Gesicht deutlich hervor, aber ihre Augen leuchteten. „Du bist ein guter Mann.“ Sie trat auf ihn zu und nahm seine große Hand zwischen ihre beiden kleinen. Dann hob sie seine Hand an ihre Lippen, schloss die Augen und küsste sie dankbar.

Will spürte ihren Atem und die Wärme ihres Mundes und wollte sie nie wieder loslassen. Sie ließ seine Hand nicht los. Da spürte er, wie seine andere Hand sich langsam um ihre Schultern legte, als würden sie von einer unsichtbaren Kraft angezogen. Ihre Bluse war grob gewebt, aber ihre Haare waren weich. Zärtlich wickelte er eine Strähne um seinen Finger und streichelte mit der anderen Hand ihren Hals. Dann zog er sie an sich. Emmie wehrte sich nicht. Und als er sie diesmal küsste, hörte er nicht wieder auf.

Kapitel 15

Als Ann aufwachte, hörte sie im Nebenraum leise Stimmen. Ihr Mund fühlte sich seltsam an – als hätte jemand etwas hineingestopft. Sie konnte es nicht ausspucken. Wahrscheinlich ein Stück Stoff. Jemand hatte sie geknebelt. Panik stieg in ihr auf, bis sie kaum noch atmen konnte. Sie lag auf der Seite. Ihre Hände waren taub und sie konnte sie nicht bewegen. In der Dunkelheit konnte sie nicht viel erkennen, aber anscheinend war sie mit einem Seil gefesselt worden, das jetzt tief in ihre Handgelenke schnitt. Ein dünner, fahler Lichtstrahl fiel in ein paar Metern Entfernung in die Dunkelheit. Erst nach einer Weile merkte sie, dass das Licht durch den Spalt zwischen Tür und Fußboden kommen musste. In dem Zimmer hinter der Tür brannte eine Lampe und von dort kamen auch die leisen Stimmen.

„Ich habe nur getan, was ich tun musste. Sie war mir zu dicht auf den Fersen. Sie hat gemerkt, dass ich ihnen gefolgt bin.“ Die Männerstimme sprach langsam und mit einem deutlichen Südstaatenakzent. Noch nie hatte Ann eine so raue Stimme gehört.

„Du bist ein Dummkopf. Jemand könnte dich gesehen haben.“ Der zweite Mann sprach mit einer sehr viel angenehmeren Stimme.

„Keiner hat mich gesehen. Ich habe sie in der Gasse draußen abgepasst.“

„Und was, denkst du, sollen wir jetzt mit ihr machen?“

„Ich würde ihrem Vater eine Nachricht schicken. Er wird seine Tochter erst dann wiedersehen, wenn er Ihnen Ihr Eigentum wiedergegeben hat.“

„Und wenn er es ablehnt?“

„Dann zeigen wir ihm einfach, dass er seine Tochter nie wiedersehen wird.“

„Und was machen wir mit dem Mädchen?“

„Wir werfen sie in den Fluss. Mit den richtigen Verletzungen sieht es aus, als hätte eins der Boote sie erwischt.“

Dann schwiegen die Stimmen. In Anns Kopf drehte sich immer noch alles. Aber langsam dämmerte ihr, was mit ihr passieren sollte, und die Panik schnürte ihr die Kehle zu.

„Ist das nicht etwas ... übertrieben."

„Nur so kann sie uns nicht verraten. Wir müssen sie auf jeden Fall loswerden. Egal, ob er Ihnen Ihr Eigentum zurückgibt oder nicht. Für Entführungen wird man gehängt."

Diese Worte machten ihr schmerzhaft bewusst, in welch aussichtsloser Lage sie sich befand. Das Blut pochte so laut in ihren Ohren, dass sie kaum noch etwas verstehen konnte.

„Dann kannst du es genauso gut auch gleich tun", sagte die zweite Stimme etwas widerwillig. „Dann kann sie jedenfalls nicht mehr entkommen."

„In Ordnung."

„Ich gehe jetzt. Warte ein paar Minuten, bevor du sie zum Fluss bringst." Ein Stuhl wurde heftig zurückgeschoben. Kurz danach trötete es laut im Nachbarzimmer, als einer der Männer seine Nase freischnaubte.

Ann konnte es nicht glauben. Das musste Mr Holmes sein! Niemand anders machte dieses Geräusch. Wie konnte er einem anderen Mann nur so ruhig den Auftrag geben, sie umzubringen? Sie hatten doch erst vor Kurzem einen gemeinsamen Abend bei den Burbridges verbracht!

Irgendwo wurde eine Tür geschlossen. Anscheinend war Mr Holmes gegangen. Schwere Schritte liefen im Nachbarraum hin und her. Sie hörte, wie jemand etwas durchwühlte.

Verzweifelt schloss sie die Augen und betete. *Hilf mir! Bitte, hilf mir! Hab Erbarmen, Herr, bitte komm und halte deine Hand schützend über mich.*

Die Schritte bewegten sich auf ihre Tür zu. Plötzlich fiel Licht in das Zimmer, in dem sie lag. Der Mann hatte die Tür aufgemacht. Anns Nerven lagen blank. Als er sich neben sie hockte, erkannte sie den Mann. Es war der Mann mit dem Biberfellhut, der ihnen die ganze Zeit gefolgt war. Doch diesmal hatte er seinen Hut nicht auf. Seine dünnen Haare waren fettig und hingen ihm in das Gesicht.

„Na, Kleine", sagte er. Seine Augen wirkten seltsam ruhig. „Eigentlich ist es schade, dass ich dich loswerden muss. Aber es wird nicht lange dauern." Seine Hand kroch durch die Knöpfe ihres Kleides. Ann zuckte zurück und der Knebel verrutschte. Sie schrie so laut sie konnte. Da schlug ihr der Mann so heftig ins Gesicht, dass sie verstummte. Er lachte leise und zog ihren Rock bis zu ihren Knien hoch – und dann noch höher. Sie trat wild gegen ihn, doch er war viel stärker. Wie eine Puppe warf er sie auf ihren Rücken und kniete sich mit seinem ganzen Gewicht auf ihre Beine. Sie betete inständig, als sein Gesicht immer näher kam. Seine Augen glänzten. Er hatte Macht über sie und konnte mit ihr machen, was er wollte. Hilflos drehte sie den Kopf zur Seite und blickte durch die offene Tür in den anderen Raum. Sie spürte seinen heißen Atem an ihrem Hals. Langsam schoben sich seine Hände unter ihren Unterröcken höher und höher.

Plötzlich stürzte jemand durch die Eingangstür in den Nachbarraum. In ihrer Angst sah sie nur etwas Blaues und eine gezogene Pistole. Ein lauter Knall ließ die Luft um sie herum erzittern und füllte den Raum mit dem Geruch von Schießpulver. Das schwere Gewicht auf ihren Beinen war verschwunden und sie hörte jemanden wegrennen. Anscheinend war er in die andere Richtung gelaufen, denn sie hörte, wie eine Tür hinter ihr aufgerissen wurde. Dann sah sie Tageslicht.

„Es ist nicht zu fassen! Ich habe ihn verfehlt!" Es war Allan. Schnell steckte er seine Pistole in das Halfter und kniete sich neben Ann. Mit ungeschickten Fingern versuchte er, ihr Kleid wieder anständig zu ordnen. Obwohl Ann unglaublich erleichtert war, schloss sie doch beschämt ihre Augen, als er sie berührte.

„Ann ... Miss Miller. Es tut mir so schrecklich leid." Er machte sich an dem Knebel zu schaffen, bis er sich schließlich löste. Sie würgte, als Allan den Stoff aus ihrem Mund nahm.

„Hat er ...?" Er brach mitten im Satz ab, umfasste ihre Schultern und zog sie hoch. Als sie ihn endlich anschauen konnte, sah sie nicht nur Besorgnis in seinen Augen. Seine Gesichtsmuskeln zuckten. Allan kochte vor Wut.

„Nein", versuchte sie zu sagen, aber es kam nur ein Krächzen aus ihrem trockenen Mund.

Geschickt entknotete er das Seil um ihre Handgelenke und rieb die Stellen, an denen das Seil ihr ins Fleisch geschnitten hatte. Schon nach ein paar Sekunden floss das Blut wieder in ihre tauben Hände.

„Ihre Schwestern haben mir gesagt, dass Sie in dieser Gasse verschwunden sind. Glücklicherweise bin ich gerade im richtigen Moment draußen vorbeigerannt."

„Woher wussten Sie, wo ich war?", fragte sie leise.

„Ich habe etwas gehört." Er wurde rot. Wahrscheinlich hatte er ihren Schrei gehört. „Können Sie aufstehen?", fragte er.

„Ich weiß es nicht." Langsam zog sie ihre Beine an und kniete sich hin. Doch als sie versuchte aufzustehen, gehorchten ihre schwachen Knie nicht und sie stolperte. Sofort legte er seine starke Hand stützend unter ihren Ellenbogen. „Ich helfe Ihnen." Beruhigend redete er auf sie ein, während er ihr beim Aufstehen half. Mittlerweile zitterte sie so heftig, dass ihre Beine immer noch nicht funktionierten. Als er merkte, dass sie es nicht allein schaffte, hob er sie kurzerhand auf seine Arme und trug sie durch die Tür nach draußen.

Noch bevor sie die Hauptstraße erreichten, hatte Ann sich so weit beruhigt, dass sie allein laufen konnte. Allan brachte sie zu Susan und Mabel, die in der Kutsche auf sie warteten. Er musste sie dorthingebracht haben, bevor er Ann nachgelaufen war. Sie schwieg. Vielleicht würden die Mädchen das Zittern in ihrer Stimme hören, wenn sie versuchte zu sprechen. Allan lächelte wie immer und schickte die Mädchen mit der Kutsche zurück zu dem Haus der Burbridges. Ann und er wollten auf ihren Vater warten.

Nach einer Ewigkeit sahen sie ihn endlich die Straße entlanglaufen. Etwas verwirrt schaute er sich um. Offensichtlich suchte er nach der Kutsche. Dann sah er Allan und Ann und kam auf sie zu.

„Mr Miller, es ist etwas vorgefallen", sagte Allan, noch bevor Anns Vater sie begrüßen konnte.

Erschrocken hob er die Augenbrauen, sodass sie fast seinen Hut berührten. „Ist Susan oder Mabel etwas passiert?"

„Nein. Die beiden Mädchen sind auf dem Weg zum Haus meiner Eltern. Es geht um Ann. Sie ist angegriffen worden."

Ann stützte sich auf Allans Arm, während er ihrem Vater alles erzählte. An manchen Stellen gebrauchte er ausweichende Formulierungen, um Ann den Schmerz zu ersparen. Doch ihr Vater verstand ihn. Sein Gesicht wurde bleich vor Verzweiflung. Trotz ihres Schocks spürte Ann den Ärger wieder ins sich aufsteigen. Wie würde er die ganze Sache jetzt erklären? Was immer er auch getan hatte, das war das Ergebnis davon. Überrascht sah sie, dass ihrem Vater die

Tränen in die Augen stiegen. *Fühlt er sich so schuldig?* Sie verstand ihn nicht und wollte sein Verhalten auch nicht entschuldigen. Und Allan hatte ihm noch nicht einmal das Schlimmste erzählt, weil er es selbst nicht wusste – dass alles die Schuld ihres Vaters war.

Ihr Vater versuchte die richtigen Worte zu finden und umarmte Ann. Dabei hörte sie ihn leise schluchzen. Schließlich ließ er sie wieder los und wischte sich das Gesicht mit seinem Taschentuch trocken. Als er sie wieder anschaute, hatte er sich gefasst. „Wir sollten zurück zu Dr. Loftin fahren. Du musst dich ausruhen, Ann."

Ann fühlte sich seltsam, als würde sie sich selbst beobachten. Verzweifelt suchte sie nach etwas, das sie wieder zurück in die Wirklichkeit bringen könnte – zurück in ihren Körper und in ihr Leben. Erneut flackerte ihre Wut auf und sie hielt sich wie eine Ertrinkende daran fest. „Ich will wissen, warum es geschehen ist", sagte sie bitter.

Überrascht blickte er sie an. „Was meinst du damit?"

„Du hast etwas verbrochen. Du hast etwas genommen, das dir nicht gehört." Ihre Stimme wurde lauter und die Tränen bahnten sich einen Weg über ihre Wangen. „Du bist für das verantwortlich, was mir heute passiert ist, und du schuldest mir eine Erklärung." Die Tränen ließen sich nicht aufhalten. Allan reichte ihr sein Taschentuch und legte seinen Arm um ihre Schultern, als könnte er sie dadurch beruhigen. An jedem anderen Tag wäre es ihr peinlich, wenn sie sich in aller Öffentlichkeit so benehmen würde. „Er hat gesagt, dass du etwas genommen hast – oder gestohlen. Und sie wollten so tun, als würden sie mich gegen dieses Eigentum eintauschen, damit sie es zurückbekommen. Aber sie wollten mich sowieso umbringen. Und Mr Holmes war der andere Mann."

Bei ihren letzten Worten starrten ihr Vater und Allan sie geschockt an. Dann murmelte Allan: „Wir finden diese Männer und werden sie zur Rechenschaft ziehen. Darauf gebe ich Ihnen mein Wort."

„Das tut mir alles so schrecklich leid. Ich wünschte, ich könnte es ungeschehen machen", sagte ihr Vater und senkte den Kopf. „Ich wollte dir das nicht antun."

Ann war immer noch wütend und sagte kein Wort. Ihr Atem kam stockend und sie zitterte immer noch heftig. Doch Allan schien es nicht zu stören, dass sie ihre Fassung noch nicht wiedergefunden hatte. Auch ihr Verhalten ihrem Vater gegenüber überraschte ihn anscheinend nicht – jedenfalls ließ er sich nichts anmerken. Aber schließlich hatte er auch gesehen, was passiert war.

„Ich werde dir zeigen, warum das heute geschehen ist", sagte ihr Vater nach ein paar Minuten entschlossen. „Und, Mr Burbridge, da Sie nun leider durch den Vorfall heute von der ganzen Sache mitbetroffen sind, sollten Sie es wohl auch sehen." Er wandte sich zur Straße und winkte einer vorbeifahrenden Mietdroschke. Die Droschke hielt neben ihnen und ihr Vater drückte dem Kutscher eine Münze in die verkrümmte Hand. „Nach Arthursville, bitte", sagte er.

Allan half Ann in die Droschke und setzte sich neben sie.

„In ein paar Minuten werdet ihr alles verstehen", murmelte Anns Vater und zog sich seinen Schal etwas enger um den Hals, da es in der Droschke sehr kalt war. „Es gibt keine Entschuldigung dafür, dass ich dich in Gefahr gebracht habe, aber vielleicht wirst du hinterher verstehen, warum."

Die Droschke fuhr in schnellem Trab durch die belebten Straßen und bog einige Male ab, bis sie schließlich in einen ruhigeren Stadtteil kamen. Dort standen elegante Häuser mit großen Gärten. Anns Vater rief dem Kutscher zu, dass er vor einem zweistöckigen roten Backsteinhaus halten sollte. Als sie alle ausgestiegen waren, gingen sie gemeinsam zur Haustür. Anns Vater klopfte an die Tür.

Ein vornehmer schwarzer Mann öffnete die Tür. Er konnte kein Diener sein, denn dafür war er zu gut gekleidet und sein Bart war so gepflegt wie der eines Gentlemans. „Samuel", sagte er lächelnd. „Was für eine unerwartete Überraschung! Ich hatte nicht damit gerechnet, dich so schnell wiederzusehen. Hast du etwas vergessen?"

„Nein", sagte ihr Vater. „Das ist meine älteste Tochter Ann. Ihr ist heute durch meine Schuld etwas Schreckliches zugestoßen. Ich denke, es ist an der Zeit, dass sie die Wahrheit hört und sieht." Dann wandte er sich an Ann. „Das ist Mr Enoch Washington." Mit einem Nicken in Allans Richtung fuhr er fort: „Und das ist Mr Allan Burbridge. Ich schulde ihm viel, denn er hat heute verhindert, dass meine Tochter noch schlimmere Dinge hätte erleiden müssen."

Mr Washingtons Gesicht wurde ernst. Er hielt ihnen die Tür auf und sagte: „Kommen Sie herein."

Er führte sie durch das Haus, das sehr geschmackvoll eingerichtet war und immer noch etwas nach frischem Putz roch. Anscheinend war es noch ein sehr neues Haus. Ann wusste nicht, was sie denken sollte. Irgendwie hatte sie etwas anderes erwartet – eine andere Erklärung für das Verhalten ihres Vaters. Und ihre Wut kochte immer noch in ihr wie in einem Kessel, der jederzeit explodieren konnte. Doch der kleine Teil ihres Verstandes, der noch normal denken konnte, bemerkte den außergewöhnlichen Wohlstand, den sich dieser freie schwarze Mann erarbeitet hatte – in einer Welt, in der man auf schwarze Menschen herabschaute und sie oft wie Abschaum behandelte.

Sie folgten ihm die Treppe hinauf in den zweiten Stock. Dort zog er an einem kleinen Seil, das von der Decke hing, und eine Falltür klappte auf.

„Ich bin es, Enoch", rief er. „Kommen Sie doch bitte herunter."

Eine Leiter wurde langsam durch das Loch in der Decke geschoben und Mr Washington ergriff die unterste Sprosse, um die Leiter sicher auf den Boden zu stellen. Männerschuhe erschienen über ihnen. Ein Mann kletterte langsam die Leiter herunter. Die Hosen des Mannes waren ausgewaschen und an mehreren Stellen geflickt. Auch das Hemd war schlicht und an den Armen hochgekrempelt. Außerdem trug der Mann eine Wollweste und Wollkappe. Nach dem Mann kletterte eine Frau die Leiter herunter. Obwohl ihr dünner Rock ihre Beine verdeckte, wandten die Männer doch höflich ihre Blicke ab.

Als der Mann sich zu ihnen umdrehte, musste Ann einen Schrei unterdrücken. Auf seiner kaffeebraunen Stirn prangte eine grausame, dicke Narbe in Form eines Kreises mit einem Kreuz in der Mitte. Eines seiner Ohren war nur noch ein ausgefranstes Loch auf der einen Seite seines Kopfes. Die Frau, die sich jetzt neben ihn stellte, hatte dieselbe schreckliche Narbe und auch ihr fehlte ein Ohr. Sie hatte ihre schwarzen Haare zu einem losen Zopf geflochten und versuchte, das Loch damit etwas zu verdecken. Die beiden betrachteten ihre Besucher mit stiller Würde und einem leichten Misstrauen.

Anns Vater drehte sich zu Ann um und sagte: „Darf ich dir John und Clara vorstellen, die aus Tennessee hierhergekommen sind? Sie haben sich Simon als Nachnamen ausgesucht. Mr Washington und ich helfen ihnen auf ihrem Weg in die Freiheit. Sie sind das sogenannte ‚gestohlene Eigentum'."

Kapitel 16

Der Sattel für Mrs O'Hara war fertig. Er lag auf einem Sattelbock in der Werkstatt. Sein Leder glänzte. Die Sattelblätter, also die Seitenteile des Sattels, waren mit vielen Rosenblüten verziert, jede von ihnen ein Meisterwerk des Sattlers. Will ließ seinen Blick bewundernd über dieses außergewöhnliche Kunstwerk gleiten. Selbst jemand, der von der Sattlerei nichts verstand, würde diesen Sattel als Meisterstück erkennen. Mrs O'Hara wusste, warum sie ihre Sättel von Mr Miller fertigen ließ.

Die Tür der Werkstatt ging auf und Tom streckte den Kopf herein. Als er den Meister nirgendwo sah, kam er mit dem leeren Schweineeimer in den Raum. „Hast du den Meister gesehen?", fragte er leise.

„Gestern Abend das letzte Mal", erwiderte Will.

Toms Gesicht entspannte sich. Er strich sich seine schwarzen Haare aus den Augen und stellte den Eimer ab. „Was für ein schönes Stück!", sagte er. Er blieb neben dem Sattel stehen und fuhr mit den Fingern an den Rosenblüten entlang. „Kein Wunder, dass der Meister so wütend ist."

Will zuckte zusammen. Nach seinen letzten zaghaften Versuchen, die Arbeit von Mr Miller nachzuahmen, war Meister Good gestern Abend vor Wut explodiert. Die Spucke hatte nur so gespritzt, als er Will befohlen hatte, den Sattel bis zum Abend zu sabotieren, ansonsten würde er es bereuen. Allein bei dem Gedanken drehte sich Will der Magen um.

„Wirst du es tun?", fragte Tom und tat so, als würde er sich den Sattelgurt genauer anschauen.

„Ich weiß es nicht." Will trat an die Werkbank und machte sich an dem Werkzeug zu schaffen.

„Du musst es tun." Tom sah ihn durch seine wirren schwarzen Haare eindringlich und besorgt an. „Du kannst nichts daran ändern, dass er dein Meister ist. Es ist nicht deine Schuld."

Will legte das letzte Messer ordentlich auf die Werkbank und starrte verzweifelt vor sich hin. „Es ist trotzdem falsch."

„Der Meister wird dich verprügeln, wenn du es nicht tust. Vielleicht bringt er dich sogar um. Was soll ich denn dann tun? Und was wird aus dem Mädchen, dem du hilfst?"

Eine neue Welle der Schuld schwappte über Will. Er dachte an Emmies zarte Haut, die verbotene Berührung und die Küsse. Er hatte sein Verlangen nicht kontrollieren können. Er kannte den Unterschied zwischen Tugend und Sünde. Immer wieder hatte er nach einer Entschuldigung für sein Verhalten gesucht. Doch es ließ sich nicht entschuldigen. Er hatte sie entehrt. Er war nur seinem eigenen brennenden Verlangen gefolgt und hatte sich nicht an Gottes Gebote gehalten. Der Gedanke an Emmie brachte seine Gefühle erneut in Wallung und dadurch fühlte er sich noch schlechter. Warum hatte er ihr das nur angetan? Auf dem Bettlaken hatte man hinterher deutlich sehen können, dass sie unberührt gewesen war, bevor er sie in den Dreck gezogen hatte.

Die Sünde brannte in seiner Seele, breitete sich in seinem Körper aus und versengte alles, was sie berührte. So musste es sich anfühlen, wenn man seine Seele verlor. Vielleicht hatte er sie aber auch schon vor langer Zeit verloren. Was also hielt ihn davon ab, dem Sattel von Mrs O'Hara etwas anzutun? Verglichen mit dem, was er anderen schon angetan hatte, war das doch nur eine Kleinigkeit.

Er blickte Tom über die Schulter an. „Lass mich allein."

Tom sackte in sich zusammen. Dann schnappte er sich den Eimer und schlug die Tür hinter sich zu.

Einen Moment später griff Will nach dem Messer mit der gebogenen Klinge. Er wischte es an seiner Hose ab und hob es gegen das Licht. Es war sehr scharf – scharf genug, um das Leder fast unsichtbar einzuschneiden.

Er trat neben den Sattel und legte seine Hand ein letztes Mal auf den Sitz. Bewundernd strich er über das weiche, glatte Leder. Selbst jetzt konnte er immer noch nicht glauben, dass er dieses wunderschöne Stück gleich zerstören würde. Er musste einen der Halterungsriemen für den Sattelgurt auf der Unterseite ungefähr halb durchschneiden, damit er beim Satteln noch hielt, aber während des Ritts irgendwann abreißen würde. Er versuchte, nicht dran zu denken, was der Dame passieren würde, wenn der Sattelgurt riss. Doch er hatte keine Wahl. Schließlich musste er tun, was sein Meister ihm auftrug. Außerdem war seine Seele sowieso schon verloren.

Langsam hob er das schwere Sattelblatt und kniete sich neben den Sattel. Dann stemmte er sich mit der Schulter gegen das Sattelblatt, damit es aus dem Weg war, und zog den Halterungsriemen des Sattelgurts mit der linken Hand heraus. Er zögerte, die Klinge glänzte, als er sie gegen das Leder drückte. Jetzt war der Moment gekommen ...

Die Tür ging auf. Mit einem Satz sprang er auf und ein Stück zurück. Ausgerechnet Mr Miller! Will wurde es zuerst eiskalt, dann heiß. Er war nicht schnell genug aufgesprungen. Mr Miller musste ihn neben dem Sattel gesehen haben. Und das gebogene Messer lag immer noch gut sichtbar in seiner rechten Hand. Beschämt ließ er es sinken und schaute auf den Boden.

Mr Miller runzelte die Stirn. Einen Moment lang schwiegen sie beide.

„Was machst du da, Will?“, fragte er schließlich.

In diesem Augenblick hätte Will sich lieber die Kehle durchgeschnitten, als vor dem Sattler zu stehen und sein Handeln erklären zu müssen. Doch Mr Miller schien seine Gedanken lesen zu können, denn er kam auf Will zu und nahm ihm langsam das Messer aus der gefühllosen Hand. Mit abgewandtem Gesicht ließ Will das Messer einfach los. Er konnte Mr Miller nicht in die Augen sehen.

„Du wolltest den Sattel beschädigen.“ Das war keine Frage, sondern eine schlichte Feststellung. Will biss die Zähne zusammen und wartete auf den Schlag, der kommen musste. Aber Mr Miller stand nur bewegungslos neben ihm.

„Ich habe noch nicht geschnitten“, flüsterte Will.

„Hat dein Meister dir das befohlen?“, fragte der Sattler.

Will wusste nicht, was er sagen sollte. Meister Good würde alles abstreiten. Und es gab Gesetze gegen kriminelle Lehrlinge. Manchmal wurde die Lehrzeit verlängert. Wenn Mr Miller dem Richter erzählte, was er gerade gesehen hatte, würde dieser dann seine Lehrzeit um weitere fünf Jahre verlängern? Lieber würde er sterben.

„Er hat es befohlen. Ich hatte keine Wahl“, sagte er schließlich.

Mr Miller wandte sich ab. Jetzt würde er zuerst zu Dr. Loftin und dann zum Richter gehen.

Doch der Sattler nahm seinen Hut vom Kopf und legte ihn auf die Werkbank. Dann richtete er sich zu seiner vollen Größe auf und blickte lange durch das kleine Fenster nach draußen. „Was sollte ich deiner Meinung nach jetzt tun, mein Sohn?“ Seine Stimme klang angespannt, seine Worte abgehackt.

„Ich – ich weiß es nicht, Sir.“

„Dein Meister wird dich sicher furchtbar verprügeln, wenn er herausfindet, dass du seinen Befehl nicht ausgeführt hast.“

Bei dieser Vorstellung brachte Will kein Wort mehr heraus, deshalb nickte er nur.

„Soll ich mich an die Behörden wenden?“

Mit klopfendem Herzen starrte Will vor sich auf den Boden und machte sich auf das Unvermeidbare gefasst.

„Das denke ich nicht. Hier ist kein Verbrechen begangen worden“, beantwortete Mr Miller seine eigene Frage.

Erleichtert atmete Will aus und seine Knie wurden weich. Er hielt sich mit einer Hand an dem Nähbock fest, damit Mr Miller es nicht sah.

„Ich werde dich nicht für die Sünden deines Meisters bestrafen, obwohl ich sehr gerne mit ihm darüber reden würde. Stattdessen nehme ich den Sattel lieber jetzt gleich mit nach drüben. Du kannst deinem Meister sagen, dass du seinen Befehl ausgeführt hast. Letztlich kann er dann nicht mehr herausfinden, ob der Sattel noch intakt ist oder nicht.“

„Vielen Dank, Sir.“ Wills Stimme war rau. Das hatte er nicht verdient.

„Aber ich muss dir etwas sagen, mein Sohn.“ Mr Miller kam auf ihn zu und blieb direkt vor ihm stehen. Es schien Will, als könnte der Sattler in diesem Moment alle seine Schwächen sehen. Beschämt senkte er den Kopf und schaute auf den Boden.

„Ich habe schon viele grausame Herren und Meister gesehen und weiß einiges über Sklaverei und Gefangenschaft“, sagte der Sattler leise. „Ich kenne dich mittlerweile gut genug, um zu wissen, dass du ein gutes Herz hast.“

Bei diesen Worten spürte Will einen Stich im Herzen. Seine Schuld stand ihm deutlich vor Augen. „Mein Herz ist nicht so gut, wie Sie denken, Sir.“

Die beiden Männer schwiegen einen Moment. „Wir alle tun Dinge, die wir hinterher bereuen, mein Sohn."

Wills Lippen fingen an zu zittern, deshalb presste er sie fest zusammen.

„Ich kann nicht behaupten, dass ich je in einer ähnlichen Situation war, wie du es jetzt bist. Aber ich kenne Männer, die älter und stärker sind als du, die in bösen, unmenschlichen Situationen zusammengebrochen sind."

Will spürte eine sanfte Berührung an der Schulter. Sein Atem stockte und er kämpfte gegen den Schmerz, der ihn zu überwältigen drohte.

Die Worte des Sattlers kamen langsam, als wüsste er nicht, wie er sich ausdrücken sollte. „Das Schlimmste für diese Männer war, das Böse in sich selbst zu erkennen. Sie hatten das Gefühl, in der Finsternis umherzuirren, und fanden keinen Weg aus ihr heraus. Sie dachten, sie hätten keine Wahl." Mr Miller drückte Wills Schulter. „Schau mich an, mein Sohn."

Will gehorchte und schämte sich für seine Tränen, die er jetzt nicht mehr zurückhalten konnte.

Die Augen des Sattlers waren voller Mitleid. „Du hast eine Wahl, egal wie aussichtslos die Situation auch aussieht. Ein Licht scheint denen, die in der Finsternis sitzen und im Schatten des Todes wandeln."

Diese Worte fielen wie Regen auf Wills ausgetrocknetes Herz. *Denen, die in der Finsternis sitzen.* In diesem Moment hatte er das Gefühl, dass tief in ihm ein kleines Fünkchen Licht aufflackerte – ganz tief in seinem Herzen, wo schon so lange nichts mehr leuchtete. Das Gefühl war so stark, dass Will die Augen schließen musste. Immer noch strömten ihm die Tränen über die Wangen.

Mr Miller seufzte. „Ich wünschte mir so sehr, ich könnte noch eine Weile bleiben und dir beistehen. Aber ich muss gehen."

Will öffnete die Augen und wischte sich mit dem Ärmel die Tränen aus dem Gesicht. „Ja, Sir", sagte er trotz des Kloßes in seinem Hals.

Gedankenverloren stand Mr Miller einen Moment regungslos da, dann schaute er Will noch einmal an. „Ich hätte gerne, dass du etwas für mich tust."

In diesem Moment hätte Will alles für ihn getan.

„Ich habe eine Nachricht für jemanden auf der anderen Seite des Flusses. Ich möchte, dass du sie überbringst."

„Ja, Sir."

„Ich glaube, dieser kleine Ausflug wird dir guttun. Du kannst die Kutsche des Doktors haben und ich kümmere mich darum, dass Meister Good damit einverstanden ist." Mr Miller hob den Sattel hoch und legte ihn über seinen Arm. „Ich gehe jetzt und nehme den Sattel mit. Dann rede ich mit deinem Meister. Die Kutsche wird in ungefähr einer halben Stunde vor dem Haus auf dich warten."

„Ich werde dort sein, Sir."

Mit seiner freien Hand nahm Mr Miller seinen Hut und ging zur Tür. Er hielt jedoch einen Augenblick inne, als er an Will vorbeiging. Wieder schien sein Blick bis in Wills Seele zu schauen.

„Niemand kann dir deine Seele nehmen, mein Sohn", sagte er. „Die eigene Seele kann man nur geben, sie kann einem nicht genommen werden."

Will umklammerte den Brief in seiner Hosentasche, während sich die Kutsche einen Weg durch die belebten Straßen von Pittsburgh bahnte. Er wusste nicht, was Mr Miller seinem Meister erzählt hatte. Es interessierte ihn auch nicht. Mr Miller hätte alles Recht gehabt, ihn zu bestrafen oder seinem Meister von seinem Vorhaben zu erzählen. Stattdessen saß er jetzt in der Kutsche des Doktors und genoss die Fahrt. Er hatte sich nicht getraut, seine Handschuhe anzuziehen. Der Meister hätte ihn damit erwischen können. Trotzdem war es dank des Fußwärmers in der Kutsche sehr viel angenehmer als draußen oder in der Scheune.

Eigentlich sollte ich in Handschellen abgeführt werden, doch stattdessen hilft mir Mr Miller. Bei dem Gedanken daran schnürte sich ihm die Kehle zu und er musste schlucken.

Die Kutsche hielt vor einem zweistöckigen Backsteinhaus. Langsam kletterte Will aus dem Wagen und ging zu der weißen Eingangstür. Dort angekommen klopfte er dreimal mit dem eisernen

Türklopfer. Kurz darauf öffnete ihm ein elegant gekleideter schwarzer Mann die Tür. Erstaunt sah er Will an und hob fragend die Augenbrauen.

„Ich habe eine Nachricht für Sie, Mr Washington." Nach Mr Millers Beschreibung war das wohl der schwarze Gentleman, für den die Nachricht bestimmt war.

„Vielen Dank", erwiderte der Mann. Er nahm den Brief aus Wills ausgestreckter Hand, zog eine Brille aus der Tasche und las die Nachricht schweigend. Will fragte sich, was in dem Brief stand.

Schließlich schaute Mr Washington hoch und musterte Will eingehend. „Kommen Sie herein, junger Mann."

„Ich kann nicht lange bleiben", sagte Will entschuldigend. Wenn er zu lange fortblieb, würde Meister Good bestimmt glauben, an der Sache wäre etwas faul.

„Mr Miller hat mir auch darüber etwas geschrieben. Er hat mit Ihrem Meister ausgemacht, dass Sie ungefähr eine halbe Stunde hierbleiben können, ohne Schwierigkeiten zu bekommen."

Mr Miller hatte Will in seinem Brief erwähnt? Überrascht folgte Will Mr Washington ins Haus. Mit großen Schritten lief der schwarze Mann vor ihm den Flur entlang, bis sie am Ende des Flures in die Küche kamen.

„Warten Sie bitte hier", sagte Mr Washington.

In der Küche stand eine schlanke, dunkelhäutige Frau mit einer Schürze um die Taille vor dem Herd und drehte sich erstaunt zu ihnen um. „Wer ist denn das, Enoch?" Sie hatte ein offenes, freundliches Gesicht. Unter ihrer Schürze trug die Frau ein elegantes Kleid mit einem Samtkragen. Das war also die Frau des Hauses.

„Ein Freund, meine Liebe", erwiderte Mr Washington. „Junger Mann, das ist Mrs Washington, meine Frau. Bitte setzen Sie sich." Mr Washington deutete auf die Küchenbank.

Will gehorchte und ließ sich auf der Bank nieder.

„Grace, vielleicht könntest du diesem jungen Mann etwas zu essen anbieten. Ich vermute, er hat Hunger." Mit diesen Worten verließ er die Küche wieder.

„Es sieht ganz so aus, als hätten Sie schon lange keine ordentliche Mahlzeit mehr bekommen." Mrs Washington ging zur Vorratskammer und holte eine Platte mit getrocknetem Rindfleisch und zwei Brötchen heraus. Die Brötchen waren weich und ganz frisch. Will schlang das erste Brötchen mit zwei oder drei Bissen hinunter. Doch für das zweite nahm er sich mehr Zeit und genoss jeden Bissen. Schon seit Jahren hatte er so etwas Gutes nicht mehr gegessen. Danach leerte er das Wasserglas, das Mrs Washington neben seinen Teller gestellt hatte. Für das getrocknete Rindfleisch brauchte er etwas mehr Zeit, weil man es gut kauen musste, damit es weich wurde, aber es schmeckte herrlich.

Während er aß, hängte Mrs Washington den Wasserkessel über den Herd und schürte das Feuer. Als seine Gastgeberin ihm den Rücken zuwandte, steckte Will das letzte Brötchen und ein paar Stücke Fleisch für Tom in die Tasche. Er wünschte sich, er könnte seinem Freund auch eine heiße Tasse von dem Tee mitbringen, den Mrs Washington kurz darauf vor ihn hinstellte.

Dann kam Mr Washington zurück. Zufrieden nickte er seiner Frau zu, als er den Tee und den leeren Teller vor Will stehen sah. Doch Will hatte nur Augen für die beiden anderen Personen, die hinter Mr Washington die Küche betraten.

Der Mann und die Frau trugen Arbeitskleidung, wie er sie aus seiner Zeit auf der Farm kannte. Doch ihre Sachen waren sehr viel sauberer, als es Wills Kleidung je gewesen war. An der Stelle, wo eigentlich eines ihrer Ohren sitzen müsste, hatten beide nur ein ausgefranstes Loch im Kopf. Auf der Stirn prangte bei beiden ein schreckliches Brandzeichen. Will versuchte, sich seinen Schock nicht anmerken zu lassen.

Der Mann setzte sich gegenüber von Will an den Tisch. „Ich bin John Simon. Das ist meine Frau Clara.“ Die Frau setzte sich neben ihren Mann.

„Guten Tag.“ Will wusste nicht, was er sonst sagen sollte.

„Mr Miller hat uns so viel geholfen“, begann Clara. Ihr Gesicht war ganz ruhig. „Er möchte, dass wir Ihnen unsere Geschichte erzählen.“

Will konzentrierte sich auf ihre leuchtenden Augen, damit er nicht ständig auf die hässliche Narbe auf ihrer Stirn starrte.

Ihre Gastgeberin stellte für beide eine Tasse Tee auf den Tisch und zog sich dann aus der Küche zurück. Mr Washington beobachtete die drei am Tisch eine Weile. Schließlich folgte er seiner Frau.

John Simon brach das daraufhin einsetzende Schweigen. „Mr Miller hat geschrieben, dass Sie einen harten Meister haben."

„Ja." Erstaunlicherweise konnte er das vor diesen beiden Menschen einfach aussprechen.

„Unser Herr war auch ein sehr harter Mann", sagte Clara.

„Und ein Trinker", fügte John hinzu. „Ich bin als Sklave geboren worden und Clara auch. Wir haben schon als Kinder nebeneinander auf den Feldern gearbeitet. Wir beide liebten Jesus, deshalb haben wir abends immer wieder zusammen gesungen und gebetet, wenn es ging. So führte eins zum anderen und eines Tages beschlossen wir zu heiraten. Das haben wir auch getan. Unser Leben war hart, aber wir hatten einander." Er sah seine Frau kurz an und sie lächelte.

„Aber unser Herr war ein Spieler und ein Trinker. Eines Abends setzte er beim Kartenspielen einen Sklaven ein und verlor ihn an einen anderen Sklavenbesitzer. Dieser Mann, Mr Holmes, durfte sich einen von uns beiden aussuchen. Er brauchte einen Haussklaven zum Putzen, deshalb hat er Clara mitgenommen."

Bei der Erinnerung daran schlug Clara kurz die Hände vor ihr Gesicht. Dann starrte sie wieder vor sich auf den Tisch.

John räusperte sich. „Ich wollte das verhindern und habe mich gewehrt, aber dadurch änderte sich nichts. Der Sklavenaufseher hat mich zusammengeschlagen, dann haben sie mich weggebracht. Danach haben sie auch Clara weggebracht. Und Mr Holmes wohnt ein ganzes Stück weit weg."

Selbst jetzt war in Johns Augen eine unglaubliche Entschlossenheit zu erkennen, sodass Will sich gut vorstellen konnte, wie er damals auf der Plantage gestanden und einen Plan geschmiedet hatte. Schließlich hatte man ihm seine Frau geraubt.

„Ich konnte und wollte Clara nicht so einfach gehen lassen. Gott hat uns zusammengefügt und das darf kein Mensch auseinanderbringen. Deshalb wollte ich sie holen. Das erste Mal hat mich mein Herr erwischt und er hat mich so lange mit der Peitsche verprügelt, bis ich nicht mehr stehen konnte. Das zweite Mal hat er mir das Ohr abgeschnitten."

Will unterdrückte ein Schaudern.

„Dann hat er Mr Holmes gesagt, er solle auch Clara ein Ohr abschneiden. Sie haben es mir in einer Schachtel geschickt, damit ich es sehen konnte. Er wusste, dass das für mich schlimmer war, als wenn er mir etwas antun würde."

Wie konnte er das alles so ruhig erzählen? John war wie ein hoher Berg, still und unbeweglich, selbst in einem heftigen Gewitter.

„Aber ich habe nicht aufgegeben." Wieder schaute John seine Frau an. „Ich bin wieder weggelaufen, um sie zu holen. Diesmal bin ich bis zu ihr gekommen und wir wollten nach Norden fliehen. Wir haben es bis Kentucky geschafft, bevor die Sklavenfänger uns im Wald aufgespürt haben." Johns und Claras Blicke trafen sich und in ihren Augen lag die Erinnerung an jene schreckliche Nacht. Sie schwiegen eine Weile.

Schließlich hörte Will Claras sanfte Stimme. „Sie haben uns zurückgebracht. Danach haben sie uns vor den anderen Sklaven das Brandzeichen auf die Stirn gebrannt. Unsere Herren haben uns gesagt, dass sie uns ein Kreuz eingebrannt haben, weil wir den Herrn Jesus so lieben. Außerdem soll es uns an die Bibel erinnern, in der geschrieben steht, dass die Sklaven ihren Herren gehorchen sollen. Und jetzt konnten wir sowieso nirgendwo mehr hin. An dem Brandzeichen kann uns jeder überall erkennen."

John wandte sich wieder an Will. „Das war die Idee von Mr Holmes und mein Herr fand die Idee gut. Er hat mir gesagt, dass Jesus uns an jeden verraten würde, dem wir begegnen, weil wir dieses Zeichen auf der Stirn tragen. Außerdem hat er gesagt, dass Jesus ein Weißer ist und wir auch für ihn nur Sklaven sind. Doch mein Herr ist ein Lügner." Er beugte sich vor und legte beide Hände auf den Tisch. „Bevor sie uns wieder getrennt haben, habe ich Clara gesagt, dass dieses Kreuz für uns zum Segen werden würde. Und für alle, die seinen Namen in den Dreck ziehen und sein Wort verdrehen, wird es zum Fluch werden. Ich habe ihr versprochen, dass wir unter diesem Zeichen fliehen werden."

Sanft legte Clara ihre Hand auf seine. Langsam drehte er seine Hand um und hielt ihre fest.

„Und so ist es auch passiert", sagte er. „Gott hat uns seine Engel geschickt und uns immer wieder geholfen. Zuerst hat uns ein Mann bis Kentucky gebracht, dann ein anderer bis West Virginia. Dort haben wir Mr Miller getroffen, der uns bis hierher gebracht hat."

Fragend schaute John seine Frau an, als hätte er noch etwas vergessen. Doch sie nickte nur. Schweigend tranken sie ihren Tee.

Will wusste nicht, was er sagen sollte. Es gab keine Antwort auf diese Geschichte und auch keine Erklärung für die Grausamkeit und das Leid, das diesen beiden Menschen zugefügt worden war. Nur Respekt.

„Vielen Dank." Er schüttelte John die Hand und stand auf. John stand ebenfalls auf. Will hoffte, dass der Mann und die Frau das Mitleid in seinen Augen lesen konnten, da er es nicht anders ausdrücken konnte.

„Gott sei mit Ihnen." Clara blieb sitzen, lächelte ihm aber freundlich zu. Ihr Anblick beeindruckte ihn tief. Auf ihrem Gesicht lag ein ruhiges, entspanntes Lächeln, umrahmt von den Zeichen ihres Leidens. Dieses Lächeln kam aus einer Quelle in ihrem Herzen, die von keiner Grausamkeit dieser Welt zerstört werden konnte.

Auf der Heimfahrt wirbelten in Wills Kopf die Gedanken durcheinander, sodass er sich auf nichts konzentrieren konnte. Völlig abwesend starrte er aus dem Fenster und malte mit dem Finger immer wieder das Gleiche auf das Kissen neben sich: einen Kreis mit einem Kreuz in der Mitte.

Kapitel 17

„In den Augen Gottes ist es eine Sünde, sich zu duellieren“, sagte Anns Vater.

„Bei allem Respekt, Mr Miller, aber ich glaube, dass wir das Böse nicht einfach hinnehmen können“, erwiderte Allan.

Schneeflocken wirbelten um Allan und Anns Vater. Beide trugen dicke, dunkle Mäntel und hatten ihre Hüte tief ins Gesicht gezogen. Ein paar Meter die Straße hinunter stand ihre Kutsche. Auf diesem einsamen Hügel außerhalb der Stadt lag schon tiefer Schnee – eine dicke weiße Schicht, die ihre Worte verschluckte. Ein eiskalter Wind trieb ihnen die Schneeflocken in die Augen.

Verstohlen beobachtete Ann die beiden Männer durch das Kutschenfenster. Wahrscheinlich wäre Allan wütend, wenn er wüsste, dass sie heute Morgen mitgekommen war. Frierend zog sich Ann ihren Pelzumhang noch enger um die Schultern. Ihr Magen rebellierte. Sollte sie jetzt eingreifen, bevor Mr Holmes kam?

Ihr Vater nahm den Koffer mit der Pistole in die andere Hand. „Gott erwartet von uns nicht, dass wir in seinem Namen sündigen, Mr Burbridge. Und es ist eine Sünde, einen anderen Mann zu töten.“

„Ich trage die Verantwortung für das, was passiert. Ich habe Sie nur gebeten, mein Sekundant zu sein. Doch jetzt ist es zu spät. Sie können Ihre Meinung nicht mehr ändern. Holmes wird jeden Augenblick hier sein.“

„Ich hatte gehofft, Sie als Sekundant von Ihrem Vorhaben abbringen zu können.“

„Hier geht es um die Ehre von Miss Miller. Sie wissen doch selbst, was vorgefallen ist. Das darf nicht ungesühnt bleiben.“

Ann konnte nicht länger warten. Mit einem Ruck stieß sie die Kutschentür auf und sprang heraus. Sobald sie festen Boden unter den Füßen spürte, rief sie Allan zu: „Bitte, tun Sie es nicht!“

Allan wirbelte herum und starrte sie erschüttert an. „Miss Miller! Was in aller Welt …?“ Er bahnte sich einen Weg durch den Schnee auf sie zu. „Sie sollten nicht hier sein. Was ist nur in Ihren Vater gefahren! Er hätte Sie niemals hierher mitbringen dürfen.“

„Er wollte es auch nicht. Ich habe ihn angefleht, mich mitzunehmen. Ich hatte gehofft, dass Sie vielleicht auf mich hören würden.“

„Sie sollten wieder in die Kutsche steigen und nach Hause zurückfahren. Ihr Vater und ich bringen die Sache hier in Ordnung.“ Er legte seine Hand unter ihren Ellenbogen und wollte sie zurück zur Kutsche bringen.

„Nein, Allan.“ Sie entzog sich seinem Griff und blickte zu ihm hinauf. Wenn er doch nur auf sie hören würde! „Ich möchte nicht, dass Sie das für mich tun. Sie sollten nicht so viel aufs Spiel setzen. Das Risiko ist zu groß.“

„Ich kann das nicht auf sich beruhen lassen. Ich habe es gesehen. Und Holmes muss für sein Handeln zur Rechenschaft gezogen werden.“

„Aber ich habe ihn nur gehört. Ich habe ihn nicht gesehen! Vielleicht habe ich mich geirrt!“

„Wenn dem so wäre, hätte er die Herausforderung niemals angenommen.“

Ann zögerte. „Aber das Unrecht ist doch mir angetan worden. Und ich bitte Sie jetzt, die ganze Sache zu vergessen. Tun Sie es für mich und für Ihre Familie. Bitte!“

Doch Allan gab nicht nach. „Kein Gentleman kann Zeuge einer solchen Tat werden, die die Ehre einer Dame beschmutzt, und das Ganze dann auf sich beruhen lassen. Wenn ein anderer ehrbarer Mann für die Tat verantwortlich ist, dann muss er dafür geradestehen.“

„Geht es Ihnen hierbei um meine Ehre oder um Ihre eigene?“

„Um beide.“ Er blinzelte ein paar Mal, da sich einige Schneeflocken trotz seines Hutes in seinen Wimpern verfangen hatten. Mittlerweile blies der Wind von allen Seiten. „Sie wissen genauso gut wie ich, dass Ihr Name für immer ruiniert wäre, wenn wir vor Gericht gehen würden. Das werde ich niemals zulassen.“ Seine Stimme wurde immer lauter und wütender, je länger er sprach. „Aber ich werde auch nicht zulassen, dass ein solch unwürdiges Verhalten ungestraft bleibt. Deshalb gibt es ja den Ehrenkodex. Es gibt keine andere Lösung.“

Sie schwieg und die Spannung wich aus seinem Gesicht.

„So, jetzt setzen Sie sich wieder in die Kutsche und warten“, sagte er freundlich. „Sie sollten Holmes nicht sehen. Und Sie sollten auch nicht Zeugin dieses Duells werden. Ziehen Sie am besten die Vorhänge zu." Dann senkte er die Stimme und flüsterte: „Ich kann immer noch nicht glauben, dass Ihr Vater Sie mitgebracht hat."

„Ich werde beim Anblick von Mr Holmes schon nicht ohnmächtig werden." Doch bei dem Gedanken, was bald passieren würde, griff die Angst wie eine kalte Hand nach ihr. „Ich bleibe hier, Allan."

Er senkte den Kopf und wollte weiter auf sie einreden, als plötzlich eine Kutsche auf der Straße erschien und auf sie zufuhr.

Es war die gemietete Kutsche von Mr Holmes. Der Kutscher hielt etwas entfernt von der anderen Kutsche und die beiden grauen Pferde dampften in der kalten Winterluft.

Als Mr Holmes aus der Kutsche stieg, ließ Allan Ann allein neben der Kutsche stehen und ging zurück zu ihrem Vater. Ein weiterer Mann folgte Mr Holmes aus der Kutsche und stellte sich neben ihn in den Schnee.

Die Flocken fielen mittlerweile so dicht, dass Ann gerade noch die Umrisse der Männer erkennen konnte. Für sie sah es aus, als stünden die vier Männer in einem weißen Nichts. Sie war dankbar für den Schnee; vielleicht würde Mr Holmes dann nicht bemerken, dass sie neben der Kutsche stand. Sie durfte sich nicht bewegen.

„Sie haben Pistolen verlangt", sagte Allan zu Mr Holmes.

Mr Holmes nickte kurz und deutete auf seinen Sekundanten, der einen ähnlichen Pistolenkoffer wie Anns Vater trug. Der Sekundant kniete sich in den Schnee und öffnete den Koffer.

„Wissen Sie was, Burbridge, Sie sind ein hitzköpfiger, junger Dummkopf", rief Mr Holmes. Dann trötete er in seiner unverkennbaren Art durch die Nase, sodass sich Ann die Nackenhaare sträubten.

„Sie müssen sich doch nur dafür entschuldigen, dass Sie diesen ... Dieb ... verteidigen." Er warf Anns Vater einen bösen Blick zu. Dieser kniete sich ebenfalls hin, um den Pistolenkoffer zu öffnen. „Und Miller soll mir endlich sagen, wo er mein Eigentum versteckt hat. Dann, junger Mann, wäre doch alles geregelt und Sie können unverletzt zu Ihrer Familie zurückkehren."

Allan hockte sich hin und wählte eine der Pistolen. Mit der Waffe in der Hand stand er wieder auf, richtete sie in die Luft und prüfte den Abzug. „Holmes, Sie sind sich hoffentlich im Klaren darüber, dass es hier heute nicht um gestohlenes Eigentum geht. Sie haben zugelassen, dass die Ehre einer jungen Dame beschmutzt wurde. Ich gebe Ihnen noch eine letzte Gelegenheit, sich dafür zu entschuldigen und Ihren Komplizen an uns zu übergeben. Ansonsten machen Sie Ihre Pistole bereit."

„Das werde ich auf keinen Fall zugeben und ich werde mich schon gar nicht bei Dieben und den Freunden von Dieben entschuldigen", schnaubte Holmes und überprüfte seine Pistole. Ein unangenehmes Grinsen verzerrte sein Gesicht. „Aber mein Angebot gilt immer noch. Und ich muss Sie warnen, ich bin ein ausgezeichneter Schütze."

Anns Vater erhob sich. „Wie Mr Burbridge schon sagte: Darum geht es heute nicht, Mr Holmes. Ihr gestohlenes Eigentum, wie Sie es nennen, hat nichts mit diesem jungen Mann zu tun. Er wusste nichts davon, bevor Ihr Komplize meine Tochter angegriffen hat. Wenn Sie sich darüber beschweren wollen, dann wenden Sie sich bitte an mich."

„Wie überaus edel von Ihnen, Mr Miller. Aber darauf lasse ich mich nicht ein. Ich nehme an, dass Sie vielleicht Ihr eigenes Leben für diese entflohenen Sklaven aufs Spiel setzen würden. Doch ich glaube nicht, dass Sie dafür diesen jungen Mann opfern wollen. Sagen Sie jetzt, wo sie sind, oder ich duelliere mich mit Mr Burbridge."

Anns Vater zögerte nicht. „Wenn ich wüsste, wo die gesuchten Personen sind, dann wäre das ihr sicheres Todesurteil, wenn ich sie Ihnen ausliefern würde. Man kann nicht ein Leben gegen ein anderes aufwiegen. Mr Burbridge muss seine eigenen Entscheidungen treffen."

„Ich habe mich entschieden", sagte Allan. „Und da Sie sich nicht für das entschuldigen wollen, was Sie getan haben, fahren wir fort."

Ann ballte ihre Hände zu Fäusten. Selbst in ihren Handschuhen waren ihre Hände mittlerweile eiskalt. Ihre Knie wurden weich und sie musste sich gegen das Wagenrad lehnen, um nicht umzufallen. *Herr, Herr, bitte! Bitte beschütze Allan! Lass ihre Schüsse nicht treffen. Lass alles ohne Blutvergießen zu einem guten Ende kommen.*

Ihr Vater und der andere Sekundant überprüften die Waffen, luden sie sorgfältig und übergaben sie den beiden Männern. Allan und Mr Holmes ließen ihre Sekundanten stehen und gingen aufeinander zu. Der Schnee fiel so dicht, dass Ann nur noch ihre verschwommenen Umrisse sah. Sie standen Rücken an Rücken, mit erhobenen Pistolen. Allans junge, schlanke Gestalt unterschied sich deutlich von der untersetzten Figur von Mr Holmes.

„Zehn Schritte“, rief der andere Sekundant. „Auf mein Kommando!“

Ann hielt sich mit einer Hand den Mund zu.

„Eins ... zwei ... drei ... vier ... fünf ...“

Die beiden dunklen Figuren bewegten sich langsam voneinander weg. Starr vor Angst hielt Ann den Atem an.

„Sechs ... sieben ... acht ... neun ... zehn.“

Schüsse zerrissen die Stille und schwarzer Rauch erfüllte die Luft. Beide Männer taumelten nach hinten und fielen in den Schnee. Jetzt konnte Ann nicht mehr länger still stehen. Sie raffte ihre Röcke und rannte auf Allan zu. Eiskalt klebte der Schnee an ihren Strümpfen und sickerte in ihre Stiefel. Ihr Vater erreichte Allan ein paar Augenblicke vor ihr. Sofort kniete er sich neben den Verwundeten und untersuchte ihn.

Ein hellroter Blutfleck leuchtete in dem ansonsten so weißen Schnee. Allan verzog vor Schmerz das Gesicht, als Anns Vater ihn zum Sitzen hochzog. Dann fiel sein Blick auf Ann und er versuchte zu lächeln. „Es ist nur ein Kratzer“, sagte er. „Er ist doch kein so guter Schütze. Hat sich wohl überschätzt.“

Anns Vater zog den Mantel zur Seite, um sich die Wunde anzusehen. Dabei biss der junge Mann die Zähne zusammen, um nicht laut aufzustöhnen.

Der Blutfleck auf seinem weißen Hemd war sehr weit oben auf der Brust, sodass wahrscheinlich keine lebenswichtigen Organe getroffen worden waren. Trotzdem wurde Ann bei dem Anblick übel. Sie kniete sich neben ihn, sodass die großen Falten ihres blauen Kleides ihn fast berührten.

„Es tut mir so leid, Allan“, flüsterte sie und legte ihre kühle Hand auf sein aschfahles Gesicht. „Ich hätte dem Mann mit dem Biberfellhut niemals nachlaufen dürfen. Bitte vergeben Sie mir.“

Obwohl er vor Schmerzen ganz bleich war, sahen die Augen,

mit denen er sie ansah, zum ersten Mal seit dem Vorfall wieder ruhig und entspannt aus. „Es war nicht Ihre Schuld. Und ich werde durchkommen. Es ist nur eine Fleischwunde. Allerdings brennt sie wie die …“

„Er hat recht“, bestätigte Anns Vater und legte Allan den Mantel behutsam wieder über die Brust. „Es ist ein glatter Durchschuss, Mr Burbridge. Solange Sie die Wunde sauber halten und sich schonen, wird sie schon in ein paar Wochen verheilt sein.“ Dann stand er auf und blickte zu dem anderen Sekundanten hinüber, der neben dem verletzten Mr Holmes kniete. „Ihr Gegner scheint nicht so glimpflich davongekommen zu sein.“

Jetzt erst sah Ann, dass Mr Holmes immer noch im Schnee lag. Er hatte sich noch nicht einmal aufgesetzt.

Oh nein. Ich will nicht für einen Mord verantwortlich sein. Taumelnd kam sie auf die Beine.

Ihr Vater packte sie am Arm. „Was hast du vor?“

„Ich muss nach ihm sehen. Ich muss ihm helfen.“ Ann stammelte nur. Ihre Zunge gehorchte ihr kaum. Mit einem Ruck befreite sie sich aus dem Griff ihres Vaters und stolperte durch den Schnee auf die beiden anderen Männer zu.

„Ann!“ Hinter ihr sprang ihr Vater auf die Füße und lief ihr nach. Es war nicht leicht, sich einen Weg durch den tiefen Schnee zu bahnen, sodass er sie erst einholte, als sie schon neben Mr Holmes stand.

Sein Sekundant kniete neben ihm und versuchte ihm zu helfen. Das Gesicht des Verwundeten war fast so bleich wie der Schnee, doch seine Lippen waren gespenstisch blau. Er stöhnte – ein schreckliches Geräusch. Es klang wie ein sterbendes Tier in einer Falle, gurgelnd und rau. Überall um ihn herum waren kleine Blutflecken. Der festgeklopfte Schnee um ihn herum verriet, dass er zuerst noch wild um sich geschlagen hatte. Sein Mantel war offen und aus seinem Bauch quoll das Blut durch das weiße Hemd hindurch auf den Schnee.

Ann war ungefähr einen Meter vor ihm wie erstarrt stehen geblieben und konnte die Augen nicht von ihm abwenden. Ihr Vater rannte an ihr vorbei und kniete sich neben Mr Holmes wie kurz zuvor neben Allan. Vorsichtig hob er die schlaffe Hand. „Philip Holmes, ich bete, dass Gott sich über Ihre Seele erbarmt. Möge Gott Erbarmen mit uns allen haben."

Mr Holmes rang nach Luft und keuchte schließlich stockend: „Ich will Ihre Gebete nicht, Miller. Ihr sollt alle in der Hölle schmoren."

Der Sekundant von Mr Holmes flüsterte Anns Vater etwas ins Ohr.

„Natürlich", erwiderte ihr Vater. Der andere Mann hob Mr Holmes an den Schultern hoch, ihr Vater an den Füßen. Dann trugen sie ihn zu seiner Kutsche. Während des ganzen Weges beschimpfte Mr Holmes ihren Vater und Allan mit allen erdenklichen Flüchen, die nur hin und wieder von seinen Schmerzensschreien unterbrochen wurden. Als er endlich in der Kutsche lag, wurde es plötzlich still. Ihr Vater stand noch ein paar Minuten neben der Kutsche und beugte sich hinein. Ann hörte ein Rasseln.

Sie starrte auf den großen, roten Fleck im weißen Schnee, der sie so sehr an weißes Leinen erinnerte. Vor ihren Augen wurde der Fleck immer größer – wie damals, als das Leben langsam aus ihrer Mutter geflossen war. Alles verschwamm vor ihren Augen und ein lautes Dröhnen in ihren Ohren drohte sie umzuwerfen. Sie fiel auf die Knie. Ihre Arme steckten bis zu den Ellenbogen im Schnee. Nur Zentimeter vor ihren Augen flossen die Blutflecken ineinander, als würden Vergangenheit und Gegenwart eins werden. Das Blut war alles, was sie noch sah.

Dann spürte sie eine Hand auf ihrer Schulter. „Ann!" Ihr Vater beugte sich zu ihr hinunter und schaute sie besorgt an. Er half ihr, sich aufzusetzen. „Du musst atmen. Schau nicht auf das Blut." Sie gehorchte und richtete ihre Aufmerksamkeit wieder auf Allan und ihre Kutsche.

„Jetzt siehst du schon besser aus. Dein Gesicht bekommt wieder etwas Farbe", sagte ihr Vater. „Wir müssen uns um Allan kümmern und ihn nach Hause bringen." Er stützte sie beim Aufstehen und langsam gingen sie zurück zu Allan, der immer noch im Schnee saß.

Ihr Vater hockte sich neben ihn und sah Ann fragend an. „Fühlst du dich gut genug, um mir zu helfen?" Sofort kniete sie sich neben Allan, wusste aber nicht genau, was sie tun sollte. Vielleicht sollte sie seinen Arm stützen.

„Mr Holmes ist tot“, sagte ihr Vater zu dem jungen Mann.

Ein zufriedener Ausdruck huschte über Allans Gesicht. Es war ein schrecklicher Anblick für Ann. Wie konnte ein anständiger Mann mit einem guten Herzen angesichts einer solchen Tat Genugtuung empfinden?

Sie dachte an Gottes Erbarmen und an Amelia Holmes. Wie würde sie sich fühlen, wenn Allan oder ihr Vater in der anderen Kutsche lägen? Bei dem Gedanken wurde ihr wieder übel. Würde Amelia nachts weinend aufwachen wie Ann nach dem Tod ihrer Mutter? Würde Amelia ihren Vater in ihren Träumen sehen?

Anns Mutter hatte ihr Leben gegeben, um neues Leben hervorzubringen. Damals hatte sie Mabels kleine Seele in den blauen Babyaugen sehen können, als sie um ihre Mutter weinte. So hatte Gott genommen und gleichzeitig gegeben, Tod und Leben durch dasselbe Blut.

Doch wenn Menschen nahmen – Leben nahmen –, dann blieb nur der Tod. Hier ging es nicht um Hingabe und Opfer und es gab keinen neuen Anfang. Wenn sich Menschen zu kleinen Göttern aufspielten, die den Lebensatem mit Metallkugeln und schwarzem Pulver aushauchten, dann blieb am Ende nur bittere Schuld.

Nachdem Mr Holmes gestorben war, konnte Ann die Veränderung in der Luft förmlich spüren. Ein Menschenleben endete hier im Schnee. Sie zitterte bei dem Gedanken, dass der Allmächtige jetzt auf sie herabschaute und all das Blut sah, das sie alle anklagte.

Selbst nach zwei Tagen suchte sie die Erinnerung an die blutige Szene auf dem Hügel immer wieder heim. Ann konnte nur hoffen, dass die Bilder langsam verblassten, wenn sie morgen abreisten. Ihr Vater hatte ihr heute gesagt, dass alles für die Heimreise bereit war.

Doch zuerst mussten ihr Vater und sie noch einmal nach Allan sehen und sich von seiner Familie verabschieden.

Louisa und Mrs Burbridge empfingen sie so freundlich, dass Ann sich schämte. Sie hoffte, dass Allan ihnen die Einzelheiten des schrecklichen Vorfalls in der Gasse verschwiegen hatte. Doch sie mussten etwas darüber wissen, ansonsten würden sie ihr sicher

Vorwürfe machen. Vielleicht hatte er ihnen aber überhaupt nichts erzählt. Das sähe ihm ähnlich.

Ann hatte Angst davor, Allan wiederzusehen. Mr Holmes' letzter Fluch verfolgte sie seit jenem Morgen, an dem er seinen letzten Atemzug getan hatte. Wie ihr Vater glaubte auch sie, dass es eine Sünde war, dass Allan das Leben eines anderen Menschen ausgelöscht hatte – egal aus welchen Motiven. Wahrscheinlich litt Allan noch viel mehr unter dieser Last als sie selbst, denn er hatte die Pistole abgefeuert.

Doch er wirkte ziemlich fröhlich. Er lag im Bett mit ein paar Kissen im Rücken und einem Buch auf dem Nachttisch neben sich. Ein Dienstmädchen streckte den Kopf herein, während sie bei ihm waren, zog sich aber sofort wieder zurück, als sie die Besucher bemerkte. Anns Vater saß auf der anderen Seite des Zimmers auf einem Stuhl und blätterte diskret in einer Zeitung.

„Sie werden mich also verlassen?" Allans Augen verrieten, dass er sie nur necken wollte. „Und ich soll hier vor Langeweile vergehen, während Sie sich in das pralle Leben von Rushville stürzen?"

„Das stimmt. Ich kann es kaum erwarten, die Ställe wieder auszumisten, mich um die Kühe und Schweine zu kümmern und die Pferde zu striegeln." Ann faltete die Hände auf ihrem Schoß. Es war egal, wie aufgewühlt sie innerlich war, sie musste ihm fröhlich antworten. Er sollte auf keinen Fall wissen, wie sehr sie unter den Eindrücken litt. „Sie sind herzlich willkommen, mich bei meinen morgendlichen Besuchen zu begleiten. Natürlich nur, wenn Sie die richtige Kleidung besitzen. Eine Mistgabel ist unumgänglich!"

Er schmunzelte. „Führen Sie mich nicht in Versuchung. Sonst besteige ich in ein paar Monaten einfach ein Dampfschiff und nehme Ihre Einladung an."

Sie spürte, wie ihre Wangen rot wurden, und suchte nach einem anderen Gesprächsthema. „Sind Sie sich sicher, dass die Holmes' nicht doch Anklage erheben werden? Ich dachte, sie würden sich an die Behörden wenden."

„Machen Sie sich keine Sorgen." Entspannt legte Allan den Kopf auf eines der Kissen. „Das Gesetz mischt sich da nicht ein. Wenn es um den Ehrenkodex geht, geht das normalerweise in aller Stille über die Bühne. Außerdem habe ich die Familie mit den Umständen vertraut gemacht, die zu dem Duell geführt haben. Sie möchten auf gar keinen Fall, dass die ganze Sache öffentlich ruchbar wird."

Die Umstände, in die auch Ann verwickelt war, hatten Mrs Holmes den Ehemann und ihrer Tochter den Vater genommen. Wieder fühlte sich Ann wie gelähmt. Sie strich über die Tasche auf ihrem Schoß. „Sind sie schon abgereist?"

„Ja, sie haben die Stadt gestern verlassen." *Gott sei Dank.* Ann hätte es nicht ertragen können, mit ihnen auf demselben Dampfschiff zurückzufahren.

Nachdem Allan sie noch ein paar Mal gebeten hatte, ihn wieder zu besuchen, verabschiedeten sich Ann und ihr Vater von den Burbridges. In der Kutsche des Doktors fuhren sie ein letztes Mal schweigend durch die Straßen von Pittsburgh. Nachdem sie zu Hause angekommen waren, gab es für sie nichts mehr zu tun, als die letzten Koffer zu packen.

Ann faltete ihre Sachen und legte sie in den kleinen Koffer. Ihre Schwestern waren in der Bibliothek bei Dr. Loftin, den beide Mädchen sehr mochten. Auch er schien sich über ihre Gesellschaft zu freuen und las ihnen gern aus seinen Büchern vor.

„Ann!", rief ihr Vater von unten. Sie stand auf und streckte ihren schmerzenden Rücken, so gut sie es in ihrem Korsett vermochte. Dann verließ sie ihr Schlafzimmer und ging zur Treppe.

„Ja, Vater?"

„Ich muss noch ein paar rechtliche Dinge mit dem Doktor klären. Würdest du eine Nachricht für mich überbringen?"

„An wen?"

„An Will, den Lehrling von nebenan."

Am liebsten hätte Ann abgelehnt, aber ihr fiel keine passende Ausrede ein. Sie konnte ihrem Vater ja nicht erzählen, dass sie sich seit ihrem heimlichen Treffen in der Gegenwart des Lehrlings unwohl fühlte. „Natürlich." Langsam kam sie die Treppe herunter. Ihr Vater wartete schon mit einem versiegelten Brief auf sie.

„In diesem Brief steckt noch ein anderer Brief", sagte er. „Sag Will, dass er den einen Brief lesen und den anderen Brief zu der Adresse bringen soll, die ich ihm aufgeschrieben habe."

„In Ordnung."

„Der Brief ist für unsere Freunde in Arthursville. Wir haben gute

Nachrichten. Der Mann mit dem Biberfellhut – er heißt übrigens Jack Rumkin – ist anscheinend aus der Stadt geflohen."

Für Ann waren das nicht nur gute Nachrichten. Wer weiß, wohin er geflohen war und ob er nicht zurückkam.

Als hätte er ihre Gedanken erraten, fügte ihr Vater noch hinzu: „Das ist wunderbar für John und Clara. Jetzt können sie die Stadt verlassen und weiter nach Norden ziehen."

Das war immerhin ein Trost. Die Erinnerung an ihre entstellten Gesichter machte sie jedes Mal traurig. Sie verdienten die Freiheit.

„Das sind wirklich gute Nachrichten", sagte sie deshalb. Sie drehte sich um, nahm ihr Cape vom Haken und ging zur Hintertür. „Ich bin gleich zurück."

„Vielen Dank. Und sage ihm, dass er unser Gespräch nicht vergessen soll."

Seltsam. Aber sie würde es ihm ausrichten.

Als Ann nach draußen kam, hörte sie, wie die Sau Lucy unglücklich in ihrem Pferch grunzte. Beim Frühstück hatte der Doktor gesagt, dass er die Schweine heute lieber im Stall lassen wollte, weil neuer Schnee in der Luft lag. Ann rief das Schwein leise, aber diesmal kam die Sau nicht wie sonst zu ihr, um an ihrer Hand zu schnüffeln. Die Ferkel quiekten und rannten hin und her. Lucy grunzte wieder und schaute in den grauen Himmel. Anscheinend machte das Wetter sie unruhig.

Will stand an der Pumpe hinter dem Haus der Goods und füllte einen Wassereimer. Als er Ann sah, wirkte er überrascht.

„Entschuldigung", sagte sie. Er hörte mit dem Pumpen auf und starrte sie schweigend an. Langsam ging sie auf ihn zu und hielt ihm den Brief hin. „Dieser Brief ist von meinem Vater. Er hätte gern, dass Sie den Brief in dem Kuvert zu der angegebenen Adresse bringen. Wir reisen morgen ab."

Erschrocken starrte er sie einen Moment an. Dann senkte er den Kopf, damit sie es nicht sah. Doch sie verstand ihn.

„Ich würde alles für Mr Miller tun", sagte er leise und nahm den Brief an sich. „Sie reisen ab?"

„Ja." Sie wusste nicht, was sie noch weiter sagen sollte. „Mein Vater lässt Ihnen noch ausrichten, dass Sie nicht vergessen sollen, worüber er mit Ihnen gesprochen hat."

„Sagen Sie Ihrem Vater, dass ich ihm sehr dankbar bin. Für alles."

„Das werde ich", erwiderte sie leise. Sie machte auf dem Absatz kehrt und rannte fast zurück zum Haus.

Vielleicht überlebte Will seine Lehrzeit nicht oder nur schwer verletzt – Meister Good konnte ihm alles antun, so wie Johns und Claras Herr sie auch verstümmelt hatte. Wenn sein Meister ihn weiterhin so heftig auf den Kopf schlug, würde Will vielleicht irgendwann seinen Verstand verlieren. Wie konnte sie ihn nur so seinem Schicksal überlassen? Bisher hatte sie nichts getan, um ihm wirklich zu helfen. Die Tränen traten ihr in die Augen, aber sie hielt das Gesicht in den Wind, um sie zu trocknen. Wenn sie ihm nicht helfen konnte, musste sie ihn vergessen, sonst würde sie verzweifeln. Wahrscheinlich würde sie ihn sowieso nie wiedersehen.

Kapitel 18

Lucy war wieder durch den Zaun geflüchtet. Will beobachtete, wie sie am Rande der Bäume herumschnüffelte, die ungefähr zwanzig Meter hinter der Scheune standen. Dieser Teil des Waldes gehörte Meister Good. Der Meister würde außer sich sein vor Wut – jedes Mal, wenn die Schweine ausbrachen, wurde es ein bisschen schlimmer.

„Tom, lass uns Lucy zurück zu ihrem Gehege bringen." Will ließ sein Holzscheit auf den Holzhaufen fallen.

Tom legte seine Axt auf den alten Holzklotz. „Es wird schwer werden, die Ferkel zu erwischen, ohne dass es der Meister hört. Sie machen immer so einen Lärm."

Die Ferkel liefen hinter ihrer Mutter her. In der Morgendämmerung sahen sie aus wie kleine schwarze Schatten. „Wir müssen es versuchen. Es ist besser, wenn der Meister sie gar nicht erst sieht. Vielleicht ist er noch nicht wach."

„In Ordnung." Tom lief zu dem Ferkel, das ihm am nächsten war. Doch es rannte zu seiner Mutter, die immer noch an den Bäumen schnüffelte.

Die Hintertür flog mit einem Krachen auf. Als er Meister Good in der offenen Tür erkannte, blieb Will wie angewurzelt stehen. Tom lief schnell zurück zu dem Holzhaufen und hob die Axt auf. Auch Will gab sich einen Ruck und fing wieder mit dem Holzhacken an, als hätte er die Schweine gar nicht bemerkt. Der Wutausbruch des Meisters würde noch schlimmer ausfallen, wenn er behaupten könnte, dass die Schweine seine Lehrlinge von ihrer Arbeit abhielten.

Der Meister rannte durch den Hof, aber nicht zu ihnen. Stattdessen lief er an der Scheune vorbei und auf die Bäume zu. Er trug etwas in der Hand, das Will und Tom in der Dämmerung nicht erkennen konnten. Will hielt den Kopf gesenkt, während er sich einen neuen Holzklotz nahm, um ihn zu spalten. Jetzt stürmte der Meister ganz nah an ihnen vorbei. Will warf einen verstohlenen Blick in seine Richtung und sah, dass er seine Lehrlinge so wütend anstarrte, als wollte er sie für immer zum Schweigen bringen.

Erschrocken schnappte Will nach Luft. Der Meister hatte eine

Pistole in der Hand. Tom hatte sie auch gesehen – mit kreidebleichem Gesicht und weit aufgerissenen Augen schaute er Will an.

Wie versteinert starrte Will seinen Meister an. Meister Goods Augen hatten einen seltsamen Glanz, der in der Morgendämmerung gespenstisch schimmerte. Er presste seine Lippen zusammen, als könnte er dadurch seine Wut unter Kontrolle halten. Mittlerweile war Lucy zwischen den Bäumen verschwunden. Meister Good drehte sich um und folgte ihr mit schnellen Schritten, bis seine Umrisse mit den Schatten der Bäume verschmolzen.

Will ließ die Axt fallen und lief auf das Haus des Arztes zu. Wenn Dr. Loftin Meister Good in den Wald hinterherrannte, würde es der Meister nicht wagen …

Ein Pistolenschuss zerriss die morgendliche Ruhe. Danach war wieder alles still.

Will stolperte und blieb stehen. Was jetzt?

„Psst!" Tom winkte ihn zurück zum Holzhaufen. „Bleib hier. Du darfst dich da nicht hineinziehen lassen."

Widerwillig kehrte Will um. „Aber wenn ich den Doktor jetzt hole, gilt er immer noch als Zeuge."

„Das ändert doch nichts. Wenn der Meister noch einen Funken Verstand hat, verlässt er den Wald auf der anderen Seite. Dann gibt es nichts mehr zu bezeugen."

„Ich muss sehen, was er getan hat."

„Du weißt, was er getan hat. Und wenn er immer noch da drin ist, was machst du dann?"

„Das ist mir egal." Will schob sich an Tom vorbei und rannte in Richtung Wald. Zwischen den Bäumen lief er langsamer und schaute sich nach irgendeinem Lebenszeichen um. Da. Ein paar kleine Schatten bewegten sich in der Nähe eines kleinen Busches. Die Ferkel.

Vorsichtig bahnte er sich einen Weg durch gefallene Äste und gefrorenes Laub. Sein Herz klopfte bis zum Hals. Die Sonne ging langsam auf und tauchte die Umgebung in ein fahles, graues Licht. Er konnte den Meister nirgendwo entdecken. Vielleicht hatte Tom recht und er war wirklich in die andere Richtung verschwunden. Dort kam man auf eine Straße, die weit entfernt von dem Haus des Doktors vorbeilief.

Ein Ferkel rannte vor ihm her. Will folgte ihm um den Busch herum und blieb wie angewurzelt stehen.

Lucys regungsloser Körper lag ausgestreckt auf dem harten Boden. Sie gab kein Lebenszeichen mehr von sich. Zwei der Ferkel schnüffelten an ihrem Bauch. Eins von ihnen wimmerte leise, wie er es noch nie bei einem Schwein gehört hatte.

Er kniete sich neben Lucy. „Habt keine Angst", sagte er zu den Ferkeln, die schnell zur Seite sprangen. „Ich tue euch nichts." Langsam streckte er die Hand aus, damit die Ferkel an seinen Fingern saugen konnten. Misstrauisch roch ein Ferkel an seinen Fingern und drängte sich dann dicht an seine Mutter.

Lucys kleine, glänzende Augen blickten starr und dumpf ins Nichts – wie schwarze Murmeln. Ein paar Tropfen Blut sickerten aus dem Loch auf ihrer Stirn. Anscheinend hatte Meister Good sie gerufen und dann aus kürzester Entfernung erschossen.

Sanft strich Will über ihren Kopf und Rücken. Ihm wurde das Herz schwer. Was für eine sinnlose Tat – was für ein sinnloser Tod. Lucy war ihren Ferkeln immer eine gute Mutter gewesen. Er strich mit der Hand über ihren Bauch, als könnte er sie trösten. Die Ferkel wimmerten immer noch neben ihr und stießen ihr mit den Rüsseln gegen den Hals, um sie wieder aufzuwecken.

Mit seinen klammen Händen wischte er sich die Tränen aus den Augen und stand auf.

Als er wieder aus dem Wald trat, spaltete Tom immer noch Holz.

„Er hat sie umgebracht", sagte Will. Sein Herz klopfte immer noch wie wild und das Blut sauste ihm in den Ohren. Er nahm sich seine Axt und ließ seine Wut an einem Stück Holz aus. Die Splitter stoben in alle Richtungen und zerkratzten seine kalten Wangen. Doch er schlug nur noch fester zu.

„Wo ist er?"

„Weg. Wahrscheinlich ist er in die andere Richtung gelaufen, wie du gesagt hast."

„Er weiß, dass wir ihn gesehen haben. Was wird er wohl jetzt mit uns machen?" Tom hob seine Axt und legte sich ein Holzscheit zurecht.

Eine Bewegung an der Hintertür von Dr. Loftin erregte Wills Aufmerksamkeit. Der Arzt selbst kam durch seinen Garten auf die beiden Lehrlinge zu. Ohne ein Wort öffnete er das Tor zwischen den beiden Grundstücken und ging hindurch.

„Ist bei euch alles in Ordnung?“, rief Dr. Loftin, als er nur noch ein paar Meter entfernt war. „Ich habe einen Schuss gehört.“ Einen Augenblick später stand er neben ihnen. Seine weißen Haare waren noch ungekämmt, als wäre er gerade erst aufgestanden. Besorgt schaute er die beiden an.

Will stellte seine Axt auf dem Boden ab und wandte sich unsicher an Tom. Doch der würde ihm keine Hilfe sein, denn Toms Mund stand halb offen. Er würde nicht reden. Schließlich blickte Will in die freundlichen grünen Augen des Arztes und sagte leise: „Es ist Lucy.“

„Wo ist sie?“ Der Arzt drehte sich langsam um und blickte im Hof hin und her, als müsste Lucy jeden Moment irgendwo auftauchen. „Was ist geschehen?“

Wills Gedanken überschlugen sich. Was sollte er dem Doktor sagen? Wie sollte er ihm die Wahrheit beibringen? „Sie ist da drin.“ Er deutete auf die Bäume. „Sehen Sie da ... wo das Ferkel herauskommt? Ungefähr dreißig Schritte weiter zwischen den Bäumen.“ Doch der Arzt schaute ihn nur verwirrt an. Schließlich legte Will seine Axt hin und ging auf die Bäume zu. „Ich zeige es Ihnen.“

Das Schweigen zwischen ihnen wurde immer unerträglicher, als sie den Wald betraten. Als sie zu dem Busch kamen und die aufgeregten Ferkel sahen, blieb Will stehen. „Hinter dem Busch da“, sagte er.

Er wollte die Reaktion des Arztes nicht sehen, deshalb machte er auf dem Absatz kehrt und ging zu seiner Arbeit zurück. Trotzdem hörte er den unterdrückten Aufschrei des Arztes. Seine Kehle schnürte sich zu. Schnell rannte er zurück zu dem Holzhaufen und stürzte sich in die Arbeit. Aus den Augenwinkeln sah er, dass Tom ihn ängstlich beobachtete. Immer, wenn die Splitter durch die Luft flogen, duckte sich sein Freund. Doch er blieb, wo er war. Will ignorierte ihn.

Nach ein paar Minuten kam der Arzt mit hängenden Schultern und gesenktem Kopf aus dem Wald. Mit schleppenden Schritten kam er auf sie zu. Seine Augen waren feucht.

„Junger Mann, hier geht es um eine sehr ernste Sache", sagte er. „Ist dein Meister zu Hause?"

Will schüttelte den Kopf.

„Ich nehme an, dass du weißt, wer Lucy erschossen hat." Die Stimme des Doktors zitterte. Doch Will wusste nicht, ob er ärgerlich oder erschüttert war. Dann wurde seine Stimme fester. „Das war eine niederträchtige Tat. Und ich bin mir ziemlich sicher, dass keiner von euch beiden dafür verantwortlich ist. Aber ich muss euch bitten, etwas für mich zu tun. Ich brauche euch als Zeugen vor dem Richter."

Tom wurde kreidebleich. Will war sich sicher, dass es ihm genauso ging. Die Angst lief ihm wie ein eiskalter Schauer den Rücken hinunter.

Der Doktor schaute Will lange an. „Sag jetzt noch nichts. Denke an die Konsequenzen, bevor du dich entscheidest. Du weißt besser als ich, was auf dich zukommen könnte. Ich möchte nicht daran schuld sein, wenn du leiden musst." Ein Muskel zuckte in seinem Unterkiefer, bevor er fortfuhr: „Aber ich will dem Bösen auch nicht freien Lauf lassen. Jemand muss das Unrecht beim Namen nennen. Irgendwann muss es jemand tun, sonst hört es nie auf." Er räusperte sich. „Denkt darüber nach. Denkt beide darüber nach. Die Entscheidung liegt bei euch."

Vor Wills Augen tauchte das Bild von John Simon auf. Sein ruhiges, entschlossenes Gesicht mit dem schrecklichen Brandzeichen auf der Stirn. „Ich bin bereit, für Sie als Zeuge auszusagen, Sir", sagte er.

„Nimm dir erst etwas Zeit zum Nachdenken, Will."

„Ich werde es tun. Ich brauche nicht mehr Zeit."

Der Doktor fuhr sich mit der Hand durch seine struppigen Haare und seufzte. „Ich stehe tief in deiner Schuld, junger Mann. Vielleicht macht mir die ganze Sache mehr aus, als sie sollte, aber ..." Er brach ab. Dann ging er mit hängenden Schultern an ihnen vorbei auf sein Haus zu.

Die beiden Lehrlinge hackten weiter Brennholz, bis die Schubkarre voll war. Tom sagte die ganze Zeit über kein Wort mehr und schien tief in Gedanken versunken. Das war Will gerade recht, denn ihm war auch nicht nach Reden zumute.

Als es abends dunkel wurde, war Meister Good immer noch nicht nach Hause gekommen. Mrs Good hatte schlechte Laune und warf Tom und Will nach ihrem kargen Abendessen aus der Küche. Sie machten sich auf den Weg zur Scheune, weil es zu kalt war, um noch draußen zu bleiben. In der Sattlerwerkstatt angekommen, fegte Will das Stroh aus allen Ecken zu einem Haufen zusammen. Jeden Abend häuften sie das Stroh so in der Nähe des Kohlenofens auf, um darauf zu schlafen. Rücken an Rücken legten sie sich unter ihre Decken, um sich bei den eisigen Temperaturen gegenseitig zu wärmen.

„Will, wirst du wirklich gegen den Meister aussagen?" Toms Stimme war nur ein leises Flüstern, doch seine Worte rauschten durch Will wie eine Flutwelle. Alles um sie herum war dunkel und still.

„Ja. Mir reicht es. Er schlägt uns sowieso die ganze Zeit. Was kann er mir sonst noch tun?"

„Dich umbringen." Tom klang unglücklich.

„Ich glaube nicht, dass er das macht. Und außerdem bedeutet mir mein Leben nicht sehr viel."

„Aber mir."

„Mein Leben ist wertlos, wenn ich nicht anständig und ehrlich sein kann." Will hörte ein Rascheln im Stroh, als Tom sich hinter ihm bewegte. Er drehte den Kopf und sah, dass Tom sich hingesetzt hatte und ihn anschaute.

„Aber du musst doch nur noch ein Jahr hier aushalten. Kannst du das nicht einfach abwarten?"

„Ich kann nicht warten."

Tom beugte sich vor und flüsterte gepresst: „Ich glaube nicht, dass ich das schaffe. Ich kann nicht gegen ihn aussagen. Ich kann es einfach nicht."

Will stützte sich auf einen Ellenbogen. „Das musst du selber wissen. Ich kann das nicht für dich entscheiden."

„Ich würde gerne gegen ihn aussagen. Aber ich habe Angst. Wenn er dasteht und mich beobachtet, dann bringe ich kein Wort mehr heraus. Ich bin einfach nicht mutig genug."

Enttäuscht legte Will sich wieder ins Stroh. Er hatte auch Angst.

„Ich möchte nicht mehr darüber reden. Ich weiß nur, dass ich den Richter nicht anlügen werde. Und auf keinen Fall nur deshalb, damit der Meister sein Gesicht wahren kann ... oder damit er das Schwein nicht bezahlen muss."

„Es tut mir leid, Will. Ich werde alles versuchen."

Will schwieg und wünschte sich, Mr Miller wäre noch hier. Der Sattler würde sich sicher über Wills Entscheidung freuen. *Aber Mr Miller und seine Tochter sind abgereist.* Er starrte in die Dunkelheit. Das Stroh stach ihn durch seine Kleider und er fror. Obwohl sie ihre beiden Decken jede Nacht übereinanderlegten, waren sie immer noch viel zu dünn. *Ich muss allein vor dem Richter aussagen.*

Er hatte immer noch Tom. Doch letztlich erging es den beiden immer ähnlich. Mr Miller war anders. Hinter seiner ruhigen, gewöhnlichen Haltung leuchtete etwas auf, das Will nicht kannte – es war wie aus einer anderen Welt. Will hatte es in seinen Augen gesehen und in seinen Worten gespürt. Vielleicht kam das von Gott. Vielleicht würde er es auch bekommen, wenn er Gott um Hilfe bat. Er stellte sich vor, wie eine Wolke im Gerichtssaal auf ihn herabschwebte und ihn vor dem Meister beschützte.

Und er zog vor ihnen her, am Tag in einer Wolkensäule ... In der Erinnerung hörte er die Stimme seines Vaters. Will sah seine Brüder und Schwestern neben dem Feuer zu Füßen seines Vaters sitzen. Die Seiten der Bibel glänzten im Schein des Feuers.

Schon lange hatte er nicht mehr so viel an seine Familie gedacht. Es tat immer noch so weh – doch während er ihre Gesichter vor seinem inneren Auge betrachtete, leuchtete ein kleines Licht in seinem Herzen immer heller. Der Schein dieses Lichts breitete sich in ihm aus und erhellte Bereiche in seiner Seele, die er schon lange vergessen hatte. Er erinnerte sich, wie seine Mutter mit seinem kleinen Bruder auf dem Arm durch die Felder auf ihn zugelaufen war. Johnny hatte seine Arme um ihren Hals geschlungen. Mit seiner hohen Kinderstimme hatte er Wills Namen gerufen und ihn angestrahlt. *Ich werde Johnny wieder schreiben, wenn der Doktor mir Papier und Tinte gibt.*

Aber was sollte er seinem Bruder erzählen? Dass er immer noch an diesen Tyrannen gebunden war? Dass er ein unschuldiges junges Mädchen entehrt hatte? Die Finsternis erstickte jedes Licht in ihm mit ihrem kalten, schwarzen Rauch. Er biss die Zähne zusammen und kämpfte gegen die Hoffnungslosigkeit.

Ich werde Emmie heiraten, wenn sie mich haben will. Ich heirate sie, sobald meine Lehrzeit vorbei ist.

Der Rauch verzog sich. Doch er lauerte nur auf die nächste Gelegenheit, um ihn wieder zu ersticken. *Du wirst nicht gewinnen,* sagte er zu dem Rauch. *Ich werde sie heiraten und alles wieder in Ordnung bringen.*

Tom seufzte und legte sich wieder neben ihn ins Stroh.

Ohne ihn anzusehen, murmelte Will leise: „Ich werde Emmie heiraten."

„Jetzt gleich?"

„Nein. Wenn ich wieder frei bin."

„Oh."

„Ich werde das wieder in Ordnung bringen, was ich falsch gemacht habe."

Toms einzige Antwort darauf war ein tiefer Atemzug. Er war bereits eingeschlafen.

Der Gedanke an Meister Goods Reaktion auf seine Zeugenaussage war kaum zu ertragen – und doch war Will seltsamerweise ganz ruhig. Als er endlich einschlief, glitt er langsam und sanft in eine riesige Wolke, die auf ihn zu warten schien. Die gleiche, helle Wolke, die er in Mr Millers Augen gesehen hatte – unendlich geduldig und freundlich.

Kapitel 19

In der engen Kutsche konnte er sich nirgendwo verstecken.

„Ihr wisst noch, was ich euch gesagt habe, Jungs", sagte Meister Good.

Wills Handflächen waren nass und kalt. Immer wieder brach ihm der Angstschweiß aus. Heimlich versuchte er, seine schweißnassen Hände an seiner zerschlissenen Hose abzuwischen, ohne dass der Meister es bemerkte.

„Ja, Sir", antwortete Tom.

„Und du?" Der Meister schien Will mit seinem Blick zu durchbohren.

„Ja, Sir", erwiderte Will. Es war besser, jetzt zu lügen als nachher im Gerichtssaal. Der ängstliche Ausdruck auf Toms Gesicht gefiel ihm gar nicht. Das bedeutete, dass er ihm bei seiner Aussage nicht helfen würde. Bei dem Gedanken, dass er es allein mit dem Meister aufnehmen musste, wurde es Will schrecklich übel. Die Kutsche fühlte sich immer enger an und drohte ihn zu erdrücken.

Das Rattern der Wagenräder wurde langsamer und hörte schließlich auf. Sie waren vor dem Gericht angekommen. Meister Good öffnete die Tür und sprang auf die Straße. Tom folgte ihm mit offensichtlichem Widerwillen und Will verließ die Kutsche als Letzter.

Vor ihnen stand ein großes, quadratisches Backsteinhaus, das aussah wie viele andere Gebäude aus der Gründerzeit der Stadt. Will ging zusammen mit Tom durch die weiße Doppeltür in den Gerichtssaal. Auf der gegenüberliegenden Seite des Saals stand auf einem kleinen Podest ein riesiger Schreibtisch aus Mahagoniholz. Vor der weißen Wand wirkte der dunkle Schreibtisch wie ein Turm, auf dem der Richter mit seiner weißen Perücke thronte und wartete. Er beugte sich über das glänzende Holz und flüsterte dem Gerichtsdiener neben sich etwas zu.

Einige andere Personen saßen auf Stühlen vor dem Podest. Manche von ihnen unterhielten sich, andere saßen allein und warteten darauf, dass ihr Fall verhandelt wurde.

Meister Good führte Tom und Will zu einigen leeren Stühlen an der Wand. Die beiden Lehrlinge mussten sich an die Wand setzen, während Meister Good seinen Stuhl direkt vor sie stellte, als wollte er verhindern, dass sie wegrennen.

Kurz darauf ging die Tür wieder auf und Dr. Loftin betrat den Saal. Er war makellos gekleidet, ohne auch nur eine Falte in seinem Mantel oder ein Staubkorn an seinem Hut. Als der Arzt ihn ansah, bemerkte Will allerdings seinen sorgenvollen Blick und die Anspannung auf seinem Gesicht.

Ich werde nicht lügen. Doch allein die Gegenwart von Meister Good so dicht neben sich drehte ihm den Magen um. Es würde sehr schwer werden, trotz seines rebellierenden Magens und seines trockenen Mundes überhaupt ein Wort herauszubekommen.

Die Minuten verstrichen und Wills Übelkeit wurde immer schlimmer. Der Richter verhandelte mit zwei Männern und fällte dann sein Urteil.

„Dr. Loftin und Meister Jacob Good", rief der Gerichtsdiener laut und vernehmlich.

Die beiden Männer erhoben sich und gingen zu der freien Fläche direkt vor dem Schreibtisch.

„Wer von Ihnen erhebt die Anklage?" Müde hob der Richter den Kopf, um sich die Männer genauer anzusehen.

„Das bin ich, Euer Ehren", sagte der Doktor, der seinen Hut immer noch in der Hand hielt.

„Und was ist der Grund der Anklage?"

„Dieser Mann, Jacob Good, hat eine wertvolle Zuchtsau erschossen, die mir gehörte."

„Können Sie die Tat bezeugen?"

„Nein, Euer Ehren. Aber diese beiden Männer dort können sie bezeugen. Und ich habe die Tatwaffe nur wenige Meter von Lu... – dem Schwein gefunden. Sie gehört Jacob Good. Mit Ihrer Erlaubnis werde ich sie dem Gerichtsdiener aushändigen." Als der Richter nickte, ging der Arzt zurück zu seinem Platz, wo seine Tasche stand. Er holte die schwarze Pistole heraus und übergab sie dem Gerichtsdiener. Der hielt sie vorsichtig zwischen den Fingern und legte sie auf die linke Seite des Schreibtischs vor den Richter.

„Ist das Ihre Pistole?", wandte sich der Richter an Meister Good.

„Ja, Euer Ehren. Aber ich muss Ihnen erklären …"

Doch der Richter klopfte mit dem Hammer auf den Tisch und schnitt ihm einfach das Wort ab. „Du, junger Mann." Er deutete auf Tom. „Komm her. Wie heißt du?"

Schwankend stand Tom auf, ging auf den Schreibtisch zu und stellte sich mit einigem Abstand neben seinen Herrn. „Tom Reece, Euer Ehren." Er wirkte sehr zerbrechlich und jung, als er mit leicht erhobenem Kopf und wirren Haaren vor dem Richter stand.

„Und du kannst die Tat bezeugen?"

„Nicht wirklich, Sir."

„Rede nicht um den heißen Brei herum! Erklär mir, was du damit meinst."

„Nun – also – die Sau ist in den Wald gelaufen und dann – habe ich einen Schuss gehört."

Der Richter runzelte die Stirn. „Und hast du jemanden im Wald gesehen?"

„Erzähl ihm, was du mir auch gesagt hast, mein Junge", mischte sich Meister Good ein. „Hast du nicht gesehen, wie mein anderer Lehrling, Will Hanby, in den Wald gegangen ist?"

Diese Worte durchzuckten Will wie ein Schlag. Er spürte, wie ihm das Blut in den Adern gefror. Er konnte nichts machen. Reglos saß er da und starrte auf Tom und Meister Good.

Tom schwieg. Will konnte sein Gesicht nicht sehen.

„Nun? Sprich, Junge!" Unter seiner weißen Perücke stieg dem Richter das Blut ins Gesicht.

„Ja, Euer Ehren. Will ist hinter dem Schwein her in den Wald gegangen." Will konnte kaum ein weiteres Wort verstehen. In seinen Ohren rauschte es und er fühlte sich wie in einem schrecklichen Traum, aus dem es kein Entrinnen gab. Das konnte einfach nicht wahr sein. Will hatte erwartet, dass Tom schwieg. Niemals hätte er geglaubt, dass er ihn verraten und damit einen Meineid leisten würde. Doch Tom erzählte dem Richter tatsächlich, dass er glaubte, dass Will erst die Pistole des Meisters gestohlen und dann das Schwein erschossen hatte.

„Und du? Ich nehme an, dass du dieser besagte Will Hanby bist. Was hast du zu deiner Verteidigung zu sagen?"

Erschrocken bemerkte Will, dass der Richter mit ihm redete.

Doch seine Zunge war so unbeweglich wie der Rest seines Körpers. Er schaute nach links und sah, wie der Arzt ihn ungläubig anstarrte. Glaubte er Toms Geschichte und zweifelte an Wills Ehrlichkeit?

Wenn ich mich verteidige, werden sie mir sowieso nicht glauben. Und selbst wenn sie das täten – wenn Dr. Loftin mich unterstützt –, würde Tom wegen Meineids ins Gefängnis gehen.

„Antworte mir, junger Mann! Streitest du die Tat ab?"

Will konnte nicht sprechen. Obwohl der Schock ihn immer noch überwältigte, überkam ihn trotzdem Mitleid für Tom, der unglücklich und traurig neben seinem Herrn stand. *Du hast mich vor diesen Männern verraten, aber ich werde das nicht mit dir tun, mein Bruder.*

Der Doktor flüsterte Will von seinem Platz aus zu: „Sag etwas, wenn du unschuldig bist!" Er schaute ihn eindringlich an.

„Sehen Sie, Euer Ehren. Will streitet die Tat nicht ab." Hinter der gespielten Zerknirschung in Meister Goods Stimme konnte Will den leisen Triumph hören.

„Es ist Ihnen bewusst, Meister Good, dass Sie für die Taten Ihres Lehrlings verantwortlich sind."

„Ja, Euer Ehren."

„Das heißt auch, dass Sie Dr. Loftin eine Entschädigung für den Verlust seines Schweins zahlen müssen. Wie viel ist so eine Zuchtsau wert, Doktor?"

„Mindestens fünfzig Dollar, Euer Ehren." Völlig erstaunt blickte Dr. Loftin zwischen Will und seinem Herrn hin und her.

„Werden Sie diese Summe zahlen, Meister Good?"

„Ja, Euer Ehren. Und ich glaube, dass das Gesetz mir erlaubt, diese Summe auf die Lehrzeit des Lehrlings aufzuschlagen. Es wird zwei weitere Lehrjahre dauern, bis er diese Summe abgearbeitet hat."

„Zwei Jahre? Wäre es nicht eher nur ein Jahr?"

„Nicht, wenn man die Kosten für Essen und Unterbringung mitbedenkt, Euer Ehren. Außerdem ist seine Arbeit immer noch von sehr geringer Qualität."

„In Ordnung. Aber dann müssen neue Papiere aufgesetzt werden."

„Ich habe Sie bereits bei mir, Euer Ehren."

Er hat alles vorher geplant. Die Papiere sind schon aufgesetzt. Er hat die Pistole absichtlich im Wald zurückgelassen und Tom hinterher mit allen erdenklichen Drohungen eingeschüchtert. Doch Will konnte einfach nicht glauben, dass Meister Good Lucy nur erschossen hatte, um ihn für weitere zwei Jahre an sich zu binden. Nein, er hatte das Schwein nur aus Neid und Wut erschossen. Wahrscheinlich hatte er sich erst hinterher überlegt, wie er die ganze Sache zu seinem Vorteil nutzen konnte.

Meister Good trat an den Schreibtisch und übergab dem Gerichtsdiener ein Blatt Papier. Der Richter nahm es an sich, überflog es und legte es vor sich hin. Schnell tauchte er die Feder in die Tinte und einen Augenblick später war alles geregelt.

Aber offensichtlich war Meister Good noch nicht fertig.

„Nun, Euer Ehren. Ich denke, es ist meine nachbarschaftliche Pflicht, das mein Lehrling seine Tat auch vor dem Doktor zugibt und sich dann bei ihm dafür entschuldigt."

Will erstarrte wieder. *Das werde ich nicht tun.* Es war auch schon so unerträglich genug. Er würde seiner Sündenliste keinen Meineid hinzufügen.

Meister Good kam langsam auf ihn zu, bis er so dicht neben Will stand, dass er seinen heißen Atem auf seiner Wange spürte. „Komm schon, Junge! Du weißt, was du zu tun hast. Entschuldige dich bei dem Doktor für deine Tat. Du hast ihm viel Leid zugefügt und ihn genug Zeit gekostet." Obwohl die Stimme des Meisters immer noch schmeichelnd klang, sah Will den Hass in seinen kalten Augen auflodern. Wenn Will nicht nachgab, würde er es hinterher bereuen.

Ich werde es nicht tun. Trotzig starrte er in die Augen seines Herrn. Nach einem langen Moment wandte sich Meister Good um. „Sehen Sie, mit was ich mich tagtäglich herumschlagen muss, Euer Ehren?"

„Ein aufsässiger Lehrling ist wirklich eine schwere Bürde." Der Richter wirkte gelangweilt und schaute Meister Good nicht einmal an. „Sie müssen ihn zur Raison bringen."

„Ich werde mein Bestes geben, Euer Ehren. Das versichere ich Ihnen."

„Geben Sie dem Gerichtsdiener das Geld. Er wird es zählen und dem Doktor aushändigen. Dann verschwinden Sie. Die anderen Kläger warten schon."

Will beobachtete, wie der Hals und die Ohren seines Herrn langsam rot wurden, als er dem Gerichtsdiener das Geld in die Hand zählte. Und er wusste schon jetzt, an wem er diese Wut auslassen würde.

Beim Verlassen des Gerichtssaals wich Tom Wills Blick aus. Mit gesenktem Kopf stolperte er die Stufen hinunter und ging zur Kutsche.

Doch ganz egal, was jetzt mit ihm geschah: An Toms Stelle wollte Will jetzt nicht an Toms Stelle sein.

Auf der Heimfahrt schwiegen alle drei. Meister Good versteckte sein Gesicht hinter einer Zeitung. Tom lehnte seinen Kopf gegen das Seitenpolster und tat, als schliefe er. Doch sein Kopf bewegte sich so verdächtig, dass er Will wahrscheinlich nur nicht ansehen wollte.

Viel zu schnell erreichten sie das Haus der Goods.

„Tom, geh und erledige alles, was heute Morgen liegen geblieben ist."

Tom verschwand in Richtung Haus.

„Du kommst mit mir", sagte der Meister zu Will.

Will gehorchte und ging hinter ihm her zur Scheune. Seine Muskeln zuckten und seine Gedanken überschlugen sich. *Er wird mich schlagen. Soll ich mich verteidigen? Was habe ich schon zu verlieren?* Sein Atem ging stockend, obwohl er verzweifelt versuchte, ruhig und gelassen zu wirken. *Sobald er mich schlägt, werde ich kämpfen.*

„Setz dich", sagte der Meister und deutete auf die Sitzbank. Widerwillig ließ er sich auf der Bank nieder. Der Meister drehte ihm den Rücken zu und ging zu dem Tisch, auf dem sein Werkzeug lag. Überrascht sah Will, dass er die verstaubte Bibel nahm. Seit dem Beginn seiner Lehrzeit hatte Will den Meister noch nie mit der Bibel in der Hand gesehen. Der Meister blätterte durch das Neue Testament, fand die gesuchte Seite und hielt Will die Bibel hin.

Was soll das? Der Meister zitierte nie aus der Bibel. Er sprach auch nie über Gott. Will schaute auf den Text.

„Lies aus dem sechsten Kapitel, ab Vers fünf." Es war ungewohnt, nach einem Vers in der Bibel zu suchen. Das hatte Will seit seiner Zeit auf der Farm nicht mehr getan. Doch schließlich fand er die Stelle. Er las laut, aber schon nach wenigen Augenblicken drohten die Worte ihm im Hals stecken zu bleiben. „Ihr Sklaven, seid gehorsam euren irdischen Herren mit Furcht und Zittern ...“

Ein heftiger Schlag traf ihn am Hinterkopf, sodass er nach vorne von der Bank fiel. Seine Stirn prallte auf dem harten Boden auf. Alles drehte sich. Ein dumpfer Schlag in den Bauch – der Schmerz raubte ihm den Atem. Dann ein seltsamer Schlag auf den Rücken. Und noch einer. Und noch einer. Unter den konstanten Schlägen schien sein Körper zu zerbrechen. Jetzt spürte er den Schmerz ununterbrochen, immer wieder verlor er das Bewusstsein. Dann hielt sein Herr inne und zerrte an seinem Arm – Meister Good zog ihm sein Hemd aus. Stechende, schneidende Schmerzen auf dem Rücken – die Peitsche. Es hörte überhaupt nicht mehr auf. Zwischendurch meinte Will eine warme Flüssigkeit zwischen seinen Beinen zu spüren. Er hatte seine Blase nicht mehr unter Kontrolle – der Meister lachte leise. Dann spürte er die Tritte im Bauch, in den Rücken und gegen seine Beine. Er versuchte Luft zu holen, aber es gelang ihm nicht. Die Schmerzen in seiner Brust und auf seiner Seite waren zu unerträglich. Er erstickte. Seine Augen waren offen – jedenfalls dachte er das –, aber er konnte nichts sehen. *Gott, rette mich!*

Dann verschluckte ihn die Dunkelheit.

Kapitel 20

Wieder stand sie neben dem Wagenrad der Kutsche und beobachtete, wie Allan und Mr Holmes ihre Pistolen aufeinanderrichteten. Sie wollte schreien, aber kein Ton kam aus ihrem Mund. Mr Holmes fiel nach vorn in den tiefen, weißen Schnee. Dann bewegte sich der Schnee unter ihr, obwohl sie ganz still stand. Sie wollte wegrennen, aber ihr Körper gehorchte ihr nicht. Immer schneller rutschte sie auf Mr Holmes zu.

Der Sekundant kniete mit gesenktem Kopf neben Mr Holmes. Als Ann näher kam, schaute er hoch. Sein Gesicht war gespenstisch grün und seine Augen waren leblos wie die einer Leiche. Er sprang auf die Füße und deutete auf sie. „Mörderin!"

„Nein!", wollte sie schreien, aber aus ihrem Mund kam kein Ton. Der Leichenmann grinste.

„Ich werde dir zeigen, was du getan hast", sagte er. Mit seinen ausgezehrten Händen packte er Mr Holmes an der Schulter und drehte ihn auf den Rücken. Das vom Tod verzerrte Gesicht, das sie anstarrte, war nicht das von Mr Holmes, sondern das von Will, dem Lehrling.

Voller Panik wachte Ann auf. Die Bilder waren noch zu lebendig. Es dauerte eine ganze Weile, bis sie wieder ruhig atmen konnte. Kalter Schweiß lief ihr über den Hals und Nacken. Ihr Nachthemd klebte wie ein nasser Lappen an ihrem Körper. Apathisch starrte sie an die Decke ihres Zimmers. *Herr, vergib mir. Ich hätte Pittsburgh noch nicht verlassen dürfen. Vielleicht hätte ich Will helfen können. Bitte erbarme dich über ihn und beschütze ihn vor seinem Meister. Das bete ich in Jesu Namen. Amen.*

Ein Gebet war das Einzige, was ihr nach ihren Alpträumen wenigstens ein bisschen half.

Schließlich stand sie auf, griff nach einem dünnen Tuch, das auf ihrer Truhe lag, und trocknete sich ab. Es war nicht gut, wenn sie fror. Wenn der Schnee im Frühling schmolz und alles feucht war, konnte selbst eine einfache Erkältung schnell zu einem heftigen Fieber werden.

Schnell schlüpfte Ann in ihre Hausschuhe und hüllte sich in ihren Mantel, bevor sie ins Wohnzimmer ging. Dort zündete sie die

Lampe an, die immer auf dem Beistelltisch neben dem Sofa stand. Sie hob die Lampe hoch und ging zum Kamin. Die Uhr auf dem Kaminsims verriet ihr, dass es schon fünf Uhr morgens war. Sie könnte genauso gut einfach aufstehen, statt sich noch einmal für eine halbe Stunde ins Bett zu legen. Seit sie aus Pittsburgh zurückgekommen waren, wachte sie häufig so früh auf.

Sie ging zurück in ihr Zimmer und zog sich an. Zuerst streifte sie ein altes Flanellhemd ihres Vaters über den Kopf. Die Farben waren verblasst, aber es war immer noch dick und warm. Danach zog sie sich die Männerhose an, die sie immer bei den schmutzigsten Arbeiten auf der Farm trug. Sie musste sich die Hose mit einem dünnen Strick zubinden, um sie nicht gleich wieder zu verlieren. Nach zwei Wochen Stall ausmisten und Kühe melken waren die eleganten Einladungen und anregenden Unterhaltungen von Pittsburgh nur noch eine vage Erinnerung. Die Ruhe und Einsamkeit der Farm half ihr, die vielen schrecklichen Ereignisse in der Stadt zu verarbeiten. Doch in der Nacht störte ihr Gewissen immer wieder ihren Schlaf.

Auf dem Weg nach draußen ging Ann am Schlafzimmer ihrer Schwestern vorbei. Die beiden Mädchen schliefen noch tief und fest. Normalerweise war ihr Vater um diese Zeit schon wach und angezogen, um seine Arbeiten auf der Farm zu erledigen. Doch er war bereits kurz nach ihrer Rückkehr weggeritten, um seine Gemeindeglieder zu besuchen. Zwischen seinen Besuchen kam er nur ab und zu für einen Tag nach Hause. Sie war immer unruhig, wenn ihr Vater unterwegs war. Vor ihrer Reise nach Pittsburgh hatten sich ihre Alpträume in dieser Zeit immer um den Tod ihrer Mutter gedreht. Doch jetzt waren diese Träume von dem immer wiederkehrenden Traum von dem Duell und dem Lehrling ersetzt worden.

Harte Arbeit half beim Vergessen – und harte Arbeit gab es mehr als genug auf der Farm. Der Morgen dämmerte bereits, als Ann mit den Ställen fertig war. Sie stapfte zurück zum Haus, um das Frühstück für sich und die Mädchen zu machen. Als sie das Haus betrat, saßen ihre Schwestern bereits vollständig angezogen vor dem Herd und wärmten ihre Hände am Feuer.

„Was machen wir heute?“, fragte Mabel.

„Unsere Arbeiten, du Dummkopf“, antwortete Susan, noch bevor sie Ann gesehen hatte. „Das machen wir doch immer.“

„Sei nett zu ihr, Susan. Zuerst gibt es Frühstück", sagte Ann. „Es ist viel zu kalt, um ohne etwas Warmes im Bauch hinauszugehen." Außerdem freute sie sich darauf, vor dem Feuer zu stehen und zu kochen. Trotz der harten Arbeit in der Scheune war ihr immer noch kalt.

„Und dann?" Mabel ließ nicht locker.

„Dann könnt ihr zwei Butter machen. Ich habe schon gemolken." Ann goss etwas Milch zu dem Mehl in der großen Holzschüssel. Dann mischte sie weitere Zutaten hinein und rührte eine Weile.

Gerade hatte sie etwas Teig in die große Pfanne gegossen, als es an der Tür klopfte. Erschrocken wirbelte sie herum. Dabei ließ sie den Löffel fallen, mit dem sie den Teig gerührt hatte.

„Susan, wasch bitte den Löffel ab. Ich habe schon Wasser geholt. Es ist dort drüben in dem Eimer", sagte sie mit leiser Stimme. Langsam ging Ann zur Tür. „Wer ist da?"

„Eli", kam die Antwort. Es klang etwas dumpf durch die dicke Holztür.

Was um alles in der Welt ...?

Sie warf ihren Schwestern einen Blick zu. Die beiden saßen wie kleine Vögel auf dem Boden und schauten sie mit großen, neugierigen Augen an.

Bisher hatte sie es vermieden, Eli zu begegnen, indem sie auf der Farm geblieben und nicht in die Stadt gegangen war. Ein Teil von ihr wollte ihn gerne wiedersehen, doch die Ereignisse in Pittsburgh hatten sie so durcheinandergebracht, dass sie lieber allein war.

Sie bemühte sich um ein freundliches Gesicht und öffnete die Tür.

Eli wirkte blasser als sonst. Ob das von der Aufregung über ihre Begegnung oder von dem trüben Wetter der letzten Zeit kam, wusste sie nicht. Doch er sah dadurch noch aristokratischer aus. Mit seinen hohen Wangenknochen und blonden Haaren wirkte er wie ein verirrter Engel, der den Weg zurück ins Paradies suchte.

„Guten Morgen." Er lächelte zaghaft.

„Guten Morgen." Warum mussten ihre Schwestern sich ausgerechnet jetzt so dicht an sie drängen? Plötzlich dachte Ann an die Hosen, die sie immer noch trug, und wünschte sich meilenweit weg.

Er bemerkte die Hosen gar nicht oder tat jedenfalls so, als würde er sie nicht sehen. „Ich bin heute Morgen nur hierhergekommen, um zu sehen, ob du wirklich aus Pittsburgh zurück bist. Ich habe dich in der Stadt so lange nicht gesehen, dass ich schon geglaubt habe, du wärst in Pittsburgh geblieben."

„Mein Vater ist nicht zu Hause." Sie wollte, dass er blieb – allein seine Gegenwart schien ihr gutzutun –, doch das gehörte sich nicht.

„Das tut mir leid." Sein Blick schien sie aufzusaugen.

Wie gebannt starrte sie auf seinen Mund und das Blut stieg ihr in den Kopf. Es war schrecklich zu wissen, dass sie unter seinem Blick rot wurde. Ihr Gesicht war immer noch ruhig und gelassen trotz ihrer inneren Unruhe, doch ihre Gesichtsfarbe ließ sich nicht kontrollieren. Eli schien es nicht zu stören.

„Dann mache ich mich wieder auf den Weg", sagte er. „Aber ich wollte dich fragen, ob du morgen mit mir zu den Murdochs reitest. Sie haben alle jungen Leute für den Nachmittag eingeladen. Es soll Popcorn geben und wir wollen zusammen singen. Ich würde dich abholen, gegen drei." Mittlerweile klang seine Stimme so aufgesetzt gelassen, dass sie seine Nervosität doch verriet.

Plötzlich merkte Ann, dass ihre kleinen Schwestern jedes Wort dieser Unterhaltung aufsaugten. Und es roch angebrannt. „Susan, nimm die Pfanne vom Feuer. Nimm das alte Handtuch, sonst verbrennst du dir die Finger. Und Mabel, hol deine Puppe. Sie hat bestimmt auch Hunger."

„Sie hat schon gefrühstückt. Sie schläft." Mabel wollte hier nicht weg. Sie legte den Kopf schief und schaute Ann und Eli erwartungsvoll an.

„Dann weck sie wieder auf." Ann blickte sie scharf an.

Selbst nachdem die Mädchen verschwunden waren, zögerte sie noch.

„Was ist mit Phoebe?" Endlich schaffte sie es, die Worte zu sagen, obwohl sie dabei wieder rot wurde. Doch sie musste wissen, woran sie war, bevor sie ihm eine Antwort gab.

Er senkte den Blick. „Wir haben uns darauf geeinigt, dass wir gute Freunde sind und nicht mehr." Dann sah er sie flehend an. „Bitte komm morgen mit mir."

Jetzt konnte sie ihm nicht länger widerstehen. „In Ordnung. Mein Vater kommt heute im Laufe des Tages zurück. Ich glaube nicht, dass er etwas dagegen hat."

Eli strahlte sie an. „Dann sehen wir uns morgen."

Sie lächelte zurück. „Vielen Dank."

„Ich wünsche dir noch einen schönen Tag." Mit diesen Worten drehte er sich um und ging zurück zu seinem Pferd.

Sie schaute ihm noch lange nach. *Ich mag ihn wirklich sehr gerne. Ich frage mich, was Mama wohl sagen würde.*

Die Sehnsucht nach ihrer Mutter durchzuckte sie wie ein Blitz. Mit einem Ruck schlug sie die Tür zu, als könnte sie auf diese Weise die Leere in ihrem Herzen vertreiben. *Meine Schwestern sind immer noch so jung. Ich weiß nicht, ob ich sie schon allein lassen kann. Aber vielleicht könnte Eli ja hier auf der Farm einziehen.*

Das konnte sie sich nicht vorstellen. Sie war sich sicher, dass Eli als Farmer unglücklich wäre. Solange sie sich erinnern konnte, hatte er immer Arzt werden wollen. Und sie konnte einfach nicht nach Cincinnati ziehen. Das war viel zu weit weg. Ihre Schwestern brauchten sie – nicht nur jetzt, sondern auch in den kommenden Jahren.

Ann seufzte tief und ging zurück zum Herd. Susan hatte die heiße Pfanne auf den Stein gestellt. Das war sehr vernünftig. Jetzt hob Ann die Pfanne hoch und kratzte mit einer Gabel die Überreste des verbrannten Pfannkuchens ab.

Susan stellte sich neben Ann, als diese neuen Teig in die Bratpfanne goss. „Ist Eli dein Verehrer?"

„Das geht dich nichts an."

Mabel sprang durch die Tür in die Küche. Offensichtlich hatte sie sich hinter der Tür versteckt, um nichts zu verpassen. „Prinz Eli und Prinzessin Ann!", sang sie und wedelte mit den Armen.

Susan kicherte.

Ann klatschte den Löffel zurück in die Schüssel, dass es nur so spritzte. Jetzt klebte der Teig auch an ihrer Stirn. Die Mädchen lachten laut. Und obwohl sie sich über die Neugier ihrer Schwestern ärgerte, zuckten Anns Mundwinkel gefährlich. Schließlich gab sie auf und fiel in das Lachen der beiden Mädchen mit ein. Dann wischte sie sich das Gesicht ab.

„Schert euch aus der Küche, bis ich euch rufe“, kommandierte sie. Die Mädchen verschwanden im Flur. Sie hörte, wie sie sich darüber stritten, wer den Prinzen und wer die Prinzessin spielen durfte.

Ann wusste nicht, was sie machen sollte. Wahrscheinlich musste sie es Gott überlassen.

Bei dem Gedanken an Gott fühlte sie sich sofort wieder schuldig und betete erneut, dass es Will in Pittsburgh gut gehen möge. Und dass Gott ihr – und Allan – vergeben möge.

Kapitel 21

Es dauerte drei Tage, bis Will wieder stehen konnte, und länger als eine Woche, bis er mehr als ein paar Schritte schaffte. Wäre Tom nicht gewesen, der sich wie ein Kindermädchen um ihn gekümmert hatte, hätte er die Prügel des Meisters dieses Mal bestimmt nicht überlebt.

Doch Tom sah ihm immer noch nicht direkt in die Augen. In der letzten Woche war Will mehrmals nachts aufgewacht, weil er gehört hatte, wie Tom leise neben ihm schluchzte. Er hatte wahrscheinlich solche Schuldgefühle, dass er sich selbst nicht mehr ausstehen konnte. Unter dem Mitleid, das Will für seinen Freund empfand, brodelte allerdings die Wut über das, was geschehen war. Solange Wills Körper schmerzte, sollte Tom auch leiden müssen.

Er stellte die Mistgabel neben die Box und stützte sich mit den Ellenbogen auf die Holztür. Dann atmete er mehrmals tief durch. Seine Beine waren immer noch wackelig, wenn er zu lange stand. Natürlich hatte er, sobald er wieder stehen konnte, erneut die Arbeit aufnehmen müssen. Tom nahm ihm jedoch immer noch einen Großteil davon ab. Als Will die Mistgabel wieder in die Hand nahm, spürte er abermals den harten Grind der Wunden auf seinem Rücken. Er bewegte sich immer sehr vorsichtig, damit die Wunden nicht wieder aufgingen und bluteten.

Die Scheunentür ging auf. Langsam kam Tom mit einer dampfenden Schüssel in den Händen durch die Tür. Bei dem Geruch von echtem Rindfleisch lief Will das Wasser im Mund zusammen. Seit dem Tag, an dem ihn der Meister so furchtbar verprügelt hatte, schickte Mrs Good Tom immer wieder heimlich mit Essen für Will in die Scheune.

„Sie will, dass ich dir sage, dass es heute zum letzten Mal Fleisch gibt“, murmelte Tom mit hängendem Kopf. „Ab morgen bekommst du wieder Eintopf.“

Natürlich. Sie hatte ihm das Essen nicht aus Mitleid gegeben. Das wusste er nur zu gut. Will musste bald wieder auf die Beine kommen, damit er seine Arbeit erledigen konnte. Schließlich hing das Einkommen der Goods wesentlich von ihren Lehrlingen ab. Tom hatte ihm erzählt, dass Mrs Good sich sogar mit dem Meister gestritten hatte, weil durch die Prügel ihre Einnahmen in Gefahr geraten waren. Der Meister hatte den Streit schließlich mit einem gezielten Schlag beendet.

„Hier", sagte Tom und hielt ihm die Schüssel hin. Sie war bis obenhin voll mit Fleischstücken und Kartoffeln. Will nahm die Schüssel entgegen und setzte sich auf eine alte Kiste in der Ecke. Er hielt Tom nicht davon ab, den Stall weiter auszumisten. Das war Toms Art, sein Gewissen zu beruhigen. Dann sollte er es ruhig auch tun.

Er aß langsam. Die Wärme des Essens tat ihm gut. Er spürte, wie er neue Kraft bekam. Als er ungefähr die Hälfte gegessen hatte, war Tom mit der einen Box fertig und machte sich an die nächste.

„Ich brauche deine Hilfe." Will stellte die Schüssel auf die Kiste und stand auf. Seine Muskeln waren immer noch steif und verkrampft und die Wunden auf seinem Rücken schmerzten bei jeder Bewegung.

„Was?" Mit abgewandtem Gesicht schaufelte Tom weiter schmutziges Stroh auf die Schubkarre.

„Hör zu." Will stellte sich dicht neben Tom. Jetzt endlich blickte Tom ihn kurz an.

Wills Flüstern war kaum zu hören. „Ich werde abhauen."

Mit einem Ruck richtete Tom sich auf und starrte ihn mit offenem Mund an. Dann beugte er sich vor und flüsterte: „Du willst weg? Wann?"

„Heute Nacht. Jetzt habe ich noch etwas Essen, das ich mitnehmen kann."

Er betrachtete die Schüssel auf der Kiste. Es lagen noch zwei etwa handtellergroße Stücke Fleisch darin, die er in der Kälte gut aufbewahren konnte.

„Aber wo willst du hin?"

„Nach Westen." Mehr wollte er Tom nicht erzählen. Tom hatte ihn schon einmal verraten; vielleicht würde er es wieder tun.

„Aber wenn der Meister dich findet, bringt er dich um."

„Er wird mich auch umbringen, wenn ich hierbleibe. Spätestens dann, wenn ich ihm das nächste Mal nicht gehorche."

„Dann gehorche ihm einfach."

Will trat einen Schritt zurück und musterte Tom eine Weile. Die Schuld stand seinem Freund deutlich ins Gesicht geschrieben.

„Du hast recht", murmelte Tom. „Du solltest verschwinden."

„Du musst etwas für mich tun." Will beugte sich wieder vor. „Ich kann Emmie nicht einfach ohne eine Erklärung hierlassen. Könntest du ihr eine Nachricht von mir geben? Sag ihr, dass ich sie holen komme, sobald ich etwas Geld verdient habe."

„Aber wie soll ich ihr das sagen? Wo ist sie?"

„Frag Dr. Loftin nach dem Weg, wenn ich weg bin. Er weiß, wo sie ist. Es ist ein kleines Mietshaus unten bei den Docks. Ganz in der Nähe von dem Haus holen wir immer das Werg."

„Aber wie soll ich hier wegkommen?"

„Dir wird schon etwas einfallen." Will kämpfte gegen seinen aufsteigenden Ärger. „Wahrscheinlich musst du das Werg holen, wenn ich weg bin. Dann ist es ganz einfach. Du wirst sie schon finden."

„In Ordnung." Toms Gesicht verriet seine Angst.

„Wenn ich in Sicherheit bin, kann ich vielleicht sogar schreiben. Ich würde die Briefe an den Doktor adressieren und du könntest sie ihr vorbeibringen. Das bist du mir schuldig."

„Also gut." Tom schob sich seine langen, dunklen Haare mit dem Arm aus dem Gesicht, drehte sich um und griff wieder nach der Mistgabel.

Will drehte ihm den Rücken zu. Er würde ihm ab jetzt auch die kalte Schulter zeigen. Trotzdem tat es weh, dass sein verräterischer Freund ihn so abwies, obwohl sie sich vielleicht nie wiedersehen würden.

Er nahm die Schüssel von der Kiste und trug sie in die andere Ecke, wo ein altes Handtuch an einem Nagel über einer schweren Holzkiste hing. In der Kiste bewahrte Mrs Good den getrockneten Weizen auf. Er schnappte sich das Handtuch und wickelte das Fleisch darin ein. Dann hob er den schweren Deckel der Kiste hoch und legte sein Bündel auf die gelben Körner. Heute Abend würde er es wieder an sich nehmen.

Dann ging er zu Tom zurück, der immer noch wie wild arbeitete. Mittlerweile stand er in der letzten Box. „Ich mache hier weiter." Er streckte die Hand nach der Mistgabel aus.

Tom drückte sie ihm in die Hand, ohne ihn anzusehen. Doch die dreckigen Flecken auf seinem Gesicht verrieten, dass er geweint hatte. Zuerst wollte Will seinen Freund in den Arm nehmen und sich von ihm verabschieden. Es tat ihm leid, ihn allein hier in diesem Elend zurückzulassen. Doch dann blitzte der Ärger wieder in ihm auf und hielt ihn zurück. Schließlich nahm er Tom die Mistgabel ohne ein weiteres Wort aus der Hand. Schweigend nahm Tom die leere Schüssel und verließ die Scheune.

Will war dankbar, dass das Wasser in den Eimern für die Pferde jetzt sogar nachts nicht mehr gefror. Noch letzte Woche hatte sich jede Nacht eine dünne Eisschicht auf dem Wasser gebildet. Wenn der Frost nicht aufgehört hätte, wäre aus seinen Plänen nichts geworden. Eine Nacht unter freiem Himmel hätte er bei Eiseskälte nicht überlebt.

Er schlug die Decke zurück und stand aus dem Stroh auf. Tom drehte sich um. In der Dunkelheit der Werkstatt spürte Will, wie ihn die Augen seines Freundes beobachteten. Leise schlich sich Will zu dem Ort, an dem er die Handschuhe des Arztes versteckt hatte, und zog sie an.

„Nimm meinen Schal mit“, flüsterte Tom.

Will zögerte einen Augenblick, doch dann nahm er den zerschlissenen, dünnen Wollschal dankbar an. Tom konnte ohne ihn überleben – er vielleicht nicht.

Neben ihnen in der Scheune wieherte eines der Pferde leise. Das andere schnaubte als Antwort und stampfte mit den Hufen. Will hielt den Atem an und bewegte sich nicht, bis sie sich endlich beruhigt hatten.

Die Scheunentür lag vom Haus abgewandt, doch die Tür der Werkstatt konnte man vom Haus aus gut sehen. Will musste durch die Scheune – er hatte keine Wahl. Einen Moment blieb er in der offenen Tür zwischen Scheune und Werkstatt stehen und blickte zurück zu seinem Freund. Doch jedes weitere Wort war ein zu großes Risiko, deshalb schlüpfte er ohne jeglichen Abschiedsgruß durch die Tür.

Er holte das Fleisch aus der Holzkiste, stopfte es in seine Tasche und trat an die Scheunentür. Alles war still. Nur der ruhige, regelmäßige Atem der Pferde war zu hören. Vorsichtig öffnete er die Scheunentür einen Spalt. Draußen war es heller, aber nicht viel. Der Mond hing wie ein silbernes Band am Himmel. Nichts bewegte sich. Zwischen ihm und den Bäumen lag eine dunkle, graue Fläche, die er überqueren musste.

Vorsichtig schloss er die Tür hinter sich. Sein Herz schlug ihm bis zum Hals, aber er zwang sich, nicht zu rennen. Er konnte nur schnell gehen. Alles andere hätte er nicht durchgehalten. Mechanisch atmete er ein und wieder aus. Dabei schaute er sich nicht um und hoffte, bald die Bäume zu erreichen, ohne gesehen zu werden. Endlich verschluckte ihn der Schatten der Bäume. Jetzt erst drehte er sich um. Keine Bewegung, kein Licht. Doch sein Herz klopfte immer noch wie wild in seiner Brust.

Er bahnte sich einen Weg durch die Bäume, wich den Büschen aus und versuchte, nicht auf trockene Äste zu treten. Es gab zwar so etwas wie einen Pfad durch den Wald, der bis zur Straße führte, aber in der Dunkelheit war er schwer zu finden. Hinzu kam, dass ihm in der Stille seine Schritte unnatürlich laut erschienen. Er zuckte jedes Mal zusammen, wenn er doch auf einen Ast trat oder einen Busch streifte.

Die Bäume lichteten sich. Er hatte die Straße erreicht. Da draußen auf dem harten Boden konnte er zwar geräuschlos weiterlaufen, aber er konnte auch besser gesehen werden. Aufgeregt beschleunigte er seine Schritte. Jetzt musste er nur noch laufen. Immer weiter, über die Brücke und in die Stadt hinein.

Er kannte nur den einen Weg über die beiden Flüsse und dieser Weg führte mitten durch die Stadt. Wenigstens konnte er sich dort unter die Arbeiter unten am Hafen mischen, von denen immer ein paar die ganze Nacht durch die Straßen von einer Kneipe zur nächsten torkelten. Er wünschte sich, er könnte Emmie noch einmal sehen – sein Weg würde ihn dicht an ihrem Mietshaus vorbeiführen. Aber sein Meister würde Himmel und Hölle in Bewegung setzen, sobald er merkte, dass Will verschwunden war. Spätestens zu diesem Zeitpunkt sollte er die Stadt schon lange hinter sich gelassen haben. Er musste jetzt also so schnell wie möglich weiter.

Als er die Brücke betrat, gefror ihm das Blut in den Adern. Im Licht der beiden Laternen, die den Reisenden den Weg über die Brücke leuchten sollten, sah er einen Mann hoch zu Ross. Die Hufe des Pferdes klangen hohl auf der hölzernen Brücke. Will versuchte, einen zielstrebigen Eindruck zu erwecken, während er weiter über die Brücke eilte.

Der Mann lenkte sein Pferd in Wills Richtung und blieb direkt vor ihm stehen. „Wo willst du denn um diese Zeit noch hin, junger Mann? Du führst bestimmt nichts Gutes im Schilde."

Seine Stimme klang alt und selbst im fahlen Licht auf der Brücke konnte Will seine große Nase erkennen.

„Bitte, Sir, ich soll die Hebamme für meine Herrin holen."

Der Mann wich keinen Schritt zur Seite. „Du bist also nicht auf dem Weg in irgendeine Kneipe oder einen anderen Ort des ... Lasters?"

„Nein, Sir, bestimmt nicht. Mein Herr hat mir aufgetragen, die Hebamme zu holen, und zwar so schnell wie möglich." Seine aufgeregte Stimme schien seine Lüge überzeugend zu machen, denn der Mann trieb sein Pferd an und ritt an Will vorbei. „Dann beeile dich", sagte er über die Schulter.

Wills Schultern waren immer noch angespannt, als er auf der anderen Seite der Brücke den Damm betrat. Jetzt musste er sich einen Weg durch die vielen Menschen suchen, die ihm entgegenkamen. Manche redeten lautstark miteinander, manche torkelten an ihm vorbei und rochen nach Alkohol. Will verlangsamte seine Schritte nicht, obwohl er dadurch zwischen den schlendernden Arbeitern auffiel. Die Ausrede mit der Hebamme hatte ihm einmal geholfen. Er würde sie wieder benutzen, wenn er musste.

Er lief an unzähligen Gebäuden vorbei. Viele von ihnen waren still und dunkel. Die Händler hatten sich für die Nacht in ihre Wohnungen über dem Laden zurückgezogen. Doch hier am Kai war fast jedes vierte oder fünfte Gebäude eine Kaschemme. Immer wieder wich er dem schummrigen Licht der Laternen vor den Wirtshäusern aus und flüchtete sich in den Schatten der dunklen Läden.

Und dann kam er endlich zu der Brücke, die aus der Stadt hinausführte. Sie stellte das letzte Hindernis dar. Gegen den dunklen

Nachthimmel sah Will die Umrisse des Gebäudes, das neben der Brücke über den Monongahela stand. Der Mann, der den Brückenzoll einsammelte, wohnte in einer kleinen Wohnung im oberen Stockwerk des Hauses. Als Will das letzte Mal über diese Brücke gefahren war, hatte die Sonne geschienen und er hatte mit Meister Good in einer Kutsche gesessen. Damals hatte er noch nicht gewusst, was ihn erwartete. Würde der Mann auch um diese Zeit Zoll von ihm verlangen? Würde er merken, dass Will weggelaufen war?

Doch als Will die Brücke betrat, konnte er niemanden in dem kleinen Zollbüro erkennen. Alles war still. Nur die Laternen, die auf beiden Seiten der Brücke standen, bewegten sich im Wind und erleuchteten mit ihrem flackernden Licht den Weg über die Brücke.

Drei Männer kamen aus der Kneipe, vor der Will stand. Sie waren besser gekleidet als die Arbeiter – ältere, gut situierte Männer, die einen geselligen Abend miteinander verbracht hatten. Beim Betrachten der Brücke war Will gedankenverloren in das Licht der Laterne vor der Kneipe geraten. Jetzt konnte er die Männer deutlich erkennen. Alle drei hatten graue Haare. Einer von ihnen war etwas untersetzt, ein anderer trug eine Brille.

Der Mann mit der Brille kam ihm bekannt vor und ihre Blicke trafen sich. In diesem Moment durchzuckte ihn die Erinnerung an diesen Mann wie ein Blitz. Als er diesen Mann das letzte Mal gesehen hatte, hatte er eine weiße, gelockte Perücke auf dem Kopf gehabt. Es war der Richter.

Hastig starrte Will wieder auf den Boden und marschierte stur geradeaus weiter. Panik stieg in ihm auf. Er ging in Richtung Brücke. Als er endlich wieder im Schatten war, atmete er etwas auf. Der Richter hatte ihn offensichtlich nicht erkannt. Das wäre das Ende seiner Flucht gewesen.

Er wagte es nicht, über die Brücke zu rennen, um keinen Verdacht zu erregen. Mittlerweile lag etwa die Hälfte des Weges hinter ihm.

Doch dann hörte er jemanden hinter sich schreien: „Haltet ihn! Das ist ein Ausreißer! Haltet ihn auf!"

Sofort rannte Will los. Seine Schritte donnerten auf dem Holz der Brücke. Die Angst gab seinem müden, erschöpften Körper neue Kraft. Dicht hinter sich hörte er allerdings die Schritte seiner Verfolger. Sie kamen immer näher. Bald würden sie ihn einholen. Er bekam kaum noch Luft. Die Laterne am anderen Ende der Brücke leuchtete ihm den Weg. Wenn er erst einmal diese Laterne erreicht hatte, konnte er sich in den Schatten der Bäume dort flüchten und verschwinden ...

Immer wieder hörte er, wie die Männer hinter ihm fluchten. Sie waren jetzt so dicht hinter ihm, dass er es nicht mehr wagte, sich nach ihnen umzudrehen. Mit letzter Kraft rannte er durch den Lichtkegel und tauchte in die Dunkelheit.

Die Bäume standen hier nicht sehr dicht. Selbst mitten in der Nacht gab es hier wahrscheinlich nicht genügend Unterholz, in dem er sich verstecken konnte. Verzweifelt sah er sich nach einem anderen Weg um. Das Gepolter auf der Brücke wurde immer lauter. Jetzt würden sie ihn jeden Moment fassen.

Er sprang neben der Brücke auf das Flussufer und rutschte mit den Füßen zuerst durch Geröll und Gestrüpp auf den Fluss zu. Die Steine rissen tiefe Wunden in seine Hände. Einen Augenblick später versanken seine Füße in nassem, eiskaltem Schlamm und steckten fest. Mit einem Ruck befreite er sich und kroch in die schwarze Dunkelheit unter der Brücke. Er tastete sich weiter bis zu einem kleinen Vorsprung, dort, wo sich das Flussufer und die Brücke trafen. Er kauerte sich hinter diesen Vorsprung und wartete mit klopfendem Herzen. Direkt über ihm rannten die Männer die letzten Meter. Jeder ihrer Schritte klang wie ein Pistolenschuss in Wills Ohren.

„Wohin jetzt?“, rief einer der Männer ärgerlich.

„Er kann noch nicht weit sein!“, brüllte ein anderer zurück.

„Schau doch einmal hinter dem Haus nach.“ Das war der dritte Mann.

„Du suchst da drüben zwischen den Bäumen!“

Will konnte nicht erkennen, wie viele Männer es mittlerweile waren – vier oder fünf. Sein Atem ging immer noch schnell und er betete, dass es niemandem auffiel. Hoffentlich kam keiner auf den Gedanken, unter der Brücke zu suchen.

Sein Rücken schmerzte mittlerweile nicht weniger als seine aufgeschürften Hände. Wahrscheinlich waren die Wunden von den Peitschenhieben wieder aufgebrochen.

Will kam es vor, als säße er schon seit mehr als einer halben Stunde in seinem Versteck. Endlich hörte er die Stimmen wieder.

„Der rennt wie ein Hase!"

„Ja! Man hätte meinen können, sein schlechtes Gewissen wäre hinter ihm her gewesen!"

Die Männer lachten.

Erschöpft lehnte Will seine Wange gegen den Brückenvorsprung. Ein paar Meter entfernt fiel das Mondlicht auf das abgebrochene, tote Schilf, durch das er gerutscht war. Er betete, dass die Männer es nicht bemerken würden.

„Ist wahrscheinlich sowieso keine große Belohnung auf ihn ausgesetzt."

„Nein. Das war nur ein halbverhungerter Lehrling."

„Und sein Herr ist bestimmt ein Geizhals."

Jemand räusperte sich und spuckte auf den Boden. „Die nächste Runde geht auf mich."

Die anderen Männer grunzten ihre Zustimmung.

„Dann lasst uns gehen und das hier vergessen."

Ihre Schritte wurden endlich immer leiser und Will atmete erleichtert auf.

Er wusste nicht, wie lange er nun schon so völlig erschöpft unter der Brücke gesessen hatte.

Bis auf die Knochen durchgefroren raffte er sich schließlich auf und kroch ins Mondlicht zurück. Wenn seine Hände den Boden berührten, zuckte er jedes Mal vor Schmerz zusammen. Wie eine Krabbe bahnte er sich einen Weg das Flussufer hinauf. Vorsichtig sah er sich um. Alles war leer und still. Auf dieser Seite des Flusses war weniger Verkehr und man traf nur ab und zu einen Reisenden. Er würde auch nur an wenigen Häusern vorbeikommen.

Irgendwie musste er sich bis zur Hauptstraße durchschlagen. Bis dorthin war es allerdings so weit, dass ihm Zweifel kamen, ob seine Kräfte dazu reichten. Er hatte kaum etwas zu essen dabei und würde den ganzen Weg zu Fuß zurücklegen müssen. In ein paar Stunden würde Meister Good seine Flucht bemerken und überall nach ihm suchen lassen. Vielleicht würde er ihn sogar selbst verfolgen – auf seinem Pferd. Will hatte keine Wahl – er musste weiterlaufen und zwar schnell. Eine Pause könnte ihn das Leben kosten.

Aber er war frei. Und das würde er auch bleiben. Seine Entschlossenheit durchflutete ihn wie eine Welle und war stärker als sein ausgezehrter Körper. Er bewegte seine steifen Gliedmaßen und stand auf. Immer noch war um ihn herum alles still.

Er glaubte nicht, dass er mithilfe der Sterne seinen Weg finden würde. Außerdem konnte er sich gegen die wilden Tiere tiefer im Wald nicht wehren. Deshalb beschloss er, in der Nähe der Straße zu bleiben.

Doch er würde nicht aufgeben, bis er den Sattler und seine Tochter gefunden hatte.

Kapitel 22

Ann war gerade aus dem Stall hereingekommen und wollte mit den Vorbereitungen für das Abendessen beginnen, als ihr Vater zurückkam. Sie öffnete ihm die Tür. Wie immer war er müde von seinem langen Ritt, außerdem mussten seine Haare unbedingt geschnitten werden. Langsam ging er zur Küchenbank und setzte sich. Erschöpft lehnte er den Kopf gegen die Wand und schloss die Augen. Ein paar Minuten später griff er in seine Westentasche.

„Ich habe einen Brief aus Pittsburgh bekommen." Er gab ihr den versiegelten Brief und beugte sich vor, um sich die Stiefel auszuziehen.

Erstaunt warf Ann einen Blick auf die Adresse. „Aber er ist an dich adressiert."

„Liest du ihn mir bitte vor?", bat er. „Ich will endlich diese Stiefel loswerden. Sie sind noch nicht richtig eingelaufen." Er stöhnte, als er sich den ersten Stiefel vom Fuß zog.

Sie brach das rote Siegel und holte den Brief aus dem Umschlag. „Er ist von Enoch Washington."

„Ja. Ich habe seine Handschrift erkannt." Er ließ den Stiefel auf den Boden fallen und machte sich an den zweiten.

„Lieber Samuel", las sie vor. „Ich hoffe, es geht dir und deiner Familie gut. Leider muss ich dir in diesem Brief einige schlechte Neuigkeiten mitteilen. Der Kopfgeldjäger …" Ann brach ab. *Jack Rumkin* stand da groß und deutlich auf dem Papier. Der Mann mit dem Biberfellhut.

„Lass mich einmal sehen." Ihr Vater ließ seinen Stiefel los und streckte die Hand aus.

Doch sie schüttelte den Kopf. Sie würde gegen die Angst kämpfen, die sich langsam in ihr ausbreitete. Entschlossen wandte sie ihren Blick wieder auf den Brief in ihrer zitternden Hand und las weiter. „Der Kopfgeldjäger Jack Rumkin hat sich in allen Kneipen der Stadt umgehört. Meine Kontaktmänner sagen mir, dass er nach den Simons sucht, die sich immer noch in meinem Haus versteckt halten." Sie schluckte und fuhr fort: „Wir wollten sie eigentlich nach

Kanada bringen, aber Clara ist krank geworden, deshalb mussten wir unsere Reise verschieben. Rumkin ist so gründlich und hartnäckig mit seinen Nachforschungen, dass es wohl nicht mehr lange dauern wird, bis er jemanden findet, der ihm für einen Flasche Schnaps die richtige Information liefert."

Ihr Vater hatte endlich seine Stiefel ausgezogen und stand jetzt auf Strümpfen vor ihr. Mit einem aufmunternden Lächeln nahm er ihr den Brief aus der Hand und sagte: „Das war sehr mutig von dir. Den Rest lese ich allein." Er las den Brief leise zu Ende. Nur seine Lippen bewegten sich lautlos. Dann sah er wieder auf. „Enoch schreibt, dass er die Simons hierherschicken will."

„Warum?" Anns Stimme klang sanft und ruhig, aber ihre Gedanken überschlugen sich.

„Er glaubt nicht, dass Rumkin westlich von Pittsburgh nach ihnen suchen wird. In der Regel fliehen die Sklaven nach Norden. Aber wenn sie zu uns kommen, dann können wir sie weiter nach Norden bringen. Enoch kennt einen Farmer in Mount Vernon, wo sie unterkommen können."

„Aber was ist, wenn …" Es gelang ihr nicht, die Angst in ihrer Stimme zu unterdrücken. „Was ist, wenn Rumkin ihnen bis hierher folgt?"

„Ich kümmere mich um Rumkin."

Diese Antwort machte Ann unruhig. Würde er den Kopfgeldjäger umbringen, wenn er ihm begegnete? Bestimmt nicht. Der Tod von Mr Holmes war ihm genauso nahe gegangen wie ihr.

Doch der nächste Gedanke war noch schrecklicher als der erste. Sie wollte ihn erst gar nicht aussprechen. *Was ist, wenn er hierherkommt, wenn du nicht zu Hause bist?*

Sie ging zum Herd, damit ihr Vater ihre Angst nicht sehen konnte. Wenn Mr Washington meinte, dass es so am besten wäre, dann würde sie sich fügen. Er kannte die Wege und Gewohnheiten der Kopfgeldjäger besser als sie und sie wusste auch keinen geschickteren Weg, um die Simons nach Norden zu bringen. Sie duften auf keinen Fall gefunden werden. Denn was sie in diesem Fall in Tennessee erwarten würde, wollte sich Ann gar nicht erst vorstellen. Wahrscheinlich würde man sie dort sogar für den Tod von Mr Holmes verantwortlich machen.

Sie zwang sich, an etwas anderes zu denken. „Eli Bowen ist heute vorbeigekommen."

„Ach ja?"

„Er möchte morgen mit mir zusammen zu einer Gesellschaft gehen. Die Murdochs machen ein Lagerfeuer für die jungen Leute."

„Das hört sich gut an." Ihr Vater wirkte überrascht. „Möchtest du denn hingehen?"

„Ich denke schon."

„Dann darfst du natürlich gerne gehen."

Ann war sehr dankbar, dass er keine weiteren Fragen über Eli stellte.

Er ging zum Küchenschrank, um die Teller herauszuholen und auf den Tisch zu stellen. „Wo sind denn die Mädchen?", fragte er schließlich.

„Sie spielen in ihrem Zimmer."

„Ich hole sie zum Abendessen."

Kaum war er im Flur, stürzten ihm die Mädchen auch schon entgegen. Mabel redete ununterbrochen von einem wilden Panther im Wald und Susan versuchte immer wieder, ein paar Worte einzustreuen.

„Seine Augen loderten wie Feuer! Und er war ganz schwarz."

„Ich glaube nicht, dass es hier bei uns Panther gibt", erwiderte ihr Vater mit zuckenden Mundwinkeln.

„Doch, es war ein Panther. Ganz bestimmt!", beharrte Mabel.

„Vielleicht war es nur ein riesiger Truthahn." Ihr Vater blieb immer vollkommen ernst, wenn er sie neckte.

Jetzt begann eine nüchterne Diskussion über den Unterschied zwischen einem Panther und einem Truthahn, während Ann die Kartoffeln und den Schinken verteilte.

Wenigstens hatte sie dadurch ein bisschen Ruhe, um an Eli zu denken. Sie dachte an die vielen Begegnungen in der Vergangenheit zurück, ihre gemeinsame Begeisterung für Gedichte und ihre Spaziergänge am Fluss. Vielleicht sollte sie morgen einfach seine Hand nehmen und in diese Zeit zurückgehen. Dann könnte sie vielleicht die schrecklichen Erlebnisse der letzten Wochen vergessen. Es würde dann nur noch Eli und Ann geben. Sie würden sich stundenlang über romantische Bücher unterhalten und Gedichte rezitieren. Dort gäbe es keine Schwierigkeiten und keine Schuld, die alles Schöne zerstörte.

Als Eli kam, um sie zu dem Lagerfeuer abzuholen, freute Ann sich auf den Nachmittag. Sie ritten nebeneinander her, Ann im Damensattel auf Bayberry und Eli auf seinem braunen Wallach. Selbst ihre Pferde passten gut zusammen. Sie musste aufpassen, dass sie Eli nicht zu oft oder zu lange ansah. Doch es war schwer für sie, sein feines Gesicht und seine aufrechte Haltung nicht zu bewundern. Sie genoss es, mit ihm zusammen zu sein. Es war genau wie früher, als hätten sie sich nie getrennt. Und jetzt ritt dieser gut aussehende Mann neben ihr und wollte den Nachmittag mit ihr verbringen.

Schon aus der Ferne sahen sie den dunklen Rauch des Lagerfeuers, das die Murdochs auf der Lichtung hinter ihrer Scheune entfacht hatten. Der Himmel war immer noch kalt und grau, aber der rötliche Schein des Feuers erhellte die vielen fröhlichen Gesichter der jungen Leute. Überall standen Bänke nah am Feuer, sodass man sich wärmen konnte. James Murdoch sah Ann und Eli ankommen und half ihnen mit den Pferden.

Eli stützte Ann mit der Hand und hielt sie an der Taille fest, während sie ihre Röcke ordnete, um vom Pferd zu steigen. Sie rutschte in seine Arme. Er stand so nah bei ihr, dass sie eine Gänsehaut bekam. Wieder tauchten Bilder aus der Vergangenheit auf. Ihre letzte Begegnung am Fluss. Sein Antrag. Seine Berührung. Schnell schob sie sich von ihm weg und nahm seinen Arm.

Eli führte sie zum Feuer und gemeinsam begrüßten sie ihre Freunde – die meisten jungen Leute waren alte Schulfreunde. Danach gingen sie zu einer etwas abseits stehenden Bank und setzten sich. Aus den Augenwinkeln sah Ann, dass David Crawford nur ein paar Meter von ihnen entfernt neben Phoebe Vanderlick saß.

Wahrscheinlich würde sich Phoebe jeden Moment umdrehen und Eli und Ann zusammen sehen. Ann mochte Phoebe zwar nicht besonders; sie hätte ihr allerdings gern den Schmerz erspart, ihren ehemaligen Verehrer mit einem anderen Mädchen zu sehen.

Kurz darauf bewegten sich Phoebes schwarze Locken und sie sah kurz zu ihnen herüber.

Ihr harter Blick zeigte deutlich, dass sie Ann immer noch genauso wenig mochte wie in ihrer Schulzeit. Im Augenblick vielleicht sogar noch etwas weniger. Phoebe drehte Ann und Eli demonstrativ den Rücken zu und unterhielt sich weiter angeregt mit David, der ihnen über Phoebes Kopf kurz zuwinkte.

James und seine Mutter kamen mit warmem Apfelsaft aus dem Haus. Mrs Murdoch verteilte die Becher mit dem warmen, süßen Getränk, das nicht nur gut schmeckte, sondern auch die Hände wärmte.

„Hat dir die Zeit in Pittsburgh gefallen?" Elis Stimme war leise und sanft.

„Das meiste hat mir gefallen. Die Architektur und die Musik waren wundervoll."

„Aber es gab auch einiges, das nicht so schön war, nicht wahr?" Er lächelte zaghaft. Ihre Offenheit hatte er schon immer bewundert.

„Der Rauch war manchmal unerträglich", sagte sie.

Jetzt musste er lachen. „Und die Einwohner?"

Sie schwieg. Sie musste an Will, den Lehrling, denken. Als sie ihn das letzte Mal gesehen hatte, war er halb verhungert gewesen und hatte nur viel zu dünne Lumpen angehabt. „Manchen von ihnen geht es sehr schlecht und ich habe Mitleid mit ihnen. Andere sind einfach nur grausam."

Jetzt lachte er nicht mehr. Wahrscheinlich spürte er, wie traurig sie darüber war. „So ist der Lauf der Dinge, nehme ich an."

„Aber das gefällt mir nicht."

„Nun, ich bin jedenfalls sehr froh, dass du wieder hier bist. Ich wusste vorher gar nicht, wie sehr ich dein hübsches Gesicht vermissen würde." Unauffällig nahm er ihre Hand, damit die anderen es nicht sehen konnten. „Mein Herz hat mit dir die Stadt verlassen."

Anns rote Wangen kamen nicht von der Hitze des Feuers. Ihr fiel nichts ein, was sie ihm antworten konnte. Deshalb schwieg sie. Ihn anzusehen, wie er mit ernstem Blick neben ihr saß, reichte vollkommen. Im Feuerschein glänzten seine Augen noch blauer als sonst und sein aristokratisches Gesicht wirkte durch das flackernde Licht noch feiner.

Schließlich wandte er den Blick von ihr ab. „Ich muss dich um Vergebung bitten. Mein Verhalten dir gegenüber war in den letzten Monaten unmöglich. Deine Reaktion auf meinen Antrag hat mich tief getroffen. Ich wollte nicht warten. Es tut mir leid."

„Schschsch", zischte sie leise. Das Holz im Feuer knisterte. „Lass uns nicht mehr davon sprechen."

Er stellte seine Tasse neben seine Füße auf den Boden. „Ich habe etwas für dich geschrieben."

Sie war sprachlos und fühlte sich geschmeichelt.

„Würdest du es gerne hören?"

„Natürlich." Mehr konnte sie nicht sagen.

Er kniff die Augen zusammen, als müsste er kurz überlegen, dann begann er leise und sah ihr dabei tief in die Augen: „Soll ich dich mit einem Sommertag vergleichen, die du viel lieblicher und sanfter bist?"

Sie kicherte.

„Was ist los?", fragte er unschuldig. „Willst du den Rest nicht mehr hören? Ich habe sehr lange daran gearbeitet." Doch er musste sich auf die Lippe beißen, um nicht zu grinsen.

„Oh, bitte. Mach weiter."

„Durch Maienblüten raue Winde streichen und des Sommers Pracht hat allzu kurze Frist ..." Je länger er redete, desto fröhlicher wurde sie. Seltsamerweise fand sie es immer noch romantisch, wenn er diese Worte zitierte und ihr dabei in die Augen sah, als würde er das Sonett gerade selbst verfassen. Er zitierte die letzten Zeilen, legte den Kopf schief und schaute sie fragend an: „Wie findest du es?"

„Hinreißend", erwiderte sie. „Und ich habe auch eins für dich geschrieben."

„Dann heraus mit der Sprache." Er stützte sich mit der Hand auf der Bank ab und kam noch etwas näher.

„Gutmütigkeit und Vernunft müssen sich verbinden ...", begann sie.

Er fuhr fort: „Irren ist menschlich ..."

„Vergebung ..."

„Göttlich." Das letzte Wort flüsterte er dicht neben ihrem Ohr. Ein Schauer lief ihr über den Rücken und sie schloss die Augen.

„Du hast Pope schon immer geliebt", sagte er immer noch dicht neben ihr.

„Er ist so originell. Entweder man mag ihn oder man hasst ihn.“ Sie öffnete die Augen und ihre Blicke begegneten sich.

„Ich habe Byron eigentlich vorgezogen.“

„Ich erinnere mich. Dir hat das Skandalöse in seinen Werken immer besonders gefallen. Wahrscheinlich haben wir von Byron deshalb in der Schule nichts durchgenommen.“

„Und ich habe dir bisher nur seine tugendhaften Gedichte vorgelesen.“

„Zum Beispiel?“

„Lass mich einmal nachdenken.“ Er runzelte einen Augenblick die Stirn. Jeder Künstler würde sich über ihn als Modell freuen. Sie wollte ihn so gerne berühren, um sich zu vergewissern, dass es kein Traum war.

„Ewiger Geist der von Ketten befreiten Seele ...“ Er flüsterte wieder. Sie genoss seine Nähe, aber etwas an diesem Gedicht störte sie.

„Im Verlies glänzt du am hellsten, Freiheit, das bist du!“

Jetzt erinnerte sie sich wieder. Es war „Der Gefangene von Chillon“.

Er fuhr fort. „Auch wenn deinen Söhnen die Fesseln angelegt werden ...“

Fesseln, Gefängnis. Das erinnerte Ann an Will Hanby. Wie konnte sie hier sitzen und lachen, Gedichte zitieren und sich amüsieren? Sie hatte ihn in seiner Armut und in seinem Elend einfach zurückgelassen. Wer weiß, was ihn noch erwartete? Sie setzte sich aufrechter hin und wünschte sich, Eli würde aufhören.

Aber der bemerkte nichts von alldem. „Fesseln, aus denen es kein Entrinnen gibt. Kein Sonnenstrahl fällt in die feuchte Kälte des Verlieses ...“

Das Bild von Will, wie er ausgestreckt und blutend im fahlen Licht der Scheune in Pittsburgh lag, tauchte erneut vor ihrem inneren Auge auf. Es war wie ein Schlag ins Gesicht. Sie sprang auf, murmelte etwas über die Hitze des Feuers und ging. Sofort folgte Eli ihr.

„Ich habe dich beleidigt“, sagte er. Er legte seine Hand unter ihren Ellenbogen und ging neben ihr her.

„Nein“, erwiderte sie. „Nur eine unangenehme Erinnerung. Aber es ist nicht dein Fehler.“ Mit einem halbherzigen Lächeln spazierten sie eine Weile um die anderen jungen Leute herum, als wollten sie das Feuer aus der Ferne bewundern.

„Willst du mir sagen, was dich so aus der Fassung gebracht hat?" Bittend sah er sie an. Beinahe hätte sie alles verraten, doch dann schwieg sie nur. Sie hielt sich an seinem Arm fest und ließ sich von seiner Gegenwart trösten. Sie wusste nicht, wie er auf Wills Geschichte reagieren würde, deshalb behielt sie die Ereignisse besser für sich.

Der Nachmittag war immer noch bitterkalt. So weit vom Feuer entfernt fing Ann langsam an zu frieren. Eli schien sehr dankbar, als sie vorschlug, sich wieder auf die Bank am Feuer zu setzen und mit den anderen zu reden. Nachdem sie sich gesetzt hatten, starrte Ann noch eine Weile wie gebannt in die Flammen.

Sie saß an einem Feuer, das sie an diesem kalten Tag wärmte. Aber Will hatte das nicht. Sie konnte einfach nicht so weiterleben, als wäre sie ihm nie begegnet. Sein einsames, verlorenes Gesicht hatte sich tief in ihre Seele gebrannt. Dieses Bild erinnerte sie immer wieder daran, dass sie ihm nicht geholfen hatte – nicht hatte helfen können. Doch das war am Ende genauso grausam wie die Prügel.

Kapitel 23

Viele Meilen lagen jetzt schon hinter Will. Noch vor einer Weile hatte er die Blasen an seinen Füßen gespürt, doch mittlerweile war er so durchgefroren, dass er selbst diesen Schmerz nicht mehr wahrnahm.

Es war immer noch dunkel. Die Straße, die er bisher nicht verlassen hatte, schlängelte sich schier endlos durch die Bäume vor ihm. Seit der Brücke war er keiner Menschenseele mehr begegnet. Jeder anständige Bürger schlief um diese Zeit.

Er hatte schrecklichen Durst. Ab und zu wünschte er sich, der Boden wäre immer noch von Schnee bedeckt, denn dann hätte er seinen Durst stillen können, indem er Schnee lutschte. Doch dann wäre er wahrscheinlich schon erfroren.

Will steckte die Hand in die Hosentasche. Die Fleischstücke waren immer noch da. Kalt und hart spürte er sie in seiner Hand. Er zog eins von ihnen heraus und nagte beim Laufen daran. Irgendwie hoffte er, dass das Fleisch gleichzeitig seinen Hunger und Durst stillen könnte. Sein Mund war trocken. Anscheinend produzierte er noch nicht einmal mehr genug Speichel, um das Fleisch herunterzuschlucken. Er zwang sich trotzdem zu schlucken und schob dann das Fleischstück wieder in die Hosentasche zurück.

Mittlerweile war ihm ganz schwindelig vor Müdigkeit, doch er durfte nicht stehen bleiben. Wieder zog er das Fleisch aus der Tasche, biss ein Stück ab und behielt es einfach im Mund. Der Geschmack lenkte seine Gedanken etwas von seinen müden Knochen ab. Erschöpft schloss er für ein paar Sekunden die Augen, lief aber weiter. Bei jedem zweiten Schritt atmete er tief ein. Er musste wach und in Bewegung bleiben. Er hatte keine andere Wahl.

Nach und nach wurde ihm jedoch immer schwindeliger. Die Straße schien unter seinen Füßen zu schwanken; er stolperte und fiel auf die Knie. Als er sich mit den Händen auf dem Boden abstützte, durchfuhr ihn ein stechender Schmerz, der ihn wieder aufrüttelte. Die Schürfwunden an seinen Handflächen waren tiefer, als er gedacht hatte.

Mühsam stand Will wieder auf und ging weiter, doch schon bald schwankte die Straße so heftig wie zuvor. Er durfte einfach nicht aufgeben. Er musste weitergehen. Er konnte allerdings kaum noch klar sehen. Lange würde er nicht mehr durchhalten. Mit ganzer Kraft konzentrierte er sich auf die Straße vor ihm, aber sein Blick senkte sich immer mehr, bis er nur noch seine Schuhspitzen erkennen konnte.

Wie eine Haube legte sich die Dunkelheit über ihn. Er kämpfte dagegen an, aber es half nichts. Seine Schritte wurden langsamer. Seine Knie knickten ein. Die harte Straße erschien ihm so weich und einladend wie ein Federbett. Mittlerweile konnte er kaum noch etwas sehen und schließlich schloss er einfach die Augen.

Will hustete und spuckte, als würde er ersticken. Warum lag er auf dem Rücken? Schnell rollte er sich zur Seite. Irgendeine Flüssigkeit rann aus seinem Mund. Jetzt konnte er wieder atmen. Seine Augen waren immer noch geschlossen, aber er roch den unverkennbaren Duft von Whisky. Seine Zunge brannte.

Endlich öffnete er die Augen. Es war immer noch dunkel, aber nicht mehr so tiefschwarz wie vorhin. Über sich erkannte er die Silhouette eines Mannes, der neben ihm kniete. Jetzt war alles vorbei. Diese Erkenntnis legte sich bleischwer auf seine Brust.

„Du siehst hundeelend aus, Kleiner“, sagte der Mann. Will konnte ihn nicht deutlich sehen, auch seine Stimme erkannte er nicht. Der Mann wirkte wie ein undefinierbarer Schatten vor dem etwas helleren Himmel.

„Jemand hat dir ganz schön zugesetzt, würde ich sagen.“ Der Mann pfiff durch die Zähne. „Wenn man auf dem Rücken eines Menschen diese blutigen Linien sieht, dann kann das eigentlich nur eins bedeuten.“

Wie benommen starrte Will vor sich hin. Anscheinend waren die Wunden auf seinem Rücken wieder aufgebrochen und bluteten, sodass der Mann es auf Wills dreckigem Hemd sehen konnte. Er spürte nicht viel.

Der Mann legte seinen starken Arm unter Wills Oberkörper und zog ihn auf die Füße. Wills Beine zitterten so sehr, dass er nicht allein stehen konnte.

„Die Götter sind dir heute Nacht gnädig, Kleiner“, murmelte der Mann fast unhörbar und trug Will ein paar Schritte weiter die Straße entlang. Müde hob Will kurz den Kopf und sah ein Fuhrwerk auf der Straße warten.

„Ich bin auch schon in den Genuss der Peitsche gekommen. Die Marine verteilt oft solche Nettigkeiten“, sagte der Mann. „Aber wir sind hier ja nicht in der Nähe des Meeres, deshalb nehme ich an, dass das bei dir nicht der Fall ist. Komm, reiß dich zusammen. Wird schon wieder.“

Mit seinen kräftigen Armen hob er Will über die Ladekante des Fuhrwerks. Will schaffte es mit letzter Kraft, sich mit den Armen abzufangen.

Dann hörte er, wie der Mann auf den Kutschbock kletterte. „Sicher ein grausamer Meister. Deshalb will ich auch gar nicht wissen, wie du heißt. Und ich sage dir auch nicht, wie ich heiße. Das ist besser so. Hier, nimm das.“

Etwas rollte gegen Wills Bauch. Er tastete mit den Händen danach und fand eine Feldflasche. Allein der Gedanke an Wasser brachte seine Lebensgeister für einen Moment zurück. Vorsichtig stützte er sich auf einen Arm, schraubte die Flasche unbeholfen mit seinen eiskalten Fingern auf und hob sie an seine Lippen. Schluck für Schluck trank er das kühle Wasser. Seine Hand zitterte.

„Hey, du sollst das nicht austrinken“, schimpfte der Mann.

Sofort senkte Will die Flasche und wischte sich mit dem Ärmel über den Mund. Jetzt schienen ihm seine Augen wieder zu gehorchen und er musterte den Fremden. Der Mann hatte einen schwarzen Vollbart und sah aus wie ein Pirat aus einem Märchenbuch. Der Bart hing bis auf seine breite, kräftige Brust. Er trug eine alte, braune Weste und seine kräftigen Arme füllten die Ärmel seines grobgewebten Hemdes vollkommen aus. Kein Wunder, dass er Will so mühelos hochgehoben hatte.

„Ich fahre bis zur Hauptstraße“, sagte der Mann. „Dann weiter nach Brownsburgh.“

„Ich muss nach Westen, nicht nach Osten“, erklärte Will. „Aber ich wäre Ihnen sehr dankbar, wenn Sie mich bis zur Hauptstraße mitnehmen könnten."

„In Ordnung", erwiderte der Mann. Er drehte sich nach vorn und nahm die Zügel in die Hand. Dann schnalzte er und trieb das Pferd an. Die Fuhrwerk machte einen kleinen Satz nach vorn, sodass Will gegen eins der Seitenteile rollte.

„Bis zur Straße brauchen wir ein paar Stunden", sagte der Mann über die Schulter. „Wenn du dann zu Fuß weiterwillst, solltest du ein bisschen schlafen. Da liegt irgendwo eine Decke."

Will suchte danach und fand eine grobe Wolldecke unter seinen Beinen. Langsam legte er sie über seinen frierenden Körper.

„Ich kann Ihnen gar nicht genug danken, Sir", sagte er.

„Du bist gerade in die Bruderschaft der Peitsche aufgenommen worden", schnaubte der Mann. „Jetzt musst du auch einem armen, blutenden Bruder helfen, wenn dir einer begegnet."

„Ja, Sir."

Normalerweise hätte Will niemals in diesem ruckelnden, harten Fuhrwerk schlafen können, aber er war so erschöpft wie noch nie zuvor in seinem Leben. Kaum lag er auf der Seite und hatte die Decke bis ans Kinn gezogen, fiel er auch schon in einen unruhigen Schlaf.

Ein heftiger Ruck weckte ihn wieder. Benommen setzte er sich auf.

Offensichtlich waren einige Stunden vergangen; mittlerweile ging langsam die Sonne auf. In der Morgendämmerung sah er, dass unter den Bäumen überall Tau lag. Tau – kein Frost. Das Fuhrwerk stand still. Vor ihnen lag eine viel breitere, geschotterte Straße. An der Kreuzung stand ein Holzpfosten, in den ein paar Nummern geschnitzt waren.

Der Mann drehte sich um. „Die Hauptstraße. Bist du sicher, dass du hier aussteigen willst? Ich fahre nach da." Er deutete nach links. „Fahren ist viel leichter als Laufen."

„Aber ich muss nach Westen." Will rieb sich die Augen. „Trotzdem vielen Dank." Er faltete die Decke und kletterte von dem Fuhrwerk. Fast hätte er laut gestöhnt, als seine schmerzenden Füße den Boden berührten.

„Denk immer daran, Bruder", sagte der Mann zum Abschied.

Dann nickte er Will zu und schnalzte mit der Zunge. Langsam setzte sich das Fuhrwerk in Richtung Osten in Bewegung. Will sah dem Mann nur ein paar Sekunden nach, dann drehte er sich um und marschierte mit steifen Schritten in die entgegengesetzte Richtung.

Bei Tageslicht musste er vorsichtiger sein, damit ihn andere Reisende nicht entdeckten. Viele Male sprang er zwischen Bäume und Büsche, um sich vor einem Reiter oder einer Kutsche zu verstecken. Bei einem dieser Sprünge fand er einen kleinen Bach. Jeder in Pittsburgh wusste, dass man auf keinen Fall aus den Flüssen in der Stadt trinken durfte. Doch hier auf dem Land floss das Wasser frisch und klar über die Kieselsteine. Will genoss jeden Schluck.

Die Frühlingssonne war schwach. Es war immer noch zu kalt in seinem dünnen Mantel, deshalb schlang er beim Weiterlaufen die Arme um seine Brust. Am Himmel stieg die Sonne unaufhaltsam höher. Unbeirrt lief er immer weiter die Straße entlang, obwohl sein Magen bei jedem Schritt lauter protestierte. Schon vor Stunden hatte er das letzte Fleischstück gegessen. Mittlerweile marschierte er wie in Trance – die Müdigkeit und Erschöpfung waren gekommen und wieder gegangen. Jetzt lief er, als würde eine unsichtbare Kraft ihn vorwärtstreiben, obwohl seine Beine eigentlich viel zu müde waren. Das überraschte ihn.

Doch als die Sonne langsam hinter den Bäumen unterging, wurde auch diese unsichtbare Kraft schwächer. Immer wieder stieg die Straße vor ihm leicht an. Dann schlich Will diesen Hügel wie eine Schnecke hoch, denn zu mehr war er nicht mehr in der Lage.

Er fragte sich, ob er nicht einfach in den Wald kriechen sollte, um sich in der Dämmerung zum Schlafen zwischen die Bäume zu legen. Doch er hatte Angst, dass er dann nicht mehr aufstehen würde. Sein Hunger war unerträglich. Ganz langsam schleppte er sich weiter. Jetzt wurde es dunkel. Ohne Essen und Schlaf würde er diesen Weg nicht mehr lange durchhalten. Er wusste schon nicht mehr, ob er vor Kälte oder Erschöpfung zitterte.

Erschöpft bahnte er sich einen Weg durch die Büsche am Straßenrand. Er musste eine Pause einlegen, er hatte keine andere Wahl. Seine Gliedmaßen gehorchten ihm nicht mehr. Er musste schlafen und würde beten, dass er die Kälte der Nacht überleben würde. Verzweifelt schaute er sich nach einem wärmeren Ort um, doch er fand keinen. Vielleicht sollte er einfach etwas Laub neben einem umgefallenen Baum aufhäufen und sich hineinlegen. Ein Gedanke schoss ihm durch den Kopf – vor seinem inneren Auge sah er, wie sein steifer Körper langsam unter dem Laub verrottete. Aber er war zu müde, um sich darüber Sorgen zu machen.

Er setzte sich auf den Baumstamm und wartete darauf, dass er genug Kraft für sein Vorhaben ansammeln konnte. Plötzlich sah er ein Licht in der Ferne. Es kam von dem Hügel etwas entfernt von der Straße. Es war nicht das Flackern eines Feuers. Es war das ruhige, gleichmäßige Leuchten einer Laterne. Um ihn herum war alles still.

Wie benommen stand er auf. In Gedanken hörte er die Stimme seines Vaters. *Ich hebe meine Augen auf zu den Bergen. Woher kommt mir Hilfe?*

Er musste zu dem Licht. Beim Anblick dieses Lichts war er sich sicher, dass er morgen nicht weiterlaufen könnte, ohne vorher etwas zu essen und zu trinken.

Langsam kroch Will den Hügel hoch. Bei dem Versuch, über einen Baumstamm zu klettern, fiel er hin. Doch als er zu der Lichtung kam, auf dem das Haus stand, blieb er unschlüssig stehen.

Das war kein gemütliches Farmhaus. Das war eine Villa. Sie war sogar noch größer als das Haus von Dr. Loftin. Das Haus war ganz weiß mit sechs schön verzierten Säulen links und rechts neben der Eingangstür. Das Licht, das ihn hierhergelockt hatte, kam aus einem der Fenster im Erdgeschoss.

Hin- und hergerissen stand Will zwischen den Bäumen und dachte nach. Würden die feinen Bewohner dieser Villa ihn wirklich aufnehmen und ihm etwas zu essen geben? Bestimmt war keiner der Bewohner in diesem Haus ein Mitglied der Bruderschaft der Peitsche. Vielleicht eher ein Angehöriger der Gemeinschaft der Peitschenden.

Ich hebe meine Augen auf zu den Bergen. Woher kommt mir Hilfe?

Er wusste nicht, warum er immer noch die Stimme seines Vaters hörte. Am liebsten hätte er sich hier zwischen die Bäume gelegt und geweint.

Es macht keinen Sinn!, versuchte er sich zu überzeugen. *Hier werde ich keine Hilfe finden.*

Doch irgendetwas sagte ihm, dass er weitergehen sollte. Will trat aus dem Schatten der Bäume. *So verhält sich nur ein Geisteskranker.*

Warum sollte ich an diese Haustür klopfen? Da könnte ich mich auch gleich selbst ausliefern.

Aber er ging weiter.

Er klopfte an die Tür.

Einen Moment später wurde die Tür von innen einen Spalt geöffnet.

„Was wünschen Sie?“ Es war die Stimme einer Frau.

„Bitte, Ma'am ...“ Die Stimme versagte ihm. Er wusste nicht, was er sagen sollte. Sollte er vor ihr auf die Knie fallen und um Mitleid betteln?

Die Tür ging weiter auf. Vor ihm stand eine Frau in einem eleganten blauen Kleid. Ihre braunen Haare waren von silbernen Fäden durchzogen und sie sah ihn freundlich an. „Ist etwas passiert?“

„Bitte, Ma'am. Ich brauche Hilfe.“ Und dann konnte er ein Schluchzen nicht mehr zurückhalten. Er war einfach zu erschöpft und verzweifelt. Er konnte sich nicht länger auf den Beinen halten, deshalb lehnte er sich gegen die Wand.

Ihr freundliches Gesicht wurde besorgt. Sie machte die Tür weit auf und rief über die Schulter: „Henry!“

Ein älterer Diener in einer roten Uniform erschien im Flur. „Ja, Mrs Crandall?“ Dann fiel sein Blick auf Will.

„Bitte bring diesen jungen Mann in die Küche.“

„Ja, Ma'am.“

Der Mann hatte trotz seiner weißen Haare immer noch genug Kraft, um Will über die Türschwelle und beim Weitergehen zu helfen. Sie folgten der Hausherrin.

Will kam es vor, als wäre er im Paradies. Es duftete nach Blumen. Außerdem war es warm, so warm, wie er es schon jahrelang nicht mehr erlebt hatte. Überall auf den Eichendielen lagen Teppiche, auf denen seine zerschundenen Füße liefen wie auf Wolken.

In der Küche war es sogar noch wärmer, weil im Ofen ein gewaltiges Feuer brannte. Auf einem der beiden großen Tische lagen zwei goldbraun gebratene Hühnchen auf einer silbernen Platte.

Die Frau – Mrs Crandall – nahm sofort das scharfe Küchenmesser und eine Gabel und schnitt großzügige Stücke von der Hühnerbrust ab. „Setz ihn auf die Küchenbank, Henry“, sagte sie nach einer Weile.

Als Henry ihn zu einer der Küchenbänke brachte, ließ Will sich erleichtert auf das harte Holz sinken. Doch bevor er den Kopf zum Schlafen auf die Tischplatte legen konnte, stellte ihm Mrs Crandall einen Teller mit den Fleischstücken an seinen Platz.

Erstaunt blickte er zu ihr auf und konnte sein Glück kaum fassen. Sie lächelte nur und nickte.

Mit seiner dreckigen Hand nahm er eins der Hühnerstücke vom Teller und begann zu essen. Während er noch kaute, legte sie noch zwei dicke Scheiben Brot auf seinen Teller und stellte ein Glas Milch daneben. Wie lange hatte er schon keine Milch mehr getrunken?

Als er genug gegessen hatte, sah er auf. Mrs Crandall saß ein paar Meter von ihm entfernt an dem anderen Küchentisch und beobachtete ihn.

„Vielen Dank", brachte er hervor.

„Sie sind ja halb verhungert", erwiderte sie leise. „Und Ihre Schuhe sind völlig durchlöchert."

„Ja, Ma'am."

„Und Sie sind ... verletzt."

Offensichtlich hatte auch sie das Blut auf seinem Hemd gesehen.

„Ja, Ma'am."

Verständnisvoll sah sie ihn an. Sie schien seine Geschichte zu erraten. „Ich werde Sie hier bei Henry lassen. Wenn Sie fertig gegessen haben, hilft er Ihnen beim Baden. Er und unsere Köchin werden das Wasser für Sie heiß machen."

„Ja, Ma'am."

Obwohl Will schon beim Betreten des Hauses geglaubt hatte, im Paradies zu sein, übertraf doch die Vorstellung eines richtigen Bades alles. Henry und die Köchin rollten eine riesige Wanne in die Küche, in der sonst die Wäsche gewaschen wurde. Nachdem die Köchin zwei gewaltige Kessel und einen großen Kochtopf mit Wasser auf den Herd gestellt hatte, ließ sie Henry mit Will allein. Normalerweise hätte Will sich nicht vor einem Fremden ausgezogen, aber diesmal hätte er es gar nicht allein geschafft. Und der alte Mann wandte immer wieder die Augen ab, als er Will half, in die riesige Wanne zu steigen.

Dann gab er Will ein Stück Seife und sagte mit krächzender Stimme. „Sie sollten sich damit nicht den Rücken waschen, junger Mann. Die Seife brennt bestimmt in Ihren Wunden."

Das warme Wasser in der Wanne hüllte ihn ein wie eine Decke. Will seufzte und legte den Kopf auf seine Arme, die auf seinen gebeugten Knien lagen. Seine Gedanken wanderten in die Vergangenheit. Als er das letzte Mal in einer warmen Badewanne gebadet hatte, war er ein kleiner Junge gewesen und seine Familie noch gesund.

Nach einer Weile begann er, seine Brust, seine Arme und Beine einzuseifen. Sofort wurde das Wasser braun. Ohne ein weiteres Wort schöpfte Henry das schmutzige Wasser mit einer Schöpfkelle aus der Wanne und goss immer wieder frisches Wasser nach, bis Will sauber war.

Das Wasser kühlte langsam ab und Will sah sich suchend nach seinen Kleidern um. Doch er fand sie nicht. Während er sich gewaschen hatte, waren sie verschwunden.

„Hier, bitte." Henry hielt ihm ein breites, weiches Stück Stoff hin. Will kletterte aus der Wanne, wickelte sich das Stück Stoff um den Körper und versuchte aufrecht zu stehen. Seine Knie waren immer noch weich wie Gummi, aber Henry war sofort an seiner Seite, um ihn zu stützen. Langsam führte Henry ihn zurück zu der Küchenbank.

Auf dem Tisch vor Will lagen ein gefaltetes, blaues Hemd und eine braune Hose. Auf dem Boden stand ein Paar Hausschuhe.

Vorsichtig zog Will sich an. Es dauerte eine Weile, bis er die kleinen Knöpfe an dem Hemd zugeknöpft hatte. Er strich über den Stoff der Hose. Einen so guten Stoff hatte er noch nie getragen. Und die Hausschuhe an seinen Füßen waren weich wie Daunenfedern.

Er rubbelte sich die Haare trocken. Als er sich dabei aus Versehen mit dem Arm über sein Kinn strich, spürte er überrascht, dass es rauer war als sonst. Es fühlte sich so an wie das Kinn seines Vaters, als er sich einmal den Bart abrasiert hatte und ihn wieder nachwachsen ließ. Wäre er nicht so unglaublich müde gewesen, hätte er sich vielleicht darüber gefreut. Ausgerechnet jetzt wurde er ein

Mann – er besaß keinen Pfennig, war halb verhungert und auf der Flucht.

Doch in diesem Moment war er sauber, trocken und ordentlich gekleidet. Henry führte ihn aus der Küche und die weite Treppe hinauf. Wieder stützte der Diener seinen Arm, während Will sich mit dem anderen Arm schwer auf das Holzgeländer neben der Treppe stützte. Stufe für Stufe kämpfte er sich die Treppe hoch. Fast hätte er es nicht geschafft, aber er wollte auf keinen Fall, dass Henry ihn wie ein kleines Kind die Treppe hinauftragen musste – wenn der alte Mann das überhaupt geschafft hätte. Endlich standen sie oben im erleuchteten Flur und gingen langsam bis zu einer Seitentür.

Das Schlafzimmer hinter der Tür war eindeutig das eines Mannes. Es war spärlich möbliert mit einigen wenigen Bildern an der Wand. Der Überwurf auf dem Bett glänzte dunkelgrün. Das Bettgestell war einfach und doch elegant.

„Mrs Crandall wünscht Ihnen einen erholsamen Schlaf", sagte Henry. „Wenn Sie noch etwas brauchen, dann läuten Sie bitte." Er deutete auf eine Schnur, die neben der Tür hing. Dann zog sich Henry zurück und machte die Tür leise hinter sich zu.

Das Bett war so weich, dass Will sofort in einen tiefen, traumlosen Schlaf fiel.

Als Will aufwachte, fielen helle Sonnenstrahlen durch das Fenster in sein Zimmer. Regungslos lag er im Bett und starrte vor sich hin, bis ihm wieder einfiel, wo er war.

Er versuchte sich aufzusetzen, aber die Schmerzen waren unerträglich. Mit einem Stöhnen ließ er sich zurück in die Kissen sinken.

Es klopfte an seiner Tür.

„Herein." Die ganze Situation war äußerst seltsam. Warum sollte er einer anderen Person erlauben müssen, das Schlafzimmer seines reichen Gönners zu betreten?

Henry kam ins Zimmer und blieb in einigem Abstand vor seinem Bett stehen, um ihm eine Nachricht zu überbringen. „Mrs Crandall würde sich freuen, wenn Sie mit ihr zusammen frühstücken." Dann drehte er sich um und verschwand wieder.

Will zog die immer noch ungewohnten Kleidungsstücke wieder an und humpelte aus dem Zimmer. Oben an der Treppe wartete Henry auf ihn. Langsam folgte Will dem alten Mann die Treppe hinunter. Auf halbem Weg hing ein großes Ölgemälde, auf dem Jesus inmitten einer großen Menschenmenge abgebildet war. Henry führte ihn durch die elegante Eingangshalle in die Küche.

„Guten Morgen“, begrüßte ihn Mrs Crandall. Sie saß direkt am Fenster im Sonnenlicht.

„Guten Morgen, Ma'am.“ Will humpelte an den anderen Tisch, auf dem ein Teller mit Brötchen stand und sogar ein paar gebackene Äpfel mit braunem Zucker lagen.

„Bitte, bedienen Sie sich.“ Sie stand auf, kam auf ihn zu und setzte sich ihm gegenüber an den Tisch.

„Wie heißen Sie?“, fragte sie.

Er schluckte einen Bissen Apfel hinunter, der so unglaublich süß war, dass er nicht sofort antworten konnte. „Will.“ Er wollte ihr seinen Nachnamen nicht verraten. Je weniger sie wusste, desto besser. Dann konnte man sie auch für nichts verantwortlich machen.

„Will, ich würde gerne wissen, wo Sie hinwollen. Haben Sie noch eine Familie, die Ihnen helfen kann?“

„Ich habe keine Familie mehr, Ma'am. Aber ich bin auf dem Weg zu Freunden.“

„Auf dem Weg zu ihnen haben Sie hier schon eine Freundin gefunden.“ Sie lächelte. Ihr Gesicht wirkte immer noch jugendlich, doch die Falten um ihre Augen und ihre leicht ergrauten Haare verrieten, dass sie nicht mehr jung sein konnte. „Aber ich habe mich noch nicht vorgestellt. Ich bin Lavinia Crandall. Matthew, mein Mann, ist Kongressabgeordneter. Vor ein paar Wochen musste er aufgrund einiger dringender Angelegenheiten in die Hauptstadt reisen. Doch ich kann Ihnen versichern, dass er genauso wie ich darauf bestanden hätte, Sie hier aufzunehmen.“

„Ich kann Ihnen gar nicht genug dafür danken, Ma'am.“ Will sah auf seinen Teller. „Sie haben mir das Leben gerettet.“

„So wie Sie gestern Abend vor meiner Tür gestanden haben, hätte Sie niemand wegschicken können.“

„Ich denke, dass es die meisten trotzdem getan hätten, Ma'am.“

Er brach das Brötchen auf seinem Teller in zwei Hälften. Es war noch warm.

„Nun, vielleicht muss ich es etwas einschränken. Niemand mit einem Gewissen hätte Sie weggeschickt. Besonders jetzt, wo Sie nicht mehr so ... duften.“ Mrs Crandall lachte so fröhlich, dass sie aussah wie ein junges Mädchen.

Will lächelte etwas verlegen.

„Es tut mir leid.“ Sie wurde wieder ernst. „Ich weiß, dass Sie nichts gegen den Geruch oder Ihre Kleidung machen konnten. Natürlich musste ich Ihnen helfen.“ Sie ging zum Küchenschrank, auf dem die restlichen Brötchen lagen, und wickelte einige davon in ein Küchentuch. „Und wenn andere einem Fremden in Ihrem Zustand nicht helfen würden, dann sollten sie sich schämen.“ Mit dem Tuch in der Hand kam sie wieder zu Will an den Tisch. „Wohin soll denn Ihre Reise gehen, Will?“

„Rushville. In Ohio, Ma'am.“

„Das ist ganz schön weit.“ Sie dachte einen Moment nach, dann nickte sie. „Und das in Ihrem Zustand ... Wahrscheinlich werden Sie Hilfe brauchen, um bis nach Rushville zu kommen.“

Kapitel 24

Draußen riefen die Mädchen nach ihr. Schnell lief Ann zum Küchenfenster und sah, dass Susan und Mabel dicht nebeneinanderstanden und in dieselbe Richtung starrten. Dann deutete Susan auf die Straße und sagte etwas, was Ann nicht verstehen konnte. Vielleicht bekamen sie Besuch. Sie zog ihre Schürze aus und ging über den Hof. Dabei musste sie ihre Röcke raffen, damit sie nicht schmutzig wurden, denn ihre Kutsche hatte in dem aufgeweichten Boden tiefe Fahrspuren hinterlassen.

„Ann, wer ist das?“, fragte Mabel. Der Wind blies immer wieder lose Haarsträhnen in ihr Gesicht. Sie hatte die Hände in die Hüften gestemmt, als würde sie sich jedem ungebetenen Gast entgegenstellen.

Eine Kutsche, die von zwei grauen Pferden gezogen wurde, rollte auf der Straße auf sie zu. Die Straße zu ihrem Hof war nicht eben, deshalb schaukelte die Kutsche immer wieder hin und her. Ann hatte noch nie eine so elegante Kutsche auf diesem Weg gesehen und hoffte, dass sie nicht stecken blieb. Die schmalen Reifen waren nicht für die unebenen Straßen auf dem Land gebaut.

Glücklicherweise hielt der Kutscher auf der Straße und wagte sich erst gar nicht in den tieferen Schlamm auf dem Hof. Als er vom Kutschbock sprang und seinen Hut abnahm, erkannte Ann Mr Washington.

Sanft tippte sie ihrer Schwester auf die Schulter. „Susan, lauf und sag unserem Vater, dass wir Besuch haben.“ Dann ging Ann auf die Kutsche zu.

„Herzlich willkommen, Mr Washington! Wir haben Sie schon erwartet.“

„Miss Miller“, sagte er lächelnd. Selbst hier auf dem Land hatte er dieselbe würdevolle Ausstrahlung wie in seinem eleganten Haus in Pittsburgh. Er trug braune Reisekleidung: einen Mantel, eine Weste und einen Hut, was weniger formell war als seine Stadtkleidung. Seine kaffeebraune Haut wirkte etwas fahl, was sicher von der Anstrengung der Reise kam. Doch er wirkte voller Energie, als er die Tür der Kutsche öffnete.

„Wir sind da“, sagte er. „Sie können jetzt aussteigen.“

Zuerst kam John Simon langsam aus der Kutsche und half dann seiner Frau beim Aussteigen. Sie musste sich schwer auf seinen Arm stützen, denn es ging ihr immer noch nicht gut.

In diesem Moment trat Anns Vater durch die Haustür. Er trug einen Mantel, aber keinen Hut.

„Herzlich willkommen!“, rief er den Besuchern entgegen. „Kommt alle mit hinein! Ihr hattet eine lange Reise.“

„Das stimmt“, sagte Mr Washington. Die Besucher bemühten sich, den tiefsten Schlammlöchern auszuweichen, und folgten Anns Vater ins Haus.

Ihr Vater führte seine Gäste ins Wohnzimmer und bedeutete ihnen, sich auf die bequemen grünen Sessel zu setzen. Dann kauerte er sich neben den Kamin und schürte das Feuer. Ann stellte Teewasser auf. Mit ein paar eindringlichen Worten schickte sie Mabel und Susan in ihr Schlafzimmer.

„Und der Kopfgeldjäger weiß wirklich nicht, wo sie sind?“, fragte ihr Vater Mr Washington, als er sich auf den großen Holzstuhl neben ihn setzte.

„Wir hoffen, dass wir die Stadt verlassen haben, ohne Aufsehen zu erregen. Durch die Vorhänge war jedenfalls nicht zu erkennen, wer oder was in der Kutsche war.“ Mr Washington lehnte sich entspannt in seinem Sessel zurück. „Wir mussten ein paar Mal in verschiedenen Städten anhalten, damit sich die Pferde ausruhen konnten, aber nur ganz wenige Bewohner haben John und Clara gesehen.“

„Wir sind Ihnen sehr dankbar, Mr Enoch, dass Sie uns hierhergebracht haben“, sagte John. „Wir konnten nicht mit dem Dampfschiff fahren. Nicht mit diesen Narben.“ Nachdenklich rieb er sich die Stirn. Die Narbe ging ihm fast bis auf die Nase. „Ich kann meine noch nicht einmal mit einem Hut verdecken. Sie ist einfach zu groß.“

„Aber er trug trotzdem immer einen Hut und Clara hat ihre Haube tief ins Gesicht gezogen“, erklärte Mr Washington.

Clara Simon schwieg. Offensichtlich war sie sehr müde, denn sie hatte den Kopf gegen das Seitenteil des Ohrensessels gelehnt und die Augen geschlossen.

„Geht es Ihnen nicht gut?“, fragte Ann. „Kann ich Ihnen irgendwie helfen?“

„Ich fühle mich etwas schwach, aber das geht bald vorbei“, erwiderte Clara und hob kurz den Kopf.

„Sie versucht es besser darzustellen, als es ist“, sagte John. „Sie hat seit gestern Abend hohes Fieber.“

„Machen Sie sich keine Sorgen“, sagte Clara. „Ich bekomme das Fieber immer wieder. Aber es ist nicht ansteckend.“

„Es ist Sumpffieber“, erklärte John.

„Malaria“, fügte Mr Washington hinzu. „Das hat sie noch aus ihrer Zeit in New Orleans. Wir haben Chinine dabei, um das Fieber zu behandeln. Es wird allerdings noch mindestens eine Woche dauern, bis sie wieder gesund ist.“

Einen Augenblick lang musterte Anns Vater Clara aufmerksam. „Ich denke, Sie sollten sich erst einmal ausruhen, bevor Sie weiterreisen, Clara.“

„Nein, Sir. Ich schaffe das schon. Es wird irgendwie gehen“, wehrte Clara ab, aber ihr Kopf fiel sofort wieder gegen den Sessel.

„Nein, das dürfen Sie nicht.“ Anns Vater gab nicht nach. „Der nächste Teil Ihrer Reise wird noch anstrengender. Mr Washington muss nach Pittsburgh zurück und ich werde Sie zu einem anderen Mann bringen, der Ihnen weiterhelfen wird. Vielleicht müssen Sie sogar ein Stück Weg in Richtung Norden zu Fuß zurücklegen.“

„Wir wollen Ihnen nicht zur Last fallen“, sagte John leise.

„Sie sind keine Last. Wir möchten Ihnen gerne helfen“, erwiderte Anns Vater.

Das Wasser auf dem Herd kochte und Ann goss den Tee auf. Mit einem Tablett voller Teetassen und mit Milch und Zucker kam sie zurück ins Wohnzimmer.

„Draußen im Wald hinter unseren Feldern“, erklärte ihr Vater gerade, „steht eine kleine Hütte, die ich gebaut habe, als wir hierhergezogen sind. Das ist wahrscheinlich der sicherste Ort. Selbst wenn jemand hierherkäme und unser Haus durchsuchte, würde er Sie da draußen im Wald niemals finden.“

Ann reichte Mr Washington eine Tasse Tee.

„Dort steht sogar noch ein Bettgestell“, fügte ihr Vater hinzu. „Wir können die Matratze der Mädchen dorthin bringen und Susan und Mabel können bei Ann schlafen.“

„Oh nein, Miss Miller. Das kann ich von Ihnen nicht verlangen“, protestierte Clara schwach, als Ann ihr eine Tasse Tee auf den kleinen Tisch neben dem Sessel stellte.

„Wir machen es trotzdem so“, sagte Ann lächelnd. „Es macht mir gar nichts aus, mein Bett für eine Woche mit meinen Schwestern zu teilen. Früher, als die Mädchen noch kleiner waren, sind sie sowieso fast jede Nacht zu mir ins Bett gekrochen.“

Sie gab ihrem Vater die letzte Tasse Tee und setzte sich dann auf die andere Seite neben den Kamin. Es war schön, dass die Simons gekommen waren, obwohl sie immer noch ein bisschen Angst davor hatte, dass Jack Rumkin ihnen gefolgt sein könnte. Nachdem sie Will in Pittsburgh schon nicht hatte helfen können, freute sie sich jetzt über die Möglichkeit, wenigstens den Simons beizustehen.

„Ich helfe Ihnen dabei, in der Hütte alles vorzubereiten. Wir müssen Essen und Feuerholz mitnehmen, John“, sagte ihr Vater. „Solange Sie die Hütte brauchen, kann sie Ihr eigenes, kleines Häuschen sein.“

Johns Augen glänzten verräterisch und er brachte kein Wort heraus.

„Das ist sehr freundlich von dir, Samuel“, sagte Mr Washington.

John hatte sich wieder gefasst. „Mr Miller, Sie wissen gar nicht, was das für mich und meine Frau bedeutet.“

„Bitte, nennen Sie mich Samuel.“ Anns Vater stand auf und ging in den Flur, der zu den Schlafzimmern führte. „Mabel und Susan!“, rief er. „Ich brauche eure Hilfe.“

Schon kurze Zeit später waren die Vorbereitungen in vollem Gang. Ann und die Mädchen packten Vorräte für die Simons in Körbe, während ihr Vater und John die Matratze auf das Fuhrwerk luden.

Ann legte eine Dose mit getrocknetem Rindfleisch in einen der Körbe und eilte in die Vorratskammer, um ein paar Gläser eingekochte Äpfel zu holen. Die beiden Mädchen waren mit ihren Körben schon auf dem Weg zur Hütte. Sie suchten sich lieber ihren eigenen Abenteuerweg durch die Bäume, anstatt ruhig und gesittet auf dem Fuhrwerk mitzufahren. Ann war allein mit ihren Gedanken, als sie die Obstgläser in alte Stofflappen wickelte, damit sie nicht zerbrachen.

Es war immer noch möglich, dass Jack Rumkin die Simons auch

hier aufspürte. Sie kämpfte gegen die Übelkeit, die bei dem Gedanken an seinen Körper auf ihren Beinen immer noch in ihr aufstieg. Ihre Hand zitterte, als sie nach dem Salzfass auf dem Regal griff.

Ann musste ihren Vater unbedingt fragen, was sie tun würden, wenn er tatsächlich hier auftauchte. Ein geladenes Gewehr stand in der Ecke hinter der Tür – nur ein Dummkopf würde hier in dieser Gegend ohne ein Gewehr wohnen. Sie schauderte bei dem Gedanken, dass noch mehr menschliches Blut vergossen werden könnte. Dann wäre sie für den Tod eines weiteren Menschen mitverantwortlich. Doch sie würde es tun, wenn es sein musste. Aber wahrscheinlich wären weder sie noch ihr Vater nahe genug am Haus, um das Gewehr rechtzeitig holen zu können.

Sie konnte also nur beten, dass Jack Rumkin niemals herausfinden würde, wo Clara und John jetzt waren.

Will glaubte immer noch, dass das alles nur ein Traum war. Er saß in einer großen Kutsche und fuhr in Richtung Rushville. Auf der ebenen Straße flog die Kutsche nur so dahin. Will trug einen Mantel, den Mrs Crandall ihm mit den Worten gegeben hatte, ihr Mann brauche ihn sowieso nicht mehr. Außerdem hatte sie ihm ein zweites Hemd, eine zweite Hose und ein paar Bücher mitgegeben, damit die Reise nicht zu langweilig wurde. Ein paar Mal hielt die Kutsche, damit sich die Pferde und der Kutscher ausruhen konnten. Meistens wechselte Will dann ein paar Worte mit dem Kutscher, bevor er sich wieder in die Bücher vertiefte. Ein Buch erzählte die Geschichte von einem gewissen Natty Bumpo. Viele Stunden verbrachte Will in der Welt der Pioniere, Farmer und Indianer, die der Autor in seinem Buch beschrieb.

Das Lesen lenkte seine Gedanken für eine Weile von seinen Sorgen über die Zukunft ab. Er wusste nicht, wie es weitergehen sollte. Zuerst musste er Mr Miller finden, dann konnte er weiterdenken. Das einzige Handwerk, auf das er sich verstand, war die Sattlerei. Doch jeder andere Sattler würde sofort wissen, dass er ein entflohener Lehrling war. Schließlich hatte er nichts anderes vorzuweisen als seine Nähkünste. Er war auf das Mitleid von Mr Miller angewiesen. Vielleicht würde er ihn einstellen.

Langsam wurde es dämmrig und ihm fielen die Augen zu. Als die Sonne fast verschwunden war, hielt die Kutsche. Der Kutscher kam an die Tür und sagte ihm, dass sie in Rushville angekommen waren. Wieder fühlte sich Will wie im Traum, als er mit dem Lederbeutel, der seine neue Kleidung enthielt, aus der Kutsche kletterte.

„Mrs Crandall hat mir gesagt, dass Sie hier Freunde haben", sagte der junge Kutscher. Seine Wangen waren von der Kälte noch ganz gerötet. „Wo wohnen diese Freunde?"

„Sie wohnen etwas außerhalb der Stadt in einer Seitenstraße", erwiderte Will. Das hatte ihm Mr Miller bei der Arbeit in Pittsburgh erzählt.

„Ah", sagte der Kutscher. „Ich würde Sie gerne dorthin bringen, aber die Kutsche hatte schon auf der letzten Straße mit dem Schlamm Probleme. Wenn der Schlamm noch tiefer wird, komme ich nicht mehr nach Hause." Der Kutscher streckte die Hand aus. „Ich wünsche Ihnen viel Glück."

Will nahm die angebotene Hand und schüttelte sie. „Vielen Dank. Und bitte richten Sie Mrs Crandall aus, dass ich ihre Freundlichkeit niemals vergessen werde."

„Das werde ich tun." Der Kutscher kletterte wieder auf den Kutschbock und wendete die Pferde.

Als die Kutsche verschwunden war, sah sich Will auf Rushvilles Hauptstraße um. An dem weiß gestrichenen Laden direkt vor ihm hing ein Schild: *Sumners Gemischtwarenladen*. Es war zwar schon spät, aber vielleicht konnte ihm der Besitzer den Weg erklären. Die Tür des Ladens war noch offen.

Zögernd trat er ein. Hinter der Theke saß eine Frau auf einem Stuhl und schrieb etwas in ein Buch. Als die Glocke läutete, sah sie hoch.

„Guten Abend! Wir wollten gerade zumachen. Möchten Sie etwas kaufen?" Ihr rundes, freundliches Gesicht war von Sommersprossen übersät.

„Ja, Ma'am. Ich meine, nein, Ma'am."

Sie schmunzelte. „Na, was denn nun?"

„Ich wollte nur nach dem Weg zu Samuel Millers Farm fragen."

„Sind Sie ein Freund von Mr Miller?"

„Ja, Ma'am." Eigentlich hätte er mehr erklären müssen, aber er traute sich nicht.

Sie deutete auf die Straße vor dem Laden. „Gehen Sie auf dieser Straße weiter am Ortszentrum vorbei. Dann läuft die Straße ungefähr eine Meile durch die Bäume. Sie folgen der Straße immer weiter, bis Sie auf der linken Seite eine große Eiche sehen, die der Blitz in zwei Teile gehauen hat. Die können Sie nicht verfehlen. Der Baum ist riesig." Sie beschrieb einen großen Kreis mit den Armen. „Jede Hälfte ist ungefähr so groß. Der Blitz hat den Baum bis fast ganz unten durch geteilt."

Will nickte.

„Genau auf der anderen Seite geht ein kleiner Weg nach rechts ab. Er führt auch durch die Bäume – eigentlich ist es nicht viel mehr als eine Fahrspur. Auf diesem Weg müssen Sie noch einmal etwa eine Meile weitergehen, dann sehen Sie Millers Farm. Sie können sie nicht verfehlen und es gibt in der Nähe auch keine andere Farm."

„Vielen Dank, Ma'am."

„Gern geschehen. Aber Sie müssen sich beeilen, denn es wird jetzt schnell dunkel."

Er nickte wieder. Als er durch die Tür nach draußen ging, konnte er ein schiefes Lächeln nicht unterdrücken. Die Frau wusste ja nicht, dass er das Laufen in der Dunkelheit gewohnt war.

So schnell seine blasenübersäten Füße ihn trugen, lief er die Hauptstraße entlang. Die festen Stiefel, die Mrs Crandall ihm geschenkt hatte, drückten auf jede wunde Stelle. Eine Eiche konnte man im Wald schnell übersehen, vor allem wenn es schon dunkel war. Und die Sonne war schon vor einer Weile untergegangen.

Als Will endlich zu dem besagten Baum kam, war es fast stockfinster. Er konnte gerade noch den geteilten Stamm der Eiche erkennen. Suchend blickte er sich um und fand den Weg, der nach rechts abging. Mittlerweile konnte er schon die Sterne am Himmel sehen. Er bog in den Weg ein und versuchte, nicht über die Fahrspur zu stolpern.

Schon nach wenigen Minuten sah er das Farmhaus. Es lag zwischen zwei Hügeln. In einem der unteren Fenster konnte er das Flackern eines Feuers erkennen.

Als er durch den Hof ging, konnte er vor Aufregung kaum noch atmen. Langsam ging er auf die Haustür zu. Er konnte es kaum glauben, dass er es tatsächlich bis hierher geschafft hatte. Aber wenn Mr Miller ihn nicht aufnehmen würde, dann wusste er nicht, wohin er noch gehen konnte. Er versuchte sich zu beruhigen. Er dachte an das Mitgefühl in Mr Millers Augen, wenn er über Gott gesprochen hatte, der die Menschen aus der Finsternis retten wollte.

Will holte tief Luft und klopfte an.

Kapitel 25

Es klopfte an der Haustür. Ann war völlig vertieft in einen Roman von Mrs Radcliffe. Ihr Vater saß im Wohnzimmer und las ihren Schwestern etwas vor. Sicher würde er die Tür aufmachen. Es war wahrscheinlich John Simon, der schon mehrmals zum Haus zurückgekommen war, um noch ein paar Kleinigkeiten für die Hütte zu holen.

Ann hörte, wie der Riegel der Haustür zurückgeschoben wurde. Dann hörte sie das Murmeln von Männerstimmen in der Küche. Sie hoffte, ihr Vater würde sie nicht rufen. Diese Zeit am Abend, in der sie allein in ihrem Zimmer saß und las, war ihr sehr wichtig. Die Bücher regten ihre Fantasie an und holten sie aus ihrem Alltag. Den ganzen nächsten Tag konnte sie über die Personen und Geschichten nachdenken, während sie ihre oft eintönigen Arbeiten verrichtete.

„Ann!“ Die Stimme ihres Vaters war gerade so laut, dass sie ihn in ihrem Zimmer gut hören konnte.

Sie seufzte. Vielleicht hatte ihr Vater nur eine kleine Bitte und sie konnte gleich danach ihren Roman weiterlesen. Sie legte ihren Zeigefinger zwischen die Buchseiten, klappte das Buch zu und ging mit ihm in der Hand zu ihrem Vater. Bevor sie ihr Schlafzimmer verließ, strich sie sich mit der freien Hand den Rock glatt und fuhr sich kurz über die Haare.

Das Licht des Feuers im Herd erhellte den Flur, sodass sie schon nach wenigen Augenblicken in der Küche war. Als sie ins Wohnzimmer trat, musste sie kurz blinzeln, weil sich ihre Augen erst an das helle Licht der Lampe gewöhnen mussten. Die Lampe stand auf einem Seitentisch neben dem leeren Sessel ihres Vaters. Vor dem Sessel saßen wie versteinert Susan und Mabel. Seltsam. Sonst schwiegen die beiden Mädchen selten. Sie schauten sie nicht einmal an. Stattdessen starrten sie wie gebannt auf ihren Vater. Der redete vor dem offenen Kamin mit einem anderen Mann, den sie nicht genau erkennen konnte.

Der Besucher stand mit dem Rücken zu Ann. Es war nicht John Simon, sondern ein junger Mann mit dunklen Haaren und ungefähr so groß wie ihr Vater. Sein blaues Hemd lag eng um seine Schultern. Der Mann war nicht viel mehr als Haut und Knochen.

„Wir haben einen unerwarteten Gast", sagte ihr Vater zu ihr. Der junge Mann drehte sich um.

Will Hanby.

Irgendwie sah er anders aus. Sauberer. Zivilisierter. Seine dunklen Haare waren nicht mehr so wild und unordentlich. Offenbar hatte ihm jemand die Haare geschnitten.

Sein Anblick überraschte Ann so sehr, dass sie ihr Buch heftig an sich drückte. Sie musste aussehen wie ein aufgeschreckter Hase. Mit gesenktem Blick ging sie zu einem der Tische und legte das Buch behutsam darauf. Sie hoffte, dass ihre Augen nicht so rund und neugierig waren wie die ihrer Schwestern. Es war unhöflich, so lange zu schweigen, wenn ein Gast im Haus war, aber ihre Manieren waren ihr irgendwie abhandengekommen. Sie wusste nicht, was sie sagen sollte.

Als sie Will schließlich doch ansah, lag sein Gesicht im Schatten. Was er wohl von ihr dachte? Doch dann trat er einen Schritt auf sie zu.

Er nickte kurz und sagte: „Miss Miller", wie es sich bei einer Begrüßung gehört. In seinem Blick lag immer noch dieselbe wilde Einsamkeit und Verlassenheit wie bei ihren Begegnungen in Pittsburgh.

Er war also nur halb zivilisiert trotz seiner gepflegteren Erscheinung.

Wie sollte sie ihn ansprechen? *Mr Hanby?* Nein. Sie konnte mit ihm nicht so reden wie mit Allan oder einem anderen Gentleman. Es passte einfach nicht. Sie hatte ihn in seinem Elend gesehen und ihm das Blut von der Stirn gewischt, als sie ihn auf dem Boden der Scheune gefunden hatte. Dabei war sie ihm so nah gewesen wie sonst noch keinem anderen jungen Mann.

„Guten Abend", sagte sie nach einer langen Pause. Sie war von ihrer abweisenden Stimme selbst überrascht. Doch ihre Instinkte sagten ihr, dass sie sich aus irgendeinem Grund vor ihm schützen musste, vor allem jetzt, wo er in ihrem Haus war.

Er senkte den Blick als Antwort auf ihre Zurückweisung und trat wieder einen Schritt von ihr weg.

Ann wusste nicht, ob sie das bedauerte oder nicht – sie hatte ihn nicht verletzen wollen. Sein gesenkter Blick zeigte ihr, dass er sich von ihr fernhalten würde.

„Meine Tochter ist überrascht, dich hier zu sehen, Will", sagte ihr Vater neben ihm. „Wir haben wirklich nicht damit gerechnet, dass du hierher zu uns kommst."

„Ja, Sir." Als Will sich wieder an ihren Vater wandte, fiel Ann noch etwas auf: Will roch nicht mehr nach Schweinestall. Er hatte gebadet.

Ihr Vater streckte ihm die Hand entgegen. „Ich werde dich also als Lehrling aufnehmen."

Will packte die ausgestreckte Hand und schüttelte sie mit Nachdruck. Er schien erleichtert zu sein.

Ihr Vater ließ Wills Hand los und legte ihm stattdessen die Hand auf den Arm. „Ich kann dich beim besten Willen nicht abweisen, denn ich kenne den Meister, vor dem du geflohen bist. Wir müssen es darauf ankommen lassen und hoffen, dass er hier nicht nach dir sucht."

Ann traute ihren Ohren nicht. Mit offenem Mund starrte sie ihren Vater und Will an. Dann schnappte sie unhörbar nach Luft.

„Allerdings musst du dir im Klaren darüber sein, dass es in meiner Sattlerei nicht genug Arbeit gibt, dass zwei Männer vollzeitig damit beschäftigt sind. Du müsstest auch bei der Arbeit auf der Farm mithelfen. Willst du das tun?"

„Diese Arbeiten habe ich früher oft erledigt, Sir." Will lächelte zaghaft. „Und ich bin gern bereit, jede Arbeit zu erledigen, solange ich für einen guten Meister arbeite."

Das war eine erfreuliche Aussicht. Eine zusätzliche Hilfskraft auf der Farm! Dankbar musterte Ann Wills spindeldürre Erscheinung. Dünn oder nicht, er war ein Mann und damit größer und bestimmt auch stärker als sie – auch wenn er noch ziemlich unterernährt war. Wenn es ihm besser ging, könnten sie sich die Arbeit teilen und sie würde ihm die schwersten Arbeiten überlassen.

„Wird er hier bei uns im Haus wohnen?", fragte Mabel.

Sofort wurde Ann rot. Sie wirbelte herum und sah gerade noch, wie Susan versuchte, ihre Schwester am Rock zu zupfen und zur Ruhe zu mahnen – aber ohne Erfolg.

Ihr Vater hob die Augenbrauen und sah nachdenklich zur Decke. „Daran habe ich gar nicht gedacht. Ich kann dir nicht erlauben, hier im Haus zu wohnen – wegen der Mädchen."

Nervös zupfte Ann an Susans Haarbändern herum. Sie wollte gar nicht wissen, ob Wills Gesicht genauso rot war wie ihr eigenes.

Ihr Vater räusperte sich. „Doch ich will dich nicht in eine Scheune verbannen, in der es keinen Ofen gibt. Die Nächte sind immer noch sehr kalt."

„Ich komme schon klar, Sir."

„Nein, ich habe eine andere Idee. Wir haben Gäste, die heute Nachmittag angekommen sind. Sie wohnen in einer Hütte nicht weit von hier. Es sind die Simons, die du in Pittsburgh besucht hast."

Will sah ihn zuerst verwirrt an, dann fragte er erstaunt: „John und Clara?"

„Genau. Ich denke, angesichts der Umstände ist es am besten, wenn du mit ihnen zusammenwohnst. Du kannst auf einer Decke auf dem Boden schlafen, aber neben dem Herd ist es wenigstens warm."

„Ja, Sir. Das ist eine gute Idee."

„Und wenn sie in ein oder zwei Wochen weiterreisen, dann kannst du allein in der Hütte wohnen."

„Ich bin Ihnen sehr dankbar, Sir."

„Dann bringe ich dich jetzt gleich zur Hütte, bevor es noch später wird. Ann, holst du bitte eine Decke für Will?"

Ann ging zu der großen Holztruhe und holte die alte rot-weiß karierte Decke heraus. Die Farben waren schon etwas verwaschen, aber die Decke war sauber und warm. Auf dem Rückweg machte sie einen kleinen Bogen um Will und drückte ihrem Vater die Decke in die Arme. Der schaute sie etwas verwirrt an und gab das Bündel an Will weiter. Dann nahm er die Lampe vom Haken neben der Tür und zündete sie an.

„Können wir gehen?", fragte er und setzte sich seinen Hut auf. Als Will durch die Tür nach draußen ging, drehte sich ihr Vater noch einmal um. „Ich bin gleich wieder zurück", sagte er, bevor auch er das Haus verließ.

Ann stand in der Tür und sah ihnen noch lange nach. Im Hof

warf Will ihr noch einen letzten Blick über die Schulter zu. Sie verstand diesen jungen Mann einfach nicht.

„Der Schweinehirte!", sagte Mabel. „Warum ist er hier?"

Ann wirbelte herum und sagte lauter, als sie eigentlich wollte: „Sei nicht so ungezogen! So etwas sagt man nicht." Sie war sich immer noch unsicher, wie sie ihn anreden sollte. Doch auf keinen Fall durften sich ihre Schwestern irgendeinen dummen Spitznamen für ihn ausdenken. „Ihr könnt ihn Will nennen", fügte sie etwas freundlicher hinzu. Susan und Mabel waren noch zu jung, um zu verstehen, dass man einen jungen Mann normalerweise nicht mit seinem Vornamen anredete.

Mabel legte sich auf den Teppich vor dem Kamin und rollte sich wohlig wie ein kleines Kätzchen zusammen. „Wie lange bleibt er hier?", fragte sie nach einer Weile.

„Das weiß ich nicht."

„Wird er unsere Arbeit auf der Farm übernehmen?", wollte Susan wissen. „Vater hat gesagt, dass er uns helfen muss."

„Nein", erwiderte Ann. „Er wird einen Teil *meiner* Arbeit übernehmen." Die beiden Mädchen sahen sich enttäuscht an und Ann musste lachen.

Während ihre Schwestern immer noch darüber stritten, was Will auf der Farm alles übernehmen müsste oder auch nicht, verriegelte Ann die Haustür und setzte sich in den Sessel neben dem Feuer.

„Was hat euch Vater denn vorhin vorgelesen?" Sie griff nach der Bibel auf dem kleinen Tisch neben dem Sessel und schlug sie auf. Das rote Buchzeichen half ihr, die richtige Stelle zu finden.

Will ging hinter Mr Miller her, der ihn am Rand eines Feldes entlangführte. Auf dem Feld konnte Will im Mondlicht noch die kurzen Stoppeln des abgeernteten Getreides erkennen.

„Bald können wir es umpflügen", sagte Mr Miller und deutete auf den harten Boden.

Mit dem Pflügen kannte sich Will nicht aus, da die Goods nur Tiere und einen kleinen Gemüsegarten hatten. Auch auf der Farm, auf der Will früher gearbeitet hatte, hatte er nur mit Tieren zu tun gehabt.

„Ist es schon Zeit zum Säen?", fragte er und hob den Lederbeutel mit seinen Habseligkeiten etwas an. Über dem Beutel lag die dicke Decke und es war gar nicht so leicht, das Bündel über den unebenen Boden zu balancieren.

„Wir säen das Getreide erst in ungefähr einem Monat aus. Aber ein alter Farmer in Pennsylvania hat mir einmal gesagt, dass die Ernte größer wird, wenn man den Boden früh genug umpflügt."

„Und wie pflügen Sie den Boden?"

„Mit unseren Maultieren. Maultiere sind sehr geschickte Tiere und ziehen den Pflug gleichmäßig über das Feld."

„Das würde ich gerne einmal sehen."

„Oh, du wirst schon bald die Gelegenheit dazu haben."

Sie lachten leise.

„Meinen Sie vielleicht von hinten, Sir?"

„Aber sicher."

„Sie müssen mir erst zeigen, wie man pflügt, Mr Miller." Hoffentlich war sein neuer Meister nicht allzu enttäuscht, wenn er merkte, wie wenig Will eigentlich konnte.

Mr Miller machte einen großen Schritt über den Erdhaufen zwischen zwei Feldern. „Es ist nicht schwer." Mr Millers Stimme klang ruhig und gar nicht enttäuscht.

Sie mussten noch zwei weitere Felder überqueren, bis sie zu dem Wald kamen. Zwischen den Bäumen war es stockdunkel. Will versuchte, dicht hinter Mr Miller zu bleiben, um ihn nicht zu verlieren.

Schon bald kamen sie an eine kleine Lichtung, auf der das taunasse Gras im Mondlicht glitzerte. Überall standen alte Baumstümpfe. Jemand hatte vor einigen Jahren durch harte Arbeit diese Lichtung dem Wald abgetrotzt. Will dachte an die großen Felder um Mr Millers Farm und fragte sich, ob er all diese Bäume selbst gefällt hatte.

Auf der Lichtung stand eine kleine Holzhütte. Mr Miller klopfte an die schmale Tür. Sie wurde sofort geöffnet und John Simons gutmütiges Gesicht erschien im Türrahmen. Als er die Narbe auf Johns Stirn sah, war Will wieder genauso entsetzt wie beim ersten Mal. Das Kreuz in einem Kreis war in der Woche vor der Gerichtsverhandlung wegen Lucys Tod immer wieder in seinen Träumen aufgetaucht.

„Mr Samuel! Kommen Sie doch herein!", wurden sie von John begrüßt. „Habe ich noch etwas vergessen?" Er machte die Tür weit auf.

Will stolperte hinter Mr Miller in die Hütte. In dem kleinen Innenraum der Hütte lag Clara mit geschlossenen Augen auf dem Bett.

Als sie die Stimmen hörte, öffnete sie mühsam die Augen und lächelte. Auf ihrer Stirn und an ihren Schläfen sah Will Schweißperlen. „Mr Miller?"

Mr Miller legte seinen Arm um Will und schob ihn nach vorn. „Das ist Will Hanby, Clara. Er hat euch bei Enoch Washington besucht. Und bitte, nennen Sie mich Samuel."

„Das ist aber eine Überraschung, dass wir Sie hier wiedersehen, Mr … Will." Sie lächelte Will zu. „Will." Trotz der Falten und Narben in ihrem Gesicht war ihr Lächeln für Will wie ein Hoffnungsschimmer.

Er lächelte zurück. „So geht es mir auch, Clara." Wieder schob er das Bündel auf seinen Armen zurecht, damit die Decke nicht zur Seite rutschte.

„Sie können das alles auf den Stuhl da drüben legen." Clara hob leicht die Hand und deutete auf den Stuhl.

Er gehorchte, während Mr Miller den Simons die Situation erläuterte.

„Sie bleiben am besten bei uns, junger Mann", sagte Clara.

„Wir haben hier genug Platz", bestätigte John und setzte sich neben seine Frau auf das Bett.

„Vielen Dank." Will mochte die Simons sehr. Es war schon seltsam, dass er sich in der Gegenwart von ehemaligen Sklaven freier fühlte als in der Gegenwart von Miss Miller. Doch letztlich schien Miss Miller sich mit ihm in einem Raum auch nicht besonders wohlzufühlen.

„Ich sollte besser zurückgehen", sagte Mr Miller.

„Sagen Sie Ihren süßen Töchtern einen schönen Gruß von mir", sagte Clara zum Abschied. „Vielleicht können sie uns morgen einmal besuchen."

Mr Miller verabschiedete sich und Will rollte seine geliehene Decke vor dem Ofen aus. Dann schob er sie so weit in eine Ecke, dass die Simons noch genug Platz hatten. Clara war immer noch schwach von dem Malariaanfall – Mr Miller hatte ihm davon auf dem Weg hierher erzählt. Sie war so müde, dass sie schon bald wieder eindöste. Aber John unterhielt sich noch eine Weile mit Will. Im Licht des Feuers wirkten Johns Augen noch dunkler und freundlicher als bei Tageslicht. Er wollte alles über Wills Flucht wissen und konnte kaum glauben, was Will über Mrs Crandall erzählte.

„Gott segne diese Frau. Sie ist wie Mr Miller. Sie kennen beide die Bibel. ‚Denn ich bin hungrig gewesen und ihr habt mir zu essen gegeben. Ich bin durstig gewesen und ihr habt mir zu trinken gegeben. Ich bin ein Fremder gewesen und ihr habt mich aufgenommen.' Viele Menschen lesen das, aber der Allmächtige segnet die, die es auch tun."

Will nickte und legte sich auf seine Decke. Bisher hatte er noch nie über Glauben, Gott oder die Bibel gesprochen, aber er spürte die gleiche tiefe Dankbarkeit wie John. Mit einem Blick über die Schulter vergewisserte sich John, dass Clara schlief, und fuhr fort: „Ich danke dem Herrn jeden Tag für das, was er schon für uns getan hat. Und ich habe keine Angst vor dem, was noch kommt."

Will dachte über diese Worte lange nach. Dass er überhaupt hatte fliehen können und so weit gekommen war, war an sich schon ein Wunder. Nur ein Dummkopf würde das bezweifeln. Sein Vater hätte die Hand des Allmächtigen darin gesehen, wenn er an Wills Stelle gewesen wäre. Er hätte dem Herrn für den Mann mit dem langen, dunklen Bart auf dem Fuhrwerk gedankt und für die Gemeinschaft der Gepeitschten. Auch sein verzweifeltes Klopfen an Mrs Crandalls Tür hatte sich am Ende als ein Wunder entpuppt, sonst wäre er wahrscheinlich einfach neben der Straße gestorben.

„Ich bin ihm auch sehr dankbar", sagte er schließlich.

John nickte, deckte seine Frau noch einmal zu und schloss dann die Augen. Doch sein Gesicht entspannte sich nicht zum Schlafen – er betete. Sofort wandte Will den Blick ab, um ihn nicht zu stören.

Stattdessen legte er sich mit dem Gesicht zum Ofen hin und schloss die Augen. Durch die Augenlider konnte er das rote Licht der Flammen sehen. Er könnte jetzt auch in der Scheune von Meister Good liegen – oder dahinter begraben sein. Doch dank Gottes

Hilfe war er heute Abend noch am Leben und frei. Dieser Gedanke breitete sich in seinem ganzen Körper aus und er spürte, dass er nicht allein war. Etwas Großes und Heiliges umgab ihn, hörte ihm zu und wartete auf ihn.

Herr, ich danke dir, dass du mich befreit hast. Ich danke dir für deine Diener, die mich aufgenommen haben, obwohl ich ein Fremder und ein Bettler bin. Ich möchte mit meinem Leben meine Dankbarkeit zeigen und dir dienen. Ich möchte das für andere tun, was du für mich getan hast. Jetzt gehöre ich dir.

Will öffnete die Augen und starrte an die niedrige Decke. Er spürte einen tiefen Frieden in sich wie noch nie zuvor.

Das Gefühl, dass jemand direkt neben ihm stand, ließ nach, verschwand aber nicht ganz. Mittlerweile war das Feuer so sehr heruntergebrannt, dass er nur noch die rote Glut sehen konnte. Der Geruch von verbranntem Holz erfüllte die Hütte. Noch lange starrte er in die Glut und dachte nach.

Kurz bevor er einschlief, musste er noch einmal austreten. Vorsichtig stand er auf, damit seine Wunden nicht wieder aufplatzten.

So leise er konnte, schlüpfte er aus der Tür. Die Nachtluft war kalt und klar. Er stellte sich hinter einen Baum, damit ihn niemand hören oder sehen konnte.

Ein Nachtvogel schrie ein paar hundert Meter entfernt auf einem der hohen Bäume. Vor Schreck zuckte er zusammen. Eine Eule? Er musste sich unbedingt beruhigen. Er war ja so schreckhaft wie ein junges Fohlen.

Als er seine Hosen wieder zurechtgezogen hatte und zurück zur Hütte gehen wollte, blieb er wie angewurzelt stehen.

Dort auf dem leeren Feld hinter den Bäumen bewegte sich ein Schatten im Mondlicht. Es war ein menschlicher Schatten, der wie ein Geist über das Feld huschte.

Gebannt verfolgte Will den Schatten. In seinem Kopf überschlugen sich die Gedanken. Der Geist bewegte sich auf das Haus der Millers zu, verschwand aber schon bald aus seinem Blickfeld.

Er musste wissen, wer das war. Sein Mantel lag noch in der Hütte, aber er wollte die Simons nicht stören. Und wenn er erst in die Hütte ging, würde er vielleicht den Schatten aus den Augen verlieren. So leise er konnte, schlich er durch die Bäume und über das Feld.

Kapitel 26

Ann wachte auf.

In ihrem Zimmer war es ganz still. Eine seltsame Stille, als würde das ganze Haus den Atem anhalten. Sie wusste nicht, was sie geweckt hatte oder warum sie wie erstarrt im Bett lag, als hätte sie Angst, die kleinste Bewegung könnte sie verraten.

Klopf, klopf, klopf.

An ihrem Fenster. Ihr Herz raste. Sollte sie den Fensterladen öffnen? Vielleicht war eine ihrer Schwestern da draußen.

Entschlossen schob Ann die Decke von sich und stand auf. In ihrem dünnen Nachthemd fing sie sofort an zu zittern. Die Dielen knarrten unter ihren Füßen, als sie zum Fenster schlich.

Sie hörte eine leise Stimme auf der anderen Seite: „Mr Miller?"

Jemand hatte ihr Fenster mit dem ihres Vaters verwechselt. Sicher war das einer ihrer Gäste. Vielleicht war etwas passiert, das nicht bis morgen warten konnte. Jedenfalls musste sie ihr Fenster bald öffnen, sonst würden die Mädchen im Nachbarzimmer wach werden. Schnell lief sie zu ihrem Schreibtisch und zündete eine Lampe an. Obwohl sie immer noch vor Angst und Kälte zitterte, machte sie das Fenster einen Spalt auf.

Will Hanby.

Bei ihrem Anblick riss er die Augen auf. „Ich wollte eigentlich Ihren Vater wecken."

„Was ist los?" Sie war froh, dass er durch den Spalt nur ihr Gesicht sehen konnte. Es wäre schrecklich, wenn er sie im Nachthemd gesehen hätte. Trotzdem stellte sie sich noch näher an die Wand, falls er doch mehr durch den Spalt sah, als sie dachte.

„Da ist gerade jemand um Ihr Haus geschlichen. Ich bin ihm hinterhergerannt, aber er ist in den Wald gelaufen und dort habe ich ihn verloren."

„Was?"

Er schien zu merken, dass sie immer noch nicht ganz wach war, deshalb wiederholte er seine Worte ganz langsam, als redete er mit einem Kind. Es dauerte eine Weile, bevor sie die Tragweite seiner Worte verstand.

„Wie sah der Mann aus?“, fragte sie.

„Ich konnte ihn nicht genau erkennen – es war zu dunkel.“

„Es könnte Rumkin gewesen sein.“

„Wer?“

„Ein Kopfgeldjäger, der hinter den Simons her ist.“

„Oder …“ Will senkte den Blick. „Oder es ist jemand, der nach mir sucht.“ Seine ausgeprägten Gesichtszüge wurden durch das flackernde Licht ihrer Lampe noch unterstrichen.

Er hob den Blick und sah sie an. Sie waren nur wenige Zentimeter voneinander entfernt. Ann wusste nicht, was sie sagen sollte. Deshalb schwieg sie, ohne den Blick von ihm abzuwenden. Noch nie hatte sie solche klaren, tiefgründigen Augen gesehen wie die, in die sie jetzt blickte. Will öffnete den Mund ein wenig, als wollte er etwas sagen, aber auch er schwieg. Trotzdem schienen sie sich ohne Worte zu verstehen – als gäbe es eine Verbindung zwischen ihnen, die tiefer ging. Ann lief ein Schauer über den Rücken und sie trat einen Schritt zurück.

„Sie müssen es meinem Vater erzählen.“ Sie hob das Kinn ein Stück, um ihre Fassung wiederzugewinnen.

Oh Schreck! Durch ihren Schritt nach hinten konnte er sehen, dass sie nur ein Nachthemd trug. Schnell suchte sie wieder den Schutz der Wand.

Er wandte das Gesicht einen Moment zu spät ab und sprang zurück, als wäre das Fensterbrett plötzlich glühend heiß.

„Von Ihnen aus gesehen ist es das Fenster links neben meinem.“ Erleichtert schloss sie das Fenster und schob den Riegel vor. Wenigstens konnte er sie jetzt nicht mehr sehen. Dann sank sie vor dem Fenster auf den Boden und vergrub ihr Gesicht in den Händen.

Sie hörte, wie Will an das Fenster neben ihrem klopfte. Als ihr Vater antwortete, konnte sie jedes Wort durch die dünne Glasscheibe hören.

„Heute Abend können wir nichts mehr tun“, sagte ihr Vater. „Aber wir müssen auf alles gefasst sein. Ich bleibe hier und passe auf und du tust dasselbe bei der Hütte. Und nimm das hier mit.“

Es entstand eine kurze Pause.

„Kannst du damit umgehen?“, fragte ihr Vater.

„Nein, Sir.“

„So macht man das.“ Ann hörte das unverkennbare Klicken. „Dann zielst du am Lauf der Pistole entlang – so – und drückst ab.“

„Ja, Sir.“

„Und sei auf der Hut.“

Dann hörte sie, wie Will sich vom Haus entfernte und ihr Vater ins Wohnzimmer ging.

Ihr Herz raste immer noch wie wild, selbst als sie die Lampe ausblies und wieder ins Bett kroch. Sie atmete langsam ein und aus, doch auch das half nichts. Vielleicht sollte sie sich etwas Schönes vorstellen, um nicht ständig an Rumkin denken zu müssen. Auf keinen Fall wollte sie schon wieder von dem schrecklichen Vorfall in der Gasse träumen.

Sie dachte an Eli. Lächelnd ritt er auf seinem Wallach neben ihr her. Sie dachte sich eine witzige Unterhaltung über ihre Lieblingsgedichte aus – einen Satz nach dem anderen. Schließlich entspannte sich ihr Körper und sie döste ein. Im Traum blickte sie auf ihr Pferd herunter und sah, dass sie ein weites Kleid aus Seide trug, das in großen Falten über ihren Damensattel hing. Dann ritten Eli und sie gemeinsam in diese Traumwelt hinein.

Will saß mit der Pistole auf dem Schoß vor der Hütte. Sein Rücken lehnte an der Hüttentür. Wenn ihm die Augenlider zufielen, stand er auf und lief eine Weile hin und her, bis er wieder klar denken konnte.

Seine Flucht aus Pittsburgh könnte für einen Kopfgeldjäger lukrativ sein, wenn Meister Good in den Zeitungen eine Belohnung auf ihn ausgesetzt hatte. Vielleicht war ihm auch Meister Good persönlich auf den Fersen. Will traute dem Mann alles zu. Wenn ihm jemand bis hierher gefolgt war, dann schwebten die Simons durch ihn in noch größerer Gefahr.

Er schwor sich innerlich, dass er niemals der Grund für ihre Gefangennahme sein wollte. Er durfte einfach nicht einschlafen. Eigentlich müsste der Himmel selbst eingreifen, um den Simons zu helfen. Schließlich waren sie nach ihrer letzten Flucht durch die Hölle gegangen. Aber diesmal schien der Himmel Will ausgesucht zu haben, um ihnen zu helfen. Seit er den Millers in Pittsburgh begegnet war, zog sich ein roter Faden durch seine Tage und Erlebnisse, den er noch nicht ganz verstand.

Ann Miller war eine wunderschöne junge Frau. Vorhin am Fenster hatte sie mit ihrem langen Zopf so unschuldig ausgesehen wie ein Kind und war noch völlig schlaftrunken gewesen – bei dem Gedanken an sie musste er trotz seiner Sorge um die Simons lächeln. Und als sie einen Schritt zurückgetreten war, hatte er sie in ihrem dünnen Nachthemd gesehen ...

Will kniff sich kräftig ins Knie und war dankbar für den Schmerz. Wieder drohte ihn die schwarze Erinnerung an seine Sünde zu verschlucken – mittlerweile kannte er das Gefühl nur allzu gut. Würde er über Ann das Gleiche denken wie über Emmie? War sie für ihn auch nur ein nackter Körper, den er berühren wollte? Er sollte überhaupt nicht mehr an Ann denken. Wahrscheinlich war er mittlerweile sowieso mit Emmie verlobt, wenn sie seinen Antrag angenommen hatte. Und warum sollte sie ihn nicht annehmen? Immer wieder hatte sie ihm an jenem Tag in ihrem Zimmer versichert, wie sehr sie ihn liebte ...

Wieder kniff er sich kräftig ins Bein. Der Schmerz vertrieb seine Gedanken für eine Weile und hielt ihn wach.

Doch schon bald dachte er wieder an Emmie. Er musste wissen, ob sie verlobt waren. Gleich Morgen würde er Mr Miller fragen, ob er einen Brief verschicken durfte.

Wenn er den Brief an Emmie adressierte und an die Glasfabrik schickte, wusste er noch nicht einmal, ob sie ihn auch bekommen würde. Aber das war seine einzige Möglichkeit. Wenn er stattdessen Tom einen Brief schickte, würde Mr Good ihn bestimmt öffnen.

Die Nacht schien endlos. Will durfte nicht länger über Emmie oder seine letzte Begegnung mit Ann nachdenken, sonst wären seine Beine am Morgen mit lauter blauen Flecken übersät. Leise stand er auf. Vorsichtig hielt er die Pistole in der einen Hand und öffnete mit der anderen die Hüttentür einen Spalt. In der Hütte regte sich nichts. Er hörte den gleichmäßigen Atem von John und Clara. Offensichtlich hatte er sie nicht geweckt. Auf Zehenspitzen schlich Will in den dunklen Raum und holte die kleine Bibel, die Mr Miller ihm geliehen hatte.

Doch als er wieder vor der Hütte saß, reichte das Mondlicht zum Lesen nicht aus. Und nur ein Dummkopf würde in seiner Situation eine Lampe anzünden. Mitten in der Nacht konnte man jedes Licht mehr als eine Meile weit sehen. Mit einem Seufzer legte er die Bibel neben sich und suchte in seinem Gedächtnis nach Bibelversen, die sein Vater ihm als Kind vorgelesen hatte. Manche von ihnen hatte er sogar auswendig gelernt.

Der Herr ist mein Hirte ... Und ob ich schon wanderte im finsteren Tal ... Du bereitest vor mir einen Tisch im Angesicht meiner Feinde ...

Das war ein guter Vers – er tröstete ihn.

Du bereitest vor mir einen Tisch im Angesicht meiner Feinde ...

Diesen Vers würde er sich immer wieder vorsagen und ihn nie mehr vergessen.

Endlich verblassten die Sterne und der Morgen dämmerte über den Bäumen. Während der ganzen Nacht war der fremde Mann nicht mehr aufgetaucht. Will rieb sich das Gesicht und stand auf. Am liebsten würde er sich jetzt in seine Decke wickeln und einfach schlafen.

Er öffnete die Tür und sah, dass John schon aufgestanden und angezogen war.

„Eine Pistole?“, fragte John leise. „Ist heute Nacht etwas passiert?“

Will erzählte ihm mit wenigen Worten, was vorgefallen war.

John blickte düster auf den Boden. „Dann teilen wir uns heute Nacht die Wache. Aber jetzt können Sie erst einmal schlafen.“

Erleichtert gab Will ihm die Pistole und legte sich hin.

Als er wieder aufwachte, schien die Nachmittagssonne durch das Fenster. Clara saß mit einem Kissen im Rücken im Bett.

„John kocht uns etwas zu essen.“ Erschöpft schloss sie die Augen wieder. Offensichtlich war sie immer noch sehr schwach.

Will stand auf und strich sein zerknittertes Hemd glatt. Die Pistole lag neben dem Bett auf dem Boden. Vielleicht sollte er sie Mr Miller zurückbringen. Nachdenklich hob er die Waffe auf und ging zur Tür. Ein paar Meter entfernt beugte sich John gerade über eine Pfanne, die auf zwei Steinen über einem kleinen Feuer stand.

„Ich muss mit Mr Miller reden." Will sah auf die Mischung aus Schinken und Eiern, die auf dem Feuer brutzelte. Bei dem köstlichen Geruch lief ihm das Wasser im Mund zusammen.

„Aber erst müssen Sie etwas essen." John schaufelte Will einen Teller voll und reichte ihm eine Gabel. „Mr Miller war heute Morgen hier. Er wollte Sie nicht wecken."

„Hat er gestern Nacht noch jemanden gesehen?"

„Er hat jedenfalls nichts davon erzählt. Er musste heute noch zum Predigen auf eine Beerdigung ein paar Stunden von hier. Vorher wollte er gerne mit Ihnen sprechen."

Schnell schluckte Will die letzten Bissen hinunter und lief dann über die Felder zur Farm.

Der Hof vor dem Haus war leer.

„Will!" Mr Miller stand im offenen Scheunentor. „Ich freue mich, dich zu sehen. Hat John dir erzählt, dass ich für einen Tag wegmuss?"

„Ja, Sir."

„Ich glaube, wir sollten heute Nacht noch einmal Wache halten."

„John und ich denken das auch."

„Ich gebe John mein Gewehr und du kannst die Pistole behalten. Ich möchte gerne, dass du auf die Mädchen im Haus aufpasst. Du musst die Nacht hier draußen verbringen, aber du kannst dir ein Feuer anmachen, damit du nicht frierst. Da drüben ist eine Feuerstelle." Er deutete auf einen Ring aus Steinen hinter dem Haus. „Die Hütte mit den Simons darf niemand entdecken, deshalb wird John im Dunkeln Wache halten."

Mr Miller verschwand in der Scheune. Einen Moment später tauchte er mit Bayberry am Zügel wieder auf. Den Sattel trug er über dem Arm. „Wahrscheinlich hast du nur einen verirrten Reisenden gesehen oder einen Jungen von einer der Nachbarfarmen. Es gibt hier in der Gegend ein paar übermütige Jungs, die nachts manchmal durch den Wald schleichen, obwohl sie eigentlich schlafen sollten. Solltest du heute Nacht wieder jemanden sehen, dann rufe erst einmal laut als Warnung, bevor du schießt."

„Ja, Sir. Ich danke Ihnen für Ihr Vertrauen, Mr Miller." Will wusste nicht genau, was er jetzt tun sollte, deshalb steckte er die Hände in die Taschen. „Kann ich Ihnen helfen?"

Mr Miller band die Stute an und legte den Sattel vorsichtig auf ihren Rücken. Dann rückte er ihn zurecht und zog den Sattelgurt an. „Nein, ich brauche keine Hilfe, vielen Dank. Aber du kannst Ann helfen. Sie hat immer viel zu tun, wenn ich nicht da bin."

„Ich werde mein Bestes geben, Sir."

„Hilf ihr bei den Tieren. Du kannst misten und füttern. Dann muss sie sich nur noch um das Kochen und ihre Schwestern kümmern." Mr Miller prüfte den Sitz des Sattels und des Gurts und legte die Steigbügel zurecht.

„Welches Futter bekommen die Tiere, Sir?"

„Heu für die Pferde und Kühe. Die Schweine fressen meist die Küchenabfälle. Das Heu ist auf dem Heuboden. Ann kann dir die Küchenabfälle geben. Vielleicht sollte sie dir einfach alles zeigen. Dann weißt du hinterher, wo du alles findest."

Nervös zog Will die Hände aus den Taschen und verschränkte die Arme vor der Brust. Ann würde ihn wahrscheinlich wieder so abweisend behandeln wie gestern Nacht.

„Ann!", rief Mr Miller in Richtung Haus. Er stellte den Fuß in den Steigbügel und schwang sich in den Sattel. „Ich reite jetzt los."

Die Küchentür ging auf und Ann kam in einem dunkelblauen Kleid in den Hof. Über dem Arm trug sie zwei lederne Satteltaschen. Die beiden jüngeren Mädchen kamen auch aus dem Haus, blieben aber vor der Tür stehen – offensichtlich in ein Spiel vertieft.

Ann gab ihrem Vater die Satteltaschen. „Hier, Vater."

Er dankte ihr und knotete sie hinter seinem Sattel fest.

Sie war blass, mit dunklen Ringen unter den Augen. „Wann kommst du zurück?" Sie faltete die Hände vor ihrem Rock, als wäre alles so wie sonst. Doch Will sah, dass sie ihre Hände so fest zusammenpresste, dass die Knöchel ganz weiß wurden. Irgendetwas bedrückte sie.

„Morgen Nachmittag oder am frühen Abend." Mr Miller sprach leise. „Es wird dir in meiner Abwesenheit nichts passieren. Will bleibt hier und hilft dir. Du kannst ihm in der Scheune alles zeigen, dann kann er dir die schweren Arbeiten abnehmen. Außerdem bleibt er heute Nacht hier und hält Wache."

Mit einer schnellen Handbewegung strich sie sich eine Haarsträhne aus dem Gesicht. „In Ordnung. Auf Wiedersehen und gute Reise, Vater."

„Ich bin bald zurück. Es ist diesmal nicht weit." Mr Miller schnalzte mit der Zunge und ritt über den Hof zur Straße. „Auf Wiedersehen, Mädchen." Er winkte seinen jüngeren Töchtern zum Abschied zu. Fröhlich winkten sie zurück.

Will beobachtete Pferd und Reiter, solange sie noch zu sehen waren.

„Kommen Sie." Anns Stimme war barsch. „Ich zeige Ihnen, wo alles ist."

Er folgte ihr in die Scheune. Ihre gerade und elegante Haltung würde viel besser in einen Ballsaal als in eine Scheune passen.

„Dort oben liegt das Heu. Sie können etwas davon herunterwerfen." Sie deutete zum Heuboden.

Will schob sich an ihr vorbei und kletterte die Leiter hinauf. „Wie viel?"

„Ich denke, drei Gabeln voll reichen fürs Erste."

Er nahm die Heugabel und warf das Heu herunter. Dann kletterte er wieder nach unten.

Als er sich zu ihr umdrehte, musterte sie ihn mit einem amüsierten Blick. Doch sie beugte sich sofort herunter, um das Heu mit ihren Händen aufzuheben. Dabei verfingen sich ein paar Heuhalme in ihren Haaren.

Er berührte sie kurz am Ellenbogen. „Ich kann das tragen."

Sie senkte für einen Augenblick den Blick. Dann verzogen sich ihre Lippen zu einem zaghaften Lächeln. „Vielen Dank." Mit seinen längeren Armen konnte er den Heuhaufen besser umfassen als sie. Dann trug er das Heu hinter ihr her aus der Scheune hinaus.

Er mochte ihr Lächeln. Mit dem Heu auf seinen Armen merkte er, dass seine Kraft langsam zurückkam – endlich. Als sie den Kuhstall erreichten, warf er das Heu über das Gitter vor die schwarze Kuh.

Danach folgte er Ann wie ein Hündchen, während sie ihm alles zeigte und erklärte. Er versuchte sich die vielen verschiedenen

Dinge zu merken, damit er sie bald allein tun konnte. Er musste sie respektvoll behandeln. Sie war die Tochter seines neuen Meisters – außerdem war sie bestimmt schon mit einem anderen jungen Mann verlobt.

„Sie müssen sich nicht um die Schweine kümmern", sagte sie. Ein Schatten huschte über ihr Gesicht, als sie an dem Schweinestall vorbeiliefen. Der vertraute Geruch stieg ihm in die Nase.

„Es macht mir nichts aus, mich um die Schweine zu kümmern. Vor allem, wenn ich mich hinterher waschen kann."

Wieder lächelte sie zaghaft und er lächelte fröhlich zurück. Sie blickte schnell wieder weg und strich sich den Staub von ihrem Kleid, obwohl Will gar keinen Staub sehen konnte. Da wurde Wills Lächeln noch breiter, doch das sah sie schon nicht mehr, weil sie bereits auf dem Weg zum Haus war. Will folgte ihr. Er wollte sie ja nur ein bisschen necken – das war doch nicht schlimm.

Emmie, ermahnte er sich. Aber sein Brief an sie musste warten, bis Mr Miller zurückkam. Ann würde er bestimmt nicht um Papier und Briefmarke bitten. Oder er schrieb den Brief jetzt gleich und fragte Mr Miller später nach der Briefmarke. Papier und Tinte konnte ihm bestimmt auch Ann geben. Das war auch keine anstößige Frage.

„Ich glaube, das war alles." Ann blieb vor der Scheune stehen. Mittlerweile war es später Nachmittag. Ihre Haare glänzten im Sonnenlicht.

Ihre Augen verdunkelten sich. „Ich bin immer etwas unruhig, wenn mein Vater nicht zu Hause ist." Kaum waren diese Worte aus ihrem Mund, drehte sie sich zur Seite, als wollte sie sie zurücknehmen.

„Ich werde heute Nacht nicht schlafen", versprach Will ihr. „Es wird Ihnen nichts passieren."

Sie nickte und ging ohne ein weiteres Wort zurück ins Haus. Ihre Haltung war noch aufrechter als zuvor, als könnte sie es dadurch mit dem Rest der Welt aufnehmen.

Die Pistole lag immer noch in der Scheune. Im Scheunentor blieb er einen Moment stehen, um sich an das Halbdunkel zu gewöhnen. Er nahm die Pistole vom Regal, auf dem er sie abgelegt hatte, zog den Hahn vorsichtig mit dem Daumen zurück und ließ ihn dann langsam los. Wenn irgendjemand Ann oder ihre Schwestern bedrohen sollte, würde er nicht einen Augenblick zögern.

Er musste unbedingt noch Feuerholz suchen. Schon bald würde es dunkel werden.

Kapitel 27

Anns Lampe brannte noch nach Mitternacht. Sie konnte nie gut schlafen, wenn ihr Vater nicht zu Hause war.

Sie stemmte einen Ellenbogen auf ihren Schreibtisch und legte das Kinn in die Hand. Völlig versunken las sie Seite um Seite in ihrem Roman. Vielleicht war dieser Roman von Mrs Radcliffe nicht unbedingt die beste Einschlaflektüre für ihre aufgewühlten Gefühle. Sie hatte schon einmal versucht, das Buch zu lesen. Damals musste sie aufhören, als sie las, dass die Heldin des Romans, Emily, ihre Mutter verloren hatte und nur mit ihrem Vater zusammenwohnte. Das war jetzt ein Jahr her und jetzt wollte sie es wenigstens noch einmal versuchen, den Roman zu lesen. Ann identifizierte sich so sehr mit Emily, dass es ihr vorkam, als würde sie Emilys Leben leben und jeden ihrer Schritte mitmachen.

Doch in dem Kapitel heute wurde Emilys Vater krank. Dadurch wurde Ann noch unruhiger, als sie es sowieso schon war.

Trotzdem konnte sie nicht aufhören zu lesen.

„Eine milde Tat, einmal etwas Nützliches tun, wiegt so viel wie alle abstrakten Gefühle dieser Welt.“

Sie schlug ihr Tagebuch auf und holte die Schreibfeder aus der Schublade. Dann tauchte sie die Feder in die Tinte und schrieb das Zitat auf eine neue Seite. Durch diese Worte wurde Emilys Welt für sie noch realer und mischte sich mit ihrer eigenen. Anns abstrakte Gefühle hatten Will in Pittsburgh nicht helfen können. Aber das uneigennützige Handeln ihres Vaters hatte den Simons zur Flucht verholfen und auch Will zu ihnen geführt. Ihr Vater vertraute Gott und tat alles, um anderen zu helfen.

Wie ihr Vater wollte Ann auch etwas tun und sich nicht nur in ihren Gefühlen verlieren. Je deutlicher dieser Gedanke wurde, desto schwerer wurde ihr Herz. Sie wusste nicht warum – vielleicht wollte sie noch nicht wirklich erwachsen werden. Eli verstand sie in diesem Punkt. Auch er spielte immer noch mit Worten und Gedichten wie in ihrer Schulzeit. Würde er einmal ein Mann werden, der aus Mitleid mit anderen sein Leben aufs Spiel setzte und Menschen in Not half? Sie wusste es nicht. Es fehlte ihm jedenfalls nicht an Gefühl. Aber würden seine poetischen Gefühle ausreichen, um ein gutes Leben zu führen?

Eli sprach immer noch davon, Medizin zu studieren, doch er hatte seinen Entschluss stets nur vage formuliert. Erst vor Kurzem hatte er Ann erzählt, dass er sich nicht vorstellen konnte, ohne sie zu gehen. Wenn er solche Dinge sagte und sie dabei so intensiv anschaute, wirkte er jedes Mal wie aus einer anderen Welt. Bisher war sie immer überwältigt gewesen, dass sich ein solcher Mann für sie interessierte. Und nie hätte sie erwartet, dass dieser Mann zwei Jahre auf sie warten würde.

Sicher würde es jetzt nicht mehr lange dauern, bis er ihr wieder einen Heiratsantrag machte, und dann musste sie entscheiden, was sie wollte. Wieder wurde ihr das Herz schwer. So oft hatte sie dafür gebetet, dass Eli ihr vergeben und zu ihr zurückkommen würde. Anscheinend wollte Gott doch, dass sie Elis Frau wurde, oder etwa nicht? Aber wie konnte sie Elis Antrag annehmen, wenn das bedeutete, dass sie ihre Schwestern zurücklassen musste?

Ann legte ihre Schreibfeder zurück in die Schublade und klappte den Roman zu. Mittlerweile fielen ihr fast die Augen zu. Sie unterdrückte ein Gähnen, ging zum Fenster und blickte durch den Fensterladen, den sie einen Spalt offen gelassen hatte.

Will saß über ein Buch gebeugt neben dem Feuer – er las die Bibel ihres Vaters. Schon vorhin, als sie Will das Abendessen gebracht hatte, hatte das Buch neben ihm auf einem Stein gelegen.

Wahrscheinlich fühlte sie sich dem Lehrling deshalb so nah, weil sie seine Briefe gelesen und so lange aufbewahrt hatte. Vielleicht kam es aber auch daher, weil sie ihn verprügelt und blutend in der Scheune gefunden hatte. Das würde jedenfalls erklären, warum sie so oft an ihn dachte und ihr das Reden in seiner Gegenwart so schwerfiel.

Trotz seiner Sorgen hatte er ihr heute viel geholfen und fast alle schweren Arbeiten übernommen, sodass sie sich in der Scheune um nichts hatte kümmern müssen.

Wenn er in der Nähe war, spürte sie nicht mehr nur Mitleid wie in Pittsburgh, sondern noch etwas anderes ... etwas Wildes. Es war, als würde bald etwas Unerwartetes passieren, als wartete er nur darauf, ihr etwas zu erzählen und sie ihm. Und keiner von ihnen wollte der Erste sein. Vielleicht war diese Erwartung aber auch unbegründet und rührte nur daher, dass sie die Briefe seiner Mutter gelesen hatte. Dabei fiel ihr ein, dass sie ihm die Briefe jetzt einfach zurückgeben konnte. Dann würde sie sich bestimmt nicht mehr so mit ihm verbunden fühlen und alles könnte wieder seinen gewohnten Gang gehen.

Leise wandte sie sich vom Fenster ab und ging zu der losen Diele neben ihrem Bett, unter der sie ihr Tagebuch und Wills Briefe aufbewahrte. Aus Gewohnheit hatte sie die Briefe nach ihrer Rückkehr aus Pittsburgh wieder dort hineingelegt. Der kleine Lederbeutel lag ganz unten in dem kleinen Loch unter der Diele. Weil Will jetzt nur noch wenige Meter entfernt draußen neben dem Feuer und nicht mehr in Meister Goods Scheune saß, wirkten die Briefe wie ein Versprechen für eine bessere Zukunft. Ann zog den Beutel heraus und sah noch einmal kurz in den Spiegel, bevor sie nach draußen ging.

Sie nahm ihre Lampe und trug den Beutel mit den Briefen durch den dunklen Flur und die Küche. Als sie durch die Haustür trat, sprang Will sofort auf.

Er blickte sie mit seinen tief liegenden, dunklen Augen an. Wieder brachte sie kein Wort heraus. Warum um alles in der Welt war sie auf den Gedanken gekommen, ihm die Briefe mitten in der Nacht zurückzugeben? Wenigstens erleuchteten die Flammen des Feuers nur eine Seite seines Gesichts und tauchten den Rest in Schatten. So konnte sie gar nicht erst in seinem Gesicht lesen.

Ann wollte es kurz machen. Entschlossen ging sie auf Will zu und hielt ihm den Beutel hin. Er baumelte wie eine schlaffe Fahne am Ende ihres ausgestreckten Arms. „Hier. Die gehören Ihnen."

Er nahm ihr den Beutel langsam aus der Hand. „Vielen Dank." Wahrscheinlich fragte er sich, warum sie ihm die Briefe mitten in der Nacht zurückgeben wollte, aber er schwieg.

„Gute Nacht." Sie wirbelte herum und verschwand wieder im Haus. Dabei schämte sie sich für ihre eigene Unbeholfenheit. Selbst als sie den Schutz ihres Schlafzimmers erreicht hatte und die Tür hinter sich schloss, spürte sie immer noch die Röte in ihrem Gesicht. Was musste er von ihr denken?

Doch wenigstens war sie die Briefe jetzt los.

Zweimal prüfte sie, ob der Fensterladen auch wirklich ganz geschlossen war, bevor sie ihr Kleid auszog. Dann schnürte sie ihr Korsett auf, legte ihren Unterrock ab und zog ihr Nachthemd an.

Immer wieder sagte sie sich, dass sie sich keine Sorgen machen musste. Ihr Vater glaubte nicht, dass es dafür einen Grund gab. Und sie war nicht allein; Will passte auf sie auf.

Sie blies ihre Lampe aus und kroch ins Bett. Sie durfte jetzt nicht länger an Will und ihre letzte Begegnung denken, sonst würde sie die ganze Nacht kein Auge zutun.

Hoffentlich ging es den Simons in der Hütte gut. Clara war immer noch so schwach und krank.

Herr, bitte mach Clara wieder gesund und beschütze die Simons. Behüte uns heute Nacht vor allem Übel. Bitte lass mich verstehen, warum du Eli für mich ausgesucht hast und wie ich ihn heiraten kann, ohne meine Schwestern zu verlassen. Und bitte beruhige meine Nerven, damit ich einschlafen kann. Das bitte ich dich in Jesu Namen. Amen.

Ein Ast knackte. Will fuhr hoch. Das kam aus dem Wald hinter dem Feld. Doch aus welcher Entfernung, konnte er nicht sagen.

Vielleicht war es nur ein Tier – ein Reh oder ein Hase. Trotzdem starrte er wie gebannt über das Feld und suchte mit den Augen nach einer Bewegung oder einem Schatten.

Da. Da bewegte sich etwas. Ein dunkler Punkt im fahlen Mondlicht.

Will umklammerte die Pistole in seiner Hand und ging ein paar Schritte vom Feuer weg. Aber er sah und hörte nichts mehr.

Sollte er einfach hierbleiben? Das konnte er nicht. Er musste herausfinden, was er gesehen hatte – ob es ein Mensch oder ein Tier gewesen war. Schnell und lautlos rannte er über das dunkle Feld und stolperte ein paar Mal fast über die harten Furchen.

Als er endlich die Bäume erreicht hatte, blieb er stehen. Die Erinnerung an seine Flucht aus Meister Goods Scheune in den Wald hinter dem Haus kam wieder in ihm hoch. Das war noch nicht allzu lange her.

Immer noch konnte er niemanden erkennen. Er bahnte sich einen Weg durch das Unterholz und sah sich dabei immer wieder um. Wahrscheinlich hatte er doch ein Tier gesehen, denn jetzt war alles still.

Er ging in Richtung Hütte, um zu sehen, ob John ebenfalls auf der Hut war. Dann konnte er beruhigt wieder zurück zum Haus gehen.

Doch als er auf der Lichtung angekommen war, blieb er wie angewurzelt stehen. Aus dem Inneren der Hütte hörte er dumpfe Schläge und ein unterdrücktes Stöhnen. Die Tür war halb offen, sodass er den Schein des Feuers im Ofen sehen konnte. Doch keine Spur von John.

Will umklammerte die Pistole und rannte los.

Mit einem heftigen Tritt stieß er die Tür auf. Ein Mann beugte sich über das Bett und fesselte Claras Hände. Sie hatte die Augen vor Angst weit aufgerissen. In ihrem Mund steckte ein Stück Stoff, mit dem der Mann sie geknebelt hatte. John lag ausgestreckt auf dem Boden.

„Stopp!" Will hob die Pistole und zielte auf den Mann, der sich langsam zu Will umdrehte. Als er die Pistole sah, hob er die Hände.

„Jetzt reg dich nicht gleich auf, Junge." Er hatte seine Biberfellmütze tief ins Gesicht gezogen. „Ich will doch nur gestohlenes Eigentum zurückbringen."

Will warf einen schnellen Blick auf John, der immer noch bewegungslos am Boden lag. „Gehen Sie von der Frau weg."

„Die Hütte ist zu klein. Wo soll ich denn hingehen?"

„Gehen Sie nach draußen."

Schnell wie der Blitz griff der Mann nach etwas auf dem Bett. Will duckte sich und einen Augenblick später zerriss ein Pistolenschuss die Stille des Waldes. Will war wie betäubt. Doch nur für einen Moment. Dann schlüpfte er aus der Tür und kauerte sich an die Wand.

Nach dem Schuss herrschte wieder vollkommene Stille.

Will wartete. Der Kopfgeldjäger würde John und Clara nicht töten – die Belohnung wurde nur gezahlt, wenn die Sklaven noch am Leben waren. Bei Will war das jedoch etwas anderes. Der Mann würde ihn einfach erschießen, wenn er noch einmal die Hütte betrat. Er musste draußen auf ihn warten und ihn überraschen. Langsam richtete er seine Pistole auf die Tür und verharrte reglos in dieser Position.

Ein dumpfer Schlag traf ihn auf den Kopf. Die Welt begann sich zu drehen. Jemand hatte ihn von hinten angegriffen. War der Mann aus dem Fenster geklettert? Ein schwerer Körper warf sich auf ihn und riesige Hände legten sich um seine Kehle. Mit aller Kraft kämpfte Will gegen die Übermacht. Er trat wild um sich und versuchte sich aus dem eisernen Griff zu befreien. Aber der Mann war zu stark. Will kam nicht gegen ihn an. Verzweifelt rammte ihm Will sein Knie zwischen die Beine. Der Mann stöhnte auf und ließ Will los. Sofort schob er den Mann von sich herunter und schlug zu. Doch er traf den Mann nur leicht am Kinn. Mittlerweile hatte dieser sich von dem Tritt erholt und packte Will an den Haaren, um ihn mit dem Gesicht nach unten auf den Boden zu drücken. Fast hätte er Will das Genick gebrochen. Dann kniete er sich auf Wills Rücken, damit er nicht mehr entkommen konnte.

„In einer Stunde bin ich hier weg, Junge", flüsterte der Mann dicht neben Wills Ohr. „Mein Fuhrwerk steht direkt an der Straße." Ein kalter Metallring berührte Wills Schläfe. Sein Körper erstarrte. *Herr, lass es schnell gehen.*

Plötzlich hörte er einen dumpfen Schlag über sich und das Gewicht des Mannes fiel von ihm herunter. Mit einem Satz war Will auf den Beinen. Ann stand über dem Kopfgeldjäger, der wimmernd vor ihr auf dem Rücken lag und sich den Kopf hielt. Über ihrem Kopf schwang sie einen dicken Ast wie eine Keule. Ein leichter Wind wehte das Nachthemd um ihre Beine. Sie hatte die Zähne zusammengebissen und ihre Augen glühten unheimlich. Sie hob den Ast noch ein Stück höher und beugte sich über den Mann.

„Nein!" Will wollte nicht, dass sie den Mann umbrachte. Offensichtlich war Ann nicht mehr sie selbst. Sie hatte jegliche Kontrolle über ihre Sinne verloren – blinde Wut loderte in ihren Augen. Er erkannte sie kaum wieder und sie schien ihn nicht zu hören.

Er warf sich gegen sie und schubste sie zur Seite. Sie stolperte und fiel hin. Dabei rutschte ihr der Ast aus den Händen. „Bleib da!", schrie er.

Der Kopfgeldjäger war schon wieder auf den Beinen. Auf dem

Boden sah Will seine Pistole im Mondlicht glänzen. Sie lag genau zwischen ihm und dem Mann.

Will stürzte sich darauf. Seine Hand berührte den Pistolengriff in demselben Moment, in dem der Mann den Lauf zu fassen bekam. Keiner der beiden wollte loslassen. Ihre freien Hände versuchten den Griff des anderen zu lösen. Der Mann drehte die Pistole hin und her, um sie Will aus der Hand zu winden und den Lauf auf ihn zu richten. Will spürte, wie er schwächer wurde. Der Mann kniete sich hin und drehte Will auf den Rücken.

Er hatte keine Wahl. Sein Körper konnte nicht länger Widerstand leisten. Langsam legte er den Zeigefinger an den Abzug und drückte ab.

Wieder dröhnte ein Schuss durch die Nacht. Der Aufprall der Kugel wirbelte den Mann halb herum und schleuderte ihn ein paar Meter weiter auf den Boden. Doch sofort stand er schwankend wieder auf und drückte seine Hand auf seinen Oberarm. Sein Gesicht war weiß vor Schmerz. Dann rannte er durch die dichten Bäume in Richtung Straße.

Will sprang auf und rannte ihm hinterher. Der Mann war erstaunlich schnell und bahnte sich einfach seinen Weg durch das Unterholz. Hier zwischen den Bäumen war es so dunkel, dass Will ihn nicht sehen, sondern nur hören konnte. Außerdem musste er aufpassen, wo er hintrat. Schon bald hörte er den Mann nur noch in der Ferne. Er rannte schneller, doch auf einmal blieb er mit dem Fuß hängen und fiel der Länge nach hin. Als er sich wieder aufgerappelt hatte, hörte er den Mann nur noch in weiter Ferne. Er würde ihn nicht mehr einholen.

Niedergeschlagen machte Will sich auf den Weg zurück zur Hütte. Er hoffte, dass er Ann nicht verletzt hatte, als er sie so heftig zur Seite gestoßen hatte. Bei diesem Gedanken beschleunigte er seine Schritte und rannte schließlich über die Lichtung auf das kleine Häuschen zu.

Ann saß noch an derselben Stelle, wo sie hingefallen war. Ihr weißes Nachthemd sah aus wie eine weiße Pfütze auf dem dunklen Boden. Als er neben ihr war, sah sie ihn mit tränenüberströmtem Gesicht an.

Er ließ den Kopf sinken. „Bitte verzeihen Sie mir."

„Nein, es war gut, dass Sie mich zurückgehalten haben." Sie war so bleich wie ihr Nachthemd und ihre Haare hingen offen über ihre Schultern. „Ich hätte ihn umgebracht."

„Trotzdem hätte ich niemals ..."

„Es war Rumkin. Er hat schon einmal versucht, mich umzubringen." Bei der Erinnerung an das dunkle Zimmer in der Gasse verzog sich ihr Gesicht schmerzhaft. Sie blinzelte ein paar Mal und rieb sich mit den Handballen die Tränen aus dem Gesicht. „Ist er entkommen?", fragte sie.

„Ja."

Enttäuscht sah sie ihn an, dann schloss sie kurz die Augen.

„Heute Abend kommt er auf keinen Fall wieder, nicht mit einer Kugel im Arm." Wills Stimme war ruhig und sicher. „Ich muss mich um John und Clara kümmern. Ich bin gleich wieder da."

In der Hütte stellte er erleichtert fest, dass Clara unverletzt auf dem Bett saß und keine Fesseln mehr an den Händen hatte. Neben ihr hockte John auf der Bettkante und rieb sich immer wieder über den Hinterkopf.

„Nur eine dicke Beule." John sprach langsamer als gewöhnlich, schien aber ansonsten unverletzt zu sein. „Es tut mir leid. Er muss sich unglaublich leise angeschlichen und mir dann seine Pistole über den Kopf gehauen haben. Ich habe jedenfalls nicht geschlafen."

„Die Hauptsache ist, dass Sie und Clara für den Rest der Nacht in Sicherheit sind."

„Gelobt sei Gott." John nahm Wills Hand in seine beiden rauen Hände und schüttelte sie. „Und Ihnen auch vielen Dank, mein Bruder."

„Ich verdiene den Dank nicht. Er ist mir entkommen."

Unter seiner hässlichen Narbe runzelte John etwas besorgt die Stirn. Dann drückte er Will noch einmal die Hand, bevor er sie wieder losließ. „Trotzdem. Wenn Sie nicht gewesen wären, dann würden wir jetzt gefesselt hinten auf einem Fuhrwerk liegen."

„Ganz bestimmt", sagte Clara, die sich mittlerweile wieder hingelegt hatte.

Will sah sich in der Hütte um und entdeckte das Gewehr in einer Ecke. Er nahm es in die Hand und spürte sofort, wie ihn das Gewicht der Waffe in den Händen beruhigte. „Für den Rest der

Nacht sollten wir alle zurück zum Farmhaus gehen, John. Nur zur Sicherheit. Dann können wir gemeinsam draußen am Feuer Wache halten."

„In Ordnung. Könnte Clara dort im Wohnzimmer schlafen?"

Will nickte.

Seine Decke lag immer noch auf dem Boden vor dem Ofen. Schnell hob er sie auf und ging nach draußen. Ein paar Meter von der Hütte entfernt stand Ann und zitterte in der kalten Nachtluft. Sie hatte die Arme um ihren Körper geschlungen, damit der Wind sich nicht mehr in ihrem weiten Nachthemd fing. „Hier, bitte." Er legte ihr die Decke um die Schultern. „Wir gehen jetzt alle zusammen zurück zur Farm."

Ihre Unterlippe zuckte, aber sie biss entschlossen die Zähne zusammen und flüsterte: „Vielen Dank."

Sie brauchte Trost. Eigentlich wusste er, dass er das nicht tun sollte, aber er legte trotzdem einen Arm um ihre Schultern.

Sofort lehnte sie wie ein kleines Mädchen ihren Kopf an seine Schulter und schloss die Augen. Will blieb ruhig stehen. Sie roch so gut und wirkte so zerbrechlich, dass er sie am liebsten nie wieder losgelassen hätte. Fast hätte er sie richtig umarmt, aber stattdessen zwang er sich zum Stillstehen. Dann kam John aus der Hütte und sie sprang einen Schritt zur Seite.

„Miss Miller, geht es Ihnen gut?", fragte John. Die Pistole steckte in seinem Gürtel. Clara stand neben ihm und stützte sich auf seinen starken Arm, um den Weg bis zum Haus zu schaffen. Sie wirkte immer noch sehr schwach.

„Mir geht es gut, John." Anns Stimme war angespannt. „Lasst uns zurückgehen. Ich bin von dem Pistolenschuss aufgewacht. Wenn die Mädchen auch davon wach geworden sind, dann haben sie bestimmt schreckliche Angst."

John wandte sich an Clara. „Halt dich gut an mir fest." Dann sprach er wieder mit Ann. „Kommen Sie, Miss. Der Weg ist ja nicht weit."

Gemeinsam überquerten sie die Lichtung. Mit dem Gewehr in der Hand marschierte Will hinter der kleinen Gruppe her und schaute sich immer wieder um.

Die Männer gingen gar nicht erst ins Haus, sondern setzten sich gleich draußen an das Feuer. An der Türschwelle übernahm Ann Claras Arm und half ihr ins Wohnzimmer. Sie murmelte noch ein leises „Gute Nacht“ und schloss die Tür hinter sich.

In den wenigen Stunden der Nacht, die noch vor ihnen lagen, saßen Will und John nebeneinander am Feuer. Ab und zu legte einer der beiden ein neues Holzscheit auf und schürte das Feuer.

„Warum schlafen Sie nicht ein bisschen?“, fragte John nach einiger Zeit. „Ich kann allein Wache halten.“

Aber nach dem Kampf mit dem fremden Mann war Will viel zu durcheinander und aufgewühlt, um zu schlafen. „Nein, ich kann jetzt nicht schlafen. Aber Sie könnten sich ein wenig ausruhen, wenn Sie wollen.“

John schüttelte den Kopf. Dann saßen sie wieder schweigend nebeneinander.

„Wenn Mr Miller morgen zurückkommt, fragen wir ihn, was wir als Nächstes tun sollen“, sagte Will nach einer Weile.

„Falls Rumkin sein Glück noch einmal versuchen sollte?“

„Ja.“

John seufzte. Er wirkte bedrückt und niedergeschlagen. Doch nach ein paar Minuten blickte er eher nachdenklich ins Feuer, als würden bessere Zeiten auf ihn warten.

Das Holz auf dem Feuer knackte und loderte. Wills Augen wanderten zu Anns Zimmerfenster.

Er versuchte sich Emmies Gesicht vorzustellen, denn schließlich sollte er ja an sie denken. Wahrscheinlich waren sie inzwischen verlobt.

Doch er glaubte, immer wieder Anns warmen Duft in der Nase zu spüren, und wenn er die Augen schloss, sah er sie vor sich stehen.

Kapitel 28

Irgendjemand ritt auf das Haus zu. In der Nachmittagssonne konnte Ann nur erkennen, dass das Pferd ein Fuchs war. Ihr Vater! Sie seufzte erleichtert. Zum ersten Mal, seit er gestern weggeritten war, konnte sie wieder tief durchatmen. Aber sie würde ihm von Rumkin erzählen müssen. Wie konnte sie ihm nur ihre Rolle bei dem Angriff und dem Kampf erklären?

Vor zwei Stunden hatte Will die Simons zurück in die Hütte gebracht und sie für kurze Zeit mit dem Gewehr allein am Haus zurückgelassen.

„Selbst wenn Rumkin noch einmal kommen sollte – aber das wird er nicht, denn er hat immer noch eine Kugel im Arm – “, hatte Will ihr gesagt, „würde er nicht hier zu Ihnen kommen. Er würde zur Hütte kommen und die Simons suchen.“

Obwohl Ann ihm glaubte, konnte sie die Angst nicht abschütteln. Seit sie allein war, musste sie aufpassen, dass die Mädchen ihre Nervosität nicht merkten. Sie hatte schon die Kartoffeln auf der Veranda geschält, die Scheune sauber gemacht, die Tiere gefüttert und viele andere Arbeiten draußen verrichtet, damit sie stets die Straße im Blick hatte. Immer wenn sie ihren Blick suchend über die Straße und die Felder schweifen ließ, durchzuckte sie derselbe schreckliche Gedanke: *Ich hätte ihn umgebracht.* Die gleiche, unbezwingbare Wut, die sie in Allan Burbridge gesehen und verurteilt hatte, hatte auch von ihrer Seele Besitz ergriffen und hätte sie fast zur Mörderin gemacht. Sie war noch schrecklicher als ein wildes Tier. Schließlich war sie Zeugin des Mordes an Mr Holmes gewesen und hätte trotzdem, ohne mit der Wimper zu zucken, gestern Nacht dasselbe getan.

Das Pferd und der Reiter kamen näher. Doch der Mann im Sattel war nicht ihr Vater – er war zu groß und schlank. Als er ungefähr zwanzig Meter von ihr entfernt den Hut zog und sein blondes Haar zum Vorschein kam, wusste Ann, wer es war.

Es war Eli. Schnell hielt sie sich mit einer Hand an der Haustür fest und griff sich mit der anderen an die Stirn. Sie hatte ganz vergessen, dass sie heute Nachmittag mit Eli ausreiten wollte.

Er ritt weiter mit strahlenden Augen auf sie zu und merkte gar nicht, wie durcheinander sie bei seinem Anblick war.

„Guten Tag!“, begrüßte er sie. Als erfahrener Reiter konnte er seinen Wallach mit ein paar sanften Bewegungen zum Stehen bringen, ohne den Hut wieder aufsetzen zu müssen. Dann fiel sein überraschter Blick auf ihr Kleid. „Bist du bereit für ... unseren Ausritt?“

„Ich muss mich bei dir entschuldigen, Eli.“ Wahrscheinlich sah sie furchtbar aus. Nach dem Kampf in der Nacht hatte sie praktisch überhaupt nicht mehr geschlafen. „Ich kann heute nicht mit dir ausreiten.“

Sein Lächeln verschwand. „Ist etwas passiert? Habe ich etwas falsch gemacht?“

„Nein, nein. Es tut mir so schrecklich leid. Ich kann es dir jetzt nicht erklären.“ Ann zwang sich zu einem Lächeln.

Er legte den Kopf schief und schaute sie mit seinen blauen Augen durchdringend an. „Ich hoffe, dass du mir sagst, wenn etwas nicht in Ordnung ist. Ich helfe dir gerne.“

„Wirklich, das brauchst du nicht. Es ist alles in Ordnung.“

Doch eigentlich stimmte das gerade in diesem Moment gar nicht mehr, denn hinter Eli sah Ann, wie Will über das Feld auf sie zugelaufen kam. Jetzt würde alles noch komplizierter werden. Sie wünschte sich, Eli würde sich einfach umdrehen und wieder verschwinden.

„Wo ist dein Vater?“, fragte Eli, der Will noch nicht entdeckt hatte.

„Eigentlich wollte er schon wieder zu Hause sein.“ Ann konnte sich kaum noch auf das Gespräch mit Eli konzentrieren.

„Machst du dir wegen irgendetwas Sorgen?“

Jetzt war Will nur noch ein paar Schritte entfernt. Elis Pferd schien ihn bemerkt zu haben, denn es trippelte nervös ein paar Schritte nach vorn. Selbst bei dieser schnellen Bewegung seines Pferdes verlor Eli nicht das Gleichgewicht. Doch dann schossen seine Augenbrauen in die Höhe.

„Und wer ist das?“, fragte er Ann, ohne seine Augen von Will abzuwenden. Das Hemd des Lehrlings war dreckig und seine

Haare standen nach dem Kampf gestern Nacht immer noch wild vom Kopf ab. Damit bot er einen sehr auffälligen Kontrast zu Elis schneeweißem Kragen und dunkelblauem Mantel.

„Vielleicht sollte ich eher fragen, wer Sie sind. Schließlich stehen Sie auf Mr Millers Farm.“ Wills Gesicht sah sehr müde aus nach der durchwachten Nacht. Doch obwohl er zu Eli hinaufsehen musste, erschien er Ann größer und furchteinflößender, als sie erwartet hätte.

„Oh, ich kann das erklären ...“ Sie musste die Situation retten. Will runzelte die Stirn und Elis Gesicht war völlig versteinert. „Eli, das ist Will Hanby, der neue Lehrling meines Vaters.“

„Ich verstehe.“ Eli warf Will noch einen letzten Blick zu, dann wandte er sich wieder Ann zu. Er sah aus, als würde er überhaupt nichts verstehen und hätte auch kein Interesse an einer Erklärung. „Wohnt er hier bei euch?“ Die Frage klang etwas zynisch.

„Natürlich nicht“, antwortete Will für sie. „Ich schlafe in der Scheune.“ Sein Unterkiefermuskel zuckte kurz, aber ansonsten stand er still.

„Ah.“ Eli saß ebenfalls völlig bewegungslos auf seinem Pferd und starrte Will an. Er sah aus wie ein französischer Herzog, der einen dreckigen Revolutionär zurechtweist.

Plötzlich hörte Ann Hufgetrappel auf der Straße. Dankbar für die Unterbrechung drehte sie sich um. Diesmal war es wirklich ihr Vater. Er trieb seine Stute an und galoppierte los, um schneller auf dem Hof zu sein. Doch als er näher kam, entspannten sich seine Gesichtszüge und er parierte Bayberry wieder zum Schritt durch.

Dann lenkte er die Stute neben Elis Wallach und hielt an.

„Guten Tag, Mr Bowen. Haben Sie meinen neuen Lehrling, Will, schon kennengelernt?“ Er schaute von einem jungen Mann zum anderen. Dann sah er lächelnd zu Ann. Anscheinend fand er die ganze Situation eher komisch.

Schnell beantwortete sie seine Frage, bevor Eli oder Will etwas erwidern konnten. „Ich bin momentan so vergesslich. Eigentlich wollte ich heute mit Eli ausreiten, aber ich habe einfach nicht mehr daran gedacht. Und jetzt ist etwas dazwischengekommen.“ Ihre Stimme wurde immer leiser und verstummte schließlich. Den Rest würde sie ihrem Vater erklären müssen, wenn Eli wieder gegangen war.

„Mr Miller, ich muss unbedingt mit Ihnen sprechen", sagte Will. „Es ist dringend."

Ihr Vater sprang vom Pferd. „Entschuldigen Sie uns bitte, Mr Bowen", sagte er freundlich und nickte Eli zum Abschied zu. Dann streifte er die Zügel über Bayberrys Kopf und führte sie in den Stall. Will folgte ihm.

Ann wunderte sich, dass ihr Vater seinen neuen Lehrling auch ohne Worte zu verstehen schien. Während die beiden mit dem Pferd über den Hof zur Scheune gingen, wirkte Will eher wie ein Partner als wie ein Lehrling ihres Vaters.

Aber jetzt war sie mit Eli allein und musste sich etwas ausdenken.

„Anscheinend findet in der abgelegenen Farm der Millers gerade ein Melodrama statt", hörte sie ihn sagen.

„Ja." Sie trat neben Elis Pferd und legte die Hand sanft auf seine Nüstern. „Es ist etwas Unvorhergesehenes geschehen, aber ich darf im Augenblick noch nicht darüber sprechen. Bitte verzeih mir."

„Eine solche Bitte konnte ich noch nie abschlagen." Sein Gesicht entspannte sich und Eli lächelte sie sogar an. „Du hast mir gar nicht erzählt, dass dein Vater neuerdings einen Lehrling hat."

„Es ist auch alles so schnell gegangen. Er ist erst seit zwei Tagen hier."

„Aber er kennt eure Familie schon länger, oder? Ist er vielleicht ein entfernter Cousin? Jedenfalls hat er sich eben mir gegenüber so aufgeführt."

„Er ist kein Blutsverwandter, aber mein Vater hat schon vorher mit ihm in Pittsburgh gearbeitet."

„Seine Persönlichkeit ist noch etwas rau, würde ich sagen."

„Das stimmt." Ann wollte mit Eli nicht über Will reden, deshalb wechselte sie schnell das Thema. „Kann ich dich ein Stück auf deinem Heimweg begleiten? Vielleicht bis zur Straße? Es tut mir wirklich leid, dass ich unseren Ausritt heute vergessen habe."

Bei diesen Worten strahlte er sie an. „Ich würde mich über deine Begleitung sehr freuen. Doch ich kann unmöglich reiten, während du läufst." Mit einem Satz sprang er aus dem Sattel und landete direkt neben ihr. „So können wir nebeneinandergehen."

Er führte sein Pferd am Zügel und gemeinsam schlenderten sie den Weg entlang zur Straße.

„Vielleicht könntest du in den nächsten Tagen einmal bei uns zum Tee vorbeikommen. Mein Vater und meine Mutter haben schon ein paar Mal gesagt, dass sie dich gerne näher kennenlernen möchten."

Allein der Gedanke daran machte sie nervös. Mrs Bowen war eine sehr elegante und etwas furchteinflößende Frau mit perfekten Manieren: groß und blond – wie alle in der Familie – und bekannt dafür, dass ihr für ihre Söhne nichts gut genug war. Bestimmt hatte Eli seiner Mutter nie von seinem ersten, impulsiven Heiratsantrag erzählt. Doch offensichtlich wollte Mrs Bowen sich jetzt ihre eigene Meinung über Ann bilden.

„Ich würde deine Familie gerne einmal besuchen."

Darüber schien er sich sehr zu freuen. Er wechselte das Thema und fragte sie, was sie gerade las. Daraus resultierte eine fröhliche Diskussion über die Vorzüge von Mrs Radcliffe, sodass sie die Zeit ganz vergaßen. Als sie sich umdrehte, merkte Ann, dass sie schon eine halbe Meile miteinander gegangen waren.

„Ich sollte besser umdrehen", sagte Ann.

Ihre Unterhaltung hatte die unangenehmen Gedanken an Rumkin für eine Weile verscheucht, aber jetzt drängten sie sich mit Macht wieder in den Vordergrund. Was würde ihr Vater vorschlagen? Was konnten sie nur tun? Sie hatten nicht viel Zeit.

Eli blieb stehen und nahm ihre Hand.

„Ich werde mit meiner Mutter sprechen und dir dann sagen, welcher Tag ihr am besten passt." Sanft strich er ihr mit dem Daumen über den Handrücken.

Dann stieg er wieder aufs Pferd und ritt davon. Nach ein paar Metern drehte er sich noch einmal um und tippte sich mit einer übertriebenen Geste an den Hut, so wie er es immer machte. Ann musste lachen.

Auf dem Rückweg konnte sie über die Einladung nachdenken. Wenn die Bowens sie kennenlernen wollten, dann schienen sie Ann ernsthaft als künftige Schwiegertochter in Betracht zu ziehen. Angenommen, sie würde diese erste Prüfung bestehen, würde Eli ihr sicher bald erneut einen Heiratsantrag machen. Sie seufzte. Darüber wollte sie heute nicht nachdenken. Es gab wichtigere Dinge. Immer eins nach dem anderen.

„Rumkin war hier?", fragte Mr Miller und blieb direkt hinter der Scheunentür wie angewurzelt stehen.

„Er war in der Hütte. Dort hat er erst John überwältigt und dann Clara gefesselt, aber ich habe ihn erwischt und ihn angeschossen – in den Arm. Dann ist er entkommen." Will versuchte so sachlich wie möglich zu klingen.

Mr Millers sonnengebräuntes Gesicht wurde aschfahl. Doch nur für einen kurzen Augenblick, dann wurde es rot. Entschlossen drehte er sich um und hängte seinen Hut an den Haken an der Wand. Seine Bewegungen waren langsam und betont bedächtig.

Noch nie hatte Will den Sattler so erlebt. „Glauben Sie, dass er wiederkommt?"

„Nicht bevor sein Arm geheilt ist oder er einen Komplizen findet. Das dauert eine Weile."

„Was machen wir, wenn er es noch einmal versucht?"

Mr Miller antwortete nicht sofort. Mit großen Schritten ging er in der Scheune auf und ab. Schließlich sagte er: „Wir müssen John und Clara sicher nach Norden bringen. Er wird nicht wiederkommen, wenn er merkt, dass die beiden nicht mehr hier sind. Und er darf auf keinen Fall wiederkommen, sonst verliert Ann vor Angst den Verstand."

Will erinnerte sich an die letzte Nacht und an Anns tränenüberströmtes Gesicht. Sie hatte ihm erzählt, dass Rumkin versucht hatte, sie umzubringen. Doch er traute sich nicht zu fragen, wie es dazu gekommen war oder warum eine junge Frau so ihre Beherrschung verlieren konnte, dass sie fast zur Mörderin geworden wäre. Vielleicht war es auch besser so. Wer weiß, wie er sonst beim nächsten Mal reagieren würde. Sie mussten sich jetzt um Wichtigeres kümmern. „Clara ist immer noch sehr schwach. Wie können wir sie transportieren?", fragte er.

„Ich kenne zwei Familien, die ihnen vielleicht helfen können. Sie wohnen in der Nähe von Blendon. Das ist ungefähr vier Tagesreisen von hier in Richtung Nordwesten." Mr Miller zog seinen Mantel aus. „Entweder machen es die Lawrences oder auch die Westerfields. Den Westerfields gehört viel Land dort oben, aber in diesem Fall werde ich mich zuerst an die Lawrences wenden."

„Sie werden die Simons begleiten?", fragte Will. „Vielleicht sollte ich lieber mit ihnen fahren, dann können Sie bei Ann bleiben. Sie ist wirklich sehr beunruhigt."

„Das glaube ich dir gern, aber wir werden die Simons beide begleiten." Nachdenklich rieb Mr Miller sich den Nacken. „Es wäre zu gefährlich, wenn einer von uns die Simons allein begleiten würde. Unser Fuhrwerk ist zu langsam. Wenn wir verfolgt werden, können wir die Verfolger nicht abschütteln, sondern müssen uns verteidigen."

„Glauben Sie, dass Rumkin uns verfolgen wird?"

„Nein. Eher ein paar Halunken und Diebe entlang der Zaner Street und noch mehr von ihnen an der Lancaster Road."

„Aber was ist mit Ann?"

„Sie wird so lange mit ihren Schwestern bei den Sumners wohnen, bis wir wieder nach Hause kommen. Dort droht ihr keine Gefahr."

Will zögerte. Er würde seinem neuen Meister überallhin folgen – vor allem, wenn er damit Clara und John helfen konnte –, aber eine Sache ging ihm trotzdem nicht aus dem Kopf. „Was passiert, wenn uns Rumkin den Sheriff auf den Hals hetzt?"

„Das würde Rumkin niemals tun. Denn damit würde er nur seinen eigenen Kopf in die Schlinge stecken."

„Ja, Sir." Er wusste nicht genau, was Mr Miller damit meinte. Doch letztlich war es Mr Millers Entscheidung und Will vertraute ihm.

„Auf unserem Weg durch Rushville", erklärte Mr Miller, „werde ich John und Clara nicht verstecken. Rumkin soll auf jeden Fall hören, dass sie nicht mehr in der Stadt sind. Ich glaube nicht, dass er uns in der nächsten Zeit mit der Schusswunde am Arm verfolgen kann."

Das bedeutete, dass Will mindestens eine Woche mit Mr Miller unterwegs sein würde. Er freute sich auf das Abenteuer und über die Möglichkeit, sein Versprechen, das er in seiner ersten Nacht gelobt hatte, so schnell einlösen zu können. Er würde John und Clara helfen und danach noch vielen anderen – das schwor er sich in diesem Augenblick noch einmal. Doch er würde Ann eine Woche lang nicht sehen. Und dieses blonde Milchgesicht, dieser Eli, hatte freie Hand.

Diese Gedanken darf ich erst gar nicht denken, ermahnte er sich. Er sollte seinen Brief an Emmie besser bald schreiben und ihr schicken.

„Mr Miller ..."

„Ja?"

Verlegen sah Will auf den Boden. Er wusste nicht genau, wie er seine Bitte formulieren sollte. „Ich müsste einen Brief schreiben."

„Natürlich. Auf meinem Schreibtisch liegt Papier. Wenn du fertig bist, kannst du mir den Brief geben und ich schicke ihn bei den Sumners weg. Wir müssen Ann und die Mädchen sowieso dort vorbeibringen."

„Vielen Dank, Sir."

Die Scheunentür wurde aufgerissen.

„Vater!" Mabel rannte durch die Tür und warf sich in die Arme ihres Vaters. Zärtlich legte er ihr den Arm um die Schultern, was er sonst nur selten tat. Susan folgte ihrer Schwester etwas langsamer.

„Habt ihr euch denn auch gut benommen, während ich weg war?", fragte Mr Miller.

„Ja", erwiderte Mabel fröhlich.

Susan warf ihr einen skeptischen Blick zu. „Wir haben gerade Clara in der Hütte besucht", erzählte sie ihrem Vater. „Es scheint ihr etwas besser zu gehen. Ich habe ihr eine Suppe gebracht."

„Gut gemacht. Würdet ihr bitte etwas Essen für die Simons zusammenpacken? Sie werden noch heute abreisen. Wir brauchen Essen für eine lange Reise, also getrocknetes Fleisch und Brot."

„Ich dachte, Clara ist noch krank", sagte Susan überrascht.

„Sie ist immer noch zu schwach zum Laufen, aber wir haben unseren Plan geändert. Will und ich werden sie auf dem Fuhrwerk nach Norden bringen. Mabel, sei so lieb und fülle eine der großen Satteltaschen mit Mais für die Maultiere."

„Mach dir keine Sorgen, Vater. Wir kümmern uns hier um alles, während du weg bist." Susan versuchte so erwachsen wie möglich zu klingen.

„Ihr bleibt nicht auf der Farm. Ihr zwei geht mit Ann zu den Sumners. Bestimmt haben zwei von den großen Murdoch-Jungs nichts dagegen, sich etwas dazuzuverdienen. Sie werden sich in der Woche um die Tiere kümmern."

„Wir bleiben eine ganze Woche in der Stadt?", fragte Mabel aufgeregt. „Dann kann ich Hattie jeden Tag besuchen!"

Susan freute sich genauso wie ihre Schwester über diese Aussicht auf eine Woche mit ihren Freundinnen. Sofort eilte sie in die Vorratskammer, um die Verpflegung zu packen. Mabel rannte hinter ihr her und wollte ihr helfen.

„Mabel, der Mais", sagte Mr Miller.

Kaum hatte er sie daran erinnert, war seine jüngste Tochter auch schon verschwunden, um die Satteltasche zu suchen.

Mr Miller bedeutete Will, ihm nach draußen zu folgen. Dann fragte er Will leise, damit die Mädchen ihn nicht hören konnten: „Sie wissen nichts von Rumkin, oder?"

„Nein, Sir."

„Das ist gut. Würdest du jetzt bitte zu den Simons gehen und ihnen unseren Plan erklären? Ich bereite alles für morgen vor. Danach legen wir uns früh schlafen und brechen morgen ganz früh auf."

Als Will über den Hof in Richtung Wald ging, sah er Anns schlanke Gestalt auf sich zukommen. Sie war etwa zwanzig Meter von ihm entfernt und schien ihn noch nicht bemerkt zu haben.

Am liebsten hätte er auf sie gewartet, aber das wäre wahrscheinlich keine gute Idee. Nach den Ereignissen der vergangenen Nacht würde sie sich in seiner Gesellschaft sicher unwohl fühlen. Er war sich selbst ja auch nicht sicher, wie er sich ihr gegenüber verhalten sollte. Deshalb hob er nur grüßend eine Hand und ging weiter.

Zu seiner Überraschung winkte sie ihm zu und lächelte sogar. Er würde alles tun, nur damit sie ihn noch einmal so anlächelte. Wirklich alles.

Und auch deshalb war es gut, dass er die Stadt jetzt für eine Woche verlassen würde.

Kapitel 29

Am nächsten Morgen machten sie sich zu siebt auf den Weg in die Stadt. Will lief die zwei Meilen hinter dem Fuhrwerk her und fühlte sich wie auf einer Pilgerreise. Mittlerweile war es schon April und die Straßen waren nicht mehr gefroren. Stattdessen mussten sich die Maultiere durch eine dünne Schlammschicht kämpfen, bis sie die Hauptstraße erreicht hatten. Mr Miller saß auf dem Kutschbock, Mabel und Susan saßen direkt hinter ihm. Zwischen ihnen und den Simons lag ein Haufen Heu. Clara und John saßen in Fahrtrichtung und benutzten das hintere Brett des Fuhrwerks als Rückenlehne.

Selbst im grauen Morgenlicht hoben sich die glänzenden Seidenkleider der Mädchen deutlich von der groben Kleidung der Simons ab. Außerdem hatte Mr Miller Johns und Claras Hände und Füße mit einem dicken Seil gefesselt. Will hasste diesen Anblick, obwohl er wusste, dass Mr Miller das Seil nicht festgezogen hatte. Wenn sie wollten, könnten die beiden ihre Fesseln jederzeit abstreifen.

Er wandte den Blick vom Fuhrwerk und beobachtete die Straße. Das Stadtzentrum von Rushville war nur sehr klein – etwa zehn oder fünfzehn Häuser, die nebeneinander auf beiden Seiten der schmalen Straße standen. Im Vorbeigehen las Will die Schilder, die an den Häusern hingen: ein Arzt, ein Schmied, ein Kurzwarenladen. Das einzige Backsteingebäude der Stadt hatte ein Schild mit verschnörkelten Buchstaben, auf dem *Dodson Hotel* stand.

Die Köpfe der Maultiere nickten bei jedem Schritt und um ihre kräftigen Beine spritzte der Schlamm.

„Whoa!“ Mr Miller lehnte sich ein Stück zurück und hielt die Tiere an.

Sie standen direkt vor dem Gemischtwarenladen, in dem Will bei seiner Ankunft nach dem Weg gefragt hatte. Das schien eine Ewigkeit her zu sein.

„Können wir hineingehen, Vater?“, fragte Susan von ihrem Platz aus.

„Bitte wartet noch auf Ann.“ Mr Miller sprang vom Kutschbock und band die Maultiere an einer Stange fest. Ann war auf Bayberry hinter ihnen hergeritten und lenkte die Stute jetzt neben ihren Vater. Ihr blaues Kleid bedeckte in weiten Falten den Sattel.

Mr Miller stand direkt neben dem Steigbügel. „Würdest du bitte Bayberrys Kopf festhalten?“, fragte er Will.

Sofort stellte sich Will neben den Kopf des Pferdes und hielt die Zügel direkt unter dem Maul fest. Er war sich nicht sicher, ob er schon jemals gesehen hatte, wie eine Dame vom Pferd stieg. Aber es musste eine komplizierte Angelegenheit sein, so viel wusste er. Er wandte den Blick ab und betrachtete das Schaufenster. In dem verschwommenen Spiegelbild sah er, wie Mr Miller Anns Hand stützte, während sie ihr rechtes Bein aus der Halterung befreite. Dafür musste sie ihren Rock immer wieder neu zurechtlegen. Schließlich setzte sich Ann seitwärts auf den Sattel und rutschte am Sattelblatt hinunter in die Arme ihres Vaters.

Jetzt konnte Will sich wieder umdrehen, ohne unbeabsichtigt etwas zu sehen, was er nicht zu Gesicht bekommen sollte. Obwohl sie ja schon im Nachthemd vor ihm gestanden hatte. Allein bei dem Gedanken daran wurde er wieder rot.

Als Mr Miller zum Fuhrwerk zurückging, stand Ann noch eine Weile neben ihrer Stute und sah Will über die Schulter direkt an. Vielleicht wollte sie ihm etwas sagen, doch sie schwieg. Ihre wunderschönen großen braunen Augen waren von langen schwarzen Wimpern gesäumt. Ihre Haut war so glatt und weich wie eine Elfenbeinbrosche. Nein, nicht wie eine Elfenbeinbrosche, nicht so kalt und hart, sondern warm – er hatte sie im Arm gehalten und ihren warmen Atem am Hals gespürt. Überwältigt von der Erinnerung brachte auch er kein Wort heraus, sondern sah sie einfach nur an. Nach einer Weile wandte sie den Blick ab und folgte ihrem Vater. Will streichelte geistesabwesend den Hals der Stute, bis er wieder klar denken konnte.

Hinten auf dem Fuhrwerk raffte Mabel ihren Rock und sprang auf die Straße. Dabei konnte man für einen Augenblick ihre Unterröcke sehen. Dafür wurde sie umgehend von ihrer Schwester Susan ermahnt, die darauf wartete, dass ihr Vater ihr beim Aussteigen half. Ann nahm die beiden an die Hand und ging zum Laden. Die Simons blieben sitzen. Clara hatte ihren Kopf an Johns Schulter gelehnt und die Augen geschlossen. Johns Blick folgte jeder Bewegung der anderen, doch er saß dabei vollkommen still.

„Will, bewach du die beiden, während ich die Mädchen hineinbringe." Mr Millers Stimme klang nüchtern und sachlich, damit die Leute ihr Spiel nicht durchschauten. Sie hatten beschlossen, bis Lancaster so zu tun, als würden sie John und Clara zum Fluss bringen, um sie in die Gefangenschaft zurückzuschicken.

„Mr Miller." Will zog den gefalteten Brief aus der Tasche und reichte ihn dem Sattler. Er nahm ihn an sich und folgte seinen Töchtern durch die Ladentür der Sumners.

Will hielt die Stute am Zügel und hoffte, dass Mr Miller sich beeilte. Wenn sie Rushville erst einmal hinter sich gelassen hätten und auf der Zaner Street wären, würden sie sich wenigstens wieder normal mit John und Clara unterhalten können.

Kurz darauf kam Mr Miller aus dem Laden zurück, zusammen mit einem ruhigen, untersetzten Mann, den er Will als Mr Sumner vorstellte. Der Mann nahm Will die Zügel aus der Hand. Die Stute sollte mit den Mädchen bei den Sumners bleiben.

Schweigend starrte Mr Sumner auf die gefesselten Hände der Simons, als er die Stute an ihnen vorbeiführte. Was hatte Mr Miller ihm erzählt? Die Wahrheit oder die erfundene Geschichte?

„Komm, Will." Mr Miller kletterte auf den Kutschbock und Will sprang auf die Ladefläche. Dann schnalzte Mr Miller mit der Zunge und zog kurz an den Zügeln. Sofort setzten sich die Maultiere in Bewegung und trotteten die Hauptstraße entlang aus der Stadt hinaus.

Erst als sie die Zaner Street erreicht hatten, entspannte sich Will etwas, denn hier begegneten sie kaum noch einer Menschenseele. Er beschloss, diese Reise, so gut es ging, zu genießen. Schließlich war er frei und immer noch am Leben – jedenfalls heute.

Obwohl es ziemlich bewölkt war, war es trotzdem nicht kalt. Die Maultiere zogen das Fuhrwerk gleichmäßig und erstaunlich schnell in Richtung Nordwesten. Sie würden gut vorankommen, wenn die Straßen während des ganzen Weges so breit und eben blieben.

Der Winter roch immer muffig und kalt, doch jetzt war die Luft angefüllt mit den Gerüchen des Frühlings. Die kahlen Äste der Bäume waren nicht mehr grau, sondern grün. Bald würden die ersten Blätter sprießen. An den Birken konnte Will sogar schon die ersten Laubansätze sehen, die sich an den kleinen Zweigen gebildet hatten. Dieses Atemholen der Natur am Anfang des Frühlings wirkte wie ein Geigenspieler, der den Bogen über sein Instrument hielt und kurz innehielt, bevor die Musik erklang.

„Was denkst du gerade?", fragte Mr Miller über die Schulter.

„Nichts Besonderes, Sir", antwortete Will.

„Soll ich dir zeigen, wie man das Fuhrwerk lenkt?"

„Ja, Sir."

„Wir fahren nur noch ein Stück weiter, denn hier hat die Straße noch zu viele Kurven." Mr Miller drehte sich noch etwas weiter um. „John, wie geht es Ihnen da hinten?"

„Gut, Mr Samuel." Johns Blick hing nachdenklich an den vorüberziehenden Bäumen. Sein Gesicht war entspannt. Will konnte sich nicht vorstellen, wie ein Mann, der wie ein wildes Tier gejagt wurde und als Gefangener reisen musste, so ruhig und voller Frieden dasitzen konnte. An seine Schulter gelehnt, schaute Clara Will mit denselben ruhigen Augen an. Ihre gefesselte Hand lag in der großen Hand ihres Mannes.

„Heute Abend werden wir in Lancaster übernachten", sagte Mr Miller. „Das ist eine Stadt, die zu meinem Gebiet als Prediger gehört, und ich kenne die Leute dort gut. Wir können bei einem der Brüder dort unterkommen."

„Ist er auch gegen die Sklaverei?", fragte John.

„Das sind wir alle", erwiderte Mr Miller.

Jetzt wurde Will neugierig. Er beugte sich etwas vor und fragte: „Bitte entschuldigen Sie die Frage, Sir, aber wer ist *Wir*?"

„Die Brüdergemeinden."

„Eine Kirche?"

„Ja. Also – eine Gruppe gleichgesinnter Menschen. Wahrscheinlich kann man uns als Kirche bezeichnen, obwohl wir uns meistens nicht in einem Kirchengebäude zum Gottesdienst treffen."

„Und diese Leute bezahlen Sie für die Predigten?"

„*Bezahlen* ist vielleicht nicht das richtige Wort." Mr Miller lächelte. „Als ich als Prediger in dieser Gegend angefangen habe, wurde man dafür nicht bezahlt. Deshalb betrachte ich jede Spende, die ich bekomme, als einen Segen Gottes."

„Deshalb können Sie von Ihrem Predigtdienst auch nicht leben, oder?“ Wills Eltern waren Methodisten gewesen. Er konnte sich noch erinnern, dass die Methodistenprediger bezahlt wurden. Jedenfalls der Prediger, der sie in Beallsville immer besucht hatte.

„Die Brüdergemeinden gibt es noch nicht so lange – erst seit ein paar Jahrzehnten. Daher betreuen unsere Wanderprediger ihre Gemeinden unbezahlt. Sie verdienen ihren Lebensunterhalt mit einer anderen Arbeit. Die meisten sind Farmer.“

„Wie werden sie denn ausgewählt? Die Prediger, meine ich.“

„Wir wählen sie selbst aus. Deshalb ist die Qualität der Predigten auch sehr unterschiedlich.“ Mr Miller schmunzelte.

„Bevor wir geflohen sind, hatte ich noch nie von diesen Brüdern gehört“, sagte Clara. „Aber auf dem Weg von Pittsburgh zur Farm mit Mr Washington haben wir einige von ihnen kennengelernt. Welche Sprache sprechen die Brüder miteinander, wenn sie unter sich sind, Mr Samuel? In einem der Häuser haben sie in der Küche kurz miteinander gesprochen, doch ich habe nichts verstanden.“

„Deutsch“, erwiderte Mr Miller und drehte sich wieder zu den Maultieren um. „Die Brüder haben als deutschsprachige Gruppe angefangen, doch mittlerweile ziehen sie Englisch vor. Das ist auch gut so, denn mein Deutsch ist nicht mehr so gut, wie es einmal war.“

„Sie sprechen Deutsch?“, fragte Will überrascht.

„*Jawohl.*“ Mr Miller warf Will einen kurzen Blick zu und hob dabei eine Augenbraue. „Mein Familienname war ursprünglich nicht Miller. Als mein Großvater nach Pennsylvania kam, hießen wir noch Müller.“

Will kannte ein paar deutsche Worte, denn in Pennsylvania gab es viele deutsche Einwanderer, die *Willkommen* und *Ja* sagten. Doch er hätte nie geahnt, dass Mr Miller einer von ihnen sein könnte. Wills eigene Großeltern waren aus England gekommen. Daher hatte er angenommen, dass ein Mann mit einem englischen Nachnamen wie Miller auch englische Vorfahren haben musste.

„So habe ich meinen Beruf gelernt“, fuhr Mr Miller fort. „Die Deutschen haben schon immer gute Sättel gemacht. Mein Vater hat es mir beigebracht und er hat es wiederum von seinem eigenen Vater gelernt.“

„War Ihr Vater auch Mitglied der Brüdergemeinde?“, wollte Will wissen.

„Nein, er war reformiert.“

Will wusste nicht, was das bedeutete, aber er wollte Mr Miller nicht unterbrechen.

„Als ich noch ein junger Mann war, hörte ich einen Mann namens William Otterbein predigen. Er sprach von einem persönlichen Glauben und davon, dass der Herr jeden Menschen erfüllen wollte. Dieser Gedanke war mir damals völlig neu. Ich hatte das Gefühl, dass ich an diesem Tag meinen wahren Glauben gefunden hatte. Einen Glauben, der uns wirklich verändern kann.“ Mr Millers Augen zogen sich zusammen, als könnte er etwas sehen, das Will nicht sah. Es war derselbe Blick wie damals in der Scheune bei Meister Good, der Will so tief beeindruckt hatte.

Der Herr will uns erfüllen. Will dachte an das seltsame Gefühl, das er vorgestern Nacht am Feuer gespürt hatte – als wäre jemand bei ihm gewesen. *Ja, das glaube ich.*

Plötzlich sah Will weiter vorne auf der Straße eine Bewegung. Auch Mr Miller beobachtete schweigend, was jetzt passieren würde.

„Nun“, sagte der Sattler schließlich, als erkennbar wurde, dass zwei Reiter auf sie zukamen. „Ich denke, dass wir einem Zusammentreffen nicht ausweichen können. Verhaltet euch so natürlich wie möglich. Will, lass uns über das Pflügen sprechen. In Ordnung? Jedenfalls bis sie vorbeigeritten sind.“

„Vielleicht können Sie mir erklären, wie man den Pflug einspannt und lenkt und was Sie dieses Jahr säen wollen.“

„Das ist eine gute Idee. Zuerst einmal werden wir in diesem Jahr das Feld direkt am Wald brachliegen lassen.“ Dann erklärte ihm Mr Miller genau, wie man einen Pflug dirigierte, damit man gerade Furchen bekam, aber Will konnte sich kaum auf seine Worte konzentrieren. Er musste sich förmlich zum Zuhören zwingen, damit er hin und wieder etwas auf Mr Millers Nachfragen erwidern konnte.

Die Pferde kamen immer näher: noch vierzig Meter, noch dreißig. Die beiden Männer trugen alte Lederhüte und ihre verfilzten Bärte sahen genauso aus wie die Mähnen ihrer wilden Pferde.

„Guten Tag!“, rief Mr Miller und hob grüßend die Hand.

Sie grüßten zurück. Bisher war noch alles in Ordnung.

Ohne den Blick von den Männern abzuwenden, suchte Will unauffällig nach der Pistole in seinem Gürtel. Zusammen mit der Pistole, die der Kopfgeldjäger zurückgelassen hatte, hatten sie vier Pistolen dabei. Eine steckte in Mr Millers Gürtel und eine in seinem Mantel. Will trug die dritte in seinem Gürtel und die vierte war neben John im Heu versteckt.

Jetzt standen die Männer direkt vor ihnen. Wills Handflächen wurden feucht. Verzweifelt bemühte er sich, gelassen nach vorn zu schauen, während Mr Miller das Fuhrwerk anhielt. „Sind Sie auf dem Weg nach Osten, meine Herren?"

„Ja, genau", sagte der größere der beiden. Seine Stimme klang fröhlich, aber er lächelte nicht. Der andere Mann starrte Will und Mr Miller schweigend an. *Wahrscheinlich sieht er die Pistolen,* dachte Will.

„Wir sind auf dem Weg in die Stadt, um diese Sklaven da zum Fluss zu bringen." Mr Miller schaffte es, dabei sehr selbstzufrieden auszusehen. Will war erschüttert, ihn so reden zu hören, auch wenn er wusste, dass alles nur vorgetäuscht war.

„Entflohene Sklaven?" Der größere Mann musterte John und Clara.

„Von der schlimmsten Sorte", sagte Mr Miller. „Dumm genug, es zweimal zu versuchen." Sein lautes Lachen klang hart und kalt. Bei diesem ungewohnten Geräusch aus Mr Miller Mund bekam Will eine Gänsehaut.

„Die sind ja auch so hässlich wie die Nacht", schnaubte der kleinere Mann.

Will starrte weiter geradeaus.

„Wir müssen weiter", sagte der größere Mann schließlich. Er gab seinem Pferd die Sporen. Das Tier bäumte sich auf und rollte wild mit den Augen. Dann schoss es in wildem Galopp davon. Der kleine Mann raste auf seinem Pferd hinter ihm her.

„Den Mais säen wir dann ungefähr Mitte Mai aus", fuhr Mr Miller laut an derselben Stelle fort, an der er unterbrochen worden war. Er schnalzte mit der Zunge und das Fuhrwerk setzte sich wieder in Bewegung.

„Hast du schon einmal Mais gesät, mein Junge?"

„Nein, Sir."

„Dann wirst du es lernen. Man muss dazu gar nicht viel wissen. Das Pflügen dagegen muss man eine Weile üben, bevor es gut klappt. Wenn du zu schnell pflügst …“ Mr Miller redete noch ungefähr zehn Minuten weiter über die Arbeiten auf der Farm, doch Will konnte sich kein einziges Wort merken. Endlich verschwanden die Männer hinter ihnen am Horizont.

Erleichtert sah sich Will nach John und Clara um. John umfasste wieder die Hand seiner Frau und erwiderte Wills Blick. Anscheinend hatte er Clara losgelassen, als die Männer aufgetaucht waren. Eine weise Entscheidung.

Will drehte sich wieder zu Mr Miller um. „Sie sind weg, Sir.“

Mr Miller brach mitten im Satz ab. „Dann muss ich dich ja nicht länger langweilen.“ Er lächelte. „Man lernt das Ganze sowieso am besten auf einer Farm und nicht auf einem Kutschbock. Aber es ist immer ein gutes Gesprächsthema, wenn man es braucht.“

„Die Männer haben Ihnen die Geschichte sofort geglaubt.“

„Wahrscheinlich werden uns die meisten Leute glauben, wenn ich den dummen, geldgierigen Schurken gut genug spiele.“ Angewidert sah der Sattler kurz auf die gut sichtbare Pistole in Wills Gürtel. „Und sie werden uns in Ruhe lassen, wenn sie unsere Pistolen sehen. Gewöhnlich werden nur unbewaffnete Leute auf der Straße überfallen oder Männer, die allein unterwegs sind.“

„Glauben Sie, dass diese Männer Räuber waren, Mr Samuel?“, fragte Clara.

„Das werden wir nie herausfinden. Und so sollte es auch bleiben.“

„Amen“, bekräftigte John.

Das Fuhrwerk rollte gleichmäßig weiter. Vögel zwitscherten in den immer noch kahlen Ästen. Je höher die Sonne stieg, desto mehr Tiere konnte Will im Wald erkennen. Eichhörnchen kletterten die Bäume hinauf und ab und zu ließ sich sogar ein wilder Truthahn im Unterholz neben der Straße blicken. Ein Igel rannte neben der Straße durch das Gras und verschwand zwischen den Büschen. Während seiner Zeit auf der Quäker-Farm hatte Will einen verletzten Igel eine Weile pflegen dürfen, bis er ihn schließlich wieder ausgesetzt hatte. Doch das war schon lange her.

Immer mehr Reisende kamen ihnen entgegen und ritten an ihnen vorbei: ein paar Fuhrwerke, eine Kutsche und mehrere Reiter.

Am schlimmsten war es, wenn die Reiter von hinten kamen. Meist kamen sie im Galopp angeritten. Will durfte sich allerdings nicht zu oft umdrehen. Das wäre zu verdächtig gewesen. Doch immer wenn er Hufgetrappel von hinten hörte, legte er die Hand um den Pistolengriff, um auf alles vorbereitet zu sein.

Regelmäßig mussten sie eine Pause einlegen und den Maultieren Wasser geben.

„Nicht zu viel", warnte Mr Miller, „oder sie bekommen eine Kolik."

Jetzt war Will an der Reihe zu kutschieren. Er lernte die Befehle „Gee" und „Hoh", obwohl Mr Miller meinte, dass man sie normalerweise eher zum Pflügen als zum Fahren brauchte.

Gegen Mittag wurde der Wald lichter und schon bald fuhren sie durch offene Felder. Überall zwischen den Feldern standen Farmhäuser.

„Jetzt sind wir gleich da", sagte Mr Miller und drehte sich um. „Bis ich Entwarnung gebe, müssen wir unser Spiel noch weiterspielen. Hier in der Nähe habe ich Freunde, aber man weiß nie, wer uns sonst noch beobachtet."

Die Straße führte einen kleinen Hügel hinauf und die Maultiere zogen mit ganzer Kraft. Ihre Ohren stellten sich jedes Mal auf, wenn Mr Miller aufmunternd schnalzte.

Oben auf dem Hügel angekommen, fuhren sie direkt auf ein großes Backsteingebäude zu. Es war ein zweistöckiges Gebäude mit acht Fenstern zur Straße. Die weiße Tür war etwas zurückgebaut, sodass man sich bei Regen unterstellen konnte. Über dem Vorbau hing ein großes, gelbes Schild, das sich im Wind bewegte. Darauf stand in dicken schwarzen Buchstaben: *Shupps Taverne.* Auf jeder Seite des Daches erhob sich ein großer Schornstein.

Statt vor dem Gebäude zu halten, legte Mr Miller die Zügel über die Rücken der Maultiere und rief: „Gee!" Das Fuhrwerk schwenkte nach rechts in den Schotterweg neben der Taverne.

Will setzte sich aufrecht hin und sah sich um. Doch der Hof, in den sie einbogen, war vollkommen leer und die Taverne still. Mr Miller hielt an. Sofort schnaubten die Maultiere und senkten die Köpfe.

Die Hintertür des Hauses ging auf und ein riesiger Mann kam

über den Hof auf sie zu. Seine dichten schwarzen Haare hingen ihm über die Stirn und er begrüßte sie freundlich.

„Müller! Willkommen, Bruder.“ Seine tiefe Stimme klang wie eine Posaune und erfüllte den ganzen Hof. „Ich habe dich nicht erwartet, aber ich freue mich sehr, dich zu sehen!“ Der Akzent des Mannes klang ungewohnt in Wills Ohren – wie eine Melodie.

„Ich habe ein paar Gefangene dabei“, sagte Mr Miller vorsichtig. „Sind gerade Gäste in der Taverne?“

Der große, rundliche Mann erstarrte kurz und blickte in die vernarbten Gesichter der Simons. „Noch nicht. Die kommen erst bei Einbruch der Dämmerung.“

„Gut.“ Mr Miller gab Will die Zügel, der auf die Fahrerseite rutschte, als Mr Miller vom Kutschbock sprang und dem Mann die Hand schüttelte.

Will hörte, wie sie leise auf Deutsch miteinander sprachen. Dann führte Mr Miller seinen Freund hinter das Fuhrwerk und wandte sich gleichzeitig an die Simons und an Will. „Das ist Mr Friedrich Shupp. Friedrich, darf ich dir meine Freunde vorstellen? Das sind John und Clara Simon. Sie können Ihre Fesseln jetzt abnehmen.“ Während John seine Hände aus den losen Fesseln befreite und Clara mit ihren half, deutete Mr Miller kurz auf Will. „Das ist mein Lehrling, Will.“

Mr Shupp musterte Will kurz und schüttelte John kräftig die Hand. Die beiden Männer halfen Clara beim Aussteigen, weil sie immer noch etwas wackelig auf den Beinen war. „Geht es Ihnen nicht gut, Schwester?“

„Nein, Sir. Aber es wird jeden Tag besser.“

„Kommen Sie herein und trinken Sie erst einmal eine Tasse Tee in der Küche.“ Mr Shupp deutete auf das Haus.

Hand in Hand gingen John und Clara langsam zur Hintertür. Mr Shupp schlug Mr Miller freundschaftlich auf die Schulter.

„Gehen wir hinein. Dort können wir ungestört reden“, sagte er leise. „Wollt ihr nach Blendon?“

Woher wusste er das? War Mr Miller diesen Weg schon häufiger gefahren?

„Richtig“, erwiderte Mr Miller.

„Dann habe ich Neuigkeiten für euch.“ Der Mann erhob seine

Stimme wieder. „Was bin ich nur für ein Gastgeber? Komm mit ins Haus, *Wilhelm*!" Er lachte, als er sich zu Will umdrehte. „Ein schöner deutscher Name. Kommt jetzt mit hinein, damit ihr etwas essen könnt, bevor neugierige Nachbarn auftauchen."

„Erst muss ich die Maultiere versorgen", sagte Mr Miller.

„Darum kümmere ich mich, Sir", erwiderte Will.

Mr Shupp schüttelte den Kopf. „Nein, mein Sohn kann das tun. Er muss es noch lernen. Fritz!"

Ein großer Junge trat aus der Stalltür. „Ja, Vater?" Er war genauso groß wie Mr Shupp, doch er war viel schlanker und schien seine langen Gliedmaßen noch nicht ganz unter Kontrolle zu haben. „Soll ich die Maultiere ausspannen?"

„Ja, mein Junge. Aber nimm ihnen das Geschirr nicht ab. Vielleicht müssen meine Gäste schnell abreisen."

Will kannte nur einen Grund, warum das passieren könnte, und verdrängte den Gedanken daran gleich wieder. Der junge Mann übernahm die Zügel und brachte das Fuhrwerk hinter die Scheune.

Zögernd folgte Will den beiden älteren Männern durch die Hintertür. John und Clara saßen bereits an einem langen Tisch. Eine Frau mit schwarzen Haaren und runden Wangen lief sogleich auf Mr Miller zu und strahlte ihn an. „Ich freue mich so, dich wiederzusehen, Bruder Samuel." Ihr Akzent war noch deutlicher als der ihres Mannes. Sie nahm Mr Miller den Hut und den Mantel ab.

„Ich freue mich auch, dich zu sehen, Greta. Das ist mein Lehrling, Will. Will, das ist Mrs Shupp."

„Guten Tag, Will." Sie half ihm aus dem Mantel. Seit Will seine Mutter das letzte Mal gesehen hatte, hatte ihm nie wieder jemand aus dem Mantel geholfen. In seiner Erinnerung sah er ihr geliebtes Gesicht, wie sie vor ihm kniete und seine Arme aus den engen Ärmeln zog. Sofort senkte er den Blick, damit Mrs Shupp seine feuchten Augen nicht sehen konnte.

Aber sie war so sehr damit beschäftigt, die Mäntel und Hüte aufzuhängen, dass sie nichts bemerkte. Dann lief sie zu dem groben Tisch, auf dem die Brotkiste, etwas Besteck und ein Salzstreuer standen. Will und Mr Miller setzten sich neben John und Clara. Einen Moment später standen ein Brotkorb mit dicken Brotscheiben und eine Schüssel mit Butter vor ihnen. John aß mit gutem

Appetit, Clara nur ein paar Bissen. Kurz darauf kochte das Wasser im Kessel und nach wenigen Augenblicken stellte Mrs Shupp vor jeden eine Tasse mit dampfendem Tee. „Heißer Tee tut immer gut", sagte sie freundlich.

Schweigend nickte Will und sog den warmen, belebenden Geruch des Kräutertees tief ein. Der Tee war süß mit einem etwas seltsamen Nachgeschmack, der Will an Rhabarber erinnerte.

Während sie aßen, redeten sie über die bisherige Reise und das Wetter.

„Und wo sind Frieda und Maria? Und Paul?", fragte Mr Miller.

„Sie sind heute Nachmittag alle bei ihrem Onkel. Sie kommen vor Einbruch der Dunkelheit zurück, damit sie ihre Arbeiten noch erledigen können", antwortete Mrs Shupp.

„Und Mr und Mrs Kruse?"

„Er ist immer noch nicht wieder ganz auf den Beinen, aber sie würde sich sicher freuen, dich zu sehen. Meinst du, du könntest sie besuchen?"

„Vielleicht auf der Rückfahrt."

Mrs Shupp und Mr Miller redeten noch eine Weile über Mitglieder der Kirche, während Mr Shupp durch eine Tür die Küche verließ. Nachdem er um eine Ecke verschwunden war, konnte Will in dem anderen Raum ein Feuer erkennen, um das einige Stühle standen. Die Möbel in dem anderen Raum waren genauso neu und gepflegt wie der Rest der Taverne. Wahrscheinlich beherbergten die Shupps mittlerweile eine Menge Gäste, da immer mehr Menschen nach Westen reisten.

Nach ein paar Minuten kam Mr Shupp mit einer Rolle Papier in die Küche zurück. Er setzte sich schwerfällig auf einen Stuhl neben Will.

„Ich überbringe nur ungern schlechte Nachrichten", sagte er zögernd, „aber ihr könntet mehr Schwierigkeiten auf eurem Weg nach Blendon bekommen, als ihr erwartet."

„Oh?" Mr Miller sah ihn an und stellte die Teetasse wieder ab, die er gerade an die Lippen setzen wollte.

„Ja." Mr Shupps Gesicht war sehr ernst. „Es ist nämlich so, dass ich Sie erkannt habe, Mr John und Mrs Clara."

Er zog ein Blatt aus der Rolle Papier und strich es auf dem Tisch glatt. Dann drehte er es so, dass alle es sehen konnten. Will runzelte besorgt die Stirn, als er die etwas ungelenke Zeichnung sah und den Text las:

Ergreift den entflohenen Sklaven

Mr Holmes aus Nashville, Tennessee,
sucht seinen entflohenen Sklaven.
Er hört auf den Namen

John

und gehörte dem kürzlich verstorbenen Mr Philipp Holmes. Er ist ungefähr vierzig Jahre alt mit dunkelbrauner Hautfarbe. Auf der Stirn hat er eine Narbe in Form eines Kreises mit einem Kreuz in der Mitte. Er ist kräftig gebaut und ungefähr 1,60 – 1,70m groß. Wahrscheinlich befindet er sich in der Gesellschaft einer ebenfalls entflohenen Sklavin, die die gleiche Narbe auf der Stirn trägt und die er als seine Frau ausgibt. Eine hohe Belohnung wartet auf denjenigen, der diese beiden Sklaven fängt und ins Gefängnis bringt oder sie ihrem rechtmäßigen Eigentümer zurückbringt.

Die Zeichnung sah eher aus wie die Karikatur eines Mannes – mit riesigen Lippen und aufgerissenen weißen Augen. Die Narbe prangte überdimensional groß auf der Stirn der Figur.

„Woher hast du dieses Plakat?" Mr Millers Stimme klang scharf.

„Du weißt doch, dass hier immer wieder Kopfgeldjäger vorbeikommen. Sie fragen mich, ob ich einen der Gesuchten auf den Plakaten schon einmal gesehen habe. Jedes Mal geben sie mir eins der Plakate und sagen mir, dass ich die Augen offen halten soll. Aber ich verstecke diese Dinger immer in meinem Schreibtisch, damit sie sonst niemand sieht." Mr Shupp stützte sich mit den Ellenbogen auf den Tisch und stützte nachdenklich das Kinn auf seine gefalteten Hände. „Vor ungefähr einer Woche war ein Mann hier und hat dieses Plakat vorbeigebracht."

„Hatte er einen Biberfellhut auf?“, fragte Mr Miller.

John, Clara und Will schwiegen. Alle saßen wie erstarrt.

„Ich kann mich nicht erinnern“, sagte Mr Shupp nach einer Weile. „Greta hatte ihm schon seinen Hut abgenommen, bevor ich ihn begrüßen konnte. Und er ist schon ganz früh am nächsten Morgen weitergezogen.“

„Ich kann mich auch nicht mehr erinnern. Es tut mir leid“, sagte Mrs Shupp vom Herd.

Mr Miller wandte sich an John. „Wir wollen hoffen, dass es Rumkin war, denn der wird uns ins den nächsten Tagen bestimmt nicht verfolgen können.“

„Das denke ich auch, Mr Samuel.“ John wirkte besorgt. „Trotzdem bedeutet das, dass jemand unsere Narben erkennen könnte.“

„Dann müsst ihr sie verdecken. Am besten ziehst du deinen Hut so tief wie möglich über die Stirn. Vielleicht sieht das verdächtig aus, aber alles ist besser, als dass ihr von jedem Reisenden gleich erkannt werdet. Es könnte immer sein, dass sie in einem der Hotels auf dem Weg dieses Plakat gesehen haben.“

„Und ich bedecke mein Gesicht mit meiner Haube.“ Clara klang weiterhin sehr gelassen, als hätte das Fieber sie in eine schützende Decke gehüllt.

„Das ist sicher eine zusätzliche Schwierigkeit, Friedrich, aber keine unmittelbare Gefahr – jedenfalls noch nicht.“ Gedankenverloren rieb sich Mr Miller den Oberarm. Nach den vielen Stunden auf dem Kutschbock taten ihm sicher alle Knochen weh, obwohl er darüber kein Wort verloren hatte.

Will dachte nach. „Wir haben nur noch zwei Tagesreisen vor uns, oder, Mr Miller?“

„Ja, mein Junge.“

„Ist die Lancaster Road auch so befahren wie die Straßen, die wir bisher benutzt haben?“

„Nicht ganz so. Die größte Gefahr droht uns auf der Straße in Richtung Columbus. Die können wir nicht vermeiden.“ Mr Miller blickte nachdenklich ins Feuer, als würde er mehrere Möglichkeiten im Kopf abwägen.

„Und es gibt keinen anderen Weg?“

„Nicht mit dem Fuhrwerk. Und Clara kann die Strecke nicht zu

Fuß zurücklegen. Auch zum Reiten ist sie viel zu schwach." Mr Miller nahm seine Tasse wieder in die Hand. „Wir müssen einfach die Narben verdecken, so gut es geht, und das Beste hoffen."

Will nickte.

Doch Mr Shupp nahm die Arme vom Tisch und richtete sich auf. Er war gut einen halben Kopf größer als alle anderen. „Das war noch nicht alles", sagte er leise. Mit diesen Worten rollte er das andere Plakat auseinander und legte es auf den Tisch.

Erschrocken riss Will die Augen auf. Von dem Plakat starrte ihn sein eigenes Gesicht an. Im Gegensatz zu John hatte ihn der Zeichner gut getroffen.

Belohnung für einen entflohenen Lehrling

Am Samstagabend, den 28. dieses Monats, ist der Lehrling ***Will Hanby*** *seinem Meister, dem Sattler* ***Meister Good*** *aus Pittsburgh, entflohen.*
Der besagte Will Hanby ist achtzehn Jahre alt, ungefähr 1,75 m groß mit weißer Hautfarbe, schwarzen Haaren und einem mürrischen Gesichtsausdruck. Eine beträchtliche Belohnung wartet auf denjenigen, der den entflohenen Lehrling einfängt und seinem Meister zurückbringt. Sollte jemand den Lehrling verstecken, nachdem er diese offizielle Bekanntmachung gelesen hat, wird Meister Good rechtliche Schritte gegen ihn einleiten.

Wills Kehle schnürte sich zu.

„Hat derselbe Kopfgeldjäger beide Plakate hier abgegeben?" Mr Miller klang hoffnungsvoll.

„Nein, dieses Plakat brachte ein anderer Mann. Er ist vorbeigekommen, als ich nicht zu Hause war. Greta hat es angenommen und sofort versteckt."

„Ich kann mich nicht mehr erinnern, wie er ausgesehen hat", sagte Mrs Shupp niedergeschlagen, die immer noch am Herd stand und in einem großen Topf rührte. Der Duft des Hühnereintopfs erfüllte den ganzen Raum. „Es tut mir wirklich leid, Bruder Samuel."

Mr Miller seufzte. „Es ist nicht deine Schuld, Schwester."

Nachdem er sich ein paar Mal geräuspert hatte, krächzte Will schließlich: „Vielleicht sollten Sie besser ohne mich weiterfahren. Ich bringe John und Clara nur in noch größere Gefahr."

„Unsinn", erwiderte Mr Miller kurz angebunden und runzelte besorgt die Stirn. „Wir brauchen alle bewaffneten Männer, die wir kriegen können. Ich brauche dich in den nächsten beiden Tagen."

Nach einer Weile rollte Mr Shupp die Plakate wieder zusammen und unterhielt sich mit Mr Miller, als wäre nichts vorgefallen. Doch Mr Miller verschränkte die Arme etwas zu häufig vor der Brust oder schwieg eine Weile, bevor er auf eine Frage antwortete. Offensichtlich war er mit seinen Gedanken woanders.

Nach dem Essen führte Mrs Shupp die Besucher zu einem Zimmer auf dem Dachboden, in dem Will und die Simons auf dicken Strohmatratzen schlafen konnten. Mr Miller wollte die Nacht unten verbringen, um die ankommenden Gäste im Auge zu behalten.

„Bis dahin", sagte er zum Abschied zu Will, „werde ich noch ein paar Brüder und Schwestern aus der Gemeinde besuchen."

„Ja, Sir."

„Morgen früh brechen wir weit vor Sonnenaufgang auf und nutzen die Dunkelheit als Schutz gegen neugierige Blicke. Ihr solltet also möglichst bald schlafen gehen, damit ihr morgen früh ausgeruht seid."

„Wir werden es versuchen, Sir." Doch Will wusste, dass er diese Nacht kein Auge zutun würde. Allein der Anblick von Meister Goods Namen – so hässlich und deutlich auf dem Plakat – hatte ihn so aufgewühlt, dass an Schlaf nicht zu denken war. Wills Zeit als freier Mann war nur vorübergehend. Ein schwarzer Schatten verfolgte ihn und würde ihn bald einholen. Dann gab es kein Entrinnen mehr vor der Finsternis.

Kapitel 30

Mit kalten Augen musterte Mrs Bowen Ann von oben bis unten. „Wir sind hocherfreut, dass wir Sie heute etwas näher kennenlernen konnten, Miss Miller." Mrs Bowens hochgesteckte weißblonde Haare wirkten wie eine Krone. Ihr Ehemann stand neben ihr in der Eingangshalle. Während des ganzen Nachmittags hatte er kaum ein Wort gesprochen und auch zum Abschied nickte er Ann nur kurz zu.

Eli hielt ihr die Tür auf und sie ging an ihm vorbei nach draußen.

„Einen schönen Tag", sagte sein Vater und erhöhte damit die Anzahl seiner Worte an diesem Nachmittag auf ungefähr zehn.

„Ihnen auch noch einen schönen Tag", erwiderte Ann. Als sie mit Eli endlich allein vor dem Haus stand, atmete sie tief durch.

Sie war froh, dass sie wieder nach Hause gehen konnte.

Nachdem sie eine Weile schweigend nebeneinander hergegangen waren, bot Eli ihr wortlos seinen Arm. Schweigend nahm sie sein Angebot an und legte ihre Hand auf seinen Arm.

„Meine Eltern sind manchmal sehr förmlich. Man muss sie näher kennenlernen, um sie zu verstehen. Aber im Grunde ihres Herzens sind sie gute Menschen."

„Ja, das glaube ich auch." Eli tat ihr leid. Es war nicht seine Schuld, dass seine Eltern so unnahbar waren und seine Mutter sehr gezielte Fragen über ihre Gesundheit gestellt hatte, um sicherzugehen, dass Ann für ein Leben an der Seite eines Arztes überhaupt geeignet war.

„Du weißt, dass ich nicht in Rushville bleiben will. Ich will auf keinen Fall so nah bei meinen Eltern wohnen."

Ann lächelte, sagte aber nichts. Auf diesem Teil der Hauptstraße von Rushville standen die Bäume dicht nebeneinander, sodass viele ihrer Äste wie Tanzpaare ineinander verschlungen waren. Die Farm der Bowens lag nur ungefähr eine Meile östlich von der Stadt, deshalb war der Weg bis zu den Sumners auch nicht weit.

„Bald werde ich Rushville verlassen, um Medizin zu studieren", sagte Eli. „Meine Eltern glauben schon fast, dass ich es nicht ernst meine." Er grinste sie an und drückte kurz ihre Hand.

„Wenn du nicht den ganzen Tag auf dem Sofa liegen und Gedichte zitieren würdest, hätten sie es mit dem Ausziehen vielleicht nicht ganz so eilig."

Zum ersten Mal an diesem Nachmittag lachte er fröhlich und entspannt. „Ja, genauso verbringe ich meine Tage auf der Farm. Und dann sage ich ihnen noch, dass alle meine Gedichte Miss Miller gewidmet sind. Darüber freuen sie sich am meisten."

Ann kicherte und warf ihm einen flüchtigen Blick zu. Doch in diesem Moment sah er sie auch an und sein Gesicht war ernst.

„Ich muss mit dir über etwas reden." Eli blieb stehen und drehte sich zu ihr um. „Ich habe die Hoffnung, dass sich die Beziehung zwischen uns seit meinem letzten Heiratsantrag verändert hat. Deshalb möchte ich dich heute noch einmal fragen."

Zärtlich zog er sie zu sich heran und blickte auf sie hinunter. Ann musste den Kopf in den Nacken legen, damit sie ihn weiter ansehen konnte. Ihr Herz klopfte wie wild; sie wünschte sich nichts sehnlicher, als dass diese wunderbar sanften Lippen ihren Mund berührten, aber gleichzeitig wäre sie am liebsten weggerannt.

„Willst du mich heiraten, Ann? Und mit mir nach Cincinnati gehen? In den ersten Jahren werde ich dir nicht viel bieten können, aber wir könnten bei meinem Bruder auf seiner Farm wohnen, bis ich mit der Universität fertig bin. Ich habe ihm schon geschrieben."

Sie zögerte. Sie sollte ihm erklären, dass sie sich immer noch für ihre Schwestern verantwortlich fühlte – aber er hätte sicher ein passendes Argument darauf parat. Vielleicht würde er auch ihrem Vater erzählen, dass sie ihn wegen ihrer Schwestern nicht heiraten wollte. Und dann hätte ihr Vater sicher noch mehr Gründe, warum sie gehen sollte, und würde ihr zuraten. Diese Entscheidung konnte und wollte sie ganz allein treffen. Niemand sollte davon erfahren, bis sie sich entschieden hatte.

„Und wenn ich erst einmal Arzt bin, wird es dir an nichts fehlen. Was für ein Leben wartet dann auf uns! Wir können uns ein Hausmädchen leisten und eine Köchin – vielleicht sogar ein Kindermädchen, wenn du willst. Jeden Abend wirst du viel Zeit zum Lesen haben. Außerdem könnten wir literarische Abende in unserem Wohnzimmer veranstalten. Cincinnati entwickelt sich langsam zu einem neuen Kulturzentrum. Ich weiß doch, wie ich dich glücklich machen kann, mein Liebling."

Ein Schauer lief ihr über den Rücken.

„Hört sich das nicht wunderbar an?", fragte Eli strahlend.

„Ja", erwiderte sie. Aber irgendetwas stimmte nicht. War das wirklich das Leben, von dem sie träumte? Ann trat einen Schritt zurück, hielt aber weiter seine Hand, um nicht zu abweisend zu wirken. Wenn sie doch nur die richtige Frage stellen und er die richtige Antwort geben könnte, um sie von einer glücklichen, gemeinsamen Zukunft zu überzeugen.

„Wäre das genug, Eli? Würdest du gerne Arzt werden?"

„Ich möchte deshalb gerne Arzt werden, weil dieser Beruf mir ausreichend Zeit für die wirklich schönen Dinge im Leben bietet." Langsam ging er mit ihr die Straße entlang.

„Aber wird dich der Beruf an sich zufriedenstellen?"

„Ein Beruf ist ein Beruf. Ich muss entweder Arzt oder Anwalt werden, um meiner Familie das Leben bieten zu können, das ich mir vorstelle. Aber Jura ist so trocken und viele Anwälte gehen später in die Politik. Das will ich auf keinen Fall." Er verzog das Gesicht.

Ann musste lachen. „Wäre es so schlimm, sich mit den Problemen unseres Landes zu beschäftigen?"

„Für manche ist das sicher erstrebenswert, aber nicht für mich. Du und ich, wir haben zusammen mit vielen anderen eine andere Verantwortung."

„Und die wäre?"

„Das Streben nach Schönheit und Eleganz. Das Leben muss nicht dumpf und monoton sein. Deshalb müssen wir uns nach den schönen Dingen im Leben ausstrecken und sie pflegen, damit sie nicht ganz verloren gehen."

„Das klingt sehr lobenswert."

„Das ist es auch."

„Und gleichzeitig ist es auch noch ein Vergnügen." Sie sah ihn fragend von der Seite an.

„Für uns ist es das. Ja. Gott hat für jeden von uns eine Berufung. Manchmal ist das nicht unbedingt unser Beruf."

„Doch das hört sich zu schön an, um wahr zu sein. Wie kann das

Leben immer angenehm und glücklich sein, voller Freizeit und Unterhaltung, und trotzdem einer göttlichen Berufung folgen?"

Eli trat vor sie und drehte sich zu ihr um. Sie konnte nicht schnell genug anhalten und stieß gegen seine Brust. Zärtlich legte er seine Hände auf ihre Schultern, damit sie nicht zurückweichen konnte, und sah ihr tief in die Augen. „Für mich und für dich ist es so. Das gilt nicht für alle. Trotzdem trifft es auf unser Leben zu. Davon bin ich ebenso überzeugt wie von meiner Liebe zu dir."

Sein strahlendes Gesicht so dicht vor ihrem eigenen überwältigte Ann und wischte alle Zweifel fort.

„Heirate mich." Jetzt flüsterte er und beugte sich noch weiter vor. Seine Lippen berührten ihre wie eine Feder, doch dann entschlossener, weil sie nicht protestierte. Langsam nahm er sie in seine Arme und flüsterte in ihr Ohr. „Bitte sag Ja." Wieder küsste er sie. Sie erwiderte seinen Kuss und spürte nur noch seine Nähe.

Dann hörte er auf, als müsste er sich dazu zwingen. „Nein, sag noch nichts." Er legte seine Hände unter ihre Ellenbogen. „Denk darüber nach und triff die Entscheidung mit deinem Herzen. Wenn dein Vater zurückkommt, werde ich mit ihm sprechen. Das hätte ich vor zwei Jahren schon tun sollen. In einer Woche wüsste ich gerne deine Antwort."

Sie nickte. Eine Woche blieb ihr noch, um sich zwischen Eli und ihren Schwestern zu entscheiden. Sie konnte Susan und Mabel ja nicht einfach auf die Farm seines Bruders nach Cincinnati mitnehmen. Beides konnte sie nicht haben. Sie versuchte, sich ihre Gedanken nicht anmerken zu lassen. Anscheinend war es ihr geglückt, denn Eli lächelte sie wieder an.

„Ich sollte dich jetzt besser zu den Sumners bringen. Während dein Vater weg ist, beobachten sie mich sicher sehr genau."

Normalerweise hätte sie darauf eine passende Antwort gegeben, aber sein Kuss hatte ihre Gedanken völlig durcheinandergebracht.

Schweigend gingen sie den Rest des Weges nebeneinander her, als wäre bereits alles zwischen ihnen gesagt. Vielleicht stimmte das ja auch.

Kapitel 31

Es war dunkel, so unglaublich dunkel auf der Lancaster Road. Selbst Mr Miller schlief zusammen mit John und Clara hinten auf dem Fuhrwerk, während Will kutschierte. Die Maultiere hatten sich gestern Nachmittag ausgeruht und trotteten frisch und entspannt die Straße entlang. Schon bald würden sie auf die Hauptstraße abbiegen.

Der Vollmond leuchtete über den Baumwipfeln und warf sein fahles Licht durch die kahlen Äste auf die Straße vor Will. Angestrengt starrte Will immer wieder zwischen die Bäume neben dem Weg, aber er konnte in der Dunkelheit nichts und niemanden erkennen. Das Rasseln der Geschirre und das Geräusch der Hufe hörten sich in seinen Ohren an, als wäre eine ganze Armee auf dem Vormarsch. Doch er konnte nichts dagegen tun. Es war nur deshalb so laut, weil alles um ihn herum so still war.

Wenn er zu lange an die Plakate dachte, bekam er immer noch eine Gänsehaut. Das hatte er nun schon zu oft getan, seit sie sich von den Shupps verabschiedet hatten. Er würde es nicht noch einmal tun.

Am Vortag hatte ihm Mr Miller geraten, sich ganz auf die Kraft und den Schutz des Herrn zu verlassen. Bei seinen Worten hatten John und Clara genickt, als wüssten sie genau, was er damit meinte. Ihre Ruhe und Gelassenheit wirkten merkwürdig auf Will. Warum hatten sie keine Angst? Zudem waren sie beide nicht so stark und ausgeruht wie Will und würden sich im Gegensatz zu ihm gegen Kopfgeldjäger und Räuber nicht wirklich wehren können. Trotzdem waren John, Clara und Mr Miller sehr viel ruhiger und entspannter als Will.

Schließlich kennen sie Meister Good auch nicht so gut wie ich.

Doch Will wusste, dass das nicht stimmte. Der Friede im Herzen der Simons und die Ruhe von Mr Miller kamen aus einer anderen Quelle. Etwas davon hatte Will in jener Nacht in der Hütte gespürt. Jetzt war dieses Gefühl, dass da etwas um ihn war, verschwunden. Doch er konnte es noch in ihren Augen sehen: in Claras vertrauensvollem Blick, in den gelassenen Worten, die John und Mr Miller noch vor einer Stunde miteinander gewechselt hatten.

Er wollte Gott dienen. Das hatte er ihm versprochen. Würde Gott ihm auch diese Kraft, dieses Vertrauen schenken, das er in den anderen sah – die Gewissheit, dass Gott bei ihm war?

Bitte begegne mir, Herr. Sprich zu mir.

Will war sich bewusst, dass das eine kühne Bitte war. Doch mittlerweile war er so erschöpft, dass er schon wieder mutig wurde.

Sag mir, was du von mir willst. Was soll ich tun? Ich möchte die gleiche Gewissheit, die die anderen haben.

In diesem Augenblick wurde der Nachthimmel über ihm noch weiter – das Himmelszelt schien sich endlos auszudehnen. Es war, als breitete sich die Ewigkeit um ihn aus und er war ein unglaublich kleiner Teil davon. Eine Kraft, die er nicht kannte, durchdrang alles – sogar seinen Körper – und füllte ihn vollkommen aus. Mit weit aufgerissenen Augen starrte Will in den Himmel. Wie hatte er nur um so etwas bitten können? Doch gleichzeitig spürte er, dass er so angenommen wurde, wie er war. So etwas hatte er noch nie erlebt. Es war so, als stünde er mit all seinen Sorgen und Ängsten, mit seinen Sünden und Wunden vor dieser alles durchdringenden Kraft ... und fühlte sich geliebt. Er würde nie wieder allein sein.

Tränen traten ihm in die Augen. Er senkte den Kopf und schloss die Augen. In der kalten, dunklen Nacht liefen ihm die Tränen über die Wangen und tropften auf seine Hände. Nach einer Weile blinzelte er und sah wieder hinauf zu den Sternen. Immer mehr Tränen rollten über sein Gesicht und er dankte dem Herrn des Himmels für seine Gegenwart und Liebe.

Sag mir, was ich tun soll. Ich tue alles für dich.

Und tatsächlich bekam er eine Antwort – es war nicht wirklich eine Stimme. Doch ein Gedanke formte sich in seinem Herzen, der ihn wie eine Welle mit sich forttrug und seinen Verstand überstieg.

Dann diene mir. Folge mir. Du bist ein Fremder. Gehe dorthin, wo du mir dienen kannst. Brich die Ketten der Gefangenen. Ich zeige dir den Weg.

Die Welle verdichtete sich in ihm und wurde zu einem glänzenden Faden, der seinen ganzen Körper und Geist durchzog. Doch die Gewissheit blieb: *Gehe dorthin, wo du mir dienen kannst.*

Will dachte darüber nach. So ein seltsamer Gedanke sollte ihm wirklich nicht die Gewissheit geben, die er jetzt spürte. Doch er hielt sich an dem Versprechen fest: *Ich zeige dir den Weg.*

Jetzt verstand er die Worte noch nicht. Irgendwann, das wusste er, würde er sie verstehen.

Ein Rascheln hinter ihm schreckte ihn aus seinen Gedanken. Er warf einen Blick über die Schulter. Mr Miller saß aufrecht hinter ihm und beobachtete ihn interessiert. Schnell schaute Will wieder nach vorn, damit Mr Miller seine Verlegenheit nicht sehen konnte.

„Hast du mit dem Herrn gesprochen, mein Junge?“ Mr Millers Gesicht war nur ein verschwommener Kreis in der Dunkelheit.

„Ich denke ... schon, Sir.“

„Das habe ich mir gedacht.“ Mr Millers Stimme war freundlich. „Und hat er mit dir gesprochen?“

Vielleicht war es zu persönlich und zu wertvoll, um darüber mit einem anderen Menschen zu reden, und doch verdankte Will diesem Mann so viel. In seinen Augen war ihm Gott zum ersten Mal begegnet. Er konnte ihm die Antwort nicht abschlagen. „Ja, Sir.“

Mr Miller fragte nicht weiter, aber Will glaubte, ein Lächeln auf seinem Gesicht zu sehen.

„Soll ich dich ablösen, mein Junge?“

„Ja, Sir. Wenn Sie nicht zu müde sind.“

Vorsichtig stand Mr Miller auf und hielt sich am Kutschbock fest, um auf der holprigen Straße nicht das Gleichgewicht zu verlieren. Dann tauschten sie die Plätze und Mr Miller übernahm die Zügel.

Nach einer Weile begann Mr Miller leise zu summen. Es war eine schöne Melodie. Bei Meister Good hatte Will nie ein Lied oder eine Melodie gehört.

Er lauschte den leisen Worten des Liedes:

Befiehl du deine Wege und was dein Herz kränkt
der allertreusten Pflege des, der den Himmel lenkt.
Der Wolken, Luft und Winden gibt Wege, Lauf und Bahn,
der wird auch Wege finden, da dein Fuß gehen kann.

Ein Schauer lief über Wills Rücken und er schloss die Augen. So also zeigte sich der Herr seinen Kindern – durch die Worte und

Taten von anderen bekräftigte er seinen Willen. Gott war nicht verschwunden und hatte die Welt ihrem eigenen dunklen Schicksal überlassen. Er griff immer noch ein und die Welt war in seiner Hand. In seiner großen Güte hatte er Will und diesen gottesfürchtigen Mann hierhergebracht, damit sie seinen Willen taten. Will musste nur hinhören.

Ein wunderbarer Friede breitete sich in ihm aus und hüllte ihn ein wie eine Decke. Sein Kopf sank auf das Heu und er schlief ein ...

Mr Millers Ruf schreckte Will plötzlich auf. Das Fuhrwerk machte einen Satz nach vorn, als die Maultiere losgaloppierten. Schlaftrunken sah Will einen schwarzen Schatten auf einem Pferd neben der Straße durch die Büsche kommen. Schnell griff er nach der Pistole in seinem Gürtel und sah aus den Augenwinkeln, dass John im Heu nach der anderen Waffe suchte.

Mr Miller trieb die Maultiere weiter an. Wahrscheinlich fuhren sie schon viel schneller, als es vernünftig war, denn die Straße war völlig unvorhersehbar. Als Will endlich die Pistole in der Hand hielt, tauchte ein weiterer Reiter auf der anderen Seite der Straße zwischen den Büschen auf.

Peng!

Die Pistole riss Wills Hand nach oben und der beißende Geruch von Schwefel erfüllte die Luft. Er hatte keine Zeit zum Nachladen, deshalb griff er nach der Pistole, die an Mr Millers Gürtel befestigt war.

Peng!

Direkt nach dem Schuss hörte Will, dass John ebenfalls schoss. Für einen Moment waren seine Ohren wie betäubt, sodass er nichts mehr hörte. Zur gleichen Zeit sah er einen hellen Blitz hinter ihnen und eine Kugel flog über ihre Köpfe.

Eines der Pferde machte einen Satz zur Seite, das andere bäumte sich auf. Will hörte, wie einer der Männer dem anderen etwas zurief und sich zurückfallen ließ. Vielleicht war er getroffen worden.

„Dieser elende Lehrling!"

Wills Finger wurden eiskalt, fast hätte er die Pistole fallen gelassen. Das waren keine Räuber oder Sklavenfänger. Das waren Kopfgeldjäger, die hinter ihm her waren. Wie benommen sank er in das Heu, wo John bereits mit geübten Handgriffen die anderen Waffen nachlud.

Die Männer fielen weiter zurück, während die Maultiere immer noch in wildem Galopp die Straße entlangjagten. Will sah, wie einer der Männer vom Pferd fiel. Das Pferd des anderen Mannes schlug heftig mit dem Kopf und schrie. Anscheinend war es von einer der Kugeln getroffen worden. Will verabscheute den Gedanken, ein unschuldiges Tier zu verletzen, aber wenn es um Menschenleben ging ...

Immer weiter trieb Mr Miller die Maultiere an, bis sie ihre Angreifer weit hinter sich gelassen hatten. Dann erst zügelte er die Tiere zu einer langsameren Gangart. Will beobachtete, wie John die letzte Pistole lud, und machte sich dann an seine eigene, doch die Männer verfolgten sie nicht mehr.

„Die Maultiere können nicht mehr. Ich muss sie durchparieren“, rief Mr Miller über die Schulter. Er zog an den Zügen und die Maultiere gehorchten sofort.

Vorsichtig steckte Will die Pistole wieder in seinen Gürtel und reckte den Hals, damit er die Straße hinter ihnen besser beobachten konnte. Sie war leer. „Sie waren hinter mir her, Sir. Sie haben von ‚dem Lehrling‘ gesprochen.“

Mr Miller drehte sich nur halb um, aber sein Gesichtsausdruck war angespannt. „Bist du dir sicher?“, fragte er.

„Das hat der eine Mann wirklich gesagt, Mr Samuel“, bestätigte Clara von ganz hinten. Mittlerweile hatte sie sich wieder aufgesetzt.

„Nun, Straßenräuber sind Straßenräuber – egal, ob sie hinter Gold oder Menschen her sind.“ Mr Miller klang beschwichtigend. Trotzdem war sein besorgter Unterton nicht zu überhören.

Nach diesem Vorfall konnte keiner von ihnen mehr schlafen. Die Lancaster Road kreuzte ihre Straße und sie bogen nach Westen ab. Die ersten Sonnenstrahlen drangen durch die Bäume und erhellten die Straße. John und Will saßen aufrecht nebeneinander und beobachteten jeder eine Straßenseite.

Während Wills Augen ununterbrochen die Bäume absuchten, überschlugen sich seine Gedanken immer wieder.

Du hast gesagt, dass du mir den Weg zeigen willst, Herr. Sag mir, was ich jetzt tun soll. Ich bringe alle in Gefahr, wenn ich mit John und Clara weiterfahre. Und wenn die Kopfgeldjäger mich auf dem Rückweg noch verfolgen, dann sind auch die Millers auf der Farm nicht mehr sicher, selbst wenn die Simons die Flucht schaffen. Wo soll ich denn hingehen?

Will erinnerte sich an Anns Gesicht, an ihre weichen Gesichtszüge und das Verständnis in ihren Augen. Emmie war auch hübsch, würde aber nie an Anns Schönheit heranreichen. Doch er musste sein Versprechen halten. Und niemals durfte er Ann in Gefahr bringen.

Langsam begann er zu verstehen, welcher Weg jetzt vor ihm lag.

Kapitel 32

„Halte hier an, Will." Mr Miller deutete auf eine Stelle am Wegesrand. Will konnte nicht erkennen, warum er gerade hier stehen bleiben sollte, denn die Straße sah nicht anders aus als die vielen Meilen vorher. Doch dann deutete Mr Miller auf einen Baum, der ein paar Meter hinter den Büschen am Wegesrand stand. „Siehst du diesen Pfeil?", fragte er und wies auf einen großen Ahornbaum. Kurze Zeit später erblickte Will den weißen Pfeil oben am Baumstamm.

„Brrr!", rief Will laut und zog sanft an den Zügeln, die die ganze Zeit lose in seinen Händen gelegen hatten. Sofort gehorchten die Maultiere und blieben stehen. Nach vier Tagen harter Arbeit waren sie dankbar für jede Pause.

Mr Miller drehte sich zu John und Clara um, die wie immer gegen die Seitenwand des Fuhrwerks gelehnt dasaßen und die Straße hinter ihnen beobachteten. „Wir sind fast da." Bei diesen Worten sprang Mr Miller vom Kutschbock auf den Boden. „Wir werden ein Stück durch den Wald gehen müssen, um das Haus von Lawrence von hinten zu erreichen. Ich werde vorangehen und ihm Bescheid sagen, dass wir da sind. Sein Haus steht in dieser Richtung." Er deutete zwischen den Bäumen in die Richtung, in die der Pfeil zeigte.

„Warum fahren wir nicht bis zu dem Haus?", fragte Will.

„Die Straße hier würde uns zwar direkt dorthin führen. Aber die Taverne von Blendon liegt gleich hinter der nächsten Kurve. Da ist immer viel los und ich will uns keiner unnötigen Gefahr aussetzen."

„Wahrscheinlich gibt es dort auch genug Kopfgeldjäger, oder?", bemerkte John.

„Ganz genau. Will, du musst hier beim Fuhrwerk bleiben. John und Clara, Sie verstecken sich am besten ein Stück tiefer im Wald hinter einem Baum, falls jemand vorbeikommt."

Die Frühlingssonne strahlte vom blauen Nachmittagshimmel und hüllte die Straße in gleißendes Licht. Deshalb war es für John und Clara im Schatten der Bäume sicherer als im prallen Sonnenschein. John half Clara beim Absteigen und zog sie sofort mit sich in den

Wald. Hinter dem Stamm einer großen, alten Eiche fanden sie eine Mulde, die von dem Baum vollständig verdeckt wurde. Wenn sie vollkommen stillsaßen, hatte sogar Will Mühe, sie zu erkennen. Es war also ein gutes Versteck.

Mr Miller war John und Clara in den Wald gefolgt. Jetzt drehte er sich noch einmal kurz um, hob eine Hand zum Abschied und verschwand zwischen den Bäumen.

Will konnte kaum glauben, dass die Reise nun bald zu Ende war – jedenfalls für die Simons. Nachdenklich knotete er die Zügel fest und ging zu den Maultieren. Wenn jemand vorbeikam, musste er so tun, als wäre er mit den Tieren beschäftigt. Er konnte nicht einfach wie ein Dummkopf auf dem Kutschbock sitzen und in die Gegend starren. Deshalb tat er so, als würde er das Geschirr kontrollieren.

Die Minuten vergingen langsam. Manchmal warf er einen kurzen Blick auf die Eiche und sah Johns und Claras Kopf gegen den Baumstamm gelehnt. Danach beobachtete er die Straße in beiden Richtungen. Leer. Leise dankte er dem Herrn für die Bewahrung bis hierher. Die Freiheit war für die Simons in greifbare Nähe gerückt. Kalter Schweiß bildete sich unter seinen Armen. Verstohlen versuchte er ihn mit seinem Hemd abzuwischen, wandte die Augen aber nicht von der Straße ab.

Ein Rascheln zwischen den Bäumen ließ Will zusammenzucken. Erleichtert erkannte er Mr Miller, der sich einen Weg durch das Unterholz bahnte. Hinter ihm liefen zwei junge Männer ungefähr in Wills Alter. Einer von ihnen war blond, der andere hatte dunkle Haare. Als sie näher kamen, sah Will, dass der eine junge Mann rötlich-blonde Haare und eine kräftige Gesichtsfarbe hatte. Der andere junge Mann war kleiner und breiter und hatte ein offenes, freundliches Gesicht und kräftige Schultern.

„Will …" Mr Miller deutete auf den größeren Mann. „Das ist Peter Westerfield. Und sein Freund Teddy Lawrence."

Der dunkelhaarige Mann nickte Will zu. „Vielen Dank, dass Sie die beiden bis hierher begleitet haben." Er ging um das Fuhrwerk herum, wo Will neben den Maultieren stand, und streckte die Hand aus.

Will schüttelte sie dankbar. Er mochte das Leuchten in den Augen dieses jungen Mannes, das ihm viel erzählte. Vermutlich war sein Leben bisher nicht leicht gewesen, doch offensichtlich hatte er sich davon nicht unterkriegen lassen. Am liebsten hätte Will sich mit ihm eine Weile unterhalten.

Aber sie hatten keine Zeit. Auch der andere Mann kam auf ihn zu und schüttelte seine Hand. Er war zurückhaltender als sein Freund, aber nicht unfreundlich.

Mr Miller führte die beiden jungen Männer zu der Eiche und stellte die Simons vor. „Gentlemen, das sind unsere Gäste, John und Clara Simon."

Mittlerweile standen die Simons hinter Mr Miller, aber immer noch im Schatten der Bäume. Teddy und Peter stellten sich vor und schüttelten ihnen freundlich die Hände. Will mochte die beiden Männer auf Anhieb.

„Wir müssen wieder los", sagte Mr Miller schließlich. „Hier trennen sich unsere Wege." Er nahm seinen Hut ab und gab John die Hand. Erstaunt bemerkte Will, dass er das Kinn etwas vorschob, als ob er mit seinen Gefühlen kämpfte. Nach ein paar leisen Worten, die Will nicht verstehen konnte, schlug Mr Miller John freundschaftlich auf die Schulter und schüttelte Claras Hand. Schließlich drehte er sich um und ging zum Fuhrwerk. Er nahm Will die Zügel aus der Hand, damit er sich auch von den Simons verabschieden konnte.

„Geh und sag ihnen Lebewohl", ermutigte er Will. Mr Millers Augen glänzten verdächtig, aber er wandte sich sofort ab und machte sich an den Trensen der Maultiere zu schaffen.

Mit einem Kloß im Hals ging Will zu den Simons.

„Vielen Dank, junger Mann." John streckte ihm die Hand entgegen und zog Will etwas unbeholfen in seine Arme. Leise flüsterte er: „Danke, dass Sie dem Herrn so dienen."

„Von mir auch vielen Dank", fügte Clara hinzu. Sanft klopfte sie Will auf den Arm. Ihr Mann trat einen Schritt zurück, damit sich Will auch von ihr verabschieden konnte. „Will Hanby, ich glaube fest, dass Sie ein mutiger Kämpfer für die Sache des Herrn sein werden." Ein letztes Mal lächelte sie ihm zu. Dieses vertrauensvolle, offene Lächeln in ihrem vernarbten Gesicht sollte Will ein Leben lang begleiten. Schnell senkte er den Blick.

Als er wieder aufsah, hatte sich die kleine Gruppe bereits von ihm abgewandt. Teddy Lawrence nahm Claras Arm und Peter Westerfield führte sie den Weg durch die Bäume. Langsam verschwanden ihre Schatten zwischen den Baumstämmen. Claras weiter Rock verfing sich immer wieder im Unterholz, bis John ihr schließlich half, den Rock festzuhalten. Wie viel Mut steckte in diesen vier Menschen!

Und der Herr zog vor ihnen her, am Tage in einer Wolkensäule und bei Nacht in einer Feuersäule.

In seiner Erinnerung hörte Will wieder die Stimme seines Vaters. Er wusste, dass sein Vater sich über den Anblick dieser Frau und dieses Mannes auf dem Weg in die Freiheit gefreut hätte. Hasserfüllte Menschen hatten versucht, die beiden auseinanderzureißen und ihren Willen zu brechen, indem sie ihnen den Kreis mit dem Kreuz auf die Stirn gebrannt hatten. Doch Clara und John trugen diese Narbe als Zeichen ihres Glaubens. Ihre Reise in die Freiheit war der Weg des Herrn. In ihrem aufrechten, furchtlosen Gang erkannte Will seine Zukunft. Er wollte so vielen entflohenen Sklaven wie möglich helfen, diesen Weg in die Freiheit zu gehen. So wie Clara und John heute.

Der Sattler saß schon wieder auf dem Kutschbock. „Will, wir dürfen keine Zeit verlieren. Wir müssen zurück."

Sofort sprang Will auf und die Maultiere setzten sich in Bewegung.

Mr Miller wendete den Wagen und trieb die Tiere zu einem entspannten Trab an, der ihnen nicht so viel Kraft abverlangte. Erneut führte ihr Weg durch den schier endlosen Wald.

Es dauerte eine Weile, bis die Männer wieder miteinander sprachen. Das Fuhrwerk holperte über die unebene Straße, ab und zu schnaubten die Maultiere. Doch das Schweigen war nicht unangenehm. Beide hingen ihren Gedanken nach und dachten an die Ereignisse der letzten Tage und an die Simons.

Nach einer Weile warf Will Mr Miller einen verstohlenen Blick zu. Seit er Mr Miller von seiner Erfahrung mit Gott erzählt hatte – oder wie immer man dieses außergewöhnliche Erlebnis nennen sollte –, fühlte er sich tief mit seinem neuen Meister verbunden. Schließlich hatte dieser gesehen, dass Will vor Gott geweint hatte. Was gab es da noch zu verbergen? Der Sattler schien ihn zu verstehen und Wills Erlebnis ernst zu nehmen. Will vermutete, dass er einmal ein ähnliches Erlebnis gehabt haben musste, vielleicht sogar mehr als einmal.

Je länger sie fuhren, desto häufiger kreisten Wills Gedanken um Meister Good. Irgendwann wurde ihm die Last der Gedanken zu schwer. Er musste mit Mr Miller darüber reden.

„Sir?"

„Ja?"

„Ich habe nachgedacht ..." Will brach ab und suchte nach den richtigen Worten. „Weil die Kopfgeldjäger hinter mir her waren ..."

„Was meinst du damit, mein Junge?" Obwohl er ihn nur von der Seite sehen konnte, wusste Will, dass Mr Miller ihm aufmerksam zuhörte.

„Ich glaube nicht, dass ich bei Ihnen bleiben kann."

Mit einer schnellen Handbewegung legte Mr Miller beide Zügel in eine Hand, ohne die Augen von den Maultieren zu nehmen. „Warum glaubst du das?"

„Ich würde Sie und Ihre Familie in große Gefahr bringen, Sir. Solange Meister Good vor dem Gesetz einen rechtlichen Anspruch auf mich hat, brechen Sie das Gesetz, wenn ich weiter bei Ihnen wohne. Stellen Sie sich nur vor, die Kopfgeldjäger kämen auch auf die Farm, um nach mir zu suchen! Das kann ich nicht zulassen."

Seufzend lehnte sich Mr Miller ein Stück zurück und rieb sich mit der freien Hand die Schläfen. „Wo willst du dann hingehen?"

„Zurück nach Pittsburgh, Sir. Ich kann vor meinem alten Meister nicht länger davonlaufen. Wenn ich meine Zeit bei ihm nicht ableiste, werde ich nie frei von ihm sein. Ich hoffe, dass ich nach meiner Lehrlingszeit bei Meister Good wieder zu Ihnen kommen und für Sie arbeiten kann."

„Mach dir doch nichts vor, Will." Mr Millers Stimme war scharf. „Jacob Good hat dich schon vor deiner Flucht fast umgebracht. Du würdest in seinem Haus keine Woche überleben."

„Ich muss es wenigstens versuchen."

Mr Miller runzelte die Stirn und starrte vor sich hin. Dann sagte er entschlossen: „Das kann ich nicht zulassen. Damit würdest du dein Leben einfach wegwerfen. Hättest du John und Clara geraten, zu ihren alten Herren zurückzugehen?"

„Sie wären ihr Leben lang Sklaven geblieben, Sir. Wenn ich nur die Zeit überlebe, bis mein Vertrag abläuft …"

„Du wirst sie aber nicht überleben!" Die Leidenschaft in Mr Millers Stimme überraschte Will. Normalerweise reagierte der Sattler immer ruhig und besonnen. Wieder seufzte Mr Miller und atmete langsam aus. Mit normaler Stimme sagte er dann: „Da bin ich mir ganz sicher, mein Junge."

„Aber ich habe keine andere Wahl."

Nachdenklich rieb Mr Miller die Zügel zwischen Daumen und Zeigefinger. „Ich habe einen Vorschlag." Durch die Ohren der Maultiere starrte er geradeaus in die Ferne. „In den nächsten drei Jahren werde ich deine Hilfe auf der Farm und in der Sattlerei mehr und mehr brauchen, Will. Wenn du für mich arbeitest und mir bei der Farmarbeit hilfst, brauche ich die Nachbarsjungen während der Ernte und in meiner Abwesenheit nicht mehr zu bezahlen. Damit könntest du dir leicht die Ablösesumme für Meister Good verdienen und deine Lehrzeit vorzeitig beenden." Mr Miller wandte sich kurz um und merkte offensichtlich, dass Will ihn nicht ganz verstand. „Ich schlage also vor, dass wir zusammen nach Pittsburgh fahren und deinem alten Meister vorschlagen, ihn für die verbleibenden Lehrjahre und das damit verbundene Fehlen deiner Arbeitskraft zu entschädigen. Ich werde ihn für dich bezahlen und du kannst es in den kommenden Jahren bei mir abarbeiten."

„Sie würden mit mir nach Pittsburgh kommen, Sir?" Will konnte kaum glauben, dass der Sattler diese Reise für ihn noch einmal machen würde.

„Ich bin überzeugt, dass es nicht anders geht. Jacob Good muss das Geld in der Hand spüren, sonst wird er niemals ein Dokument unterschreiben und dich gehen lassen. Und ich vertraue ihm nicht. Ich würde mich gerne selbst darum kümmern, dass alles so abläuft, wie ich es mir vorstelle."

„Sir, ich kann Ihnen gar nicht genug für Ihr Angebot danken. Aber ich kann Ihre Großzügigkeit nicht annehmen. Sie haben mir schon …"

„Nimm mein Angebot an. Ich bestehe darauf. Ich denke, du hast recht. Solange Meister Good noch lebt, wirst du immer ein Flüchtling bleiben. Mein Vorschlag ist die einzige Lösung."

„Ich kann nicht von Ihnen verlangen, dass Sie so viel Geld für mich ausgeben.“ Bei seinem nächsten Gedanken zuckte Will unwillkürlich zusammen, doch er sprach ihn trotzdem aus. „Sie bereuen bestimmt den Tag, an dem Sie mir begegnet sind.“

Jetzt drehte sich Mr Miller ganz zu Will um und überließ die Maultiere sich selbst. Lange betrachtete er seinen Lehrling schweigend. „Bestimmt nicht, mein Sohn. Ganz bestimmt nicht.“

Will drehte sich zur Seite und versuchte, seine Gefühle wieder unter Kontrolle zu bringen, die ihn plötzlich überwältigt hatten. Schon seit Jahren hatte ihn niemand mehr so gemocht, wie Mr Miller es anscheinend tat. Das hatte er nicht verdient.

„Überleg es dir noch einmal, mein Sohn. Ich bin dein neuer Meister, weil du und ich es in beiderseitigem Einverständnis so vereinbart haben. Deshalb kannst du nicht für dich selbst entscheiden. Das tue ich jetzt als dein neuer Herr. Und ich entscheide, dass wir zusammen reisen, wenn du tatsächlich nach Pittsburgh zurückgehen willst. In Pittsburgh werde ich die Kosten für dich übernehmen. Jacob Good liebt das Geld. Er wird sich mit der vollen Summe für deine noch ausstehende Lehrzeit zufriedengeben. Vielleicht muss ich noch etwas mehr drauflegen für sein angekratztes Selbstwertgefühl, aber er wird es annehmen.“ Bei seinen letzten Worten klang Mr Miller etwas zynisch.

Es gab nichts mehr zu sagen. Der Sattler hatte recht. Will verdankte ihm alles und seine Entscheidung war jetzt bindend für ihn.

„Ja, Sir.“ Erschöpft lehnte sich Will gegen die Seitenwand des Fuhrwerks. Er würde zurück nach Pittsburgh gehen, zurück zu Emmie. In seine Erleichterung darüber, dass er vielleicht schon bald von Meister Good frei sein würde, mischte sich auch ein bitterer Gedanke. Was würde Mr Miller sagen, wenn er herausfand, dass Will seine Frau mit zurück auf die Farm bringen würde? Vielleicht würde er sich über die zusätzliche Hilfe freuen. Emmie würde Ann sicher gern bei den Arbeiten auf der Farm helfen. Und nach all den Jahren in dem Dreck und Müll der Stadt würde sie auf dem Land bestimmt aufleben.

Will fragte sich wie so oft in letzter Zeit, was Ann zu Emmie sagen würde. Doch was er sich eingebrockt hatte, das musste er auch auslöffeln.

Kapitel 33

Ann konnte kaum glauben, dass schon eine Woche vorbei war. Heute musste sie Eli eine Antwort geben. Würde er hierher zu den Sumners kommen, um mit ihr zu reden, obwohl ihr Vater immer noch nicht wieder zurück war?

Ihr Stuhl kratzte über den Boden, als sie ihn ein Stück näher ans Fenster rückte. Trotzdem reichte das Sonnenlicht nicht mehr zum Nähen. Sie musste den Saum von Susans Kleid unbedingt etwas auslassen, weil Susan schon wieder gewachsen war. Doch ihre Gedanken kreisten unaufhörlich um Eli, sodass die Arbeit ihr heute nicht leicht von der Hand ging. Sie wusste heute genauso wenig wie vor einer Woche, was sie ihm antworten sollte.

Das Wohnzimmer der Sumners befand sich hinter dem Laden, nur durch eine Wand abgetrennt. Es gab keine Tür, sondern nur einen Vorhang, sodass man es immer mitbekam, wenn ein Kunde das Geschäft betrat. Ann hörte viele bekannte Stimmen, die sich mit Mrs Sumner im Laden unterhielten. Hier würden bestimmt keine Kopfgeldjäger vorbeikommen und ihr etwas antun – es waren viel zu viele Leute hier. Zum ersten Mal seit dem Tod ihrer Mutter hatte Ann keine Angst davor gehabt, dass ihr Vater von zu Hause fort war.

Sollte sie Eli tatsächlich heiraten, würde sie die Farm verlassen und ein völlig neues Leben anfangen. Dann musste sie sich um niemanden mehr kümmern – nur noch um sich selbst und ihren Mann. Dieser Gedanke war so ungewöhnlich, dass ihr dabei fast schwindelig wurde. Wenn Eli erst einmal als Arzt arbeitete, würden sie in einem kleinen Haus wohnen und keine Tiere haben – außer natürlich Pferde, um auszureiten. Verglichen mit den vielen Arbeiten auf der Farm würde sie wie eine feine Dame leben. Wann immer sie wollte, könnte sie ein Buch nehmen und zwei Stunden lesen. Doch trotz all dieser herrlichen Gedanken konnte Ann die leise Stimme in ihrem Herzen nicht unterdrücken. Wie konnte sie ihre Schwestern einfach zurücklassen? Und ihren Vater?

„Ann?“ Noch bevor Mrs Sumner das Wohnzimmer betrat, hörte

Ann schon ihre Stimme. Dann erschien ihr strahlendes Gesicht im Türrahmen. „Dein Vater ist hier."

Sofort sprang sie auf und lief in den Laden. Jetzt konnte sie mit ihrem Vater und Will zurück auf die Farm. Sie hatte die letzte Woche ohne die harte Arbeit auf der Farm sehr genossen, aber sie war trotzdem am liebsten zu Hause.

Ihr Vater stand auf der anderen Seite der Theke und wartete auf sie. Sein Hemd war zerknittert und sein Kragen stand offen.

„Mein Mädchen!" Er breitete die Arme aus und sie rannte um die Theke herum und schmiegte sich an seine Brust. Wie lange hatte er sie nicht mehr so genannt. Sie hatte es schon vermisst.

Als sie sich endlich aus seiner Umarmung löste, trat er einen Schritt zurück und musterte sie. Dann lächelte er und sagte: „Du siehst gut aus."

„Hattet ihr eine gute Reise? Sind die Simons angekommen?"

„Sie sind auf einem guten Weg." Er sagte das so ruhig, dass Ann erleichtert aufatmete. „Jetzt pack deine Sachen, damit wir nach Hause kommen. Ich freue mich schon auf die Badewanne und mein eigenes Bett."

Es dauerte nur ein paar Minuten, um ihre Sachen zu holen und sich bei den Sumners zu bedanken und sich von ihnen zu verabschieden.

„Ann war mir wirklich eine große Hilfe, Mr Miller. Ich bin ihr sehr dankbar." Freundlich lächelte Mrs Sumner Ann zu, als sie zusammen mit ihrem Vater den Laden verließ. Susan und Mabel folgten ihnen und redeten dabei ununterbrochen auf ihren Vater ein. Doch er lachte nur und bat sie um etwas Geduld.

Draußen wehte ein kalter Wind, sodass Ann ihren Umhang etwas enger um die Schulter zog. Das Fuhrwerk stand vor dem Laden in der Nachmittagssonne. Will saß auf dem Kutschbock. Als sie aus der Tür trat, drehte er sich zu ihr um und sah sie lange an. Ann dachte, dass er sich in dieser einen Woche verändert hatte. Irgendwie schien er älter geworden zu sein. Auch sein Hemdkragen stand offen. Sein Gesicht und sein Hals waren von der Frühlingssonne und der Woche an der frischen Luft gebräunt. Das musste es sein. Die Sonne hatte ihn so verändert. Der geprügelte Lehrling war verschwunden. Statt eines ausgemergelten Körpers mit einem ausdruckslosen Gesicht saß jetzt ein gesunder junger Mann mit breiten Schultern und einem ruhigen, mutigen Blick auf dem Fuhrwerk.

Er wandte sich wieder den Maultieren zu und ordnete die Zügel in seinen Händen. Freute er sich nicht, sie wiederzusehen?

Wie ein großer, langsamer Bär kam Mr Sumner mit Bayberry am Zügel aus der Scheune. „Vergiss dein Pferd nicht, Miller."

Ihr Vater lachte und schüttelte seinem Freund die Hand. Dann übernahm er die Zügel. Mr Sumner sprach nie ein überflüssiges Wort, deshalb nickte er ihnen nur zum Abschied zu und verschwand wieder in seinem Geschäft.

„Würdest du mit den Mädchen im Fuhrwerk zurückfahren, Ann?" Ihr Vater stand immer noch neben der Stute. „Ich könnte Bayberry zurückreiten, wenn du willst."

Ann nickte. Wahrscheinlich wollte ihr Vater nach den vielen Stunden auf dem Kutschbock gerne ein Stück reiten. Sofort schwang sich Mr Miller in den Sattel und wendete die Stute.

Will schnalzte mit der Zunge und die Maultiere setzten sich in Bewegung. Zuerst langsam, dann immer schneller rollte das Fuhrwerk die Straße entlang auf die Farm zu. Anscheinend spürten die Maultiere, dass sie bald zu Hause waren.

Ihr Vater ritt mit Bayberry ein paar Meter vor dem Fuhrwerk her. Ann saß auf dem Kutschbock neben Will, der die Maultiere so mühelos lenkte, als hätte er nie etwas anderes getan. Hinter ihnen saßen die beiden Mädchen und unterhielten sich über die vielen Dinge, die sie am Wegesrand erspähten.

„Die Simons sind also sicher angekommen." Sie sprach leise, damit Susan und Mabel ihre Worte nicht hörten.

„Ja." Zufrieden lächelte er vor sich hin.

„War die Reise sehr anstrengend?"

„Es gab immer wieder Momente ..." Er suchte nach passenden Worten. „... die nicht einfach waren."

„Und Mr Lawrence hat die Simons aufgenommen?"

„Ich habe nur seinen Sohn getroffen und einen Freund. Doch es schien nicht das erste Mal zu sein, dass sie sich um Flüchtlinge kümmerten." Will lächelte noch breiter, sah sie aber immer noch nicht an.

„Sind Sie froh, dass Sie es getan haben?"

Er gab ihr keine Antwort. Vielleicht wollte er ihr nicht antworten. Doch dann atmete er tief ein und erwiderte, ohne den Blick von den Maultieren zu nehmen: „Ja, ich würde es wieder tun. Ich *werde* es wieder tun."

„Aber es ist auch gefährlich." Wieder spürte sie die Angst, die sie jedes Mal überkam, wenn ihr Vater vom Hof ritt. Dachten die Männer denn nicht darüber nach, dass auch sie verletzt werden oder im Gefängnis landen könnten? Vielleicht könnte ihnen sogar noch Schlimmeres passieren. Was wurde dann aus den Menschen, die sie liebten und brauchten?

„Für die wichtigen Dinge im Leben muss man immer ein Risiko eingehen." Will warf ihr einen kurzen Blick zu. Tief in seinen Augen sah sie ein Feuer, das zuvor noch nicht da gewesen war. Er wandte sich schnell wieder ab.

„Was meinen Sie damit?"

Doch jetzt presste er die Lippen aufeinander und antwortete nicht. Doch Ann war zu neugierig auf seine Antwort, um aufzugeben. „Wofür muss man ein Risiko eingehen?"

Widerwillig antwortete er ihr. „Um denen zu dienen und zu helfen, die unsere Hilfe brauchen." Sie konnte seine Augen nicht sehen, aber seine gepresste Stimme verriet seine Gefühle.

Sie beobachtete ihn einen Moment, bevor sie sich zu ihren Schwestern umdrehte. Aus den Augenwinkeln sah sie, wie er die Zügel ordnete und sich noch etwas aufrechter hinsetzte.

Genau wie ihr Vater wollte er also Flüchtlingen helfen. Seine eigenen Erfahrungen unter einem brutalen Meister hatten sein Herz nicht bitter gemacht. Stattdessen wollte er denen helfen, die auch unter der Ungerechtigkeit dieser Welt litten, und ihnen einen Weg in die Freiheit ermöglichen. Ann bewunderte ihn für seine Entschlossenheit. Es war, als würde sie in diesem Moment ein unsichtbares Band miteinander verbinden, obwohl sie einen Meter voneinander entfernt saßen. Sie war sich sicher, dass er es auch spürte.

„Mr Miller!" Hinter ihnen rief jemand laut. Sie hörten, wie ein Pferd näher kam, doch es dauerte eine Weile, bis der Reiter sie eingeholt hatte.

Eli.

Er galoppierte, bis er das Fuhrwerk erreicht hatte.

„Guten Tag, Mr Miller.“ Er parierte den Wallach zum Schritt durch und tippte sich zum Gruß an den Hut. „Mädchen.“ Als er Mabel und Susan so begrüßte, kicherte Mabel leise. Ihre großen Augen sahen bewundernd zu Eli hoch. Dabei kniff sie ihre Schwester vor Aufregung kurz in den Ellenbogen.

Will warf Eli einen flüchtigen Blick zu, aber sie wechselten kein Wort.

„Ich wollte nur fragen, ob du heute Nachmittag mit mir ausreiten willst.“ Mit einem selbstbewussten Lächeln sah Eli auf Ann herab, als wäre er sich seiner Sache sehr sicher. „Ich würde mich jedenfalls sehr freuen.“

„Ich weiß nicht recht. Vielleicht braucht mein Vater mich heute Nachmittag auf der Farm, denn ...“

„Dann werde ich ihn gleich fragen.“ Er grinste und gab seinem Wallach die Sporen. Schon nach ein paar Galoppsprüngen hatte er Mr Miller eingeholt und parierte sein Pferd wieder durch. Die Köpfe der beiden Männer bewegten sich im Rhythmus der Pferdebewegung, als sie kurz miteinander sprachen. Doch Ann konnte kein Wort verstehen. Schon nach wenigen Minuten blieben die beiden Pferde mitten auf der Straße stehen.

„Brrr!“, rief Will und zügelte die Maultiere. Als das Fuhrwerk anhielt, stieg ihr Vater vom Pferd und führte Bayberry neben Ann.

„Mr Bowen würde gerne mit dir ausreiten. Mir passt es am besten, wenn ihr jetzt gleich für eine halbe Stunde ausreitet und in einer halben Stunde zurück auf der Farm seid. Bis dahin haben wir ausgeladen.“

„Vater, brauchst du mich nicht zum Ausladen und Aufräumen? Ihr habt eine lange Reise hinter euch.“ Bei diesen Worten ordnete Ann ihren Rock, damit sie Eli nicht ansehen musste.

„Wir schaffen das schon. Ich würde nur ungern einen jungen Mann enttäuschen, der es so eilig hat, dich zu sehen.“ Das Gesicht ihres Vaters blieb ausdruckslos, aber seine Stimme klang amüsiert.

Will saß während des Gesprächs still auf dem Kutschbock, als ginge ihn die Sache nichts an.

„Also gut.“ Sie stand auf. Ihr Vater führte Bayberry so dicht wie möglich neben das Fuhrwerk. Ann setzte sich vorsichtig rückwärts auf den Sattel. Sofort drehte sie sich nach vorn und legte ein Bein mit Rock und Unterröcken über das Sattelhorn des Damensattels. Erleichtert atmete sie auf, denn niemand hatte etwas von ihren Unterröcken gesehen. Sie nahm die Zügel in die Hand und schnalzte mit der Zunge. Sofort setzte sich die Stute in Bewegung und Ann lenkte sie neben Elis Wallach.

„Wir reiten voraus, Mr Miller." Eli tippte sich zum Abschied kurz an den Hut, dann wandte er sich an Ann. „Wollen wir galoppieren?"

Sie nickte. Eli trieb seinen Wallach an und ritt voraus, dabei blitzten die silbernen Hufeisen seines Pferdes in der Sonne. Ann brauchte Bayberry erst gar nicht anzutreiben. Nach ein paar Trabschritten fiel die Stute von ganz allein in einen schnellen Galopp und lief hinter dem Wallach her. Mit beiden Beinen umklammerte Ann das Sattelhorn und ließ die Zügel etwas lockerer, ohne der Stute freien Lauf zu lassen.

Innerhalb von wenigen Augenblicken war das Fuhrwerk hinter ihnen kaum noch zu sehen. Eli bog in die Straße ein, die um das kleine Flusstal herumführte. Unter ihnen spiegelte sich das Sonnenlicht im Flusswasser und glitzerte wie tausend Diamanten. Endlich parierte Eli sein Pferd zum Trab durch und dann zum Schritt. Auch Ann zügelte ihre Stute. Der Weg führte hier zu nah an dem steilen Abhang entlang, sodass man nur im Schritt reiten konnte. Der Wind wurde stärker. Immer wieder wehte er ihr die Haare ins Gesicht und in ihrem dünnen blauen Kleid wurde es ihr allmählich kalt.

„Du siehst wunderschön aus." Eli drehte sich zu ihr um. „In diesem Licht bekommen deine Haare immer einen besonderen Glanz."

Verlegen starrte Ann vor sich auf den Weg und wich seinem vielsagenden Blick aus.

„Hat es dir bei den Sumners gefallen?", fragte er.

„Ja, sehr gut sogar." Plötzlich änderte sich das Licht. Aufmerksam blickte Ann nach oben. Der Wind trieb die weißen Wolken wie Watte vor sich her. Doch von Süden rollten dunkle Sturmwolken heran und drohten, den blauen Himmel über ihnen zu verschlucken. Das sah gar nicht gut aus.

Eli war ihrem Blick gefolgt und beobachtete ebenfalls, wie sich die Wolken immer mehr auftürmten. „Dieses alberne Wetter. Nie kann man sich darauf verlassen."

Wie von selbst wurden die Pferde schneller. Sie ahnten instinktiv, dass ein Unwetter bevorstand. Bayberry machte einen Satz zur Seite, als plötzlich ein tief hängender Ast vor ihr auftauchte. Ann schwankte etwas auf dem Sattel, hielt sich aber mit den Knien am Sattelhorn fest.

Eli runzelte die Stirn. „Scheut Bayberry häufiger?"

„Eigentlich nie. Aber manchmal stört sie der Wind."

„Dann lass uns absteigen. Ich möchte auf keinen Fall, dass du von einem wilden Pferd abgeworfen wirst." Elegant schwang er sein rechtes Bein über den Sattel und sprang auf den Boden. In seinen glänzenden Stiefeln und seinen engen Reithosen sahen seine Beine sehr muskulös aus.

Eli band seinen Wallach an einem jungen Baum am Wegesrand fest. Normalerweise band man ein Pferd nicht mit den Zügeln fest, weil es sich erschrecken und losreißen könnte. Die Gefahr, dass es sich dabei am Kopf verletzte, war zu groß. Doch jetzt brauchte Eli zwei freie Hände, um Ann beim Absteigen zu helfen.

Er kam zu ihr zurück und nahm die Stute am Zügel. „Kannst du selber absteigen?"

Vorsichtig befreite sie ihr rechtes Bein und sprang vom Pferd. Dabei verfing sich ihr Rock oben am Sattelhorn. Als sich der Stoff plötzlich wieder löste, stolperte sie und landete direkt in Elis Armen.

Er ließ sie nicht sofort los. Stattdessen beugte er sich vor und küsste sie sanft. Ihr wurde schwindelig und sie hätte seinen Kuss gern erwidert, doch irgendetwas hielt sie zurück. Ann trat einen Schritt zur Seite und befreite sich aus seiner Umarmung. Schon vor einer Woche hatte sie ihm erlaubt, sie zu küssen. Mehr durfte sie nicht zulassen – das gehörte sich nicht.

Langsam wurde ihr Atem wieder ruhiger und sie untersuchte ihren Rock. Glücklicherweise war nirgendwo ein Riss zu erkennen.

„Sollen wir zurücklaufen?" Eli hielt ihr Bayberrys Zügel hin, damit sie sie übernehmen konnte. Dabei berührten sich ihre Hände und er umfasste ihre Finger.

„Ich kann nicht länger warten." Er nahm seinen Hut ab, warf ihn zur Seite und kniete sich mitten auf dem Weg vor sie hin, ohne auf seine eleganten Hosen zu achten. „Willst du mich heiraten, Ann

Miller? Du bist die schönste Frau, die ich kenne – sowohl innerlich als auch äußerlich. Ich liebe dich von ganzem Herzen." Sein Blick hing an ihrem Gesicht. Dann sprang er auf die Füße und drückte Ann an sich. Seine Nähe und Wärme verschlugen ihr den Atem. Noch nie war sie einem Mann so nahe gewesen. Diesmal küsste er sie intensiver und ihr schwanden die Sinne.

Ein Blitz zuckte über den Bäumen, dicht gefolgt von einem ohrenbetäubenden Donnerschlag. Die Stute riss heftig an den Zügeln in ihrer Hand, die jetzt um Elis Taille lag. Beim nächsten Ruck rutschten sie ihr aus der Hand. Ann löste sich von Eli, als Bayberry sich aufbäumte, umdrehte und in wildem Galopp in Richtung Farm galoppierte. Der Wallach riss den Kopf hoch, sodass die Zügel sich erst spannten und dann rissen. Der Wallach stolperte ein paar Schritte rückwärts und raste dann hinter der Stute her.

Verzweifelt sah Ann den beiden Pferden nach. Womöglich könnten sich die Tiere bei ihrer wilden Jagd über die Felder durch die lose herunterhängenden Zügeln schwer verletzen. Doch das war noch nicht das Schlimmste. Die zerrissenen Zügel des Wallachs zeigten deutlich, dass sie abgestiegen waren und ihre Pferde angebunden hatten. Was sollten die Leute denken?

Ein Regentropfen fiel auf Anns Handrücken – dann noch einer. Zuerst regnete es nur ein paar Tropfen, doch dann schienen sich die Schleusen des Himmels zu öffnen. Völlig verblüfft sahen sie den davongaloppierenden Pferden ein paar Sekunden hinterher, dann holte Eli schnell seinen Hut, nahm ihre Hand und rannte Richtung Farm. Das war einer jener heftigen Regengüsse, die es in dieser Jahreszeit häufiger gab. Elis Gesicht war vom Regen überströmt und Anns Haare waren tropfnass. Beide waren nass bis auf die Knochen.

„Wie können wir ihnen so wieder unter die Augen treten?", fragte sie schließlich und blieb stehen.

„Verlobt", erwiderte Eli. Dann zog er sie sanft in seine Arme. Es war so romantisch, mit ihm hier im Regen zu stehen, dass Anns Ärger sofort wieder verflog. Das Wasser lief ihr immer noch den Hals hinunter in ihren Kragen und auch über Elis Gesicht strömte der Regen wie kleine Flüsschen. Ihr Kleid hing wie ein nasser Sack an ihrem Körper. Sein Mund war ganz dicht neben ihrem Ohr, als er zärtlich flüsterte: „Bitte heirate mich, Ann."

Sie wollte so gerne Ja sagen, damit endlich alles geklärt war, aber irgendetwas in ihr hielt sie davon ab. Sie konnte es selbst nicht erklären, aber das Wort wollte einfach nicht über ihre Lippen kommen.

„Ich kann nicht klar denken", sagte sie stattdessen laut. „Das ist nicht die richtige Zeit, um einen Heiratsantrag anzunehmen." Mit diesen Worten machte sie auf dem Absatz kehrt und ging den Weg entlang auf die Farm zu. Einen Augenblick später hörte sie seine Schritte hinter sich. Er musste noch etwas Geduld haben, ob er wollte oder nicht. Schließlich war sie nicht die Heldin eines Radcliffe-Romans. Deshalb würde sie seinen Heiratsantrag auch nicht mitten in einem Gewitter annehmen. Außerdem überschlugen sich immer noch ihre Gedanken.

Jetzt konnte sie nur hoffen, dass ihr Vater ihr vertraute und nicht das Schlimmste annahm, obwohl alles danach aussah. Dieser Gedanke beschleunigte ihre Schritte.

„Ich verstehe dich nicht", sagte ihr Vater. „Warum hast du denn seinen Antrag nicht angenommen?"

Eli war gegangen. Er war noch bis zur Tür mitgekommen, um ihrem Vater mit hochrotem Gesicht zu versichern, dass Ann „nichts passiert" war, und hatte sich dann auf den Heimweg gemacht.

Nun stand sie in ihrem tropfnassen Kleid vor ihrem Vater und konnte ihn nicht ansehen. Um ihre Schuhe bildete sich langsam eine Pfütze und sie begann zu zittern. „Woher weißt du, dass er mir einen Antrag gemacht hat?" Sie wollte und konnte ihm nicht antworten.

„Er hat es mir gesagt. Er hat um deine Hand angehalten, als wir vorhin nebeneinandergeritten sind. Und wenn du seinen Antrag angenommen hättest, hättest du es mir sofort erzählt. Warum also hast du ihn nicht angenommen?"

Aus den Augenwinkeln sah Ann Mabels Gesicht an der Ecke zum Flur. „Mabel, geh auf dein Zimmer." Sofort verschwand das kleine Gesicht.

Ann fühlte sich miserabel und wusste nicht, wie sie ihrem Vater ihre widerstreitenden Gefühle erklären sollte. „Vater, ich konnte einfach nicht mehr klar denken und wollte in diesem Zustand keine so wichtige Entscheidung treffen."

Schweigend ging ihr Vater zu der Truhe im Wohnzimmer und holte die alte Decke heraus, die oben auf den anderen Decken lag. Er faltete sie auseinander und legte sie ihr um die Schultern.

„Du weißt, dass ich es nicht gut fand, wie Mr Bowen dich in den letzten zwei Jahren behandelt hat", sagte er schließlich. „Doch anscheinend magst du ihn immer noch sehr. Ich gebe dir meinen Segen, wenn du dir sicher bist, dass er der Mann ist, mit dem du für den Rest deines Lebens glücklich sein kannst. Ich würde dich sogar ermutigen, seinen Antrag anzunehmen, wenn du ihn immer noch von ganzem Herzen liebst und dir ein Leben ohne ihn nicht mehr vorstellen kannst."

Ann zog die Decke enger um sich und setzte sich auf einen Stuhl neben das Feuer. „Ich denke darüber nach, Vater." Zitternd drehte sie das Gesicht zum Feuer und wartete darauf, dass ihr endlich wieder warm wurde. Warum war es nur so schwer, diese Entscheidung zu treffen?

„Ich habe Neuigkeiten für dich." Auch ihr Vater trat neben das Feuer und setzte sich ihr gegenüber auf einen Stuhl. „Ich muss für ein paar Tage zurück nach Pittsburgh."

Erschrocken starrte sie ihn an. Erst nach einer Weile konnte sie wieder sprechen. „Warum?"

„Will glaubt, dass er nicht hierbleiben kann, solange Meister Good nach ihm sucht, und ich bin ganz seiner Meinung. Deshalb haben wir beschlossen, gemeinsam nach Pittsburgh zurückzufahren, um Meister Good auszubezahlen und damit Wills Lehrzeit vorzeitig zu beenden."

Wieder überschlugen sich Anns Gedanken. Was konnte auf dieser Reise alles passieren? Sie traute Meister Good alles zu. „Ich komme mit euch."

„Ann ..." Es klang gereizt. „Wir haben gerade eine lange Reise hinter uns. Eine weitere Reise ist zu teuer und für die Mädchen auch zu anstrengend."

Es gab nur eine Lösung. Bevor sie weiter darüber nachdenken konnte, sprach Ann sie aus. „Dann können Susan und Mabel bei den Sumners bleiben und ich komme allein mit." Sie wusste nicht genau, warum sie unbedingt mitfahren wollte und warum sie solche Angst davor hatte, allein hierbleiben zu müssen. Bei den Sumners wäre sie mit Susan und Mabel sicher und geborgen. Trotzdem wurde ihr übel bei dem Gedanken daran, dass Will und ihr Vater sie wieder allein ließen. Das konnte sie nicht zulassen.

„Wenn du uns unbedingt begleiten willst, dann musst du mir aber etwas versprechen", erwiderte ihr Vater schließlich. „Wenn ich dir erlaube, uns zu begleiten, musst du bei unserer Rückkehr den Antrag dieses jungen Mannes unverzüglich annehmen. Vorausgesetzt natürlich, dass du ihn heiraten willst. Du kannst nicht für immer auf der Farm bleiben, sondern musst dir eine eigene Zukunft aufbauen. Ich möchte, dass du glücklich wirst."

Wunderbar! Auf diese Weise konnte Ann die Antwort auf Elis Antrag noch eine Weile hinauszögern. Vielleicht würde ihr auch noch eine Lösung für ihre Schwestern einfallen. Denn durch die Reise nach Pittsburgh würde sie mindestens drei Wochen Zeit gewinnen. Ann seufzte unendlich erleichtert auf.

„Einverstanden", sagte sie fast ohne Schuldgefühle. Sie würde Eli ihre Reise schon irgendwie erklären können. Vielleicht sollte sie ihm einfach sagen, dass sie ihn wirklich sehr mochte, aber dass sie sicherstellen musste, dass ihr Vater einen Lehrling hatte, bevor sie die Farm verließ. Deshalb musste sie mit eigenen Augen sehen, wie der Fall mit Will ausging. Außerdem wollte sie Will gerne unterstützen, wo sie nur konnte, weil sie seinen alten Meister kannte.

Als sie noch einmal über ihre Erklärung nachdachte, klang alles sehr einleuchtend und sinnvoll. Eli würde es bestimmt verstehen. Schließlich war *das* der Grund, warum sie unbedingt mit Will und ihrem Vater mitfahren wollte.

Kapitel 34

Immer und immer wieder schlug sie mit dem Ast auf den Mann ein. Geräuschlos fiel er mit dem Gesicht nach unten in den Schnee. Keine Wunde war an seinem Körper zu sehen; trotzdem bildete sich um ihn herum eine große Blutlache in dem weißen Schnee. Sie blickte auf den dicken Ast, den sie immer noch in der Hand hielt. Plötzlich stand ihre Mutter vor ihr und ihr Gesicht wurde von Sekunde zu Sekunde älter und fahler. Die Falten zogen ihr Gesicht nach unten, ihre Haare hingen in grauen Strähnen über ihre Schultern.

„Es tut mir so leid", schluchzte sie. Doch ihre Mutter drehte sich nur wortlos um und schlurfte durch den Schnee von ihr weg.

„Bitte geh nicht!", rief Ann ihr nach. Sie konnte kaum sprechen.

Erschrocken ließ sie den Ast fallen. Fassungslos starrte sie in die Dunkelheit um sich herum. Auf einmal spürte sie einen stechenden Schmerz in der Hand. Langsam hob sie die Hand und sah auf ihre Handfläche. Sie war voller Blut, das ihr durch die Finger auf den schneeweißen Boden rann.

Schweißgebadet wachte Ann auf. Sie hatte die Hände zu Fäusten geballt und ihre Knie an den Bauch gezogen, als müsste sie sich vor etwas schützen. Eine unglaubliche Traurigkeit erfüllte sie, die ihre Glieder so schwer machte, dass sie sich nicht bewegen konnte. Ihr Körper und ihre Gedanken wollten ihr nicht gehorchen, als wäre sie in einer erstarrten Hülle gefangen.

Erst als sie tief Luft holte, konnte sie den Bann des Traumes brechen. Endlich war sie wieder Herr über ihren Körper und konnte sich bewegen. Schnell setzte Ann sich auf. Die Traurigkeit war geblieben, aber an die hatte sie sich nach vielen Nächten mit ähnlichen Träumen bereits gewöhnt. Wie schon so oft würde sie einfach aufstehen und alle Arbeiten erledigen, die vor Sonnenaufgang möglich waren. Die harte Arbeit würde wie jeden Morgen das leere Gefühl in ihr vertreiben. Schon in vier Tagen würden sie nach Pittsburgh fahren. Bis dahin gab es noch viel zu erledigen, bevor die Murdochs die Farm übernehmen konnten.

Entschlossen zog Ann ihr altes Kleid an, das sie mittlerweile bei ihrer Arbeit in der Scheune trug. Seit Will bei ihnen wohnte, konnte sie die Männerhosen nicht mehr anziehen, obwohl sie sich darin zwischen den Tieren besser bewegen konnte. Sie legte sich ihren Mantel um die Schultern und lief durch den dunklen Flur bis zur Haustür. Ihre Familie schlief noch, weil sie erst bei Sonnenaufgang aufstehen musste. Wenn sie doch nur nicht immer so früh aufwachen würde! Eigentlich würde ihr eine weitere Stunde Schlaf guttun. Doch sie wusste aus Erfahrung, dass sie nach einem solchen Traum nicht mehr einschlafen konnte.

In der Scheune war alles still. Ann griff nach der Mistgabel an der Wand, aber es war viel zu dunkel, um den Boden der Scheune zu erkennen. Sie holte die Laterne vom Regal und zündete sie an, dann ging sie in die Mitte der Scheune und hängte die Laterne an den Haken, den ihr Vater an einem der Querbalken befestigt hatte. Es war immer noch dunkel, aber das Licht reichte zum Misten.

Wieder griff sie nach der Mistgabel und schob den Riegel von Bayberrys Box zurück. Doch als sie die Tür öffnete, musste sie blinzeln. Die Box war schon gemistet und mit frischem Stroh ausgelegt. Außerdem fraß Bayberry Heu. Auch die Kühe waren schon gefüttert. Ihr Vater schlief noch. Anscheinend war Will auch früh aufgestanden, um die Arbeiten zu erledigen. Seit wann war er wohl schon wach? Vielleicht war er nach der Arbeit zurück zu seiner Hütte gegangen und hatte sich noch einmal hingelegt. Sie lächelte. Es war schön, dass er ihr auf der Farm half. Jetzt konnte sie sich um ihre anderen Aufgaben kümmern. Nach dem Regen von gestern war der Boden weich und feucht. Das war die beste Zeit, um im Gemüsegarten Bohnen und Erbsen in die fruchtbare Erde zu legen.

Schnell blies Ann die Laterne wieder aus. Einen Augenblick lauschte sie noch, wie die Tiere gleichmäßig kauten, dann holte sie die Hacke und ging nach draußen. Sie ließ die Hacke vor der Treppe zur Veranda stehen und schlich in die Küche.

Auf einem Regal in der Küche standen die Fläschchen mit den Samen ordentlich aufgereiht auf einem Regal. Sie holte zwei Fläschchen vom Regal und zog die Korken heraus. Vorsichtig stieg sie mit den beiden Fläschchen die dunkle Verandatreppe wieder hinunter und stellte die Samen unten auf die letzte Stufe. Dann holte sie die Hacke und öffnete das kleine Türchen in dem Zaun, den ihr Vater um den Gemüsegarten gebaut hatte. Überall im Wald und auf den Feldern gab es freilaufende Schweine, deshalb musste man das Gemüse vor ihren gierigen Rüsseln schützen.

Schon beim ersten Schlag drang die Hacke tief in den Boden ein. Mit jedem weiteren Schlag lockerte sich die Erde mehr, sodass die Samen gut wachsen konnten. Normalerweise war es anstrengend, die Erde im Gemüsegarten zu hacken, aber nach einem ergiebigen Regen ging Ann die Arbeit leichter von der Hand. Und es war mittlerweile so hell, dass sie genug sehen konnte.

Nach der ersten Reihe wurde ihr endlich warm. Ihre vor Kälte steifen Arme wurden beweglicher und ihr Atem ging schneller. Sie verschnaufte kurz und spürte, wie die Müdigkeit langsam nachließ. Jetzt war sie hellwach, obwohl sie sich wünschte, etwas mehr Kraft zu haben. Mit leerem Magen arbeitete es sich nicht so gut, schon gar nicht mit der Hacke. Doch sie wollte nicht ohne ihre Familie frühstücken. Zuerst würde sie zwei Reihen Bohnen und zwei Reihen Erbsen säen, danach würde sie sich um das Frühstück kümmern.

Wieder schlug sie mit der Hacke auf die weiche Erde. Dann setzte sie zu einem weiteren Schlag an.

„Kann ich Ihnen helfen?"

Erschrocken zuckte sie zusammen. Will kam mit den Armen voller kleiner Äste auf sie zu. Vorsichtig legte er das Holz neben die Treppe und kam zu ihr zurück.

„Ja, ich würde mich über ein bisschen Hilfe sehr freuen", sagte sie. Sie musste ihn nicht fragen, woher er kam. Nach seiner Arbeit in der Scheune hatte er im Wald Anzündholz gesucht.

Will betrat den Garten durch das kleine Türchen. Als er etwas unschlüssig vor ihr stand, reichte Ann ihm die Hacke.

Er nahm sie ihr aus der Hand und schaute sich prüfend um. „Wie lang sollen die Reihen denn werden? Immer bis direkt an den Zaun?"

„Ja, bitte. Ich folge Ihnen und säe die Samen aus."

Er zog den Mantel aus, den Mr Miller ihm gegeben hatte, faltete ihn zusammen und legte ihn sorgsam über den weißen Lattenzaun. Darunter trug er ein Hemd und darüber Hosenträger. Das freute Ann, denn wenn er schon wieder Hosenträger tragen konnte, bedeutete das, dass die Wunden auf seinem Rücken völlig abgeheilt waren.

Gleichmäßig hackte er die Erde auf. Langsam ging Ann hinter ihm und beobachtete, wie sich die Muskeln auf seinem Rücken bei jedem Schlag zusammenzogen. Bei ihm sah die Arbeit so leicht aus, als müsste er sich kaum anstrengen. Bei ihr dauerte alles immer viel länger. Sie kniete sich hin und schüttete ein paar Samenkörner in ihre Handfläche. Immer zwei von ihnen steckte sie ein paar Zentimeter tief in die gelockerte Erde. Hier in Ohio ging es ihnen wirklich gut. Schon oft hatte sie gehört, dass die Erde hier besonders reich an Nährstoffen war. Selbst ein Anfänger konnte einfach ein paar Samenkörner in die Erde stecken und die Pflanzen gediehen. Man musste sie noch nicht einmal gießen, weil der Regen auch im Sommer in genau den richtigen Abständen fiel. Natürlich durfte man erst aussäen, wenn der Frost vorbei war.

Vornübergebeugt folgte sie Will die Reihen entlang. Sie hatte viel Erfahrung beim Säen, deshalb würde es auch heute Morgen nicht lange dauern. Dank Wills Hilfe würde sie sogar mehr schaffen, als sie sich eigentlich vorgenommen hatte.

Am Ende der Reihe hielt er einen Augenblick inne und drehte sich zu ihr um. Sie drückte gerade die Erde über ein paar Körnern fest, musste aber noch ein paar Meter einsäen. Schweigend wartete er, bis sie mit der Reihe fertig war. Erst als sie sich aufrichtete, begann er erneut mit der Arbeit, damit er ihr nicht aus Versehen einen Erdklumpen ins Gesicht schleuderte. Wieder kauerte Ann hinter ihm und steckte die ersten Körner in die neue Reihe.

In ihrer Erinnerung tauchte kurz das Bild ihrer Mutter aus dem Traum auf. Ihr Gewissen ließ sie einfach nicht in Ruhe.

„Sie sehen beunruhigt aus", sagte Will. „Machen Sie sich Sorgen wegen der Reise? Ich möchte Sie damit auf keinen Fall belasten."

„Nein." Mit dem Ärmel schob sie sich eine lose Haarsträhne aus dem Gesicht, die sich immer wieder löste. Sie hoffte, dass sie jetzt keinen Dreckfleck auf der Stirn hatte.

Bisher hatte sie noch niemandem von den Alpträumen erzählt. Doch bei der Erinnerung daran, wie ihre Mutter sich wortlos von ihr abgewandt hatte, schnürte sich ihr die Kehle zu. Vielleicht kannte Will ja auch diese Art Träume. Wenn sie jemand verstehen konnte, dann er.

„Wegen der Reise mache ich mir keine Sorgen." Sie steckte zwei weitere Körner in den gelockerten Boden. „Ich habe nur manchmal beunruhigende Träume, die ich nicht wieder vergessen kann."

Will schaute sie besorgt an. „Träumen Sie von dem Kopfgeldjäger?"

„Manchmal kommt er in ihnen vor." Ann konnte ihm nicht von ihrer Mutter in den Träumen erzählen. Das war zu schmerzhaft, obwohl er diese Bilder vielleicht selbst kannte. Trotzdem wollte sie, dass er sie verstand. „Ich habe geträumt, dass Sie mich nicht zurückhalten konnten und dass ich den Kopfgeldjäger getötet habe." Sie sah weiter vor sich auf den Boden und steckte die Körner in die Erde. Am Ende der Reihe holte sie die Flasche von der Treppenstufe und schüttelte mehr Samen auf ihre Handfläche.

Die ganze Zeit über schwieg er, sodass sie ihn schließlich ansehen musste, um herauszufinden, was er dachte.

„Ich träume auch manchmal. Häufig sind es keine schönen Träume." Für einen Moment veränderte sich sein mittlerweile gesundes und frisches Gesicht und wurde wieder so aschfahl und eingefallen wie noch vor ein paar Wochen.

Sie richtete sich auf.

„Haben Sie Ihrem Vater erzählt, dass Sie das Erlebnis immer noch so beunruhigt?", fragte er.

Ann schüttelte den Kopf.

„Er hat mir einmal etwas gesagt, was mir geholfen hat." Verlegen blickte Will zur Seite, als würde es ihm schwerfallen, mit ihr über etwas so Persönliches zu sprechen.

„Was hat er gesagt?"

„Er sprach davon, wie schlimm es ist, wenn man dem Bösen in sich selbst begegnet."

Die Worte trafen sie wie ein Schlag. Ja, das Böse war in ihr. Sie wollte sich rächen. Sie wollte das Leben aus ihm herausprügeln und Rumkin persönlich für das bestrafen, was er ihr angetan hatte. Bei dem Gedanken durchzuckte sie kurz ein Gefühl der Genugtuung, das sofort in Selbsthass umschlug, als es ihr bewusst wurde. „Das möchte ich nicht. Es ist schrecklich." Ihre Stimme klang angeekelt.

„Ich möchte es auch nicht. Aber ich muss es trotzdem so hinnehmen. Ihr Vater hat mir gesagt, dass wir nicht ohne Sünde sind. Wenn wir glauben, ohne Sünde zu sein, werden wir stolz und bitter."

Kamen diese tiefen Erkenntnisse erst durch den Rat ihres Vaters? Das konnte nicht sein. Kein Mensch konnte eine Seele freisetzen. Wahrscheinlich war es schon immer da gewesen. Das weite Herz und die tiefe Erkenntnis waren Gaben Gottes, die nur darauf warteten, freigesetzt zu werden.

Ann spürte, wie ihr die Tränen in die Augen stiegen. Das durfte er auf keinen Fall sehen. Zu ihrer Erleichterung drehte er sich wieder um und begann mit einer neuen Reihe. Sie atmete tief ein, um sich zu beruhigen und weiterarbeiten zu können.

Den Rest der Zeit arbeiteten sie schweigend nebeneinander. Gleichmäßig drückte Ann die lockere Erde über den Samenkörnern fest. Es wurde immer heller, bis die Sonne schließlich langsam aufging. Das erinnerte sie an das letzte Mal, als sie Will bei Sonnenaufgang getroffen hatte.

Endlich steckte das letzte Samenkorn in der Erde. Ann richtete sich auf und streckte ihren Rücken. Schweigend stand sie eine Weile da und ließ den Blick über die Felder und den Wald wandern.

„*Den Abend lang währet das Weinen, aber des Morgens ist Freude*", murmelte sie vor sich hin.

Will trat neben sie. Als er ihr damals im Garten die Briefe seiner Mutter zurückgegeben hatte, hätte sie nie geglaubt, dass sie nur sechs Wochen später unter ganz anderen Umständen nebeneinanderstehen würden.

„Nichts ist so schön wie der Sonnenaufgang früh am Morgen", sagte sie leise.

Nachdenklich fuhr er sich mit der Hand durch die Haare. „Mir fallen drei Dinge ein, die noch schöner sind."

Überrascht sah sie ihn an. „Wirklich?"

Ihre Blicke trafen sich.

„Freiheit."

Sie lächelte. „Und?"

„Der Himmel."

„Nun, mit dem Himmel ist nichts zu vergleichen." Wills Gesicht war so ernst, dass sie ohne nachzudenken fragte: „Und das Dritte?"

Er beugte sich kurz über den Griff der Hacke. Dann drehte er den Kopf zur Seite und sah sie an. Doch er sagte nichts, sondern ließ einfach nur seinen Blick auf ihr ruhen.

Ann spürte, wie sie langsam rot wurde, und senkte den Blick. Schließlich nahm Will die Hacke und ging zurück zur Scheune.

Warum hatte er ihre Frage nicht beantwortet und sie stattdessen so komisch angesehen? Ann lief zur Verandatreppe, holte die zweite Flasche mit den Samenkörnern und verschwand in der Küche. Obwohl Will nun schon eine ganze Weile bei ihnen wohnte und sie sich ständig begegneten, brachte er sie doch immer wieder aus der Fassung.

Jetzt musste sie sich unbedingt um das Frühstück kümmern. Sie war so durcheinander, dass sie das Feuer im Herd so heftig schürte, bis es wütende Funken sprühte.

Kapitel 35

Fasziniert beobachtete Will aus dem Kutschenfenster die Straßen von Cincinnati. Dadurch starrte er Ann, die ihm direkt gegenübersaß, wenigstens nicht mehr die ganze Zeit an. Sie las in einem Buch und neben ihr saß ihr Vater, der völlig in eine Zeitung vertieft war.

Kurz vor ihrer Abreise hatte Will überrascht festgestellt, dass Ann mit ihnen kommen würde. Warum wollte sie unbedingt auf dieser anstrengenden Reise mit dabei sein? Sicher würde sie viel lieber bei diesem lächerlich eleganten jungen Mann bleiben, der alles andere als gut genug für sie war.

In den letzten Tagen hatte Will viel zu oft an Eli Bowen gedacht. Irgendwie musste er die Eifersucht unter Kontrolle bekommen, die ihn immer wieder überfiel. Oft legte sie sich wie eine schwarze Decke über ihn und raubte ihm die Luft zum Atmen. Er wünschte, er könnte sie einfach abschütteln und vergraben. Vielleicht würde es helfen, wenn er in der Bibel las. Seit er vor drei Wochen zu Mr Miller auf die Farm gekommen war, hatte er jeden Tag darin gelesen, oft am Abend neben dem Feuer. Mittlerweile hatte er schon das gesamte Neue Testament und die Hälfte des Alten Testaments verschlungen. Allerdings hatte er das 3. und 5. Buch Mose ausgelassen. Diese waren ihm zu kompliziert gewesen. Er war fasziniert von der großen Geschichte, die er in den anderen Büchern fand. Doch er nahm sich vor, die beiden Mose-Bücher später auch noch durchzulesen.

Plötzlich brüllte der Kutscher ein paar unverständliche Worte. Die Kutsche schwankte, als sei sie etwas oder jemandem ausgewichen. Will fragte sich, wer oder was wohl gerade vor die Kutsche gesprungen war. Je näher sie dem Hafen kamen, desto lauter wurde es. Immer mehr Kutschen, Fuhrwerke und Handkarren drängten sich auf den überfüllten Straßen. An den Straßenrändern standen Jungen, die Zeitungen verkauften und den Passanten die neuesten Nachrichten zuriefen. Dieselbe Mischung aus Rauch und Müll wie in Pittsburgh stieg Will in die Nase, auch wenn der Geruch hier nicht so intensiv war. In der Stadt schien jeder seinen Müll einfach achtlos auf die Straße zu werfen. Der Gestank mischte sich mit dem beißenden Geruch der Fischmärkte, sodass es Will bei dem Gedanken an ihr Reiseziel übel wurde.

Endlich hielten sie vor der Endstation, die gleichzeitig auch eine Taverne war. Als Will und Mr Miller aus der Kutsche kletterten, liefen schon die Stallburschen herbei, um die Pferde auszuspannen. Will drehte sich um, um Ann beim Aussteigen zu helfen. Dabei versuchte er sich die ganze Zeit einzureden, dass er sich nicht darüber freute, ihre Hand in seiner zu spüren – aber das war eine Lüge. Dankbar lächelte sie ihn an und hielt sich dann einen kleinen Strauß mit Blumen vor die Nase. Bei dem Gestank war das das einzig Richtige. Er würde es genauso tun, wenn er sich als Mann damit nicht lächerlich machen würde.

Der Fahrer warf ihnen ihre Taschen zu – für jeden von ihnen eine. Sofort schnappte sich Will seine eigene und die von Ann. Mr Miller griff nach seiner eigenen und führte sie in Richtung Hafen. „Wir haben nicht viel Zeit“, rief er ihnen über die Schulter zu.

Das Dampfschiff *Emissary* lag schon im Hafen. Ann und ihr Vater beachteten es nicht weiter, sondern gingen geradewegs zum Fahrkartenschalter. Doch Will konnte seinen Blick nicht von dem riesigen Schiff abwenden.

Nur wenige Minuten später tauchte Mr Miller mit den Fahrkarten in der Hand wieder neben ihm auf. Schnell bestiegen sie das Schiff, denn die anderen Passagiere waren alle schon an Bord. Die Hafenarbeiter verließen bereits das Schiff, sodass es bald auslaufen konnte. Mr Miller bedeutete Will, ihm zum Bug des Schiffes zu folgen, während Ann sich auf den Weg zu den Kabinen für die Damen machte.

Kaum hatte Will die schön eingerichtete und mit zwei Betten ausgestattete Kabine betreten, fing der Boden unter ihnen an zu zittern, als die Maschinen angeworfen wurden. Eine laute Glocke ertönte und kündigte ihre Abfahrt an. Will und Mr Miller gingen über das Deck zum Heck des Schiffes, wo Ann bereits am Geländer lehnte und auf sie wartete. Langsam wurden die Menschen am Kai immer kleiner. Zuerst bemerkte Ann die beiden Männer gar nicht, so tief war sie in Gedanken versunken. Dann lächelte sie etwas zaghaft, als wäre sie gerne noch eine Weile allein gewesen.

Schweigend stellten sich Will und Mr Miller neben Ann und betrachteten das aufgewühlte Wasser hinter dem Schiff. Je weiter sie die Stadt hinter sich ließen, desto mehr Bäume tauchten am Flussufer auf, deren Äste mit weißen und zartrosa Blüten bedeckt waren. Es war ein so wunderschöner Anblick, dass Will am liebsten Anns Hand gehalten hätte.

„Ich habe selten etwas so Schönes gesehen", sagte er.

„Ja." Auch sie schien überwältigt von der Schönheit um sie herum. Es war fast wie im Märchen mit dem strahlenden Sonnenlicht und den zarten Blüten an den Bäumen, die sich bei jedem Windstoß leicht bewegten.

„Fahren Sie gern auf einem Dampfschiff?" Ihm fiel kein besseres Thema ein, aber über irgendetwas musste er mit ihr reden.

„Oh ja." Sie wirkte immer noch abwesend. Dann senkte sie den Blick und zog langsam ihre Handschuhe aus. Einen Moment hielt sie die Handschuhe unschlüssig in den Händen, dann steckte sie sie in ihre kleine Handtasche. „Auf unserer letzten Reise ist viel passiert."

„Wie meinen Sie das?"

Mit einem kurzen Ruck an den Bändern zog Ann ihre Handtasche zu. „Das ist eine lange Geschichte." Dann wandte sie sich an ihren Vater. „Ich glaube, ich werde mich bis zum Abendessen in meine Kabine zurückziehen."

Sanft drückte der Sattler die Hand seiner Tochter. „Wie du willst."

Will fragte sich, was auf ihrer letzten Reise wohl passiert war. Mr Miller wirkte besorgt und Ann beunruhigt.

Langsam ging sie zu den Frauenkabinen. Ihr aufrechter Gang war vollkommen im Einklang mit den schwankenden Bewegungen des Schiffs. Gedankenverloren blickte Will ihr hinterher.

In der Zeit vor dem Abendessen unterhielten Mr Miller und Will sich angeregt zuerst über das Schiff und die Passagiere, doch schon bald redeten sie über die Heilige Schrift und über einige der seltsamen Geschichten im 1. Buch Mose, die Will erst vor Kurzem gelesen hatte. Sie waren so vertieft in ihre Unterhaltung, dass sie nicht bemerkten, dass es immer dämmriger wurde.

„Oh! Ich glaube, wir müssen uns jetzt beeilen, damit wir rechtzeitig zum Abendessen kommen." Mr Miller trat einen Schritt zur

Seite und tippte grüßend an seine Kopfbedeckung, als eine Dame mit einem überdimensional großen Federhut an ihnen vorbeiging.

„Ja, Sir." Will folgte dem Sattler zurück in die Kabine, wo sie ihre Taschen auspackten. Zwischen den beiden Betten stand ein kleiner Nachttisch mit einer Schüssel. Mr Miller nahm die Schüssel, verschwand für ein paar Minuten und kam mit Wasser in der Schüssel zurück. Dann holte er ein Stück Seife aus seiner Tasche und rasierte sich schnell und geübt. Will tat es ihm nach, wenn auch etwas langsamer. Dann trocknete er sich sein Gesicht an dem winzigen Handtuch ab, das neben der Schüssel lag.

Mr Miller hatte Will ein Jackett und einen Kragen für die Mahlzeiten auf der Reise geliehen. Zu Wills Überraschung holte der Sattler jetzt auch noch einen zusätzlichen Hut aus der Tasche, den er Will gab. Der schwarze Hut glänzte im Schein der Lampe. Vorsichtig setzte Will ihn auf und Mr Miller nahm seinen Zylinder vom Bett.

Schließlich verließen sie gemeinsam die Kabine. Die Kabinentüren auf dem Dampfschiff waren so niedrig, dass Mr Miller seinen Zylinder erst auf Deck aufsetzen konnte. Will folgte ihm in Richtung des Damensalons.

Auf dem Deck drehte sich Mr Miller noch einmal zu Will um und musterte ihn von oben bis unten. „Wunderbar. Man kann dich nicht von den anderen Passagieren unterscheiden, mein Junge."

Bei diesen Worten straffte Will die Schultern und lächelte. Dann atmete er tief ein und stellte sich neben Mr Miller an die Reling, um auf Ann zu warten.

Ann schob eine widerspenstige Locke aus der Stirn und steckte sie mit einer Haarnadel fest. Sie wollte auf keinen Fall wieder zu spät zum Abendessen erscheinen. Aber dieses Mal musste sie sich auch nicht um ihre kleinen Schwestern kümmern, die ununterbrochen auf sie einreden würden und ihre Strümpfe nicht finden könnten. Trotzdem vermisste sie die Mädchen. Der Abschied war ihr nicht leichtgefallen. Seit ihre Mutter gestorben war, hatte Ann ihre Schwestern nie alleingelassen, sondern war immer bei ihnen gewesen. Doch jetzt würde Mrs Sumner mindestens eine Woche auf sie aufpassen. Es machte ihr mehr aus, als sie vorher geglaubt hatte, und sie musste immer wieder gegen die aufsteigenden Sorgen ankämpfen.

Rasch knöpfte sie die letzten Knöpfe ihres weinroten Kleides zu. Es war ein sehr elegantes Kleid – genauso elegant wie die Kleider der Damen, mit denen sie das letzte Mal gereist waren. Schließlich setzte sie ihren Hut auf und band ihn mit einer Schleife unter dem Kinn fest. Dann nahm sie ihren Handspiegel und prüfte ihre äußere Erscheinung. Viel konnte sie im trüben Licht der Kabinenlampe nicht erkennen, obwohl sie den Spiegel erst ganz nah und dann weit weg hielt.

Mit einem Seufzer ließ sie den Handspiegel wieder in ihre Handtasche gleiten und verließ die Kabine. Ihr Vater hatte ihr gesagt, dass er vor der Tür des Damensalons auf sie warten würde. Schon nach ein paar Metern auf Deck entdeckte sie ihren Vater, der in seinem Abendjackett sehr elegant aussah. Hinter ihm stand ein anderer Mann in Abendgarderobe, der statt einem Zylinder einen Hut auf dem Kopf trug.

In der Dämmerung konnte Ann den Mann nicht erkennen. Doch dann musste sie plötzlich zweimal blinzeln. Dieser Mann war Will! Natürlich war ihr schon vorher aufgefallen, dass er nicht mehr so aussah wie der Lehrling, den sie vor sechs Wochen zum ersten Mal gesehen hatte. Doch sie hätte nie geglaubt, dass eine elegante Abendgarderobe ihn so verändern würde. Es schien fast, als wäre ihre Begegnung mit dem halb verhungerten, geprügelten Lehrling in Meister Goods Scheune nur ein Traum gewesen.

Mr Miller betrachtete Will mit väterlichem Stolz. „Warum begleitest du meine Tochter nicht in den Speisesaal? Du musst jetzt lernen, wie man sich in solchen Situationen verhält."

Sofort trat Will neben Ann und bot ihr seinen Arm an, als hätte er nie etwas anderes getan.

„So ist es recht, mein Sohn!" Mr Miller schmunzelte. Obwohl sie im flackernden Licht der Decklaterne nicht viel erkennen konnte, war sich Ann doch sicher, dass Will bei diesen Worten etwas rot geworden war.

Sie legte ihre Hand auf seinen Arm und erinnerte sich daran, wie sie beim letzten Mal zusammen mit Allan Burbridge den Speisesaal betreten hatte. Etwas erstaunt stellte sie fest, dass Will dem Vergleich mit Allan durchaus standhalten konnte. Außerdem erinnerten sie Wills dunkle Haare und Augen unter der Hutkrempe an die wilden Helden aus ihren Romanen. Bei diesem Gedanken musste sie lächeln. Doch sie freute sich jedes Mal, wenn sie am Arm eines eleganten jungen Mannes zum Abendessen geführt wurde.

Schweigend folgten sie ihrem Vater in den Speisesaal. Will half Ann über die hohe Türschwelle und verlangsamte seine Schritte, damit er nicht zu schnell für sie war. Immer wieder warf sie ihm einen verstohlenen Seitenblick zu, um sich an sein neues Aussehen zu gewöhnen.

Der Speisesaal war hell erleuchtet und überall standen die Gäste in kleinen Gruppen zusammen und unterhielten sich. Schon kurz nach ihrem Eintreten lösten sich drei junge Damen aus einer der Gruppen und begrüßten die Neuankömmlinge herzlich.

„Guten Abend!“ Eine der Damen streckte Will ihre Hand entgegen. Er nahm die Hand, zog den Hut und machte eine kleine Verbeugung. Hatte ihm das ihr Vater beigebracht? Bewundernd und gleichzeitig etwas belustigt beobachtete Ann, wie Will nacheinander alle drei jungen Damen mit denselben guten Manieren begrüßte. Sie war am Arm eines verwandelten jungen Prinzen zum Ball erschienen. Es kam ihr vor wie in einem der Märchen der Gebrüder Grimm, die sie ihren Schwestern manchmal vorlas. Doch welcher andere junge Mann verdiente diese Aufmerksamkeit mehr als ihr Begleiter? Will hatte sich in vielen Situationen bewährt und seinen Mut gezeigt. Genauso wurden die Charakterzüge der tapferen Helden in allen Geschichten geschildert und dadurch hoben sie sich deutlich von ihren selbstsüchtigen und geldgierigen Feinden ab. Ann liebte solche Geschichten.

Deshalb überraschte es sie nicht, dass sich diese jungen Damen von Will so angezogen fühlten wie die Motten vom Licht. Seine Zurückhaltung machte ihn nur noch interessanter.

„Welchen Beruf üben Sie aus?“

„Mr Hanby ist mein Partner in der Sattlerei und auf der Farm.“ Mr Miller stand neben Will und beantwortete die Frage für ihn.

Es schien diesen jungen Damen überhaupt nichts auszumachen, dass Will Handwerker war.

„Wie faszinierend", flötete die junge Dame in dem dunkelblauen Abendkleid. Die andere junge Dame in einem bernsteinfarbenen Kleid neben ihr warf ihr einen abfälligen Blick zu. Ann fragte sich, ob eine der jungen Damen sie auch begrüßen würde oder ob sie sich den ganzen Abend ausschließlich um ihren Begleiter kümmern würden.

„Und was führt Sie nach Pittsburgh?"

Ann war sich sicher, dass Will auf diese Frage nicht vorbereitet war, doch genau in diesem Augenblick betrat der Kapitän in seiner gestärkten Uniform den Speisesaal. Sofort gingen alle Gäste zu dem langen Esstisch. Ann musste ein Lächeln unterdrücken, als sie bemerkte, dass sich die jungen Damen gegenseitig aus dem Weg schubsten, um einen Platz neben Will zu ergattern. Das Mädchen mit dem bernsteinfarbenen Kleid gewann den Kampf, sodass sich ihre Konkurrentin im blauen Kleid mit dem Platz gegenüber von Will zufriedengeben musste. Die Dritte in einem grünen Kleid ging ergeben zu dem Stuhl neben der ersten jungen Dame. Als sich alle gesetzt hatten, betrachtete Mr Miller die Sitzordnung mit einem unverhohlenen Grinsen. Noch nie hatte ihn Ann unter fremden Menschen so fröhlich erlebt.

Wie schon bei ihrer letzten Reise wurden unglaublich viele abgedeckte Schüsseln und Platten aufgetragen. Will griff nach einer der Platten und nahm den Deckel ab.

„Möchten Sie ein Stück Braten?", fragte er.

„Ja, bitte." Ann lächelte ihn an. Er sah ihr tief in die Augen und lächelte zurück. Ohne die Augen von ihr abzuwenden, nahm er seine Gabel und legte zuerst ihr und dann sich selbst ein Stück Fleisch auf den Teller.

Sie kicherte und auch sein Lächeln wurde breiter.

„Das können Sie aber sehr gut", sagte sie und war erleichtert, als er sie endlich nicht mehr ansah. Eigentlich freute sie sich über seine Aufmerksamkeit, aber sie verwirrte sie auch.

„Ich habe einen sechsten Sinn, wenn es ums Essen geht. Das hat mir oft schon sehr geholfen." Will wirkte ernster als zuvor, aber sein Ton war immer noch fröhlich. Wie gerne hätte sie seine Hand berührt, um ihm zu zeigen, dass sie ihn verstand. Doch das gehörte sich nicht. Stattdessen deutete sie auf eine andere Schüssel.

„Also gut. Was, glauben Sie, ist in dieser Schüssel?"

Theatralisch runzelte er die Stirn, als müsste er nachdenken. „Bohnen."

Ann hob den Deckel etwas an und sah hinein. Dann sagte sie erstaunt: „Wie haben Sie das erraten?"

Sie mussten beide lachen.

Die junge Dame neben Will mischte sich in das Gespräch ein. „Offensichtlich haben Sie eine große spirituelle Gabe. Sind Sie Spiritist?"

Langsam drehte er sich zu ihr um und antwortete: „Nein, Miss."

„Ich habe schon einmal einen Spiritisten gesehen, der sagen konnte, wie viele Karten aus einem Hut gezogen wurden."

Sie plapperte weiter und Will antwortete höflich. Es war aber offensichtlich, dass er kein großes Interesse an den Äußerungen der jungen Dame hatte. Doch er konnte ihren direkten Fragen nicht ausweichen, ohne unhöflich zu werden. Mittlerweile ging Ann das Mädchen ziemlich auf die Nerven.

Während sich Will mit seiner Nachbarin unterhielt, wanderte ihr Blick zu ihrem Vater, der ihr gegenübersaß. Er beobachtete sie mit einem wissenden Blick. Trotzig hielt sie seinem Blick stand und hob die Augenbrauen, als wollte sie ihn fragen, was er damit sagen wollte. Doch er grinste nur, nahm Messer und Gabel in die Hand und fing an zu essen.

„Meinen Sie nicht auch, Miss Miller?" Will drehte sich wieder zu ihr um. Es war ihm anzumerken, dass er sich nicht länger mit der jungen Dame unterhalten wollte.

„Nun ... ja." Bestimmt merkte er, dass sie keine Ahnung hatte, wovon er sprach.

Will griff nach dem Krug mit Limonade und füllte ihr Glas nach. Doch bevor er sich weiter mit ihr unterhalten konnte, mischte sich die junge Dame wieder ein.

Den Rest des Abendessens kochte Ann innerlich vor Wut, da diese schreckliche junge Frau Will keine Sekunde in Ruhe ließ. Sie war einfach unverschämt. Obwohl Will sich redlich bemühte, die Unterhaltung zu beenden, gab es doch kein Entkommen. Ann unterhielt sich stattdessen etwas halbherzig mit ihrem Vater und aß ansonsten schweigend. Manchmal bemühte sie sich bei den Themen, die ihr Vater anschnitt, Interesse vorzutäuschen, aber das gelang ihr nicht wirklich.

Es dauerte in ihren Augen eine Ewigkeit, bis der Kapitän endlich aufstand, sich kurz verbeugte und den Speisesaal verließ. Sofort nutzte Will seine Chance und unterbrach die junge Dame. „Pardon." Dann wandte er sich an Ann. „Sind Sie fertig?"

„Ja."

„Sollen wir gehen?" Er stand auf und Ann erhob sich mit ihm. Enttäuscht sah das junge Mädchen zu ihm hinauf. „Es war mir eine Ehre, Ihre Bekanntschaft gemacht zu haben, Miss."

Selbst ihren Namen hatte er vergessen. Darüber freute sich Ann, obwohl sie nicht genau wusste, warum.

Auch Mr Miller erhob sich und verabschiedete sich von seinen Nachbarn. Dann kam er um den Tisch herum auf Will und Ann zu. „Vielleicht können wir noch auf Deck gehen. Es ist sehr viel wärmer als bei unserer letzten Reise."

Gemeinsam verließen sie den Speisesaal und traten in die Dunkelheit. Ein leichter Wind wehte ihnen entgegen. Doch schon nach wenigen Schritten schlug sich Mr Miller mit der Hand gegen die Stirn und sagte: „Ich habe meinen Hut vergessen."

Ann sah ihren Vater misstrauisch an.

„Wartet nicht auf mich." Er machte auf dem Absatz kehrt und ging zurück in den Speisesaal.

Will bot ihr wieder seinen Arm an und sie gingen weiter. Die Laternen flackerten unter ihren Glashauben und tauchten das Deck in ein geheimnisvolles Licht. Sie gingen bis zur Reling am Heck des Schiffes und beobachteten die Männer unter ihnen auf dem Maschinendeck. Diesmal wirkten die Männer nicht so aggressiv wie bei ihrer letzten Reise. Sie spielten Karten und tranken abwechselnd aus Flaschen mit langen Hälsen, aber dabei redeten sie nur leise miteinander und lachten, ohne zu fluchen.

So weit entfernt von den Laternen auf Deck konnte man die Sterne am Himmel viel besser beobachten. Immer wieder verdeckte eine kleine Wolke den Mond und ließ die Sterne dadurch umso heller funkeln.

Aus den Augenwinkeln sah Ann, dass Will seinen Hut abgenommen hatte und ihn zwischen den Händen drehte. Dann legte er ihn auf eine Kiste neben sich an der Reling, ohne ihr seinen Arm zu entziehen. In seiner Nähe fühlte sie sich sicher und geborgen, deshalb ließ sie seinen Arm auch nicht los.

„Wünschten Sie sich manchmal, Sie könnten die Vergangenheit ändern?" Der Wind blies ihm ein paar Haarsträhnen ins Gesicht, doch das schien er gar nicht zu merken.

„Sehr oft." Sie dachte an ihre Mutter. Dann an seine. „Was würden Sie ändern?"

„Das, was mit meinen Eltern passiert ist."

Eine tiefe Einsamkeit und ein großer Schmerz sprachen aus seinen Worten. Obwohl sie geahnt hatte, was er sagen würde, zog sich ihr Herz doch vor Mitleid zusammen.

„Sie haben auch Ihre Mutter verloren", sagte er.

„Ja."

„Es war bestimmt nicht einfach, Ihren Schwestern die Mutter zu ersetzen."

„Es wäre viel schlimmer gewesen, wenn wir Vater und Mutter verloren hätten." Sanft drückte Ann seinen Arm.

„Wenn meine Eltern ihre Krankheit überlebt hätten, wären viele Dinge nicht passiert. Ich wäre nie Lehrling bei Meister Good geworden."

„Das stimmt."

„Aber dann hätte ich auch nie Ihren Vater getroffen. Oder Sie." Will sah sie lange an. In der Dämmerung wirkten seine Augen noch dunkler.

„Ich glaube nicht, dass mein Vater und ich etwas Besonderes sind."

„Vielleicht nicht", erwiderte er lächelnd.

Sie lächelte zurück, bemühte sich aber, beleidigt zu klingen. „Eigentlich müssten Sie jetzt protestieren und mir versichern, dass wir wertvoller sind als alle Edelsteine der Welt."

„Das stimmt. Genau das sind Sie auch." Die Zuneigung und Ernsthaftigkeit in seinen Worten berührte sie tief. Am liebsten hätte sie ihre Arme um ihn gelegt und die schrecklichen Erfahrungen seines noch jungen Lebens einfach fortgewischt.

„Ich stehe tief in der Schuld Ihres Vaters. Er hat so viel für mich getan."

Sie fragte sich, was er damit meinte. Doch sie schwieg, damit er weiterreden konnte.

„Er hat mir die Tür zum Himmel geöffnet …" Wills Stimme versagte und er musste sich räuspern. Dann sah er nachdenklich über den Fluss. „Ich bin nicht mehr derselbe wie vorher."

Ann rückte ein Stück näher an ihn heran und schob ihre Hand unter seinen Arm. Lächelnd wandte er sich ihr wieder zu. Sie kannte sein Gesicht so gut und doch wirkte es heute anders. Der wilde, verängstigte Ausdruck in seinen Augen war verschwunden. Er hatte Frieden gefunden.

Eine Weile standen sie schweigend nebeneinander an der Reling. Sie brauchten keine Worte, um sich zu verstehen.

Kapitel 36

Mr Miller hatte Will erzählt, dass sie in Pittsburgh bei einer wohlhabenden Familie wohnen würden. Doch diese Worte hatten Will nicht auf die riesige Einfahrt und den großen Garten mit seinen in geometrische Figuren geschnittenen Büsche vorbereitet. Hinter ihnen rollte die Kutsche schon wieder dem Tor entgegen und ließ Will, Ann und ihren Vater allein vor der Villa zurück. Überwältigt starrte Will vom Fuß der großen, weißen Treppe auf die verzierten Säulen vor der Eingangstür.

„Erwarten uns die Burbridges?“, fragte Ann ihren Vater.

„Ich habe ihnen zwei Tage vor unserer Abreise einen Brief geschickt. Von daher nehme ich an, dass sie uns erwarten.“

„Ich hoffe sehr, dass wir ihnen keine Unannehmlichkeiten machen.“

„Ich bin mir sicher, dass Mrs Burbridge uns gerne hilft. Und wir hatten auch keine andere Wahl. Wir hätten schließlich nicht bei Dr. Loftin wohnen können.“ Mr Miller hob eine der großen Reisetaschen hoch und stieg die Treppe hinauf. Will nahm die anderen beiden Taschen und folgte dem Sattler zur Eingangstür. Es war ihm schon unangenehm genug, dass Mr Miller sich wegen ihm so viel Mühe machte. Deshalb würde er sich hier in diesem feinen Haus im Hintergrund halten, damit ihn keiner bemerkte.

Entschlossen klopfte Mr Miller an. Wenige Sekunden später öffnete ein Mann mittleren Alters in einem schwarzen Anzug und mit einem steifen Kragen die große Holztür.

„Mr Miller“, sagte er mit deutlich irischem Akzent. „Miss Miller.“ Er verneigte sich kurz und führte die Besucher in die riesige Eingangshalle. „Mrs Burbridge wartet im Wohnzimmer auf Sie. Darf ich Ihnen die Hüte abnehmen? Und bitte lassen Sie die Taschen stehen; ich bringe sie für Sie nach oben.“

Will folgte Mr Millers Beispiel, stellte die Taschen ab und gab dann dem Butler seinen Hut. Ann brauchte eine Weile, bevor sie die Schleife unter ihrem Kinn gelöst hatte. Dann nahm sie ihren großen Hut vorsichtig ab, um ihre Frisur nicht in Unordnung zu bringen. Der Butler nahm ihre Hüte entgegen und brachte sie in einen kleinen Seitenraum neben der Eingangshalle.

Mr Miller bot Ann seinen Arm an und führte sie durch die Halle. Bewundernd wanderte Wills Blick über die kunstvoll gearbeitete Holzvertäfelung und die goldenen Wände des Raums. Schließlich folgte er dem Sattler und seiner Tochter in ein großes, oval geschnittenes Wohnzimmer mit blau-goldenen Wänden und dunklen Möbeln aus Mahagoni mit wunderschön geschnitzten Füßen. Die Stühle waren mit blauem Samt und goldener Seide bezogen und standen einladend in kleinen Gruppen zusammen. Bevor er den orientalischen Teppich betrat, kontrollierte Will rasch seine Stiefel, um sicherzugehen, dass sie sauber waren.

„Willkommen, Samuel!" Eine ältere Dame erhob sich von dem kleinen Sofa am anderen Ende des Raumes. Gleichzeitig standen ein junger Mann und eine junge Dame von den Stühlen neben dem Sofa auf. Will war überwältigt von dem Reichtum, der ihn allein in diesem Zimmer umgab.

Die junge Frau war die Erste, die auf sie zukam. Vor Ann blieb sie stehen und umarmte sie. „Liebe Ann, wir haben uns so über Ihren Brief gefreut."

Die ältere Dame begrüßte die Besucher ebenfalls. „Mr Miller, Sie und Ihre Familie sind in unserem Haus immer willkommen."

Mr Miller schüttelte die angebotene Hand herzlich. „Ich bin Ihnen zu großem Dank verpflichtet." Dann trat er einen Schritt zur Seite und zog Will neben sich. „Will, darf ich dir Miss Louisa Burbridge und ihre Großmutter, Mrs Lewis Burbridge, vorstellen? Meine Damen, das ist der Lehrling, von dem ich Ihnen geschrieben habe. Will Hanby. Wir sind hier, um seinen Fall zu klären."

„Es ist wirklich eine Schande, wie manche Meister ihre Lehrlinge behandeln", sagte die ältere Dame mit Nachdruck. Langsam kam sie in ihrem steifen, schwarzen Kleid auf Will zu. Das Laufen schien ihr etwas Mühe zu machen. „Wir werden Sie unterstützen, so gut es geht, junger Mann."

Verlegen senkte Will den Kopf und wusste nicht, was er erwidern sollte.

Der junge Mann hatte die ganze Zeit neben seinem Stuhl gewartet, doch jetzt gesellte er sich zu seiner Großmutter und musterte

Will von oben bis unten. Dann ging er zu Ann, nahm ihre Hand und verbeugte sich kurz. „Miss Miller." Seine Bewunderung für sie war nicht zu übersehen. In ihrem weinroten Kleid sah Ann wunderschön aus. Will musste sich abwenden und starrte stattdessen auf das Klavier in der Ecke. Warum konnten diese Männer sie nicht einfach in Ruhe lassen?

Mr Miller wandte sich noch einmal an Will. „Und dieser junge Mann ist Mr Allan Burbridge, ein guter Freund der Familie."

Was hatte das zu bedeuten? War die Beziehung zwischen Ann und diesem Allan enger, als er bisher vermutet hatte? Will zwang sich zu einem freundlichen Lächeln, als Mr Burbridge sich aufrichtete und sich ihm kurz zuwandte.

„Schön, Sie kennenzulernen." Obwohl seine Stimme freundlich klang, musterte er Will mit einem eher abschätzigen Blick. Dann wandte er sich Mr Miller zu und schüttelte ihm die Hand, als wäre Will nicht weiter wichtig. „Herzlich willkommen. Hatten Sie eine anstrengende Reise?"

Hinter Mr Burbridges Rücken verschränkte Ann die Arme vor der Brust und warf Will einen verstohlenen Blick zu. Doch er wollte ihr Mitleid nicht und wich ihrem Blick aus. Offensichtlich war er nicht wichtig genug, dass Mr Burbridge ihm die Hand schüttelte. Auf keinen Fall sollte der reiche junge Mann sehen, wie sehr er Will damit getroffen hatte.

Die Unterhaltung plätscherte dahin wie ein ruhiger Fluss. Keiner richtete das Wort an Will, sodass er sich in dem großen Wohnzimmer umschauen konnte. Nach einer Weile sagte Mr Burbridge, dass seine Schwester sie jetzt zu ihren Zimmern führen würde.

Miss Burbridge brachte die Gäste zu der breiten Treppe in der Eingangshalle. Am Fuß der Treppe drehte sich Mr Miller noch einmal um und wandte sich an ihre Gastgeberin. „Mrs Burbridge, dürften wir in ungefähr einer halben Stunde Ihre Kutsche noch einmal benutzen?"

„So bald schon? Möchten Sie sich nicht erst etwas erfrischen und eine Tasse Tee trinken?" Die alte Dame wirkte überrascht.

„Das ist sehr freundlich von Ihnen. Doch ich würde Meister Good gerne so bald wie möglich meinen Vorschlag unterbreiten. Es wird uns sicher allen besser gehen, wenn alles geregelt ist."

„Und ich komme mit Ihnen, Sir." Will konnte Mr Miller unmöglich allein mit Meister Good verhandeln lassen, während er sich wie ein Feigling in dieser Villa hinter Anns Rücken versteckte. Er würde sich seinem früheren Meister stellen.

Mr Miller hob die Augenbrauen, als wollte er ihm widersprechen, überlegte es sich dann aber anders. „Also gut", sagte er schließlich.

Es dauerte einen Moment, bis Will sah, dass Ann so bleich geworden war wie die Marmortreppen hinter ihr. Abrupt drehte sie sich um und lief hinter Louisa die Treppe hoch.

Am Waschtisch in seinem Zimmer goss Will etwas Wasser in die Schüssel und wusch sich das Gesicht. Schnell trocknete er sich ab und ging die Treppe hinunter in die Eingangshalle, wo Mr Miller schon auf ihn wartete.

Mr Miller und Mrs Burbridge unterhielten sich gerade über einen Prediger, dessen Name Will nichts sagte. Der Butler kam durch die Eingangstür, um ihnen mitzuteilen, dass die Kutsche vorgefahren war.

„Wir sind spätestens in einer oder zwei Stunden zurück." Mr Miller nahm Mrs Burbridges Hand und verabschiedete sich mit einer eleganten Verbeugung von ihr.

Die schwarze Stadtkutsche der Burbridges mit einem Kutscher in blauer Uniform stand nur wenige Meter von der Eingangstreppe entfernt. Der Butler ging an ihnen vorbei und hielt Mr Miller und Will die Tür auf, damit sie einsteigen konnten. Sie setzten sich einander gegenüber und der Butler schloss die Tür wieder leise hinter ihnen. „Ich wünsche Ihnen einen schönen Tag, meine Herren", sagte er zum Abschied.

Schon nach wenigen Minuten bogen sie aus der Einfahrt in die Pittsburgh Street ein. Je näher sie der Allegheny Brücke kamen, desto voller wurde die Straße. Aus dem Kutschenfenster sah Will kurz die Umrisse des heruntergekommenen Mietshauses, in dem Emmie wohnte. Er schämte sich so sehr, dass seine Handflächen vor Angst ganz feucht wurden.

„Ich muss gestehen, dass ich ein Feigling bin", murmelte er und ballte die Hände zu Fäusten.

„Warum?“ Mr Miller ließ die Zeitung sinken, die er gerade las, und sah ihn durchdringend an. „Weil du Angst vor deinem früheren Meister hast?“

Will schwieg und kämpfte gegen seine Angst und Wut, die immer wiederkehrten. Er würde sich wie ein Mann verhalten, nicht wie ein verängstigter Junge.

„Ich denke, du hast alles Recht dazu, dich vor ihm zu fürchten.“ Mr Millers Stimme war ganz ruhig. „Trotzdem vertraue ich darauf, dass er aufgrund seiner Geldgier bereit sein wird, unser Angebot anzunehmen. Schließlich würde er sich selbst damit auch einen Gefallen tun.“ Dann vertiefte er sich wieder in seine Zeitung.

Will nahm die kleine Bibel von der Sitzbank neben sich. Nur Gottes Wort konnte ihm genug Kraft und Zuversicht geben, um die nächste Stunde zu überstehen. Er schlug die Psalmen auf.

Als die Kutsche anhielt, faltete Mr Miller die Zeitung zusammen und steckte sie in seine Aktentasche. „Mach dir keine Gedanken, mein Junge“, sagte er zu Will, als er aus der Kutsche kletterte.

Will folgte ihm und wäre fast gestolpert, als er Dr. Loftins schönes weißes Haus vor sich sah. Mr Miller war schon auf dem Weg zu der blauen Eingangstür, aber Will musste erst einmal tief durchatmen, um seine Nerven zu beruhigen. Die Erinnerung daran, wie er vor vielen Jahren einem anderen Mann durch diese Tür gefolgt war und sich damit einem unbarmherzigen, gottlosen Meister verschrieben hatte, überwältigte ihn. Er rieb sich mit der Hand über die Augen und ging hinter Mr Miller her.

Das Dienstmädchen öffnete ihnen die Tür – alles war noch genauso wie an jenem Tag damals, abgesehen davon, dass jetzt Mr Miller neben Will stand und nicht Meister Good. Selbst das Gemälde an der Wand war noch dasselbe: ein dunkles Tal, das nur hier und da von einzelnen Sonnenstrahlen erleuchtet wurde, die die schwarze Wolkendecke durchbrachen.

Die Tür zum Nachbarraum ging auf und Dr. Loftin betrat die Eingangshalle. Strahlend begrüßte er seinen alten Freund. „Samuel! Das ist ja eine freudige Überraschung. Was um alles in der Welt führt dich so schnell wieder hierher …“ Er brach ab und starrte Will mit offenem Mund an, als er ihn neben der Eingangstür stehen sah. Doch dann gewann er seine Fassung schnell wieder zurück.

„Ich nehme an, dass du nicht unter die Kopfgeldjäger gegangen bist, Samuel. Dafür kenne ich dich zu gut."

„Nein, ich bin hier, um Will aus seinem Vertrag freizukaufen. Und ich brauche dich als Zeugen."

Langsam ging Dr. Loftin auf Will zu und stellte sich dicht vor ihn hin. Dann sagte er mit leiser Stimme: „Du hast Lucy nicht erschossen. Sag mir, dass du es nicht getan hast."

„Nein, Doktor Loftin. Ich habe es nicht getan."

Die Sorgenfalten auf der Stirn des Arztes verschwanden. „Ich wusste es. Aber warum hast du vor dem Richter nichts gesagt?"

„Ich wollte nicht, dass Tom wegen Meineids ins Gefängnis muss."

„Eine Schande, dass Tom sich dir gegenüber nicht auch so loyal verhalten hat. Kein Wunder, dass er schon seit Wochen wie ein Häufchen Elend herumläuft." Der Doktor legte Will beide Hände freundschaftlich auf die Schulter. „Und ich freue mich sehr, dich wiederzusehen, Will. Ich bin sehr glücklich, dass du endlich einen guten Meister gefunden hast."

„Ich habe das Geld bei mir", sagte Mr Miller. „Es ist eine stolze Summe, viel mehr, als die verbleibende Lehrzeit wert ist."

„Das ist ein kluger Plan", sagte der Doktor.

„Würdest du Meister Good bitte rufen lassen?" Mit angespanntem Gesicht stellte Mr Miller die Aktentasche auf den kleinen Seitentisch an der Wand.

„Ich hole ihn am besten selbst." Dr. Loftin machte sich sofort auf den Weg zum hinteren Flur. „Wir machen ihm heute bestimmt eine unerwartete Freude", rief er ihnen noch sarkastisch über die Schulter zu.

Nachdem die Hintertür hinter dem Arzt ins Schloss gefallen war, wurde es im Haus so still, dass Will sogar die Uhr im Wohnzimmer ticken hörte. *Entrüste dich nicht über die Bösen ... denn wie das Gras werden sie bald verdorren ...*

Wieder wurde die Tür geöffnet und geschlossen. Als Will die bekannte Stimme seines alten Meisters hörte, lief ihm ein eiskalter Schauer über den Rücken.

„Natürlich, mein lieber Doktor, aber ich würde doch gerne wissen, warum Sie mich gerufen haben. Ich weiß wirklich nicht, um was es geht."

Einen Augenblick später betrat Meister Good die Eingangshalle und blieb wie angewurzelt stehen. Seine hellen blauen Augen starrten Will an, als wäre er ein Geist. Dann wanderte sein Blick zu Mr Miller.

„Was soll das?" Wie der Blitz schoss er auf Will zu, besann sich aber im letzten Moment und ging auf den Sattler zu. „Bringen Sie mir meinen entlaufenen Lehrling zurück, Meister Miller?"

„So könnte man es auch ausdrücken." Mr Millers Stimme war kalt und hart. „Wir sind heute hierhergekommen, um den Lehrvertrag von Will Hanby auszubezahlen und damit seine Lehrzeit bei Ihnen zu beenden." Bei diesen Worten drehte er sich um, holte die Papiere aus der Aktentasche und hielt sie Meister Good hin. „Zwei Jahre plus die beiden Jahre, um die das Gericht seine Lehrzeit verlängert hat. Ich biete Ihnen eine großzügige Ablösesumme für diese verbleibende Zeit."

Misstrauisch nahm Meister Good die Papiere an sich und las sie sorgfältig durch. Dabei verzog sich sein Mund zu einem kleinen Lächeln. Mr Miller hatte recht gehabt. Für Geld würde Meister Good alles tun. Eine Mischung aus Erleichterung und Ekel strömte durch Will, doch er konnte seine Augen nicht von dem schwarzhaarigen Mann abwenden.

Meister Good las jede Seite. Dann kehrte er zur ersten Seite zurück und las sie ein zweites Mal, als hätte er beim ersten Lesen etwas Wichtiges übersehen. Schließlich ließ er die Papiere sinken und sah Will mit seinen hellen Augen direkt an.

„Und Sie glauben wirklich", sagte er langsam, „dass ich mich mit Geld zufriedengebe, nach allem, was mir dieser elende Kerl angetan hat?" Er zerknüllte die Papiere zwischen den Händen. „Nein. Ich nehme Ihr Angebot nicht an, Miller. Sie haben meinen Lehrling irgendwie weggelockt, eine Weile bei sich versteckt und ihn zu Ihrem Komplizen gemacht!" Seine Stimme wurde lauter und klang wie ein erstickter Schrei. Dabei kniff er gefährlich die Augen zusammen. „Ich werde Sie zusammen mit diesem Taugenichts vor Gericht zerren, damit Sie ordentlich bestraft werden."

Zuerst war Will starr vor Schreck, doch dann kochte seine Wut in ihm hoch wie ein Vulkan.

Meister Good wirbelte herum und stand direkt vor Will. „Und was dich betrifft, du Hurensohn …"

Mit einem Satz sprang Will seinem alten Meister an die Gurgel und warf ihn gegen die Wand. Irgendetwas fiel mit einem Klirren zu Boden und zerbrach, doch Will ließ nicht los. Seine Hände lagen um Meister Goods Hals und drückten zu. Hilflos zappelte sein alter Meister mit den Armen und versuchte sich zu befreien. Immer wieder schlug er auf Will ein und traf ihn am Kopf und an der Brust, doch Will spürte keinen Schmerz – nur ein unbändiges Verlangen, so lange zuzudrücken, bis sein Peiniger sein Leben aushauchte.

Plötzlich zogen ihn kräftige Arme zurück. Seine Finger lösten sich von Meister Goods Kehle. Verzweifelt und frustriert schrie Will auf und wehrte sich.

Ärger und Schmerz umhüllten ihn wie undurchdringbarer Nebel. Trotzdem hörte er von irgendwoher aus weiter Ferne Mr Millers Stimme: „Will! Will! Ich will nicht, dass du wegen Mordes ins Gefängnis musst!"

Dr. Loftin hielt Wills anderen Arm fest und rief: „Hör auf!"

Mittlerweile hatte sich Will so weit gefasst, dass er wieder klar denken konnte. Sein Atem ging immer noch stoßweise. Sein Blick haftete an seinem alten Meister, der mit gebeugten Knien und verzerrtem Gesicht vor ihm stand und nach Luft rang.

„Bleiben Sie zurück, Jacob!" Dr. Loftin stellte sich zwischen Will und Meister Good, um sie voneinander zu trennen.

Nach ein paar Sekunden Schweigen trat Meister Good einen Schritt zur Seite, damit Will seinen hasserfüllten Blick sehen konnte. „Ich bringe dich vor Gericht und dann gehörst du mir für den Rest deines miserablen Lebens", krächzte er. Damit machte er auf dem Absatz kehrt und stürmte zur Hintertür hinaus, die Hand immer noch schützend um seine Kehle gelegt. Mit einem dumpfen Schlag fiel die Tür ins Schloss.

Dr. Loftin stand wie erstarrt und blickte hinter ihm her. Nun ließ auch Mr Miller Wills Arm los und ließ sich auf den Stuhl unter dem Gemälde fallen.

„Ich habe ihn falsch eingeschätzt." Erschöpft lehnte er sich mit dem Rücken an die Wand und schloss die Augen. Er sah aus, als wäre er in den letzten drei Minuten zehn Jahre älter geworden. „Bitte vergib mir."

Dr. Loftin drehte sich zu ihm um. „Wir haben ihn alle unterschätzt, Samuel. Jacob ist unberechenbar."

Will ging zu Mr Miller und setzte sich neben ihn auf den Boden. Der Sattler sah ihn nicht an, aber Will spürte eine Hand auf seiner Schulter.

So saßen sie eine lange Zeit, bis sie sich schließlich auf den Heimweg machten.

„Ich hatte schon fast alle Hoffnung aufgegeben." Allan lächelte und rutschte mit seinem Stuhl dicht neben Ann, die gerade in einem Buch las. „Sie haben mir nicht geschrieben."

„Das tut mir leid." Sie lächelte zurück, aber ihre Gedanken waren weit weg. Obwohl die Burbridges viele interessante Bücher besaßen, von denen sie ansonsten nur träumen konnte, hatte sie die erste Zeile dieses Buches schon mindestens zehn Mal gelesen, ohne sie zu verstehen.

„Hatten Sie so viel zu tun, dass Sie nicht einmal an mich denken konnten?", fragte er.

„So ungefähr."

„Gibt es in Rushville einen gut aussehenden jungen Mann, der Ihnen den Hof macht?" Nur Allan schaffte es, über dieses ernste Thema so fröhlich zu plaudern.

„Und wenn dem so wäre?"

„Dann müsste ich ihn verjagen." Er grinste, aber Ann zuckte bei seinen Worten zusammen. *Dieser Mann hat wegen mir getötet.* In diesem Moment wäre sie lieber bei ihrem Vater und Will gewesen, als allein mit Allan und ihren Erinnerungen an das Duell.

„Ich hatte Schwierigkeiten ..." Sie brach ab und fing noch einmal an. „Die Ereignisse bei unserem letzten Besuch haben mich sehr beunruhigt."

„Aber natürlich." Sanft nahm er ihre Hand und drückte sie leicht. „Jeder anderen Frau würde es genauso gehen. Das ist keine Schande. Doch Ihre Ehre wurde wiederhergestellt."

Ehre. Wie konnte er von Ehre sprechen, wenn es um Mord ging?

Er verstand sie nicht. Und sie konnte es ihm nicht erklären, ohne seinen Mut während des Duells abzuwerten. Für ihn war ein Duell die einzige Antwort auf das, was er gesehen hatte.

„Haben Sie denn wenigstens einmal in den letzten Wochen an mich gedacht?" Allan hielt immer noch ihre Hand, aber seine Stimme war wieder fröhlich.

Ohne zu antworten, entzog Ann ihm ihre Hand und stand auf. Dann schritt sie vor dem Kamin auf und ab. „Sie haben dem Lehrling meines Vaters nicht die Hand geschüttelt."

Verwundert sah er sie an. „Nein, das habe ich nicht. Hätte ich es tun sollen?"

Vorsichtig strich sie über den Rahmen eines kleinen Gemäldes an der Wand, um ihn nicht ansehen zu müssen. „Ich dachte, Sie wären ein Demokrat."

„Das bin ich auch, außer wenn ich eifersüchtig bin."

Überrascht drehte sie sich um. Allan grinste breit.

„Das meinen Sie nicht ernst, oder?" Bei der Vorstellung musste sie lachen.

„Er ist ein Mann, egal ob er ein Lehrling oder etwas anderes ist. Und in den letzten Wochen waren Sie jeden Tag mit ihm zusammen. Schon allein deshalb bin ich schrecklich neidisch auf ihn." Dabei lächelte er so schelmisch, dass er es unmöglich ernst meinen konnte. „Außerdem verehrt er Sie grenzenlos."

Darüber konnte Ann nicht lachen. „Er ist der Lehrling meines Vaters, Allan." Sie musste unbedingt das Thema wechseln. „Es gibt noch einen anderen Mann in Rushville. Er hat mir einen Antrag gemacht."

„Und – werden Sie ihn annehmen?"

„Ich weiß es nicht."

„Was spricht denn für ihn? Erzählen Sie mir von ihm." Fragend legte er den Kopf schief. „Dann sage ich Ihnen auch, ob Sie ihn heiraten sollten."

Sie schmunzelte. „Natürlich völlig unvoreingenommen."

„Ganz bestimmt." Mit gespielter Bescheidenheit senkte er den Kopf.

„Er ist intelligent."

„Wie intelligent?"

„Das weiß ich nicht!" Jetzt stemmte sie ihrerseits mit gespielter Verärgerung die Hände in die Hüften.

„So intelligent wie ich?"

Sie lächelte ihn an. „Vielleicht."

„So intelligent wie der Lehrling Ihres Vaters?"

„Wir reden hier nicht über Will. Schließlich führen wir eine ernsthafte Unterhaltung." Etwas durcheinander lief sie wieder vor dem Kamin auf und ab.

„Dann erzählen Sie mir von Ihrem Verehrer, ohne dass ich Ihnen jedes Wort aus der Nase ziehen muss."

„Er sieht sehr gut aus. Außerdem ist er ein Gentleman. Er liebt Gedichte."

„Ah." Allan seufzte etwas herablassend.

„Was ist?"

„Oh, nichts."

„Nun sagen Sie es schon." Ann wirbelte herum und stellte sich verärgert und trotzdem neugierig direkt vor ihn.

„Er ist einer von *denen*."

„Nur weil er gerne Gedichte liest?"

„Nein, weil Sie es erwähnen."

„Lord Byron liebte Gedichte", erwiderte sie.

„Und machte ihn das zu einem guten Ehemann?"

„Sie kennen Eli doch gar nicht."

„Aber ich kenne Sie."

Sie schwieg. Kannte er sie wirklich? Kannte er sie gut genug, um sagen zu können, ob sie Eli heiraten sollte oder nicht?

Allan stand auf und trat hinter sie. Dann beugte er sich vor und flüsterte in ihr Ohr: „Ich muss ganz ehrlich gestehen ..."

Als sie seinen Atem so dicht an ihrem Hals spürte, lief ihr ein Schauer über den Rücken.

„Wenn ich Ihre Beschreibung höre, ist dieser gut aussehende Poet kein wirklicher Rivale für mich. Bei diesem Lehrling bin ich mir allerdings nicht so sicher."

Verärgert ging sie ein paar Schritte von ihm weg. „Jetzt gehen Sie zu weit."

„Das ist auch meine Absicht." Der Blick seiner grauen Augen folgte ihr, als sie ihre Wanderung vor dem Kamin wieder aufnahm, und er lächelte immer noch. Sie konnte ihm nicht wirklich böse sein, selbst wenn er manchmal indiskret war.

Doch die Erinnerung an das Duell konnte sie in seiner Gegenwart nie ganz verdrängen.

Jemand klopfte an die Haustür, aber vom Wohnzimmer aus konnte man nur einen Teil der Eingangshalle sehen. Ann hörte nur das höfliche Gemurmel des Butlers. Kurz darauf betraten ihr Vater und Will das Wohnzimmer.

Sie sahen nicht glücklich aus.

„Er hat mein Angebot abgelehnt", sagte ihr Vater. „Ich bin mir sicher, dass er die Kopfgeldjäger sofort auf Will angesetzt hat und sie jeden Moment hier sind."

„Dann müssen wir sofort abreisen", rief Ann.

„Nein", widersprach Will. „Ich fliehe nicht noch einmal. Ich überlasse die Entscheidung dem Gericht."

„Aber das Gericht wird auf jeden Fall gegen Sie entscheiden!" Anns Stimme wurde immer lauter. Mittlerweile stand sie dicht vor ihm und blickte in sein entschlossenes Gesicht.

„Ich lege alles in Gottes Hand."

„Tun Sie das bloß nicht." Selbst Allan schien aufgewühlt und erhob sich schnell von dem Stuhl, auf den er sich gerade erst gesetzt hatte. „Sie können doch Ihr Leben nicht einfach wegwerfen in der Hoffnung, dass irgendeine namenlose göttliche Macht Sie vielleicht rettet. Das wird nicht passieren!"

„Es ist keine namenlose göttliche Kraft!" Wills ruhige, dunkle Augen sahen Allan direkt an. „Es ist der Herr, der das Rote Meer geteilt und die Israeliten aus Ägypten geführt hat."

„Wenn Ihre ganze Hoffnung auf diesen primitiven Erzählungen und Wundern beruht, dann kann ich Sie nicht von Ihrer Entscheidung abbringen. Aber ich sage Ihnen, dass Sie damit Ihr Leben verschwenden." Mit diesen Worten wandte sich Allan von Will ab und vergrub seine Hände tief in seine Hosentaschen, als könnte er seine Argumente damit noch unterstreichen.

Allans Skepsis erschütterte Ann, doch sie stimmte Wills Entscheidung ebenso wenig zu wie er. Leise versuchte sie ihn zu überzeugen. „Aber der Herr hilft denen, die sich selbst helfen, Will." Auch ihre Worte schienen ihn nicht umzustimmen.

Ihr Vater mischte sich in das Gespräch ein. „Lasst Will am besten in Ruhe. Er muss diese Entscheidung selbst treffen."

Verzweifelt kämpfte Ann mit den Tränen und lief hinaus zur Treppe. Sie konnte keine Sekunde länger im Wohnzimmer bleiben. Bei dem Gedanken, was jetzt passieren würde, drehte sich ihr der Magen um. Sie hörte, wie ihr Vater leise mit Will sprach, als sie sich am Fuß der Treppe noch einmal kurz umdrehte. Dann raffte sie ihre Röcke und floh die Stufen hinauf.

Sie rannte durch den Flur, stürzte in ihr Zimmer und warf sich auf ihr Bett. Einen Augenblick später fischte sie ihre Bibel aus der Reisetasche und drückte sie gegen ihre Brust, als könnte sie auf diese Weise ihre Angst vertreiben. Sie kniete sich neben ihr Bett, ohne auf ihr Kleid zu achten, vergrub das Gesicht in der Decke und betete.

Kurz darauf klopfte es wieder an der Haustür.

Sofort sprang sie auf und rannte aus ihrem Zimmer zur Treppe. Fast wäre sie in ihrer Eile über die oberste Stufe gestolpert. Allan und ihr Vater sprachen mit ein paar finster aussehenden Männern, die Will am Arm festhielten und durch das Wohnzimmer in Richtung Haustür zerrten. Schweigend und mit erhobenem Kopf ging er mit ihnen.

Ann hätte am liebsten laut geschrien. Ihr Vater wirkte genauso verzweifelt wie sie. Als sie an ihm vorbeilief, legte er ihr schnell eine Hand auf den Arm, um sie zurückzuhalten. Doch sie befreite sich aus seinem Griff und rannte hinter Will her in die Eingangshalle.

Kurz bevor ihn die Männer durch die Haustür zogen, schaffte es Will, den Kopf noch einmal umzuwenden. Er hatte nur Augen für Ann. Sein Blick war ruhig und voller Vertrauen. Sie wollte zu ihm und die Männer um Gnade anflehen, doch diesmal hielt ihr Vater sie fest.

Die Tür schloss sich hinter Will.

Ein erstickter Schrei löste sich aus ihrer Kehle. Sie stand starr wie ein Kind, das sich zum ersten Mal geschnitten hat und fasziniert auf das Blut starrt – bis der Schmerz kommt.

Ihr Vater zog sie in seine Arme und der Schmerz kam mit Macht.

Kapitel 37

Jemand klopfte zögernd an die Zimmertür.

„Ann?“ Es war Louisa.

Ann setzte sich auf ihrem Bett auf, rutschte auf die Bettkante und strich sich ihr Kleid glatt. Dann schob sie schnell ein paar lose Haarsträhnen aus dem Gesicht und antwortete: „Kommen Sie herein.“

Vorsichtig öffnete Louisa die Tür und betrat das Zimmer. Ihr Gesicht war heute noch blasser als sonst. Offensichtlich machte sie sich Sorgen um ihre Freundin.

„Es ist alles in Ordnung.“ Das stimmte natürlich nicht, doch Ann wusste, dass sie sich nicht für immer hier oben verstecken konnte. Schon gestern Abend war sie nicht zum Abendessen mit den Burbridges erschienen. Sie war so verzweifelt gewesen, dass sie den Abend nicht durchgestanden hätte.

„Ich will Sie nicht stören.“ Louisa kam zu ihrem Bett und setzte sich neben sie auf die Bettkante.

„Sie würden mich niemals stören.“ Ann lächelte kurz.

Langsam faltete Louisa ihre Hände auf ihrem Schoß und blickte Ann dann mit ihren großen grauen Augen an. „Es tut mir so leid. Kann ich Ihnen irgendwie helfen? Sie müssen es nur sagen.“

„Nein.“ Plötzlich kam Ann ein verrückter Gedanke. „Doch. Eine Kutsche und ein Kutscher.“

„Wollen wir zusammen in die Stadt fahren? Das ist wirklich ein guter Vorschlag.“

„Ja, ich würde gerne in die Stadt fahren. Zum Gefängnis.“

Jetzt wurde Louisa noch eine Schattierung blasser. „Wohin?“

„Würden Sie mich begleiten?“

„Ins Gefängnis?“ Trotz ihrer guten Erziehung verlor Louisa bei dieser Frage fast die Fassung.

„Bitte.“

Völlig überrumpelt rang Louisa die Hände. Noch nie zuvor hatte sie jemand um solch einen Gefallen gebeten.

„Es wird auch nicht lange dauern. Außerdem gibt es dort Aufseher – uns kann nichts passieren.“

„Ich frage meine Großmutter, ob wir die Kutsche benutzen können. Dann treffen wir uns in ein paar Minuten in der Eingangshalle.“ So leise, wie sie gekommen war, schlüpfte Louisa wieder durch die Tür.

Ann ging zu ihrem Kleiderschrank und zog ihre Strümpfe und Stiefel an. Hastig knöpfte sie die Stiefel zu und sah noch einmal kurz in den Spiegel, um ihr Äußeres zu prüfen. Für größere Veränderungen blieb keine Zeit, deshalb steckte sie nur ein paar Strähnen fest und verließ das Zimmer. Am Fuß der Treppe blieb sie stehen und wartete ungeduldig, um zu erfahren, wie Mrs Burbridge sich entschieden hatte.

Als Louisa mit schnellen Schritten die Treppe hinunterkam und ihr zulächelte, atmete Ann erleichtert auf. Louisas Wangen waren vor Nervosität ganz rot.

„Haben Sie ihr gesagt, wo wir hinfahren wollen?“ Diese Frage musste Ann unbedingt noch stellen, bevor sie losfuhren.

„Ich habe ihr nur gesagt, dass wir in die Stadt fahren.“

Das war gut. Ann wollte auf keinen Fall, dass ihre Freundin für sie lügen musste.

„Das Gefängnis liegt in der Nähe des Hafens“, flüsterte Louisa Ann hinter vorgehaltener Hand ins Ohr. „Ich bitte den Kutscher, uns in einer der Straßen in der Nähe aussteigen zu lassen. Dann kann er uns nach einer Stunde wieder an demselben Ort abholen.“

Ann nickte und folgte ihrer Freundin zur Garderobe, um ihren Hut zu holen.

„Ann?“

Als sie die Stimme ihres Vaters hörte, zuckte sie zusammen. Er stand hinter ihnen in der Eingangshalle. Ann wusste nicht, wie lange er sie schon beobachtet hatte.

„Ja, Vater?“

„Wo gehst du hin?“

Louisa antwortete für sie. „Ich dachte, ich gehe zusammen mit Ihrer Tochter für ein oder zwei Stunden an die frische Luft, Mr Miller.“ Louisas Stimme war etwas lauter und fröhlicher als sonst. „Sie hat schon viel zu lange in ihrem Zimmer gesessen.“

„Oh ja, Miss Burbridge. Das ist eine gute Idee.“

„Dann auf Wiedersehen.“

„Ich wünsche euch einen schönen Ausflug." Mr Miller drehte sich um und ging zurück ins Wohnzimmer. Erleichtert atmete Ann auf, setzte ihren Hut auf und ging zur Kutsche, die schon auf sie wartete.

Dunkle Wolken verdeckten den Himmel, sodass die Gebäude am Hafen noch schmutziger und trostloser aussahen als üblich.

„Hier entlang." Louisa überquerte die Straße und achtete dabei ständig auf die vorbeifahrenden Fuhrwerke. Die Straße bestand fast nur aus tiefen Pfützen. Sollte eins der Fuhrwerke sie mit dem Dreckwasser bespritzen, wäre Louisas Seidenkleid für immer ruiniert. Vorsichtig hüpften die beiden jungen Damen von einer trockenen Stelle zur nächsten und erreichten schließlich die Läden und Kneipen auf der anderen Straßenseite.

„Das Gefängnis ist in der nächsten Seitenstraße." Louisa führte ihre Freundin um eine Metzgerei herum.

Ann folgte ihr in die enge Gasse. Der üble Gestank, der ihr in die Nase stieg, war kaum auszuhalten. Überall lag Müll vermischt mit menschlichen Exkrementen, der langsam verrottete. Sie legte eine Hand über Mund und Nase, damit sie sich nicht übergeben musste. Immer wieder sah sie misstrauisch nach oben zu den Fenstern. Die Pfützen voller Dreck waren schon schlimm genug, aber nichts im Vergleich mit dem Inhalt eines Nachttopfs, der über ihnen ausgeleert wurde.

Als sie die nächste breitere Straße erreicht hatten, atmete Ann erst einmal tief durch. Die Gebäude waren unauffällig – einfache, große, zweistöckige Lagerhäuser. Ein kleines, noch nicht gepflügtes Feld erstreckte sich auf ihrer linken Seite. Am anderen Ende des Feldes stand ein weiteres dunkles und hässliches Gebäude. Das große Eingangstor des Gebäudes war vergittert.

„Das Gefängnis", sagte Louisa und deutete auf das Haus.

Vorsichtig liefen sie weiter, denn auch auf dieser Straße waren überall Pfützen und Müllhaufen. Die meisten Straßen in Pittsburgh waren nicht für elegante Fußgänger geeignet, deshalb begegnete man ihnen dort auch nur selten.

Ein paar kräftige Männer mit aufgeknöpften Kragen lungerten

vor einem Haus auf der gegenüberliegenden Straßenseite herum. Als Ann ihre anzüglichen Blicke bemerkte, beschleunigten sie und Louisa ihre Schritte. Die Männer lachten.

In der Wand neben dem Gefängnistor befand sich ein kleines, vergittertes Fenster. Zögernd ging Ann darauf zu und beugte sich vor, sodass ihr Gesicht ganz nah an den Gitterstäben war. „Ist hier jemand?"

Sofort erschien ein Kopf auf der anderen Seite der Stäbe. Erschrocken wich sie zurück. Das Gesicht des Mannes war mit Pockennarben übersät und seine Schneidezähne fehlten. „Was wollen Sie denn hier?" Gelangweilt spuckte er den Tabak aus, auf dem er herumgekaut hatte. Die Wände um ihn herum verrieten, dass er das nicht zum ersten Mal machte.

„Ich möchte einen Gefangenen besuchen."

„Das passiert aber nicht oft."

„Darf man die Gefangenen denn nicht besuchen?"

„Doch, aber sonst kriegen die keinen so feinen Besuch." Der Mann hustete. „Aber vielleicht kommen auch so feine Leute hier manchmal durch."

„Ich spreche von einem Gefangenen, der gestern hierhergebracht wurde. Er heißt Will Hanby."

„Ich weiß nicht, wie die heißen, Miss." Der Wärter hatte offensichtlich keine Lust mehr, weiter mit ihr zu reden. „Aber Sie können reinkommen und sich umschauen. Das hier ist kein richtiges Gefängnis wie in Philadelphia. Es ist ziemlich klein. Sie werden ihn schon finden, wenn er hier drin ist. Ist wahrscheinlich in Ordnung, wenn ich Sie reinlasse." Er schlurfte aus seinem Zimmer und einen Augenblick später drehte sich mit lautem Knarren der Schlüssel im Schlüsselloch. Dann ging langsam die schwere Tür auf, aber nur so weit, dass die beiden jungen Frauen hindurchschlüpfen konnten.

„Gehen Sie einfach da weiter." Der Wärter deutete mit dem Kinn auf einen Gang. Unerschrocken ging Ann in die gewiesene Richtung.

Hinter ihnen schloss der Wärter die schwere Tür und verschwand wieder in seinem Zimmer. „Wenn Sie wieder rauswollen", rief er ihnen noch nach, „dann gehen Sie einfach den Gang bis zum Ende. An der Hintertür sitzt noch ein Wärter. Der lässt Sie wieder raus."

Der fensterlose Gang vor ihnen, der nur von ein paar Fackeln erleuchtet wurde, bog nach ein paar Metern scharf nach rechts ab. In der ersten Zelle lag eine unförmige Gestalt in einem Haufen Lumpen auf einer Pritsche. Der Mann roch stark nach Alkohol und stöhnte, als sie an ihm vorbeigingen. Ann schauderte.

Schon nach der nächsten Kurve fiel ihr auf, dass das Gefängnis so verzweigt war wie ein Rattenbau, obwohl es so klein war. Sie gingen an zwei weiteren Zellen vorbei den Gang entlang, der jetzt nach links weiterführte. Sie wusste nicht, warum das Gefängnis so gebaut war, aber nach jeder Kurve musste sie kurz den Atem anhalten. Die Gefangenen machten ihr Angst, obwohl die meisten sie einfach nur schweigend anstarrten. Nur einer sprang an die Gitterstäbe und streckte einen Arm hindurch; Louisa zuckte zusammen und klammerte sich an Anns Arm. Der alte Mann schrie vor Freude und plapperte ein paar unverständliche Worte vor sich hin.

Wieder bogen sie um eine Ecke. In der einen Zelle saß ein bärtiger Mann, der sich genüsslich am ganzen Körper kratzte. „Hey, Mädels." Dieser Begrüßung folgten eine Reihe unflätiger Ausdrücke, sodass Louisa und Ann, so schnell es ging, an seiner Zelle vorbeirannten. Louisa zitterte am ganzen Körper, als sie kurz anhielten, um sich zu beruhigen.

„Es tut mir so leid", flüsterte Ann.

„Machen Sie sich keine Sorgen", erwiderte Louisa. „Ich werde schon nicht ohnmächtig.

Zum Beweis ging sie jetzt vor Ann her. Die nächste Zelle war leer. In der zweiten entdeckte Ann eine bekannte Gestalt. Will lag mit geschlossenen Augen auf dem Brett, das ihm als Bett diente.

Mit einem mitleidigen Blick winkte Louisa Ann zu sich, damit sie ihn ansprechen konnte. Dann deutete Louisa auf sich selbst und bedeutete Ann, dass sie hinter der nächsten Ecke warten würde – und verschwand.

Ann stellte sich dicht an die Gitterstäbe. „Will!", flüsterte sie. Sie wollte nicht, dass die anderen Gefangenen sie hörten und sich beschwerten.

Er blinzelte. Dann setzte er sich auf. „Ann!"

Schnell legte sie einen Finger an die Lippen.

Mit einem Satz sprang er auf und kam zu den Gitterstäben. Er klammerte sich mit beiden Händen daran fest und flüsterte: „Was machen Sie denn hier? Sind Sie allein gekommen?“ Sein Flüstern klang empört.

„Nein. Louisa ist dabei. Sie wartet hinter der nächsten Ecke auf mich.“

„Trotzdem hätten Sie nicht hierherkommen dürfen! Das ist kein Ort für Sie.“ Seine Haare waren ungekämmt und an seinem Kinn entdeckte sie einen dunkelblauen Fleck.

„Ich musste Sie unbedingt sehen.“

Bewegungslos stand er da und starrte sie an.

Verwirrt wandte sie den Blick ab. Dann beugte sie sich wieder vor und flüsterte. „Hätte ich nicht kommen sollen?“

„Doch.“ Will kam noch etwas näher und streckte eine Hand mit der Handfläche nach oben durch die Gitterstäbe. Für einen Moment war sie so überrascht, dass sie sich nicht rühren konnte. Doch dann legte sie ihre Hand in seine.

„Vielen Dank.“ Seine Finger schlossen sich um ihre Hand und drückten sie sanft. Als sie seine warme Haut spürte, wurde ihr schmerzhaft bewusst, dass er in einer Zelle saß. Wenn der Richter sein Urteil sprach, würde er aller Wahrscheinlichkeit für den Rest seines Lebens seinem alten Meister gehören. Ihre Unterlippe begann zu zittern, sodass sie schlucken musste, um nicht in Tränen auszubrechen. Ihre Hand lag immer noch in seiner. Langsam zog er sie näher zu sich. Nur die Gitterstäbe trennten sie noch – doch das war mehr als ein ganzer Ozean. Wieder füllten sich ihre Augen mit Tränen.

Plötzlich hörte Ann auf dem Gang hinter sich Schritte. Das Stöhnen und Lachen der anderen Gefangenen kündigte einen weiteren Besucher an. „Ich muss gehen“, flüsterte sie.

Widerwillig ließ er ihre Hand los.

Ann drehte sich um und verschwand um die nächste Ecke, wo Louisa auf sie wartete.

Schnell lief Ann auf sie zu und murmelte: „Es kommt jemand.“ Jetzt hörten sie beide die Schritte. Sie waren so nah, dass der Besucher bereits vor Wills Zelle sein musste. Die beiden Frauen erstarrten.

Eine Frauenstimme, die Ann nicht kannte, rief Wills Namen.

„Emmie!“ Selbst in ihrem Versteck hinter der Wand konnte Ann den Schock in seiner Stimme hören. „Woher wusstest du, dass ich hier bin?“

„Tom hat es von deinem alten Meister gehört. Er hat es mir gesagt.“ Es war die Stimme einer jungen Frau.

„Hast du meinen Brief bekommen?“ In dem engen Gang konnte Ann Wills Stimme gut verstehen.

Obwohl sie schrecklich neugierig war, wollte Ann das Gespräch nicht weiter belauschen. Leise schlich sie den Gang entlang – nur weg von Wills Zelle. Louisa folgte ihr ebenso leise.

Je weiter sie gingen, desto schwacher wurde Wills Stimme. Doch bevor sie um die nächste Ecke bogen, hörte Ann ihn noch einmal: „Hast du darüber nachgedacht, Emmie? Willst du mich heiraten?“

Und das Mädchen antwortete: „Ja.“

Kapitel 38

„Heute kommst du vor den Richter." Der Gefängniswärter suchte an seinem Schlüsselbund nach dem richtigen Schlüssel und schloss Wills Zelle auf.

Dann betrat er die Zelle und holte ein Seil aus seiner Manteltasche. Entschuldigend sah er Will an und sagte: „Ich muss dir die Hände fesseln. Das muss ich bei jedem Gefangenen tun."

Will gehorchte und streckte die Hände aus. Schnell und geübt knotete der Wärter das Seil um Wills Handgelenke. Der Mann roch so intensiv nach verfaulten Zähnen, dass sich Will der Magen umdrehte und er den Kopf abwenden musste. Als der Wärter fertig war, konnte Will die Hände kaum noch bewegen. Wie leicht hatten John und Clara ihre Fesseln in Blendon abgestreift.

Der Wärter griff nach dem Ende des Seils und schob Will vor sich her aus der Zelle heraus. Als sie den dunklen Gefängnisgang verließen und in die Nachmittagssonne traten, musste Will die Augen zusammenkneifen. Halb blind stolperte er vor dem Gefängniswärter her.

Das Gerichtsgebäude lag nur zwei Querstraßen entfernt, trotzdem senkte Will den Kopf. Er schämte sich dafür, dass er mit gefesselten Händen am Ende eines Seils durch die vollen Straßen laufen musste. Einige Hafenarbeiter prosteten ihm mit ihren vollen Gläsern von den Bänken vor einer Kneipe aus zu.

Eine Frau musterte ihn im Vorübergehen und sagte: „Das ist ja mal ein schöner junger Bursche! Komm zu mir und ich kriege dich schon wieder hin!" Die Hafenarbeiter machten ein paar anzügliche Sprüche und boten sich als Ersatz für Will an.

Sie bogen in eine andere Straße ein. Hier waren die Passanten etwas eleganter, was fast noch schlimmer war. Wills Ohren glühten. Endlich kamen sie zum Gerichtsgebäude. Der Wärter deutete auf die Tür und Will ging vor ihm her über die Türschwelle.

Wie beim letzten Prozess saß wieder ein bunt zusammengewürfelter Menschenhaufen im Gerichtssaal. Die meisten der Anwesenden waren Händler, Handwerker und arme Leute, denn reiche Bürger wurden normalerweise nicht vor Gericht gestellt. Die Zuschauer lehnten hinten an der Wand oder saßen zwischen den Klägern. Das hohe Podest mit dem Tisch des Richters darauf ließ alles andere im Raum winzig erscheinen.

Ein bekanntes Gesicht drehte sich auf einer der Bänke zu Will um. Es war Mr Miller. Seine Tochter saß neben ihm und an ihrer Seite bemerkte er Louisa Burbridge, die die Hand ihrer Freundin hielt. Anns Gesicht war bleich und ihre Augen rotgeweint, doch sie war immer noch die schönste Frau im Saal. Am liebsten wäre er zu ihr gegangen und hätte sie getröstet wie bei ihrer gemeinsamen Arbeit im Gemüsegarten auf der Farm. Doch heute war das nicht möglich, weil er mit gefesselten Händen wie ein räudiger Hund hinter einem Wärter hergezogen wurde.

Mr Miller erhob sich und bahnte sich einen Weg durch die Menge, bis er neben Will stand. „Wie geht es dir, mein Sohn?" Der Sattler wirkte erschöpft und angespannt.

„So mittelmäßig, Sir." Will war nicht so verhungert und schwach wie beim letzten Mal, als er vor Gericht stand, doch Mr Millers Frage entfesselte die Angst, gegen die er schon den ganzen Morgen angekämpft hatte.

Mit einem leisen Gebet versuchte er sie wieder zu verdrängen. *Du bereitest vor mir einen Tisch im Angesicht meiner Feinde …* Sein Vertrauen wurde erschüttert, als in seiner Erinnerung plötzlich ein Bild auftauchte. Er sah vor seinem inneren Auge, wie Meister Good Tom mit einem Schürhaken schlug. Dann erschien ein anderes Bild. Diesmal lag er selbst auf dem Scheunenboden und Meister Good peitschte auf ihn ein, bis er die Kontrolle über seine Blase und schließlich das Bewusstsein verlor … Und dann sah er die Augen seines alten Meisters, so kalt und ohne jedes Mitleid, gleichgültig, dass er anderen nur Schmerzen zufügte.

Du bereitest vor mir einen Tisch im Angesicht meiner Feinde. Der Herr ist mit mir. Verzweifelt suchte Will in seinem Herzen nach dem Frieden, den er so dringend brauchte. Wo war die Kraft, auf die er sein Vertrauen gesetzt hatte? Sie war da, wenn auch nur ganz schwach – aber sie war da.

Mit einem Ruck hob der Richter den Kopf, sodass die Locken seiner Perücke hin und her schwangen.

„Meister Jacob Good."

Aus den Augenwinkeln sah Will eine Bewegung im hinteren Teil des Saals. Dann kam Meister Good langsam nach vorn vor den Richter. Mit einem aufgesetzten, falschen Lächeln sah er den Richter an: „Das bin ich, Euer Ehren."

„In Ihrem Fall geht es um einen entlaufenen Lehrling, ist das richtig?"

„Ja, Euer Ehren. Es geht um einen Lehrling, der erst vor Kurzem hier vor Gericht stand, weil er das Schwein meines Nachbarn getötet hat." Anklagend deutete Meister Good mit dem Finger auf Will. „Kurz danach ist dieser Nichtsnutz von mir weggelaufen. Damit hat er mir große Probleme eingebrockt. Und einer, der ihn eigentlich hätte zurückbringen sollen, hat ihn stattdessen aufgenommen und versteckt. Das ist gegen das Gesetz."

„Und das ist ..." Der Richter warf einen Blick auf die Zettel auf seinem Tisch. „Mr Samuel Miller?"

„Ja, Euer Ehren."

„Und ist Mr Miller heute auch hier?"

„Das bin ich, Euer Ehren." Mr Miller ging mit großen Schritten durch den Raum und stellte sich vor den Richtertisch.

„Streiten Sie diesen Vorwurf ab?"

„Zum Teil, Euer Ehren. Ich würde Ihnen gerne die wahren Fakten aufzählen. Bisher haben Sie nur Halbwahrheiten und Lügen gehört."

Jetzt erst warf der Richter Will einen Blick zu. Will stand mit gesenktem Kopf neben dem Gefängniswärter an der Wand. „Das ist doch derselbe Lehrling, den ich an jenem Abend bei der Brücke gesehen habe. Da ist er also gerade geflohen. Ich erkenne ihn genau. Bringen Sie ihn her." Mit finsterem Blick beobachtete der Richter, wie Will auf ihn zukam. Eine kalte, leise Stimme flüsterte Will ins Ohr, dass das nichts Gutes bedeuten konnte. Nervös bewegte er die Arme, um wieder etwas Gefühl in seine tauben Hände zu bekommen – doch ohne Erfolg.

„Mr Miller, was ist Ihrer Ansicht nach die Wahrheit?" Der Richter sah den Sattler dabei nicht einmal an.

„Dieser Mann, Jacob Good, hat seinen Lehrling halbtot geschlagen. Deshalb ist er vor ihm geflohen. Und es war nicht das erste

Mal, dass Mr Good seine Lehrlinge so heftig verprügelt hat." Mr Millers Stimme wurde immer lauter. Er sprach direkt zu dem Richter und ignorierte Meister Good, der neben ihm stand. „Außerdem bekommen die Lehrlinge bei ihm kaum etwas zu essen, sodass sie halb verhungert sind."

„Hat Ihnen der Lehrling das erzählt?"

„Ich weiß, dass es wahr ist, Euer Ehren."

„Waren Sie bei den Prügeln oder beim Essen dabei?"

„Ich habe die Folgen gesehen, Euer Ehren. Und Will wird die Narben von der Peitsche für den Rest seines Lebens nicht mehr loswerden."

Bei diesen Worten begannen die Narben auf Wills Rücken zu jucken.

„Das geht den meisten Matrosen so. Doch das ist keine Entschuldigung für Meuterei oder Flucht."

Mr Miller schwieg.

Ein hässliches Grinsen breitete sich auf Meister Goods Gesicht aus. „Sehen Sie, Euer Ehren, mein Konkurrent hat versucht, mein Geschäft zu zerstören, indem er mir meinen Lehrling gestohlen hat und jetzt meinen Namen in den Schmutz zieht."

Der Richter runzelte die Stirn und starrte einen Moment vor sich hin.

Was würde Ann dazu sagen, dass ihr Vater hier vor Gericht so beleidigt wurde? Verstohlen warf Will den beiden jungen Frauen einen Blick zu. Ann saß mit weit aufgerissenen Augen und kreidebleichem Gesicht neben ihrer Freundin und starrte wie gebannt auf den Richter.

„Mr Miller", sagte der Richter schließlich. „Ich habe keinen Beweis dafür, dass Ihre Aussage korrekt ist. Sie haben sich auf das Wort eines entlaufenen Lehrlings verlassen und daraufhin das Gesetz gebrochen. Der besagte Lehrling hat sich vor seiner Flucht schon anderer krimineller Delikte schuldig gemacht. Das ist doch der junge Mann, der das Schwein Ihres Nachbarn getötet hat, nicht wahr, Meister Good?"

„Das stimmt, Euer Ehren." Zufrieden sah Meister Good zu dem Richter auf.

Jetzt fingen Wills Hände an zu schwitzen und er schloss die Augen. Wo war die Kraft, die ihn trösten konnte? Und wo war der Friede in seinem Herzen? Diesmal spürte er nichts.

Stattdessen hörte er eine Stimme in seinem Kopf. *Der Allmächtige hat auch unserem Heiland nicht geholfen, als er am Kreuz hing – er starb unter großen Schmerzen und rief laut, dass sein Vater ihn verlassen hatte.*

Ergeben senkte er den Kopf und die Angst drohte ihn zu verschlucken.

Allan Burbridge hat recht gehabt. Die Mächte dieser Welt sind stärker als die Mächte des Himmels.

Hinter ihm öffnete und schloss sich leise die Tür des Gerichtssaals.

„Euer Ehren, erlauben Sie mir, in diesem Fall eine Aussage zu machen?"

Die tiefe Stimme erkannte Will sofort. Er drehte sich um, soweit der Strick das zuließ, und sah, wie Dr. Loftin in seinem eleganten schwarzen Mantel langsam durch den Mittelgang nach vorne kam. Auch seine dichten weißen Haare unterstrichen sein würdevolles Auftreten. Mit erhobenem Kopf stellte er sich neben Will.

„Sind Sie in irgendeiner Form in diesen Fall verwickelt?" Genervt schaute der Richter von dem Podest auf die kleine Gruppe vor seinem Tisch und rückte sich die Brille zurecht.

„Ich bin der Nachbar, dessen Schwein dieser junge Mann angeblich getötet hat."

„Er hat es getan", korrigierte der Richter den Arzt. „Er hat es nicht geleugnet und soweit ich mich erinnere, hat der andere Lehrling auch bestätigt, dass er es getötet hat."

„Ich bin dieser andere Lehrling, Euer Ehren." Will hörte Toms Stimme hinter sich. Nervös ging sein abgemagerter Freund an ihm vorbei und schob sich ein paar dicke Haarsträhnen aus dem Gesicht. Er stellte sich neben Dr. Loftin. Warum um alles in der Welt war Tom hier?

„Ich habe gelogen, Euer Ehren." Toms Stimme zitterte.

„Das nennt man Meineid, Junge", zischte der Richter. „Du weißt, dass man dafür ins Gefängnis kommt?"

Mittlerweile zitterte Tom am ganzen Leib. Bei seinen nächsten Worten sah er Will unentwegt an, als könnte sein früherer Freund ihm neue Kraft geben. „Ja, Euer Ehren. Aber die Wahrheit ist, dass Will das Schwein nicht getötet hat. Meister Good hat es getan. Er ist vor Will in den Wald gegangen und ich habe den Schuss gehört, als Will direkt neben mir stand.“

„Das hast du alles gesehen?“ Der Richter schien ihm noch nicht so recht zu glauben.

„Ja, Sir. Aber Meister Good hat uns gedroht, dass er uns umbringt, wenn wir vor Gericht die Wahrheit sagen. Und hinterher hat er Will fast totgeschlagen.“ Toms letzte Worte kamen so schnell aus seinem Mund, dass sie sich fast überschlugen. Offensichtlich hatte er Angst, dass der Richter ihm das Wort abschneiden könnte.

Wenn der Richter Tom nicht glaubte, dann würde Meister Good sie beide umbringen. Will hielt den Atem an und betete. Doch wenn Meister Good sich dem Bösen verschrieben hatte, dann war in dem abgemagerten Körper von Tom Reece gerade ein Engel Gottes in diesen Gerichtssaal getreten. *Ein Licht scheint in der Dunkelheit. Der Herr beschützt seine Kinder nicht immer vor Schmerz und Tod, aber selbst in dieser Welt offenbart er sich, sodass man ihn erkennen kann.*

Mit großen, fragenden Augen starrte Tom Will an. Will hielt seinem Blick stand und nickte.

Mit einem dumpfen Knall sauste die Hand des Richters auf den Tisch vor ihm und er schrie Tom an: „Ich sollte dich jetzt gleich ins Gefängnis werfen.“ Dann presste der Mann die Lippen zusammen. „Aber dein Meister hat dich offensichtlich mit allen verfügbaren Mitteln zu diesem Meineid gezwungen. Und ein Meineid ist ein schreckliches Vergehen gegen die Justiz.“ Sein finsterer Blick wanderte zu Meister Good. „Was haben Sie zu Ihrer Verteidigung zu sagen, Jacob Good?“

„Das sind alles Lügen, Euer Ehren. Sie haben sich gegen mich verschworen.“ Meister Goods Stimme wurde immer schmeichelnder und sein unterwürfiges Lächeln immer breiter.

Doch der Richter ließ sich davon nicht beeindrucken. „Ich habe jetzt die Aussage von vier Männern, die darin übereinstimmen, dass Sie einen Meineid geschworen, ein Schwein getötet und einen Mann fast umgebracht haben. Dieser Lehrling“ – er deutete auf Tom – „ist bereit, für seine Aussage gegen Sie ins Gefängnis zu gehen.“

„Ich bin ein angesehener Bürger, Euer Ehren, und ein guter Christ!"

In diesem Moment war es vollkommen still im Saal. Meister Goods Worte durchschnitten diese Stille wie ein Pistolenschuss.

„Das glaube ich nicht. Und da Sie diesen jungen Mann zum Meineid gezwungen haben, verurteile ich Sie hiermit zu drei Jahren Gefängnis. Zusätzlich zu dieser Strafe verurteile ich Sie zu einem weiteren Jahr Zuchthaus, weil Sie die Sau Ihres Nachbarn getötet haben."

Erschrocken taumelte Meister Good einen Schritt zurück.

Der Richter schlug mit dem Hammer auf den Tisch, dann deutete er auf Will. „Nehmen Sie diesem jungen Mann die Fesseln ab. Er hat unter seinem alten Meister schon genug gelitten. Hiermit erlasse ich ihm seine Strafe und löse seinen Lehrvertrag auf und auch den des anderen Lehrlings. Und du, junger Mann …" Er wandte sich an Tom. „Obwohl ein Meineid eine Straftat ist, begnadige ich dich aufgrund der Umstände."

Toms Gesicht strahlte und auch Will konnte sein Glück kaum fassen. Mr Miller und Dr. Loftin schüttelten sich die Hände und schlugen sich freundschaftlich auf die Schultern.

Am Ende fügte der Richter noch hinzu: „Fesseln Sie Meister Good und bringen Sie ihn ins Gefängnis."

Meister Good zuckte zusammen und wirbelte herum. Mit beiden Armen bahnte er sich einen Weg zur Tür. Doch Mr Miller stellte sich ihm in den Weg und hielt ihn am Arm fest. Fluchend versuchte sich Meister Good zu befreien und zappelte wie eine Marionette. Auch andere Männer im Gerichtssaal stürzten sich jetzt auf Meister Good, sodass er schon bald mit dem Gesicht nach unten auf dem Boden lag. Sogar jetzt kämpfte er immer noch gegen diese Übermacht. Die Männer auf seinem Rücken scherzten und lachten, sodass man Meister Goods gedämpftes Schimpfen nicht mehr hören konnte.

Der Gefängniswärter nahm Will die Fesseln ab und ging zu der kleinen Gruppe Männer, die Meister Good festhielten. Kurz darauf waren seine Hände ebenso gefesselt wie Wills noch vor ein paar Minuten. Der Wärter verscheuchte die Männer und zog Meister Good unsanft auf die Füße.

„Ich denke, mit dir wird es nicht so nett werden wie mit meinem letzten Gefangenen", sagte er und schob Wills alten Meister vor sich her zur Tür.

Meister Good verzerrte das Gesicht und spuckte den Wärter an.

Aus irgendeinem Grund, den er selbst nicht verstand, folgte Will Meister Good zur Tür. Dort drehte sich sein alter Meister noch einmal um und sah ihn böse an.

Seine nächsten Worte sagte Will ganz langsam und deutlich, als könnte er damit die dicke Schale um Meister Goods Herz durchdringen. „Ein Licht scheint in der Finsternis, aber die Finsternis hat es nicht ergriffen."

„Du Hurensohn!"

Der Wärter quittierte Meister Goods Fluch mit einem gezielten Schlag in den Bauch. Der schwarzhaarige Mann krümmte sich und schnappte nach Luft.

Doch Goods Worte konnten Will nichts mehr anhaben. Auch diese Beleidigung seiner Mutter traf ihn nicht mehr. Unsanft schubste der Gefängniswärter den sich krümmenden Jacob Good vor sich her aus der Tür. *Er ist nicht mehr mein Meister. Und wird es auch nie mehr sein.*

In diesem Moment fiel ihm Ann wieder ein. Als Will sich suchend im Saal umschaute, sah er sie in den Armen ihrer Freundin Louisa. Im Sonnenlicht, das durch das Fenster fiel, glänzten die Tränen auf ihren Wangen. Verlegen lächelte sie ihm zu und wischte sich schnell mit ihrem Taschentuch über die Augen. Doch dann senkte sie den Blick und ihr Gesicht wurde ernst. Sie drehte ihm den Rücken zu und nahm Louisas Hand. Dann flüsterte sie ihr etwas zu und gemeinsam gingen die beiden Frauen zu dem anderen Ausgang des Gerichtssaals. Verwirrt sah er ihr nach.

„Will ..." Jemand legte ihm eine Hand auf die Schulter. Es war Tom. Mit hängendem Kopf stand er vor ihm. „Ich hoffe, du kannst mir vergeben ..."

„Es gibt nichts zu vergeben." Will spürte plötzlich einen Kloß in der Kehle. „Du hast für mich dein Leben riskiert." Erleichtert blickte Tom zu ihm auf. Dann klopften sie sich gegenseitig auf den Rücken und räusperten sich mehrmals. Wie richtige Männer standen sie dabei nebeneinander, obwohl Tom einmal schniefte.

„Ich muss dich an etwas erinnern", sagte Tom, während er seinen Blick durch den chaotischen Saal wandern ließ. Der Richter schlug laut mit dem Hammer auf den Tisch, um die Ordnung wiederherzustellen. Doch er hatte damit keinen Erfolg. Am Ende hob er ergeben die Hände und kündigte eine Pause an. „Jemand wartet auf dich und wird sich sehr über die Neuigkeiten freuen."

Emmie. Sofort war alle Freude verschwunden.

„Du hast ihr alles erzählt, was passiert ist?"

„So gut ich konnte."

„Vielen Dank." Will schüttelte seinem Freund die Hand und wünschte sich, er würde ihn nicht mehr so schuldbewusst ansehen. Doch die Zeit heilte alle Wunden – auch diese.

„Ich denke, du solltest es ihr selbst sagen", fuhr Tom fort.

„Das stimmt." Will versuchte fröhlich zu wirken. „Ich bin überrascht, dass sie heute nicht hier ist. Sie hat mich sogar im Gefängnis besucht." Bei der Erinnerung an ihren Besuch wurde sein Herz noch schwerer. Sie hatte seinen Antrag angenommen.

„Vielleicht war sie einfach zu nervös." Tom schien seine Rolle als Mittelsmann gar nicht zu gefallen. „Möchtest du, dass ich mitkomme?"

„Ja, das würde mich sehr freuen."

„Natürlich."

Will zog Tom mit sich und ging zu Mr Miller. „Sir, ich muss dringend noch etwas erledigen. Würden Sie hier eine halbe Stunde auf mich warten?"

Der Sattler sah ihn neugierig an, dann nickte er.

Schnell lief Will die Stufen vor dem Gerichtsgebäude hinunter. Tom konnte ihm kaum folgen. Jetzt musste Will sofort handeln, sonst würde er vielleicht doch noch schwach werden und Emmie im Stich lassen.

Ann ärgerte sich, dass sie die Tränen nicht mehr zurückhalten konnte. Immer wieder brachte sie die Erinnerung an diese junge Frauenstimme zum Weinen. Wenn diese Mischung aus Freude und Trauer so weiterging, würde sie in einem Asyl für Geisteskranke enden. Ihr Taschentuch war schon durchweicht, trotzdem betupfte sie damit hin und wieder ihre Augen, damit niemand die Tränen sehen konnte. Louisa tat so, als würde sie nichts bemerken. Mit gesenktem Kopf saß sie neben Ann und stickte.

Anns Vater hatte sie zu den Burbridges zurückgeschickt, während er vor dem Gerichtssaal auf Will wartete, der noch etwas erledigen wollte.

Bei der Entscheidung des Richters hatte Ann eine unbändige Freude in sich gespürt, die schon wenige Minuten später in tiefe Trauer umgeschlagen war. Es gab nur eine Sache, die so wichtig war, dass Will sie gleich erledigen musste.

Er war zu *ihr* gegangen.

Wieder wischte sie sich über die Augen. Sie brauchte unbedingt ein richtiges Taschentuch, nicht so ein dünnes, besticktes Seidentüchlein.

Sie war froh, dass Allan nicht zu Hause war. Er war für ein paar Tage geschäftlich unterwegs. Wenn er sie in diesem Zustand sehen könnte, würde er sie sicher wieder mit ihrer Zuneigung zu Will aufziehen.

Und sie wollte auf keinen Fall zugeben, dass er recht gehabt hatte. Obwohl sie eigentlich immer davon überzeugt gewesen war, dass sie Eli eines Tages heiraten würde, hatte sie sich doch in diesen abgemagerten, geflohenen Lehrling verliebt.

Jetzt verstand Ann, warum man eine solche Liebe auch „sein Herz verlieren" nannte. In ihrer Brust spürte sie eine seltsame Leere, als hätte sie etwas verloren. Als sie auf dem Deck des Dampfschiffes nebeneinandergestanden hatten, war ihm ihr Herz zugeflogen und nicht wieder zurückgekehrt. Aus diesem Grund war sie auch ins Gefängnis gefahren, um ihm nahe zu sein. Sie fühlte sich Will so verbunden, als gehörten sie schon immer zusammen. Wenn sie bei ihm war, spürte sie einen Frieden wie bei keinem anderen Menschen. Erst jetzt erkannte sie, dass Allan und auch Eli für sie nur interessante junge Männer gewesen waren, die ihr Innerstes kurz gestreift hatten, dann aber wieder verschwunden waren. Ihre Gegenwart brachte sie zum Nachdenken und auch zum Lachen, berührte aber nicht ihr Herz.

Im Wohnzimmer war es so still, dass man die Uhr in der Eingangshalle ticken hörte. Ann versuchte, in der Bibel zu lesen, aber die Worte verschwammen vor ihren Augen.

Warum hatte Gott zugelassen, dass Eli ihr einen zweiten Heiratsantrag gemacht hatte? Warum war Eli so lange in Rushville geblieben und hatte sich wieder mit ihr getroffen? Noch vor ein paar Wochen hatte es so ausgesehen, als wäre das alles Teil eines göttlichen Plans und die Antwort auf ihre Gebete gewesen.

Vielleicht war es das auch. Vielleicht wollte Gott wirklich, dass sie Eli heiratete, und sie hatte gar kein Recht, sich einem anderen Mann so nahe zu fühlen.

Ein Schauer lief ihr über den Rücken und sie starrte weiter vor sich auf die weißen Seiten der Bibel, die in ihrem Schoß lag. Sie würde Eli heiraten müssen, wenn sie jemanden heiraten wollte, denn Will liebte sie nicht. Er würde eine andere Frau heiraten.

Bei diesem Gedanken kochte plötzlich die Wut in ihr hoch und rötete ihre Wangen. Energisch schlug sie die Bibel so laut zu, dass Louisa auf ihrem Stuhl zusammenzuckte und aufblickte. Verlegen klappte Ann die Bibel wieder auf, als wäre es nur ein Versehen gewesen.

Warum hatte Will ihr so viel anvertraut und so zärtlich mit ihr gesprochen, wenn er schon einer anderen Frau einen Antrag gemacht hatte? Sie bewunderte ihn für sein Mitgefühl und seine Bereitschaft, anderen zu helfen. Seine schrecklichen Erfahrungen bei Meister Good hatten seinen wahren Charakter nicht zerstört oder verhärtet. Trotz der Schläge und des Drecks war er selbstlos und liebevoll geblieben. Hatte er denn nicht gemerkt, dass sie sich in ihn verliebt hatte? Oder war er einfach nicht treu – nein, das wollte sie nicht glauben. Er hatte sie nicht hintergangen oder nur benutzt. Vielleicht war es einfach nur ein unglücklicher Zufall, dass sie sich zur falschen Zeit so nahegekommen waren. Dabei hatte sie sein wahres Selbst kennengelernt. Langsam und leise hatte seine liebevolle, beschützende Art ihr Herz gewonnen und daran drohte sie jetzt zu zerbrechen.

Wieder brannten die Tränen in ihren Augen und Ann vergrub das Gesicht in den Händen. Wahrscheinlich würde das Mädchen bei ihnen auf der Farm wohnen. Vielleicht heiratete er sie gerade in diesem Moment. Plötzlich wurde ihr das ganze Ausmaß ihres

Verlusts bewusst und der Schmerz durchzuckte sie wie ein Blitz. Will würde weiterhin bei ihnen auf der Farm wohnen. Wenn sie ihn geheiratet hätte, hätte sie bei ihren Schwestern bleiben können und gleichzeitig das wahre Glück gefunden, das sie sich mit Eli nicht vorstellen konnte.

Doch nach Wills Hochzeit mit dieser Frau musste sie Eli heiraten, denn dann wollte sie auf keinen Fall weiter auf der Farm wohnen.

Das Ganze kam Ann vor wie ein grausames Spiel, bei dem sie alles verlieren würde. In den letzten Tagen hatte sie sich nach etwas gesehnt, das sie nie haben konnte. Diese Sehnsucht war so stark, dass sie den Herrn um Hilfe anflehte.

Kapitel 39

In dem Mietshaus stank es nach Urin. Das verrottete Holz der Treppe war feucht und von Schimmel bedeckt. Vorsichtig stieg Will die Treppe hinauf, die nur schwach von dem Sonnenlicht erhellt wurde, das durch die Ritzen in den Wänden fiel. Vor Emmies Tür wartetet er auf Tom, der nicht so schnell laufen konnte wie Will. Als sein Freund endlich neben ihm stand, klopfte Will.

Die dünne Holztür wurde einen Spalt geöffnet und Emmies Kopf erschien. Misstrauisch beäugte sie ihre Besucher, bis sie sie endlich in dem dunklen Treppenhaus wiedererkannte.

„Oh!" Sie lächelte. Ihre schiefen Zähne waren der einzige Makel in ihrem ansonsten hübschen Gesicht. „Kommt herein!"

Sie öffnete die Tür weit und trat einen Schritt zur Seite. Dabei versteckte sie die Hände hinter dem Rücken, als wüsste sie nicht, was sie jetzt tun sollte.

„Es ist alles in Ordnung, Emmie." Will versuchte fröhlich zu klingen, obwohl ihm das Herz schwer war. Obgleich er dem Herrn unglaublich dankbar war, dass er ihm heute geholfen hatte, war er trotzdem traurig. Bei Emmies Anblick wurde ihm bewusst, wie eintönig und flach seine Zukunft werden würde. Zu oft hatte er in der letzten Zeit an die Unterhaltungen mit Ann gedacht. Mit ihr konnte er sich ein Leben vorstellen, das auf einem gemeinsamen Glauben aufgebaut war. Mit ihrer Intelligenz und ihrer Bereitschaft, anderen zu helfen, wäre es nie langweilig geworden, denn sie hätten beide das gleiche Ziel vor Augen gehabt. Wenn er Emmie heiratete, würde er die meiste Zeit in seiner Ehe allein sein, ohne seine Wünsche und Sehnsüchte mit seiner Frau teilen zu können. Emmie war ein liebes, einfaches Mädchen, das ihn wahrscheinlich nie verstehen würde. Ihre Welt bestand nur aus Essen und Kleidung, denn sie hatte nie etwas anderes gelernt.

Doch das würde er Emmie nie sagen. Er gelobte sich, ihr ein guter Ehemann zu sein. Schließlich war das seine Pflicht nach allem, was er ihr angetan hatte.

„Du bist wirklich frei?", fragte sie.

„Ja, Meister Good ist zu mindestens vier Jahren Gefängnis verurteilt worden." Emmies Lächeln war echt, aber sie umarmte ihn so steif wie eine Marionette und versuchte, ihn mit ihrem Körper nicht zu berühren. Will verstand sie. Für ihn war es auch nicht einfach.

„Jetzt seid ihr beide frei! Stellt euch vor. Nach all den Jahren endlich frei." Sanft drückte sie auch Toms Arm. So war Emmie. Sie freute sich für beide.

Vielleicht würde es doch nicht so schlimm werden. Jedenfalls durfte er ihre gemeinsame Zukunft nicht mit zu vielen negativen Gedanken beginnen. Sie verdiente seinen Respekt und er würde versuchen, sie glücklich zu machen. Schließlich ging es bei einer Ehe auch um ein Versprechen, das man ehren und halten musste.

„Ich möchte, dass du mit mir auf die Farm kommst, wo ich jetzt wohne." Er griff nach ihrer Hand und sah ihr tief in die Augen.

„Das hört sich gut an." Sie zog ihre Hand nicht weg, wich seinem Blick aber aus. Vielleicht spürte sie seine Zurückhaltung. Er musste sanfter mit ihr umgehen, so gut es ging.

„Du wirst dort sehr glücklich sein, das weiß ich. Die Luft ist klar und die Millers sind sehr nette Menschen. Dann bist du auch bald nicht mehr so erschöpft wie hier." Im Gefängnis hatte sie ihm erzählt, dass sie in der Fabrik so lange arbeiten musste, dass sie zu Hause nur noch schlief.

„Gibt es dort viele Blumen? Und Käse und Milch und Hühner?" Sie lächelte zaghaft zu ihm hinauf. Ihre blonden Haare umrahmten ihr schmales Gesicht und lagen über ihren Schultern. Er drückte ihre Hand. So oft erinnerte sie ihn an ein kleines Mädchen.

„Jeden Sonntag essen wir dort Hühnchen."

Ihr Lächeln war immer noch etwas zittrig. Doch das hatte er auch nicht anders erwartet. Jedes Mädchen, das in Mietshäusern und im Armenhaus aufgewachsen war, würde Angst vor so einer großen Veränderung haben.

„Und, Emmie, Will kann dir das Lesen beibringen." Tom stand neben der Tür und trat von einem Fuß auf den anderen, als wäre er immer noch unschlüssig, ob er gehen oder bleiben sollte. Will war ihm sehr dankbar, dass er noch nicht verschwunden war. In Toms Gegenwart konnte er Emmie unmöglich küssen oder umarmen und das wollte er gerne noch etwas hinauszögern.

„Du hast mir doch einmal erzählt, dass du es gern lernen möchtest." Tom knackte mit den Fingerknöcheln und blickte verlegen auf den Boden. „Außer meinem Namen kann ich nichts lesen. Aber Will kann so gut lesen wie ein Lehrer."

„Wenn du es lernen möchtest, bringe ich es dir bei."

Jetzt zog sie doch ihre Hand zurück und verschränkte die Arme vor der Brust. Nervös rieb sie ihre Hände an dem abgewetzten Stoff ihres Kleides. „Soll ich meine Sachen zusammenpacken?"

Würde er sie den Millers wirklich jetzt gleich vorstellen müssen? Vor allem Ann? Will biss die Zähne zusammen. *Je schneller, desto besser,* sagte er sich. *Dann ist es auch schneller vorbei.* Schließlich musste er lernen, sich nicht für sie zu schämen.

„Ich weiß nicht, ob du gleich heute bei uns wohnen kannst, denn wir sind selbst nur Gäste in einem fremden Haus", sagte er. „Aber ich möchte dich gerne den Millers vorstellen." Er schaffte es, dabei freundlich und ruhig zu klingen. Wenn er sich ihr gegenüber richtig verhielt, würden die Gefühle im Laufe der Zeit in ihm wachsen. „Möchtest du jetzt gleich mitkommen?"

„Ich denke schon. Glaubst du, dass es ihnen wirklich nichts ausmacht, wenn ich auf die Farm mitkomme?" Verlegen zupfte sie an ihrem Kleid herum.

„Nein, sie werden sich sicher darüber freuen. Sie werden dich bestimmt mögen."

Unruhig kratzte Tom mit dem Schuh auf dem Boden und konnte nicht stillstehen. „Ich verschwinde dann besser."

Plötzlich wurde Will Toms unsichere Zukunft bewusst. „Wo willst du denn hin, Tom?" Kein Wunder, dass er mit ihm gekommen war. Wohin hätte er auch gehen sollen? Er konnte nicht zu Mrs Good zurück, die durch die Gefängnisstrafe ihres Mannes kein Einkommen mehr hatte. Außerdem wusste sie davon noch gar nichts. Tom hätte ihr es also erklären müssen. Meister Good hatte sie nicht einmal zum Gericht mitgenommen, weil er sich seines Sieges so sicher gewesen war.

„Ich denke, ich gehe zu Mrs Good und erzähle ihr alles", sagte Tom und sprach damit Wills Gedanken laut aus.

„Nein, das kannst du nicht tun." Es musste noch eine andere Lösung geben. Schließlich war eigentlich Will schuld daran, dass Mrs

Good für mindestens vier Jahre eine Witwe war – vielleicht sogar für immer, denn viele Gefangene überlebten aufgrund von Krankheit oder der schweren Arbeit ihre Gefängnisstrafe nicht.

Nachdenklich rieb sich Will die Stirn und seufzte. „Komm erst einmal mit uns zurück zum Gericht. Dann fahren wir zusammen mit Mr Miller zu den Burbridges. Ich denke, Dr. Loftin wird auch da sein. Dann können wir uns gemeinsam überlegen, wie wir Mrs Good die Neuigkeiten beibringen."

Erleichtert nickte Tom und lächelte sogar. Will bot Emmie seinen Arm an und ging mit ihr die glitschige Treppe hinunter.

„Mr Miller, das ist meine zukünftige Frau, Emmie Flynn."

Emmie machte vor dem Sattler einen unbeholfenen Knicks, ließ Wills Arm dabei allerdings nicht los.

Mitten in der Bewegung blieb der Sattler wie angewurzelt stehen. Er kam gerade die Treppe vor dem Gerichtsgebäude hinunter, um sie zu begrüßen. Langsam kam er weiter auf sie zu. „Das sind ja schöne Neuigkeiten." Seine Stimme klang etwas gepresst. Das versetzte Will einen Stich. Er hätte mit dem Sattler vorher unter vier Augen reden sollen.

Doch Mr Miller gewann sofort wieder seine Fassung zurück. „Will hat uns gar nichts davon erzählt. Ich hoffe, Sie werden sich bei uns auf der Farm wohlfühlen."

Will hätte ihn am liebsten umarmt.

„Ich denke schon, Sir", nuschelte Emmie. Vielleicht versuchte sie ihre schiefen Zähne zu verstecken. Beruhigend strich Will ihr über den Arm.

„Allerdings weiß ich nicht, wohin Tom jetzt gehen soll, Sir." Will warf seinem Freund einen Blick zu. Dieser wurde rot vor Verlegenheit.

„Ich möchte hier in Pittsburgh bleiben, Mr Miller, Sir." Etwas trotzig hob Tom das Kinn. „Das ist mein Zuhause."

„Nun, warum kommst du jetzt nicht erst einmal mit uns, dann können wir später darüber reden." Mr Miller drehte sich um und blickte zur offenen Tür des Gerichtsgebäudes hinauf. „Doktor! Wenn du dich nicht beeilst, dann feiern wir ohne dich."

Lachend bahnte sich der Arzt einen Weg durch die vielen Menschen vor der Tür und setzte seinen Hut auf. „Nur nicht so hastig, Samuel! Manche von uns haben noch andere Freunde hier." Auch er sah Emmie neugierig an und bemerkte, dass ihre Hand auf Wills Arm lag. „Miss Flynn, nehme ich an?"

Der Doktor hatte wirklich ein gutes Gedächtnis. Doch vielleicht konnte man sich die Namen der Menschen besser merken, denen man einmal geholfen hatte.

„Ja, Doktor. Vielen Dank für alles, was Sie für mich getan haben." Emmie machte noch einen Knicks.

„Das habe ich doch gern getan."

Mr Miller winkte dem Kutscher und wandte sich dann an Dr. Loftin. „Sie kommen alle mit uns, Robert. Wir müssen noch ein paar Dinge klären. Vor allem müssen wir uns überlegen, wo Tom ab jetzt wohnen kann, denn er möchte gerne hier in Pittsburgh bleiben."

„Ich denke, da kann ich ihm bestimmt helfen. Dann lasst uns gehen." Dr. Loftin schob sie zu der Kutsche der Burbridges, die mittlerweile vorgefahren war, und machte sich dann auf den Weg zu seiner eigenen, die direkt dahinterstand. „Tom, fährst du mit mir?"

Will hätte sich gewünscht, dass Emmie auch mit Dr. Loftin fahren könnte, denn dann hätte er die Möglichkeit gehabt, Mr Miller wenigstens einen Teil der Geschichte zu erklären. Der Sattler wirkte etwas niedergeschlagen, seit Will ihm Emmie vorgestellt hatte. Will hätte ihm zu gerne erklärt, wie es zu dieser Situation gekommen war, ohne allzu viele Details preisgeben zu müssen.

Aber das konnte er jetzt nicht. Deshalb war die Unterhaltung auf dem Weg zu den Burbridges auch etwas angestrengt. Je mehr sie sich der Villa näherten, desto schweigsamer wurde Will. Er überließ es Mr Miller und Emmie, sich ausführlich über das Wetter der letzten Tage zu unterhalten.

Jetzt würde Ann es erfahren. Allein der Gedanke raubte ihm den Atem. Er betete für Mut und Weisheit, um keine der beiden Frauen zu sehr zu verletzen.

Der Butler nahm ihnen die Hüte und Mäntel ab – auch Emmies zerschlissenen Schal und ihre zerdrückte Haube. War es wirklich eine gute Idee gewesen, sie mit hierherzunehmen? In ihrem abgewetzten Kleid passte sie überhaupt nicht in dieses Haus. Sie wirkte wie eine Magd aus einem Märchen, die sich plötzlich durch einen Zauber im goldenen Thronsaal des Königs befindet und auf ein glückliches Ende hofft. Will musste ihr helfen. Sanft nahm er ihren Arm und lächelte auf sie herab. Doch das änderte nichts. Ihr Gesicht war immer noch rot vor Verlegenheit und auch ihr zaghaftes Lächeln war fast verschwunden.

Will führte Emmie hinter Mr Miller und Dr. Loftin durch die riesige Eingangshalle. Mit weit aufgerissenen Augen und offenem Mund folgte Tom dicht hinter ihm.

Dann war der gefürchtete Augenblick gekommen. Sie traten durch die Tür in das ovale Wohnzimmer.

Am anderen Ende des Raumes saß Louisa auf einem Stuhl und blickte ihnen entgegen. Mit einem Ruck stand sie auf, sodass ihre Handarbeit von ihrem Schoß in einen kleinen Korb zu ihren Füßen fiel. Es dauerte nur einige wenige Sekunden, dann hatte sie sich wieder gefasst. Mit einem freundlichen Lächeln kam sie auf die kleine Gruppe zu. Ann hatte mit dem Rücken zur Tür gesessen. Als Louisa so plötzlich aufstand, drehte sie sich zu ihnen um. Dann erhob sie sich langsam. Will konnte seine Augen nicht von ihr abwenden. Sie war so blass und wirkte so verletzlich.

„Ich bin Louisa Burbridge." Die junge Dame streckte Emmie ihre Hand entgegen, als stammte dieses arme Waisenmädchen aus einer der besten Familien in Pittsburgh. „Herzlich willkommen!"

Schüchtern nahm Emmie die angebotene Hand. Als Will den Dreck auf Emmies Arm sah, zuckte er zusammen. Er schämte sich für sie. In diesem Moment trat Ann neben ihre Freundin.

„Tom", sagte sie. „Ich freue mich so, dich wiederzusehen." Überrascht sah Will, dass ihr die Tränen in die Augen stiegen. Die letzten Tage hatten sie mehr mitgenommen, als er erwartet hätte. Doch sie schluckte und schien ihre Fassung wiederzugewinnen.

„Vielen Dank, Miss." Tom berührte zum Gruß kurz seine Stirn.

„Miss Burbridge", sagte Will schließlich, weil weder Mr Miller noch Dr. Loftin bisher ein Wort gesprochen hatten. „Das ist meine Verlobte, Miss Emmie Flynn."

„Sie sind sehr hübsch", sagte Louisa zu Emmie. „Wo hat er Sie nur so lange versteckt?" Wahrscheinlich war es das erste Kompliment, das Emmie je aus dem Mund einer anderen Frau gehört hatte.

Emmie strahlte, sah dann aber wieder unsicher vor sich auf den Boden.

Als Louisa Emmies Hand losließ, schoss Anns Hand etwas ruckartig vor. „Miss Flynn, es freut mich, Sie kennenzulernen."

Völlig verwirrt von ihrer Umgebung schüttelte Emmie wie in einer Trance auch Anns Hand. Ann war immer noch kreidebleich und Will drehte sich langsam der Magen um. Wie war er nur auf den Gedanken gekommen, Emmie gleich heute mit hierher zu bringen? Diese Begegnung war für alle zu schmerzhaft. Hoffentlich konnte er die ganze Sache schnell hinter sich bringen.

„Miss Flynn möchte gern mit uns zurück auf die Farm kommen ... nachdem sie meine Frau geworden ist." Zu den letzten Worten musste er sich zwingen.

Erschrocken zuckte Ann zusammen und verschränkte die Arme vor der Brust. Der Schmerz stand ihr deutlich ins Gesicht geschrieben. „Das ist ja wunderbar. Herzlichen Glückwunsch."

Ihr Kummer war fast mit Händen zu greifen. Selbst Louisa konnte ihr diesmal nicht helfen. Mit ihrem Schmerz war Ann ganz allein, denn Wills Arm hielt eine andere Frau. Wills Augen hingen immer noch an Anns Gesicht, obwohl er sich immer wieder sagte, dass er sie nicht so ansehen dürfte. Doch sein Körper war wie erstarrt. Am liebsten hätte er das Gesicht in den Händen vergraben und geweint.

In diesem Moment brach Emmie in Tränen aus.

Entsetzt führte er sie schnell zu einem Stuhl. Er hatte sich ihr gegenüber nicht richtig verhalten. Wahrscheinlich hatte sie gesehen, dass er seine Augen nicht von Ann abwenden konnte. Sie wusste alles.

Die Tränen liefen ihr über das Gesicht und sie schluchzte so sehr, dass sie nicht sprechen konnte. Ihre Schultern zuckten, ihr Atem kam stoßweise. Will wusste nicht, was er tun sollte. Hilflos kniete er sich neben sie, gab ihr sein Taschentuch und klopfte ihr beruhigend den Arm. Jetzt hatte er alles zerstört, selbst die Illusionen dieses jungen Mädchens. Mr Miller und Dr. Loftin hielten sich etwas verlegen im Hintergrund.

„Es tut mir leid", schluchzte Emmie und verdrehte das Taschentuch zwischen ihren Händen. „Ich kann das nicht. Nicht für alles Geld der Welt."

Will senkte den Kopf.

„Ist schon in Ordnung, Emmie", sagte eine leise Stimme hinter ihnen. Tom stellte sich vor das weinende Mädchen und blickte in die erstaunten Gesichter der anderen. „Ich sag es ihnen."

Sanft zog er sie hoch. Sie stützte sich auf seinen Arm, als könnten ihre Knie sie nicht tragen.

„Wir haben es einfach nicht übers Herz gebracht, es dir zu sagen, Will", begann Tom. „Nicht nach allem, was du durchgemacht hast. Und was ich dir angetan habe. Aber Emmie und ich – also, wir wollten das eigentlich nicht, aber wir lieben uns. Nachdem du weggerannt warst, habe ich ihr, so gut es ging, geholfen, wie du mir gesagt hast. Ich habe sie jedes Mal besucht, wenn ich das Werg abgeholt habe. Wir waren beide so traurig, deshalb haben wir uns wohl gegenseitig getröstet."

Will stand auf. Was hatte das zu bedeuten?

„Du kannst mich gern schlagen, wenn du willst, Will. Ich meine, wir können hinausgehen." Tom verhaspelte sich fast, so schnell sprach er. „Ich war wirklich kein guter Freund für dich."

Mit ganzer Kraft musste Will gegen die unbändige Freude ankämpfen, die in ihm aufstieg. Er musste sich zusammenreißen, damit er seinem Freund nicht um den Hals fiel. Hatte er die letzten Worte nur geträumt?

„Tom, du hast deine Freundschaft vor allen bewiesen, als du heute vor Gericht für mich ausgesagt hast. Du hast dein Leben für mich riskiert." Will bemühte sich, etwas traurig und enttäuscht zu klingen. „Es gibt nichts, was ich dir nicht geben würde. Selbst die Liebe eines wunderbaren Mädchens."

Er streckte ihm die Hand entgegen und Tom schüttelte sie.

Emmie sah Will ängstlich an. „Du bist uns nicht böse?"

„Ich bin natürlich am Boden zerstört." Will wusste kaum noch, was er redete. Lange würde er seine Freude nicht mehr unterdrücken können. Doch er wollte Emmies Selbstwertgefühl auf keinen Fall verletzen, deshalb durfte er sich nichts anmerken lassen.

Tom ließ den Kopf hängen. „Wir lassen dir etwas Zeit, damit du noch einmal darüber nachdenken kannst. Du kannst sie immer noch heiraten, Will, wenn du und Emmie … wenn ihr es so wollt. Ich stehe euch nicht im Weg."

Wieder schüttelte Will Toms Hand.

Schließlich räusperte sich der Doktor. „Ich fahre mit dir, Tom. Wir müssen sowieso noch über deine Zukunft sprechen. Ich habe da schon eine Idee."

„Ja, Sir."

Als sie gegangen waren, konnte Will weder Ann noch Mr Miller ansehen. Ihm war ganz schwindelig. Ohne ein Wort zu sagen, drehte er sich um und ging durch die Eingangshalle zur Hintertür, die in den Garten und zur Scheune führte. Er musste unbedingt allein sein.

Kapitel 40

„Will möchte gerne mit dir sprechen." Der Kopf ihres Vaters erschien im Türrahmen des Gästezimmers der Burbridges.

„Aber ich möchte nicht mit ihm sprechen." Anns Worte klangen abweisend. Sie saß am Schreibtisch und schrieb einen Brief an ihre Schwestern, was sie schon seit Tagen vorgehabt hatte.

„Er wartet schon eine ganze Weile auf dich."

„Ich habe anderes zu tun, wie du siehst."

Ihr Vater warf ihr einen wissenden und enttäuschten Blick zu und zog sich zurück. Sie hörte, wie seine Schritte auf den Holzdielen im Flur immer leiser wurden. Doch schon nach ein paar Minuten kamen seine Schritte wieder zurück. Verärgert seufzte sie leise und drehte sich zur Tür, um sich auf den unvermeidlichen Vortrag ihres Vaters vorzubereiten.

Stattdessen klopfte es leise an ihrer Tür. Dann schob jemand die halb offene Tür etwas weiter auf. Im Türrahmen erschien nicht ihr Vater, sondern Will. Immer wieder musste sie überrascht feststellen, wie sehr er sich in den letzten Wochen verändert hatte. In seinem langen, dunklen Mantel und dem hohen Kragen hätte er genauso gut ein eleganter Freund von Allan sein können.

„Bitte machen Sie mit mir einen kleinen Spaziergang. Ich würde Ihnen gern etwas erklären." Will fragte wie ein Mann. Er bettelte nicht, sondern sprach mit einer gewissen Dringlichkeit. Sein sanftes Lächeln und sein freundliches Gesicht machten sie in diesem Moment noch wütender. Warum nur musste er auch noch so gut aussehen?

„Was meinen Sie damit?" Sie blickte ihn mit gespielter Unwissenheit an.

Zerknirscht sah er kurz auf seine Schuhe. „Ich würde mich gerne bei Ihnen entschuldigen und Ihnen alles erklären. Und ich werde nicht lockerlassen, bis Sie mir zugehört haben."

Achtlos warf sie die Schreibfeder auf ihren Brief und sprang auf. Wahrscheinlich sah sie aus wie ein Hampelmann, aber das war ihr egal. „Also gut. Wenn Sie darauf bestehen, bringen wir es am besten gleich hinter uns."

Er bot ihr seinen Arm, aber sie schob sich einfach an ihm vorbei und stolzierte den Flur entlang zur Treppe, ohne ihn eines weiteren Blickes zu würdigen.

Schweigend gingen sie hintereinander die Treppe hinunter. Kaum waren sie am Fuß der Treppe angekommen, erschien auch schon der Butler mit ihren Hüten aus dem Nebenzimmer – Ann fragte sich immer, woher er immer sofort wusste, wer kam.

„Ich brauche meinen Hut nicht, vielen Dank", sagte Will. „Es ist ein schöner Tag und wir werden nicht weit gehen."

Sie wollte ihm nicht zustimmen, selbst wenn es dabei nur um das Wetter ging. Lieber lief sie mit ihrem Hut auf dem Kopf herum und spürte den leichten Wind nicht in den Haaren. Trotzig nahm sie dem Butler ihren Hut aus der Hand und band ihn unter dem Kinn fest. Als der Butler ihnen die Tür aufhielt, eilte sie an ihm vorbei und die breite Treppe hinunter. Dann lief sie über die Einfahrt in Richtung Garten.

Ann stand bereits zwischen den in symmetrische Formen geschnittenen Büschen, als Will sie am Ellenbogen festhielt. „Sie sollten an Wettkämpfen teilnehmen. Sie würden allen anderen davonlaufen."

Sie musste ihre Geschwindigkeit reduzieren, denn er ließ sie nicht los. Sanft zog er sie an seine Seite, legte ihren Arm um seinen und hielt ihre Hand fest. Seine Finger waren warm. Sie sah zu ihm auf, doch die Zuneigung in seinen Augen verwirrte sie. Schnell blickte sie zur Seite und bewunderte die Büsche, als wäre sie ganz allein.

„Ich kann gut verstehen, dass Sie wütend auf mich sind."

Sie würde nichts zugeben. „Warum sollte ich wütend auf Sie sein?"

Er schwieg. „Können wir uns setzen? Ich würde gern Ihr Gesicht sehen."

Gerade hatte sie sich noch über ihren breiten Hut gefreut, weil er dafür sorgte, dass sie ihn nicht ansehen musste. Die Frau, die diese Hüte erfunden hatte, wusste anscheinend, dass es bestimmte Zeiten gab, in denen man einen Mann gerne ausblenden wollte.

Hinter der Hecke und etwas abseits vom Weg waren die Kirschbäume und Hartriegel bereits mit weißen und zartrosa Blüten übersät. Ohne ein weiteres Wort führte Will sie dorthin. Unter den Bäumen stand eine Bank. Jetzt, am späten Vormittag, war das Holz der Bank trocken und angenehm warm. Er ließ ihre Hand los und bedeutete ihr, sich zuerst zu setzen. Sie ließ sich vorsichtig auf der Bank nieder und strich ihr Kleid glatt.

Er setzte sich neben sie – viel dichter, als er sollte.

„Schauen Sie mich an." Will flüsterte fast. Ihre Neugier siegte und Ann drehte sich zu ihm um. Er war ihr so nah. Die Sonnenstrahlen fielen durch die zarten Blüten des Hartriegels über ihnen und ließen die kleinen bernsteinfarbenen Flecken in seinen dunkelbraunen Augen tanzen.

„Es ist keine schöne Geschichte, die ich Ihnen erzählen muss – aber es ist die Wahrheit. Ich habe Emmie Flynn gebeten, meine Frau zu werden, weil ich es ihr schuldig war."

Ann zuckte zusammen, denn seine Worte trafen sie wie ein Schlag und rissen die Wunde in ihrem Herzen wieder auf, die sie zu verdecken versucht hatte. Natürlich hatte sie schon etwas Derartiges vermutet, aber jetzt wusste sie es. Vor ihrem inneren Auge sah sie, wie Will dieses andere Mädchen an sich drückte und sie küsste – zitternd atmete sie ein und starrte vor sich auf den Boden. Sie durfte nicht schon wieder in Tränen ausbrechen. In den letzten Tagen hatte sie sowieso zu viel geweint.

„Bekommt sie ein Kind?", fragte sie.

„Nein", erwiderte er langsam. „Aber ein Mann schuldet einer Frau trotzdem einen Heiratsantrag." Seine Worte klangen voller Scham und Reue. Sie spürte, dass er aufstand. Umso besser, jetzt würde er sie endlich in Ruhe lassen.

Doch zu ihrem Schreck kniete er sich direkt vor sie ins Gras, sodass sein Gesicht nur wenige Zentimeter vor ihrem war. Sanft nahm er ihre schlaffen Hände in seine und hielt sie fest. „Es tut mir schrecklich leid, dass ich ihr das angetan und Ihnen so viel Schmerz zugefügt habe. Ich gehöre Ihnen, Ann. Von ganzem Herzen und mit allem, was ich bin. Diese Gefühle habe ich nie für Emmie gehabt. Ich hätte den Rest meines Lebens gegen meine Gefühle für Sie kämpfen müssen, wenn ich Emmie geheiratet hätte. Sagen Sie mir, dass Sie mich auch lieben. Ich weiß, dass ich Ihnen sehr wehgetan habe, und ich werde versuchen, das nie wieder zu tun. Erlauben Sie mir, es wieder gutzumachen. Lieben Sie mich auch?"

Wieder stieg der Schmerz in Ann auf. Sie wollte, dass er diesen Schmerz auch spürte. Schließlich hatte er ihr das angetan. Sie wandte das Gesicht ab. „Nein, das tue ich nicht."

Will schwieg. Sie hatte ihn tief getroffen. Schuld mischte sich in ihren Ärger.

„Ich glaube Ihnen nicht", sagte er leise.

Sie sah ihn an. Langsam stand er auf und zog sie zu sich hinauf. Ganz nahe stand sie vor ihm, so nah, wie es nur Verliebte tun.

„Darf ich Ihren Hut abnehmen?" Vorsichtig öffnete er die Schleife unter ihrem Kinn. Dann hob er ihr den Hut vom Kopf und ließ ihn auf den Boden fallen. Wie gebannt sah sie ihn an.

Ann spürte, wie er seine Arme um sie legte, und ihr Atem setzte aus. Dann zog er sie noch näher an sich heran, und als seine Lippen ihren Mund berührten, schloss sie die Augen. Sie fühlte sich so unglaublich eins mit ihm, dass ihr ganz schwindelig wurde. Zärtlich erwiderte sie seinen Kuss und atmete tief den süßen Geruch seiner Haut ein. Sie wollte ihm noch näher sein, denn mit ihm füllte sich die Leere in ihrem Herzen. Er war die Antwort auf all ihre Gebete.

Schließlich löste er sich von ihr und sie öffnete die Augen. Das Blut schoss ihr in die Wangen, als sie bemerkte, dass sie ihre Hände auf seine Schultern gelegt hatte. Schnell wollte sie sich wegziehen, doch er hielt sie dort fest.

„Und du willst mich wirklich nicht heiraten?" Er klang, als könnte er ihr nicht glauben.

Seine Augen hingen immer noch zärtlich an ihrem Gesicht. Sie konnte ihn nicht länger anlügen. „Doch, ich will."

„Du willst?"

„Ich will deine Frau werden." Ann lächelte. Er erwiderte ihr Lächeln mit einem Strahlen, das den ganzen Wald erleuchtete. Wieder küsste er sie. Ihre Knie wurden so weich, dass sie sich an ihm festhalten musste.

„Ich habe deinen Vater schon um seinen Segen gebeten."

„Und er hat ihn dir gegeben, dieser unverbesserliche Kuppler."

Sie mussten beide lachen.

„Ich möchte noch nicht zurück. Lass uns noch ein Stück spazieren gehen." Will nahm ihre Hand und führte sie auf dem schmalen Weg durch die Bäume.

Während sie schweigend nebeneinandergingen, kam ein leichter

Wind auf, der durch die Bäume blies. Überall um sie herum fielen weiße und rosa Blütenblätter wie Regentropfen auf den Boden.

Kapitel 41

„Mir wäre es lieber, wenn du hier draußen wartest." Will drückte Anns Hand. Sie standen vor der offenen Tür des Gefängnisses.

Doch ihr schönes Gesicht drückte eine Entschlossenheit aus, gegen die er nicht ankam. „Ich werde aber mit dir hineinkommen." Herausfordernd stemmte sie die Hände in die Hüften.

Er musste lächeln. Selbst hier im Schatten der Häuser und in dem Gestank vor dem Gefängnis war er ganz bezaubert von ihr. Doch dann erinnerte er sich daran, warum er hergekommen war. „Bist du dir sicher?"

„Ja." Entschlossen drängte sie sich an ihm vorbei, bevor er noch etwas sagen konnte. Mr Miller wartete bereits im Gang auf sie und zuckte nur mit den Achseln, als Will ihn fragend ansah.

Will folgte seiner Verlobten in das Gebäude und fühlte sich, als würde er in eiskaltes Wasser tauchen. Zu viele Erinnerungen drängten sich ihm auf. Er trat neben Mr Miller. „Ich bin so weit. Wir können gehen."

Der Sattler nickte ernst. Sanft nahm Will Anns Arm und führte sie den Gang entlang. Einige Gefangene lagen reglos auf ihren Betten, andere wandten sich ab, als sie vorbeigingen. Der verrückte Alte fragte sie, ob sie ihm seinen Mantel bringen könnten, und schrie ihnen Beleidigungen hinterher, als sie ihm nicht antworteten.

Endlich kamen sie zum Ende des Gangs – zu der Zelle, in der auch Will gesessen hatte. Will schickte ein Stoßgebet zum Himmel. *Herr, hilf mir.* Er wusste nicht, ob er tatsächlich tun konnte, was er sich vorgenommen hatte. Er warf Ann einen kurzen Blick zu. Ihre Augen leuchteten sanft im Lampenlicht. Sie lächelte ihm zu und ließ dann seinen Arm los, denn diesen Weg musste er allein gehen.

Wills früherer Meister saß auf dem Bett und lehnte mit dem Rücken an der Seitenwand. Reglos starrte er die gegenüberliegende Wand an. Sein sonst immer glattrasiertes Gesicht war übersät von Bartstoppeln, seine Haare ungekämmt. In der Ecke stand ein Nachttopf, der fürchterlich stank.

„Jacob Good." Nie wieder würde Will diesen Mann „Meister" nennen.

Langsam drehte der Mann den Kopf zu ihm hin. Seine früher kalten, stechenden Augen hatten ihre Bosheit und ihren Stolz verloren. Sein Blick war vollkommen leer, als wäre alles in ihm zerbrochen.

„Nächste Woche werden Sie in das Staatsgefängnis gebracht."

Schweigend starrte er Will an.

Mr Miller stand neben Will und beobachtete ihn. Er hatte Will vorher gesagt, dass er sich nicht in die Unterhaltung einmischen würde – das Ganze betraf nur Will, Jacob Good und Gott.

„Ich habe mit Ihrer Frau gesprochen", fuhr Will fort. Plötzlich flackerte etwas in Mr Goods Augen auf. Verachtung? Oder Schmerz, so unglaublich das schien?

„Dr. Loftin hat ihr versprochen, ihr beim Verkauf des Hauses zu helfen und eine bezahlte Arbeit zu finden. Und Tom wird ihr auch helfen, solange es nötig ist."

Good blinzelte, als spürte er eine unsichtbare Hand auf dem Gesicht. Dann zuckte sein ganzer Körper. Hatte er den Verstand verloren?

Will atmete tief ein. Um seine nächsten Worte hatte er gestern lange auf den Knien vor Gott gerungen.

„Jacob Good, ich vergebe Ihnen all das Schreckliche, was Sie mir angetan haben, denn mir ist auch vergeben worden. Ich vergebe Ihnen, weil der Herr sein Leben genauso für Sie gegeben hat wie für mich." Will hielt ihm eine kleine Bibel durch die Gitterstäbe hin. „Ich werde, solange Sie leben, jeden Tag für Ihre Seele beten, damit auch Ihnen Vergebung und Gnade widerfährt."

Als sein alter Meister sich nicht rührte, hockte sich Will hin und schob die Bibel unter den Gitterstäben durch.

Fragend sah er Mr Miller an. Der nickte kurz.

Will hatte alles gesagt, was es zu sagen gab. Noch ein letztes Mal stellte er sich an die Gitterstäbe und betrachtete den zusammengesunkenen Körper des Mannes, der ihn so gequält hatte. Was fühlte er jetzt noch für ihn? Abscheu? Mitleid?

Doch als er sich zum Gehen wandte, sah er, dass Jacob Goods Gesicht im flackernden Licht der Lampe glänzte. Erst nach ein paar

Schritten wurde Will bewusst, was das bedeutete: Sein früherer Meister weinte.

Ann schwieg. Sie spürte, wie wichtig dieser Moment für Will war. Sanft legte sie ihre Hand auf Wills Arm und folgte ihrem Vater durch den Gang.

Der Gefängniswärter öffnete ihnen die Tür und sie traten nacheinander in das helle Morgenlicht. Die ganze Zeit über hielt sie Wills Hand, als könnte sie ihm damit helfen. Als er wieder neben ihr stand, schob sie ihre Hand unter seinen Arm. Ihre Nähe beruhigte seine aufgewühlten Gedanken. Auch er wollte sie nicht loslassen.

Im warmen Licht der Sonne dachte Will daran, dass Jacob Good die Sonne lange Zeit nicht mehr sehen würde – wenn er sie überhaupt je wieder zu Gesicht bekäme. Zum ersten Mal spürte er echtes Mitleid für das Elend seines alten Meisters. *Herr, hab Erbarmen mit ihm*, betete er und meinte es auch so.

Mit diesem Gebet fiel auch noch die letzte quälende Fessel von ihm ab. Sie war so lange sein Begleiter gewesen, dass er ihre Last fast vergessen hatte.

Jetzt war er wirklich frei. Er spürte keinen Hass mehr in seinem Herzen – nur noch die unerklärliche, allumfassende Liebe Gottes. Die Verbindung mit seinem früheren Meister war endgültig gebrochen.

Will sah seine wunderschöne Verlobte an, die neben ihm stand. Sie spürte seinen Blick und sah ihn ebenfalls an. Ihr Gesicht war immer noch ernst.

Zärtlich nahm er sie in seine Arme, ohne die Menschen zu bemerken, die sie dabei neugierig anstarrten.

Er wusste, dass er diese Gnade und die Liebe nicht verdient hatte. Als er seine Braut hier im Sonnenlicht vor dem Gefängnis in den Armen hielt, fielen ihm die Worte wieder ein, die er an diesem Morgen in der Bibel gelesen hatte. Sie waren für ihn gleichzeitig ein Lob Gottes wie auch ein Versprechen für die Zukunft.

Ich, der Herr, habe dich gerufen in Gerechtigkeit
und halte dich bei der Hand und behüte dich
und mache dich zum Bund für das Volk,
zum Licht der Heiden,

dass du die Augen der Blinden öffnen sollst
und die Gefangenen aus dem Gefängnis führen
und, die da sitzen in der Finsternis, aus dem Kerker.

Nachwort

Geschichte und Fiktion

William Hanby und Ann Miller haben wirklich in der Mitte des neunzehnten Jahrhunderts in Ohio gelebt, sich ineinander verliebt, geheiratet und acht Kinder bekommen. Ihr Sohn, Ben Hanby, war ein Komponist, der das bekannte Lied „Darling Nelly Grey" verfasste. Dieses Lied hatte einen starken Einfluss auf die Antisklavereibewegung nach dem Bürgerkrieg. Die gesamte Familie arbeitete in der *Underground Railroad* – einem Netzwerk, das von ca. 1780-1862 Sklaven aus den Südstaaten bei der Flucht half – und versteckte Flüchtlinge in ihren Häusern in Rushville und Westerville.

Mein Roman über die Hanbys gibt die historischen Fakten wieder. Da es aber nur eine begrenzte Menge an Informationen gibt, musste ich mir an vielen Punkten selbst überlegen, wie die Welt der Hanbys wohl ausgesehen hat. Die Hanbys, Mr Miller und Meister Jacob Good sind historische Persönlichkeiten mit ihren richtigen Namen, aber die meisten anderen Personen sind erfunden. In manchen Fällen habe ich Namen gewählt, die etwas mit der Zeit zu tun haben.

William Hanby war wirklich Lehrling bei dem grausamen Meister Jacob Good. Und Meister Good erschoss tatsächlich das Schwein seines Nachbarn und schlug William fast tot, als er es ablehnte, vor Gericht einen Meineid zu schwören. William floh daraufhin zu Fuß vierzig Meilen weit weg nach Virginia, wo ihn die Frau eines Kongressabgeordneten aufnahm. Ihre lebensrettende Gastfreundschaft berührte William so tief, dass er Gott daraufhin versprach, in Zukunft anderen Flüchtlingen zu helfen, wann immer er konnte.

Von Virginia ging Will nach Ohio, wo er bei einem anderen Sattler, Samuel Miller, eine neue Heimat fand und sich in dessen Tochter Ann verliebte. Irgendwann kehrte er tatsächlich zu Jacob Good zurück, um seinen Lehrvertrag auszubezahlen. Jacob Good lehnte sein Angebot ab und drohte ihm, ihn mit Hilfe des Gerichts wieder zu versklaven. Doch das Gericht entschied anders und Will wurde freigesprochen.

Ann und William heirateten und Will baute seine eigene Sattlerei auf. Außerdem arbeitete er als Wanderprediger für die *United Bretheren Church* und war eins der Gründungsmitglieder des Otterbein-Colleges, das noch heute in Westerville, Ohio, existiert.

Ein paar der bedeutsamen historischen Fakten habe ich allerdings auch geändert, als ich dieses Buch schrieb. William Hanby verbrachte seine Lehrlingszeit bei Meister Jacob Good in Beallsville, Pennsylvania, das ganz in der Nähe von Pittsburgh liegt. Doch durch die Verlegung des Wohnorts war es mir möglich, die wahren Zustände in einer Industriestadt von 1826 zu beschreiben. Deshalb entschied ich mich dazu, Wills Lehrlingszeit in Pittsburgh spielen zu lassen. Auch die Namen der anderen Familienmitglieder von Wills und Anns Familien sind zum größten Teil erfunden. Abschließend bleibt noch zu sagen, dass es keinerlei Hinweise darauf gibt, dass Will Hanby die Millers vor seiner Ankunft auf ihrer Farm in Ohio in Pittsburgh getroffen hat – aber wäre es nicht romantisch, wenn es so gewesen wäre?

Die historischen Fakten stammen aus dem Buch *Choose you this day*, einer Biografie über William und Ben Hanby, geschrieben von Dacia Custer Shoemaker und 1983 veröffentlicht von der Westerville Historical Society.

Weitere historische Romane bei FRANCKE

Tamera Alexander
Wie die Weiten des Himmels
ISBN 978-3-86827-513-1
473 Seiten, Paperback

Colorado 1876:
Hals über Kopf gibt Dr. Molly Whitcomb ihre Stelle als Dozentin für moderne Sprachen auf und reist in den Westen, um an einer Dorfschule in den Rocky Mountains als Lehrerin zu arbeiten. Aber warum kauft sie sich in einem Juwelierladen einen Ehering? Welches Geheimnis umgibt diese talentierte junge Frau?
James McPherson, der sympathische Sheriff von Timber Ridge, ist von den ungewöhnlichen Unterrichtsmethoden der neuen Lehrerin beeindruckt. Bald redet das ganze Dorf von ihr und Timber Ridge verändert sich. Aber wie lange wird es dauern, bis ihr Geheimnis ans Licht kommt? Und wie wird der Sheriff dann reagieren, der in der attraktiven Lehrerin inzwischen mehr sieht als nur eine begabte Pädagogin?

Lynn Austin
Die Tochter des Baumwollbarons
Südstaaten-Saga – Band 1
978-3-86827-058-7
480 Seiten, Paperback

Die junge Südstaatlerin Carolin hat in ihrem kleinen Kosmos allen Menschen liebevoll ihren Platz zugewiesen. Auch den schwarzen Sklaven, die für ihren Daddy arbeiten. Sie sind ihr ans Herz gewachsen und fügen sich problemlos in ihr Weltbild ein. So sehr, dass es erst Risse bekommt, als einem ihrer Freunde, einem Sklavenjungen, übel mitgespielt wird.
Die Risse vertiefen sich, als sie am Vorabend des Bürgerkriegs eine längere Reise in den Norden der Vereinigten Staaten macht. Die Forderungen der „Yankees" nach Einhaltung der Menschenrechte und Sklavenbefreiung beeindrucken sie zutiefst.
Zu dumm, dass sie – zurück auf den Baumwollfeldern des Südens – ihr Herz ausgerechnet an Charles verliert. Er ist überzeugt von der feudalen Lebensart des „Großen Südens". So kann es auch nicht bei harmlosen Diskussionen mit ihm und ihrer Familie bleiben. Nur zu bald bricht der Krieg aus – die Feuertaufe für ihre Liebe, ihre Überzeugungen und ihren Glauben ...

Lynn Austin
Schwestern der Freiheit
Südstaaten-Saga – Band 2
978-3-86827-491-2
512 Seiten, Paperback

Zwei Frauen auf der Suche nach sich selbst:
Julia gehört zur besseren Gesellschaft und hat sich in den Kopf gesetzt, den Geistlichen Nathanael Green zu erobern. Doch der ist gar nicht angetan von der verwöhnten Tochter aus gutem Haus. Seine Ablehnung fordert Julia heraus, über den Sinn ihres Lebens nachzudenken. So beschließt sie gegen den Willen ihrer Eltern als Krankenschwester in einem Feldlazarett Nathanaels Anerkennung zu erringen.
Der barsche Dr. MacGrath, den ein dunkles Geheimnis umgibt, macht der zarten jungen Frau die Arbeit schwer. Die verwundeten Soldaten aber schätzen ihren aufopferungsvollen Dienst. Bald lernt sie die junge Phoebe kennen, die sich als Mann verkleidet in die Armee geschmuggelt hat. Beide Frauen verbindet der Wunsch, sich und der Welt etwas zu beweisen.
Als sich die Ereignisse überstürzen und Julia hinter das Geheimnis des Doktors kommt, stellt sich die entscheidende Frage: Können die beiden Frauen ihr Schicksal der guten Hand Gottes überlassen?

Lynn Austin
Der Sohn des Sklavenmädchens
Südstaaten-Saga – Band 3
ISBN 978-3-86827-137-9
448 Seiten, Paperback

Die junge Kitty sehnt sich nach Liebe und Anerkennung. Doch ihre Herrin lässt sie nie vergessen, dass sie nur eine Sklavin, ein Niemand ist. Dabei gibt sich Kitty seit ihrer Kindheit große Mühe, der herrschsüchtigen Südstaatlerin jeden Wunsch von den Lippen abzulesen.
Als der Bürgerkrieg ausbricht und die Yankees immer näher rücken, steht Kitty vor einer schwierigen Entscheidung: Soll sie mit den anderen Sklaven davonlaufen oder in dem einzigen Zuhause bleiben, das sie jemals gekannt hat?
Für Grady, ihre große Liebe, steht außer Zweifel, dass die Flucht ihre einzige Chance ist. Und er würde notfalls auch ohne sie fliehen. Seit Grady seiner Mutter als Kind entrissen und an einen grausamen Sklavenhändler verkauft worden ist, träumt er davon, frei zu sein. Doch kann die Flucht Kitty und Grady wirklich frei machen? Werden Kittys Hoffnungen und Träume sich jemals erfüllen?